白饭如霜
— 著 —

傲骨

上册

The Shining Girl

目录 Contents

第一章 · · · *001*
苏桐！你又闯什么祸了？

第二章 · · · *018*
做人嘛，最重要是能高能低

第三章 · · · *030*
万恶淫为首，论迹不论心

第四章 · · · *053*
我们，怎么会走到这一步呢？

第五章 · · · *068*
要么是溺水，要么就是喂鲨鱼

第六章 · · · *089*
下半辈子啊，小伙子好好走

第七章 · · · *105*
你那么可爱，是个人都无法抗拒

第八章 · · · *123*
除了你，我没有其他信得过的人了

第九章 ··· 139
小苏苏,我们都好想你哦

第十章 ··· 159
谁都好,跟他们说我是唐洛

第十一章 ··· 175
这孩子什么都好,就是不上进

第十二章 ··· 197
谈恋爱就谈恋爱,结什么婚啊

第十三章 ··· 218
她不喜欢输,哪方面都是

第十四章 ··· 236
请问我的办公室在哪里?

第十五章 ··· 252
我妈是派你来捣乱的吧

第十六章 ··· 273
不愧是我们家的叶小姐

第十七章 ··· 290
叶总的意见我们也要听听看

第十八章 ··· 312
关关难过,关关过

第十九章 ··· 328
老佛爷啊,还垂帘听政呢?

第二十章 ··· 345
有心杀贼,无力回天

第二十一章 ··· 360
有钱人脑子都有问题

第二十二章 ··· 376
蛋糕加卤蛋,太黑暗料理了吧?

第二十三章 ··· 394
怎么了,高小姐怎么了?

第二十四章 ··· 408
我妈就是训练你来干活儿的

第二十五章 ··· 427
掌权一时爽，干活火葬场

第二十六章 ··· 444
如果有的话，我想要你支持我

第二十七章 ··· 463
苏桐，你为什么要骗我？

第二十八章 ··· 478
好好体会一下美妙的巴黎吧

第二十九章 ··· 498
我这一生的幸福，名字就叫叶蓁蓁

第三十章 ··· 519
既然她要动你，那她就完了

第三十一章 ··· 536
我宣布选举无效

番外 ··· 553
蜜月

第一章
苏桐！你又闯什么祸了？

农历新年才过，北京二月，春寒犹料峭，但天色晴明。

下午四点半，叶蓁蓁小姐买了菜回家，健步如飞地进了小区门。

她劈面就见住一栋二单元的罗大爷出来，罗大爷和平常一样骑着自行车，背着羽毛球拍，踏板踩得飞快，擦肩而过的时候还跟叶蓁蓁大声招呼："买菜啦？"

叶蓁蓁赶紧大幅度扭过身答应："您又打球去啦？"却只看到大爷潇洒绝尘的背影。

四点来钟，刚好幼儿园放学一阵子了，小学刚放，小区里格外热闹，老人孩子和各家的阿姨保姆一窝一窝地进出。叶蓁蓁在这儿才住了几个月，居然全都熟，短短几百米路，招呼打个不停，还有几个小孩子跌跌撞撞地扑过来，抱着她的腿喊姐姐要一起玩。有一个小孩子的小脏手里举块糖就往她嘴里塞，大人忙不迭在后面喊不要不要，叶蓁蓁不讲究，半蹲着笑眯眯地硬吃了。她放下几袋子菜肉，摸了密密麻麻一圈孩子们的头毛，这才接着往回走。

叶蓁蓁上电梯，到了自家楼层，出去先敲左边501的门，门开了她人不进去，递进去一个桃子："沈姐，你妈爱吃那个早春桃，市场有了啊。你先让她试一个看看好吃不好吃，好吃再去买。"

邻居接了桃子，一里一外寒暄了两句，叶蓁蓁的声音又脆又清亮，在楼道里回荡着像一个小铃铛似的。等她终于开了自家门进去一看，她男朋友苏桐回来了，大马金刀地坐在客厅里，正低头看手机。

"你怎么在家啊？"在玄关"扑通"扔下满手东西，叶蓁蓁鞋都没换，奔过去一把拎起苏桐的耳朵打量，"你没事儿吧？是发烧了还是拉肚子了？"

苏桐给拎得"哎哟哎哟"直叫，半边身子离了沙发："别扯别扯，没发烧没拉肚子，你放手让我先回一个微信。"

这位爷一米八几，一张脸舒朗开扬，棱角分明，不笑的时候让旁人很有压迫感，头发短短竖起来，漆黑如箭猪背刺，脖子坚实，身材健硕，浑身上下许多腱子肉，但肩膀后面有个文身格外温存，是叶蓁蓁的名字，笔画设计得也很可喜，恰似名字的主人。

这号英雄，穿个汗衫或连帽衫走到街上，任谁都想此人必定是个流氓。或许是对的，但也不尽然，因为除此之外，苏桐还是哈佛出来的正经MBA，英文、日文都是一流。他在华尔街待了两年多，回了国内，又在大投资公司四年，到哪儿都算混得不错的。

某种意义上来说，苏桐属于人格分裂。他在写字楼里西装革履高深莫测，出了办公室就见义勇为，年轻的时候公交车上揍色狼、地铁上抓扒手，后来收入高了去哪儿都坐专车，出头的机会少了，但是有时在路边见到男男女女推推搡搡，他还是会随时随地主持正义。

亏当然吃过不少，最严重的一次是为了保护一个大姐，一打四，对方全是大汉，还有武器，最后被一刀穿胸。

往上一点到心脏，往下一点到肺部，都要落地成盒，幸好苏桐命大，被穿得不上不下的，在医院躺了一个多月，捡回了一条小命。

这么凶险的事苏桐自然不敢告诉家人，就只有叶蓁蓁守着他。叶蓁蓁忙前忙后，眼泪都哭干了，还要去打官司，几个月下来自己瘦了十多斤，在风里走快一点都打飘。她照顾归照顾，有时想一想这个脑子间歇性长在拳头上的货这么不省心，经常气不打一处来，顺手就是一巴掌，打得苏桐眼冒金星，他赶紧去摸伤口，生怕又一次失血过多。

所谓"吃一堑长一智"这样的真理，对苏桐来说根本不存在。他好了伤疤就忘了痛，出院后一样该出手时就出手。

现在他无端端提前下班回家，叶蓁蓁自然就满腹狐疑。她抱着手臂，一心想要他扒光了站起来转两圈，看到底是不是在战斗中挂彩了，万一是，那肯定不是轻伤，因为苏桐轻伤不下火线。

顶着她凶狠的注视，苏桐发完了微信，这么大个儿，在叶蓁蓁面前却像条养熟了的狼犬，叫站就站，叫坐就坐，没半个"不"字。这会儿也是，他放下手机，笑眯眯地就凑过来了："小包子，今晚有什么好吃的？"

"小包子"是叶蓁蓁的昵称,就家里人和苏桐叫,但她现在的样子很难和逆来顺受的包子联想起来。这么一叉腰,搭配一身蓝色条纹松身家居裙,包个长棉服和毛毛夹脚拖,硬是站出了一夫当关,万夫莫开的雄壮感。

她猛皱眉头:"别管晚上吃什么,赶紧说,你又闯什么祸了?"

苏桐很无辜:"没惹祸啊,没事,真的。"又扑上去,"给老公抱抱。"

叶蓁蓁一脚撩开他,眼神锐利,百分之一百的福尔摩斯:"你平时八九点下班都是资本家老爷开恩,普天同庆,今天不到五点到家玩手机,你敢说没事?"

苏桐有备而来,毫不惊慌,仍然笑眯眯地看着她:"明天要出去玩了啊,今天早点回来收拾行李。"

叶蓁蓁一听,明天出去玩这事儿我怎么不知道?顺手就捞了一个矿泉水瓶,所谓以暴制暴,诚不我欺,在茶几上用力敲了几下,指着男人:"跟谁?去哪儿?"

苏桐刚要回答,她抢了一句:"坦白从宽,抗拒从严,敢胡说八道我花了你。"

她身高一米六五,不算瘦,但要说她能花了苏桐,天下就没有王法了,只有被威胁的这位最懂配合,赶紧举起一只手来:"坦白坦白。"另一只手拿过放在沙发上的背包,从里面摸出一个大信封来递上,一脸谄媚,"娘娘请过目。"

叶蓁蓁打开来一看,协议书、行程表、机票,还有他们两个人的护照——马尔代夫七星神仙岛六天五夜,还是死贵死贵的公务舱!

她喜上眉梢,刚要跳起来欢呼两声,跳到一半想起什么,硬生生停止了动作,活像是网络太卡导致视频终止读取进度条。

"无事献殷勤,非奸即盗,苏桐!你到底犯了什么天大的事?"

苏桐简直没办法:"你能不能盼着我一点儿好?"把行程单拿起来挥舞了一下,理由充分,"我去年的假现在都没休完,老板说,过了第二季度就打死都不补了。"一边说一边过去抱着叶蓁蓁,在头发上亲了几口,"你不是老想去度假吗,心肝宝贝想去度假我不配合,那还能行啊?"

叶蓁蓁一听想起来了,确实上礼拜还听他念叨了几回,说万恶的资本家,叫加班的时候从没有上限,假期倒是动不动就过时不候,不休实在血亏。

她明白来龙去脉后松了口气,就不犯浑了,头歪过来靠在苏桐的手臂上,抿着嘴笑。

叶蓁蓁是重庆人,土生土长。苏桐算大半个北京人,七八岁因为父母工作调动才去的重庆,和叶蓁蓁是在学校里认识的,他说普通话的习惯到大也没改过来。他俩读育才中学,初中、高中都同校,苏桐高了好几级,两人不知道什么时候就好上了。

二人好上了也没敢跟家里说，彼此住得又远，为了能实实在在见会儿面，苏桐天天上学绕一大圈，先坐车到叶家附近的公车站，再等到叶蓁蓁一块儿去学校。为了这个，其他人七点起床，七点半出门，他得六点起床，六点半出门，而且家里给的公交车费不够，必须要省早饭钱、午饭钱来填补亏空。

半大小子，正是长身体的时候，格外能吃，省一点儿就饿得不行，过了一段时间自然就给叶蓁蓁知道了。于是她出门就从家里往外拿吃的，有时候是包子、油条，有时候是头天剩的凉菜，有时候是牛奶、饼干、苹果，见啥拿啥。叶家二老不明就里，以为闺女发育好，格外高兴："吃得！身体好！"

这么一进一出地过了两年，苏桐高考，就着妈妈的户口回了北京，进了北大读金融。

叶蓁蓁还在读高中，手机只有节假日能用，两地相思千山万水，有时候想说一句话都得等一礼拜，生动地演绎了什么叫作"异地相恋苦似黄连"。

又过了两年，叶蓁蓁高考。一早就雄心壮志决定了要考北京的大学，平常贪吃爱睡的懒猫豁出来拼命学习，成绩看着噌噌噌地上，几次模拟考试下来分数都很喜人。虽说"清北"不敢碰，但寻思摸一把"人大"，保一个"北师"，按理说都是有机会的。

结果天不从人愿，叶蓁蓁高考前可能太紧张了，抵抗力下降，早不来，晚不来，考试当天发高烧，头晕眼花考完就知道糟了。

等成绩出来一看，果然差了几分和北京的大学失之交臂，最后还算走运，去了"川大"读人力资源。两个人一南一北的，火车、飞机轮流跑已经够不容易，苏桐又一下子去了哈佛，先是异地，再是异国，物理距离越来越远，想见个面越来越难还越来越贵，真是受尽相思之苦。两人经常抱着手机视频，聊着聊着不知道谁开始的，两头嗷嗷哭。

苏桐毕业后在华尔街混了两年多，发展得不错但心没在美利坚，年年回来好几次，薪水一分钱没攒下，很大一部分都花在了机票和给叶蓁蓁买东西上。

叶蓁蓁呢，毕业后图安逸，回重庆在一个自家叔叔开的公司里上班，有点假期就飞美国。

见面的时候就什么都好，两人手牵手在纽约街上走，一人举一个冰激凌，正高兴，忽然想想过七天、五天、三天又得分开，简直不知怎么办好。

苏桐还能忍住，叶蓁蓁当场就哭，一边哭一边走，有一次哭得太投入了，被警察拦住问话，怀疑苏桐威胁她人身安全。

她从小被家里人宠爱，天不怕地不怕，但爱哭。在苏桐面前尤其如此，去美国在机场见到，扑上去抱着面就掉眼泪，走的时候更不得了，出了公寓门从上车开始，一路哭到机场，要登了机才消停。

这么折腾了好几年，都受不了了。苏桐跟谁都没商量，工作一辞就回了国，飞北京直接转机到重庆，爹妈那儿电话都没打一个，半夜三更落地，径直去了叶家。

他手机没电，满街找不到能充电的地方，就硬站在人家门口敲门。敲了老半天，叶老爷出来了，出离愤怒，手里还抓了一把菜刀，结果一看是苏桐就高兴了："耶，你娃回来了嗦。"

都不等他说话，老爷子掉头就冲进去，把叶妈妈从床上轰起来，叶妈妈接力，去叶蓁蓁房间把她拎了出来。姑娘穿一身狗熊似的棉家居服，睡眼蒙眬，小脸儿皱成一团，也不知道发生了什么事，迷迷糊糊走到门口，就愣住了。

她愣了大概有半分钟，亮开嗓子发出一声高八度的尖叫，吓得隔壁邻居差点报警。而后双臂一张，脚一蹬，整个人冲刺以雷霆万钧之势把自己投掷到了苏桐身上。

苏桐眼明手快，及时拉了个马步，仗着下盘功夫扎实才接住这会心一击，否则两个人就成滚地葫芦了。

这么抱着一把鼻涕一把泪，两人当着叶家爸妈的面发了毒誓，以后打死不能再分开。二老在一边抄着手看戏，闻言表示两个娃娃童言无忌，大风吹去，晓得个屁就赌咒发誓。

苏桐在重庆陪了叶蓁蓁几天，顺手投了一圈简历。他底子好，样子也好，还有哈佛那边的导师同学吭哧吭哧写的巨多推荐信，一时间Offer（录用信）如雪片一般飞来，两人商量了一下，最后挑了万邦，总部在北京。

万邦有两块业务，一块咨询，一块投资，产品独立，但客户是融合的。他们的理念是不做短线进出的猪仔生意，往往看好一个项目之后就会从初创开始跟进，到B轮或者最多C轮就变现撤出，除非C轮后就IPO[1]，否则后面不管势头多好都基本不再跟。

这个初创到C轮的过程越短，速度越快，万邦的资金利用收益就越可观，因此他们不但投钱，往往还会派遣辅导团队入驻企业，帮助创业者少走或者不走弯路。

苏桐进去第一份工作就是做咨询顾问，跟着资深大佬跑项目揽活儿，收集资料做PPT、做方案、做访谈，一周"8-10-7"[2]是家常便饭。他干了一年半就升到项目经

1　Initial Public Offerings（首次公开募股），简称IPO，即一家企业或公司（股份有限公司）第一次将它的股份向公众出售。
2　每天早八点上班，晚十点下班，一周工作七天。

理，再两年就升了部门总监，管十几个项目组，下一步顺利的话就是合伙人，据说他是万邦历史上升迁速度最快的员工之一。

哈佛的资历当然是敲门砖，但最重要的是还有两个因素：

第一，他身体好。咨询投资这个行业的员工，男的做到秃顶，女的做到绝经，人人都有程度不一的抑郁，司空见惯。能拼到最后上岸的，其他不论，生理机能都必须得天独厚。苏桐从小热爱户外活动，主要项目是打架和逃跑，特别野，底子打得杠杠的，完全具备了这个条件。

第二，他发自内心地热爱工作，保持饥饿，保持敏锐，永远向上看，永远学习，就像超级赛亚人一样执着于战斗和进化，而这样的人到了最后，往往也都会像超级赛亚人一样能打。

他用风一样的速度向公司证明了自己天生就该干这一行，对新项目快速把握的程度、对商业模式和前景的敏锐视角，都让他历任老板惊叹甚至嫉妒。所谓能者多劳、能者多责，最美妙的是能者暂时还无法跟人讨价还价。于是从被升到项目经理这个职位开始，他就频繁被派去最不成熟的地方，做最没有把握的项目，做得不好是理所当然，谁都没责任，做得好，就是公司用人有方，功劳卓著。

苏桐四年待了十三个城市，公务飞行一千多次，平均每天工作时间十四个小时。

这种工作性质和强度，要说能在某处安家，不时来去，简直是痴人说梦。两人一合计，叶蓁蓁干脆就辞了工作，开始跟着苏桐辗转各处。

做项目和外派不是一码事，后者多多少少会有个既定的期限，也好打算；前者就不一样了——时间可长可短，长的大半年，短的两个月。因此每到一地，叶蓁蓁总是先忙着安排两个人的衣食住行，接下来就去找一家小公司，做做文员、行政之类没有什么职业前途的工作，因为往往做不满一年就要走，就是有职业前途，她也指望不上。

苏桐很明白她的付出，从回国进入万邦工作的第一天开始，工资卡就直接交了出来，每个月薪水一到，一分不留，立刻自动转去叶蓁蓁名下的账户。他再从女朋友这里拿零用钱，信用卡都是叶蓁蓁的附属卡，经济基本上完全是她说了算。

偶尔两个人出去逛街，苏桐常常停在某家大牌门口叫嚣："小包子，去买鞋子！！那双红色的好不好看，这个骚包非常适合你。"

叶蓁蓁当街就骂："脑壳上有包吗？爱马仕是我们随便买的啊？"拖着就走，"Zara了解一下。"

苏桐大受打击，垂头丧气："我真没用，买不起爱马仕给老婆。"

叶蓁蓁表示这话说得对："不要说爱马仕，优衣库都买不起，你这个月出差太多，买机票、住酒店已经把信用卡刷爆了。"

这么拼了几年，去年年底苏桐终于调回北京总部，换了个总监的头衔，阶段性功德圆满，不用那么搏命地在各地做一线业务了。叶蓁蓁终于松了一口气，一面筹划着攒个首付，在北京买个小房子、一部小车子好结婚，一面琢磨着想找个稳稳当当的工作，趁着没到三十，生儿育女之前还能拼几年事业。

她的简历发出去了好多份，陆续也有面试邀约，说不定随时就要去上班了，就在这个时刻，念叨了这么多年要去马尔代夫，突然跟做梦一样实现了，简直不能更应景了。

叶蓁蓁高兴得一整晚都恍恍惚惚的，做饭、吃饭、收拾行李，整个过程中都带着笑，到九点多她和苏桐一块儿洗完了碗折好了衣服，正要坐下来松口气，突然一拍大腿："糟了。"

苏桐吓一跳："怎么了？"

叶蓁蓁冲进卧室，拎了一件泳衣出来，在他面前挥舞了几下："这个，你觉得能穿去马尔代夫吗？"

碎花、连身、暗淡的梅红底，塞在柜子里很多年了，简直满目苍茫烟火色。苏桐很诚实地摇摇头："不能。"

叶蓁蓁起身就抓钥匙穿鞋子："走，买新泳衣去！"

苏桐不愿动："到马尔代夫买呗。"

勤俭持家的贤内助瞪了他一眼："贵！走！"言简意赅，当机立断。

苏桐只好爬起来跟上，两个人打了车到商场，快马加鞭地逛了几圈，赶在"回家，回家"的告别曲之前，叶蓁蓁斩获一身黑色蕾丝比基尼和一条超短牛仔短裤，试了出来容光焕发。

苏桐全程只负责点头："好看！买！这套不错！都买！"

售货员小姐姐抿嘴笑，等叶蓁蓁雄赳赳气昂昂径直去了收银台，苏桐还有闲工夫对人家解释："我吃软饭的。"

两个人买完了东西勾肩搭背往外走，苏桐搂着叶蓁蓁摸摸她头发，突然小声说："小包子，对不起。"

叶蓁蓁很茫然："啥？"

"早该带你去的。"他发自内心地有歉意，"应该一年去一次，不，一年去两次。"

事实上是一说说了四五年，好不容易才成行。

叶蓁蓁扭头看他一眼，眼里都是笑，嘴上却不饶人："一年去两次，不要存钱买房子啦，不要结婚摆酒席啦，要摆五十桌知道吧，我家舅爷都有十一个。"

苏桐摆摆手："都要，都要。"想一想不对，"哪有十一个？我记性很好的，爸爸那边三个叔叔，妈妈这边四个舅舅，怎么就跑出十一个来了？"

"有表有堂懂不懂？不要说十一个，二十一个都能找出来。"

苏桐放弃了反抗："都来都来，给份子钱就行。"

行李整理妥当，护照和备用的美钞放在单独的护照包里，上飞机穿的舒服衣物叠得整整齐齐放在床头。两人上床准备睡觉，叶蓁蓁伸个懒腰喜上眉梢："要去马尔代夫咯。"

苏桐在她脸上亲一口："妹妹乖。"

重庆人的习惯，叫爱人叫女儿都是"妹妹"，都是乖乖，贴心贴肺地亲热，比什么"甜心""宝贝""亲爱的"实诚得多。

苏桐脑袋一沾枕头就秒睡，叶蓁蓁往常的速度也不遑多让，今天却奇怪了，不知道是不是真的那么兴奋，苏桐的小呼噜响了半天了，她还是像被一盆凉水泼了那么清醒。

床头柜上的闹钟嘀嘀嗒嗒地走着，声音在寂静之中分外清晰，叶蓁蓁翻来覆去几个回合仍迟迟不见睡意，心里觉得奇了怪了。

她正思量着要不要起身去吃一颗褪黑素，房间骤然亮了起来，把她结结实实吓了一跳——是苏桐的手机。

苏桐的手机工作日是从不静音的，二十四小时待命，那些神经病老板、同事和客户随时会在正常人类已经进入深度睡眠的时段打电话。

但他一休假，就是天王老子也找不到，这是他一贯的风格。这会儿严格来说，已经算是休假了。

她伸手拿过来，来电号码在屏幕上无声地亮着，不肯挂，不依不饶。她想了想，干脆接了起来，刚"喂"了一声，对方就如同受惊一般迅速挂断了。

现在就算是吃褪黑素也不可能睡得着了，叶蓁蓁坐起来，点开苏桐的手机。他不用指纹ID，也不用面容ID，密码是两个人的生日打乱重组的，十几年都是这个数字组合没变过。叶蓁蓁把通话记录看了一下，最近一次通话是九点多，在商场她试比基尼的时候，是苏桐打给自己家里的，估计是跟妈妈说明天要去度假，下面是叶蓁蓁家里的电话，也是他打过去的。两边父母都通知到了，在对待老一辈的事情上，他比叶蓁蓁还细心。

再之前是一长排工作上的电话，大部分是同事，也有几个客户。苏桐的通讯录管理很得法，部门、职位、中英文名字、电子邮箱一应俱全，一目了然。

然后她翻开了微信，未读信息一万多条，起码有一百个群，密密麻麻的红点一列下来，能叫那些有密集恐惧症的人当场昏厥。

置顶的是叶蓁蓁，ID是"pp小包子"，还有他和他爸妈、妹妹四个人的群，下面一溜儿都是工作群和工作联系人，名字和通讯录风格如出一辙，私人联系人不多。

叶蓁蓁随便打开几个群看了看，都是一来二往的公事，讨论某个项目或者投资方案，或者工作进度安排、会议之类的。她不看还好，一看看得哈欠连天，感觉周公和她一样不喜欢这些俗务，于是向她发出了热情的召唤。

她揉着眼睛正准备放下手机睡觉，突然眼前跳出了一个女性化的名字：意意爱夕颜。

她随手点开对话框，却什么都没看到。

既然会出现在聊天列表里，自然就聊过天，记录却是一片空白，显然是被删掉了。

叶蓁蓁心里"咯噔"一下。

除了垃圾信息，苏桐从来不删聊天记录，包括短信、Skype、WhatsAPP、Line和微信。他在美国读书工作好些年，朋友遍布各个国家，什么社交媒体都用，换手机的时候迁移记录永远是全选，空间不够就换更大内存的手机。

如果不去翻对话记录，有时候你根本不记得跟其他人说过什么，这就是苏桐不删记录的理由。

那为什么要专门去删这个人的呢？

窗帘没有拉严，一束细细的光透进来，刚好照着苏桐的额头。叶蓁蓁握着他的手机，看着光线里男人酣睡的脸，心"怦怦怦"地跳着，这个小小的疑问就像一条虫子钻进心里，让她不舒服。

她愣了好一会儿，放下手机，下床光脚走到洗手间，开了小灯看着镜子，出起神来。

叶蓁蓁五官挺好看的，眼睛亮，鼻梁高，鹅蛋脸很标致，不施脂粉时是那种邻家女孩子接地气的好看，每一个地方都妥妥当当，叫人看着很舒服，一化上妆又能马上加分。

她不算矮，比例也还行，而且手脚天生纤细，虽说有点小肚腩，但稍微吸气人家也看不出来，身材这方面算是不过不失。

她的硬伤在皮肤，小时候不知道什么是防晒，顶着重庆的大太阳往死里晒，晒成了永久的小麦色，怎么养都不白，把美白护肤品当饭吃都不白。中国人说一白遮百丑，大概是因为黄种人五官比较缺乏立体感，肤色白皙能让脸部柔和秀气。叶蓁蓁就吃了小麦色的亏，如果不往死里上粉底的话，其他人一眼看去的第一印象都是：黑，好黑。

在洗手间的白炽灯下，这个特点尤其突出，加上不经打理自由生长的长发，配上隔壁超市买的碎花爆款圆领睡衣，说叶蓁蓁现在四十估计都有人信。

她伸手抓了两下自己的头发，一屁股坐在马桶上，念叨着"意意爱夕颜"这个名字和连打三次的那个电话号码，心里各种不爽。

投资公司的员工，男女比例向来是一面倒的男多女少，而在万邦能入职的女性投资经理，往往都是才貌双全的大美人，人力资源部门都知道老板们有两个不成文的要求：

第一是女员工颜值要高，理由自不必说。第二是无论男女，经常在网上听书、买读书会产品或者其他知识付费产品的应聘者，条件再好也不要。理由是这样的人往往只是看起来爱学习，实际上根本没有独立学习和思考的能力。

第二点是苏桐回来当段子说给叶蓁蓁听的。面试官给人下套，开头就说我们投了某某读书会或知识专栏，觉得他们发展得很不错，接下来问对方用不用这个产品，具体订阅什么专栏，至今用了多久，感觉怎么样。如果对方眼睛一亮，开始滔滔不绝分享自己的学习心得，就在Offer备注那一栏悄悄打个叉，吹灯拔蜡。

叶蓁蓁听完第二点乐了半天，主要觉得万邦鸡贼，但自己没什么切身体会，至于第一点她是真见识过，而且每年都至少要见识一回。

万邦每年都在十二月二十九号晚上找一家五星级酒店开酒会，邀请所有员工带家属来庆祝新年，每次都会准备丰厚的出席礼包，抽奖也永远是五位数以上的现金直接给，中奖比例很高，所以大家年年都挺期待。

叶蓁蓁第一次参加的时候刚毕业没多久，什么都不懂，穿的是牛仔裤和T恤，到门口了苏桐来接她，才发现自己忙得忘记跟女朋友说酒会是有着装规范的。

眼看里面都要开始了，临时买都没时间，两个人无计可施，只好硬着头皮进门。

苏桐那时候只是个小助理，没人在乎他们两个穿什么，但叶蓁蓁仍然止不住地郁闷，全场不停下狠手掐苏桐，掐得他"哎哟哎哟"的。

接下来几年吸取了教训，没有再失礼了，但不管怎么努力穿，叶蓁蓁都心知肚明自己无法引起他人太多关注——万邦好看的女生太多了，大长腿、A4腰，全是一周四次健身房加沙拉不懈奋斗的结果，而且好看还只是个附件，正场上个个名校出身，职业资历炫目，否则也进不了万邦。

叶蓁蓁身为一个重庆人，向来认定人生除死和吃火锅外无大事，但要说对此毫不介怀，就未免太有悖人性了。连续几年她去了酒会回来都嘀嘀咕咕，倒是苏桐态度非常端正："不用比较啦，那些都是浮云，小包子你是我的根。"

叶蓁蓁酸溜溜的："万一有浮云想来当你的根怎么办？"

苏桐毫不含糊："那我就自断其根，宁死不屈。"

她笑得不行："拉倒吧你，说不定你到时候扶个梯子上赶着去追浮云。"

苏桐看看她，突然认真起来："不可能的。"

他没再多说为什么不可能，就像太阳不可能从西边出来，人不可能永生不死，这些是常识也是真理，都无须多说。叶蓁蓁眼里一下子热起来，赶紧走开，两人从此没有再提过这个话题。

"不可能的"这几个字，是叶蓁蓁的金刚经和降魔咒，在一次又一次跟着苏桐奔赴各处开荒的时候，在每一个苦苦等候男人回家吃饭而不得的夜晚，是这几个字慰藉和支撑着她对爱和爱人的信心。她知道他有诸多不好，和世人无异，但他说话算数，他说话永远都算数。

说没有危机意识是假的，但人和人之间亲到了一定程度之后，总应该有一点信任吧。

即使有一段对话记录被删除了，即使有连环Call（电话）莫名其妙在深夜打来，也不能说明什么，最多像苏桐说的，是浮云。

叶蓁蓁双手撑着脸，转去在马桶上呆呆坐了几分钟，努力把自己说服了，然后长长呼出一口气，轻手轻脚地回到床上。

正好苏桐翻过身来，伸手摸索着她，叶蓁蓁赶紧偎过去，抓住他的手，两人五指相扣，苏桐嘟囔了一声什么，继续沉沉入睡。

北京到马尔代夫坐公务舱飞行，看看电影喝喝酒，躺平睡一觉就到了。叶蓁蓁到马累转机去度假岛的时候已经非常激动，恨不得把比基尼换上去坐水上飞机，被苏桐按住了："咱们只有一套，不能现在就糟蹋了。"他"嘿嘿嘿"作流氓状，"要等我能动手动脚的时候换。"

上一次叶蓁蓁跟苏桐出门玩，还是在好几年前没入职万邦的时候。两人没经验，大冬天的去杭州，出了机场就被江南的寒风吹到风中凌乱。第二天上苏堤散步，-5℃四面通透，西湖残山剩水、一片萧瑟。叶蓁蓁很明智，把能穿的衣服都穿上了，羽绒服大围巾，把自己包成了一个名副其实的包子，苏桐却自诩身强力壮，还是区区单衣加外套，结果自然冻得瑟瑟发抖，就这样还悍然拒绝接受女朋友那条粉红色有小熊的围巾，实在勇气可嘉。

他们装备区别太大，表现自然不同。这么在苏堤上走着，叶蓁蓁轻松愉快，手拿相机咔嚓个没完，偶尔还念两句诗，苏桐就名副其实地呆若木鸡，让他入镜留影的时候，那表情跟拍临刑照似的。

叶蓁蓁忍不住抗议："你太不投入了，有这样三陪的吗？这样拿得着小费吗？差评。"

苏桐缩着脖子摇头："三陪也是人，有钱没命有啥用，你看我怎么投入啊，太冷了，五脏和丁丁都凉了。"

他突然露出一个猥琐的笑容对着叶蓁蓁眨眼："换个地方，我马上一百分地投入，两百分说不定都行，绝对把三陪的职业精神发挥到最高点。"

"换哪儿。"

"酒店床上，去不去？"

叶蓁蓁笑骂："去你个鬼。"过去把他抱着，"给你暖暖。"

"手再往下捂着点儿呗。"

"打你啊。"

现在一晃经年，苏桐本色不改，还是对床上情有独钟，两个人接下来几天在神仙岛上如胶似漆、如鱼得水，实名见证"只羡鸳鸯不羡仙"是一种值得追求的生活状态。

神仙岛不大，逛了一天就没啥逛的了。叶蓁蓁在水上娱乐中心看到有风帆课程，拉着苏桐就去报了一个。教练把他们往水里一推，带了两块窄若人背的帆船板过来，指一指上面："站着。"

本来兴致勃勃、信心满满的两个人就蒙了："啥？"

教练是个年轻小伙子，叫阿里，全身上下只有牙和眼底是白的，今年十九岁，已经做了四年帆船教练——不知道马尔代夫有没有雇佣童工犯法这一说——客人这样的反应他见得多了，不为所动，只是用简单的英文重复："Stand on it.（站在它上面。）"

苏桐作为一个在山城生活过的北方人，平常真不怎么关心水上运动，此刻难以置信："什么？这个玩意儿上面能站？"

教练笃定地点头，比画着说明了一下课程的基本进度。

学风帆，要过的第一关就是直立在帆板上随着浪奔浪涌起伏稳如泰山，两分钟不准掉下来。

听完之后苏桐两股战战，但还是硬着头皮进行了勇敢的尝试，尝试的结果就是两分钟内他不断用各种姿势栽进海里，跟表演花式落水似的。接下来他就想起了"好汉不吃眼前亏"的人生箴言，果断认怂，用教科书式的狗刨姿势奋力游回岸边之后，瘫在沙滩椅上打死都不起来了。

叶蓁蓁和他是同步学的，摔得一点不少，兴致不但没被打下去，干脆还激发了骨子里的战斗激情。她没有夫唱妇随，而是留在海里鄙视了一会儿自家男人，然后继续，摔了又上，上了又摔，体力消耗速度极快，以至于有一次爬回风帆板的时候手臂都软了，半个身子泡在水里喘气，一阵浪打来，比基尼裤衩差点儿掉了一半，她赶紧回手去提裤子。教练阿里在旁边耸耸肩："没事儿，屁股我看得多了。"

这么反反复复折腾了一个多小时，功夫不负有心人，叶蓁蓁终于能够稳稳当当上帆板了。她张开双臂，感受着海浪的起伏，享受着海风的清爽，一时间豪气干云，于是手一挥："Next step？（下一步？）"

阿里教练有备而来，抱着手臂站在水里，露出邪魅一笑："Turn around.（转圈。）"

学习风帆第二步：站在板上进退自如转圈圈。

叶蓁蓁一听，心成齑粉、脚软如棉，一时间失去了斗志，"扑通"一声再度落海。这一次运气不好，大拇指砸在了帆板上，见风肿成了一个小萝卜。教练查看了一下，建议："先不学了，去医务室处理一下吧。"

战斗民族的狠劲儿上来了："不去，学完再说。"

教练认为没必要："这样上板的时候会很痛的。"

叶蓁蓁摇头："上板痛咱们就少下板。"

阿里露出雪白的牙齿，笑着竖起了大拇指："OK."

叶蓁蓁吊着这根受伤的拇指吭哧吭哧坚持学了三天，学满了十二个小时。苏桐每天早上陪她过来，亲亲抱抱之后目送她下水，自己就往沙滩椅上一瘫，看书看手机；偶尔下水泡一泡，给叶蓁蓁鼓鼓劲，放任自己的肤色从微黑到黢黑一去不回头；实在闲得慌了，就跟在旁边沙发椅上一起瘫着的各国游客聊大天。两人也算是各得其乐。

第三天中午，叶蓁蓁通过阿里和另一位教练的联合考察，获颁一个初级执照，表示她现在可以勉勉强强自己驾着风帆出海遛一圈了。

她高兴昏了，奔回岸上湿淋淋地一屁股坐到苏桐怀里："我过关了！叫船长！"

苏桐反对："那又不是船，叫你板长还差不多。"在她背上摸着，唱了起来，"胸部平平的板长哟，那是非常的可爱。"

B罩杯的叶蓁蓁对此不以为耻，反以为荣，拍拍自己的胸膛，继续搂着苏桐起腻："板长的风帆课上完了，咱们去玩香蕉船吧。"

苏桐不去："你太吓人了，人家让你大拇指朝上加速，朝下减速，你从头到尾大拇指没下去过，急转弯都不下去，摔得我尿都出来了。"

叶蓁蓁不以为然："尿在海里又没人知道。"

苏桐一本正经："鲨鱼知道，我知道！"

话音刚落，身边传来一声轻笑。叶蓁蓁转头一看，旁边沙滩椅上坐着一位中年女士，穿着一件叫人过目不忘的蓝色丝质长袍，约莫五十岁，身量中等，素面朝天，五官线条像刀刻出来一般，说不上美，但非常鲜明而有力量，与众不同。

她手里拿着Kindle，嘴唇抿出一丝轻笑，看着他们。

苏桐连忙介绍："这是高姐。——这是叶蓁蓁，我女朋友。"

叶蓁蓁一脸蒙："嗯？高姐，你好。"对苏桐使了一个眼色，意思是这位谁啊。

那位女士很识眼色，接过苏桐的话："我叫高佳妮，也是北京过来度假的，刚和小苏聊了一会儿天，他一提到你就眉开眼笑。"

"是吧，说我啥了，是不是好话？"叶蓁蓁笑眯眯的，心情很愉快。

"全都是好话，说你人见人爱，花见花开。"

叶蓁蓁摸了苏桐的脸一把表示满意，然后问人家："高姐，你来几天了？"

对方偏头想了想，答案出乎意料："一个多月了吧。"

去马尔代夫的旅程绝大部分是七天五夜，要么是五天四夜，住上两周的绝无仅有，更不用说一个多月了，听她的口气，还要继续待下去。

叶蓁蓁傻看着人家，第一个念头是："岛上的餐厅吃这么久你没问题吗？"

高姐莞尔："吃不惯，所以越吃越少了，基本靠鱼和水果为生。"

叶蓁蓁立刻有知音之感："你撑了一个月哦。我才三四天，已经完全没食欲了，就那么几个餐厅翻来覆去地吃啊。"

"是的，此外也很久没有跟人用中文说过话，刚好小苏坐我旁边，就聊上了。"

叶蓁蓁点头："聊天好，他是个话痨，走到哪里都非常需要有人跟他聊天。"

苏桐揭发她："话痨明明是你吧，你给咱妈微信留言都是一留留十几个五十九秒。"

叶蓁蓁瞪了他一眼："这不是因为我孝顺吗？"

"孝顺是孝顺，但咱妈啥事儿说你一句，你回十句也不太好吧？"

"你懂个屁，那是我们母女独特的沟通方式。"

"我觉得真正独特的是她揍你的方式。"

叶蓁蓁往他脸上轻轻拍了几下："我揍你的方式也能挺独特的你信不信？"

苏桐笑着拿过她的手在嘴边亲："信，敢不信啊。"

高姐在旁边看着他们斗嘴，不停微笑，忽然嘀嘀声音响起，她从沙滩椅上拿起手机看看："我的游泳时间到了。"

叶蓁蓁很好奇："你定点游泳啊？"

"是的，一天两次，上午十点，下午三点。"

"哇，真有规律，我特别羡慕生活有规律的人。"

她这句话说得由衷，高姐却摇头："别羡慕，有规律往往是因为没选择。"她态度很认真，"不然的话，我就去学风帆了。"

叶蓁蓁对风帆的瘾头正大，一听马上来劲儿："去学啊，不难的，一开始会摔，但慢慢掌握平衡就好了。"

她生平最会自来熟："你要不要学？我带你去找教练啊。"

高姐凝视着她："我想学，但不敢。"

"没事的！戴好泳镜穿好救生衣，最多夹个鼻夹，落水也不怕。"正说得起劲，苏桐忽然默默伸手，把她受伤的手举起来对着人家摇了几下，只见那个指头仍然像一个小笼包，此刻无声地对叶蓁蓁"没事的"这三个字论断提出了抗议。

叶蓁蓁一边白了男朋友一眼，一边自己往回圆："这个，风险还是有的，慎重选择啊。"翘着小笼包对人家比画了一下。

高姐很自然地拿过她的手看一看，姿态很温存，就像对待一个孩子，而后微笑："我不怕危险。"话锋一转，"但是我心脏不好，不能做太激烈的运动。"

叶蓁蓁"哎哟"一声，不知道怎么答话好，这时一个高大健壮的年轻男人光着上身走过来，一边活动肩膀一边招呼："老板，到点了，咱们下海游泳吧？"

高姐简单介绍了一声："这是阿彬。"没再说是什么身份，只是站起来对两人点点头，"回见。"

阿彬熟练地把手里的泳镜给她戴上，两人下海去了。

两人游泳时的配合很默契，高姐在前，游泳姿势标准，很学院派，大刀阔斧，径直向前。阿彬则游得非常轻松，看得出来刻意跟她保持了一个合适的距离，既不贴近，又确保对方在自己的视线范围之内。

叶蓁蓁目送人家的身影，羡慕不已："小狼狗啊！六块腹肌啊，好棒。"

"你怎么知道是小狼狗，人家叫老板，明显是保镖。"

"保镖就不能是小狼狗啊，身兼多职不挺好吗？"

苏桐"哧哧"地笑："叶小姐你很可以嘛，这么懂。"

叶蓁蓁拍拍他的肚子："你别管我懂不懂，回家多加一点腹部肌肉练习知道吗，要知耻而后勇。"

苏桐低头看看，气急败坏："我腹肌怎么了？一样六块，只是埋伏在一层薄薄的脂肪下面不见天日而已。"

他做项目到处跑的时候，不管在一个地方要待多久，落地马上就近买健身卡，清早半夜见缝插针去锻炼，坚持有序，再加上天生身体底子好，苏桐跟普通人比各方面都算是强很多了。但架不住阿彬是专业级的啊，那线条层次、肌群力度，基本上涂一层油就能上台参加健美比赛，大家确实不在一个量级。

叶蓁蓁赶紧点头："好好好，埋伏就埋伏。"埋头把耳朵贴在他肚子上听了一下，严肃认真地说，"埋伏得真深啊，都感觉不到它们的存在。"被苏桐笑着一把掀了下去。

说起来人跟人之间的缘分很奇怪，不认识的时候无论在哪儿都见不到，见到了也不会察觉有这个人的存在，一旦认识了之后，就在哪儿都能见到。

神仙岛也不大，来来去去就是海滩、餐厅、泳池。苏桐和叶蓁蓁在各个区域不断碰见高姐，很快摸出了她的生活规律：她定时游泳、定时吃饭、定时出现在水屋外的木道散步，一逮一个准。

大家聊得多了，他们俩慢慢就知道高佳妮是潮汕人，家在北京，来马尔代夫是为了疗养。因为医生说南亚的天气对她的身体好，待了一个多月了，可能过几天换一个岛再住一段时间，除此之外，就没有别的了。干什么的，有没有老公孩子，一律提都没提。

叶蓁蓁也没有特别去问，在这个世界上好好当大人的标志之一，就是不需要知道其他人太多事。

岛上第五天的下午，苏桐睡着了，叶蓁蓁一个人在海边捡贝壳，刚好遇到高佳妮游完泳上来。也许是因为天色太美，高佳妮不知道为什么没有跟平时一样马上回房间，而是套上一件平常穿的那种丝质长袍，停留在沙滩上往远处眺望，很久都一动没动。

叶蓁蓁一时兴起，远远地给她拍了几张照，取景框里的高佳妮，沐浴于斜阳温柔艳丽的光线中，衣袂飘飞，若有所思，身前是一望无际的大海，身后是空空如也的沙滩，此外别无他物。镜头里正好有一只海鸥划过天际，海天一色，高佳妮身处其中，孑然一身，有强烈的孤独之感。

晚上叶蓁蓁在房间里翻看着照片，百思不得其解，问苏桐："她明显很有钱，不然不会在这儿一住就一个月，看样子还会继续住下去，身边又带了一个那么帅的男人朝夕相处，怎么感觉这么萧瑟呢？"

苏桐在手机上看美股，对叶蓁蓁的疑问报以"嗯嗯啊啊"有口无心的回应，听到"萧瑟"两个字乐了一下："挺文艺的啊，想多了吧，说不定人家那会儿就是困了，眯着眼睛打瞌睡。"

叶蓁蓁不服气："我是打瞌睡方面的专业人士，怎么可能看不出来这个？"

第二天她把相机拿到海滩给高佳妮看，高佳妮一张张看过去，像是看小孩儿玩意儿的神情，觉得有趣，但并不认真。直到看到最后一张，也就是叶蓁蓁觉得她孤独的那张时，高佳妮忽然静了下来，久久凝视，良久才转头对叶蓁蓁一笑："记得发给我。"

于是，高佳妮顺理成章就在叶蓁蓁手机上留了自己电话和邮箱地址，那个电话中间四位都是0，最后四位非常顺口，看一眼就能记住。这是初代中国移动全球通的号，市面上早已经没有了。

叶蓁蓁没心没肺的："这个号码很老了哦。"

高佳妮失笑："我也很老了呀。"指着后四位，"这是我先生的生日。"

叶蓁蓁很羡慕："我以前也想弄一个苏桐的生日当号码呢。"

"那有什么难的，要不要我帮你找一个？"

"不要，他的生日是4月4号，太不吉利了。"

高佳妮失笑，摇摇头："小迷信。"

第二章
做人嘛,最重要是能高能低

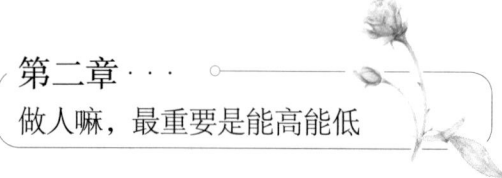

"快乐的日子总是过得特别快",这句话这么俗又这么有道理,简直叫人生气,但谁也对它没办法。

一转眼七天的假期就结束了,叶蓁蓁和苏桐离岛的时间是当天下午四点,他们睡到自然醒,然后起来收拾行李,好好吃一个早午餐,等行李送到大堂后一看表,发现还有一个多小时。

叶蓁蓁马上闹着要去海滩散步,作为一个来自灰蒙蒙的山城、生活在灰蒙蒙的大北京的人,她对蓝天白云和海水沙滩有执念,就是多转一下也是好的。

苏桐当然顺着她,两个人往海边踢踢踏踏走着,穿的夹趾拖鞋"啪啪"地敲在碎石铺成的小道上,惊动了一条绿色的小蜥蜴,从草丛里敏捷地跳出来又跳回去,窸窸窣窣地就不见了。

叶蓁蓁去撵那条蜥蜴没撵上,甩着手回来,想起来了:"哎,咱们顺便去跟高姐告个别吧。"

看看时间,高佳妮这会儿应该就在沙滩准备游泳,苏桐问:"她不会还要继续住下去吧?"

"估计是,这儿嘛,好景好色好无聊,住那么久有啥意思,她还是一个人住?"

苏桐揽着她的肩膀:"你怎么知道她一个人住?"随便猜了一下,"说不定跟老公吵架了,带小男朋友来散散心呢。"

叶蓁蓁眼前一亮,感觉找到了一个对付老公吵架的正确打开方式。

苏桐一看她表情就知道意思,连忙表忠心想要打消她的念头:"不不不,我绝对不会跟你吵架的，不管我错没错，要批评教育要杀要剐随你便，总之你千万不能来马尔代夫住一个月扔下我不管。"

叶蓁蓁认为世事难预料，未雨绸缪比较安全："那万一呢？"

"万一？万一？"

苏桐装模作样沉吟了一下，想出了辙："非要离家出走的话，青城后山农家乐考虑一下？"推荐得很热心很真诚。

很多成都、重庆的老人，到了夏天就会往青城后山跑，那儿一片片都是农家乐，一栋一栋当地人自己建的房子跟教学楼一样，横平竖直，门挨着门，建筑美感等同于没有，但环境太好了，怎么住都舒服。

越是热天，生意越好得飞起，长住的客人老头老太居多，住一两天的游客就什么人都有，单人间、双人间、多人间任君选择，设施齐全，包三餐一宿，自动麻将机管够。

硬件一般，但来的人过的是神仙日子，偌大一个青城山跟大氧吧一样，菜园子就在屋后头，种得水灵灵的，现拔现做，十人一桌吃围餐，荤素搭配、营养健康。来的人上午爬山下午睡觉，傍晚四人一组麻将开打，又不缺乐子又不缺搭子，兼顾了心灵和身体的双重需要，是养生度假的不二之选。

叶蓁蓁稍微比较了一下就得出了结论："我感觉也是青城山好些。"主要是对一吃吃了七天的岛上餐厅心有余悸，"靠自助餐没法活。"

他们聊着天，信步走去平常高佳妮下水的海滩，远远就看见她在海边热身，一看时间三点整，真是雷打不动的节奏。

叶蓁蓁叫了几声高姐，海风太大了，距离尚远，对方完全没听见。苏桐四下看了看："今天怎么不见阿彬？"

正说着，阿彬高大健硕的身影就从海滩另一头走过来，跟平常一样不紧不慢，他没有注意到苏桐他们的存在，径直去了海边。这个男人就像一条沉默的影子，除了高佳妮，从不和其他人说话。几人相处了这么多天，除了知道他叫阿彬，其他都是空白，和老板的风格倒是如出一辙。

叶蓁蓁一面往海边走，一面试图向高佳妮和阿彬挥手引起他们的注意，没有成功，她也就不再纠结了，耸耸肩："回头给她发个短信吧。"

这个世界上天天都有人跟你萍水相逢，要分别的时候，也不必一定要说再见。

眼看高佳妮他们已经下了水，苏桐和叶蓁蓁转向往沙滩的另一头走，叶蓁蓁脱了鞋子在沙上踩脚印，苏桐就摸出一个小望远镜看天上的水鸟。

今天的鸟格外多，一群一群扑啦啦飞过，苏桐扭头追随着水鸟的踪迹，被叶蓁蓁拉着跌跌撞撞往前走，忽然停下步子，"哎"了一声。

叶蓁蓁享受着海水漫过脚背的清爽感，漫不经心地问："怎么了？"

苏桐转过身，双手举起望远镜，这一次不是在看水鸟："阿彬怎么没跟着高姐下去啊。"

叶蓁蓁一听："啥？"

她跳起来抢过苏桐的望远镜，往海的深处看去，搜寻没多久就看到了高佳妮。

天天在旁边看，叶蓁蓁他们也算是相当了解她的行为模式了。高佳妮游泳的时候中间几乎不停，总是要一口气到了防鲨网才会稍事休息，而后往回游，这个过程中她会往后看一两次，而阿彬则会一直跟着她，在她往后看的时候举手示意自己的位置。

现在她还没到防鲨网，却已经停了下来，也许就是因为在她回头看的时候，发现阿彬根本没有下水。

望远镜往回拉，叶蓁蓁很快又找到了阿彬，他在齐腰深的地方站着，纹丝不动，默默注视着高佳妮，而后就在叶蓁蓁的视线里，他慢慢往后退，退到了沙滩上，低着头转身快步离开，悄然消失在了海滩与度假村主路之间的一大片椰林之中。

一阵不祥的预感袭来，叶蓁蓁咬住嘴唇，望远镜再次投向海上的高佳妮，紧接着她拔腿就跑，一边跑一边喊："糟了。"

苏桐吓了一跳，赶紧跟上去："怎么了？"

"高姐溺水了！"

"啊？"

苏桐抢过望远镜站下来看了一眼，海中的高佳妮没有再游动，而是在海浪里浸泡着沉沉浮浮，只见她双手胡乱挥舞着，整个人不断没入水中又冒出头来，这绝对不是正常的表现。

他放下望远镜时叶蓁蓁已经跑到了海边水上娱乐中心。苏桐跟过去，一看没有人在，这里的值班时间是早九晚五，但值守并不严格，常常可能所有人都带着客人出海去了，或者干脆提前下班，关键是救生衣也都锁了起来。

两个人赶紧往外跑，兵分两路想就近找人帮忙，结果就是那么不巧，周围没有其他游客，连平常来去清理海滩的工作人员都不见了。

两人在高佳妮下水的地方会合，苏桐和叶蓁蓁对视了一眼，扭头想往海里去，被叶蓁蓁一把拉了回来："你干吗去？"

苏桐认为这显而易见："救人啊！"

"凭你？狗刨能救人？"

苏桐顿时无言以对。

他俩之间说到运动能力，其他方面苏桐可能都占优，但水性完全一边倒，叶蓁蓁碾压苏桐没商量。

叶蓁蓁拉住了他,他也顺手捏住了叶蓁蓁:"我不去,你也不能去,这可是海。"

叶蓁蓁知道他关心自己,可是人命关天又不能不管,在那里急得跳脚,突然一眼看到不远处在水中漂浮的风帆板,当机立断:"这样,你赶快跑出去找人帮忙,我把风帆板弄去高姐那儿,她有东西抓着能争取一点时间。"

苏桐还不放,叶蓁蓁喊起来了:"总不能看着她死吧?我保证我肯定抓着帆板不撒手行不行?"

苏桐愣了一下,突然想起了什么,叫她:"你等一下,千万不要动,等着。"撒腿跑到水上娱乐中心,转了一圈,在地上看到一箱子大瓶装水,他拿出好几个瓶子把水"咕嘟咕嘟"倒了,再从垃圾箱里翻出两个塑料袋当绳子用,三下五除二把空瓶子扎成了一串,回去绑在叶蓁蓁的腰上。她一脸蒙:"这是啥?"

"土制的救生衣,给你增加一点浮力。"他虽然游泳不行,常识倒是很多,"溺水的人没有思考能力,只会拼命往下拉你,你多一点浮力就多一点呼吸的余地。"

他抱着叶蓁蓁的头在额上狠狠亲了一下:"你要顶住,我马上去找人。"

说话声音都是颤抖的,就像是一个从小怕蛇的人马上要被丢进一个蛇坑,即使如此,他也没有再阻拦叶蓁蓁。

叶蓁蓁点点头,扭头飞快跑进海里,风帆板推出去,上板、起帆,她手脚好像僵硬了,身体不断发抖,心跳得仿佛要立刻冲出胸膛,但她稳住了自己,不断深呼吸,不断刻意放慢动作,过去几天训练的结果稳稳当当在释放,一个动作都没有乱。

从小到大她都是压力型选手,越是迫在眉睫越是超水平发挥,她对自己说,今天也不会是例外。

很幸运,风不大不小,风向也没有大问题,叶蓁蓁成功地一次上好了帆,帆板在海面上平稳滑行起来,她屏住呼吸迎合着风的方向,直进、迂回,想象那是一对有灵性的翅膀,生在腋下,迎风而振,又想象是女武神座下的飞马,向着目的地奋勇跃进。

中途落水了两次,有一次头砸在了坚硬而锋利的风帆板边缘,她感觉到热热的东西从耳朵边流下来,可能是血,但她无暇伸手去摸一把,用最快的速度回到了帆板上。

感觉花了一个世纪那么长的时间,她终于靠近了高佳妮,只要跳下水就能够到对方,但叶蓁蓁在那一瞬间被吓到了。水里的高佳妮不再像之前在望远镜中看到的那样上下挣扎,而是变得十分安静,她脸色惨白,微微低着头,口鼻不时没入水中,在波浪中一起一伏,不知死活。

在35℃的南亚阳光里,叶蓁蓁背上汗毛突然全都竖了起来,浑身冰凉,恐惧像是电流，一阵阵流过脊背与四肢。

她深呼吸，为了安慰自己不断自言自语地念叨着："我来救你了，高姐你顶住啊，我来了啊，没事的，没事的。"

她手上操作着风帆，尽量让帆板靠近高佳妮，距离已经很近，高佳妮现在已经可以伸手去够帆板了，但什么都没有发生，她似乎完全失去了意识。

叶蓁蓁抓紧了帆绳，低头傻看着水里沉浮的那具身体，大脑一片空白。大海如此空旷而寂静，绵延无边，就像这个世界突然只剩下她一个人，随时会被吞噬和毁灭，这种感觉太可怕了，能让人不由自主地狂叫起来。

现在泡在水里的高佳妮，刚刚也许有过同样的感受，而且十倍甚至百倍的强烈，那真是可以杀人于无形的恐惧。

叶蓁蓁赶紧把目光焦点转回到风帆的高处，而后拼命去想苏桐的脸，他现在一定在放开了脚步狂奔去求助，他那么爱她，一定会把命都豁出来尽快找到帮手就回来。即使自己被困住了，也就是一会儿，就只需要坚持一会儿，苏桐一定很快就会来。

她抱着对爱人的信任，努力镇定下来，而后一咬牙一闭眼，往水里跳了下去。

果然苏桐是对的，那一圈绑在身上磕磕绊绊的空瓶子此时突然就发挥了作用，像一件真正的救生衣一样把她往水上提。风帆倒下来，叶蓁蓁一只手拉着沉重帆布的一角，另一只手去够高佳妮，嘴里呼喊着："高姐——高姐——高姐——"

高佳妮完全没有回应，就像已经迷失在了另一个世界里，可是当叶蓁蓁接触到她的一瞬间，高佳妮却猛然像从噩梦中醒来一般，马上就抓住了她的胳膊，整个人压了过来。她抬起了头，眼睛睁得像两颗圆珠子，黑漆漆的瞳孔一点光泽都没有，死盯着某一个地方，不知道她到底看见了什么，双手狂乱地挥舞、抓挠，一碰到叶蓁蓁就死抓着不再放松，指甲深深嵌入她的皮肤，力气大得惊人。

叶蓁蓁猝不及防，被高佳妮拉得脱开了帆布，沉了下去。她及时闭住了气，没有呛到水，可是铺天盖地而来的惊慌，却像铁板一样压在了背上。她满心想要踢开高佳妮，转身逃回岸边，但很快就意识到，即使她当机立断这样做，也没有机会了。高佳妮死死抱住了她，如同一条象征死亡的八爪鱼，两人都沉在了水下，而高佳妮本来绑好的浓密长发此刻散开，就像有妖力一样在水面上漂浮，遮盖住了天日。

生死攸关的瞬间，叶蓁蓁忽然福至心灵，她屏住气，不顾胸腔里要燃烧起来一般的焦灼感，身体不再挣扎对抗，而是专心地拼命从里向外推开高佳妮抱住自己上半身的一条手臂。她感觉到自己的指甲深深陷入对方的皮肤，像要把高佳妮的关节都掰断了。终于在窒息之前，她勉强拉出了一点自己活动的空间，就着这一点空间，她努力伸出手去，抓住了一大把高佳妮的头发，然后用尽了全身力气向下拉。高佳妮被拉得一仰面，手脚稍微放松了一点，叶蓁蓁趁机冒出头来，深吸一口气，而后一拳打在高佳妮的侧面脖子。高佳妮嘴里发出古怪的"咕嘟"声，一歪头，眼睛翻白，紧接着手脚就更放松了一点。叶蓁蓁稍微松了一口气，随即咽喉就被哽住了，她怕得要死，想要放声大哭，心里却也清楚知道现在不是哭的时候。

她没工夫去想这样做是不是会干脆让高佳妮淹死，因为如果不这样做，她们两个都一定会淹死。

当高佳妮的身体完全放松之后，叶蓁蓁努力蹬着水，艰难地拉着她，往漂浮在附近的帆板游去。等终于够到了帆板，她就一只手扯着高佳妮，一只手拉住一点帆布，在茫茫水中浮沉着，仿佛过了一万年那么久，才终于听到一阵快艇"突突突"的马达声，那美妙程度无疑如同天堂的仙乐。

苏桐跟岛上的工作人员一起过来的，还比救生员先一步跳进海里。其他人去拉高佳妮的时候，他穿了救生衣，笨拙地蹬着水，抱着叶蓁蓁，摸她的额头，脸色惨白，就跟自己刚被淹得半死一样，声音发着抖，不停地问："小包子，小包子，你没事吧，你没事吧？"

叶蓁蓁浑身都虚脱了，全部力气，甚至不存在的力气都用完了，靠在他身上，勉强笑了笑，气若游丝："没事，活着呢。"

救生员安置好了高佳妮，又将他们俩拉上了快艇，阿里也在上面，对叶蓁蓁竖起了大拇指："Hero!（英雄！）"

在快艇上，救生员给高佳妮做了心肺复苏，她恢复了呼吸，上岸后迅速被抬上担架坐上车，去了医务室。阿彬这时候才出现，上车坐到高佳妮身边，仿佛完全不知道发生了什么事似的，一脸惊讶、焦灼和自责，从头到尾看都没有多看叶蓁蓁和苏桐一眼。

工作人员要叶蓁蓁也去医务室，被她拒绝了。她像大猩猩金刚一样拍了拍胸膛表示自己没事，人家看到这么生猛的动作居然也信了，表示过一阵子来接他们，车子扬尘而去。

海滩上只剩下叶蓁蓁和苏桐两个人，前前后后发生的事来如闪电，去若惊鸿，简直像是一场梦。苏桐把她安置在沙滩椅上，用浴巾把她包好，自己坐在旁边拉着她的手。叶蓁蓁闭着眼睛躺了一会儿，稍微缓过来了，扭头问苏桐："宝，你说，咱们要是在这儿见义勇为牺牲了的话，评烈士吗？是中国评呢，还是马尔代夫方面评？"

苏桐气不打一处来："你说点好的。"伸手摸着她的脸，把甩下来的头发撩开，不小心碰到了耳朵旁边，叶蓁蓁触电似的甩头："哎哟，疼。"

苏桐一看，眉头打结："这儿破了，挺深一个口子，这该流了多少血啊。"

叶蓁蓁这才想起自己在风帆板上磕那一下，心有余悸："刚才从板上掉下来磕的。哎呀，不知道会不会破伤风、脑震荡。"

苏桐心疼死了，搂着她肩膀把她扶起来："必须去看医生，咱们走吧。"

叶蓁蓁顺从地点点头，起身乍眼看到浪潮起伏的大海，突然之间一阵后怕排山倒海。她往后一缩，觉得全身像是散架了，骨头缝隙里都累得不得了，累得眼睛都睁不开。

头上摔伤的地方，手臂上被高佳妮抓伤的地方，分分寸寸，全都刻骨铭心地疼了起来。叶蓁蓁眼里噙着泪，伸手抱住苏桐，抓住他湿淋淋的衣服不放。

苏桐紧紧抱着她，一面不歇气地哄："乖妹妹，不怕，我在呢。你最棒了，你是一个大英雄知道吗？我最爱你了。"一面轻轻摸她的头发脊背，一遍遍地摸着。

两人依偎了一会儿，苏桐一个公主抱把叶蓁蓁抱起来，慢慢走去医务室。

幸运的是伤口不算严重，很快就处理完毕。一看四点多了，两人赶紧回大堂拿行李箱换衣服准备出发。酒店的经理在那儿等着他们，首先告知高佳妮没有大碍，已经第一时间转去了马累进行护理，接着对叶蓁蓁救人的英勇行为表示感谢，送了她三天两夜的免费入住礼券，欢迎下次再来。

叶蓁蓁天真，还为此高兴了一下。苏桐就把脸一板，用他流利的华尔街口音英文对人怒吼："我保留投诉以及诉讼的权利，我认为贵方没有必要的安全防护措施，在风险应对上存在极大的漏洞，出现这样的事故，全是你们的责任。"

经理一连声道歉，好话一嘟噜一嘟噜地往外说，苏桐板着脸不依不饶，而旁边拿着行李的服务生就苦着脸不断看停在码头的船，那边的工作人员正在向这边猛打手势。

叶蓁蓁听苏桐训人训得差不多了，拉上他往码头就走，经理还一直跟着不停说"Sorry"，等上了船她就笑苏桐："挺凶的嘛，你真要告他们啊。"

苏桐很懊恼："我跟你说，真要告是可以告的，就是太麻烦了。"

叶蓁蓁想了一下这个天远地远打官司的难度，摇摇头："算了吧。"

苏桐摸摸她的脸："就这样便宜了他们？"

叶蓁蓁实话实说："海滩上设了警示牌说没有救生员的哦，这算不算是免责了？"

她摸了摸额头，感觉疼："我倒是觉得阿彬责任比较大。"语气好像阿彬就在面前被她质问似的，"怎么就不及时跟上去呢？"

苏桐想说什么，又忍住了，伸手搂住她，往自己怀里拉了拉："小包子。"

"嗯？"

"下次遇到这种事，打死我都不让你去了。"声音挺严肃的。

叶蓁蓁抬起头来："为啥？"

苏桐看着她："万一你有个三长两短，我他妈怎么活啊。"

后来高佳妮怎么样了他们俩都不知道，叶蓁蓁打过一个电话想慰问一下，结果那边关机，她也就把这事儿抛到脑后了。她很忙，忙着去面试，去马尔代夫前发出去的简历陆续有了回音，苏桐的假期倒还有几天，刚好"三陪"上岗。

他很乐意为叶蓁蓁打辅助，发挥自己咨询投资行业的优势，针对每次面试都提前收集对方公司资料，评估发展前景，了解相关岗位要求和工作职责，像模像样做成小抄给叶蓁蓁看。叶蓁蓁被他闹得啼笑皆非："至于吗？我应聘的是人力资源主管、行政主管啥的，干的就是填工资表、跑社保局、登记个考勤这样的活儿，需要了解公司五年后上市的可能性吗？"

苏桐一本正经："哎，搏兔以搏狮之力，了解一下，说不定你三年升五级在上市公司高管名单里列席呢，有没有？"

叶蓁蓁翻白眼："有个鬼。"一边又探过头去亲一下，知道他这是爱自己。

这么信心满满、浩浩荡荡地出去，三天五个面试，叶蓁蓁全都吃了白果，有的是当场就吃了，有的是第二天电话通知不合适，还有一个说等消息，过几天打电话过去，对方却说这个职位现在不招人。

叶蓁蓁心里就很难过。

她应聘的职位其实并不高，都是五六千一个月的主管级别，行政、人事一块的，工作范围驾轻就熟。投的几家公司也都比较有规模，想着大一点嘛，比较稳定，可以看得见上升空间，不至于像一些初创公司一样，开年烧钱，年关倒闭。

对方知道她想要什么，她却发现自己没估计到对方想要什么，她又不笨，多面试几次，就把那些弦外之音都咂摸出来了。

"叶小姐，你的工作经验很丰富，我们也很欣赏，但对我们来说，确实Over Qualified（资历过高）了，我们的人事总监和你的年龄差不多，在管理上会有压力。"

"你的简历显示你在过去六年，一共在八家公司上过班，你能解释一下为什么这样频繁跳槽吗？"

听完解释之后面试官就若有所思："如果你男朋友再次派驻外地呢？你还跟着他去吗？"

真是自己挖的坑，崴了脚都要跳下去，这个问题不管怎么答，反正都是错的。

面试官还有更直接的："你正处于婚育阶段，家庭压力会比较大，而我们需要的员工不但要有工作经验，更要做好把时间精力全部投在工作上的心理准备，这个职位可能不合适你。"

最后一个面试在国贸三期，叶蓁蓁告辞时和对方假惺惺地握手，听着人家说下周一会给答复，但结果大家都心知肚明。叶蓁蓁垮着脸下了楼，在写字楼大堂角落的咖啡厅里找到了苏桐，他正在玩手机，看到她眼睛一亮："怎么样？"

叶蓁蓁不说话，摇摇头坐下来，不顾自己穿了熨得笔挺的西装套装，往咖啡桌上一趴，半张脸埋进去，眼看肩膀都塌下来了，这是她很沮丧很沮丧时候的标准动作。

苏桐先没说话，把手机收起来，过去帮她买了一杯她常常喝的焦糖摩卡低因咖啡，再买了一个棒棒糖，拿过来的时候叶蓁蓁还趴着。

他掰开她手心，把棒棒糖塞进去，突然说："对不起。"

叶蓁蓁露出半张脸，怪可爱地瞅他一眼："干吗？"

"如果不是为了我，你现在肯定是各大猎头疯狂追逐的对象，根本不用去找工作。"

叶蓁蓁哼了一声，眉头放松了点："人家凭什么追逐我？"

苏桐用手比画了一下："主要是美。"

叶蓁蓁笑了出来，在苏桐面前她笑点特别低："你才美。"

苏桐把手放在她手臂上："实在没有合适的工作，咱们就先不找了。你老公这么能挣钱，全部交公，绝不让你操心。"

叶蓁蓁"嗯"了一声，又摇头："不是那么回事。"她竖起手指对苏桐摇摇，"劳动是人的刚需。"

苏桐好言相劝："劳动没有高低贵贱，咱们在哪儿都能劳动，你说呢？"

叶蓁蓁很不情愿："你想说啥，让我开个淘宝店？天天跟人说，亲，你来了，我们十八块五毛任选两件包邮哦。"

看叶蓁蓁学得惟妙惟肖，苏桐乐了："你别看不起淘宝店，那谁谁谁，一年流水上亿好吗？大生意。"

"那是网红，你瞧瞧我，是不是网红，能不能现充一个？"

苏桐理直气壮："你可比网红好看多了，能素颜上镜，能前置摄像头自拍，站定就一段Rap（说唱），特别能打！！"

叶蓁蓁啐他："滚。"忍俊不禁。

苏桐看她心情稍微轻松一点了，把她的包拿过来自己背着："劳动不劳动的再说，快到饭点了，咱们找个地儿吃饭去吧？"

两个人站起来手牵手正要往外走，突然有个人斜刺里杀出来，直晃到他俩面前，吓了他们一跳。要不是对方及时开口叫了叶蓁蓁的名字，苏桐就要挥出一记直勾拳了。

"蓁蓁？是你吗？"

来人一看就和高级写字楼八字对板：鹅蛋脸，韩式一字眉，豆沙色的红唇颜色妥帖，妆容得体。眼看要到下班的疯魔时刻，对方还一丝不苟，可见自我管理的强度有多高。身上一条纤秾合度的黑色小洋装，珍珠耳环画龙点睛，谨慎地贯彻了"Less is more（少即是多）"的美学原则，鞋子是唯一有 Logo 的，而且很大，就镶在鞋头，那是一双经典的黑色 RV 浅口中跟鞋。叶蓁蓁认识牌子，她有时候也买，买之前嘀咕人家为什么不打折，还需要苏桐在旁边吆喝个三五次"买买买"才能一咬牙一跺脚结账。

叶蓁蓁先看完人家的衣着打扮，而后才从记忆里钩沉，找出了那张脸的主人："杜洋？"

两个女人终于拥抱在了一起，苏桐在旁边松了一口气。尽管前后不过几秒，但那种双方互相打量的紧张感，就像一个踩在脚下将破未破的水气球，谁都不知道下一秒钟会发生什么事。

"你在这儿干吗呢？"杜洋先发制人。

叶蓁蓁从容应对："来有点儿事，你呢？"

杜洋往电梯的方向瞟了一眼："我在这儿上班啊。"

叶蓁蓁的心都提到了嗓子眼上，祈祷着可千万别是自己去面试的那家，从杜洋的行头来看，她现在的职位一定不低，两下一对比就太尴尬了。

陌生人怎么挑剔你都能转头一分钟忘掉。毕竟不痛不痒，走出那扇门，谁还认识谁呢？可是在熟人面前吃瘪，那就真的是宁愿找个地缝钻下去了。

杜洋从小手袋里掏出一张名片，发给叶蓁蓁，还挺老派的："我在冠平保险，还是老本行，搞人力资源。"眼波一转，笑眯眯看着苏桐，"这位是？"

苏桐挥挥手："'三陪'。"

叶蓁蓁拍他一下，严肃脸："让你说话了吗？多嘴扣钱啊。"

苏桐笑："好好好，不说不说。"

叶蓁蓁满意地点点头，向杜洋介绍："我找的'三陪'。"

杜洋看了苏桐两眼，突然"扑哧"一笑："你是苏桐吧？"

"你怎么知道？"

"我们读书的时候全班都知道叶蓁蓁有个男朋友在北京，名字叫苏桐，不少男同学对你怀恨在心呢。"杜洋轻轻推了一把叶蓁蓁，"她呀，多的是人喜欢。"

苏桐很大度："那必须的啊。"

杜洋笑吟吟地刚要说什么，捏在手里的手机突然响了。她沉下脸，皱着眉头，接起来听了十秒，简单回复："我马上上来。"电话一挂又堆上了笑容，从头到尾表情神态转化速度如同闪电，滴水不漏："亲爱的，不好意思，我要回去开会了。"

她指了指名片："加我微信啊，就是电话号码，同学这么多年，别又失散了。"

她转头走了，叶蓁蓁看着她的名片："投资产品线部门的人力资源总监，哇，厉害。"

苏桐看了看："确实很厉害啊，冠平保险的投资部门规模很大的，招人门槛很高。"

叶蓁蓁叹口气："她真是，人生赢家。"

叶蓁蓁仔细一想就知道，杜洋这种人是一定会成功的。她大一就开始找实习机会，不断盯着专业方向考各种证书，自学课程，制定读书计划，大三开始准备考研，从人力资源转了工商管理方向，一举成功。她出来工作三年之后考MBA，考的是名校在职，周末上课，压力奇大的那种，学位一到手，立刻跳槽。学历、经验加上对工作变动方向的精准把握，让她的年薪在六年之间，至少涨了十倍。看她的行头也知道，杜洋至少是实现了鞋子自由的。

当年她们还在读书的时候就说，女孩子的财务自由，从下往上，先是超市零食区自由。爱吃啥就吃啥，美国坚果、日本话梅，随便整，买一包现吃，放一包等过期。

接下来是口红自由。什么星辰，什么红管，什么小羊皮，不用海淘、代购、双十一，不用琢磨着买多少有折扣有返券，就上专柜对柜姐一挥手，不试色了，一套All in（全包），那才叫潇洒。

再接下来是鞋子自由。一双大牌的好鞋子，比一个大牌基本款的包还贵，攒一年工资买个包，是虚荣心，同样的钱拿来买鞋，而且不拘一年买几双，才叫作"有真我"。

最后一步是房子自由。想买别墅买别墅，想买平层买平层。这时候男女之间才实现了价值观的互通，开始同仇敌忾，对抗世界。

杜洋本科毕业后的一应经历，叶蓁蓁都是听同学说的。她们在大学不是一个班，但常在一起上大课，几年下来混个脸熟是肯定的。作为典型的热爱生活派，叶蓁蓁向来在学业上进心方面表现平平，唯独朋友特别多，人缘特别好，是班上的一块万能磁铁。任何活动如果需要动员全班齐心协力，首先就要去做叶蓁蓁的工作，只要她有兴趣，就能把所有人都带上，有时候还莫名其妙多出几个其他学校或者院系的。

所谓"物以类聚，人以群分"，她的朋友自然也都爱吃爱玩，惯于也勇于考试之前"抱佛脚"，而杜洋则绝不属于其中之一。

读书的时候觉不出高下，毕竟人各有志，久别重逢再看，叶蓁蓁马上觉得自己各方面都粗糙了迟钝了，不高级了，心里有点发窘，态度都不自然起来。

她这么说的时候，两人已经走出了国贸。苏桐听完不以为然："不能这么比，你看着她光鲜亮丽，实际上天天加班，心力交瘁，也挺不容易的。"

叶蓁蓁不服气："No pain no gain.（一分耕耘，一分收获。）你读哈佛的时候不也是每天靠咖啡续命，比鸡早起，比猫晚睡，不然啊，你说不定现在还在解放碑当棒棒[1]呢。"

苏桐哭笑不得："怎么就胳膊肘往外拐呢？"他拍拍胸膛，"做人嘛，最重要是能高能低，就算我去当棒棒，也肯定是棒棒中的风云人物。"他又摸摸叶蓁蓁的头发，"不过不管我干什么，挣的钱也都全部给你。"

叶蓁蓁没脾气："就你戏多。"她把男朋友胳膊挎上，"你当棒棒我就天天去给你送饭呗。"

"那挺好。要有肉知道吗？不能全素，全素没力气干活。"

"要求不高，可以满足。"

叶蓁蓁一边胡扯一边顺手把杜洋的微信加上，两个人就吃饭去了。

第二个礼拜苏桐休假完毕，回去上班了。叶蓁蓁继续面试，几轮下来，结果并不理想：但凡叶蓁蓁觉得还合适的，都没消息了，拿到手的两个Offer呢，一个薪水太低了，简直低得让人为花费在工作上的时间默哀；另一个薪水还可以，公司好像也不错，可是离家极远，远在通州那边。坐车吧，一早一晚京通高速堵得水泄不通，坐地铁吧，人龙排队阵仗堪比春运，总之不管用什么方式通勤，来往都要花起码三个小时在路上，雪上加霜的是那家公司还用钉钉考勤，一天四次刷脸打卡，其严格程度和管犯人不相上下。

叶蓁蓁还在纠结要不要去，被苏桐一句话给否了："天天三四个小时干点什么不好，何必费在路上，还是继续找吧。"

想了半天，叶蓁蓁觉得也对，只好叹口气："好吧。"

苏桐看她不开心，于是委派给她一个重要的任务："要不咱们贯彻之前做好的计划，先看看房子？古人说，修身齐家治国平天下，对吧。我觉得你修身完全够了，顺手修我都够了，咱们把家安一安再想其他吧。"

他们回北京已经好几个月了，既然决定定居，买房子确实是摆在眼前的一件大事。这些年北京的房价一天三跳，越等越贵，趁着还能负担得起，是要赶紧买了。

既然这样，叶蓁蓁顺理成章地就继续宅在家当全职主妇，一面参加各种看房团，一面吭哧吭哧研究开发商、地段、小区配套服务，算公积金贷款月供，一时间倒也过得很是充实。

---

[1] "棒棒"是重庆方言中对挑夫和临时搬运工的俗称。棒棒们爬坡上坎，肩上扛着一米长的竹棒，棒子上系着两根青色的尼龙绳，沿街游荡揽活。棒棒是重庆地区特有的一种文化符号。

第三章
万恶淫为首，论迹不论心

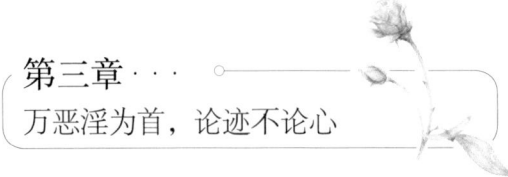

去马尔代夫之前，半夜给苏桐打电话的，是他的下属，杨子意。杨子意是刚转正的新人，苏桐亲自招进来的。

就是她的存在，让苏桐这几个月都过得有点烦。

一切跟工作没关系，虽说辛苦，但苏桐在万邦，一直是顺风顺水。他的业务能力备受瞩目，开山和救火都是一把好手，带的人也都服他，上上下下提起苏桐，都很服气。

回总部时大老板还特意找他，推心置腹聊了一阵子，板上钉钉说了，今年好好做，下次做绩效评估的时候就考虑让他申请当初级合伙人。

在投资公司里，合伙人这个名号很重要，算是登堂入室，有当家做主的意思，不再是单纯打工了。

让他烦心的这个姑娘是中央财经大学研究生毕业，读硕士之前就有两年多财务工作经验，进来后在苏桐部门当投资顾问，负责收集和分析数据。

她有工作经验，专业表现很稳定，滴水不漏之外，工作状态更是非常拼：凡是她参与的项目，任何时候团队加班，她也跟着加班，明明自己负责的部分都已经完成，还是随时待命，积极揽活，而且见人三分笑。

她长得还相当标致，哪怕是在万邦也算佼佼者，瘦白高挑、红唇杏眼，乍眼一看，能让大部分直男和上了一点年纪的女人都产生一种我见犹怜的感觉。

先天后天条件都这么好，她自然很快就和部门里上上下下都熟了，连苏桐的老板老邝都瞩目，开会时好几次问起她。三个月试用期过去，她顺理成章转了正，加薪幅度也比其他新人要稍高一点。

苏桐向来喜欢愿意干活儿的人，更喜欢干活儿干得能有结果的人，根本不管男女，杨子意刚好是最佳对象。

因此不管是转正前每个月例行的绩效反馈，还是转正后她有工作上的事来请教或汇报，他都对待得很认真，邮件必回、电话必接。他刚在总部带上团队，很需要尽快用自己的方式把人带出来。

这对苏桐来说是很正常的事，没想到杨子意就把他当作了独一份儿的贵人。言语行为都处处透着对他的尊敬和关心是常规操作，早上上班，她有时还会给他带个早餐或者泡个茶，有时会站在他办公室门口跟他说上几句话，也不多逗留，很有分寸。

团队出去聚餐或者参加活动的时候，她一定会跟在苏桐身边，不远不近，若即若离，但不管苏桐在干什么，一晃眼就能看到她。

她也常常找苏桐单独谈工作，谈到快结束的时候，趁着收拾东西，或者苏桐在电脑上做谈话笔记，有意无意问他一些私人的问题：苏哥你有女朋友吗？你女朋友做什么的啊？你要求这么高，她肯定特别美吧？今天白色情人节，要不要和女朋友去吃饭庆祝啊？苏哥你这么拼工作，女朋友会不会不开心啊？

苏桐在美国待了几年，对工作和私人生活的界限分得很清楚。但杨子意问问题的样子不像真的在寻求答案，而是怯生生的，感觉是因为在上司面前有点紧张，所以拼命找话题来填补沉默。

于是苏桐有时候会随口答两句，有时会专注在手头的事上一言不发，总体而言没有把这样的谈话放在心上。

直到有一天，在例行的绩效会议之后，杨子意忽然问他："苏哥，你说像我这样的人，结婚之后如果老公让我回家待着当全职主妇，我应该答应吗？"

苏桐当时心里咯噔一下。

大企业里很多年纪在三十岁左右的女员工，专业和经验都在高速成长阶段，绩效表现也是部门的栋梁，对公司忠诚度也极高，但只要开始准备结婚，马上就带来一系列影响生产力的问题：先是结婚，接着是怀孕，接着是育儿，然后是二胎。甭管多高的学历、多拼的工作态度，走上这条道之后就会变成一个薛定谔的女员工，你根本不知道她是能够跟以前一样彪悍能打呢，还是就此摇身一变，判若两人。

更让管理者头疼的，是那些刚刚转正一年不到的女员工也这样，公司留也不行，不留更不行。万邦是大公司，名誉很重要，老是解雇孕妇，且不说公司内部员工怎么想，动不动劳动仲裁也不好看。

掐指一算，杨子意刚好也在这个年龄范围，苏桐就惊了。他几乎是惴惴不安地抬起头来，试图从杨子意的表情来判断她是在进行一个纯粹的假设呢，还是告知一个被假设掩盖的真实情况，而后反问："你要结婚啊？"

杨子意脸一红，笑了起来："不是啦，"她本来已经站起来要走，顺势又坐了下来，"我想从苏哥这样的男人这里知道，到底你们对于女性的选择是怎么看待的。"她比画了一下，"女人是应该追求事业呢，还是应该结婚生子、拥有家庭呢？"

苏桐感觉自己才根本没选择，必须全身心支持女性在职业上努力发展："当然是要追求事业啊！！职业能给人带来经济收入、基本的社交和成就感。人类需要劳动，唯独在劳动中才能成就自我的价值，尤其是女性。"

杨子意笑起来："为什么尤其是女性？"

"因为如果女人待在家里的话，就会跟社会脱节，婚姻维系起来就更不容易了。"

杨子意捂着嘴笑："这难道不是看跟谁结婚吗？"

"跟谁都差不多。"

"跟你呢？"

苏桐刚好有个电话进来，他随口说："也一样。"

杨子意眼前一亮，站起来："那我知道，放心吧老板，我会好好工作，主力拼事业的。"在临出门的时候她回眸一笑，加了一句，"争当你各方面的好助手。"苏桐"嗯"了一声，其实压根儿没听清，电话那头的人已经完全吸引了他的注意力。

过了几天，团队有一个项目尘埃落定，很成功。苏桐的老板老邝请大家吃日料，还带了两瓶唐培里侬香槟过来佐餐。

香槟这种酒呢，喝起来醇和顺滑，但进入血液的速度非常快。苏桐从小跟着老爹夏天吃冷啖杯喝啤酒看球赛，读书的时候在美国偶尔也去酒吧放松，喝外国红酒、中国白酒都是一把好手。他和老邝两个人喝了一瓶没反应，但团队里平时很少喝酒的两个姑娘，就很快有点醉意了。

其间苏桐去上洗手间，出来的时候刚好遇到杨子意在门口，他还来不及打个招呼，杨子意就凭借着那一点醉意，靠过来，在他嘴上亲了一下，而后逃跑似的进了洗手间。

聚餐结束回家，老邝的司机开车送两个姑娘和老板，苏桐自己打了车。快到家的时候杨子意打电话给他，连续打了四次，苏桐全没接，但已经满心都是烦恼，进门的时候干脆把手机关了，第二天早上开机，发现她在微信里连续发了十几条信息。

开始几条是文字的，跟苏桐道歉，说自己情不自禁，回忆自己第一次见到苏桐的场景，提到他对她的照顾和许多两人相处的小细节，苏桐看了都怀疑信息里提到的那个人是不是自己,太仔细了,也太抒情,像是凭想象创造出来的另一个人。后面几条就是语音,全都满了六十秒,可见说话的人有多放飞自我。

文字的部分他看了,语音根本没打开,就顺手把全部信息清空了,留下"意意爱夕颜"这个ID浮在那里,没一会儿又被发来信息的其他人挤了下去。

被女人追求这种事苏桐一点都不陌生,他家世清白、样子端正,有钱没钱的时候都出手慷慨,男人味十足。在大学他就是抢手货,寝室里经常能收到情书和礼物,一般情书看一看,礼物是吃的就跟室友分了,贵重的就退回去,约会的要求肯定是不接受的。

他留学的时候跟朋友去酒吧,洋妞也好,亚洲姑娘也好,经常有来搭讪的,有的姑娘嫌一来二去麻烦,干脆把他一只手直接按在自己半露的酥胸上,绕过诱惑,直接勾引,不可谓不奔放。

要说他对酥胸没兴趣那是假的,血气方刚的男人,长年累月憋着只靠两只手自我安慰,不心痒难熬也是假的。但苏桐从小就心思很定,自己想要什么、想做什么,从不用问别人,决定要下得慎重,下完了就算死也要坚持,这就是他的人生原则。

男女之间,容貌肉体勾起来的热情,来得快也去得快,根本没有长久的,更不用说永远存在了。但人和人之间真正重要的关系则不然——一旦建立起来,就有可能永远存在。

这样的想法是苏桐的家庭带给他的,苏爸苏妈二十二岁结婚,六十二岁出门还牵着手打情骂俏,两人也有打架吵架的时候,但是老太婆一哭鼻子老头子就算了,什么原则都不管了,因为"两公婆要讲情分,也要讲义气"。

叶蓁蓁家里,爸爸妈妈更恩爱,是那种老了还在当街亲亲抱抱叫世人侧目的恩爱法。

这样家庭出来的两个人,自小到大,对婚姻虚无主义和绝望的男女关系这种事都没有概念,也不想有概念,他苏桐和叶蓁蓁之间,也是有情分有义气的,是要结婚生子一生一世的。自己一个人心猿意马,天人交战,没关系,有句话怎么说来着,万恶淫为首,论迹不论心。但必须要给叶蓁蓁交代的,就大事小事都不能含糊。

他删完了信息,第二天见到杨子意也绝口不提这件事,但姑娘再找他单独谈事儿,他就开始尽量回避,工作需要实在避不过,他就把门开着。

这样几次之后,杨子意聪明绝顶的人,当然明白意思,于是再没跟以前一样对他嘘寒问暖,工作上的表现虽然一如既往,但明显就话少了,有时在工位上默默地出神,一看就知道有心事。

团队不大，风吹草动其他人都看在眼里，难免猜测，偶尔话里话外跟苏桐套口风，让苏桐觉得很不爽。

偶尔夜深人静，特别是苏桐日程表上写着出差不在家的日子，杨子意还是给他打电话，他还不能不接，因为她次次都是为工作来的，根本不提私人的事。

大家心里都知道工作虽然紧要，但大可不必非要这个钟点来谈，更不必一次不接打六次，但硬挑明了吧，未免又太难看，怕伤着对方感情，也像是自己多心。

这种相处的模式久了，变成了一桩心事，虽不要紧，也不致命，但就是叫人不痛快。对苏桐这样过日子喜欢大马金刀的人来说，简直是个负担。

他休假回来之后，心情非常轻松愉快，八点一进办公室的门，杨子意就走了进来，看起来状态也不错，嘴角含笑，跟他问好："早啊，度假回来了？"

苏桐愣了一下："是啊，你这么早？"

杨子意点点头："陆总八点半约了一个创业辅导公司的人谈合作，让我一起。"

苏桐没听明白："谁？"

"陆总啊。"杨子意看了他一眼，恍然大悟，"苏哥你度假期间没看邮箱吧？"

"没看，怎么了？"

"陆总的助理Wendy离职了，他找我去兼职帮他一段时间，说邮件里跟你说过了。"她有点申辩的意思，"你去度假我又不方便打搅你。"

苏桐皱了皱眉头："你干多久了？"

"就上个礼拜，他说每天只要我分一部分时间，等招到助理就没我的事了。"

杨子意说的陆总是陆天明，公司创始人的三驾马车之一，不是他的直属上司，平常直接沟通也不多。

她说着话的工夫，苏桐快速看了一下邮件，把发件人一一归类，果然有一封来自陆天明的未读邮件，主题栏空白，被智能分类分到了非优先队列，他度假的时候一目十行看邮件，就直接忽略了。

打开邮件一看，正文称呼也没有，就一行字，告知苏桐他需要杨子意服务几天。

所谓官大一级压死牛，何况陆天明还不止高苏桐一级，更何况苏桐知道自己在陆天明那里向来不怎么讨喜，具体原因说不上，但那种八字不对路的感觉是很明显的。

既然如此，他当然只能顺水推舟："没事，你好好帮陆总，这边工作需要别人接手的告诉我，我来安排。"

杨子意柔和地笑一笑："不用了苏哥，我搞得定。"转身就出去了。

老板要调个人临时用一下，这事儿很平常，苏桐没多想，何况邮箱里积攒多日的工作铺天盖地，把他淹了一个正着，忙到华灯初上才稍微缓过劲儿来。

他出门到茶水间去倒咖啡，顺便做做拉伸，在门口撞见人力资源部的副总监李可。

"还没走？"他跟李可打招呼。

李可是山东妹子，健身达人，羽毛球高手，个儿不高，但比例很好，大眼睛大鼻子，头发短短地飞上去，肱二头肌的线条比大部分男的都明显，穿着工作套装都有一种金刚芭比的即视感。

她说话嗓门高亮，语速跟机关枪差不多，正常人根本说不过她，估计也打不过她。

她在人力资源部有一部分的工作是做绩效考核谈话和负面反馈，经常把人聊得一把鼻涕一把眼泪出门，有些男的哭起来比女生还凶。

苏桐跟她关系很好，主要是因为能吃到一起，两个都是火锅狂人，公司聚餐永远提议涮火锅，还得是四川火锅，所以经常被一群吃不了辣的北方人、江浙人、广东人嫌弃。

平时这个点儿，李可已经去楼下健身房了，但今天还一副走不了的样子："事太多了。"她端着咖啡猛灌，看看四下没人，"公司最近可动荡了，一批一批的人走，你们部门怎么样？"

苏桐想了想："正常啊，没听说谁想走。"

李可不信："杨子意不是申请去老陆那儿当助理吗？"

苏桐一听这消息还比较新鲜："是她自己申请的？"

"是啊，Wendy离职我们就出了内部招聘消息，她瞬间就申请了，我还嘀咕呢，她正经学财经的，现在做的事儿刚好对口，去当什么助理啊。"她说着对苏桐眨眨眼，"后来听说是因为你。"

苏桐严正反对："别瞎说。"

李可耸耸肩，立刻显得斜方肌轮廓明显，说她能和苏桐打个平手苏桐绝对信。

"大家都在说她暗恋你不成，又舍不得离开万邦，所以调岗疗情伤。"甭管多豪爽，女人天生都爱八卦，"哎，是不是真的？"

苏桐哭笑不得："什么真的啊，这事儿我怎么不知道？"

李可明察秋毫："别装了，不过要是真的，你就去劝劝她，考虑一下其他部门或者分公司，不用天天见面，慢慢就把你给忘了，别去老陆那儿。"

"老陆怎么了？"

"你不知道Wendy怎么走的吗？"

苏桐还真不知道，老板的助理大家都认识，但跟谁都关系一般，走的时候他又没在。

身为一个钢铁直男,他对公司内外的小道消息向来没什么兴趣,有人来说就听一耳朵,听完跟自己没关系就忘了,从不打听。

李可张嘴正要八卦,想了想,居然咽了:"算了不说了,反正不是什么好事,你听我的,劝劝她。"

这句话苏桐倒是听进去了,但他考虑了一下,最后啥都没说。杨子意干活真是一把好手,不过,她也是苏桐心头的一根暗刺,主动拔吧,不显山不露水的没法下手;不拔吧,怎么都有一点儿膈应。跟这样的感受比起来,他认为找另一个人干活,难度比较小。

杨子意就这么两头兼顾了好几个礼拜,一个月后,苏桐就收到了她转职的正式申请,陆天明也跟着就发出邮件批准转岗,看来对杨子意的工作很满意。

苏桐当然毫不犹豫就批了,紧接着就在部门群里发信息:子意转职,咱们吃大餐欢送。接着发了一个离职交接流程,将杨子意手头的工作转交出去。他明显早有准备,哪个项目,什么工作谁来接,要花多少时间,需要什么结果报备,一个文件里全都清清楚楚指明了。

群里的人都没去管工作,纷纷先跌破眼镜,一水儿对杨子意的离去表示惋惜。本尊也冒了头,表现很得体地应对着,然后私信里找苏桐:"苏哥,我有一个重点项目,麻烦你亲自接一下可以吗?"

杨子意说的那个重点项目是一个健身房项目,A轮融资[1]估值一亿五千万,想融资三千万,不算多,也没有报上来过项目会,苏桐都没有注意过杨子意手头有这个。

他看了一下杨子意发过来的融资方的BP[2],产品针对无健身经验用户的体适能训练和减肥需求,走社区小型实体店铺连锁路线,主推功能性很强的精品课程,匹配三公里内的小区用户。

健身界这几年玩的花活比较多,苏桐也接触过一些做得不错的,但万邦一直抱观望的态度,没有真金白银投过哪一家。

他们的想法很简单,别管什么包装什么套路,健身要做大,本质上都是做实体连

---

[1] 指创业企业开始运营之后的第一次对外融资,以此类推,第二次融资即为B轮,之后还可以有C轮、D轮等。

[2] Business Plan(商业计划书),简称BP,是公司、企业或项目单位为了达到招商融资和其他发展目标,根据一定的格式和内容要求而编辑整理的一个向受众全面展示公司和项目目前状况、未来发展潜力的书面材料。

锁，而现在的市场下，这个发展路子的经营难度非常大。一开始做得好，不代表一直好；一直好，也不代表哪一天不会说崩就崩。

为什么这样说呢？首先连锁要是铺不开规模，那肯定是没前途的，必须要铺得大了，才能在资本市场做文章。但故事好讲，事情难做，实体连锁铺大了，运营风险和财务风险也就跟滚雪球一样，几倍几倍放大，往往创业团队的经验和能力都跟不上，就只会往需要的地方笨拙地砸钱。

这样一来不用多久，很有可能出现的结果就是企业资金链断裂，老板拍拍屁股跑路，丢下没交房租的几百上千家店和没发工资的上万员工，大家干瞪眼谁也没办法，而投资人之前投进去的钱，当然就是打了水漂。

万邦这几年一直比较注重创新农业、智能制造、文化行业以及部分互联网行业，对实体连锁则看空，这一点上苏桐的看法和老板们基本一致，因此他对眼前这个商业计划的第一个反应，同样是"NO,Thank you,Bye bye"。

和大老板们不一样的地方是，苏桐愿意听更年轻、更没有经验的同事说话。杨子意在这一行资历极浅，但不表示她的见解毫不重要。

商业的未来属于新世代，也许不是开拓者，但一定是使用者。他们的想法有一天会决定一切，这就是未来。在这一点上，苏桐坚信不疑。

他确实看不出这个项目特别在哪里，于是让杨子意过来："这个项目什么渠道来的？"

她直挺挺地站在办公桌旁边，不像以前那样很自然就坐下来。她戴一副黑边框眼镜，头发扎成马尾，比平时显得更严肃，说话也很严肃："是我一个同学发给我的，他在这家公司做行政总监，听说我在万邦，让我帮他看一下。"

苏桐点点头："为什么你觉得这个项目很重要？"

但杨子意误解了他问话的含义，脸有点红，下意识里，她认为苏桐是在暗示这个项目其实一点不重要。毕竟是年轻，沉不住气，语气一下子就带上了抵触，硬邦邦的："小区开店做课程，不上器械，不卖会员卡，资产比较轻，能够快速实现盈利，扩张速度也会比较快，我觉得挺有前途的。"

她说的有道理，不过不是苏桐想要听到的，任何项目当然都有它的光明面，如果只看得到光明面，说出来就能感觉一切尽在掌握，就像把金币放进传说中的生钱罐，一生二，二生三，三生无穷财富。

而经验告诉苏桐，融资的人需要钱并非为了扩大光明面，而往往是为了解决阴影中存在的问题，能够从高歌猛进中看到阴影，才是好的投资者的厉害之处。但他没有试图对杨子意指出这一点，他的目的不在此："这是你个人认为这个项目重要的原因吗？"

杨子意犹豫了一下，苏桐往后靠在椅子上，注视她："说实话。"

她咬住了嘴唇，什么也没说，空气中充满了沉默，苏桐耐心地等待着。

过了好一阵子，杨子意抬起头："你愿不愿意见一下他们的创始人？"

这个要求出乎苏桐的意料："为什么？"

他看了一下杨子意发的项目进度，两个月前开始跟进的，还处在审阅BP、投资经理跟进的阶段，准备用于上部门内部审议会的成型项目书都还没来得及写，这一步还用不上苏桐去见创始人。

但杨子意坚持："你见一下就知道为什么我觉得这个项目重要了。"

两人对视，苏桐从她眼里看到了一种异常坚持的光，当初他招她进来，着力培养，很大原因就是这种为了事业能够拼上一切的光。当然，他让她走，某种程度也和这种特质有关——想要什么就不屈不挠去争取的人，往往会把自己变成一个定时炸弹，谁也不知道她决心什么时候炸，又会把谁炸到遍体鳞伤。

最后他屈服了："好，你来约吧。"他看了一下自己的日程表，"我明天上午八点到九点半没安排，不行的话就要到周五下午三点，你看看对方的时间。"

杨子意眼前一亮，点头答应下来，掉头就往外走，一句多的话没有，干脆得叫苏桐稍微愣了一下。

晚上八点多，他工作终于告一段落，下班回家，进门就看到叶蓁蓁在摆饭桌，手机连着蓝牙小音箱放音乐，嘴里跟着哼小曲儿。他听得出来那是宫崎骏动画片里的插曲《生命的名字》，苏桐陪她去听过久石让的音乐会。

他站在门口看着她，嘴角不知不觉就浮上微笑。他真是喜欢叶蓁蓁，什么都喜欢，看到就高兴，不管在哪里，不管什么时候、什么情境下都一样。他拿到哈佛录取通知书，第一个告诉的人是叶蓁蓁，自己父母排在后面；在最沮丧、挫败感最强烈的时候，他最渴望的也是回到她的身边。只要能够枕在她的腿上，感觉她的手指在额头上轻轻抚摸，世界就还有希望，自己就还有力量，只要休息一会儿就能爬起来继续打。

他和杨子意说，女性应该选择职业而不是当家庭妇女，并非违心之论。他由衷地热爱职业女性，尊重她们，而且真的很需要她们，但这句话不适用于叶蓁蓁。因为叶蓁蓁想要干什么，就干什么；想成为什么，就成为什么，只要她下定决心选择了，他都愿意，他都支持。这个世界上的女人，对他来说分成两种，完全区别对待，那就是叶蓁蓁以及其他。

音乐盖过了开门的声音，叶蓁蓁忙半天没注意到苏桐的存在，他于是提高声音喊："小包子，我回来了。"

蓁蓁眼前一亮："回来啦？"扑过去抱住，"累不累？"

"不累，有啥好吃的？"

"红烧牛腩煲、清炒丝瓜、紫菜蛋花汤，怎么样？"叶蓁蓁一挥手，"我烧的牛腩完败网红店你信不信？"

苏桐绝对配合："网红怎么能跟你比，你是不想出去开店，否则开店分分钟打爆他们。"

他也是真饿了，手都不洗就上去吃了几块，没白拍马屁，是真好吃，食材上好，调和丝丝入扣，味美香浓。叶蓁蓁在旁边笑，盛来饭，给他开了一瓶啤酒，等他坐下吃了一会儿，说："快点吃，一会儿要出去见个人。"

苏桐嗔怪地看着她："怎么还要我接客啊，你不是把晚上的钟都买断了吗？"

叶蓁蓁笑："今晚是贵客，破例一次，你将就一下啊。"

"谁啊？"

"高姐，你记得吗？我们在马尔代夫碰到的那个。"

"你是说你冒着生命危险去救的那个？高佳妮？"

"嗯，不过你一会儿别提这事儿啊。"

"为啥？"

"尴尬嘛，显得人家欠我们多大一人情似的。"

苏桐伸手越过桌子摸摸她的脸："施恩不图报，小包子你还是个真君子。"

叶蓁蓁"呼噜噜"吃牛腩汁拌饭，眼睛从饭碗边上瞟一眼："那当然。"

吃完饭两人一起收拾了东西。叶蓁蓁刚把身上的家居服换下来，手机就响了，她接起来说了几句，看着苏桐："高姐的司机，来接我们了。"

他们一出小区门，就看到街边停了一辆宾利国王，一个看起来可能练过十年八年金钟罩的大块头司机下车，毕恭毕敬地问："是叶小姐和苏先生吗？"

两人不约而同"是啊"一声，对方就拉开后座门，手搭在车门上，姿势娴熟，服务素养很高："高董让我来接二位。"

车子在五环上平静地行驶，外面世界的声音一点都传不进来。苏桐在座位上伸长了腿，一米八几的个儿，丝毫不用屈着，啧啧不已："这车真不错。"

他上网搜了一下，这车顶配将近一千万，于是把手机屏幕亮给叶蓁蓁看，轻轻说："一套房啊。"

叶蓁蓁吐了吐舌头，和苏桐对视了一眼，各自心里都想这位高姐是何方神圣。

他们去的地方在亮马桥，是一家高级酒店公寓。进了大门，司机停好车，引导着他们出停车场、进大堂、进电梯，刷了三次卡才上了顶层三十一楼。电梯门一开，高佳妮已经站在公寓门前等着，微笑招呼："来了。"

一段时间没见，跟在马尔代夫的时候比，她白了不少，但那种白法很不健康，脸像涂了一层蜡，整个人因此显得生气消沉。

叶蓁蓁一出现，高佳妮就眼前一亮，伸手拉住她。她的双手没有半两肉，又硬又冷，可是话语温存："太好了，又见到你了。"

她把两个人引进客厅坐，房子很大，配置也很齐全，但是感觉上空空荡荡的，除了搭在沙发靠背上的两件衣服和茶几上几本书，见不到什么私人物品。

一瓶红酒和一个醒酒器放在书的旁边，醒酒器里装了酒，旁边准备好了三个杯子，苏桐看了一眼酒瓶："玛歌啊，1995年的。"

高佳妮微笑着在他们对面坐下，斟酒："你也懂酒啊？"

苏桐耸耸肩："不懂。"

叶蓁蓁果断揭发："他有时候应酬，喝红酒和威士忌居多，他怕露怯就买书看，纸上谈兵一百分。"

苏桐没奈何："主动损老公对你有什么好处？"

高佳妮停住了手上动作，听着他们对话，笑容在唇边流连不去："酒而已，不需要懂不懂，都是喝。"

她将两个酒杯放在叶蓁蓁和苏桐面前："日本泡沫经济最严重的时候，生意人穷奢极欲，特别是历来商业繁荣的大阪，男女约会时流行把红酒和香槟混在一起喝，甚至还混康帝和唐·培里侬，叫作'桃红康帝'。"

叶蓁蓁一愣一愣的："康帝是啥？"

苏桐给她扫盲："是一种很贵的红酒，唐·培里侬呢，是一种很贵的香槟，两者混在一起。"他摇摇头，"不晓得什么滋味。"

"是不是相当于火锅清汤和红汤混一块儿？"

苏桐想了想："差不多吧。"

高佳妮笑容更深："还是有点区别的，但这个比喻很有意思。"她呷了一口酒，举杯饮酒的姿势说明她惯来好饮，"你们最近好吗？"

两个人很有默契地点头打哈哈："好好好，挺好的，高姐你呢？"

叶蓁蓁想起在马尔代夫那一出还心有余悸："酒店那边说你直接去了马累医院，我们就没来看你了，你没什么事吧？"

高佳妮摇摇头："没事。"她很淡漠，似乎说的是其他人的事情，"我是Panic

attack（惊恐症发作），引起心梗，"看着叶蓁蓁，她语气里有了一点点感情，"幸好你及时赶到，不然我这会儿已经火化了。"

叶蓁蓁不习惯这么隆重的感谢，尴尬地笑了笑："就是凑巧，凑巧。"

高佳妮微笑："梵文里有一个词叫'Karma'，中国人翻译成'缘分'，其实不够贴切，没有那种轮回中辗转不破的宿命感，不过，差不多也就是那个意思。"

她凝视着叶蓁蓁："我们之间的Karma想必很深，所以才会那么巧，在我最危急无助的时候你挺身而出，救了我的命。"

高佳妮说得真情流露，叶蓁蓁都感动了，但与此同时也尴尬得不行，捏着苏桐的手左顾右盼避免跟人对视。她是这样想的，人家高佳妮又没有非要她下水，何必惦记着自己对人有恩惠，上赶着也要人家记得呢？

她从小就这样，愿意帮人，也明白自己愿意的事儿不能落在别人的头上成负担，苏桐为这个常常说她有侠气，跟自己是一条道上的。

但高佳妮全不在意叶蓁蓁的反应，这句话之后直接语气一转，问："我从马尔代夫回来立刻去了一趟美国，俗事缠身，这几天才终于缓过一口气。"

她酒杯在叶蓁蓁杯子上轻轻一碰："我心里一直惦记着要好好感谢你，结果一拖就拖到现在，真是抱歉。"

叶蓁蓁赶紧摆手："不抱歉不抱歉，没多大事，千万别客气。"

高佳妮对她笑："真的吗，救人一命都不算大事？"

叶蓁蓁没心没肺地："救起来了就不是大事。"

苏桐跟风："就是嘛。"两人很有默契地击了一掌，很中二。

高佳妮歪着头看他们，不放弃："对你来说可能是这样，但对我来说不是。"

她又斟了一杯酒："不管怎么样，我能为你做什么吗？"她问得直截了当，"有什么想要的东西，什么想做的事，或者——想要多少钱？"

叶蓁蓁脸都红了，斩钉截铁："没有，没有，都没有。"她还埋怨人家，"怎么能谈钱呢？太伤感情了。"

高佳妮很难得地哈哈大笑起来："不谈钱才伤感情，小姑娘不懂。"而且她对叶蓁蓁的答案也很不满意，"怎么可能什么想要的都没有？"她语气平淡，可是一针见血，"人人都有欲望，也有遗憾。"

叶蓁蓁被她别住了，不知道怎么回答，这时候苏桐接过话来："她没有，我有！"

这句话吓了叶蓁蓁一跳："你有啥？"她扭头怒吼起来，"不准有！"

高佳妮赶紧跟上："可以有，你说说看，我办得到的一定办。"

苏桐胸有成竹："您肯定办得到。"

他不顾叶蓁蓁对他怒目而视，说得兴高采烈地："她想去吃北京的老铜锅涮羊肉，我老加班没法陪她去，要不高姐你请她去吧。"

说到一半叶蓁蓁就松了口气，但还是给了他老大一个白眼儿。苏桐得寸进尺："她没其他爱好，就是特别爱吃，一点儿不挑食，可好养了。"

叶蓁蓁抿着嘴反手打他一下，被苏桐把手握住，放到自己腿上，两人互相看着笑。

高佳妮看着他们，唇边也浮起笑容，那丝笑容有点恍惚，又有点惆怅，仿佛有很多话想说，却不知道从何说起，最后只是微微叹口气，说："爱吃很好，会享受生活。那么，择日不如撞日，咱们明天晚上一起吃饭好吗？"

"我还是要加班，你们去吧。"苏桐直接弃权。

叶蓁蓁一看这也实在不能推辞，否则就太不给面子了，赶紧答应下来："吃吃吃，咱们吃羊肉火锅去。"她想了想，"高姐你能吃火锅吗？"

"能啊。"

"那太好了。"

大事商议已定，三个人东一下西一下聊了一会儿天。叶蓁蓁和苏桐对高佳妮的了解还是没有超过在马尔代夫的时候，高佳妮却对他们尤其是叶蓁蓁兴趣很浓，她在哪儿长大，她学什么专业的，做过什么工作，爸爸妈妈怎么样，有没有兄弟姐妹，平常喜欢什么，事无巨细地问，不知不觉之间，把她的情况问了一个底儿掉。

叶蓁蓁心大，到告别出门了都没反应过来。苏桐就觉得有点不对："这位高姐当侦探吗，翻来覆去地问？"

叶蓁蓁有点懵："没什么特别啊，拉拉家常嘛。"

苏桐不同意："不对，拉家常哪有问这么细的？"

她不以为然："可能有钱人都这样，对靠近自己的人充满警惕，了解多一点比较安心。"在电梯里抱着苏桐的手臂，两个人去哪儿都这样贴在一起，"不过我们也没想靠近她啊。"

这话倒是说得在理，苏桐见过活体案例。他在哈佛有一个同学，韩国人，富二代，特别有钱，长得就跟《西游记》里的鲇鱼精差不多。这位"鲇鱼精先生"对身边的女性充满警惕，常常喝了几杯之后就唏嘘感叹，说他一回国就有人给安排各种相亲，各种Blind date（和陌生人约会）中，他压根儿分不清楚那些凑上来的姑娘是什么路数，是真心喜欢自己呢，还是图自己的万贯家财呢。费猜。

一个人有这样的疑心，就根本没法处理正常的感情关系，当然的，"鲇鱼精"的罗曼史是一部血泪史。换个人干脆游戏人间也就罢了，偏偏这哥们儿天生文艺渴望真爱，搞得自己特别纠结。

苏桐听了几次他的倾诉，给他支了一招："你去找个更有钱的恋爱不就结了？"

结果"鲇鱼精"突然之间就有了自知之明："那怎么能看得上我呢？"

话说回来，有钱人到处是，甭管什么来路，只要把双方关系限定在偶尔一起吃个饭的程度上，就不必深究。他们达成了这一点共识之后，就愉快地不再深究高佳妮的意图了。

结果这个关系的限定，到了第二天就被打破了。

第二天叶蓁蓁如约七点出门，被高佳妮的司机接去吃饭，吃到十点多回来，一脸玩字谜玩不通的表情，进门就扑过去找苏桐："我跟你说件事儿。"

苏桐也刚回来没多久，正在沙发上葛优躺着玩游戏，一听叶蓁蓁说的话有点愣："啥事儿？"

"高姐，她要我去给她当助理。"

"啊？怎么来这一出呢？"苏桐一想，"你是不是跟她说你找工作不太顺利的事儿了？"

叶蓁蓁拨浪鼓一样摇头："没有，绝对没有专门提，最多就顺嘴说了一下，女的过了三十再去找工作，还真不好找，然后说我再过几年就三十了。"

苏桐哭笑不得："这还叫没有提？"他放下手机坐起来，跟着叶蓁蓁去卧室洗澡换衣服，靠在门口跟她继续聊，"那你去不去啊？"

他一看女朋友的表情，都不用回答了："已经答应了是吧？"

叶蓁蓁忙否认："没有！我说了要回来跟你商量一下。"

"那不就是答应了。"他摆摆手为自己代言，"你答应的事儿，我还敢对你说个'不'字啊？"

叶蓁蓁扭过头看着他："她给我五万块一个月啊。"

苏桐吓一跳，这收入对管理层金领或者顶级销售来说不算啥，但对行政、人事这样的文职就是高薪水了，基本要到大公司的总监级别或者小公司的副总级别才可能会有。他觉得不对："这个工资的话，你愉快地一口答应了吗？"

"没有，我说这个工资我就不能去。"

"嗯，是太高了，去了明摆着是占她便宜，然后呢？"

"你说得对，但她跟我们想法不一样，她说五万不行啊，那就八万吧。"

叶蓁蓁往脸上抹洗面奶，摇头："有钱人的脑回路有问题。"

苏桐笑得不行："她到底要你去干吗？"

"个人助理嘛。"

"那到底干啥呢？五万的助理不多见。"

结果叶蓁蓁压根儿没细问："说就是干助理干的活儿。"她大胆地猜测了一下，"给她跑腿儿？订餐厅？陪她去买东西拎包啥的？"

苏桐就明白了："那就是换个你比较容易接受的方法给你钱呗。"

五万一个月干这些活儿性价比太低了，真要请能请四个，非要都砸叶蓁蓁一个人身上，就只有一个解释：高佳妮为了报答叶蓁蓁对她的救命之恩，故意安排一个高薪职位给她。

叶蓁蓁也这样想，她一边收拾自己一边又有点疑惑："她让我去工作的时候很隆重啊，说得很动感情，好像真的很需要我的样子。要说纯粹为了报答我的话，好像用不着演戏演全套吧。"

苏桐上去帮她解上衣的背后拉链："说什么了？"

"说什么她信得过的人不多，而特别助理是贴身跟着她的，不能随便找个人，这话就够贴心了吧。"

"是挺贴心的，但也可能就是哄你。"

叶蓁蓁在他手上打了一下，不是因为他说的话，而是因为他的手跑到了不该跑的地方，没有好好履行自己解拉链的职责："她还说任何人她都可能怀疑，但救过她命的人就没有什么好怀疑的了，你说她看起来不像是疑心病那么重的。哎呀！"

最后一句"哎呀"是因为她无法制止苏桐的手，现在已经摸到了更不应该摸的地方。她笑着转头抱着爱人，去咬他肩膀，两人对于正经事的讨论戛然而止，变成了嘻嘻哈哈的甜蜜前戏，到亲热完了才又把这事儿捡起来。苏桐躺在床上抱着她，抚摸她的背："你要是愿意去试试，就去吧。"

他说得很诚恳："我知道你想去工作，做这个比在一家小公司前台发呆估计要好，高姐肯定不是一般人，你至少能跟她学学东西，要是不行，也没什么损失。"

叶蓁蓁仰望着天花板出神："是哦。反正我说五万那就不干，八千可以考虑。她说这种还价法也很少见。"

"这么不要钱确实少见。"

叶蓁蓁"扑哧"一笑："我倒是想要钱，但要了这个不踏实，还不如不要呢。"

她翻过去仰头看着苏桐："要真去的话，个人助理感觉没有固定上下班的时间，很可能你晚上回来没饭吃哦。"

"怕啥，手机上两个外卖软件难道是留着做纪念的吗？"

"吃外卖不健康，你不能自己做啊？"

"能！开玩笑，我可是留过学的人，精通番茄和蛋的多元组合，以及榨菜的各种创意吃法，一礼拜可以不带重样的。"

叶蓁蓁给他逗得笑："你做的番茄炒蛋是蛮好吃的哈。"她贴过去缩在苏桐怀里，睡意上来了，大眼睛一眨一眨开始蒙眬起来，还含含糊糊地说，"去上班嘛，也是挺好的。"

然后她就睡着了。

苏桐支起手臂看着喜欢的人，轻轻摸她的耳朵她的脸，心里充满了柔情，正要也跟着睡，手机忽然在旁边床头柜上震起来。

他拿过来一看，没名字，但号码他认识，是杨子意的私人手机，出差就老给他打的那个。他心里没好气，刚要挂，忽然想起来健身房那个项目还没有定会面时间，只好接了："这么晚有事吗？"

"跟四平的老板约好了，明天早上八点在咱们办公楼大堂的咖啡厅，你看行吗？"

"行。"苏桐忍了一下没忍住，"不能留言或者早一点打电话跟我说吗？"他瞥了眼床头的钟，已经十一点四十多了。

杨子意轻笑了一声："苏哥，是你教我的，好的工作态度是没有白天黑夜，只有使命必达。"

这话是苏桐培训新人时必说的一句话，此时以其人之道还治其人之身，噎得他说不出话来，只好咳了一声："那明早见。"然后把电话挂了。

第二天叶蓁蓁和苏桐一起出门去上班，她去了高佳妮住的公寓，折腾半天才上到顶层。来开门的是一个慈眉善目圆得像弥勒的胖阿姨，蓝色中式一套穿得干干净净的，头发用布帽子兜着，戴口罩，手里拎个勺，自来熟地对她笑："叶小姐吧，高小姐在客厅里等着你呢。"

她撞进去一看，果然高佳妮就在客厅里坐着，旁边还有另外一个人，正你一言我一语地说着什么。叶蓁蓁乍看过去觉得那个人很是眼熟，只是一时间还反应不过来这位是男是女。

这人平头，个子很高，身段苗条，穿黑色窄身裙，裙子在膝盖上好几厘米，和裙子搭一套的是长摆黑色西装外套，内衬银灰色的亮片T恤。他脸上细细化了妆，撞色撞得惊心动魄，个性十足，眼线眉毛描画得完美无缺，简直像艺术品。美艳之余，他又有喉结，大大方方突出来，存在感十足。

高佳妮随后就为她解开了疑惑："蓁蓁，来认识一下Spencer Li，造型师，他以后负责帮你做形体管理和造型。"

这个名字马上就开启了叶蓁蓁印象的大门，那些印象来自于网络、苟延残喘但高贵光环还在的时尚杂志以及各种电视栏目，Spencer Li这个名字，代表国内形象设计和管理的超一流水准。

他确实和其他出国洗个西洋澡就回来装专家的大尾巴狼不同，履历含金量十足：留学英国，艺术系科班出身，在蒙特卡洛的艺人经纪公司当了十年高级造型顾问，是欧洲、北美许多大明星指定要其服务的对象。

先在国际范围内建立起自己的专业名声，再以功成名就的姿态回国开拓事业，这条路是康庄大道，走起来毫无悬念，Spencer Li很快就成为一线名角追捧的金字招牌。

顾问建立的是声望，收再贵也挣不了什么钱，真正吸金的是他名下代理的一系列欧洲小众品牌，牌子矜贵少有，又经过Spencer Li法眼加持，品位无忧，是国内一干急切希望摆脱"村炮"标签的演艺人员首选，一年上千万净利润入袋，Spencer Li就更贵更难请了。

但不管多贵多难请，对高佳妮来说大概都不是问题。所以他现在就坐在高佳妮旁边，表情很平和，但眼神却像X光，透着挑剔和尖刻，上上下下看了几眼叶蓁蓁，把她看了一个透心凉。

她也没明白过来高佳妮的意思："形象管理？造型？"

看了看自己身上，按照对特别助理这个工作的常规认知，她穿了牛仔裤和白衬衣，双肩包，小白鞋，想着一会儿为人鞍前马后的时候方便走路。

"为啥要造型？"

高佳妮若无其事："要好好上班，当然就得像个样子。"她说的话听起来很凶险的样子，"职场如猎场，要穿得像猎人，不要像猎物。"

叶蓁蓁很呆："哎，还要当猎人？"她嗫嚅了一下，没忍住还是说出来了，"不是当助理吗？"

高佳妮点点头："是的，但是当我的助理没有那么容易。你不必多问，就按我说的话做就可以了。"

不知道是因为有外人在，还是不同的话题有不同的气场，现在的高佳妮和叶蓁蓁在马尔代夫岛上、火锅桌上接触的那个高姐迥然不同，一句话就有一句话的分量，不怒自威，根本没给反驳的余地。

叶蓁蓁向来不喜欢跟人唱反调，现在也一样，缩了缩脖子没再说什么。高佳妮转头问Spencer："你觉得至少需要多长时间？"

Spencer开口说话，声音出人意料地清亮平和，和他的外形格格不入，后者能在人心里马上燃起一把火，他的声音却能抚平焦躁，像一股清冽的泉水潺潺流过被烈日晒得冒烟的山石："六个月吧。"

"六个月？"

"就算是宠物狗送去行为矫正，也至少需要三个月，六个月改造一个人不算久。"

叶蓁蓁在一边嘀咕："这是什么比喻？"

Spencer没理她，高佳妮沉吟了一下："你确定？"

"我的专业，我确定。"

高佳妮很显然是尊重专业的人，她点头认同："那也好。"

叶蓁蓁听到六个月感觉更茫然了："啊？到底啥意思啊？"

Spencer冷冷地望了她一眼，好端端地就出口伤人："六个月我都算乐观了，你太生了，什么都得从头开始，没那么容易。"

他随即就跟高佳妮告辞，示意叶蓁蓁跟上，自己径直就往门口走去。

叶蓁蓁挠了挠头，心想我又不是个哈密瓜或者猕猴桃，怎么就生了呢。

她扭头看高佳妮，人家也是一副"慢走不送，拜拜了您"的样子，没奈何，只好也跟着往外走。她走了两步折回来，从双肩包里掏出一个保温包放在桌上："高姐，我早上蒸了包子，自己做的，热着呢，你试试呗。"然后就慌慌张张撞出去了。

Spencer的车停在公寓楼停车场，一辆银灰色的玛莎拉蒂总裁两座版，车门就到叶蓁蓁大腿那么高。她笨手笨脚爬进去坐好，感觉自己和地面距离近在咫尺，随时会被震出几个屁来。

她放好背包，绑好安全带，正要跟Spencer说话，对方抢了一个先："我不喜欢闲聊，抱歉。"接着就一踩油门，车子直蹿出去，把叶蓁蓁吓了一大跳。叶蓁蓁心里发出了对Spencer Li他们家大爷和列祖列宗的亲切问候。

车子从亮马桥到东三环，绕进了新光天地，在丽思卡尔顿酒店对面的停车场停下。Spencer带着叶蓁蓁下车，走到临街一间门面高阔的服装精品店，进门之后一步不停，长驱直入，穿过店面进了另一道门。

里面豁然开朗，空间比前面店铺更大，圆形，整体色调是金属与饱和度极高的彩色，到处都有错落起伏的光，分割出明暗空间，却看不到一盏灯。

房间正中是一道竹木与薄石片拼出的螺旋手扶梯，直达高处。木梯很宽，每一个台阶的两边都堆着东西，瓷器、漆器、羊皮书、笔墨玩具、机器人，形形色色，而木梯下的地板上，则散落着难以计数的人体模型和长短不一的木架。

人体模型一字排开，身上都是全套造型，内外衣物、鞋袜配件，连手指上的戒指或贴颈项链都不缺少，而木架子上则搭载着千变万化的布料，以及更多的衣服。

绕着墙面首尾连成一圈的，是不同型号与样式的化妆台，密密麻麻堆满彩妆，其数量之多，简直像是刚洗劫了一整个百货公司的彩妆部，很多都是限量版，更多是还没有在市面上推出的货色。

回到这里的Spencer，像是木偶人来到了生与灵之地，立刻焕发出全新的活力。他在房间里走来走去，轻轻哼着歌，给叶蓁蓁充足的时间去东张西望了一圈，而后才过来问她："你知道为什么高小姐请我给你造型吗？"

高姐和高小姐，一字之差，天壤之别，前者是在阳台上无所事事地晒太阳，甚至偶尔会去大卖场扫货的阿姨，后者是一掷千金眼也不眨的豪客。

叶蓁蓁稍微一面体会了一下这两个称呼的区别，一面没好气："她觉得我丑呗。"她暗中生出一股冲动现在就想辞工。

Spencer摇摇头："No."

他走到叶蓁蓁面前，近得让人不安。叶蓁蓁本能地想要后退一步，但被Spencer按住了。

他伸出手，轻轻捏住叶蓁蓁的下巴，往上抬，根本不在意后者一脸古怪的神情，兀自用一种古董商人掌眼的挑剔眼神打量她："你的脸长得很好。"

他另一只手不知道从哪里摸出一把很小的银色尺子，是金属做的，碰到皮肤凉丝丝的，在她脸上比画："左右对称，五官比例也恰到好处，脸的形状能够自洽。"

叶蓁蓁僵硬地抬着头，听到"自洽"两个字，"扑哧"笑了出来："我还性灵圆满呢。"

结果Spencer一点没笑，继续说："还没有到圆满的程度，到圆满的程度是真正的大美人，要么就当明星，要么就嫁入豪门了。"他还挺了挺腰，很自豪的样子，"我看了一辈子女人的脸，比算命的还要准。"

叶蓁蓁嘀咕了一声："神棍。"她从Spencer的魔掌里挣扎了出来，活动了一下下巴，跟刚啃过骨头似的，"好吧，承你吉言，我不丑，然后呢？"

Spencer收起那把小尺子，又在工作室里走了一圈，一面拿过来一件衣服在叶蓁蓁身上比一比，又随手丢下，一面说："You are what you wear,you are what you look like.（人靠衣装，相由心生。）"

这哥们儿刻薄起来一点不带克制的："你知道你现在的样子是什么吗？"

叶蓁蓁及时发出了警告："别胡说啊，我动手的。"

Spencer看了她一眼，满脸嫌弃，很伤人自尊心又叫人拿他没办法，扭身又拿了另一件衣服在那儿比画。叶蓁蓁的视线跟着他，尽管满心不愿，但还是必须要承认，Spencer真是一个妙人。他静止、站立的姿态都非常优雅，自带韵律，明明是非常简单的动作,却带着一种舞蹈般的美感,这不是什么天赋,而是后天在严格的教化下,经过艰苦努力而习成的。

难怪他可以在大小明星面前都当家做主、说一不二,因为他的气场能说话,而且声音还震耳欲聋。

他慢条斯理地品评着叶蓁蓁:"你啊,就像一块随便砍下来的木头,或者一块石头,太粗糙了,没有线条,也没有气势。"

叶蓁蓁反抗:"那我平易近人啊。木头、石头,不都是大自然的馈赠吗?"

Spencer居然也不反对这个说法:"木头、石头确实都很自然,所以很容易亲近。"他话锋一转,掷地有声,"但不高级,不值钱。"

叶蓁蓁白他一眼,但也知道这话没错,嘀咕的时候就有点泄气:"得得得,我知道了。我就是个普通人,高姐一厢情愿折腾我,你瞎起什么劲。"

Spencer歪着头端详着她,久久不发一言,叶蓁蓁被她看得很不自在,扭着头赌气一般地望向别处。

她听到Spencer慢条斯理地说:"但你不是平常木头,也不是平常石头。你可以是黄梨木,也可以是翡翠石,其中唯一的区别,是你对自己有没有信心。"

他问叶蓁蓁:"你知道什么是自信心吗?"

叶蓁蓁心想他路子真野,又变身当心理咨询顾问了,哼了一声没去理他。Spencer也不介意,自顾自说下去:"你认为自己有多值得爱,你就有多少自信。"

叶蓁蓁嘀咕:"那老娘自信心爆棚啊。"

她说得很小声,但还是被Spencer听到了。

他一抬下巴:"那就好,能省我多少事。"一面打个响指走开去,一面说,"总之,既来之则安之,懂吗?"

叶蓁蓁继续心想,说得好像我有选择一样。

这次Spencer回来的时候手里挑着一套衣服,衣架塞到叶蓁蓁手里,指了指远处角落:"更衣室在那边,去换吧。"

这是一套上下齐全的小西装,精细亚麻质地。上衣是蓝灰色暗纹格,没有扣子,外套两侧开衩,一片式的背部比前摆略长;裤子颜色深一点儿,烟灰色八分裤管,开衩开在脚踝上方一寸。叶蓁蓁拿进更衣室一穿,马上后悔自己没有化妆出门,也没有早起洗头,好好吹干。

她算不上真正的家庭妇女,毕业后一直都在工作,只不过辗转来去都是小公司,做的也不是什么真正重要、无可代替的事,着装方面是真的没有讲究过。

她常识当然是有的,什么算正式什么算不正式、何等场合大概应该配何等行头,了解得八九不离十，不过说到风格、配色、品质，就差不多得了，没那么懂。

她偶尔也买买品牌货，主要是基本款的手袋，去万邦年会必须要配礼服的鞋子首饰，还主要是在Outlet（奥特莱斯）解决。那些奢侈品店里只能穿一季的衣服，她是连看都不会看的，因为性价比太低了。

一个人只要还追求性价比，就是钱不够多。这一点她很明白，也从不觉得有什么不妥。

而现在，她穿在身上的这套西装，无论哪方面的水准，都远远超过了她所习惯的档次，在刹那之间叶蓁蓁就领会到了什么叫作"You are what you wear"。

她里面配的那件白衬衣来自一个快速时尚品牌店，平时穿一下自己觉得蛮好，去面试也不失礼，但跟外套裤子一衬，就和在厨房用的抹布无异，就连里面穿的内衣内裤，都突然之间暗戳戳地失礼了起来。

叶蓁蓁战战兢兢地走出试衣间，迎面就看到Spencer站在门口，手里拎着一双鞋子，身边放了一张椅子，说："坐。"

她一屁股就往下坐，坐到一半被Spencer拉住了，禁不住一愣："干吗？"

Spencer面无表情地冲那张椅子努了努嘴。叶蓁蓁回头一看，幸好没坐下去，否则肯定摔个马趴啊。那张椅子是中空的，左右两侧只有薄薄一圈，前沿稍厚，向上凸出一条，而靠近后背的地方则明显比较重。

"这是仪态训练用的椅子，重心在后，你如果跟平常一样坐下去，就会往后倒下。"

Spencer示范了一下："坐在前面那一条上，挺直腰背，臀部、腹部收紧。"

叶蓁蓁叹口气："谁设计的，是不是反社会，这么跟人过不去？"

"别废话，坐下。"

她也实在没选择，小心翼翼地坐下，果然Spencer没说错，必须挺直腰背，腹部、臀部用力，才能勉强稳住这张椅子，感觉只要稍一放松，就会仰天一跌，摔成智障。

正琢磨着这样坐着干吗，Spencer在她面前蹲了下来，伸手抓住她左脚脚踝，叶蓁蓁差点跳了起来，又被按住了："冷静。"

他的手指纤细而且冰冷，跟吸血鬼似的，捧着叶蓁蓁的脚，开始穿那双放在旁边的浅口高跟鞋。

叶蓁蓁整个人像只鹌鹑一样缩了起来，从脸到耳朵都在发烧。她为自己没有去美甲店做指甲，没有定时磨砂去死皮，没有晚上涂乳霜好好护理，搞得现在一双脚窝窝囊囊粗粗糙糙的，一点都不美而满怀懊恼。

幸好Spencer对她的脚没有发表任何负面的评论，只是一边给她穿鞋子，一边慢条斯理地说："你要让人看不透你的深浅，就要习惯穿好的衣服、好的鞋，习惯让人伺候你。"

叶蓁蓁硬着半边身子伸出一条腿，闻言满头雾水："什么意思？我为什么要让人看不透我的深浅？"心底疑惑Spencer是不是干脆认错了人。

他也不解释，慢条斯理地穿好鞋子，扶了一把叶蓁蓁，让她站起来，退后一步看了看，拍拍手："去走一走，绕着屋子走两圈，昂首挺胸，别塌肩膀。"

叶蓁蓁脚下不动，活动了一下："不用感受啊，鞋挺好，衣服也挺合适的，哎，裤子稍微有点紧。"

Spencer一脸不耐烦："跟松紧没关系，叫你走就去走，感受一下衣服和鞋子在对你说什么。"

衣服和鞋子还会说话也是厉害了，而且你一个设计师，说话跟神棍似的是怎么一回事。叶蓁蓁心里吐着槽，但人在屋檐下，不得不低头，走就走吧。

结果迈出第一步就不行了，她感觉自己如履薄冰，摇摇欲坠，心里慌得很。十厘米细跟的高跟鞋，不管什么牌子什么做工，统统都很难驾驭，因为它被设计出来就不是给那些真的要走路的人穿的，这种鞋子对女人的平衡能力有近乎体操选手的要求。

叶蓁蓁一年一般就穿七八次有跟的鞋，还都是粗跟、坡跟或者三五厘米的中跟，非常缺乏这方面的训练。那七八次要么是去出席万邦年会或家宴，要么就是去某个需要给爹妈或者苏桐长脸的重要宴会或聚会。每一次叶蓁蓁包里都必揣一双拖鞋，有机会就赶紧换，万一不得不多穿一阵子，她就会如同白毛女上身，心里很苦。

顶着Spencer犀利的眼光，叶蓁蓁尝试着在屋子里走动，准确地说那根本不是走动，而是挪动，三步一回头，一步一打怵。这让Spencer非常不满，他抱着手臂看了一会儿，从桌子上摸起手机打电话："Maze，你明天过来，有个客人需要特训。"

"从明天开始，周一到周五下午都留给我。"

"大概三个月。"

"价格老规矩？"

"好，明天见。"

叶蓁蓁听着他的对话，惊恐地扭过头来，为了保持身体平衡，在扭头的同时还张开了双臂，双膝微微弯曲，活像第一次上场滑旱冰："干啥，特训啥？"

Spencer放下手机，细长的手指之中旋转着一支红色铅笔，平淡地说："Maze是超一流的形体老师，给你上课强化培训姿态，否则，不管给你穿多贵多好的衣服，都是白搭。"

他现身说法，就那么随随便便站在那里，整个人却像被一根细不可见的绳子提着，身形往上，格外舒展。他伸手掸了一下自己的上衣，下了定论："精气神是最好的衣服。"

叶蓁蓁打量了他一会儿，比了一个OK表示赞同，而后弯了弯腰，突然身手敏捷地一把撸下脚上的高跟鞋，跳过去抓起自己的双肩包，撒腿就跑。但她刚到门口就被眼明手快的Spencer迎头赶上，给拎了回去，亏得他穿个超短裙动作还能那么快。

Spencer的声音里带着一丝忍不住的笑意："跑什么？"

"前面有坑我还不跑，等着跳吗？"

Spencer摇摇头："世人求都求不到的，你说是一个坑，真是身在福中不知福。"他抓着叶蓁蓁还不放开，"别挣扎了，还有好多衣服等着试呢。"

"为啥，我不买衣服啊。"

"没人叫你买衣服，今天我要把你的色卡范围和适合的风格试出来。"

叶蓁蓁像条死鱼一样被他拉着衣领，没脾气："然后呢？"

"然后就开始给你定制衣服啊。"

就这么被Spencer折腾了一整天，到晚上八点，叶蓁蓁终于得到赦免令可以回家了。她换上自己的鞋子，逃也似的冲出了那间精品店的门，刚走出去就接到了高佳妮的电话："今天怎么样？"

叶蓁蓁诚实而且简洁："累。"她问高佳妮，"高姐，你到底要我去干什么啊？"她联想了一下自己丰富的影视剧观看经验，很恐慌，"你是不是国安局的秘密领导，要招募我去当卧底？"

高佳妮在电话那头轻笑："想那么多干吗？"

叶蓁蓁叹气："如果真的当卧底，请务必做好我为国捐躯的准备。我肯定不是个好卧底，经常七情上脸。"

高佳妮笑出了声："不会的，我看好你。"她话锋一转，"别想那么多，赶紧回家吧，明天早上见。"

"好咧，直接去你那儿还是Spencer那儿啊，他说要我问你一下。"

"我这儿。早上六点，到我住的公寓负一楼游泳池，你要先游泳，吃早餐，然后有人来给你上课，上完课再去找Spencer。"

叶蓁蓁一个激灵，听到后面半句喊了出来："什么？游泳？上课？姐你是不是搞错了，是我啊，小叶啊，我是你的助理，能不能让我去给你煎个蛋就算了？"

高佳妮八风不动，对煎蛋没兴趣："就是跟你说的，明天在大门口，保安会给你刷开泳池入口的门卡，我等你，不要迟到。"

高佳妮挂了电话，留下叶蓁蓁在风中凌乱。

第四章
我们，怎么会走到这一步呢？

闹钟在早上五点猛然响起，打破了叶蓁蓁沉沉的睡梦，就像一把热过的长刀切过黄油。她呻吟着睁开眼睛，按下闹钟，而后继续闭着眼睛蜷缩在床上，一时间不肯面对现实。倒是苏桐突然坐起来，瞪大眼睛望着黑洞洞的房间出了好一会儿神，然后才用一种非常不确定的语气问："我今天要飞哪儿？"

这也是职业病的一种。苏桐经常要出差，永远是早班机，七点和七点半居多，四五点就要起来，所以这个时间点闹钟响，往往都是苏桐造孽。

他倒是习惯了，哪怕头天晚上忙到两三点也无所谓，反正他可以在去机场的路上睡，等登机的时候睡，上了飞机继续睡，这好像是他的特异功能，随时随地一歪头就能见周公，他的周公是一个Pocket carry（便携）的版本，很高级。

愣了几秒钟之后苏桐反应过来，今天这闹钟是闹叶蓁蓁的，他松了口气，拍拍她："起了起了。"

叶蓁蓁哼哼："我拒绝，没有人性。我要睡觉。"

苏桐深表同情但不同意："你要工作啊，工作就是这样的，由不得你，习惯就好了。"他把她身上的被子掀起来裹到自己身上，然后继续摇叶蓁蓁，"起来起来起来。"

叶蓁蓁"啪"的一声把床头柜上的台灯按开，披头散发，怒气冲冲地瞪着苏桐："叛徒，胳膊肘往外拐！你是不是我老公，竟然为万恶的资本家说话！"

苏桐不为所动："第一，我就是万恶的资本家的代表；第二，是谁昨天晚上千叮万嘱，让我无论如何都要把你弄起床的。哪怕杀我的头也要坚持原则，这可是你的原话。"

这时从厨房里传来了催命一般"嘀嘀嘀"的声音,是另一个闹钟在响。这证明苏桐所言不虚,的确是叶蓁蓁自找的。

她昨天一回家,就闷头定了三个闹钟,一个放洗手间,一个放厨房,一个放床头,还郑重告知苏桐,不管她到时候怎么耍赖生气放弃自我,都要想办法把她弄起来。

她想要继续顽强地抵抗,但两分钟之后,洗手间传出了第三个闹钟的声音,这就彻底摧毁了叶蓁蓁的意志。她有气无力地爬过去,关掉闹钟,然后刷牙洗脸换衣服,拎上昨天晚上就收拾好的运动包,顶着黑洞洞的天出了门,紧赶慢赶在六点整赶到了泳池。

高佳妮如其所言,已经在泳池边站着等了。她穿着家居服,但头发和脸上都收拾得干干净净,起得估计比叶蓁蓁还早。她听到自动门滑动的声音,回头看了一眼:"很准时啊。"

叶蓁蓁有气无力地摆摆手,困意像一头狮子藏在她的脑门后,随时准备冲出来打她一个措手不及。

"高姐,为啥要这么早游泳啊啊啊啊。"

"早上人少,容易集中注意力,而且早起是好习惯。"

说罢她指了指旁边的更衣室通道:"去换衣服吧。"自己退后一步在游泳池边的沙滩椅上坐了下来,那里堆了几本杂志,还有一小套工夫茶具,一看就是有备而来。

"一千五百米,中途不要休息。"

叶蓁蓁拎着自己的游泳衣,傻看她好半天,一声长叹,感觉自己上了贼船。

她折腾了一个多小时才游完一千五百米,上来大喘气:"哎呀妈呀,累死爹了。"

高佳妮莞尔:"我看你玩风帆很棒啊,怎么游个泳这么累?平时不运动吗?"

"风帆是玩啊,平时运动多无聊。"叶蓁蓁擦了一把脸,"去菜市场买菜在家里拖地算运动吗?"她说得还挺有理有据的,"我妈说了,家里家外多走几趟能有小一万步呢。"

高佳妮和叶妈妈显然不是一个流派:"不算。"

叶蓁蓁挥挥手,泄气了:"不算就不算。"又问,"高姐你这么好兴致光看人游泳?跟我一起游嘛。"

"跟我兴致高不高没关系。"高佳妮站起来,"这是你的功课。"

"功……功课?"

"是的,从现在开始,除非有特别行程安排,否则每天早上六点游泳一千五百米。"她没给叶蓁蓁消化这句话的时间,自顾自站起来,"二十分钟后楼上见。"

叶蓁蓁"砰"的一声倒在沙滩椅上,呻吟起来:"我这是招谁惹谁了。"

她爬起来到游泳池旁边的浴室洗澡换衣服,还忙里偷闲蒸了两分钟桑拿,踩着点儿一路刷卡刷到三十一楼,按下门铃的时候头发还是湿漉漉的。今天也是林阿姨给她开门:"高小姐在阳台上吃早餐,你赶紧进去吧。"

纯木窄条的炭色餐桌摆在露台上,桌面一溜儿摆开牛角包、果汁、白粥、煎蛋和咖啡。高佳妮坐在一头,面前摆了整套茶具,正在喝普洱,旁边坐着一位穿宝蓝色西装三件套的绅士,袖扣、口袋巾配色讲究,各分各寸都一丝不苟。他一双手交叉放在桌上,指甲修得比叶蓁蓁的嘴唇都要细致。

高佳妮招呼她坐下,盘子、刀、叉、筷子一整套都摆好了,她向蓁蓁介绍道:"这位是齐向山先生,你叫齐叔吧,是我的老朋友。——阿齐,这是蓁蓁。"

叶蓁蓁顺着叫了一声,坐下来一看,盘子上放着两个蛋,煎得很好,两面金黄中心流动,光泽诱人。她一早起来运动完,已经饿得眼睛发绿,奋力举起叉子正要吃,忽然发现高佳妮和齐叔都只喝茶,一个人先吃为快好像有点失礼,于是悄悄咪咪又放下了叉子,故作镇定地喝了两口橙汁。高佳妮注意到了,往她盘子里夹了一个羊角包:"林阿姨自己做的,试试看,比外面的好。"

叶蓁蓁咬了一口,果然,酥皮有韧性又酥脆,层层分明,配一点点黄油,香气口感都臻于完美。

她开吃的工夫,高佳妮继续和齐叔闲聊了几句,而后放下茶杯,说:"我有点事进去书房处理一下,你们俩聊着吧。"说罢起身进了房间。

齐叔的眼神落在叶蓁蓁身上,看了一会儿,轻声问:"你名字怎么来的?"他的声音就像一个资深的电台晚间节目主持人,柔和醇厚,每一句话都有完美的句读,让人不知不觉就全神贯注地倾听。

"桃之夭夭,其叶蓁蓁,《诗经》啊。"

"你喜欢自己的名字吗?"

"挺喜欢的,就是小时候上学写名字比较头疼。"

齐叔的嘴角轻轻抿了一下,是笑的意思,但眼神和表情都根本没有笑容。他低头看了看自己的手指:"是的,家里人给你取这个名字,是不是有特别的用意啊?"

"并没有,我爸姓叶嘛,就从'叶'字开头去找各种有文化的词儿呗,他说这个挺适合女孩子的。"

"你爸爸说得对,听起来你跟家人关系很好。"

"嗯，可好了。"

"难得听到年轻人这样说。"

"跟爸妈关系好难得？不会吧？跟爸妈都不好那怎么办，还能跟谁好？"

对话就像一条溪水，从高山之巅的融雪中发源，点点滴滴，汇聚成流，奔涌而下，每一个小旋涡、途中经过的每一块石头、漂流在水面的每一片落叶，都随着言语再现。

他们聊了将近两个小时，大部分时间都是叶蓁蓁在说。这个叫作"齐叔"的男人，有着魔术师一般的谈话技巧，他的呼应、接引、串联，让叶蓁蓁始终保持着放松和愉快，对谈话本身兴致盎然，直到高佳妮再次出现在阳台上，她才意识到自己这顿早饭已经吃了太久了。

高佳妮把她的包拿过去："去Spencer那里吧，他等着的。"

目送着叶蓁蓁离开，高佳妮向齐叔转过去："怎么样？"

他伸手到桌底摸索了一下，拿出了一台小小的录音机，放在掌心摆弄了一下："她很好，安全依恋，恰如其分的自尊水平，对环境适应能力非常好，没有明显的心理创伤，我明天会让助理整理出一份详细的报告给你。"

"好。"

齐叔从座位上站起来，走到露台边，看下面的熙熙攘攘、人流如织。世界已经完全醒来，像一条巨龙开始腾挪身体，吞吐热焰。

"能问一下你要我和她谈话的用意吗？"他背对着高佳妮，平静地说。

"我的新助理，我想多了解她一点。"

齐叔转过来，皱了一下眉头："你向来看人精准，想了解任何人都不需要假手他人，为什么这个是例外？"

还有一重意思没有说出来，但高佳妮是应该知道的。齐向山是国内顶尖的心理咨询大拿，和几家顶级的商业人力资源咨询公司都有合作，一般需要他出马去看的，通常都是巨无霸企业通过猎头满世界追来的中流砥柱，要给很多钱、很多股份、很多资源，因此要格外慎重。没有人会请他去看一个助理的成色，除非这个助理所要做的，根本不是助理。

他既然不说破，高佳妮就当没听过，只是一笑："过奖了，我看外人倒是不错，看自己身边的人，往往都失手。你是我的心理医生，这一点你知道得和我一样清楚。"

齐叔摇摇头："佳妮，我们聊得很彻底了，人生的问题很多时候并不是谁的错误。"高佳妮不置可否，他便改变了话题，"你也很久没有来做咨询了。"

高佳妮沉默了一下，轻声说："也许我现在需要的，不是这个。"

两人再聊了几句，齐向山就告辞了，高佳妮旋即转身开了一瓶酒，在沙发上坐着喝。林阿姨给她端来坚果和芝士，看着她欲言又止。

跟了自己十几年的人，彼此多少有一点默契，高佳妮对她笑笑："没事，我就喝一点儿。"

"嗯。"

"你一会儿回顺义那边去吧？"

"他们说我不用回去，愿意在这里待着就待着。"

"他们？"高佳妮平淡地说，"是唐先生说的，还是谁？"

林阿姨嘴角抿起来，眼神里有努力压抑的怒光："那个女人说的，唐先生不会说，他最喜欢我做的饭，昨天晚上还打电话问我为什么不在家。"

林阿姨因为愤怒，一时间就说多了话："高小姐，你为什么要搬出来住，便宜了别人？那是你的家啊。"

高佳妮就着这句话猛喝下一口酒，红色液体滴落在胸口，暗示着主人最大限度的忍耐。林阿姨马上就后悔了，双手紧握，站在那里像一个做错事的孩子："对不起，我不应该多管闲事。"

高佳妮抹去唇边一点酒痕，摆摆手："林姨你不要这么见外。"

她叹口气，不知道为什么要对林阿姨解释："我不住家里的话，反而会知道唐先生在哪里。"这句话说来讽刺，但确乎又是事实，"不是比反过来好吗？"

有一些东西高佳妮永远也不会忘记，比如小时候家门外的那一棵槐树。夏天槐蚕们悬着丝线吊在树梢下，密密麻麻成阵，绿色肉乎乎的一条一条，叫人看了背上一阵恶寒。再比如她读大学时住的宿舍，坐北朝南，冬天凛冽的风吹进来，吹得周天寒透，即使关门闭窗都无济于事，一个小电炉子，只能暖方寸之地，总有风一直闯进来。室友千方百计去找了胶布来，一丝一缝地去贴，贴得门上、墙上横七竖八的白条条，像一个人受了无数的伤，千疮百孔，犹不肯辞别。

还有她在美国留学时租的第一套公寓，那是一栋没有电梯的七层褐色旧楼，上上下下住的都是外国人，空气中弥漫着各种异国食物的气味，夹杂着没有希望的沉郁，一进门就往人的背上放十斤压力。管理员是个东欧女人，很高，一米八多，但是非常瘦，脸和手臂露在衣服外面，骨节毕露，摇摇欲坠。这个女人从不给租客好脸色看，却能单枪匹马疏通下水道，修理好厨具、大部分电器以及漏水的屋顶，因此算得上是一个合格的管理员。

但印象最深的，是她跟唐在云结婚时买的婚房。那套房子在广州荔湾上下九附近，现在已经繁华到根本不适合居住了，二十年前还保留着一丝纯正的西关风情，那是一个小平层，购买加装修倾尽了他们的储蓄。她永远都记得玄关进去左手边那张高高的窄几，摆着大肚双耳花瓶，颤颤巍巍地像随时会跌落到地，鸢尾永生花斜斜插在里面，三两枝，风过无声，衬得没人的时候满室寂寥。

她就在那里度过新婚之夜，签下了第一个公司的股东协议，赚到了人生中第一个一百万，心满意足地做某人的妻子。

她的记忆重叠着唐在云的记忆，满满的都是焦虑、辛酸、欢笑和眼泪，春风得意马蹄嗒嗒，千山万水一日看尽长安花；斗转星移，雄关漫道真如铁；起高楼，宴宾客；人前人后，欢喜忧愁。

年轻的时候她以为相爱就是元曲里唱的，将两个人儿打破，泥水交融，再重新捏成你我，是我中必有你，而你中必有我。

但她渐渐就知道毕竟是两个人，即使是用相同的原材料炖出的两碗汤，味道也可能截然不同，唐在云比她有更多的激情、更多的活力，而无论狂喜还是悲伤，也都要毫无保留地挥洒，于是随之挥洒出去的，难免就还有那些决心和韧性。

从唐在云永不停歇的脑子里所冒出来的想法，永远需要高佳妮埋首到地地去实现，他热爱风险带来的动荡，也永远是高佳妮挺直腰杆去支撑。

她在身形上是较为柔弱的那种，却一直负责在阴影里担起重担。担得很稳，很有成就。

七年后他们的公司总部搬去了深圳，十一年后又搬去了北京。公司规模越来越大，人越来越多，业务线一条条分出来，职业经理人一个一个请进来，专业团队开始为他们操持起庞大的产业，到后来自己到底拥有多少财富，也只有他们聘请的财务顾问团队才完全清楚。

广州那套房子倒是一直没有卖，更没有租，所有家具、装饰都保留着，包括那一束鸢尾，清洁公司定期前去维护保养，偶尔高佳妮和唐在云回到广州还会去住两个晚上。

唐在云有四分之一潮汕人的血统，笃信风水运道，他认为那套房子是自己的气运生发之地，不能给外人坏了风水。

高佳妮对怪力乱神不感冒，但对这一点她没有反驳，那套房子里的一草一木都令她喜悦，她愿意永远保留——她也很庆幸自己有能力这样保留。

再后来，他们就换了太多房子，两三年装修，住两三年的经历比比皆是。唐在云爱折腾，以前无法任意换房子的时候，他会在某个周末的早上突然从餐桌边站起身来，袖子一挽，就开始把家里的家具乾坤大挪移，床从这里推到那里，沙发从面向大门到背对大门。他不喜欢总是生活在雷同的场景里，因此不断在想办法为环境增加新鲜元素，一开始是换家具，后来是换房子，再后来钱根本不是问题了，就开始买各种各样的艺术品——油画、文玩、雕塑。他和他的代理人是保利和苏富比的常客，也是海内外几家画廊恨不得供起来的财神爷。

多少钱、谁出品的、能不能保值，这些对唐在云来说，都不重要，他有自己的标准，那就是"我喜欢"。

幸运的是，他对于美有一种天生的鉴赏力，那些他经手买进来的各种作品，经过时间的发酵，都在几倍十几倍甚至上百倍地增值。

不幸的是，他对于某一种形式的美也没有长久的耐心，他的爱永远在路上，永远变动不居。

年轻的高佳妮欣赏这一点，等她开始感觉到其中所蕴含的危险时，他们都已经过了一生中最好的时候——准确地说，是作为女人的她已经过了一生中最好的时候，而唐在云的黄金岁月才刚刚开始。

高佳妮在马尔代夫遇到苏桐和叶蓁蓁小两口之前，刚好完整地、毫无疑问地、彻彻底底地确认了一件她无法接受，却不得不接受的事：她和唐在云二十二年的感情，已经结束了。

婚姻变成了一栋无人居住的房子，表面上看起来还坚固完整，内里却空空荡荡、一无所有。

是从什么时候开始的呢？高佳妮找不到明确的征兆，也回溯不出某一个日期，就像一件针织毛衣突然散了架，你面对一团乱麻，根本找不到第一个代表着崩溃的线头。

和任何复杂的生意相比，感情都更难以处理，因为人们就是做不到以理性和逻辑去对待爱，没有哪家商学院能教你如何去爱，或如何被爱。哪怕它的基本关系其实只涉及两个人，生物学原理看起来也并不怎么复杂。

所以高佳妮不记得是从什么时候开始的了，他们不再同进同出去工作和应酬，从唐在云流连夜总会到私人会所再到根本不知何处的温柔乡彻夜不归，从他的来去行踪不再跟她沟通报备，从床上一床被子变成两床，而后从共用一间卧室到各住一栋别墅。

他们之间不再有任何肢体接触，高佳妮恍惚想起时，发现自己已经不怎么记得丈夫身体的样子。

爱情如同季节，它并不消失，只是轮回。过去的就是过去了，新的春天仍然是春天，只是不属于被遗忘的人。比如高佳妮。老实说，她并非不能接受这一点。

面对，处理，放下。这是高佳妮的人生原则。

三月的第一个周末，高佳妮在广州机场等到了刚从洛杉矶回到国内的唐在云。他发现她站在面前的时候十分惊讶，但仍神色温存，不疾不徐，仿佛这是一次两人期待已久的会面。唯独和他相处了二十几年的高佳妮，能够看出他内心澎湃的张皇与恼怒——他完全没有预料到自己会在这里被逮个正着。

人只要在这世上活着，就一定会留下行走的痕迹，就像蜗牛身后的涎液一样。懂得如何追踪的人，只要一点点信息，就可以抓到自己的猎物。

在到达厅和高佳妮劈面相见那一瞬间，唐在云大概就是这样想的——他是高佳妮的猎物，以前是，现在也是。

尽管年届半百，唐在云仍然是女人的恩物，他肩宽臀窄，风度翩翩，像少年一样纤细而强壮，两鬓微白，却不显憔悴，反而带来一种意外的高级感。形象顾问为他在意大利、法国和北美一套一套挑上好的衣服，每一季空运到家门，直接入衣帽间，严丝合缝地穿戴起来，无可挑剔。

他又会玩，在阿拉斯加海钓，阿尔卑斯山滑雪，帕劳深潜，大西洋城豪赌竟夜，越野车横穿沙漠二十一天，拼着快没气也要被四个尼泊尔导游架上珠峰。

只要是玩，唐在云就精通，而高佳妮宁愿把每一分钟都拿去工作，从这一点上来说，高佳妮就知道自己不是他的佳侣。她只是偶尔会想，唐在云有没有想过，如果不是她在背后夙夜劳心，只手撑天，他能不能玩得这么爽利洒脱，天马行空。

高佳妮给了他十秒钟反应，而后上前，径直挽着他的手臂离开机场。无论彼此之间心理上已经有了多大的距离，多年的举止习惯仍让他们俩的夫妻相呼之欲出——只不过，很难说那一瞬间高佳妮是在示威还是在缅怀。

在她的眼角余光里，一位身姿高挑的女郎从另一侧出口快步走远，她推着一个二十寸的RIMOWA[1]头等舱登机箱，艺术家萧青阳的私人定制版，和唐在云随从帮他拿的那个同款，全亚洲只有四个，定制买家就是唐在云。

一先一后上车时还叙着寒温，车子开动，中挡玻璃屏风降下隔离了司机的耳目，高佳妮便话锋一转。

想是已经想得清清楚楚的了，说得也一样利落。两人分居，逢年过节也不必聚

---

[1] 全球领先的优质旅行箱品牌。

会，人到中年往后，只要功成名就，就有充分的自由，长辈已老，儿女尚小，谁也辖制不到你。

唐在云吃了一惊，但不说话，端坐在座位上，双手放在腿中间，头微侧着，像在看窗外又像在凝神倾听。这是他一贯的姿态，不乐意，但也不反对——有时候是半推半就，有时候是无可奈何。

他只是嘀咕了一句："非得这样吗？"

高佳妮慢慢说："非得这样。"

她望向自己的双手，十指指甲被剪得干干净净、齐齐整整，边缘和指肚平行，没有红蔻丹、蓝蔻丹，骨节稍显突出了一点，很硬，像是主人的个性。

这一句话不必说，但如鲠在喉，非说不可："你现在说的每一句话，对我来说都是谎言，这就是非得这样不可的原因。"

唐在云再度沉默，他没有为自己争辩的意思，或许他也太了解妻子了。

他没有争辩的余地。就一对夫妻之间的谈判来说，不太可能有人比高佳妮做得更杀伐决断、清晰明白了。

她继续说，从下车那一瞬间开始，唐在云想要做什么就可以做什么，去哪里、跟谁在一起、怎么过下半辈子的生活，都是他一个人的事。她保证自己不会再通过种种比私家侦探还要缜密高明的手法，去追踪自家老公的行踪，她说，她也不再需要这样做，无论是感情上，还是理智上。

唐在云微微动容，但更重要的，是接下来的部分。

高佳妮说，她绝不离婚，除非唐在云愿意交割一切明面暗面的财富，净身出户。一面说一面在手机上给丈夫发送了一份财产清单，和应对任何事一样，她有备而来。

婚姻是一种经济关系，他们的婚姻尤其如此，数百亿的公司市值，庞大的产业数字，错综复杂的投资和人脉资源关系，一旦婚姻解体，这一切都要进行盘点分割，两人都要大伤元气。

"不能让我们两个人的事影响公司，更不能影响阿洛。"

唐在云听到这一句，终于扭过头来，他脸上并没有失落或愤怒，反而露出一种类似于好奇的表情，平淡地说："真的吗？你担心的原来是儿子？"

他们下车前已经谈妥了基本的条款，达成一个君子协定，两人确认即可，不需要连线律师楼全班人马通宵夜战大动干戈，多少年的夫妻了，这是最后信任的全盘支付，赌的不是心心相印，而是千丝万缕的相关利益。

接下来他们便无话可说。

这一晚他们住在四季酒店顶层套房，这显然和唐在云原来的计划相去甚远。窗外是广州珠江新城的夜景灼灼，一座大城，辉煌盛大，象征人类的光荣与骄傲。但广州、纽约、伦敦、北京，夜景都千篇一律，就和所有爱情的开始和结束一样。

在餐厅吃完饭，两人回到房间，高佳妮开了一瓶修道院红颜容。他们俩都喜欢左岸的酒，年轻的时候喝不起这么好的，但总是一起喝，筋疲力尽时不去睡，深夜对坐，就着你一言我一语，浅酌慢饮说过去将来。这样的场景闪烁着纯粹的欢乐光芒，在多年以后仍牢牢扎根于记忆之中。

人生若只如初见。年轻人遇到些许不如意，就爱这样说。

真正有资格这样慨叹的人倒是又不提了，因为知道没意义。

她给自己和唐在云都斟上酒，坐下，而后说："我截个胡，女朋友没有不开心吧？"说得平心静气，就像面前的人是一个普通的生意伙伴，调侃一两句之后就要切入正题。

唐在云没有回答，他的手机放在一边，反扣着。他坐姿僵硬，很不舒服，像是沙发不舒服，灯光不舒服。他一向都喜欢住四季的餐厅，四季的套房，但今天晚上处处都显得不舒服。

这让高佳妮恻然，她尽量想让自己说话的语气不那么像在讽刺或责备，轻声说："我明天一早就走了，陪我喝一杯没有那么难吧。"

唐在云抬头看了她一眼，摇摇头："不是这样。"

"嗯？"

男人的语调像是不可思议，梦游一般："我们，怎么会走到这一步呢？"

第二天一早高佳妮飞回北京，唐在云留在了广州，他们之间的协议在说再见那一刻已经生效。相濡以沫，不如相忘于江湖，至少高佳妮希望这是行得通的。

唐在云说的那句话，一直留在她的脑海里回旋不去，简直顽固得像那些年轻人爱听的洗脑神曲。

曾经那么相爱的两个人，是怎么走到这一步的呢？

她不知道。

但仔细想一想，她其实也很多年没有见过什么真正相爱的人了。

叶蓁蓁的早修课进行得很顺利，六点游泳，八点半上课，长的要到下午两点，短的也要到中午十二点，上课的地点就在客厅或书房。说是上课，其实也并没有上课的样子，来的人都很放松，有的一边吃一边跟她聊天，有的一边喝茶一边和她聊天，有的干脆硬聊，既没有课本也没有教材，主题也不一定，完全视乎来者觉得应该跟她聊什么，又怎么个聊法，要聊多久。

头三个月换了六个主要讲师，叶蓁蓁都不认识，连续一两周一个主题，讲心理操纵的实用技巧、时尚业内幕和前景、现代艺术史、本年度市场营销互联网趋势、沟通技巧和最近的股市情况，中间也穿插了几位嘉宾，话题就比较天马行空了。每个人下堂的时候都给她开一个补充学习清单，各种中英文的视频、音频在线资料，长列表的大厚本书，光看名字都让人流眼泪。

一开始叶蓁蓁还没心没肺的，人家吃她也吃，一问三不知的时候不以为耻，书也不看，心想反正也不存在考试拿结业证书的情况。基本上来说，她是一上课就盼着下课，尽管下午去Spencer那里也是被形体教练各种虐，但至少不用怎么动脑筋。

偶尔没课的时候，高佳妮就让她陪着自己出门走走，那对叶蓁蓁来说形同放假，不知道多高兴。高佳妮当然知道她的心情，说了好几次她身在福中不知福。

六一儿童节放了一天假，第二天叶蓁蓁回去，上楼的时候在公寓大门口和房间门口各发现一个陌生人，都是精干洗练的西装造型，眼神锐利，仿佛在站岗，她还不明所以。结果进到客厅之后，她赫然看到一张就常规而言只会在电视、杂志以及富豪颁奖礼上才会出现的面孔。那人正在那里坐着，准备跟她探讨一下人工智能在老龄化社会的应用场景，以及由此带来的投资机会。

叶小姐的内心当场就尿了一裤子。

这一堂堂课，花的根本不是钱，而是高佳妮深不可测的人脉，后者才是千金难买，可遇不可求的资源。

她战战兢兢上完课，等那位大佬一走，她就冲过去问高佳妮，这个助理培育法图的是啥？是不是忒贵了一点？有这个必要吗？

高佳妮一句话就把她打发了："又不是个个助理都救过我的命。"她还反将了叶蓁蓁一军，"要么每个月拿八万，你想干什么就干什么；要么游泳上课，全都听我的，选一个吧。"

根本没法选。但她还是有意见："高姐，这么填鸭真不行，我哪儿学得了那么多啊，信息量太大了，超载死机的话，跟没学又有什么区别？"

高佳妮完全同意："确实没指望你几个小时之内能学到什么东西。"她伸手拍拍叶蓁蓁的后脑勺，"但至少你现在是一个天天和大人物共进早餐的人了。"

叶蓁蓁没明白："那有啥用？跟大人物吃再多早餐我也没法变成大人物啊。"

高佳妮微笑："其他人并不知道这一点。"

几个月转瞬即逝，很快叶蓁蓁就当满了一百天助理，游了一百天的泳，而她最喜欢的夏天也正式来了。

照往年的惯例，她可以一周接一周不歇气地重复穿各种短裤加各色基本款T恤了，只要象征性的短裤过大腿，以前公司的人基本上也没意见。

但Spencer很有先见之明，刚过二十五摄氏度，他就给叶蓁蓁发布了独家夏季全系列着装指南，里面连短裤的影子都没有，在引发她的暴风抗议之后，才勉强加上。Spencer除详细要求了色板和裤型之外，还特别注明只能在早六点之前和晚十点之后穿——也就是但凡其他人能看见的时候都不要穿，气得叶蓁蓁一个倒仰。

气归气，她和Spencer相处下来，尽管两人完全不是一路人，她也常常因为各种不够时髦标致被嫌弃，但总体而言还是很融洽的。

这主要归功于叶蓁蓁有自知之明，她在Spencer擅长的领域里，那是坚决地做到了打不还手、骂不还口，有过必纠、有错就改，有时候被骂了不但不生气，还掏心掏肺哄人几句，饶是Spencer久经沙场，也照样被哄得心花怒放。这就证明了一条真理：别管什么来头，千穿万穿，马屁不穿。

熟了之后，有几次Spencer"出台"——就是去为大明星出席重要活动的时候提供化妆造型服务，顺手也把叶蓁蓁捎上，人家问起就说是自己的助理，意思是让她见见世面，别老是土了吧唧的。

一到活动现场，这个助理啥都不会，还好奇心爆棚，经常东看西看人就不见了，叫都叫不回来，Spencer自己忙，也拿她没办法，总不好大庭广众的上手打她。其他人都知道他一贯暴脾气的，见到这场面就纳闷，很熟的人还上去问他："你啥时候双了，跟女的也有一腿？"

有一次是去参加一个顶级视频平台的颁奖礼，来的大大小小的腕儿一溜名字熠熠生辉。大腕儿们各有各的休息室，全套人马伺候着，还没正经上位的就都在所谓的公共贵宾区待着——名利场这一点特别好，骨子里不玩虚的，给钱的主儿招子都特别亮，别管网上发多少通稿中国外国蹭多少红毯，到底火不火，一到场面上就知道了。

请Spencer来的那个叫萧明媚，艺名是这个，身份证上居然也是这个名字，可见爸妈一颗正宗的文艺心。她这五年来如同平地一声雷的炮仗一样红，那是真的红，号称"女星流量扛把子"，小荧屏、大银幕和网络三面开花，哪儿都能见到她的脸，"C位"不需要抢，都是拱手给她送过去求赏脸的，否则Spencer也不至于会亲自来给她做造型。

她红到这个程度，走路早就不追求带风的效果了，而是追求尽量隐蔽别被媒体、粉丝围追堵截。萧明媚情商很高，平常也格外爱惜羽毛，三天两头做做公益，赈灾捐款、建希望小学不疾不徐都不落下，偶尔出街被狗仔盯上，不但不生气，还夏天送冰汽水，冬天送热奶茶，看着镜头笑笑不说话。你说那眼神里是体谅是理解，也算得上，但资深的媒体人看得到那些隐藏起来的讥诮——你我都明白事实没有这么好看，但你就是挖不出我难看的地方，道高一尺，魔高一丈，就问你服不服？

和其他当红女星不同，她情路也颇顺，三年前跟一位社交圈内很出风头的富二代在慈善晚宴上认识，一年前在采访里晒出大钻戒自曝已经订婚，婚礼择日举行，整个圈子都为她送祝福，真心假意姑且不论，反正人们想要看的无非是花团锦簇。

叶蓁蓁当然不知道这些，她对萧明媚其实没什么特别感觉，但人家毕竟是大明星，于是跟着Spencer在化妆室等人的时候，自然心里怦怦直跳，坐立不安的。Spencer觉得好笑："你蹿过来蹿过去干啥，你是猴吗？Maze白教你了。"

"大明星啊，你见明星已经完全没有心慌慌的时候了吗？"

Spencer鼻子里哼一声："天真。"他很高傲的，"明星拉不拉屎？饿个半死还不是什么都吃，有什么稀奇？"

"能不这么现实吗？"

他们待的这间大休息室在酒店宴会厅的一侧，临街，透明窗户都被窗帘严严实实遮盖起来了。Spencer带蓁蓁过去，拉开一小条缝隙，叫她看："那些也是来见'爱豆'的。"

下面就是酒店前面，拉出了红毯区，警戒森严，两层保安，一层警察，两旁千军万马的观光团，拉着各种横幅，挨挨挤挤一点空隙都没有。天冷，有风，不断被人赶过来赶过去，还被呵斥："退后退后！"不过一切都没关系，粉丝依然热切得像在朝圣，其实也就是在朝圣。

Spencer问叶蓁蓁："你跟她们有啥区别？"

叶蓁蓁不以为然："没区别啊，最多就是托你的福，不用在下面等着。"她想了想，"以前托不到你的福也不会在下面等哈，我这个人佛系，追星都特别佛。"

Spencer拖她一把："现在你跟我来。"

叶蓁蓁莫名其妙跟着他往外走，出了单间化妆室，通过走廊，走到人来人往的签到区，再往前走了几步，拐到公共化妆区。他和叶蓁蓁都戴着工作人员的牌子，畅通无阻地就进去了，Spencer停下脚步，轻声说："你看看，这里的人你都认识吗？"

叶蓁蓁定眼一看，窄小的化妆台一字排开，前面都坐着人，男男女女都有，各自头发都包起来了，露出干干净净一张脸，每人身边站一个化妆师忙忙碌碌。台子上摆出来的各类产品阵仗之繁复，摆在封神榜里能叫姜子牙喝一壶。

她看了半天，很迟疑："好像，都不怎么认识。"

Spencer就在这儿等着："感觉都不认识对吧，很正常，一会儿化完妆换上衣服，你就都认识了。"

叶蓁蓁啼笑皆非："所以这说明了啥？"

Spencer明明在虚荣罐子里整天滚，有时候却会意外地哲人上身："说明皮相可做，你看到的都未必是真的，不要太当一回事。"

叶蓁蓁没脾气："不当一回事那你还使劲儿训练我，怎么就不能拿着高姐的钱咱们一起打麻将去呢？"

Spencer眼前一亮，跑偏："你会打麻将？"

"老子重庆人，不会打麻将相当于二级伤残，门都不要出。"

"改天叫上Maze咱们玩血战到底！"

他一边说着，一边又把叶蓁蓁给扯回去了，刚走到萧明媚的休息室门口，就听到里面"乒乒乓乓"的声音，不时"轰隆"一声，跟搞装修似的。Spencer一看表，嘀咕了一声："坏了。"他赶紧走进去，叶蓁蓁不明所以，也跟着，一进门就吓了一跳。

整个化妆间全给砸了，萧明媚站在一地狼藉之中，脸色惨白，胸膛起伏，眼角有泪光，可是眼神却像点燃了的炮仗，就等着谁撞上去被炸个正着。

两个穿着白色卫衣戴着棒球帽的助理不知所措地站在旁边，手里堆着一件大衣和一个蓝色Kelly包——估计是萧明媚的，大气不敢出，看到Spencer进来跟得救了似的，急忙走上去："Spencer大师来了啊。"一个帮Spencer收拾位置摆东西出来，一个靠过去低三下四地问萧明媚："萧小姐，咱们消消气，要不还是先化妆换衣服吧，一会儿入场了。"

萧明媚二话不说，一把就把那个小助理推到一边，那姑娘差点没直接摔在地上，但第一个反应居然是把手里拿着的那个包护住。

Spencer抱着手臂在门口站着看热闹，还有心思说风凉话："今天这状态可不好上妆。"对跟过来的助理又说："要不我回避一下，弄不弄一会儿给我个准信？"

小助理急眼："您不能走啊，这真等着，最多四十分钟就得出场了啊。"

Spencer觉得人家着急的方向不对："跟我说啊，有用吗？"

叶蓁蓁跟在后面探头探脑看热闹，她眼尖，看了两眼就发现刚才被推的那个小助理白色卫衣上有个淡淡的红掌印子，心里觉得不对，于是从Spencer身边挤过去，走到萧明媚面前，轻声问："你手怎么了？"

这句话不知道怎么就问中了萧明媚的心事，她突然眼圈一红，眼泪噼里啪啦就往外掉，抿紧了嘴唇，咽喉里发出哽咽，一下子变得像个受了委屈的孩子。

叶蓁蓁轻轻把她右手拿起来展开，一看，果然掌心里血呼剌啦的，隐约可见几道纵横交错、深浅不一的伤口，从形状看，像是被刀片或者玻璃片划的。

旁边两个助理惊叫起来，东西放到旁边椅子上，人围了过来。叶蓁蓁叫其中一个："去找酒店的人拿一点酒精纱布什么的来，我给她处理一下。"

药物很快被拿了过来，酒店准备得很齐全，需要的都有。叶蓁蓁让萧明媚坐下，在旁边弯着腰给她用碘酒清理伤口，涂上抗感染的消炎药物，轻轻贴了一块药纱，包好。这个过程中萧明媚一直在无声无息地哭，眼泪在脸颊上连绵不绝，也如同孩子受了天大的委屈，之前的跋扈半点不见。

叶蓁蓁给她包好了，轻声说："好啦。"给萧明媚理了理被泪水沾在唇角的长发。

Spencer这时候过来，观察了一下萧明媚的样子，说："幸好这次赞助的礼服里有一套是配了手套的，没得选了，就那套吧。"他打个响指，"动起来，不然就真不用上台了。"

这一次她没有再闹别扭，乖乖坐到了化妆台前。叶蓁蓁在旁边看了一会儿，悄悄地转身走了。

当天晚上在她回家的路上玩手机看八卦，赫然看到一条新闻：

萧明媚未婚夫在港把妹被抓现行，婚约告吹。

看看消息出来的时间，差不多就是萧明媚到会场的前后，难怪她那时候那么失常。

她掌心上那些纹路，大概是自己划的吧，一个人心里很痛的时候，身体上的痛反倒变成了一种安慰。

叶蓁蓁叹了一口气，而后想起高佳妮常常郁郁寡欢的样子。

有钱也好，有名也好，对人来说，都不过是面具罢了。

华丽的面具底下会藏着什么，其他人又怎么知道呢？

第五章
要么是溺水,要么就是喂鲨鱼

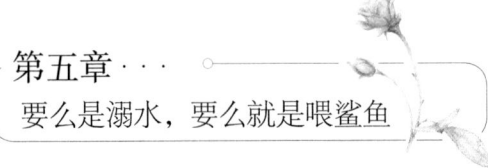

七月中的一天,叶蓁蓁游完泳上楼,发现早餐台又搬到了露台上,难得天气好,碧空如洗,一早就阳光明媚的。露台两边打起了高高的大阳伞,营造出一种人造的热带风情。

早餐台旁边和高佳妮坐一排正在喝茶的是一位中年男子,脸相消瘦,双眼微微眯起来,开合之间犀利有神。他戴着黑边小圆眼镜,窄脸浓眉,鬓边微有白发,皮肤黝黑,不太高,这么热的天气,还是穿着灰色西服白衬衣,衣服有点皱皱巴巴的,气质像个不怎么得志的小知识分子。

之前走马灯一样来上课的人,除了第一天出现的齐向山,不管什么来头,高佳妮介绍时都让叶蓁蓁叫"先生"或者老师,一本正经。今天这位却又是个特例:"这是郭也,你叫也叔吧。"

叶蓁蓁在这里混了一百天,已经熟不拘礼,爽脆地叫了一声"叔",然后一屁股坐下就开始啃林阿姨做的肉包子,吃得一手油。高佳妮看着她的吃相,批评:"Spencer没培训你怎么好好吃东西啊?"

叶蓁蓁很震惊,是真的很震惊:"在家吃饭也要被培训啊?"她一边肉包子捏在手里不肯放,一边又很痛心,"这日子没法过了。"

高佳妮听到"在家吃饭"四字,心头一软,轻啐了一句调皮,任她去吃,自己和郭也说话:"公司怎么样?"

"数字传媒业务那边有两个并购在谈,贸易线这两年受环境影响比较大,利润下降得很厉害,上季度第一次报亏损;地产那边变化不大,调控再怎么出,第一线城市的房产还是值钱的，倒是向二三线城市下沉的速度放慢了；最好的是投资部门，接连投下来的几个项目都很有前途。"

高佳妮表情很平静："唐生一直特别看重投资业务，他常说等老了其他东西都卖掉，只有这一块他愿意一直做下去。"

"老唐是艺术家个性，只有投资的多样性、变数和风险能满足他，其他业务都需要守成持久，不对他的胃口，不是你的话，也都做不起来。"

高佳妮微微一笑："是啊，艺术家个性。"她话题一转，"他自己管着，还是让外人接手了？"

郭也看着她，语气平淡："从我得到的消息看，应该不至于现在就让外人接手，你虽然不管事了，但老板还是你，老唐胆子没有那么大。不过他们花了很多心思在艺术品业务那一块，可能想把这一部分从无到有做起来。"

高佳妮点点头，淡淡说："没什么意义，但只要他喜欢，那就一头栽进去，一向如此。"

之后两人什么都没再说，只是慢慢喝茶，郭也终于开始吃东西，一面吃一面问："你最近怎么样？"他看了一眼四周，"住这儿不嫌小吗，外面连个散步的地方都没有？"

"小一点好，有安全感，这一带又热闹，我现在老了，年轻的时候喜欢清静，现在反而想要多凑凑热闹。"

郭也笑："你以前是挺喜欢清静的，除了上班哪儿都不去。"

高佳妮点点头，突然话锋一转："几个月前我去马尔代夫住了一段时间，不过就差一点在海里淹死。"

郭也一下坐直了身体："什么？"

高佳妮轻描淡写，指了指叶蓁蓁："如果不是这位小姐，我就回不来了，我溺水的时候她救了我的命。"

郭也反应很大："到底怎么回事？"他对高佳妮的关心溢于言表。

"没什么大不了的，就是意外嘛。"

"意外？你没带人跟着你？"

"带了的，一时没看住吧。"

"没看住？你从哪里请的人这么不靠谱？"郭也皱起眉来愤愤不平，"我给你另外找一个，正经特种兵出身的，算是我的远房亲戚，因为父母身体不好才回来的，一直跟着我，很不错，我让给你。"

高佳妮摆摆手："有什么必要，我住在这里，够安全的了。"她带了一点开玩笑的口气,"人生在世,Shit happens(糟糕的事难免会发生),在马尔代夫的岛上要出点什么事,难道还能是别的?当然要么是溺水,要么就是喂鲨鱼了咯。"

她伸手拍拍郭也放在桌上的手:"不说这个了,我今天请你来吃早餐,是为了请你帮我一个忙。"

郭也皱着眉头:"你真的没事?"

"能有什么事,都好好地回来了。"

对方一听有道理,松了一口气:"好吧,你要我做什么?"

高佳妮看看叶蓁蓁:"我想让她去你公司。"

叶蓁蓁差点一口粥喷出来,被高佳妮很快瞪了一眼,她赶紧闭嘴,心想这是几个意思。

郭也倒是不觉得奇怪:"行啊,我们一直在招人。"他扭头问叶蓁蓁:"你做什么职位?"

高佳妮把话接了过去:"顾问培训生就行了。"

郭也点点头,继续问叶蓁蓁:"你读的哪家大学,什么专业?在麦肯锡待过吗,还是埃森哲[1]?简历发我一份我转给HR。"

叶蓁蓁脸都红了,"麦"字开头的企业,她就高中暑假去过麦肯鸡做兼职,不知道扯不扯得上关系,急忙拨浪鼓一样摇头。幸好高佳妮接过了话,语气里有几分不耐烦:"老郭,她如果是麦肯锡出来的,我有什么必要请你来吃早餐?"

郭也失笑:"原来这不是早餐,是鸿门宴啊。"

高佳妮不理他,话说得清清楚楚,不怎么通情达理,却也一点不给人反驳或拒绝的余地:"她救了我的命,我想让她有一份好工作。你要的那些学历和经验她都没有,所以我希望她去你的公司,从头学起。"

郭也没脾气:"你让她去你公司不就得了?什么职位都能安排。我们那儿也不是职业训练所,这样行不通的。"

叶蓁蓁什么都不敢吃了,双手放在膝盖上,眼睛望着自己的果汁杯子,如果地上有个洞,她现在就想钻进去。

高佳妮瞪郭也一眼,叶蓁蓁第一次见到高佳妮隐隐约约像是在撒娇:"我不管,你是老板,你说行得通,就行得通。你的所有人力资源成本,我来承担,因为她的薪水不能低,你得指派你最强的员工带她上手,至少得带她六个月。"

---

1 麦肯锡和埃森哲均是世界知名的跨国管理咨询公司,是世界500强企业。

郭也无奈地看了叶蓁蓁一眼，这一眼看了很久很深，看得叶蓁蓁不知所措，但她硬起头皮回瞪了过去，心想输人不输阵，明知人家看不起你，就更不能像一只鹌鹑似的缩起来。

不知道他到底看到了什么，转回头之后就问高佳妮："为什么？"

"我告诉过你了，我要报答她救命之恩。"

郭也沉默了一阵子，像是在衡量这句话的轻重，之后便放弃了抵抗："好吧，你说什么就是什么。"

高佳妮眼神亮了，脸微微一侧，对他温存地笑："你对我最好了。"

大男人在那一瞬间说不出话来，就像突然之间被什么笼罩住了，接着叹气："我确实是拿你没办法。"

高佳妮给他舀了一碗粥："我知道。"

一顿饭吃了半小时，郭也就告辞了。高佳妮在门口送他，两人轻声还说了几句什么，而后传来关门的声音。她一边走进来一边说："他三十年如一日都是早上八点准时上班，今天不知道能不能赶到。"

她一进客厅就看到叶蓁蓁站在屋子中间，对着她瞪个大眼睛："高姐，这是几个意思？"

高佳妮坐在沙发上，叹口气："什么？"

"你帮我找工作啊？为啥？我不是你的私人助理吗？"她转念想想，心里一沉，"是不是，我实在不行啊？"

高佳妮啼笑皆非："当然不是。"她拍拍身边沙发，叫叶蓁蓁过来坐下，"你知道郭也是谁吗？"

"谁？"

"创世的董事长。你知道创世吗？"

"我上网搜一下，你等着啊。"

叶蓁蓁不是说着玩的，她真的去搜了一下，一边搜一边发出"哎哟哎哟"的声音，为自己的孤陋寡闻深感泄气。

难怪郭也问她有没有麦肯锡的从业经历，因为创世是一家战略咨询公司，多年来在国内同行里排名第一，其业务体量和客户级别与国际一流的竞争对手并驾齐驱。而且随着中国经济的高速发展，创世更敏锐精准的本土化解决方案越来越受到国内公司的青睐，隐隐有独占鳌头之势。

她还搜到了这家公司在猎头网上发布的招聘信息，找到高级顾问这个职位的职位描述和资质要求，当即吓了一个跟头。

她把手机在高佳妮面前晃了一下:"高姐,你这是赶鸭子上架啊。"

高佳妮好整以暇:"你是鸭子吗?"

"比鸭子好不了多少。"叶蓁蓁把手机继续举着,认真地看着高佳妮,"我去不了创世。"

高佳妮不为所动:"为什么?"

"我不是名校毕业,没有MBA学位,没有在跨国公司或本土独角兽公司[1]七年以上的管理经验,我最多有好几年各种中小濒危企业打杂的经验。"她瞥了一眼屏幕,"形象气质还得上佳,妈呀,咨询顾问的灵魂还得配模特的皮,要求高不高了一点?"

"不高。加上项目提成,这个职位的年薪在一百二十万左右,往上再走一级,还能翻倍,是很多人终生奋斗的目标。你现在过去当培训生,也有六十多万一年。"

叶蓁蓁手一抖,手机滚到了沙发上,然后掉到了地上:"我不去。"

高佳妮又好气又好笑:"你这个小姑娘怎么回事?都说了其他人梦寐以求,现在送到你手心上,你不去?"

叶蓁蓁对拨浪鼓这个角色的扮演经验炉火纯青:"不去不去不去。"

她跟高佳妮推心置腹:"高姐你看,我给你当助理什么的,我觉得还行,我又会开车又会理财,出门认路、收拾屋子都是一绝。不瞒你说,要是我去开班教人怎么整理衣柜,说不定还能发家致富,然后我很会做菜,家常菜啊家常菜,佛跳墙不会。这些家里家外的事儿,要是林阿姨不在,或者你的司机不在,我都能顶上。"然后她挥挥手,"去做企业管理咨询?人家跟我咨询什么啊。如何在四小时之内打包全屋东西搬家吗?"

"为什么你需要在四小时之内打包全屋东西搬家?"高佳妮关注点跑偏。

"因为我男朋友经常急惊风似的跑项目去外地,然后经常到最后一天要走了才记得通知我,但这个不是重点。"她还对高佳妮语重心长上了,"你看,人就应该做自己擅长的事儿对不?赶鸭子上架,鸭子就是不行啊。"

高佳妮听完她的一长串话,唇边出现一丝微笑:"所以你上了三个月课之后,还是觉得自己最擅长的是让其他人的日子过得舒服?"

叶蓁蓁一愣:"嗯?"

---

[1] 投资界对于10亿美元以上估值,并且创办时间相对较短的公司的称谓,比如蚂蚁金服、滴滴出行、小米等企业都是中国知名的独角兽公司。

"你有没有想过,你之所以认为自己只能做一个好助理,是因为你只有过做助理的机会?"

叶蓁蓁本能地开始反驳:"也不是,我也干过其他的啊。"她一边说,一边声音就慢慢低下来了。

她这些年真的是一直在上班,职位都不重要,而且一个比一个不重要,连苏桐都表示过不大理解她为什么要坚持。尽管无论她做什么,他至少都不反对,但那种不理解是认真的:"你天天早出晚归的八九个小时帮人家复印、打印、做工资表什么的,没必要吧,不如在家看看书种种花?"

她总是倔强地顶回去:"然后整个城市我就认识你一个人?连去唱个K都只能去电影院大堂放的那种迷你K房?"

苏桐马上投降:"也对也对,多认识点人总是好的。"

虽然做的工作都不怎么重要,但叶蓁蓁走到哪里,朋友就交到哪里,人缘出奇地好,如果她一年换了两份工作,到年底就有两个公司的人打电话过来,叫她去参加年会,而且叫她无论如何都要去,因为大家都特别想她。

如果人人都有潜在技能的话,叶蓁蓁的技能可能真的就是人见人爱,花见花开。

不过,有什么用呢?

高佳妮看她暗淡下去的眼神,伸手在她手臂上拍一拍:"你记得在马尔代夫我溺水吗?"

"嗯。"

高佳妮将上衣袖子拉起来,露出手臂,稍微翻过来一点,叶蓁蓁就看到了好几道伤痕,不规则,都细细长长的。

叶蓁蓁很自然地伸手去摸了摸,指尖滑过疤痕,感觉得到表面的坚硬和粗糙:"这是怎么了?"

高佳妮笑了:"这是你抓出来的啊。"

"啊?"

"我是疤痕体质,只要受伤,伤痕就会留很久,而且你当时确实也抓得很拼命。"

"啊——是吗?"

她仔细去追溯当时的场景,依稀记得自己有过拼命拉扯高佳妮的动作,但人类的记忆不喜欢留住那些令人不快的部分,因此到底是为了什么、做了什么,她其实已经模糊了。

"你不记得很正常,抓的时候可能都没有注意,但我知道是怎么回事。溺水的人一定会拼命挣扎，何况我当时还处于Panic attack的状态，你一靠近，我一定是死抓着你不放，没有救援经验的人，往往就被拖下去，两个人一起死。"

叶蓁蓁的思绪被她几句话拉回到了当天，在海里所经历的绝望与恐惧，让她禁不住轻轻打了一个寒战。

高佳妮把袖子放下："我猜你并没有接受过救生员的培训，但你做出了完全正确的选择，你拼命拉开了我，把我按到水里直到失去意识，而后再把我救出去。"

她温柔地看着叶蓁蓁，这是第一次，她吐露自己由衷的感激："你无法想象我有多庆幸。在那个时候，遇到一个既有高尚心灵，又有必要勇气、决心以及快速行动力的人，你可能也不知道，这样的人其实非常稀少，远远少过你的想象。"

她话音落下，沉默笼罩了房间，叶蓁蓁不知所措地看着高佳妮，过了好一会儿咳嗽了几声，把手臂伸出来："高姐，你在夸人这方面受过专业培训吧，你看我的汗毛都被你给夸得竖起来了。"

高佳妮轻笑一声，语气缓和了，不知道说出来叶蓁蓁信不信，高佳妮这一生之中，遇到的绝大多数人都敬畏她，或干脆就是怕她，而能在她面前轻松自若，还让她动辄就有笑容的，几乎万中无一。

"我不会随便夸人的，相信我，那些炫目的资质或履历你都不需要。"她以此结论将对话告一段落："你OK的，下个月一号就上班，现在去Spencer那里吧，他在等你。"

叶蓁蓁一听这安排得明明白白的，没什么抗辩余地，只能从了。没奈何刚要起身，高佳妮拎起她身上穿的衬衣、牛仔裤捏一捏又放下："你今天没有按Spencer的安排穿衣服啊？他会不高兴的。"

叶蓁蓁有气无力地摆摆手："早上出来晚了一点。他给我的那些衣服，穿着压根儿没法走路，我就随便了。"

高佳妮刚要说话，被叶蓁蓁一眼看穿，及时制止："娘娘啊，你千万别派个司机天天早上六点在我家门口等啊，求你了，我会失眠的！"

"行吧，那你跟Spencer解释一下，他脾气不好，一看你不听话，说不定辞工都有可能。"

"我巴不得他辞工好吗？我给他磕两个头求他辞工，你说他会不会答应？"

"你可以试试。"

蓁蓁翻了一个白眼，脑补了一下"扑通"给Spencer跪下，哭着说求他滚吧，滚得远远的吧这样的场景，自己忍不住"扑哧"一笑，嘀咕："哎，伸头也是一刀，缩头也是一刀，不管了。"她站起来收拾了一下东西，跑去厨房跟林阿姨说了几句话，摇摇摆摆出门去了。

她在Spencer那里又折腾了半天，回家进门发现苏桐已经回来了，做好了饭，收拾了屋子，桌上三菜一汤，洗衣机轰轰作响，她差点一下哭了出来："妈呀，孩子养大了就是好啊，能防老啊。"

苏桐听到动静赶紧出来，给她接过包包，一看，怎么早上白狗出去，晚上黑狗回来呢？她身上的衣服、脚上的鞋子，全都换过了，都像定制的似的，百分之百合身，全都是自己没见过的。他问："你逛街去了啊？"

叶蓁蓁直挺挺地坐下来，腰和脖子都没弯一下，白他一眼："我上班！我倒是想去逛街啊，累死爹了。"

苏桐摸着下巴打量她："你干吗这么坐着？"他比画了一下，"跟法老诈尸了似的。"

叶蓁蓁没好气："狗嘴里吐不出象牙。"她在自家男人面前没有任何风度，随手把上衣一掀，露出里面的塑身衣，"看到没，架着呢，没法弯腰。"

苏桐赶紧上前提供全套服务，给她脱了上衣，看到塑身衣后面密密麻麻有小两百个搭扣，他只好一个一个解开。叶蓁蓁张开双手任他摆布，嘴里还在哼哼："上了几个月形体课，说我资质不行，驼背、骨盆外倾，姿态实在不好看，必须强行矫正，二十四小时穿塑身衣，杀千刀的。"

苏桐手里忙活，嘴也没停："谁啊，凭什么管我老婆啊，要不要我去揍他？"

"Spencer啊，妈呀，二十四小时穿塑身衣，那得塑出什么来啊你说？"

"别的我不知道，痱子已经出来几颗了。"

塑身衣拉下来，叶蓁蓁顿时就活过来似的，蹦起来搂着脱了一半的套装上衣冲到房间里，没一会儿换了宽袍大袖的家居服出来，往沙发上一出溜，脚放在苏桐身上，松了口气："爽，这才是做人啊。"

苏桐给她捏着脚踝、小腿放松："你不是去给高姐当助理吗？得穿塑身衣的助理是哪一个流派，从来没听说过啊？"

叶蓁蓁摆摆手："莫管它哪个流派，告诉你我已经高升了，从下个月一号开始就不是助理了。"

"助理小组长？"

"呸，我下个月一号就去创世上班了。"

苏桐按摩的手停了下来："什么？"

"创世，听说过没？高姐给我找了个顾问，哦，是顾问培训生的工作。"

苏桐一脸古怪："她不是说笑的吧？"

叶蓁蓁觉得他反应太大：“怎么了？不就是当个顾问吗？”早上百度过创世的信息之后，她当然知道自己去当管理顾问培训生完全是靠裙带关系，但苏桐是见过大世面的，吓出这副德行不好吧？

"你去创世面试了？"

"没有。"

"那工作怎么来的？"

叶蓁蓁把早上和郭也吃早饭的过程原原本本和盘托出。苏桐听完，放下她的脚走进卧室，一会儿拿了一本书回来，放到叶蓁蓁面前：“你说的郭叔是这个？郭也？”

书的名字叫《洞见》，很厚、精装，封面上的作者照片和著作者名清清楚楚，可不就是郭也。

"哟，这位爷还会写书呢？"

"这本书放我床头小半年了，你一点没注意？"

"没注意啊，我为啥要注意，我又不看。"

苏桐没脾气了，坐回她身边：“不是还会写书，这位爷每两年一本书，在投资圈人手一本，在企业战略前瞻这个层面，他是封神级别的。”他用了一个直观的方法来说明情况，“创世的顾问，基本上都是我这样的学历背景和经验的，再往上走要求更高。”

叶蓁蓁再次受惊了，双手一摊，软到沙发上：“啊，那我怎么办啊？”

苏桐比她想得长远，他把女朋友拉起来，努力正视天上掉了一个馅饼砸到自己头上的残酷现实：“你有没有想过为什么高佳妮要为你做这么多？”

"老子救了她的命啊。"

"那她可以给你一笔钱报恩啊，童话故事里的小精灵啊小仙女啊狐狸啊松鼠啊不都这么干吗？"

"说得你好像看了很多童话似的。"叶蓁蓁嘀咕了一句，想了想，“是不是觉得给钱我不会要？”

她把手放在胸口，想一想明天早上六点又要去游泳，而且还不知道这一游到底要游到猴年马月，整个人都失去了斗志：“我要，我铁定要啊。”她爬过去拿自己的电话，“我现在就跟她说，给我一千万报恩，我拿了钱马上走人，永远都不会再回来，让她放一万个心吧。”

苏桐在旁边"扑哧"笑了，料定她绝不会打这个电话，更说不出这种电视剧里反派才会有的台词。果然叶蓁蓁拿到手机一翻身，开了一盘消消乐，一边躺在苏桐怀里，有气没力地玩着游戏，一边敷衍地关心一下爱人：“你今天过得怎么样啊？”

苏桐摸着她的头发:"还行,这几天都在跟一家健身公司的人开会,创始人是个残疾人,坐轮椅。"

叶蓁蓁从手机上方瞟了他一眼:"这么身残志坚?"

"是啊,以前在大公司做运营经理,辞职出来做这个项目,很拼,现在华北、华东加起来有四十多家店了,全是自有资金,新店多,现金流情况不太好,现在融资救命。我还比较看好他们,所以自己跟一下。"

"你不是说过融资救命的企业前景再好你们也不投的吗?"

"是的。"

"那这个怎么就例外了呢?"

苏桐停了一下然后说:"可能是因为他身残志坚吧。"

苏桐这句话也不是随便说说的。

和杨子意约好的那一天,他早早起了床,送叶蓁蓁出门之后,七点五十九分就到了办公楼下的咖啡厅。这家咖啡厅的营业时间是早七点到晚十点,因为这栋楼里真的有很多天天这么早就上班那么晚才下班的人。

他正准备推门,一个推着轮椅的男人跟在了后面,穿着一件经典的程序员式格子衬衣,牛仔裤的裤管里空空荡荡;平头,宽阔的前额微微突出,双颊棱角分明,发际线已经退到了相当遥远的地方,眼睛细长,很有神采;推轮椅的时候挺直腰板,刚健有力。

他们在门前相遇,互相对望了一眼,正犹疑不决之间,杨子意气喘吁吁地赶了过来,刚好来得及为他们介绍:"这么巧遇到了。这是苏桐,我直属老板,这是四平的王建平王总。"

两人打了个招呼,杨子意一马当先走到咖啡厅柜台点饮品,两位男士在旁边等着。柜台边悬在半空的电视正在播早间新闻,说今年各地的马拉松比赛报名火爆,报名后抽签参赛,中签率创新低。

王建平抬头看着电视,感叹了一声:"难怪我又没报上。"

看看他的样子,这句话叫人惊讶,苏桐顺口问他:"你喜欢跑步?"

"我跑马拉松,创业以前一年至少跑四场,全世界都去,现在呢,最多找个地方过过干瘾。"他摇摇头,"创业者无生活啊。"

苏桐笑:"这话是真的。你这么喜欢运动?"

"做这一行嘛,就是不喜欢也要装作喜欢,何况运动挺好的,能救命。"

苏桐把这句话听着了,但也放过去了,没继续问,王建平也没有再往下说。这时候杨子意点好了喝的过来，招呼他们在靠窗的桌边坐下。

王建平把手机打开递给苏桐："这是我今天早上在颐和园跑步的时候拍的。"

照片中两只白色天鹅游弋在湖面，拍得很好，角度、取景、光线都很棒，天鹅扬起脖颈的优美弧线与岸边葳蕤枝叶呼应，宛如仙境。

苏桐毫不吝啬自己的赞美："取景很专业啊。"

王建平一笑将手机拿回去："你也喜欢摄影？"

苏桐不觉得自己那几把刷子算摄影："我去学过一段时间人物摄影，因为女朋友喜欢到处拍，不过最好的照相机其实是人的眼睛，景色只要看到了就是留下了。"

"二十四孝男朋友啊。"

"还行吧。"

这段对话中，杨子意一言未发，只是垂下眼睛盯着桌面上某一个点，手指抓紧了提包的带子。她所经历的内心起伏任何暗恋者都不陌生：你所喜欢的人，有自己所爱，唯其如此，更显出他的可贵，也令求之不得的事实更加令人痛苦。

幸好寒暄已毕，谈话很快切入了正题，王建平开始向苏桐介绍自己公司的状况：

创业两年，现在一共四十六家店，品牌名朴实无华，叫作"速9健身"。产品和市场上绝大部分连锁健身房都有区别，完全依靠课程确保健身效果，没有会员费用，没有私教，没有器械。主打作用精准的高能短时课程，小班教学，费用单课时八十到一百左右，十二节起卖，搭配一个体测和营养咨询。这是他们目前最畅销的产品套餐。

苏桐听完，问了一个问题："你们的投资资金是什么结构，全部是自有资金吗？"

王建平努力保持镇定："是的，全部是自有资金。"他迟疑了一下，"我控股，占51%，一共有六个股东，目前都在公司全职。"

"我能看一下你们的股权结构吗？"

"当然。"

"还有你们的组织架构、人力资源培育系统，你能发的都发一个给我吧。"

两台电脑打开，各种文件开始传输，杨子意在一旁，默默注视着两个男人的交流，偶尔补充一两句。虽然苏桐问话尖锐，处处都像在质疑，但只要一直在问，就是一个好现象。她见识过苏桐拒绝人的时候，笑容可掬，六亲不认，一分钟都不会多浪费。她的眼光移向王建平轮椅下空空荡荡的裤管，心里轻轻叹了口气。

一个半小时很快过去，苏桐合上了电脑："王总，麻烦你回去完善一下BP，有几个点需要特别注意，我晚一点发邮件给你。"

他站起来，转向杨子意："其他人工作都比较饱和，在我招到新人之前，你方便继续跟一下这个项目吗？"

杨子意点头："没问题。"

北京这一年的夏天特别热，热得叫人走在大街上都会随时昏过去似的，什么神佛都不信了，家里最应该供的是空调的发明者。

苏桐不太怕热，越热越有活力，跟个爆米花似的，不愧是一个在重庆待过的男人。

对他来说，今年到目前为止，一切都还不错。叶蓁蓁去创世上了快两个月班了，以前不管做什么工作，到家之后都能丢开，做饭、追剧、玩游戏、跟男朋友聊聊天，过着万千宅女喜闻乐见的生活；现在天天哭丧着脸回来，随便吃点之后就抱着脑袋在电脑面前，看方案，看材料，做数据研究，把自己折腾得奄奄一息。

苏桐看得于心不忍，义正词严地要上前帮忙，这帮人的被帮的，最重要的是彼此都不嫌弃对方烦，于是反而达成了另一个层次的琴瑟和谐。在某种程度上，叶蓁蓁也渐渐理解了苏桐工作的不容易，自己以前偶尔作天作地跟他为难，现在想想是真不应该，她对此做了深刻反省，把苏桐感动得一把鼻涕一把眼泪的，表示自家男人，随便作，千万别客气，客气就见外了。

至于他自己，手上一个并购交易谈了大半年，赶在九月前终于成了，双方协议签好，流程走完，皆大欢喜，苏桐从中拿到的佣金也相当可观。看这态势，说不定合伙人投资款给完，用不了太久还能攒出个京城首付，他自觉在劳苦大众里，自己勉强也算是人生赢家了吧。

那笔佣金到账是下午两点二十分，收款的卡是叶蓁蓁拿着的，财务那边把转账截图给他看了，一切都已板上钉钉。苏桐在自己的办公室里坐着，心满意足地正想给女朋友打电话报个喜，突然座机响了起来。

他们公司的座机编号是内部自定的，从001到813都存在，001是公司创始合伙人、董事长陈沉的号码，下面002却赫然变成了保洁部门的号码，不怎么按牌理出牌。

苏桐这间办公室的号码是338，谁坐进这间办公室谁就用这条内线，外人根本不知道这个号码，所以都用于内部沟通。

他漫不经心地接起来，结果听筒那头传来一个尖细的女声，包含着狂乱和恐惧："救命！救命！救救我！"

苏桐没来得及有反应，通话就断了，"嘟嘟嘟嘟"的忙音响起，不知是挂了还是拉断了线。

他当机立断按下挂断键，而后回拨，电话不通在他意料之中，但通过回拨，他能够立刻查看到来电号码：007。

苏桐倒抽了一口凉气。那是公司第二号大老板陆天明的座机号。

其他人来来去去，铁打的办公室流水的兵，没有定数，但整个公司只有三个人的号码从来没有变过。

陆天明对此尤其敏感，他像豹子一样，需要对自己的一亩三分地有绝对的控制权，明确禁止任何人在没有预约和被召唤的情况下进入他的办公室，连董事长对此也一向配合。

现在是什么情况？苏桐本能的反应就是：操，出大事了啊。

然后他就飞奔了出去。

万邦在这栋写字楼里占了整整两层楼，但没有连着，分别在66层和68层。因为创始人是广东人，追求意头好，业务部门的员工基本上都在66层，出入卡也只能刷到这一层，其他地方都去不了，要经理级别以上才能同时有进入66层和68层的权限。苏桐是有这个权限的。

老板们集中在68楼办公，按照美国的规矩，分据Corner office（转角办公室），尽享转角270°的大视野。此外就是行政、财务、人力资源这一类后勤部门的办公室。坐落在中心位置的，是一个可以容纳全公司人同时开会的大玻璃会议室，四面透明。

等苏桐升了初级合伙人，他也能搬上68层，象征着正式登堂入室，因此每次他走出68楼电梯的时候，心中都有一种微妙的期待感，其实每一层楼的电梯长得都一样，但人的期待会为一切平凡的事物镀金。

出于谨慎，尽管他一路步履匆忙，却没有表现出更多异常，看上去更像是一个项目有什么突然状况发生，要去跟老板汇报。

他来到68楼，按了指纹进去，直奔大门对角陆天明的办公室。大老板们的办公室都分内外两间：外间敞开门，坐着助理，环绕着书架、茶几和待客的沙发；内间红木双开门气派非凡，常年紧闭。

现在助理的办公室空着，但皮包还挂在身后的衣帽架上，苏桐走过去，凝神听着办公室内的动静，什么也没有。这一层楼历来安静，他简直都要怀疑自己是不是最近太累了，刚才接电话的时候出现了幻觉。

他犹豫了一下，正想转身走开，忽然从内间办公室的门后传来"咚咚"两声。

门是上好的红木，非常厚，因此那声响也是模模糊糊的，听力稍微差一点的人可能都不会注意，但苏桐拥有丰富的肉搏经验，他知道那是一个人的身体大面积撞上墙壁或门板的声音。

而后门锁"咔"的一声，似乎是从里面被打开了，大门稍稍开了一条缝，细得连苍蝇都飞不过去。

苏桐这一瞬间完全没有想，几乎在开门的同时，扑上去一脚踢出。

大门从中洞开，苏桐闯进去，一眼看到室内场景，当场就傻了。

屋子里充满着浓重的酒气，就像刚刚打翻了一整瓶茅台，摆在正中的办公桌上下都一片狼藉，办公桌前面，有两个人摔倒在空地上，从摔的位置和方向来看，就是被门撞飞的。

那是一男一女，男的一半身体被压在女人下面，两个人都衣冠不整。女孩子摔下去后蜷缩起来，长发凌乱，衬衣被撕开了，露出了白色的文胸，下身只有一条四角内裤，黑色铅笔裙掉在不远的地方。而男的上身西装领带整整齐齐，长裤脱到了膝盖，露出两条毛茸茸的大腿。

这两个人苏桐都认识，男的是陆天明，当他的大老板那么多年，不用说了，女的就是杨子意。

他愣神的瞬间，陆天明已经摇摇晃晃起身了，他喘着粗气，眼睛发红，一副不知自己人在何处的恍惚表情。苏桐马上就看出来，这位爷就是办公室里浓重酒气的来源。

全公司都知道陆天明嗜酒，尤其是品质上佳的酱香型白酒，他几乎天天都要开一瓶茅台。开年会的时候员工轮番去敬酒，敬到第三轮其他高管就告退，只有陆天明来者不拒，能把大部分员工干翻。但苏桐从来没见过他中午喝酒，更没有见过他在办公室醉成这样。

陆天明一起身，杨子意立刻就爬了起来，抓着敞开的衬衣往苏桐的方向跑，她腿脚发软，跌跌撞撞，喉咙里发出像是被什么东西卡住了似的"咯咯"声，是想要痛哭又哭不出来的那种声音。

喝醉酒的人不可理喻，无论平时多么英明神武也一样会成为酒精的掌中玩物，就像现在，陆天明似乎根本没有注意到有人闯进来了，还让自己摔了个四脚朝天。他爬起来之后的第一个动作，居然是扑向杨子意，不管之前他在干什么，现在都下定决心要继续干下去。

他比苏桐还要高，动作幅度很大，一扑就扑到了，手掌狠狠一把揪住女孩的长发，粗暴地往自己怀里拉，嘴里含含糊糊不知道在嘟囔什么。

杨子意被拉得向后猛地仰过去，双手惊慌地往后挥舞着，就在这一瞬间，苏桐看到了她脸上的表情。

如果一只兔子在草原上无可遁形，无处可去，而老鹰正在它的头顶盘旋，那么，它就会露出这样的表情。绝望、惨痛、悲伤、悔恨，还有一点点令人心碎的茫然，似乎她还根本没有反应过来，自己为什么会落到这样悲惨的处境。

如果说在这之前，苏桐的脑子还在高速运转，试图寻找一个尽可能体面的解决方案的话，这一瞬间他就放弃了这样的想法。

他立刻就扑了上去，先抓住了杨子意的胳膊，而后一拳打在了陆天明的鼻子上。陆天明鼻血爆出、鼻骨炸裂，踉踉跄跄往后退了好几步，被大班桌挡了一下，而后滑倒在地，捂住鼻子，像猛兽中枪一般愤怒而痛苦地号叫起来。

苏桐冲过去捡起了那条裙子，回头抓住杨子意就往外跑，还顺手关紧了门。在外间办公室他停下来，把裙子递给杨子意。

姑娘一见他的手势，本能就往后一缩，像是害怕被毒蛇撕咬，而后才明白过来，脸腾的一下就红了，连耳轮都红起来。她急急忙忙穿好衣服，跟着苏桐走了出去。

出乎意料，这么大的动静，没有一个人出来查看发生了什么事，似乎每个人都聚精会神在忙手头的工作，没有丁点他顾的工夫。

苏桐捏着拳头带杨子意直接下到了一楼，女孩子似乎已经傻了，一直被他拉着往前走。两人走出写字楼大堂，走到隔壁购物商场里面，找了一家咖啡厅坐下来。苏桐把手机递给她："打电话，报警，然后叫家里人来接你。"

杨子意似乎完全没有听到他在说什么，只是半趴在桌子上，眼睛直直地看着台面。苏桐耐心地等了一会儿，又说："我知道你现在很难受，但是这种事情一定要马上报警，否则很多证据就没有了。"

还是没反应，苏桐叹了口气，招手叫服务员过来，点了一杯热茶，在等饮品的时间里他什么都没说，只是默默陪着杨子意。

热茶端了上来，苏桐把杯子推到杨子意面前，轻轻说："喝一点吧。"

等了很久，女孩子才伸出手，仍然微微颤抖着，握住热杯子，握得很紧，白皙的手背上爆出了青筋。她埋着头，长发披下来，仍然是乱蓬蓬的，每一根发丝都透着恐慌。

苏桐往回靠了一点，他是资深的男朋友，但没有什么跟其他女生单独相处的经验。第一是因为他早恋，很年轻的时候就有主了，第二是因为叶蓁蓁看起来虽然大大咧咧、没心没肺，其实在感情里却非常非常敏感。所以哪怕有机会，苏桐也尽量避免跟女生有私人接触，从大学到上班，莫不如此。

他在哈佛读书的时候，为了避免麻烦，干脆在无名指上戴了婚戒，煞有介事地告诉同学说他来自中国一个偏远的省份，那里有一个古老的传统，男人十八岁成年就要向自己喜欢的女孩交出自己的贞操和自由。一旦背叛，就要被装在一个竹笼子里沉进泥潭，坚持十分钟不死才能解除跟女孩的契约；如果死了，就说明他生是女孩的人，死是女孩的鬼，绝对不能一心二用。吓得人家一愣一愣的，连声说：You Chinese are so mysterious.（你们中国人真奇怪。）

"苏哥。"杨子意终于说话了，"今天的事，能不能不要告诉任何人？"

这个要求令苏桐一愣："什么？"他难以置信，"你的意思是不要报警？"

杨子意抬起眼睛看着他，怯生生的，眼神中流露出深深的惊恐和悲伤："求求你。"

苏桐欲言又止，过了很久，叹了口气，仔细想一想，他何尝不理解女孩的顾虑。可是接下来呢，就这样若无其事地又回去上班吗？

似乎决心已下，杨子意稍微平静了点，低声说："我想请假回家。你可以上去帮我拿一下包吗？就在我的座位上。"

苏桐点点头："当然。"他把自己的手机递过去，"你叫家里人或者朋友来接你吧，我不放心你一个人待着。"

杨子意感激地看了他一眼，拨了电话："姐姐，我身体不舒服，你能不能来接我回家？"

苏桐一直等到杨子意的姐姐出现在咖啡厅门口，这才匆匆忙忙回了办公室，他直接去了68层。陆天明的办公室大门紧闭，不知道人在不在里面，外面有人晃来晃去，苏桐没多管，拿了包下楼。

那是一个黑色格纹的Coach入门级的品牌包，挺大的，包带上系了几个小装饰品，有兔子有猫，都是漫画形象，跟包的风格很不搭，隐隐透出了主人的少女心。其中有一个钥匙扣苏桐有点眼熟，多看一眼想起来了。这是在去年年会，团队得了一个最佳效率奖，大家都拿奖金之外，还象征性地给领导苏桐颁了一个银质的火炬钥匙扣。他拿到之后随手就给了杨子意，因为她当时没过试用期，除了跟着大家一起高兴，实际奖励什么都没有。

那个小火炬现在就扣在包上，闪闪发光，叫他心里五味杂陈。老实说，他不是女人，无法具体想象出这种事会带来怎样的打击，但他有亲妹妹，有女朋友，如果今天遭遇侵犯的是这两个人，他上去杀了陆天明都有可能。

他给杨子意送了包，目送她们上车离去，掉头回公司就去了人力资源部，刚好李可一个人在办公室。苏桐进去反手把门关了，李可还莫名其妙："怎么了？"

"上次你说老陆的那个助理，Wendy，是怎么走的来着？"

李可更茫然了："怎么好端端又想起来问这个？"

人力资源部的办公室就在陆天明办公室对角，苏桐扭头望了那边一眼。李可何等聪明的人，马上就明白过来了："杨子意怎么了？"

苏桐简单地把事情说了一下，李可跳了起来："他大爷，又来？"

苏桐震惊："又？"

李可过去把门反锁了，百叶窗也拉下来，很谨慎："Wendy就是这么走的，她陪老陆去应酬，在车上被他动手动脚，说好几次了，一直忍着，后来实在欺负得太过分了，没法忍，就走了。"

"他妈的，禽兽。"

"你们可能不了解，我们做人事的都知道，平时没什么，最多口头占点便宜，一喝多了，你刚才怎么说的来着，禽兽，活的。他的助理换得特别频繁，就是这个原因。"

苏桐后悔莫及："难怪你叫我劝杨子意别去。"他忍不住捶了自己脑袋两下，"我怎么就没多问问呢。"他顺嘴怪李可，"你干吗没说？"

她也不生气，叹口气："我跟杨子意暗示过，她不知道是没听明白，还是觉得自己会是例外。"

说得够坦诚了，李可也是无可奈何："大家都是一份工，苏先生，你要我怎么样？在老陆办公室外面竖个牌子，写'生人勿近'？"

苏桐一听，虽然不是滋味，也只能理解，过去坐在她的桌子上，叹口气："他妈的。"

李可安慰他："今天幸好遇到你，这姑娘也算有运气了，你别自责了。"

但苏桐的脑回路跟她不一样，眼前这一关杨子意是过了，接下来呢？且不说陆天明本就是飞扬跋扈之辈，老虎屁股摸都摸不得，现在不单单遇到一个拼死反抗的不说，还干脆就被打了，他怎么可能就此放过。

他望着李可出了一会儿神，跳下桌："我先走了，这事儿你帮我听着点儿，老陆有什么动静，立刻告诉我。"

李可点点头："行。"她脸上掠过一丝忧愁，"老苏，你做好心理准备，老陆不会善罢甘休的。"

苏桐点点头："我知道。"

第二天杨子意没来上班，苏桐给她打了两个电话，她都没接。楼上的眼线传回来消息，陆天明也一直没露面，就这样平平静静过了几天，转眼就是周末。

以前的周末，要么是苏桐加班，叶蓁蓁来陪他上班，要么是难得休息，两人好好睡个懒觉出去逛逛。这小半年来情况起了变化，甭管星期一还是星期六，闹钟准时清早五点响起，叶蓁蓁要去游泳，周末高佳妮还一样给她安排课。

这周末也是如此，苏桐睡眼惺忪在床上伸出手，就像溺水了一样，对着远去的女朋友发出哀号："不要抛下我啊，你老板有没有人性啊，天天叫人去，一早去游什么泳。"

叶蓁蓁回到床边，爬上去抱着苏桐的头，只差没痛哭了："他大爷的万恶资本家啊，我也不想去啊宝。"

苏桐抓着她不放："那别去了，工资还给她！什么，还没发？那更不要去了。"把被子掀开，苏桐摆了一个他自认为非常有诱惑力的姿势，"老公抱抱。"

叶蓁蓁伸手摸了一把爱人的腹直肌，哭丧着脸："高姐说要建立一个人的核心习惯，需要起码一百八十天的连续行为。"她掐指算了一下，"妈呀，这才多少天啊？"

"一百八十天好办，关键是那之后呢？"

叶蓁蓁想了想："那之后，就习惯成自然了啊。"

想通了这一点，人生马上失去了希望，她眼前一黑，瘫软下去。

苏桐嘀咕了一声："高姐是要干啥，把你改造成魔鬼战士吗？"他有气无力地放了手，"去吧，我不拖你后腿，我一会儿来找你吃饭啊。"

叶蓁蓁亲了他一口："好，咱们吃好吃的去，乖，爱你。"说罢雄赳赳气昂昂地出去了。

苏桐继续睡回笼觉睡到十点多，爬起来懒洋洋地叫了外卖早餐，然后躺在沙发上看书，想着过一会儿就去找叶蓁蓁，看她到底在忙些啥。他正躺得舒服，突然电话响起，是万邦的行政副总裁杜维廉，约他一起吃午饭。

杜维廉不是万邦的创始人，但地位也相去不远，他分管行政和人力资源，混血儿，有四分之一的法国血统。但他没混好，人家混出来都是西方人的轮廓、东方人的皮肤，西方人的身高、东方人的俊秀，这哥们儿全反过来，最后变成了一个头发四周卷卷中间谢顶，身体宽大皮肤粗糙的白胖子，唯一没错点的是一双眼睛，带点儿蓝，又深邃又明亮，如果把其他部分全部遮住，倒也堪称美目。

他最厉害的地方也是这对眼睛，在万邦号称"高一眼"。他不经手投资项目，但常常参与和创业公司的核心团队会面，据说他只要一眼就能看出谁是真正的决策者，谁又会成为不稳定因素，而过去十年的经历，也证明了他很少信口开河。

在比较成规模的公司里，副总裁这个称号，很多时候是一种精神褒奖，或者是附加的砝码。毕竟不管对内对外，很多人是吃头衔这一套的，事实上则可能根本没有相应的权力。万邦也不例外，开大会的时候往68层董事会会议室里砸块砖，十一个里有十个副总裁。

但杜维廉是真资格的副总，他资历深、股份重、权力大，而且职责主要对内，因此对员工有最直接的影响。

苏桐和他一直比较合得来，不过都是场面上的合得来，没有亲近到会在星期六中午一起吃午饭的程度，因此苏桐一放电话，就知道陆天明那个脓包要发出来了。

他们约在瑞吉酒店的意大利餐厅，苏桐先到一步，刚坐下，就看到杜维廉矮矮胖胖像尊弥勒佛似的身影在门口一闪，慢慢走了进来，脸上带着职业性的笑容。

两人打了招呼，点了菜。服务员一离开，杜维廉不愧是老江湖，完全不绕弯子，张口就把来意说明了："我都知道了。老陆是自作自受，好酒贪杯、酒后乱性，早说了这个毛病会害死他。不过你呢，也实在太冲动了，这么一来，怎么收场？"

这是个问题，但不需要答案。一看各打五十大板，把一桩刑事犯罪变成了酒后乱性，苏桐就知道老杜心里已经有了答案。他只是耸耸肩："杜总，你说呢？"

杜维廉抓起桌上的冰毛巾，擦脸擦手，一副筋疲力尽的样子，摇摇头："太扯淡了。"他问苏桐，"你跟那谁有联系吗，那个女孩？"

苏桐心里有气："那谁有名字的，她叫杨子意。"

杜维廉意味深长地看了他一眼："杨子意，好名字，她怎么样？"

"不知道，我没有跟她联系。"

"是吗？"

"换了谁也不愿意跟人联系，这应该是常识吧。"

苏桐冷静了一下，喝了口水，又问："你们准备拿她怎么办？"

杜维廉摇摇头："小苏，关于她我们晚一点再说，我今天来跟你吃饭，是要讨论关于你的问题。"他湛蓝的眼睛望着苏桐，"你应该怎么办？"

"什么意思？"

"杨子意嘛，她愿意回来工作，我们欢迎，公司大把职位，总有适合她的。如果愿意的话，调去其他分公司也不错，她是南京人，南京正在招人。"

尽管一开始都叫不出杨子意的名字，杜维廉却已经知道了她的出身背景，甚至也知道她对这份工作有多看重，姜是老的辣，他有备而来。

"她要是不愿意回来了，我们也有合适的补偿给她，你不必为她操心。"

苏桐冷笑一声："老陆这么稳，不怕人家告她？"他指了指自己，"人证、物证都有。"

这时候第一道沙拉上来了，服务员在面前，杜维廉就停了几秒什么也没说，只是抬起眼来瞟了苏桐一眼，那一眼里光芒四射，不怒自威，但苏桐瞪了回去，丝毫没有退避的意思。

等老杜再开口，就不再委婉了："这种事儿不是伤胳膊断腿，跟谁都能说。杨子意没有受到实际的伤害，她又还年轻，大好青春，名誉比什么都重要，闹出来没什么好处。"杜维廉句句见血，"何况她是外地人，租房子住，工资一万出头。老陆呢，土生土长的北京人，用顶级律所的服务，还不止一家，她去告老陆，先不说够不够证据告，就算她最后告赢了，过程有多漫长艰苦，你能想象吗？"

苏桐沉默不语，杜维廉吃了几口沙拉，叹口气："草就是没什么好吃的，还是等牛排吧。"而后将了他一军，"说起来，她当时没告，现在还会不会去告，你心里应该有谱，就算你觉得这不公平，你能为她做主吗？"

答案是当然不能。

陆天明摆明了是强奸未遂，可是时过境迁，没有当场逮捕而事主不去告他的话，其他人是没有办法强出头的。此外，无论杨子意告不告，陆天明都不会放过苏桐，这才是老高今天来的目的。

"我呢，公司准备对我怎么样？"

杜维廉皱着眉头看着他，罕见地露出了为难的神色，这叫苏桐有点意外。

"高一眼"在公司多年，差不多所有或主动或被动离开万邦的中高层都是从他手里过的，来来去去见得多了，按道理说不应该有任何个人情绪，但这一刻他似乎破了例。

"小苏，你知道我呢，是一直都很欣赏你的，是我提出升你当初级合伙人的，在所有人里，我最不想让你走。"他重重叹了口气，"但你想想老陆那个脾气，他怎么忍得下这口气？"

苏桐完全懂，要是八竿子打不到的说不定还能眼不见心不烦，躲为上，但陆天明管的就是自己这一块，顶头上司的上司，想绕过他而在万邦有前途，绝不可能。

老高把话说到了尽："我跟陆天明共事了快十年，他在这一行的地位不可能轻易撼动，至少万邦的LP[1]基本上都是冲着他和陈总来的，你觉得万邦能怎么做，为了你干掉陆天明？大义灭亲？"

苏桐摆摆手，这些赤裸裸明晃晃的话都带着刀子，外面裹的糖衣叫人厌烦，他只

1　Limited Partner（有限合伙人），简称LP，即参与投资的企业或金融保险机构等机构投资人和个人投资人。

是义愤，又不是蠢。如果一定要面对这一刻心中的感受，苏桐觉得自己当年选错了行，他就应该老老实实在重庆街上当混混，至少谁欺负到头上来了，就能抓根棍子打回去，直到打赢为止。棍子不行，就用菜刀，反正在街头打架，谁的拳头硬，谁就是大哥。

可惜金钱世界里不是这样，是谁的钱多、资源多、地位高，谁才是大哥，而苏桐还没到那一天，没到那一步。这种事急不来，也狠不来，水不到，渠就不成。

因此他按捺住了自己抓起一个盘子丢出窗外的冲动，打断了杜维廉："杜总，明人面前就不说暗话，你就说怎么办吧。"

"你自己提离职，我们按解雇给你补偿，项目提成这些都不少你的，条件很简单，你也别往外说这事儿。"

他在苏桐面前倒是直截了当："万邦还是要脸的。"

"Last day（最后工作日）什么时候？"

"下周一。"

苏桐一愣，随即冷笑一声："这么绝？我手头的项目都可以不要了？"

杜维廉淡淡的："铁打的营盘流水的兵，缺了谁公司都得运营下去不是？你的项目自然会有人接手的，所以呢，要还是要，但你就别管了。"杜维廉言语虽然冷酷，仔细一听倒是为苏桐着想："你上心想跟到底也不会有人感激你，说不定效果还适得其反，别去害那些辛辛苦苦创业的人。"

苏桐听得明白，虽然心里跟扎了根针似的，但不能不承认老杜说的有道理，他还是识相，举起水杯跟杜维廉碰了一下："行吧。"

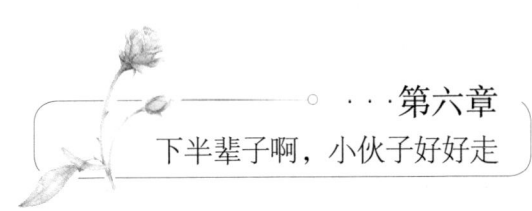

第六章
下半辈子啊,小伙子好好走

世上很多东西,都是千方百计要不到,要到了之后再失去,却可能只要一眨眼的工夫。

杜维廉走了之后,苏桐按照自己的节奏过完了周末:他看完了郭也写的那本书,在小区健身房做了两小时力量训练,剩下的时间他花在了修改补充以及投递自己的简历上。他忙到七点多的时候,叶蓁蓁打电话给他,一接起来那边忙不迭地道歉:"对不起对不起对不起,我把我们吃午饭的事儿全忘了啊,我今天给操练疯了。"

身为一个直男,苏桐心里有事,其实完全不记得午饭之约了,此刻当然是顺坡下驴。身为一个直男,他还准确地捕捉到了"操"这个字,赶紧问:"怎么啦,你干啥去了?"

叶蓁蓁带着哭腔,爆出了原汁原味的川味粗口:"先人哦,今天学身体语言里的姿态定位和识别,高姐弄了一个老外来给我上课,讲法国口味的英文,听得懂个球哦,日子没法过了。"

苏桐赶紧安慰她:"别哭鼻子啊,你在哪儿呢?我来接你,咱们先去吃一顿再说啊。"

巴蜀人的本色,就是万事都用吃解决,一顿解决不了的,来两顿试试看,如果实在吃饭解决不了,那多吃一点东西总没什么错。

结果听到"吃"字,叶蓁蓁哭得更大声了:"Spencer昨天说我塑形进度太慢了,分析了半天为什么,后来一打听我在家的食谱,这哥们儿就直接发了神经,他说我以后晚上只能吃白水煮的青菜和鸡肉,不能吃别的。"

苏桐认为这是无稽之谈:"天天吃白水煮的青菜和鸡肉如果可以的话,那人类为什么还要那么辛苦地待在食物链顶端?这样吧,就说我说的,暂时忘记Spencer,他有意见你就说是我强迫你的,怎么样?"

叶蓁蓁见风转舵的技术一百分:"苏先生!就是你!你是不是对我吃白水鸡肉持反对意见?你是不是在对我强烈要求、软磨硬泡、威逼利诱无所不用其极,逼我一定要跟你去吃好吃的?"

苏桐说:"你可以告诉Spencer,我的要求之强烈,相当于正举着一把勃朗宁顶着你的太阳穴,你觉得这个程度怎么样?"

"你怎么不去当作家呢,这个画面感可以啊。"眼看叶蓁蓁就破涕为笑了。

打完电话,苏桐思考了一下自己要离职的事儿该怎么跟女朋友说,最后决定要死卵朝天,不死万万年,照直说就行了。

他打定主意,赶紧停了手里的事儿过去接人,结果都到了好一会儿了,叶蓁蓁不知道为啥事耽搁了,约好的时间到了也没下来,打电话不接,发短信不回。苏桐百无聊赖,只好站在保安亭旁边刷手机,正刷得起劲,突然看见一辆劳斯莱斯幻影缓缓驶过来,在岗亭那儿短暂停了一下,出示了通行证又启动了。苏桐刚好站在驾驶室的方向,车窗落下,他往里看了个正着——那个司机是阿彬,在马尔代夫陪着高佳妮的那个阿彬。

车后排还坐着一个女人,苏桐没来得及看清楚对方的模样,但惊鸿一瞥之间,那个女人正好举手撩头发,他看到对方手腕上有一个大红色火焰形状的文身,而后车窗再度升起,车子开进了公寓停车场。

苏桐把手机揣起来,望着车子远去的方向皱起眉头,脑子里各种想法"咕嘟嘟"地冒,接下来又足足等了二三十分钟,叶蓁蓁才终于风风火火跑了出来,站在苏桐面前大喘气:"哎呀妈啊,吓死我了。"

苏桐拉着她的手:"这么匆匆忙忙的干吗,我又没催你。"

苏桐打量了一下,眼前一亮:叶蓁蓁今天出门的时候,穿的是大运动服,方便换泳衣,现在换了一条明显是高级货的窄身牛仔裤,裤子两边镶着蓝红色长条边,配一条Oversize(超大尺寸)很短的白衬衣,两条腿笔直笔直的,站在那里肩膀端正,脖颈修长,整个人线条往上,就跟有一条无形的丝线提着她一样,显得格外好看。

他们虽然天天在一起,但这段时间叶蓁蓁持续性早出晚归,到家就急急忙忙换衣服吃饭"葛优瘫",苏桐都没怎么逮到机会好好看她。今天才深切感受到她这几个月的泳没白游,形体课没白上,叶蓁蓁明显整个人都紧实挺拔了,运动改变人生不一定,改变体形那是效果杠杠的。

不过江山易改,本性难移,她说话急急慌慌的样子一点儿没变,跟他比画着:"刚才高姐来客人了,不知道是谁,高姐不让我去跟人家打招呼,还把我从后门推出来了,害得我爬楼梯下来的,三十几层啊,累死我了,这是啥情况!"

"她没跟你解释吗?"

"没有,没来得及。"

"那,你注意到她推你出来的时候有什么不一样吗,语气、动作、表情什么的?"

叶蓁蓁仔细想了想:"啊——她好像挺生气的,但又有点不安,说话声音比平时还要低一点。动作嘛,推我的时候很用力啊。"她脱口而出,"就跟偷情的时候被老公堵在房门里了,让奸夫赶紧跑一样。"

苏桐给她逗笑了:"请问叶小姐,你这种经验从何而来?身为老公,我需不需要担心自己的头顶?"

叶蓁蓁拍胸膛:"你以为我以前在家蹲着白蹲的?肥皂剧达人懂吗?超多肥皂剧里都会有一个倒霉的奸夫啊。"

在肥皂剧这个专业领域苏桐段位奇低,和叶蓁蓁交手必然完败,连争论的资格都没有,只能对她的论断表示无条件同意。他接过她的包,两个人去街道边打车,叶蓁蓁挽着他手臂叽叽喳喳高高兴兴,让苏桐运了几次气,还是死活说不出自己今天遭遇了什么。

因为只有他知道,为了让自己在这个公司有所成就,叶蓁蓁付出多少;为了搬回北京,顺利升职,从此能够安稳度日,叶蓁蓁又期待过多少。在这样彷徨的瞬间,苏桐甚至也不知道,自己冲进陆天明的办公室去救杨子意的行为,到底是正确还是错误。

第二天是周一,叶蓁蓁已经彻底习惯了五点的闹钟,现在她甚至都不需要闹钟了,到点儿自然醒,哼哼唧唧在所难免,但已经变成了比较随意的哼哼唧唧。苏桐被她连累,生物钟直接同步,也学得比较体贴,反正都醒了,干脆起来给叶蓁蓁张罗一杯热水,在门口挥手告别送个亲亲,表示自己对她事业的无限支持。

送走叶蓁蓁,他自己睡不着了,起来打开电脑。昨天他发了好几封简历出去,不是发给什么猎头网站、招聘网站,而是行业里直接负责招聘的人。这个圈子说大不大,他一直是佼佼者,自然也会引起其他公司注意,前后不少人接触他,希望他提跳槽条件,或至少跟分管的老板见面聊聊。

苏桐对人对事都算有谱,既然是一心在万邦做,骑驴找马的套路就不必了,于是一概婉拒。人家也理解,不过山不转水转,关系还是要留的,逢年过节挑一些人问候拜访,偶尔行业会议上相见喝一杯聊聊近况,都是有的。

所谓相见留一线,日后好见面,苏桐深谙此理,而现在就是他需要日后见面的时节。

他发了简历,接着就会发一条微信或短信,简要告知对方自己的情况。周末及时看邮件的人没那么多，但微信基本马上都回了，纷纷表示这太好了，你终于舍得跳槽了，你这样的青年才俊外面抢着要，机会大把云云。这或是客气或是恭维的，多多少少都让苏桐心里有点安慰，甚至觉得危机即转机，从万邦离开未必不是一件好事。

此时窗外天色未明，邮箱里当然是空空如也，但他一面刷着财经新闻，一面还是忍不住时不时去看上一眼，看完之后又暗自嘲笑自己。

眼看已经到了七点，他关上电脑去洗了个澡、刮了胡子，把睡了一晚上之后就变得跟刺猬一样的头发吹干吹顺，这一切都如平常。但在换衣服的时候，他终于无可避免地想到今天是最后一天去万邦，于是忍不住停下了扣纽扣的手，在衣柜前默默站了一会儿，百感交集。

离职手续办得很顺利，苏桐一应文件签下来，由李可亲自料理。他前后看过，条件都按规矩来的，没有什么埋伏。

杜维廉过来打了个招呼，相熟的几个同事分别说了几句话。最后是和他自己的团队在小办公室告别，杨子意没有出现，其他几个人三三两两站在各处，寥寥几句珍重道别不咸不淡，之后各自回工位干活，谁都没有特别感性的表现。

做投资的人不怎么容易七情上脸，再有呢，好事不出门，坏事传千里，大家想必都知道他是得罪了陆天明，被迫离职的。

苏桐平常待他们不错，假以时日，说不定也有推心置腹、同仇敌忾的交情，但他毕竟在总部待的时间不够长，有深度和强度的关系都是需要时间去建设的，在泛泛之交的前提下，一朝天子一朝臣，打工的最讲究识时务。

对此他完全理解，但要说毫不介怀，实在还没有到那个境界，因此告别的时候也就格外客气，客气里有不容易分辨出来的讥诮。

说完一连串的再见之后，苏桐走出万邦大门按下了电梯下行键，他手里抱着一个硬纸箱，里面是私人物品，不多，也都不重要，他准备下楼就丢进垃圾桶。

这时候一部电梯正好停下、打开，苏桐非常意外地看到了陆天明。陆天明从电梯里出来，脸色轻松，甚至还微带笑容，鼻子基本上好了，最多是形状还有点歪。

但更意外的是，他还看到了跟在陆天明后面的人——竟然是杨子意。她拎着陆天明的包，肩上挎着自己的包，穿着整整齐齐的套装高跟鞋，头发一丝不乱，看样子是刚和陆天明一起从外面回来。苏桐一下子就愣住了。

陆天明当然立刻也看到了他，也看到了他的惊愕，那一瞬间他脸上所浮现出的表情，成为苏桐人生字典里对"可恶"两个字的旁注，并且永远也不会从记忆里消失。

他挺起了腰身，高高昂头，倨傲地向着苏桐走过来。杨子意跟在他的后面，在与苏桐四目对视的时候，脸上浮现出惊慌失措的表情，她本来端正的肩膀垮了下来，垂下了头，望着地面，面庞和耳朵全都红了，畏畏缩缩的，下意识地离陆天明远了一点。

陆天明在苏桐面前停了下来，声音中的嘲讽呼之欲出："走啦？"

苏桐沉住了气："走了。"他看了看陆天明，"陆总，怎么样，鼻子好着呢？"他不提鼻子就算了，一提鼻子，陆天明眼里简直要闪出火星子来，但他没喝酒的时候，是货真价实的老狐狸，没有那么容易失态，只是冷笑一声。

苏桐不依不饶："江湖险恶，多保重啊，万一断的不是鼻子是其他地方，那就糟了。"

陆天明沉下脸来，一字一顿："我一定保重。"他凑近了一点，嘴里的臭气喷出来，叫苏桐反胃，"不过，江湖对你来说更险恶，下半辈子啊，小伙子好好走。"他拍拍苏桐的肩膀，"最好走远一点。"

他扬长而去，最后那句话说得特别大声。

那一瞬间苏桐没有反应过来陆天明什么意思，但他很快就会知道了。

走出写字楼大门的时候，正午的阳光非常强烈，晒得苏桐额头上一阵一阵地刺痛，他漫无目的地在街上走着，连那个纸箱子都忘了扔。他缓缓想起当初刚回到北京总部第一天上班，有人在他的新办公室里放了一瓶花，香水百合还是蝴蝶兰什么的，和一个直男的审美格格不入，但那是一个姿态、一个暗示，象征他被看好、被欢迎、被容纳。

他也想起叶蓁蓁听到可以回到北京，以后不再外调时喜出望外的表情，跳着欢呼着，扳着手指计算，以后有了自己的家，要买什么样的茶几、什么样的沙发。

就跟赛车在弯道上一个急转而后撞上栏杆一样，突然一切都被打破了。而且是用这么剧烈、这么突兀、这么毫无前因后果的方式打破的。

他一直走了两公里开外，已经满身大汗了。在过一个红灯的时候，听到自己手机响，拿起来看，是邝明明。

邝明明是他货真价实的直系上司，比苏桐大不了几岁，但是出身好，富二代，家里有很大的产业。这个世界对白手起家的人有多苛刻，对含着金钥匙出生的人就有多宽容，所以不到四十岁，邝明明就是万邦的资深合伙人、投资总监，五千万以下的项目，决策权都在他这里，一句话说了算。

他们俩合作了好几年，从中间隔着两层，到现在直属，关系一直不错，一起出差的时候喝喝啤酒聊聊天，彼此也算是知根知底。

苏桐出事那天邝明明在出差，肯定是马上就知道情况了。他打了个电话过来，了解了一下苏桐的说法，接下来几天就又没信儿了。苏桐把这理解为多一事不如少一事，没什么错。尽管他知道邝明明向来不是什么怕麻烦的主子，尽管他内心深处还是觉得邝明明这做派没义气。

现在接起来电话，他也不知道该用什么态度去对待人家，只能打个招呼："邝总，有事儿啊。"他还是没完全压住语气里的恼火劲。

"你在哪儿啊？我刚到公司，说你已经走了。"

"走了，离个职又不麻烦。"

"你发个定位给我，我过来找你。"

邝明明不容分说就把电话挂了，苏桐拿着手机看半天，抬头看到旁边有个麦当劳，走进去要了一杯冰咖啡，然后发了定位过去。没到十分钟，邝明明的车就出现在门口，是一台奔驰保姆车，特别高特别长，而他每次从车里一出来，路人就会不约而同地心想，难怪要个这么大的车。

他个子很高，一米九出头，稍有点儿胖，圆墩墩的，平头，浓眉大眼，样子很正派，叫人看了就觉得放心，属于在丈母娘那里第一印象能给满分的类型。他混在一群嘻嘻哈哈的年轻人里走进麦当劳，找到坐在角落的苏桐，坐下来皱着眉头看着苏桐，脸色不好看。

两人对视了一眼，邝明明叹口气："操。老陆疯了。"

对苏桐来说这个评价现在不算新闻："他不疯能这么禽兽？"

邝明明看看他："你第一次遇上吧。"

"我幸好第一次遇上。"他想了想，"我也只能遇到一次，否则我肯定遇一次打一次。"

邝明明都没脾气了："你多半也知道了，这其实是他的老毛病，只不过没这次严重，你揍他，老实说吧，真是大快人心，可惜没把他再揍惨一点。"

苏桐瞪大眼睛："老这样？你他妈还好意思说？"

"以前都是一个愿打一个愿挨，两厢情愿，就算一开始不是，没走的话，后来就都是了。老陆对从了他的姑娘出手很大方，你说我们能怎么样。这次要不是姑娘反抗，你知道个屁。"

"什么？"

"你以前一直在外地，对总部情况不了解，不过老陆的助理换得很勤这事儿你可能知道吧。那些姑娘，要么就受不了辞职了；要么升职加薪，去了公司更好的岗位待个一年半载；要么干脆拿笔钱出国读书，每个月还要零用钱的也不是一个两个。"

他叹口气："财务每个月都为这些开销发愁。"

邝明明的表情说不上来是什么意思，是恨铁不成钢呢，还是同情："人人都有价格，也不是每个人都能拒绝诱惑的，你看，杨子意不也回去继续干了？"

"她得了什么好处？"

"工资涨了一倍，下半年让她去和咱们公司有合作的商学院读一个在职的MBA，公司全款学费，私下再有什么，我就不知道了，一笔钱吧。"

苏桐无话可说，这一瞬间他简直觉得世事太可笑了，枉自中国外国厮混多年，多多少少是读了古今圣贤书的人，自诩精明，原来也根本琢磨不透身边的人和事。

邝明明拿过他面前那杯冰咖啡喝了一口，皱起眉头，苏桐一眼看过去，就知道他还有话没说出来。

"你不会专门来跟我说这个的吧，还有啥？"

邝明明很为难地看着他，表情证明苏桐的猜测没错。

"咱们一场兄弟，我还得跟你说一声。"他又停了下来，这还真不像邝明明，他一向雷厉风行。

苏桐沉住气，看着他。邝明明终于轻声说："陆天明通过猎头和自己的关系网放了话出去，说你品行不端，有暴力倾向，建议业内公司都不要录取你。"

"什么？"

"他本来还想用营销公司上社交媒体搞你的，被杜总顶回去了，说兔子急了也要咬人，别做绝了。"

苏桐双手放在麦当劳的塑料桌子台面上，周围人声鼎沸，许多笑声都如同悬在树梢风里的铃铛，无所用心地响个不停，这么吵，有可能他听错了吧。下意识里他想反问一句，但理智告诉他不必了。他每个字都听得很清楚。

要是当时冲进办公室的时候想到了今天会落到这个下场，他还会冲进去吗？

很长一段时间，他一句话都没说，邝明明有点担心地看着他。但苏桐的自尊心不允许自己流露出任何情绪，因此邝明明只看到一张很平静的脸，还对他笑笑："求仁得仁，正常。"接着他就站起来，"没什么事我先走了。"

邝明明也站起来："苏桐，你在北京这个圈子，一时之间，可能不容易出头了。如果我是你的话，建议到外地去发展，三十年河东，三十年河西，总有翻身的时候。"

苏桐对他笑笑："有道理，那句话怎么说的来着？此处不留爷，自有留爷处，对吧？"

他和邝明明一起走出麦当劳，拒绝了邝明明送他一程的提议，目送后者上了保姆车，而后沿着来时的方向继续往前走，走了一会儿忽然想起了自己那个纸箱子，于是又折了回去。纸箱子还在麦当劳的餐桌下面好好放着，他低头从里面翻出一个红色带盖的杯子，把其他东西丢进了垃圾桶。

这个杯子是和叶蓁蓁一起在英国旅行的时候买的，临回程时买茶包送人，买了好些，店员就送了他们两个杯子，说可以在杯上刻字留念。

两种颜色，红和白，都上宽下窄，带盖子，盖子缺一块儿，刚好卡一个精巧的小勺子进去。

叶蓁蓁挑了一个红色的给苏桐，一个白色的给自己。红色的上面刻了四个字：一生之我，白色的也刻了四个字：一生之你。

不得不说这相当文艺青年，相当少女心，不符合苏桐英明神武的形象——至少他希望自己有的形象。但在女朋友的娇嗔面前他完全丧失了斗志，最后不但买了杯子，还接受安排把杯子带去了办公室用。

他很少喝水，每天以咖啡续命，但偶尔喝的时候如果有人在旁边，苏桐还是会很小心地把"一生之我"那几个字藏起来，以免被李可之流嘲讽。

手心里捏着那个杯子，他眯着眼睛，在过于明亮的光线中顺着通讯录一个一个打电话，打给那些他投了简历，曾经对他表示过欢迎和支持的人。

阳光越来越烈，温度越来越高，每一个电话结束的时候，世界就变热了一点，热得路边林荫中的知了声嘶力竭，热得似乎叫人活不下去。

时间转瞬即逝，很快苏桐就正式失业了一周，而叶蓁蓁因为忙着在创世为生存而努力，整天压力山大，无暇关注男朋友，因此算是变相救了苏桐一条狗命。

他在家里无事可做，只好和手机相依为命，以扫货的姿态在各大视频网站横冲直撞，所有会员都充上了，变着法儿打发时间。

他三餐都靠外卖，足不出户，偶尔摆弄一下邮箱，发几封简历。他从一开始鼻孔朝天直接找同行，到把信息散布给专业对口的猎头，都是肉包子打狗，没有半点回响。事实证明陆天明不是跟他闹着玩的。

这么急着找工作，苏桐倒不是为了钱，而是因为他一直没把自己离开万邦的事儿告诉叶蓁蓁。叶蓁蓁每天早出晚归，到家已经累瘫了，居然也完全没注意到苏桐有什么不同。

原则上来说，越开不了口的事儿，越要第一时间开口，跟员工说你上季度业绩没达标所以奖金没了如是，跟创业者说你融资这事儿黄了赶紧另找出路也如是。

这是职业沟通的铁律，但医人者不自医也是铁律。何况苏桐有时候自己都在想，为了这档子破事搭上自己的大好前途，某种程度上还有叶蓁蓁的，值吗？万一叶蓁蓁就觉得百分之百不值呢？万一呢？怎么解释好？怎么安抚好？

何况他内心还有其他顾虑，重重叠叠加起来，变成沉甸甸的石头，压在喉舌之上，搬挪不动。而日子毫不容情地一天天过，顾虑渐渐变得比较像欺瞒，叫人越来越做不到从容开头，去清清白白交代来龙去脉，于是乎就拖得更久，变得更难开口，整一个恶性循环。

其中有一天叶蓁蓁突然后知后觉反应过来："你最近怎么都不跟我说工作的事儿了？"

那会儿两人刚亲热完，正在沙发上抱成一团腻着，叶蓁蓁问题一出口苏桐就心里一激灵，想着幸好这话没在亲热前问，不然心理压力太大，今晚铁定是不举了。

"你不是忙吗？"他一边说一边用手指卷着叶蓁蓁的头发，轻描淡写地力图镇定。

叶蓁蓁动用她在高佳妮那儿学到的沟通理论，仔细体会和分析了一下这话里的意思，得出结论：苏桐没有抱怨，也没有嘲讽，只是在做客观陈述，因此不需要打爆他的狗头。

她满意地点点头，觉得自己很有进步，随口又问："那今年年会的通知下来了没？Spencer说帮我定做礼服啊。"她叹口气，"光那些衣服就不知道花了高姐多少钱。"转个身趴在苏桐身上，两人大眼对小眼，"可是我什么也没帮她做啊。"

苏桐手往下摸着她的背和小蛮腰，觉得手感真好啊："你救了她的命啊。"

叶蓁蓁瞪他一眼："这种事儿不带挂嘴边说的。"

"也对，那我觉得你陪着她就是做了很多了。"

叶蓁蓁在他肩窝那里蹭脸，是鼻子痒痒了，又不想拿手上来挠，跟只狗熊似的，长发乱蓬蓬地飞到苏桐鼻子里，他忍不住打了一个喷嚏。

她挠完这两下舒服了，说："上哪儿不能找个人陪着啊，至于花那么多工夫在我身上嘛？"

苏桐拨浪鼓一般摇头："什么叫上哪儿都能找个人啊，有你陪着那是多大的福气，千金不换，懂吗？是高姐走运。"

叶蓁蓁"扑哧"一笑，抬起头来看着苏桐："偏心。"

苏桐毫不犹豫地指出自己的本质："舔狗，正宗的！！"

叶蓁蓁笑着亲了他一口，心里还惦记着礼服的事儿，从苏桐身上爬下来，站在地上转了两个圈："宝，你看我你看我。"

她穿着小背心、小裤头，在Spencer地狱式的训练之下，什么含胸、骨盆前倾、溜肩膀，统统被打得片甲不留、无影无踪，这会儿挺胸昂首提臀，端的是意气风发："有没有觉得我比去年这个时候好看多了？"

苏桐身为资深男友，挖得如此明显的坑那是绝不会跳的，当即一口咬定："都好看，从来没有不好看过。"然后迫不得已继续说谎，"年会好像不搞了吧，今年业绩不好。"

叶蓁蓁失望地叹了口气，一头栽回他身上，喃喃自语："业绩不好你前段时间又拿了那么大一笔提成回来？"

她说的是苏桐的遣散费，照N+1[1]个月工资计算，加上本来年底才发的项目提成，有大一百多万，对他们来说是挺可观的一笔钱。叶蓁蓁拿到的时候还高兴了好一会儿，觉得婚房可以多买几个平方米，婚宴档次也不妨可以稍微提一提了。

她这一点特别好，尽管跟着高佳妮和郭也进进出出见的都是大人物，听的都是千万亿万的大数目，但她知道那都是别人的，跟自己没关系，也不想要。唯独两个人兢兢业业挣回来的，才是自己的，才踏踏实实能用在生活里面。

苏桐摸着她的头发，望着白色的天花板，心里叹着气，嘴上却只能说："说明公司对员工好嘛，藏富于民，不搞虚头巴脑的有道理啊。"

"藏富于民好评！"

"小包子，钱别光存起来啊，我陪你去买包包，买鞋子，今年的限量彩妆来几套暖暖手。"

叶蓁蓁把脸贴在他脖子上，手和脚都搭在苏桐身上，她只要跟苏桐一块儿坐着或者躺着没什么事，就跟只八爪鱼一样黏人，非要挨着，挨一点儿都行，扯都扯不下来。在重庆家里也这样，经常被妈妈数落："苏桐你看你把她惯得，坐没坐相，睡没睡相。"

听着苏桐叫她去买东西，叶蓁蓁懒洋洋地摇摇头："不去了，Spencer不准我乱买衣服鞋子，说市面上的东西品位都不行。"她学Spencer吐槽，声调表情都惟妙惟肖，"就说那个F开头的大牌子吧，出一条连体裤，屎黄褐色，上面全是纵横交错的花纹，认识的知道那个是Logo好吧，不认识的呢？这是哪家驱鬼的道士穿的法衣，贴一身鬼画符。"

苏桐对Spencer一无所知，但架不住叶蓁蓁学得地道，听了乐得不行："牛，说得对。"

叶蓁蓁也乐："所以嘛，不能买那些，纯浪费钱。"她的小脚丫蹭着苏桐的大脚板，很神往地想着，"还是把钱都攒着，买房子，弄个大浴缸，咱们俩能一起泡澡，再给你阳台上弄个沙袋，早晚练练拳。"她瞅苏桐一眼，"你觉得好不好？"

苏桐能说什么呢，他当然是好好好、对对对，但凡是叶蓁蓁想要的，他什么都可以。

他故意仰起头闭上眼睛，像是要打个小盹儿似的，怕的是叶蓁蓁看到他深深藏起来的纠结。爱情像是小小的圣坛，能给凡人带来小小的安宁，他实在不能亲手去打破那里的平静。

---

[1] 用人单位与员工解除劳动关系时按照劳动合同法规定提供给员工补偿的一种方式。N即员工在用人单位的工作年限：每满一年，补偿1个月的工资；不满半年的，算半个月；半年以上的，算1个月，比如员工工作时间为两年零七个月，则N=3。+1就是指在此基础上多补偿员工1个月工资，+2就是多补2个月工资，以此类推。

人要是过着不真实的生活，就会陷入特别焦虑的状态，这说的就是苏桐现在的情况。到后来吧，他自己在家里待着，明明只是在手机上玩游戏，听到门响都一哆嗦，感觉像要被捉奸在床，特别难受。

日子不能这样过下去，既然投资行业暂时不受待见，他干脆注册了一圈各种付费的招聘网站，改出来好几个版本的简历，每个网站上都果断选择一键群发，管它金融、投资、教育、快消行业还是互联网。所谓乱枪打鸟，必有一中，大丈夫能屈能伸，这些好话都是为了今天这样的场面准备的。

避开了陆天明的势力范围，找一份工作就算不上挑战了，没几天面试邀约便纷至沓来。苏桐奔出去见了一圈人，靠着彪悍的简历和临场发挥，拿到了一大堆Offer，他挑了半天，最后进了一家初创的儿童英文连锁教育机构当校长。

苏桐选这个公司是有原因的，他之前作为投资方，跟过不少连锁的K12[1]教育机构，对这个领域各方面都相当熟悉，做起来不陌生，但真正在里面管起事儿来，又需要接触大量的运营细节，两下一凑，刚好弥补了他的经验盲区，做起来不算是荒废。

还有一个重要的原因是，这个职位的薪水上限，加上提成、补贴七七八八，刚好和他以前在万邦的每个月基本底薪差不多，还是持续滚进叶蓁蓁管着的家用卡里，可以继续保持自己在挣钱的形象。

他运气不错，一上班就遇到这家公司拿到A轮投资，公司上上下下都沉浸在乐观主义情绪之中。但毕竟根基尚浅，很多规范要么还没来得及立起来，要么是立起来了也执行不了，全靠人制，其直接结果就是苏桐天天忙那些自己从来没忙过的事。从审查公众号推文，到亲自招聘前台小妹，一天八十片鸡毛蒜皮挂在鼻子底下排队，他少处理一点半点都不行，充实圆满到大脑充血。他忙着跟大区总监到处去看店址，看着看着大区总监感觉怎么有点不对，苏桐简历上明明说自己以前做分析员的，怎么对实体店选址的心得一套一套的，各种门儿清。

这么忙了一个多月，有一天苏桐正在办公室跟销售们讲客户行为分析和应对策略，年轻人们听得一脸蒙的时候，突然有个电话进来，他看了一眼，居然是杨子意。

苏桐按掉一次，过了几分钟杨子意继续打，再按再打，还真是熟悉的配方、熟悉的味道，等培训终于完了，对方还在打，他叹口气，接了。

"苏哥，我是子意。"

1　Kindergarten through twelfth grade（学前教育至高中教育），简称K12，教育类专用名词，现在普遍被用来代指基础教育，主要被美国、加拿大等北美国家采用。

"有事儿吗？"

杨子意犹豫了一下："我能跟你见面说吗？"

"电话里也是一样。"

她很坚持："我想见面谈，是跟四平有关的事儿。"

苏桐听到这个倒是有点意外："四平怎么了？你还在跟那个项目吗？"

"是啊，不过遇到了一点问题，苏哥你发个定位给我吧。"

他们约在苏桐新办公室不远处的一家咖啡厅见面。苏桐到的时候杨子意已经坐着了，在看手机。桌子上放了两杯美式，她自己的加糖加奶，苏桐的什么都没有，而且尝一口就知道，里面有双倍的Espresso（意式浓缩咖啡），非常浓烈，是他向来喝咖啡的习惯。

姑娘瘦了不少，巴掌大的脸，露在袖子外的两条手臂纤细如柴，裹着一条黑白横条纹的连衣裙都没有半点膨胀感，整体而言弱不禁风。

她放在旁边的包从Coach换成了Celine，想必是加了一倍薪水的结果。型号倒还是那么大，沉甸甸的，包面上的提手和拉链构成一个咧嘴弯眉的笑脸，苏桐总觉得好像和叶蓁蓁在哪里看过。

他不叙寒温，拉开椅子，还没坐稳就单刀直入："王建平怎么了？"

杨子意微微一惊，把手机放下，紧张地说："苏哥，你来了。"

"嗯。"

她双手紧紧握着自己的咖啡杯，抬眼想要看苏桐又垂下去，沉默了一下决定还是直接回答问题："四平那个项目最后一轮评审没有过。"

"什么时候出的结果？"

"上礼拜。"

苏桐觉得奇怪："耗那么久？他们要的钱不多啊？"

"是不多，但公司内部评审几轮分歧都比较大，新型的健身方式在国内肯定有市场，但市场潜力有多大，要培育多久才能有结果，就谁都说不好。你知道做实体连锁对资金的要求是持续增长的，风险比收益明显，第一轮投资肯定属于蹚雷。"

苏桐想了一下："也跟超新星最近的事儿有关吧。"

超新星是一家少儿音乐教育的连锁机构，主攻西洋乐器。三年前创始人用自有资金一口气开了三十多家店，全部在一线城市的中心商圈，聘请高等音乐学院的名师背书，明星代言，走的是服务高净值人群下一代的高端路线，一时间客似云来，风头无两。

三年内超新星拿了两轮风投，第一轮后快速扩张到七百三十多家店，学员超过三万人，估值二十六个亿。万邦是第二轮主投，真金白银砸了好几个亿进去，主要是看中少儿音乐学习的连续性会带来高客单价，以及切入娱乐产业的天然属性。

一开始超新星不负众望，但开到一千两百家之后，庞大的运营现金流就成了达摩克利斯之剑。就在上个月，超新星老板不告而别，留下数百家供应商上门讨欠款，上万员工未结算工资，媒体再度蜂拥而至，但原因与三年前有天壤之别。

万邦吃了一个闷亏，虽然说不至于伤筋动骨，但这一单跟LP就不好交代了。

投不投四平本来还没有定论，突然一下就风向变了，谁都不敢再说这个项目有前景，于是这事儿干脆利落地就没成。

不过归根到底，苏桐不明白的是："你为这事儿找我？"言下之意很明白，跟老子没关系了啊。

杨子意一直没敢跟他正眼对视，这会儿也是半垂着眼看自己的咖啡，期期艾艾刚要说话，冷不防被苏桐吼了一声："你，抬眼跟人说话，不要跟个小媳妇似的，这样子怎么镇得住客户？"

杨子意急忙抬起头来，坐直了，说："你走了之后，一直没人来接你的位置，邝总自己管着，所以这个项目我就一直跟下来了。每轮评审我都给了王总一些建议，他们觉得也有道理，很多都采用了。被否了之后他来找我，请我当他们的顾问继续去融资，说他们请的FA[1]没有那么靠谱。"

"然后呢？"

"我没有这个资格当他们的投资顾问，之前给他的建议，很多都是从你这儿问过去的，再说我还在万邦工作，更不可能了。"

"所以你就想到我了？"苏桐忍了一下，没按捺住一股无名火，"怕我走投无路，给我找点活儿干？"

杨子意脸色刹那间变得惨白，她眉尖垂下，抿出一丝苦笑，低声说："苏哥，我对不起你，但我没办法。"慌慌张张又向旁边看了一眼，像怕给其他人看到自己的窘迫似的，重复了一句，"我真的是没办法。"杨子意嘴角颤抖，眼看要哭出来，但又强忍着，眼睛里变得雾蒙蒙的，一点神采也没有。

苏桐心里涌起一阵悔意，赶紧改口："行了行了，这事不怪你，跟你没关系。"

结果杨子意的情绪马上就爆发了："苏哥，就怪我，不是我，你在万邦肯定发展得特别好，搞成这样都怪我。我本来是想辞职的，我看到陆天明就想吐，可是我需要这份工作，我要养家，我家里，妈妈还病着，我——我是真的没办法。"

1　Finance Advisor（财务顾问），简称FA，指为企业融资提供顾问服务的专业人士。

她死命握着那个Celine的包，手背都变白了，身子窝下去，蜷在椅子上，努力压抑着想哭的冲动，眼泪一颗一颗沁出眼角，黏稠闪亮，裹着粉底、眼影、睫毛膏一路往下滚。苏桐顿时就慌了手脚，张皇无措之间瞧见桌子上的纸巾，灵机一动，赶紧抽起几张塞过去，同时塞过去的还有一番经典直男式的、单调的安慰："别哭了，别哭了。我说错话了，对不起，别哭了啊。"

杨子意用了好一番工夫才稳住情绪，虽然没哭出声，脸上妆还是花了一小半，口红被纸巾擦淡了，嘴唇上斑驳着，显得很憔悴。她抓着苏桐不停塞过来的一大把纸巾，勉强微笑了一下："你平时就这样哄女朋友吗？"

苏桐摇摇头："我女朋友这样哄我。"

杨子意看他一眼。

"我们家要哭也是我哭，我家叶小姐整治起我来气吞万里如虎，从不掉眼泪。"寥寥两句话，言语里都是爱。

杨子意把眼泪擦干了，很努力地清了清嗓子，迅速把话题回归到四平那个项目上："总之，四平真的是很需要有经验的顾问帮他们找资金，而且收费还得合理，不然可能很快要撑不下去了。我想着就先来问问你，再跟王总说。"

在谈到正事的时候，她比较勇敢和坚持："苏哥，你要不要考虑一下？"顿了顿，小声加了一句："看在王总不容易的分上。"

"创业都不容易，选了这条路就得走到黑，我能帮他什么呢？"

杨子意似乎知道苏桐会这么说，毕竟他以前常常就这样教育下属："不要对项目情绪化，刚出了车祸就爬着来做路演，也不代表他的项目是个好项目。"

她有备而来："王总还在力与美上班的时候就在大凉山那边开了好几家慈善性质的少年体校，专门培养十七八岁没工作的孩子当健身教练，有好几百人，包食宿学费，包工作，这些年帮了很多人。现在'速9'虽然没挣钱，但那边学校的运营费用一分钱没少，全是王总自己掏腰包垫的，我猜他也快没钱了。"她诚挚地看着苏桐，"要是公司做不下去，那些依靠着他才有未来的孩子，也就完了。"她一点都不肯放弃，"苏哥，我真的觉得这个项目有前途，但王总也是真不懂资本运作，他是个大刀阔斧干实事的人，你帮帮他。"

从某个角度来说，她也算是很了解苏桐的，苏桐威武不能屈，却往往会对需要帮助的人心软。

果然听完这一番话，苏桐就犹豫了起来，口气也软了："行吧，我直接去找他聊聊。"

杨子意眼睛一亮，从手袋里拿出一个小巧的U盘，推到苏桐面前："这是四平全部的融资资料，我问过王总，他说可以给你，你先看看。"

苏桐点点头，抓过U盘揣兜里："那就这样，我还有事，先走了。"

杨子意"嗯"了一声，目送他站起来，大步流星走到门口，忽然见他一扭身又走回到她面前。杨子意心里一跳，张开嘴想说什么却说不出来。苏桐看着她，眼神很悲悯："你这段时间也不容易吧？想开一点，多吃一点，你看你实在太瘦了，这样对身体不好，知道吗？"

说完他就又走了，都没给杨子意反应的时间，这一次走得很彻底，留下女孩子在自己座位上坐着呆若木鸡，手心一直覆盖在咖啡杯上，感受着滚烫的咖啡一点一点变冷。

突然手机"嘀嘀"响起，是闹钟的声音，杨子意迟钝地听了很久，伸手按掉，而后从包里拿出一个塑料小盒，盒子里散放着一些药片，她拈起两颗放进嘴里，用咖啡把它们冲了下去。

苏桐没有看到这一幕，如果他看到的话，也许就会知道为什么杨子意在短短几个月内变得这么瘦，这么憔悴。铺天盖地的焦虑、恐惧、抑郁，交织成一张铁丝网，紧紧箍住她，让她透不过气来。她整夜整夜无法入睡，合上眼就像堕落到了地狱里，讽刺的是，那个在地狱里狞笑着等待她的恶魔，白天就坐在她身后十米远的办公室中，道貌岸然地与人谈业务、谈天论地，在她面前也一样如此，似乎什么也没有发生过，什么都不值得在乎。她没有勇气摆脱这些，也没有资格——一个人想要过得好一点，还让身边亲爱的人也过得好一点，有时候要付出难以想象的代价。

在那些黑夜里，唯一能给她带来安慰的，是苏桐破门而入那一瞬间的样子，反反复复在脑海里出现，如同救世主从天而降，勇敢、强悍、一往无前。

在他的身边入睡，应该就不会怕屋顶突然倒下来。

他搭上自己的前途，当了她的英雄。

尽管她觉得自己简直不配。

如果说以前的杨子意对苏桐仰慕，还是出于涉世未深的女孩天真的情愫，那么在陆天明这件事发生之后，就变成了更深切、更沉重的感情，和其他一切不如意间隔开来，像一把雕刀，随着天长日久，在她心目中一点一点凿出了理想爱人的形象：长着苏桐的脸，有着他独特的凝视人的方式，还会有满腔毫无瑕疵的对她的爱。

苏桐出了咖啡厅，在门外就拨通了王建平的电话，对方听到他的声音，喜出望外："苏总？"

他单刀直入："万邦那边黄了吗？"

王建平静了一下，干笑几声："是啊，你也知道了。"

"杨子意告诉我的，说你们想找她做投资顾问，她在万邦可能不方便，你觉得我行不行？"

明明是人家求他，但话里给够了王建平面子，这是苏桐周到的地方。王建平没听完就"哎呀"了一声："那我还有什么好说的，求之不得。"

择日不如撞日，王建平立刻就把公司地址发了过来。苏桐正要去路边打车，突然叶蓁蓁的电话打了进来，苏桐吓掉半条命，定神一想自己并没有死宅在家，形象是安全的，于是又多了一点自信，赶紧接起来："小包子。"

那边响遏行云，急如星火："宝！江湖救急！"

"怎么了这是，你在哪儿啊？"

"洗手间。"

"是没纸了吗，要我送吗？"

叶蓁蓁气不打一处来："我在创世的洗手间！我跟你说，刚才我又跟着我的经理去开项目会了，本来没我什么事，我就是去瞎听的，跟前几天一样啊，结果今天郭叔在，郭也你记得吧？他们在说一个什么什么顶层设计什么什么子战略，我听都听不懂，但他突然要问我的意见！等一下Coffee break（茶歇）完了就要说！"

她的声音继续往高八度飙升："我没有意见怎么办啊，啊啊啊，我能不能就上去说我没有意见啊？"

苏桐赶紧制止她："冷静冷静，你要这么喊，一会儿都不用上台了，大家全都知道你没意见了。"

一句话马上打到了叶蓁蓁的七寸，"啊"还是继续"啊"，但音量一下子降下来了，降得还挺突兀的，很有喜剧效果。

苏桐忍住笑，他对自己能干什么不能干什么非常清楚，叶蓁蓁说的江湖救急是啥意思都不用问："你赶紧的，那是个啥项目介绍一下。"

"我有资料！还有会上的PPT，我全拍照了。"

"你有没有想过就是因为你表现得太过认真，人家才会想要听你的意见？"

"我错了，我明天开会的时候直接趴桌子上睡着……你还笑！"

苏桐赶紧忍住："行行行，不笑，你现在赶紧挂电话，资料全都发给我，休息时间多久？"

"十五分钟，现在还有十二分钟。"

"我五到七分钟之后给你打电话，你趁这个时间拉一下粑粑，可以轻装上场。"

叶蓁蓁在那边气急败坏喷口水："不要你管我粑粑的事！"

苏桐笑着挂了电话，随即微信震个不停，资料很快就全都发过来了，他在路边找了个方便的地方，就地开始帮女朋友当狗头军师。

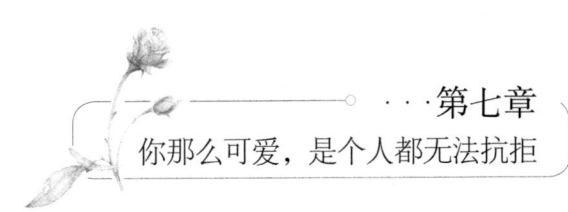

第七章
你那么可爱，是个人都无法抗拒

叶蓁蓁把资料发出去之后，就一屁股坐在马桶盖上，抹了一把额上的冷汗，心里稍微放松了一点。

她在创世上了好几个月班，总体而言还不错，就是太忙了，人家朝九晚五，她朝六晚九。因为她早上要先游泳，跟高佳妮吃早餐，然后再上班，晚上要到Spencer那里上形体课和形象管理课，风吹雨打不动摇。

这不是她的个人意愿，她非常想动摇，可是高佳妮太厉害了，死盯着她不放，她早上六点到游泳池，高佳妮永远已经先到，一天懒都没偷过。

两人吃早餐的时候高佳妮就会问她工作的情况，事无巨细地问，做了什么，见了谁，听到谁说了什么话……高佳妮很少发表评论，但每件事都听得很用心。

去创世上班前一天，高佳妮给她开了一个小灶，桌子上摊开一张大白纸，四角用酒瓶镇住，拿了一盒108色的极细彩铅，一头一脑地开始讲创世的组织架构、每条产品线的关键决策人、职能部门设计的原则和重点职位的岗位描述。她一边说，一边写和画，下笔又稳又细，一条线拉出去，比用了尺子都要利索，横平竖直。

叶蓁蓁在一旁托着下巴听，一半听得明白一半听不明白，但她关注点跑偏，盯着高佳妮的手，终于忍不住夸起来："高姐，你上辈子是不是Excel？这图画得真够工业风啊。"

高佳妮手一抖，嘴角抿起来："Excel还能转世？"

"你瞧你画的线。"

高佳妮瞥了一眼："就像机器对吧？"她抬起手来，像是自嘲，"我没有什么艺术天赋，唯一能学好的画画技巧是素描，有样学样。"

"你还学过素描啊？"

高佳妮避而不答，直起身来打量了一下那张纸，问叶蓁蓁："你记住了多少？"

叶蓁蓁答得很干脆："没多少。"

高佳妮拿她也没有办法，把手机丢过去："拍下来，上班之后拿出来对着去了解。"

叶蓁蓁一边老老实实拍了照，一边问："高姐，你怎么这么了解创世啊？"

"我是这家公司的创始人之一，最早只有三个人——我、郭也，还有一个行政助理，在三环那边一个小招待所开张的，他们一路怎么发展过来，我还是很了解的。"

叶蓁蓁肃然起敬："哇，高姐你太厉害了。"她歪着头看看对方，"你到底算是做什么的？"

高佳妮微微一愣，印象中没有人问过她这个问题。她想一想，说："我大概是一个Doer吧，按照Designer（设计者）所制定的蓝图，化计划为现实。"

"啥？"叶蓁蓁没防住她突然飚英文，一下错过去了。

"Doer，做事的人。"

叶蓁蓁将信将疑地打量了她一下，不以为然的表情呼之欲出："你？高姐？做事？"

从开始当高佳妮的助理，她就没觉得这位姐姐干过什么事，宅在家的时间居多，而且至少在叶蓁蓁看得见的范围内，大部分时候她都在喝酒，一天一两瓶很正常，感觉上就是无时无刻都拿了一个杯子。有几次她还在厨房的垃圾桶里见过酒杯的玻璃碎片，不知道怎么摔的。

高佳妮完全明白她的意思，唇边掠过微笑："我做事又不是在工地搬砖，非要给人看见才算上工了啊。"忽然叹口气，"不过最近倒还真的没做什么。"

她说这句话的时候，不自觉地，表情就在慢慢变化，眉尖挑上去，鼻翼收紧，嘴唇抿着，从轻松自然变得冷漠收敛。

这种表情不是叶蓁蓁第一次见，每次都来得很突兀。她总感觉高佳妮的心里像有一个巨大而隐秘的地雷区，不知道什么时候就有什么东西冒出来，瞬间触发深深埋藏在那里的爆炸物，将好心情炸个血肉横飞。

那些爆炸物又是怎么来的呢？叶蓁蓁不敢问，她也不愿意问。人人都有难题没错，但这个世界上的绝大部分难题其实都可以靠钱来解决，能让高佳妮都感到困扰的事，她觉得自己还是敬而远之比较好。

她把那张纸折了一下塞进自己包里，顺手把茶几收拾了，笔一根根放回笔筒里。

这套笔的牌子她没见过，不知道是哪个国家的，里面的颜色也都很奇怪，不是普通的红蓝黄绿，而是铁锈、青铜、银灰这样的冷门色调，在润白的纸上，哪怕画组织架构图都画得很有格调。

她收拾好了就跟高佳妮告辞："高姐，我去Spencer那里拿衣服了。"

高佳妮转过身来："这么晚还去，不是约了男朋友吃饭吗？"

"顺道的，他说给我准备好了明天上班的衣服。"

高佳妮挥挥手："你去吧。"

叶蓁蓁"嗯"了一声，扭身顺手把她的酒瓶、酒杯直接收走了："少喝一点啦。"

高佳妮"嗯"了一声，也没去阻止，看着她的背影，眼神不由自主地，一点点柔和下来。

第二天叶蓁蓁游完泳就去创世报到，去的时候很忐忑，路上还给苏桐打了个电话，问他第一天去万邦的时候是啥情况，参考一下。

苏桐想了半天："没什么特殊情况啊，就是走进去领了台电脑，然后就跟着老板上班呗。"

"你老板对你好吗？"

"你定义一下什么是好？"

"就不打不骂啥的。"

苏桐笑："那肯定不会，你想想他打得过我吗？"

叶蓁蓁是真紧张，听到这句居然没笑出来。苏桐安慰她："你别担心，先不说你那么可爱，是个人都无法抗拒你，你主要想一下自己是背后有人的啊，谁对你不客气，就跟高姐告状去，让郭也出马收拾人家，多爽。"

"这么猥琐？有道理啊，不过告状会不会很不正义？"

"你就是正义，我个人觉得你想告谁都行。"

叶蓁蓁终于笑出来了，知道苏桐在千方百计让自己放松，于是对着听筒亲了一口："这么一说我觉得也对，我快到了，你乖啊。"

"我肯定乖，加油哦，小包子。"

叶蓁蓁清脆地答应了一声，挂了电话。

她赶着高峰期进了写字楼大堂，排队上了电梯，在创世办公室的门口运了半天气才按门铃，走进去。前台一听她的来意，皱着眉头在电脑里查了半天，最后才不情不愿地站起来："我带你去人力资源部。"

人力资源部倒是知道有个叫叶蓁蓁的人今天要入职，三下五除二办好手续，登记指纹、视网膜一应信息，随即就把她打发去找一个叫史一辉的独立战略咨询顾问受训。

叶蓁蓁记住了人家的头衔职位之后，一边跟人往办公室里面走，一边偷偷拿出手机来对比了一下高佳妮画的组织架构图。她发现这个职位在业务线是中高层，小项目能自己独立带，顶级项目也能全程参与，在公司应该相当重要了，看来郭也还是把高佳妮说的话当一回事的，没真的敷衍她。

人力资源部的同事带她在办公室走了一圈，主要告知茶水间和洗手间的位置、上下班的基本时间安排，再把她带到史一辉东南角上靠窗的办公桌前，简单交代了几句就甩手走了。

史一辉是个大叔，四十多岁，留两撇小胡子，寸头，眼睛眯眯细，穿立领白衬衣，手腕上盘着几圈珠子。

他忙得抬不起头，也不知到底听了对叶蓁蓁的介绍没有，挥挥手就说了一句："你随便找个工位坐，一会儿有人给你拿电脑过去，邮箱开好了发我的日程表给你，我干什么你就跟着干什么，好吧？"

叶蓁蓁还能怎么样呢？就屁颠屁颠去随便找了个空工位坐着，没坐几分钟，被人客客气气地赶起来："不好意思，这是我的位子。"

这么被赶了两三次，她终于发现了，那些看上去空空荡荡、桌子上什么都没有的位子，其实都是有人的，只不过大家都在外面有事，或者去开会了而已。

她接着还发现了一个神秘的定律：位子测不准。如果有一个位子空着你不去坐，它有可能空一天，但只要你决定去坐，最多十五分钟就会有人过来宣布它的所有权。

叶蓁蓁在办公室里蹿来蹿去找安身之所，谁都看得见，却硬是没有任何人过来帮忙。她在二十二摄氏度的空调房里背上燥出了汗，心里给自己打着气："不怕，总有一个位子是没人的。"

好不容易在靠近洗手间的角落里找到一个真的没有人的位子，叶蓁蓁拿了电脑开了邮箱，看了一眼史一辉的日程表，当场就背过气去：从早上八点到晚上十一点，九个会，中间还有两个小时客户面访。

她截了个图给苏桐发过去，苏桐回：欢迎来到成年人的世界。

叶蓁蓁回了一个"左哼哼""右哼哼"的表情，忽然就看到电脑屏幕上弹出通知，第一个会议在伦敦会议室，五分钟后开始，请勿迟到。

她拿上手机、笔记本，一溜烟儿就去了，进门发现黑压压的人坐满会议室，压根儿没有自己的座位，史一辉坐在长条桌对面靠里的位置，也没注意到她。

叶蓁蓁一合计，决定自力更生，从外面的大办公室找了一张看起来没人用的椅子拖进去。她拖的时候会议已经快要开始，"哐当哐当"的动静太大了，与会者齐刷刷对她行注目礼。叶蓁蓁卡在门边如被公开处刑，脸都红了，却只能强作镇定，一只手拉着椅子，弯着腰举起另一只手来跟大家行了个礼，惹出一片轻笑，然后硬着头皮还是把椅子拖进去了。

她刚坐下，就听到外面有人嚷嚷："我椅子呢，我椅子怎么不见了？"她赶紧装作没听见。好在这时候会议开始，有人把门关上了，让她没被痛失办公椅的同事抓个正着。

会议开了一个半小时，聊的是一个跨国企业在中国落地的项目。其中有一个点，是要平衡总部派过来的高层管理者和本土业务负责人之间的势能，与会者之间产生了相当激烈的观点分歧，各执一词，谁也无法说服谁。

这个过程中叶蓁蓁忙着支起耳朵听人说话，以及判断说话的人来自哪个部门、负责什么业务，还不时偷偷摸摸拿出高佳妮画的图来对应一下，表面上八风不动，实际上忙得不亦乐乎，这种信息和思维过载的感觉就像吃太饱，让她有点晕头转向。

这样的体验实打实延续了两个多月，她发现大公司和小公司最不一样的地方在于，小公司的人全都互相认识，干的活特别重合。人力资源经理要面试，也要给全体员工去买加班要吃的零食，老板对外是总经理，对内有时候跟个保姆一样，送水的来了也要当搬运工。大公司呢，开一个八个人的会，可能来自五个部门或者职能岗位，互相之间可能不怎么认识。

这给叶蓁蓁带来了相当大的便利，很快她就学会了筛选哪些会是小范围的，史一辉会一眼注意到她有没有出现；而哪一些是跨部门的大会，多她一个不多，少她一个不少。

但不管是哪一种，她开还是不开，对这个公司、对其他任何人来说都是一样的，比她第一天开会拖进会议室那张椅子都不如——至少那张椅子还有人找。少数几个人知道她是郭也亲自指定录用的，也不惊奇，创世做出名声之后，常要接收某位大佬不成器的儿子或者女儿来镀金，总不过三五个月半年，刷一下经验值就跑了，叶蓁蓁大体也就是这么一个情况。

要说心里不难受，那是假的，但叶蓁蓁很快就接受了现实，而且用自己独特的方法适应了现实。

她勤勤恳恳地跟着史一辉开会，上班下班啃方案读资料，其实她看没看，读没读，根本没人管。她也开始认识创世里各种各样的人，上到副总裁，下到清洁阿姨，谁都不知道她是干什么的，但没有人会不喜欢一个好姑娘。

她注意到越是小范围的会议，也就是那些她需要去参加的会议，往往就没有指定的会议记录人，她于是主动在会议结束之后半小时就写好记录，邮件发给史一辉。开始几次后者根本都没注意，但看过一次之后，他的看法就完全改变了。

叶蓁蓁做的会议记录摒除了所有无关的细节，记录内容直指会议议题的核心，此外还标注出会议时间分配，与会人的意见一致或对立的范围，最后列出会议决定的后续行动列表和主要任务人以及事务完成死线。

这个版本的会议记录经由史一辉发出去，很快变成了他所管理的部门的标准应用版本。

但叶蓁蓁对此并不知情，她只是继续一根筋地努力去做自己做得到的事。她做过招聘，所以会去帮面试主管筛选简历；她单枪匹马组织过好多次团建活动，所以行政部门找志愿者帮忙组织公司培训的时候，她第一个摸过去报了名；前台新来的姑娘搞不定复杂的彩色双面自排版复印文件，叶蓁蓁搞得定，搞完还把步骤一点一点写出来发给人家。

她每天忙得热火朝天，但心里明镜儿似的。这种万金油的角色她干得多了，在哪儿都是一样，最多就是她走的时候，会有好几个人不约而同给她买蛋糕、开送别会、抹眼泪，通讯录里多了几个朋友。

所以叶蓁蓁就默默地算日子：一个月就走了，显得一点扛不住压力，高佳妮肯定特别失望，自己也接受不了；混到四个月往后，就不划算了，自己浪费时间，高佳妮浪费钱，还不如回家待着给苏桐多做几顿饭呢。

最近这个日程安排搞得她跟自家男人连说话的机会都没有，叶蓁蓁一点都不喜欢，就连月底发现自己工资卡上的数字相当于过去一年挣的钱，也没有觉得更欢喜。

三个月，她这么计划，三个月做完，算是过了试用期，就回去跟高佳妮说，顾问也不干了，助理也不干了，她得回家去，买房子结婚，干点儿正事。

数着日子过，眼看还有两个礼拜就大功告成，结果今天开会，郭也亲自来了。这是叶蓁蓁入职两个多月以来，第一次见到郭也出现在公司。

他一到，各个职能部门的头头脑脑自然就全都到了。今天讨论的项目是一个巨无霸，能够让公司开张吃三年。委托方是国内排名前三的智能物联网企业，旗下包括全系列的家电产品，在高速发展了十二年之后，进入了瓶颈阶段，因此在品牌定位的顶层设计上，需要重新洗牌，以焕发新的增长活力。

创世号称自己比国外品牌更懂中国企业，同时又比国内品牌更有世界视野。但要让客户承认他们做到了这一点，就不能一厢情愿了。

这个项目的标的是三年期咨询服务，纯咨询费三千万每年，还有超过十个亿的媒体投放代理权。

郭也亲自来，就不只是想分一杯羹了，而是希望全面击败其他竞争对手，吃下全部，或至少是最大的一块蛋糕。

会开了四个多小时，一条一条过方案，饭都不给吃，Coffee break时大家自己找干粮垫肚子。叶蓁蓁坐得屁股生疼，没多久就放弃了遵循Spencer制定的坐姿标准，变回委顿不堪的自然状态，眼望白板，呆若木鸡。

她在创世工作这段时间，最大的感受是大家的尾椎骨都很不容易，她自己如果不是每天早上游泳顶着，估计腰椎间盘突出也已经排上了发作日程。

开到第三次中途休息，她下定决心要乘机跑路，都做好准备起身了，郭也突然一眼看到了她，然后说："蓁蓁在啊，一会儿也上来说说看，你对这个项目有什么意见吧。"

叶蓁蓁张了张嘴，好不容易才把"您不是跟我开玩笑吧"这句话压下来，以史一辉为主的其他人则集体略惊讶了一会儿，纷纷散了。

然后她就在洗手间里蹲着，捏着手机等苏桐救急。

苏桐言出必行，说七分钟之后就七分钟之后，电话打过来了。叶蓁蓁接起来压着声音："怎么样怎么样？"

"你的会议记录做得很好，一目了然之前有人都说了什么，我也大致过了一眼PPT。这个项目设计包括顶层战略设计和一系列的子战略，从逻辑到落地方案都太复杂了，你经验比较少，不太可能说得出什么真知灼见。"

叶蓁蓁泄气了："我也是这样想，但郭叔非来硬的啊，那怎么办，要不我现在跑路吧？"

"别跑别跑，咱们有两个选择。第一个嘛，我挑了会议纪要里两个人说的话发给你，你把他们的意见结合一下，当成自己的东西再说一次，车轱辘话在会议上很常见，至少能混过去。"

"有点丢脸，而且他们说的话都事儿事儿的，很不像我。"

"好过装死嘛。"

"好吧，还有一个呢？"

"发挥你的优势。"

"啥？"

"你爱追八卦啊。"

"骂我呢？"

"你老公一片赤胆忠心，怎么能骂你呢，活着不好吗？我的意思是说，你爱追八卦爱追星，对各个小鲜肉的特色、当红炸子鸡的变迁、各路瓜棚的收成，不都了如指掌吗？"

叶蓁蓁谜之沾沾自喜："嗯呐，那确实！"

"是要我上去做个瓜农小总结，给各位大佬放松一下吗？"

"小包子你真是一个乐观开朗的姑娘，我特别爱你。但不对，我的意思是，你攻其一点，抓着你们公司设计的那个代言人方案开炮。"

叶蓁蓁定神想了一下，刚才过方案草案的时候，确实有一个代言人部分。几个主要的选择都是国内当红的流量明星，男女都有，但因为这是后续的市场部分，所以并没有花什么时间去讨论，定的是一个趋势和调子。

"一般来说，创世这样的咨询公司在拿了单子之后，各种业务都会分包出去。选代言人这一部分是广告公司的活儿，创世的人不会深入研究，最多看看明面上的数据，拿出来放在PPT上一说，代表产品想要锁定的人群主流。"

"嗯嗯，有道理。我跟你说，他们的生活就那么枯燥了，吃的瓜都是什么麦肯锡顾问在会议室跟客户'啪啪啪'，年轻人谁在乎啊，简直不接地气。"

"说得很对，就是这个意思，所以你就盯着这个点，上去做一个流量明星当代言人的利弊分析，简单来说要从这几个方面入手……"

跟苏桐讲话，叶蓁蓁最放松，也就最能记得住，何况他说完之后还发了一个要点提示过来，提醒叶蓁蓁要以己之长，攻人之短。

叶蓁蓁走出洗手间隔间的时候，腰板已经挺直了，她跟苏桐在一起这么多年，有一点最让她对这份感情有信心——那就是只要跟她有关的事，大大小小，苏桐从来不掉链子，这一次也一样。

她在洗手间外间的落地化妆镜前站定，还有一分钟就要开会了，这一分钟里她凝视自己，经过跟着Spencer长达小半年的摸爬滚打，她已经能化出一丝不苟的职业妆了。她今天比较走运，没乱穿，身上是一套浅灰色条纹的小西装，是Spencer手下的裁缝给定做的，显出她腰是腰、腿是腿，整个人格外有气派。

我多好看啊，这样的感觉让叶蓁蓁几乎要热泪盈眶。

唯一的败笔是头发，Spencer啰唆她去剪头发很久了，她一直舍不得自己留了多年的"黑长直"，上班觉得不利索，就用一根黑皮筋随手扎个马尾，跟整体的形象相比，确实很敷衍。

她把皮筋拿下来，学着电视里看来的样子，双手插进头发里，拼命抓了几下，抓出蓬蓬松松的效果，而后补了一圈口红，往会议室去了。

在叶蓁蓁动用自己多年八卦储备和追星经验对战略顾问们进行再教育的时候，苏桐圆满完成了自己火线支援的任务，打到了车，往王建平的公司去了。

和很多互联网创业的企业一样，四平在城市边缘的高新区产业园里办公，政府扶持，租金很低，还有一些减税和补贴的政策，总体而言是希望初创企业尽量能生存能发展。尽管如此，产业园里的企业还是跟春天的韭菜一样，一茬茬种下来，一茬茬连根拔。

四平占了一层楼，Logo就贴在外墙，色调是暖橙配黑，很醒目。苏桐一到，就看到王建平坐着轮椅在办公楼大门前转来转去。他过去打招呼："王总，你干吗呢？"

王建平眼前一亮："等你啊。"从膝盖上提起一个纸袋递给苏桐，"咖啡，刚买的。"

苏桐端着咖啡跟王建平并排进了办公室，王建平的独立办公室在最深处一个没有窗户的小角落里，玻璃门敞开着，办公桌很大，上面放着一台笔记本电脑、几本书，以及简单的文具。每一件东西都摆得整整齐齐、一尘不染。

一侧靠墙的文件柜上，有个隔层里摆着几张嵌在白色相框里的照片。有一张上面是王建平，一个短发齐耳、样子斯文秀气的女人，还有一个三四岁的小男孩，三个人坐在一张餐桌旁边，都对着镜头露出笑容，表情神似，一看就是一家人；另一张是风景照，有山有湖，湖水如同碧玉一般，呈现出一种温柔的淡绿色，美得惊心动魄；还有一张，是王建平全副武装在跑马拉松。不是坐在轮椅上，而是在宽阔的街道上甩开双腿，大步流星，照片背景模糊，远处隐约可见高楼大厦，不知道是在哪里拍的。这张照片提示苏桐，王建平有过健康的、能够自由操控身体的时候。

苏桐凝视着那张照片，照片里的王建平比现在年轻得多，他微微昂首，意气风发，额带是鲜红的，露在跑步服外的手臂和腿黝黑，结实的肌肉线条分明，他专注于奔跑，一路向前。

人们总是专注于一路向前，浑然不知道会有什么在路上等待。

他扭过头去，看到王建平静静停在门边。两人目光对视，王建平笑笑："十年前的照片了。"

"你腿的问题，不是天生的吗？"

"不是。"王建平说得很平淡。对于命运突然被改变的时刻，他大概已经回溯了无数次，就像将葡萄汁酿成酒，经过了反反复复的压榨、提纯和发酵之后，味道终于变得可以接受。

"突然性的神经问题，好好地睡下去，第二天就起不了床了。"

王建平推动轮椅，来到他的办公桌后。他双手架在轮椅扶手上，摇摇头，再怎么从容，也仍然不堪回首："在医院躺了三个月，恢复治疗做了两年，还是保不住腿，最后截肢了。"他笑笑，"据说如果继续发展下去，就会全身瘫痪，我算是走运的。"

苏桐看着他，体会"走运"这两个字在此时此刻所代表的况味，又问了一句："小朋友几岁了？"

"现在七岁了，小学一年级。"

"男孩七岁八岁狗都嫌，你家小朋友呢？"

王建平笑，眼角有真实的喜悦："一样的。"忽然顿了一下，声调黯淡了，"就是这几年开公司，陪他的时间太少了一点。"

苏桐也笑："男孩子还行吧。我妈说我小时候根本不需要人陪，天天在外头野，揍着没用，关在三楼都能顺着水管子爬下去继续玩。"

他又看了一眼那几张照片，扭身走出玻璃门，从外面拖了一张椅子进来，在王建平的对面坐下，开始卷袖子，一面卷一面说："干活儿吧，最新的那一版BP拿出来咱们一起看看。"

这一看就看了大半天，中途不断有人被王建平叫进办公室，从团队、财务、运营各个层面进行讨论。到后来王建平的办公室根本坐不下了，全体转移到了大会议室里，到华灯初上，才告一段落。

四平的状况远比苏桐想的糟糕，因为现金流的问题，品牌传播和市场营销活动不成体系，门店在扩展一段时间之后，保持在目前的数量，暂时没有扩展的计划。公司和管理层之间有大量的私人借款关系，就跟苏桐第一次见到王建平时判断的那样，四平的财务状况相当混乱。

简单来说，如果短时间内拿不到融资续命，公司差不多可以停摆了。

除了这些之外，令苏桐感到意外的是王建平对他全盘信任的态度，他今天看到的数据、报告和公司运作的一些做法，基本上都是商业机密，不能为外人道的。等其他人都走了，他揉了揉眼睛，直言不讳地问对方："你为什么这么信得过我？"

王建平端坐在他对面，轻轻捶打自己藏在长裤管中的两条残腿。苏桐问得直接，他答得也爽快："我相信缘分。"他看着苏桐，"我觉得我们是一路人。"

苏桐摇头："我跟我家小区门口烤串店的老板也是一路人，我们都爱吃羊腰子，但他不会请我去帮他管店。"

王建平笑："羊腰子不错啊，烤出来格外香。"顿了一下，他说，"你最后一次在万邦跟我们开会，说了几个我们融资要注意的点，我们回来全都照做了，再去见邝老板的时候，他最有兴趣的，也就是那几个点。万邦的人除了陈总我没见过，其他人都拜见了一圈，老实说，又懂行，又不装大尾巴狼的，就只有你了。"

换个人说不定就有点不好意思了，但苏桐面不改色，他可是一个从小给人夸到大的男人，这点表扬算什么。他把手里的资料放回桌上："我尽力而为，不过你也不要抱太大的希望。目前来看，实体连锁市场的风险本来就大，你的产品切入点又缺乏成功案例论证，太乐观了对团队稳定没好处。"

王建平内心波澜起伏，表情却还是平静的，点点头："我知道。"

苏桐走到大会议室门口，一看手表已经八点多快九点了，晚饭还没吃，肚子适时地"咕咕咕"叫起来。今天叶蓁蓁居然破天荒没给他打电话，估计又陪着郭也见人去了。

他忽然想起什么，转头问王建平："理这些东西需要一点时间，我那边还有一份工作，你给我弄个位子，我有时间就来这儿上班。"

对方简直喜出望外："能，能，"他赶紧推着轮椅过来，"你想坐哪儿？"

"随便，哪儿方便就安哪儿，不过我只能很早来，或者晚上来晚一点走，没问题吧。"

这何止是没问题，简直天上掉下块馅饼，直端端地砸王建平头顶上了。苏桐没法放弃英文学校的工作，一是因为很多事儿才做到一半，现在就走不仗义；二是因为他还需要那份工资每个月进账户，不然蓁蓁一点钱收不到肯定会起疑心。

一看王建平都表示同意，苏桐就这么愉快地准备告辞。王建平却拦住了他："那，你的酬劳呢？这事儿咱们得先说好啊。"

大会议室门边有一个凹进去的墙角，放着复印机，复印机上方贴了一张纸：请厉行环保，节约纸张，避免不必要的损耗。

苏桐的眼光落在那张纸上，而后他转过身去，咧嘴一笑："我知道你没钱。"他指了指自己，"而我呢，又很贵。"

二人对视，都目光炯炯，各自无言，却像说了许多话。而后苏桐终于开口："这样，融资成功之前，我不要你一分钱，车费、餐费、差旅费，什么都不用给，融资有眉目之后，我们再来谈酬劳。"

王建平脸上露出难以置信的表情，一时之间，不知道说什么好。

这世上多的是人锦上添花，却鲜少雪中送炭，大家都知道后者是义举，但正确的路往往最难走，慢慢地大家都不认为还有这样的选择。

苏桐也不需要他的回应，耸耸肩："大丈夫，融个资嘛，不成功……"

王建平以为他要说"则成仁"，还想不至于你也跟着成仁啊，却听到苏桐说："则刷爆老婆给的附属卡被打一顿，有啥？"

王建平禁不住莞尔。

在临走之前，苏桐提了最后一个要求："我那边还有一份正职，拿人薪水，不能耽误，所以请尽可能让我用自己的方式工作，不周到的地方，多包涵。"

王建平一迭声答应："当然，当然。"

不管苏桐的去向，叶蓁蓁那一头冲进项目会，赶在自己开始害怕之前就紧锣密鼓地上了台，面对大家的炯炯目光，牙一咬、心一横，釜底抽薪就开始喷。

一开始心还怦怦乱跳，完了一看下面那些精英分子听八卦也和普罗大众一样听得津津有味，还有人对她竖大拇指，叶蓁蓁慢慢地心情就平静了。这些话有没有价值另说，混过去就是王道，就跟苏桐说的一样，以己之长，攻彼之短，别的不会，扯淡还不会？

事实证明她的战术完全是成功的，她一喷就喷了小二十分钟，讲完下台的时候，会议室里居然响起了笑声和掌声，简直是枯燥乏味的会议发言中的一股清流。

不过，笑声、掌声都很短暂，接下来会又开了两个多小时，成果是密密麻麻一大串的方案修改要点。大家都饿得奄奄一息。叶蓁蓁好不容易等着大家散了，郭也却向她招招手："蓁蓁，跟我来。"

叶蓁蓁吓一跳："啊？"

看看门，忍着肚子"咕咕"乱叫，她没奈何地跟着郭也去了他的办公室。

跟其他公司大老板不一样，郭也的办公室在一个特别不起眼的角落。办公室很小、很简朴，四壁空空如也，靠墙放着一张桌子、一个小柜子，柜子上堆了一箱子矿泉水，桌面上摆着很多书和一卷一卷的大白纸，不知道是干什么用的。

郭也走进去坐下，把桌面上的东西一扒拉，空出一块地儿来，动作很潇洒，显然平常就是这么干的。叶蓁蓁跟进去刚要顺手关门，便被他制止了："开一点儿。"

叶蓁蓁不明所以，"哦"了一声，留了三分之一。

郭也说："男性管理层单独跟女性员工谈话，一定要留门，公司的规矩你不知道吗？"

叶蓁蓁很老实："不知道啊。"她想了想，"这规矩还挺好的呢。"

郭也微微一笑："是吧。"他坐下来看着她，"怎么样，还适应吗？"

"适应啊。"

"是吗？说说看，对新工作是怎么看的。"

叶蓁蓁认为老爷子跟自己来虚的，于是也打太极拳："还在学习阶段，不敢随便说。"

郭也抿了抿嘴："没事儿，就随便说。"

叶蓁蓁摸了摸鼻子："那就随便说了啊。"

"说吧。"

"就是——太闲了。"

郭也刚好拧开一瓶水在喝，差点没喷出来："太闲了？"

这想必是他开公司以来，第一次听到自己的员工抱怨太闲了，其他人基本上都是抱怨过劳死。

"怎么会闲呢？"

叶蓁蓁一不做二不休，直指人心："郭叔您逗我呢？我不就是进来当闲人的吗？您怎么这么惊讶呢？"

郭也把水放下，又好气又好笑："什么叫你进来就是当闲人的？"

"高姐啊。她老觉得我救了她一次，得报答我，直接塞钱给我又不太好嘛，所以就让我来您这儿镀镀金。我拗不过她，那就来呗，实际上公司哪有什么事需要我做啊。"她认为这个说法很有道理，"您说对不对？"

郭也怪有趣地看着她，他在高级咨询行业是行尊，是个人见到他，真真假假，表面上都恭敬得很，功成名就的寻求他的认同，后进的年轻人想得到提点。他见的人绝大部分也都聪明绝顶，特别是创世的员工，个个出身优越，学历耀眼，野心勃勃又八面玲珑，滴水不漏。说话能这么实在又直截了当的，真不多。

不过说话直截了当，居然还能一点不得罪人，这是天生的本事，学是学不到的。郭也好像突然有点明白了，为什么高佳妮会对叶蓁蓁这么上心。

"那你这两个半月都干了什么？"

叶蓁蓁叹口气，沉痛地说："开会。"她从兜里摸出手机来，打开看了一眼，"根据我的记录，我这两个半月，开了二百二十七个会，最长的六小时，最短的二十分钟。"

"你记这个？"

"对，其中有一百一十九个会议我才疏学浅，完全不知道为什么要开，因为结尾都会说，很好我们达成了共识，那下周再约一个会议来继续讨论推进事项。"她诚恳地看着郭也，"郭叔，如果我敢当场就掀桌子的话，我觉得我的工资真的不够赔桌子的。"

郭也摸着额头，笑得眼角皱纹都出来了："还有呢？"

叶蓁蓁继续翻手机："修了复印机。"

"修复印机？"

"嗯呐，我以前用过公司这个型号，所以会修。然后，我看看啊，我还帮人力资源部粉刷了一下心理咨询室，跟快递公司压了一下价格，还有一些七七八八的，都是杂事。"

"粉刷墙壁？哎，我们啥时候有个心理咨询室的？"

叶蓁蓁对他发出友善的嘲笑："有一两个月啦，预约天天满呢。"

"不错啊，我们这一行心理压力确实大，谁想出这主意来的？"

"Linda姐。"

Linda是公司人力资源总监，本科在耶鲁心理学系读的，有这个想法很对路。

这样的小事不需要郭也批准，他不知道也很平常，于是挥挥手："好吧，听起来你确实不是干我们公司这一行的。"他放缓语气，"但以我对佳妮的了解，她不会每天早上六点陪一个闲人游泳，她对你是真心的，想培养你。"

叶蓁蓁一愣，有点不好意思："哎呀，那怎么办？"她很诚恳，"郭叔，要不你跟她说说别这样？我真不是这块料。"

郭也若有所思："佳妮不会看错人的，她眼睛最厉害。"而后站起来，居高临下望着叶蓁蓁，"抛开你之前干什么不管，至少刚才会上对代言人的想法很不错，那叫什么来着，粉圈？嗯，那些粉圈的运作细节特别有价值。"他绕着狭小的办公室转圈，"这两年有一个趋势，就是我们帮客户制定的品牌策略越来越难以执行到位，钱花很多，创意也常得奖，传播数据好看得不得了，但转化很不理想。就像是在街上卖艺似的，看的人很多，没几个人真金白银给钱。"

叶蓁蓁不假思索："不接地气呗。"

郭也饶有兴趣地看着她："怎么说？"

"我老去开会，你们接的客户都是大品牌，所以才有钱请你们对吧，他们的东西当然也是贵的，然后你们做品牌传播，全都跟热点，陪年轻人玩。"她两手一摊，"我男朋友都够能挣钱的了，我们买房子看装修方案，都小心翼翼使劲儿观察性价比。那你想想那些每天刷短视频和社交媒体的小孩子，能有多少钱去给你们贡献真金白银啊？"她不知不觉模仿了一下苏桐说正事儿时的口气，"别被数据骗了，沉默的大多数，才是消费得起的大多数。"

郭也若有所思："为什么我们那些精研媒体的高级顾问没有想过这一点呢？"

叶蓁蓁脱口而出："何不食肉糜？"

郭也一愣，随之哈哈大笑："说得好！"

他伸手摸过手机，拨号，开到免提，叶蓁蓁不明所以，傻看着他。电话响了一声就接了起来，传来一个挺耳熟的声音："郭总。"

是史一辉。

"从今天开始，叶蓁蓁来做我的私人助理，你这边需要交接吗？"

史一辉明显没有回过神来："啊？没……没有。"

"好，发邮件给HR那边备注，即日生效。"

电话放下，一扭头发现叶蓁蓁在旁边苦着脸，郭也觉得有点稀奇："怎么一脸不高兴呢？"

叶蓁蓁勉为其难地咧咧嘴："高兴，高兴。"

郭也忍不住笑："演技不行，没看出来高兴。"他站起身，"来，咱们去吃点东西吧，顺便聊聊下一步的工作计划。"

从郭也办公室走到大门，要走五六分钟，这五六分钟的时间里，郭也发现了，或者说再次发现了一个很有意思的事情——很多人都认识叶蓁蓁。

说"再次"，是因为刚才叶蓁蓁在会议室上台讲想法的时候，郭也就感觉到了，他手下那帮千刁万恶的中高层，居然对这个姑娘都不陌生，而且态度也还不错。现在也是，倒没有人大张旗鼓打招呼，但郭也目光如电，看得到叶蓁蓁一路的互动。叶蓁蓁跟这个眨眨眼，跟那个小幅度挥挥手，笑一下，甚至做个鬼脸。全是小动作，但在人际交往里，小动作往往都是真的，而那些满面春风、以礼相待，则是场面上的。

创世有一百五十多个员工，够资格坐独立办公室的不超过五个，其他的都散坐在大大小小分出隔间的公共区域里。不同的人分属不同部门或项目组，某甲和某乙彼此之间的座位相邻只有十米远，但完全可能从入职到离职都不知道对方叫什么名字。

郭也对团队建设、企业文化之类的东西没兴趣。公司创立这么多年，从来没有任何集体出游之类的项目，激励机制简单粗暴，就是升职、加薪、发钱，效果也不错。

金钱是冷冰冰的，真正的商业世界犹如科幻小说中的白银未来，也是冷冰冰的，成王败寇。

郭也一直信奉这一点，也就从不需要员工之间亲如一家。"We are family（我们是一家人）"这种氛围，是无可奈何的补偿措施，主要是为了补偿公司挣不到足够的钱这个大缺陷。

对郭也来说，叶蓁蓁算得上是他第一次见到有一个人在自己公司里，货真价实地受人欢迎。

他装作没注意，和叶蓁蓁并肩走出了大门，下电梯，在电梯里突然问："你认识技术支持部的Sam吗？"

叶蓁蓁漫不经心："认识啊。他是攀岩高手，每年都出国攀岩，前几个月刚去了美国优山美地，拿了业余速度赛第十一名。我看过视频，哇咧，那是轻功啊。"

郭也很喜欢她说话这个调调，叫人心情愉快："那人力资源部的Lily呢？"

"更熟了，莉莉人特别好，我不懂的都会去问她，不过她最近挺不好过的。"

"怎么呢？"

"她有个特别亲的姑姑得了癌症，估计没多久了，这段时间她天天穿过半个北京城去看她姑姑，很辛苦。"

郭也看叶蓁蓁一眼："你怎么知道的？"

叶蓁蓁觉得这话问得奇怪："我们聊天啊。"

郭也失笑："是啊。"

电梯到了，他挡住门让叶蓁蓁先出去，而后跟在后面给高佳妮发微信："你有注意到叶蓁蓁是天生的话题开启者和心灵开启者吗？"

高佳妮很快回信息："我只注意到她天生就讨人喜欢。"

郭也回了一句："难得。"而后收起了手机。

他们在写字楼B1层的一家港式茶餐厅坐下来，叫了东西吃。郭也问叶蓁蓁："你知道高姐是什么人吗？"

叶蓁蓁眼睛一亮，八卦之魂熊熊燃烧："哎呀郭叔，我早就想问你这个问题了。"

"她不跟你说？"

"不说。我的事儿给她问个底儿掉，她的事儿啥都不说，"叶蓁蓁摇摇头，"老奸巨猾。"

郭也失笑："可能说出来怕吓到你。她是头几个在华尔街大投行做到高级管理人员的中国人，回国和她先生一起创业，遇到了经济高速起飞的十五年，开始做实业，后来做商业媒介，两个公司都上市了。他们保留了部分股份，其他套现出场，全部投到商业地产里，也很成功，现在名下的集团公司有地产、文娱、电商、农业和国际贸易几条不同的产品线。她管公司运营，她先生的主要精力这几年都放在投资上。"

叶蓁蓁肃然起敬："哇，郭叔你可以的，几句话说出了让人目眩神迷的效果，高姐原来是个活传奇啊。"她掐指一算，觉得这事儿并不简单，"我搜过她的信息，什么都没找到，媒体居然不追着她写？"

郭也端起玻璃杯，喝了两口泡了一阵子的咸柠七，这是广东、香港地区特有的一种饮品，把腌制成熟的咸柠檬放进雪碧里泡开，味道非常酸爽解渴，但北方人往往喝不惯，他给酸得皱起眉头来："并非每个人都是马斯克，需要聚光灯带来的能量续航。真正专心做事的人，是不喜欢被人注意的。"

"金句！郭叔你果然是个写书的人呢。"

"你知道我写书？"

"我男朋友告诉我的，他很喜欢看你的书。"

"是吧，你搜不到高佳妮很正常，那你有没有试过搜一下唐在云？"

叶蓁蓁从来没有听过这个名字，但她坐言起行，说搜就搜，搜完之后倒吸一口凉气。

唐在云达沃斯论坛专题演讲：世界的趋势是人追求自由，商业追求垄断

年度人物：商业模式大师——唐在云的二十年先知之路

BBC专访：蓝海发现者唐在云

还有不少文章来自比商业更有格调也更挑剔的艺术收藏专业媒体：

唐在云：我的品位是检验天才的一条金线

点开看看，这个叫唐在云的人的确配得上万众瞩目，他身上有一种现代罕见的中国古典上流社会男性的潇洒气概，雅致清俊又内藏金铁，既能小楼一夜听春雨，也能了却君王天下事，杂志上的定妆照品质之高，足以媲美一干明星。

慎重起见，叶蓁蓁还确认了一下："是不是这个唐在云？"

"是的，他是佳妮的先生，也是负责在聚光灯下出现的那个。"

叶蓁蓁觉得奇怪："我天天去高姐那里报到，怎么从来没有见过他？"

郭也沉默了一下，轻声说："他们分居不少日子了。"

想一想倒也在情理之中，叶蓁蓁老气横秋地叹口气："难怪高姐就不怎么高兴的样子。"

"你看得出来？"

叶蓁蓁往自己脸上比画了一下："还用使劲儿看啊，都在脸上，她都不怎么笑的。"

郭也眼神黯淡了一下："她这两年身体不太好，所以就退出了公司管理，养着。"

叶蓁蓁摇头，很不满："身体不好怎么还喝那么多酒啊。"皱起眉头来，是真心实意地担忧。这让郭也凝视着她，似乎都转不开眼。

"怎么劝她她都不听。"

"你劝过她吗？"

"劝啊,软硬兼施,劝得她都发脾气了。"

"软硬兼施怎么说?"郭也心想,她还能对高佳妮来硬的,翻天了!

"一开始当然是好好劝,她不听,我就把她的酒都藏起来,到处藏,还藏得特别深。她半夜想喝找不到,打电话来训我。"

郭也忍俊不禁:"你真这么干了?"

"是啊。"叶蓁蓁挑了挑眉头,表情仿佛在说,这有啥?她还模仿人家气急败坏的腔调:"蓁蓁!我的酒呢,你这个调皮鬼。"

这和郭也记忆中那个高佳妮的形象完全对不上号,她不可能会半夜打电话去问"我的酒呢",也不会叫人"调皮鬼",她连对自己的儿子,都是直来直去永远全名在线。

当年有一本风靡中美的育儿书《虎妈的战歌》,里面那位精英妈妈奉行极其严厉的育儿方法,确保两个女儿都能够出人头地。但要是和高佳妮比,那位虎妈完全称得上是一个温柔的保守派。

郭也这么一说,叶蓁蓁大吃一惊:"不可能吧。"她回忆了一下高佳妮的样子,虽说肯定跟温柔敦厚搭不上边,但也不至于凶神恶煞啊,"我也没见过她儿子。"

"跟你差不多大,年底可能会回国,是个艺术家。"

叶蓁蓁"扑哧"一笑:"真的?"

"其他艺术造诣怎么样我不知道,花钱绝对是艺术家的水准,一年在欧洲什么都不干,能造掉一两千万。"郭也摇摇头,有点不满,"造了小十年,也没回家。"

又不是他儿子,回不回家不关他的事,所以郭也这个不平,显然是帮高佳妮抱的。

叶蓁蓁歪头看了一会儿郭也,忽然轻快地说:"郭叔,你是不是喜欢高姐?"她话说出口觉得不对,"叫你叔,叫她姐,哎呀,辈分有点乱嘛。"

郭也一怔,老狐狸如他,居然不自觉有一点耳热,说不定已经被叶蓁蓁看出来了,她嘴角那一丝微笑,像是已经把他的心事了解了一个八九不离十。

"怎么这样问?"他摸摸自己脑袋,"我说了什么不该说的话吗?"

叶蓁蓁摇头:"没有,"她很坦荡,"没啥不该说的话。就是你提起高姐的时候,样子就是在提起一个特别喜欢的人,然后她跟你说话的时候,样子就是知道你特别喜欢她,所以有恃无恐。"她把自己绕进去了,迷惘了一下,"我说明白了吗?"

郭也点点头,突然助理电话打进来,提醒下午还有约会,蓁蓁赶紧叫了买单,回到办公室自己干活儿去了。

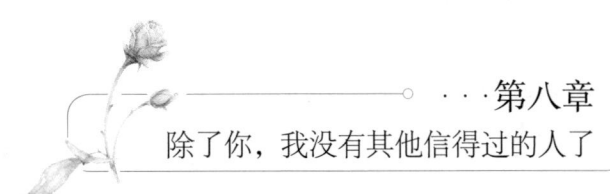

第八章
除了你,我没有其他信得过的人了

郭也回到办公室,离约好的会议还有几分钟,他若有所思地坐了一会儿,然后给高佳妮打了个电话。对方接起来他就问:"你干吗呢?"

这问得不寻常,高佳妮有点惊讶:"没干吗,在家待着,怎么了?"

"我刚和蓁蓁聊了一会儿,她说你最近不太忙。"

"很不忙,你知道的,你跟她聊什么了?"

"聊她在创世这几个月怎么样,聊聊你。"

高佳妮在那边似乎喝着什么,轻轻一笑:"我有什么好聊的。"

郭也沉默了一下:"她问我,是不是喜欢你。"

高佳妮的反应和郭也一模一样:"怎么会这样问?"

"她说她看得出来。"

"这姑娘!那你怎么说?"

郭也很平淡:"我当然说实话。"

"郭也,我们都知道你从来不跟任何人说实话。"

"哎,我怎么就不说实话了呢?我说我是喜欢你啊,我为你辗转反侧,终身不娶。"

高佳妮哈哈大笑:"你敢不敢给她看看你和那一军团女朋友的微信聊天记录,见识一下你到底是为了什么终身不娶。"

郭也听到她近年来越来越少的爽快笑声,嘴角也浮上一丝微笑:"乱说。不过,蓁蓁很不错,你说得对,真是天生招人喜欢。"

"是的，在所有的可成长品质里，对人的吸引力是最考验天赋的，蓁蓁是个好苗子。"

郭也表示同意，他还有更多的疑问："你到底想让她做什么？"

高佳妮沉默了很长一段时间，最后还是开口了："过了年，阿洛就回国入职和合上班了。"

"阿洛？"

"我准备把所有股份都转到他名下，律师楼已经把所有文书准备好，到合适的时候就签了。"

"什么时候是合适的时候？"郭也问。

"他能生生性性，担得起责任的时候。"

在粤语里，"生性"是有出息的意思。高佳妮在京多年，言语中已经很少有来自故乡方言的影响了，但这个词她倒是经常用，对下属、对亲人，生性一点都是最基本的要求。

郭也试探着问："他在外面飘了这么多年，你叫他回来管公司，他干不干？"

高佳妮反应之快速和激烈，超出了郭也的意料："干也要干，不干也要干，这是他的责任。"

郭也不知说什么好："佳妮，他已经大了，你再去决定他的人生，是不是有点不合适？"

结果高佳妮承认得很痛快："是不合适。"她语气里有深深压抑的愤怒，唯独亲近的人听得出来，"但我没有选择。"

她似乎就在这一刻厌倦了谈话，清了清喉咙，放缓声调："你比我知道得更清楚，公司跟我的那一批人，这两年都已经被清得七七八八。我再把股份让出来，和合就完全不在我控制之内了。我让蓁蓁在你这里受训，就是为了在阿洛进公司的时候跟过去，多多少少能起一点作用。"

"你要蓁蓁入职和合去帮阿洛，当卧底吗？"郭也觉得这个答案在意料之外，却又在情理之中。

听到这句话，高佳妮的声音有了一点点的变化，就像一杯水在天寒地冻之中，慢慢变成一块冰。在人生很多的重要时刻，郭也都听过这一把声线的出现，这把声线象征着一个人所能达到的极致决心与执着，那个杀伐决断的高佳妮，总是带着这把声线攻城略地。

"在自己的公司当卧底，是不是很可笑？不过，我还希望她可以做更多。"

"到底要做什么，你觉得蓁蓁可以胜任吗？"

"尽人事，听天命吧。"

"她自己知道你的安排吗？"

"还不知道。"

"你准备什么时候告诉她？"

"看情况。对了，你见过她男朋友吗？"

"没有。"郭也想起刚和叶蓁蓁在餐厅聊天，她接了一个电话，对方似乎在问她刚刚表现得怎么样，叶蓁蓁说挺好的，然后自己和老板吃饭呢，晚点给他打回去，电话就挂了。

对话很简短，内容语气也平常。但从看到号码的瞬间，蓁蓁就嘴角上翘，眉尖扬起，她在微笑，可能自己都没有意识到，但就是在笑。

微表情从来是最真实的情绪反映，你接到一个电话，大部分时候都没什么好高兴的，除非打电话的刚好是能让你高兴的人，那想必就是叶蓁蓁的男朋友。

"她男朋友是个厉害角色，对蓁蓁影响很大，我担心他可能会不同意我对蓁蓁的安排。"

"是吗？"

郭也很少听到高佳妮评价谁是厉害角色，但他关心的不是这个，而是她到底要叶蓁蓁去干什么，但高佳妮突然就打住了，她不愿意说，就是不愿意说，谁也勉强不了她，谁也打动不了她。在这个沉默的空当，他忽然想起很多年前，自己还年轻的时候，高佳妮还没有遇到唐在云，在他郭也还为高佳妮所爱的时候，无论她在做什么，每当望见他，总是会在一秒之间，从猛虎变回驯鹿，容光焕发，温存动人。

一个人可以对世界有力量，同时仍然温柔如水，只要你为她所爱。

他制止自己继续往下想，听到高佳妮总结陈词："总之，还有几个月，你帮我好好看着蓁蓁，推她一把，她需要这个。"

"我知道了。"

高佳妮对她有何打算，叶蓁蓁浑然不知，只知道自己转去跟了郭也之后，在创世的工作就变得比较没有规律起来。

和她想象的不同，郭也其实很少参加正常的会议，他一天大概只工作四到六小时，不是在见人，就是在写东西。

叶蓁蓁的主要工作，是整理他写的东西、一起开会，还有出去见人。每过一两个礼拜，郭也还跟她特别开讲，主要是解释最近创世的项目是怎么运作的、商业概念是什么、战略设计原则是什么、市场品牌和营销设计的出发点是什么，偶尔说高兴了就往深里去了，会讲商业模式的顶层逻辑，讲企业未来的关键元素，讲价值观，讲0到1的哲学，诸如此类。或者他又掉头扎到细节里，说一个人的深浅怎么看，一点一滴，都像是六耳猕猴到了如来佛的眼皮底下，被看得通通透透。

那些商业、管理，举凡是大学问上头的东西，叶蓁蓁大部分不懂。但她会听，又好学，听不懂的东西一点不放过。这时候以前在小公司以一当十需要的各种才能就发挥了作用，比如速记，她能一面目不转睛地盯着郭也讲课，一面笔下如飞，连中间打了两个嗝都不放过，旁边还备注："肠胃不好，明天给买点药。"

等郭也讲完了看她一眼，她就把记录推过去："郭叔，给推荐几本书呗，我学习一下。"

郭也很高兴，真的给她写了一长串书单，她看着很多都眼熟啊，好像都是苏桐Kindle上有的，于是回家登录PC版，一对照果然没错，学习劲头更足了——和喜欢的人看同一本书，四舍五入就是一起过一辈子啊。

这段时间苏桐又忙起来了，经常也是九十点钟才到家。两人可着时间聊天的时候，叶蓁蓁就尽量不说家长里短鸡毛蒜皮了，大部分时间都在问他一些在郭也那里、在创世上班遇到的问题。苏桐毕竟是科班，又一直在相关领域工作，能教的很多，于是知无不言，言无不尽，经常说到半夜还在口沫横飞，偶尔遇到连他都觉得新鲜的，就埋头找资料找书，找急眼了还劈手打个越洋电话，觍着脸跟美国的导师、学长、前同事们请教。

所谓共同学习，共同进步，革命伴侣志同道合，其乐融融。叶蓁蓁眼看着就成长起来了，但郭也还是经常批评她，到后来主要的批评点是："能不能不要用'我男朋友'说开头，你自己的想法是什么？"

"这就是我的想法啊。"

"那为什么要搬男朋友出来？"

"因为我跟他说完，他觉得很有道理，然后又给我完善了一下。"

郭也为之气结："为什么非得他给你完善一下？"十分恨铁不成钢，"你要对自己有点信心才行，你男朋友陪不了你一辈子，尤其是在工作上。"

叶蓁蓁不爱跟人置气，就哄他："好好好，我知道了。"一听就是敷衍，郭也纵横江湖一辈子，被个小丫头片子弄得没脾气："你知道个屁。"

但叶蓁蓁也有不需要问苏桐直接杠郭也的时候，多半发生在他品评下属或某个合作伙伴的时候，而且一点都不带含糊的："也叔，你冤枉他了。"或者，"人家才不是这样想的呢"，"你不对哈，我觉得他不是这样想的"。

郭也一辈子阅人无数，觉得自己这方面英明神武得很，结果如今竟一再被一个姑娘撑。但有一两次深入问下去，一二三四五，叶蓁蓁竟然往往是对的。这叫他对她更加刮目相看，慢慢开始就带她去一些应酬，让她看那些更复杂的、更难以捉摸的人。

业界大佬身边常带的姑娘，十成里有九成不清白，剩下一成就是清白也要给人说成不清白，因此去应酬的时候，一到地界，郭也就说："这是我亲侄女儿，大家多关照。"

本来还没有这么刻意，但新年前有一次饭局，郭也带蓁蓁去了，少说了这么一句，就差点儿没闹出事来。

那个饭局设在东四胡同深处一个小四合院里，私家会所，没菜单，大厨给什么吃什么。来赴饭局的一共七个人，除了叶蓁蓁，都是男的——郭也、两个做投资的、一个做媒体的，另外两个人不知道什么来头，但看样子都不是等闲之辈。桌上放了四瓶茅台，1990年的窖藏正品，有价无市，因为持有在手的人绝对不会拿出来卖。

见面寒暄过一轮，大家说些套话，和平常饭局无异。但随着菜陆续上桌，酒过三巡，那位坐在叶蓁蓁旁边的，名叫方天达的投资人，不知怎么就把注意力移到她身上来了。

她不喝酒，好端端喝着自己的果汁听大叔们聊天，方先生突然对此就不满意了："小姑娘，喝一杯吧。"

叶蓁蓁笑："我不喝酒的。"

方天达不相信："哪有跟着郭哥混不喝酒的。来，尝尝，这个酒特别好。"

叶蓁蓁还是笑，看着对方把装得满满的分酒器举起来要给她倒，一伸手，把自己面前空的茶杯给拿起来了："方大哥，我真不喝酒。"

郭也正在和其他人说话，谁都没注意到这茬，方天达还是觉得没脸了："姑娘，别矫情啊，叫你喝一杯你就喝，行不行？"

方天达旁边坐的那位回过神来了，也跟着劝："小叶，是姓叶吧？方哥可是明时基金的创始人，业内大哥，跟你喝酒是真给你脸，赶紧的，走一个，别不懂事。"

叶蓁蓁脸上的笑没了，扭头把郭也从对聊里硬拉出来："郭叔，我不懂事，跟您问一声免得坏了规矩。是这样吗？不跟这位方先生喝酒，就是不要脸？"

郭也一脸蒙："什么？"

方天达没想到她是如此反应，一下子有点慌："没没没，郭哥你别听小姑娘胡说，我逗她玩呢。"

叶蓁蓁冷笑一声，站起来："郭叔，太晚了，我先走，您慢慢吃啊。"

郭也何等聪明，马上就明白过来几分，赶紧就坡下驴："好好好，你路上小心点儿啊，到家告诉我。"

她答应了一声,手里还握着那个杯子,起身就走,包厢门一关,她扬手把杯子砸在门上了,服务员闻声而来,里面说话的声音一下子也静了。叶蓁蓁对服务员摆摆手,扬长而去。

第二天她照样游完泳和高佳妮吃过早餐去上班,郭也已经到了,看着她进办公室就笑:"叶小姐你脾气真大,一言不合离席就算了,还砸杯子。"

叶蓁蓁看他不像是生气的样子,松口气:"郭叔,没给你惹麻烦吧?"

郭也摇摇头:"能有什么麻烦,最多就是跟着人家一起骂几句小姑娘不懂事,回去必须把她开了。"语气里都是戏谑。

叶蓁蓁嬉皮笑脸:"开呗,随便开啊,开了我刚好回家歇歇。"

她从背包里掏出一个保温盒,放在郭也面前:"开之前吃个肉夹馍吧?"

郭也打开一看,千层酥饼,肥瘦相间酱卤肉,香气扑鼻而来,喜出望外:"你还会做肉夹馍?"

"会啊,郭叔你是西安人对吧,是不是特别爱吃这个?"

郭也手都不洗,抓起来就吃,吃了几口长出几口气:"哎呀,太好吃了!"他看着叶蓁蓁,跟看女儿一样,"你这么体贴一个孩子,怎么别人叫你喝杯酒你又硬得很?"

叶蓁蓁一愣:"这怎么是一码事呢?"她给郭也扳手指,"我体贴人是我愿意啊,我不喝酒是因为我不愿意啊。"

她突然口头禅又出来了:"我男朋友说的,不愿意做的事就不要做,小事妥协了,大事就很难坚持,千里之堤,溃于蚁穴,所以要始终如一。"

郭也啃着肉夹馍喃喃自语:"说得倒是在理,但听着怎么不像你男朋友,比较像你爹。"

叶蓁蓁给逗乐了:"哪像我爹,我爹粗暴多了。"她学自家老汉的语气,"妹妹,哪个让你不痛快,你就直接弄死他,晓得不?"

郭也笑:"好吧,不是一家人,不进一家门。"

这句话说他们俩也一点没错,从此郭也逢人就说这是自己亲侄女,摆明了谁也不敢跟真亲戚起腻。

中间还遇到一个小惊喜,郭也有个老交情,也是客户,做地产的,常年都请创世做品牌和营销顾问。有一天他正好来找郭也,叶蓁蓁也在旁边,聊天的时候顺口提到公司有一个五环上的楼盘马上要开盘。虽说大环境一直是调控购房资格,打压房价,但事实是好的楼盘根本不经卖,一出来就沽清,现在都是提前交定金去排队摇号买房子。

前段时间那个楼盘预热，叶蓁蓁就去看过，地段不错，交通很方便，小区不大，但散个步遛个狗也有空间，样板房的装修品位意外地好，因此七七八八加起来一算总分挺高。

她动了念头想买，后来因为高佳妮给的事儿太多了，没工夫继续跟进，就把这事儿给忘记了。现在一听，要开盘了，她也干脆，等人家一走，就求郭也去给她内部要一个摇号的资格。

郭也把老花眼镜推到额头上，瞅她："想买房子啊？"

叶蓁蓁点头："是啊，要结婚用的。"

"才多大就结婚？女孩子不要结那么早的婚。"

叶蓁蓁笑："郭叔你不按牌理出牌，跟你年纪一般大的长辈都说女孩子要早点结婚，不然心里不踏实。"

郭也嗤之以鼻："什么不踏实，没钱没地位的人才不踏实，婚姻制度是一种经济制度。没本事的急着结婚，主要是为了改善生活；对有本事的人来说完全多余，根本不值当。"

结果叶蓁蓁完全不中计，大大方方承认："我这不挺没本事的嘛，改善生活是刚需啊。"

郭也白了她一眼，继续不按牌理出牌："你别胡说八道，对自己有点信心。我身边的人怎么能没本事，就算你现在没有，将来肯定有，而且不止一点，要是现在把婚结了，再又遇到好十倍的人，怎么办？我跟你说，离婚很麻烦的，分手发个短信就好了。"

这简直是渣男典范，叶蓁蓁问："郭叔，什么叫作'分手发个短信就好了'？"她斩钉截铁地摇头，"不管有没有本事，我肯定不会遇到更好的了，我男朋友就是最好的。"

郭也简直气急败坏："扯。"他比画了一下，手掌放在自己腿的部位，"你现在年轻，眼光阅历还在这里，"然后手提到了胸前位置，"过几年，就到了这里。"再提到了头顶，"再过几年，你就到了这里，"然后把手放下来摆一摆，"那会儿你见到一个喜欢的男人，说这是最好的，可能还八九不离十，现在说这种话，就是见识太短。"

郭也说得特别直，一点不怕让人不高兴，估计他事业成功的精髓就是猛说实话，千方百计惹其他人不高兴，人家还不能还手，他就赢了。就这样虐人家还收钱，还收得贼贵。

叶蓁蓁跟了他一段时间，已经对郭也的风格有所了解，所以压根儿就不打算反驳,只是笑嘻嘻地坚持己见:"你说得有道理,我现在的见识确实不够,不过感情的事跟见识阅历没什么关系。"

"怎么就没关系了,这个世界上什么事情都跟眼光阅历有关系。"

叶蓁蓁好像就等着他这句话,马上嘴角绽开甜蜜笑容,手也放在了自己头顶:"因为等我的眼光阅历到这里的时候,他肯定也到了这里,他仍然是最好的。"

这句话还真把郭也噎了回去,他瞪着叶蓁蓁:"真有那么好?"

"是啊。"

"行吧,我对你还是不放心,必须给你掌掌眼,啥时候约个饭,带来见见。"

所谓的啥时候,就是永远不会到来的时候,叶蓁蓁没放在心上,笑着随口答应了。

郭也低头顺手收了一个短信:"购房资格让人给你留了,开盘那几天去付款签合同就行,没那么快,不着急。"

叶蓁蓁欢呼了一声,郭也问她:"是北京户口吗?要本地户口没有买过房子才能买的。"

"我男朋友是,他能买。"

"房产证上必须加你名字,不加就别买。"

叶蓁蓁抿嘴,知道这位爷是为自己好,答应了一声:"知道啦,放心吧。"

她心里惦记着这件事,得空就在办公室把家里的财务情况好好理了一遍:苏桐前段时间交了一笔数字比较大的项目提成给她,加上之前各种理财、保险、基金,还有各处网络平台上零碎的投资,七七八八加起来,勉勉强强算把首付攒够了。北京这个地方真可怕,要是不买房的话,吃吃喝喝买买东西,感觉自己过得还挺好的,一算首付,要是都砸出去,两口子就一夜回到解放前。

她算着算着,顺手就打了个电话给苏桐,响了好几声,那边接了。

"喂,你干吗呢?"她问。

"工作呢,你呢?"

"我给你打电话呢。"

这是两个人例行的对话,苏桐平常接到叶蓁蓁电话,不管怎么忙,是在开会中间,还是匆匆忙忙赶路,一定会问一句"你呢",让她知道自己随时随地都是愿意跟她说话的。

苏桐轻笑:"好吧。"

她接着把买房名额的事儿噼里啪啦说了一遍,格外兴奋,然后问:"你那边合伙人的投资啥时候要啊?我看要不先把那个给了,再跟家里人借点钱买房子吧?"

苏桐赶紧反对:"不行不行,首选买房子,你都想了那么久了,合伙人不当也没什么。"

叶蓁蓁笑:"那怎么行,男子汉大丈夫,不应该'匈奴未灭,何以家为'吗?"

苏桐说:"匈奴永远都灭不完的,咱们还是好好安家比较实在。"

叶蓁蓁"嗯"了一声,叹口气,难得的口气里有一点忧虑:"北京房子太贵了,钱真是不经用啊,光靠你挣钱,太辛苦了。"

苏桐马上想到自己还瞒着她的事儿,心里不期然就有点难受,赶紧说:"你不也在努力工作嘛,薪水还高得出奇,慢慢就好起来了。"

"是哦,我在创世三个月,工资攒了好几万了呢!"

"就是啊,你看你多棒,我家妹妹有出息得很。"

叶蓁蓁没高兴两秒钟,一想不对,创世可不是什么长久之计啊,叹口气:"可是我打算辞职啊,这明摆着浪费高姐的钱,多不好。"

这个想法她跟苏桐也说过,苏桐知道她那个脾气,心安理得吃大户对其他人来说可能是人间美事,但叶蓁蓁刚好不是那一路的,薪水越高她越心里不安,辞职是迟早的事。

他好声好气地安慰女朋友:"想辞职就辞,不怕的,再找别的合适的工作就是了,就算万一没有合适的,不还有我吗?总之别担心啊小包子,我会好好给你挣钱的,房子再贵也不怕。"

叶蓁蓁在电话那头想了想,心里觉得舒服了一点,这是她的习惯,什么事再想不开放不下,跟苏桐说说,似乎也就没那么麻烦了,于是重新高兴起来:"那你加油啊,苏先生。"

苏桐当然是两脚一并,小的得令,叶蓁蓁把心事暂时丢开了,声音甜甜的:"对啦,你啥时候回家?"

"还有一个小时吧,还要开会。"

"不要太辛苦啊,喝点儿水。"

"嗯,好。爱你。"

"我也爱你。"

电话放下,叶蓁蓁继续理账,最后把所有理财变现日期算清楚了,所有零碎投资都赎回到一张卡里,一共有四百多万,就是她和苏桐这么多年辛辛苦苦攒下的全部家当了。

过了一个多小时苏桐回家,洗完澡开始吃水果的时候,叶蓁蓁就把这张卡放在他手里:"拿着。"

"干吗？"

"这是你的工资卡，里面是咱们全部的钱了。买房子得用你的户口，你出资，还有公积金申请也要你去，用来付首付、付房贷，专款专用，好管理。你的工资自动转账我也停了，反正最后都是要存在这张卡里的。"

苏桐接过卡，他没有仔细研究过北京的购房政策，但和郭也不约而同地关心一件事："用我的名字买，那你呢，能加名字吧？"

叶蓁蓁满不在乎："能加吧。"

"别吧啊，得问清楚，万一我这么买了算成婚前财产了怎么办？"

叶蓁蓁揪他脸一把："干吗，算你婚前财产你还想哪天能把我踹了独吞是吧？"

苏桐赶紧表白："说什么呢，我一颗红心向太阳，是个人就知道。"

一边说着，一边放下那张卡，他伸手把叶蓁蓁抱过来坐在自己腿上，下巴放在她肩窝，若有所思地望着屋角。那里有一个小梳妆台，红色的，仿多宝格的样式，一层一层都是小抽屉。小抽屉里放着叶蓁蓁各种各样的小玩意儿，囤的化妆品、网上买的小首饰什么的，都不怎么值钱，但叶蓁蓁很努力地把这些东西分门别类，小吸尘器没事吸一下，都干干净净的，叫人看了，眼里心里都舒服。

为什么心心念念要买房子呢，因为有那么多好看的、喜欢的东西，放在临时之地，总觉得不踏实，唯有永恒的家园令人安定，有所归属。

诚然世间没有永恒这回事。

他把视线收回来，说："小包子。"叶蓁蓁"嗯"了一声，靠在他身上，双手紧紧搂着他的脖子。

这段时间各有各的奔走，各有各的心事，这么温馨的时刻太少了，叫人贪恋得不想动不想多说话，生怕泡影一般，一动就戳破了。只听到苏桐说："不管发生什么事，你都要相信，我特别特别爱你，天塌下来也不会辜负你。"

叶蓁蓁窝得舒服，声调都变得懒洋洋的，说："怎么突然说这个？"抬起眼睛看看他，嘴角带着一丝笑，"干什么坏事了赶紧从头招，我现在心情好，肯定原谅你。"

下桥梯都搭到半腰了，要向组织交心，时不我待。

所谓伸头是一刀，缩头也是一刀，过了这个村就没有这个店。两个人在一起这么多年，小事儿大家要有各自空间，是不是全盘交代真没什么紧要，但大事上一体同心，是不能瞒的，对爱人保守大秘密，原来滋味宛如上刑。这当口，一咬牙一跺脚一张嘴，而后认打认罚，总之自己就能解脱了。苏桐刚要这么办的关键时候，"嘀嘀嘀嘀"，叶蓁蓁电话响起来了。

高佳妮。

这个钟点打电话，必然是有事，叶蓁蓁赶紧接起来："高姐，怎么了？"

"蓁蓁，你现在能来我这儿一趟吗？"她声音有点飘忽，叫人觉得不对劲。

叶蓁蓁大惑不解，但嘴上赶紧答应下来："好的好的，我马上就来。"

"司机还有几分钟就到，对了，就你自己来。"说完那边就挂了。

苏桐听他们对话的时候已经在穿长裤拿钥匙，结果却得知自己被禁止陪同："要你一个人去？"他有点不解，"什么事儿是跟你说了，还不能告诉我的？"

叶蓁蓁耸耸肩："等我回来就知道了。"亲了苏桐一口，"司机接送，放心啊，你先睡，不用等我。"

已经是十二月了，尽管还没有开始下雪，但天已经很冷了。天气预报里说这几天会有寒流，晚上的风格外叫人战栗。

叶蓁蓁把自己包得严严实实，出门果然还是那辆宾利在等着。她上了车，到目的地一看表，差不多凌晨时分了。

她一路刷卡上去，进门就看见高佳妮在客厅里坐着，旁边放了两个酒瓶，一个已经完全空了，一个空了大半，走过去还发现地上打碎了一个杯子，尖锐的碎片乱纷纷散在地毯上，隐隐闪着寒光。

房间里本来是暖气充足的，阳台门却大开着，呼啸的寒风里高佳妮脸色惨白，除了溺水那一次，叶蓁蓁从未见过她气色这么糟。

她仿佛没有听见蓁蓁进门，也不答应她的呼唤，就捏着酒杯硬邦邦地坐在那里，神思在另一个世界游荡。

叶蓁蓁赶紧把阳台门关了，一摸高佳妮的手冰凉，赶紧奔到客房把巨大的一床被子"吭哧吭哧"抱出来，把她跟裹面团似的裹好，然后去厨房倒了一杯热水，拿出来换掉高佳妮手里的酒杯。她刚松了一口气，又跳起来奔到厨房找了工具过来，清理地毯上的玻璃碎片，而后才靠近高佳妮坐下，小心翼翼地问她："高姐，你怎么啦？"

高佳妮良久才茫然地转过头来，眼神聚焦到蓁蓁的脸上，终于认出了她，唇角于是出现一丝苦笑。

个性极为坚强的人濒临崩溃，却还试图自救的时候，就会有这样的笑法，叫人看了格外心碎。

"唐在云和罗西今天又来了。"她喃喃低语，"他要离婚，无论如何都要离婚。"

如果不是跟郭也聊过，听到第一句话，叶蓁蓁都不知道唐在云是谁，现在听了，她还是不知道罗西是谁。但即使如此，再多听高佳妮说两句，也就知道了。

"他说他一辈子都追求自由，婚姻让他不自由，我，让他不自由。他过不了自己那一关，不能这么苟且，所以一定要彻底跟我分开。"

在厚厚的被子包裹下，高佳妮的身体仍然难以自持地颤抖，就像整个人都要散架了。很简单的一两句话，她说得断断续续，没有哭，眼睛里却闪着硬卵石一般没有生气的色泽，所有的眼泪都凝聚在那一点点硬而冷的光里。

叶蓁蓁大气都不敢出，也根本不知道如何回应，只是抱着高佳妮的肩膀。高佳妮明显是喝醉了，她顺势倒下来，靠着蓁蓁，叹了一口长长的气，手一软，本来握着的杯子掉了下去，热水倒了叶蓁蓁满腿满脚。叶蓁蓁顾不上去擦，还是一面努力撑着高佳妮，一面拍她的背："好了，好了，没事了，我在这儿呢，睡一会儿吧。"

高佳妮固执地摇摇头，抓住了叶蓁蓁的手，含含糊糊地继续说着没有来龙去脉的话。

"唐在云，唐在云，唐在云……"她反反复复呼唤着这个名字，"唐在云不爱我，他需要我，他依靠我，可他就是不爱我。"

过了很久，说得终于没有力气了，她身体突然一阵痉挛，摇摇晃晃站起来，冲到洗手间去。马桶盖都来不及打开，她弯腰就开始吐，先是站着吐，后来蹲下吐，最后双腿支撑不住，跪在了地上。呕吐物满地都是，但一点食物都没有，全是酒，整个房间顿时就弥漫着胃酸和酒的味道。

平常再高贵矜持的人，一到这个田地，就连基本的形象都没有了，直落到了泥坑里。

叶蓁蓁也有伺候苏桐喝醉酒回来的时候，但没这么糟心过，第一他酒量好，第二总体而言他还是有节制的，回到家都是人醉心不醉，不吐不困不发疯，拉着叶蓁蓁不放手，跟只小哈巴狗似的，情话一嘟噜一嘟噜往外冒，比平时甜十倍，有时候她觉得生活有点乏味，还盼着良人稍微喝点酒。

高佳妮这个阵仗把叶蓁蓁给吓了一大跳，她赶紧上去把高佳妮扶着，从后面握着高佳妮的长发免得被呕吐物弄脏。等高佳妮吐得差不多了，叶蓁蓁再半扛半扶地把她带回到客厅里，让她好好靠着。叶蓁蓁一看高佳妮的长睡衣上到处都溅上了呕吐物，湿湿的黏黏的，又掉头赶紧冲进她的卧室找干净衣服。

衣服倒是好找，衣柜里面都分门别类，该挂的挂，该叠的叠，干干净净整整齐齐的。叶蓁蓁在睡衣堆里随便抓了一件宽松长袍，刚要走，忽然看到旁边床头柜上摆着两张照片，都是高佳妮跟其他人的合影。

一张应该是她比较年轻的时候，和一个男人站在一起，肩膀彼此依靠着，显得很亲密，叶蓁蓁认出来那是唐在云。男人身边还站着一个大概十几岁的少年，大人都在笑着，少年却神情冷漠，和唐在云之间隔着相当远的距离，像是很不情愿来拍照。三人身后是无垠的草地与极蓝的纯净高天，不知道是在哪里。

另一张上面，少年已经长成了一个年轻的男人，和高佳妮坐在一张花园里的长凳上。两人都穿着白色衬衣和牛仔裤，手臂搭在长凳靠背上，向着镜头望过来，都没有笑，一模一样的姿态，一模一样的表情。仔细看上去，这个年轻人既像唐在云，又像高佳妮，毫无疑问是他们两个的孩子。

叶蓁蓁看了两眼又赶紧跑出去，忙手忙脚地给高佳妮换了衣服，擦了手和脸，让她好好坐着，端着热水给她喝了一口，她却呛着了，于是急急忙忙放下杯子，轻轻给她拍后背。

吐了喝水，喝完又吐，来来回回搞了好几次，高佳妮到后半夜才终于安稳了下来，脉搏和心脏都"咚咚咚"急跳着，叫人担心，但总算是不折腾了。她靠在叶蓁蓁的身上，合上了眼，昏昏沉沉筋疲力尽之中，终于放开了对情绪的把守，流出泪来，一颗又一颗，黏稠沉重，滚下来簌簌有声，从眼角、脸颊，一直落到叶蓁蓁的肩膀，把她的毛衣打湿很大一块。

叶蓁蓁一动也不敢动，就让高佳妮这么睡着，过了大半个小时，估摸着她已经睡熟了，才慢慢扶着她的头放平到沙发上，腿脚抬上来，被子盖好，站起来才觉得自己半边身子都麻了，腰酸背痛。

她从包里摸出手机一看，苏桐打了好几个电话过来，信息也发了好几条，都在问有没有事，以及怎么回事，已经有点着急了。

她赶紧打回去："你还没睡啊？"

那边气不打一处来："我睡得着吗，什么情况现在？"

"高姐喝醉了，折腾，我看着她呢。她今天心情好像特别不好，可能跟她老公有关。"

"她老公怎么了？"

"说非要离婚什么的。"

她压着声音怕吵醒高佳妮，走到客房，看样子今天是回不去了："宝你赶紧睡吧，我今天就待在这儿了。"

"要我过去陪你吗？"

"我倒是想，不过高姐这个样子，肯定不乐意给你看见，还是算了吧。"

"也是，那你需要什么不，我给你送过来？"

"不用，就凑合一宿，这儿啥都有。"

"行吧，那你也赶紧休息，别累着了啊。"

"嗯嗯，我又不是小孩子了，你快睡，明天还上班呢。"

"知道了。"

叶蓁蓁跟男人飞了一个吻，把电话放下来，在客房和客厅转悠了好几圈，最后下定决心，把另一张沙发拖过去，跟高佳妮躺的那张并排放好。这是张单人扶手沙发，躺不下，她就半躺半靠地窝上去，玩了一会儿手机，打了个哈欠，不知不觉就睡着了。

她不知道在跟苏桐通话的时候，其实苏桐已经到了公寓的大门口，之前打电话不接发信息不回，这哥们儿心不定，干脆赶了过来。

他顶着保安的严密监视，一边吸溜鼻子一边在周边转悠，脸冻得通红，叶蓁蓁再不接电话，他就要硬闯上去看个究竟了。

叶蓁蓁向来睡眠好，窝着也照样一觉睡到大天亮，醒来后发现自己身上盖得好好的，高佳妮已经起来了，正坐在旁边喝茶。

叶蓁蓁赶紧一骨碌爬起来："高姐，你没事了？"

高佳妮对她微笑："醒了？睡得真香啊，跟只小狗似的。"

叶蓁蓁盘腿坐着，睡意犹存，猛打哈欠："我比狗强多了，我重庆屋里养了条大金毛，开门就醒，跟个门铃似的。"

"这也要比。"她坐过来，摸摸叶蓁蓁的脸，"辛苦你了。"

叶蓁蓁揉着眼睛笑："有啥？"关心溢于言表，"你舒服点了吧？"

高佳妮脸色还是不好看，但已经洗了头洗了澡，还化了一点淡妆，精气神是回来了。她从厨房给叶蓁蓁拿个杯子过来："早上喝点热水，对肠胃好。"

"这话跟我妈说的怎么一模一样？"

"我和你妈妈应该也差不多大吧？"

叶蓁蓁"扑哧"一笑："才不会呢，我妈妈五十多了。"想起亲人心里高兴，"她可逗了，年年都去拍艺术照，还专门挑拍得好的洗出来放我卧室摆着，说是激励我养生。"

高佳妮莞尔："我生孩子生得早。"

她低头想了想："二十岁出头就生了，当时还在读大学。"

叶蓁蓁还真没预料到这一出，本来嘛，印象中那些但凡二十岁就生了孩子的女性，接近的都是一失足成千古恨的世界，再要和投行高管、精英企业家这样的人生赢家联系起来，千难万难。

她的讶异之色全都落在高佳妮眼里，她对自己的过去倒也并不避忌："我年轻时格外叛逆，以为万物皆备于我，我登上哪架飞机，哪架飞机就绝不会坠落，不小心怀了孩子，那就生下来，也没什么。"

说到这里停下，她微微出神，像正沿着人生的路回看曾经的自己，脸上没有一丝动摇，心里没有半点顾虑，面对命运昂头而进，不知挫折为何物。

失败当然到处都有，但都是留给其他人的。

她的脸上露出一丝笑容，不知道是嘲笑自己的轻狂年少，还是激赏那时的一往无前，结果反正是一样："所以我比你妈妈小一点，但儿子跟你差不多大。"

"我在卧室看到你们的照片了。"她热爱八卦的天性在哪儿也改不了，"高姐，你大学的时候就跟你先生在一起啦？"

高佳妮摇摇头："没有，我当时跟郭也在一起。"

"啊？郭叔啊，我就说他喜欢你，他还嘴硬不承认。那，那儿子呢？"

"儿子倒是我先生的。"

信息量太大，叶蓁蓁开动全部脑筋消化了好一会儿，还是没回过神来。她有心往下深挖细节，鼓了几次勇气还是没好意思，只好调用情真意切的东北口音感叹了一声："哎呀妈呀，高姐你这个人生经历太丰富了。"

高佳妮拍拍她："相信我，人生经历太丰富不是什么好事。"她看着叶蓁蓁，像看着一个女儿，或者一个妹妹，也像是在看着从未有机会成为这样一个人的自己，"越单纯的越坚固，所以要好好维护。"

"嗯。"

而后高佳妮话题一转："说到我儿子，他叫唐洛，洛阳的洛，过了年就回国了。"

"是嘛？那挺好啊。"叶蓁蓁心里想的是，儿子回来了，应该可以多来陪陪妈妈，最好也愿意早上六点去游泳，高佳妮就不用整天跟自己过不去了。

结果高佳妮一句话就让她的美好希望破灭了："他恨我，不会愿意来陪我的。"

"啥？"

"他回来是为了接替我进公司当联席总裁，还要签署我名下所有财产的让渡合同，要签很多。"

"好吧，就……为什么他要恨你啊？"

叶蓁蓁对高佳妮管的到底是什么公司、有多少钱、联席总裁是多大的职务之类的信息明显没有兴趣，反正都跟她没关系，她注意的全是属于个人的小事儿、小情绪。

也许唯独这些小事儿小情绪，才是真正属于一个人的东西。

"我二十一岁生下他，交给他爸爸和爷爷奶奶，然后就又回了美国读书工作，很少见面，他一直到十多岁了，我们到北京定居，他才搬过来跟我住。"

叶蓁蓁恍然大悟，脱口而出："那正常，换了我是你女儿，我也一样恨你。"

她成长在一个七大姑八大姨十几个堂兄表弟的大家庭，每个周末都在不同的亲戚家里吃饭，进进出出浩浩荡荡。她从小到大，随便一个期末考试，妈老汉就不用提了，三四个阿姨舅舅在外面等着考完接去吃火锅都是常事。长到十多岁都不怎么见得到妈的人生是啥样的，叶蓁蓁不了解，但她自己肯定不喜欢。

没有人会喜欢。

高佳妮对她的评论完全泰然处之，语气没有丝毫变化，就好像她已经听过一百次，每一次她都不曾为自己辩解。

"恨就恨吧，没关系的，但我们的事业是我和他爸爸一生的心血，交到他手里，他就要负责任。"

叶蓁蓁叹口气，心想自己这种婆婆妈妈、心慈手软的人，和高佳妮他们显然就不是一挂的，难怪挣不到钱，嘴上还是附和："说的也对。"

高佳妮严肃地看着她："蓁蓁，答应我一件事。"

叶蓁蓁还以为高佳妮要嘱咐她不准告诉别人自己喝醉酒失态的事儿，刚要满口答应下来，却听到一句："为了我，你要好好帮他。"

这一锤彻底把叶蓁蓁小姐给锤蒙圈了："啥？"

"你要去帮唐洛管公司。"

叶蓁蓁摸了摸耳朵，嘀咕了一句："大早上好好的，怎么就幻听呢？"

等发现不是幻听，她就奋起反抗了："高姐！我去郭叔公司上班，已经是够超纲了，你现在要我去帮人管公司？！"

她跳起来摊开手，照着自己比画了一下："我！"又坐下来搂着高佳妮脖子摇了两下："高姐你醒醒。"

高佳妮微笑着给她摇，摇了半天没奈何，拍拍她的手："我知道你不是管公司的料，尤其还是一个大公司。"她看了看叶蓁蓁，"很大。"

"比企鹅集团还大吗？"

"那没有，但小得也不多。"

"那你叫我去管？"叶蓁蓁在"我"这个字上加强了语气。

高佳妮叹口气："确实太急了，你还没准备好。"

叶蓁蓁把这看作是高佳妮收回成命的口气，松开手，笑嘻嘻的："所以说嘛。"

却没料到下一句话，让她再没有反对的勇气。

"可是蓁蓁，除了你，我没有其他信得过的人了。"

第九章
小苏苏，我们都好想你哦

大半年以来，这是叶蓁蓁第一次没有早上游泳，也没有去Spencer那里上课，下午四点不到就回了家。

她给苏桐留了个言，要他早点回家，说有要事相商。苏桐一个多小时之后才看到，赶紧打电话过来了："怎么了？"

"你回家来说嘛。"

"这么神秘？"

直男的脑回路立刻就指向了错误的方向："是不是买了咱俩在网上看到的那套烈火青春连体衣？嘿嘿嘿嘿……"

结果叶蓁蓁并没有跟平时一样或笑骂色狼，或跟着一起"嘿嘿嘿"，她是认真的有心事："不是啦。"

苏桐也就马上听出来了："好像很严重的样子，那我尽快啊。"

他接电话的时候，正好在四平跟王建平开完会，一看也六七点了，办公室里的人下班的下班，出去吃饭的吃饭，所剩无几。

这段时间他两边跑，老实说消耗实在是大，再是铁打的，整个人也弄得有点疲惫不堪了，突然有个机会能早点回家，心里也很乐意。他于是一面往外走，一面和叶蓁蓁说着话，走到大门外走廊转角处，迎面和人撞了个满怀。他赶紧道歉，"对不起"说到第二句卡住了，来的是杨子意。

她手里提着两个咖啡提袋，一个给完全撞洒了，苏桐衬衣上沾了一片，她自己更是重灾区，一条白色束腰连衣裙成了花的，还带香喷喷的咖啡味儿，紧紧贴在胸口。

"欸，你怎么在这里？"苏桐很意外。

"来看看王总，和你啊，王总没跟你说？"杨子意说得很随意，实际上心口"咚咚"乱跳，如同擂鼓，因为她根本就是瞎掰的，赶紧把另一个没撞到的咖啡袋递过去，"想着下午大家该犯困了，给你们买了咖啡和甜甜圈。"里面还真是两杯咖啡，还有两个精美纸袋包装的甜甜圈。

这时王建平推着轮椅从外面进来，一愣："杨小姐？怎么不早说你要来啊，我好去门口接你。"

杨子意的脸腾地就红了："我跟甘晓峰说啦，他没告诉你啊？"

甘晓峰是四平的行政总监，也是杨子意的师兄，正是因为他的引荐，万邦才注意到这个项目。

王建平一听，甘晓峰今天压根儿都没在公司啊，但不管怎么样，身为东道主对客人总是要表示欢迎的："说不说都没关系，随时来随时都欢迎，进来坐坐吧。"

苏桐把咖啡递给他："你有口福了，子意买的。"

王建平一看这不是两杯吗："你不喝啦？"

他看看表："我家里有点事儿，得马上回去。"一想又交代王建平，"我今天要的那几个数据，叫财务那边赶紧理，今晚Lily她们几个得加班，搞出来了立刻给我打电话。"

王建平稍微迟疑了一下，苏桐没注意，对杨子意挥挥手准备走了："你们慢慢聊啊，我先走了。"

她脸色都变了，张嘴想要说什么，脚尖不知不觉间跟着苏桐转了方向。王建平浑然不觉女孩的心事，在旁边努力地尽地主之谊："来，杨小姐，这边请。"

她架不住王建平的热情，只好跟着王建平进了四平科技，里外参观了一圈，走到里面，听到说"这是我的办公室，隔壁是苏总的办公室"，她忽然就站住了，笑着说："王总，我裙子给咖啡打湿了怪难受的，我带了干净衣服，去换一件。"

王建平推着轮椅转头打算带她去洗手间，杨子意却顺手推开苏桐的办公室："我就在这儿换吧。"不由分说，进去把门关上了。

王建平一愣，不好说什么，想了想掉头出去了。

杨子意进了门，却没有急着换衣服，而是先好好看了一下苏桐现在办公的地方。这个办公室和记忆中在万邦的时候一样简洁，桌子上放着电脑、几本书和简单的文具，还有一个A4笔记本。

她翻开笔记本看，笔记本已经用了一大半了，几乎每一页都有满满当当的内容，字迹笔锋锐利，连钩带草，和主人一样天风海雨，不拘小节。

此外唯一叫杨子意觉得眼熟的，就是桌角放着的一个杯子。细长瓷杯，带盖、红色，她拿起来端详，发现上面还有四个字：一生之我。

她见过苏桐在万邦用这个杯子，但从没见过上面的字。

现在看见，就知道这一定是女朋友送的东西，否则以苏桐的个性，没可能选一个这么矫情的题词。

她良久看着那几个字，王建平的轮椅摩擦声从室外隐隐约约传来。已经到了下班的时间，办公室似乎已经十分空旷了，门没有锁，只是虚掩着，王建平只需要轻轻一推，就可以进来。

尽管腿脚不便，他仍然是个男人。

也许所有男人，都可能在某一个时刻，像陆天明一样突然变出一副狰狞可怖、叫人无法想象的嘴脸。

伴随着栩栩如生的想象，刺骨的恐惧突然涌来，像冬日寒风一样凛冽，似乎马上就要把她吞没。杨子意慌忙想把杯子放下，就在接触桌面的瞬间，外面响起敲门声，她手一抖。杯子与桌面边角擦身而过，应声落地，粉身碎骨。杨子意慌忙拿了纸巾尽量收拾起来，丢进了桌子脚下的垃圾桶，她一眼瞥见那里有个小杂志架，心里一动，又把那条换下来的裙子塞了进去，想着过一两天，可以用这个理由再来一趟四平。

来见一次苏桐，就要找一个借口，找来找去黔驴技穷，不如自己预先埋伏一个。

她刚弄好，听到外面王建平很有礼貌的声音："杨小姐，我找了一位女同事过来帮你的忙，她可以进来吗？"

"啊不用，不用，谢谢，我马上就换好了。"

她包里是真的有衣服，瑜伽上衣，瑜伽裤，计划八点在家旁边的健身房上课的。说来上课的计划也制订很久了，衣服天天背着，其实从来没去过。结果衣服在现在这个场合派上了用场。

没有被生活重击过的人，不会知道重新振作有多么难，你每天醒来第一件事，就是盼望着再度入睡。

瑜伽套装当然和高跟鞋十分不配，但总算是一身完完整整能见人的行头。

她总算换好了，走出去听见王建平在稍远的地方正打电话，没注意到她，讲话的声音很焦躁："我现在去哪里随便找一个有经验的CFO[1]？你不能回来帮着把手头这些东西做完再说吗？"

1　Chief Finance Officer，首席财务官，简称CFO。

那边"哇啦哇啦"在说什么，但意思肯定都是拒绝，王建平一眼瞥见了杨子意，抱歉地笑了笑，但嘴角和眉间的纹路，都透露了他满心的烦恼。

杨子意听了一阵子，听出来这是四平的CFO带着财务经理离职了，苏桐要的数据，根本没有人去做。

她等着王建平心灰意冷地挂了电话，说："王总，我是学财务出身的，审计方向。你的财务数据，需不需要我帮你看一眼？"

王建平一愣："这……这怎么好意思？"

杨子意摆摆手："有什么不好意思的，你们的数据我跟了一段时间，也挺熟的，应该不麻烦。"

王建平一听，这第一是求之不得，第二是却之不恭，病急乱投医，那就去吧。两人往财务办公室而去，杨子意脸上带着难得的愉快的微笑，因为至少一段时间内她要来四平，就是天经地义的事了。

苏桐回到家，叶蓁蓁已经忙进忙出地把晚饭张罗好了。拜网络发达所赐，叶蓁蓁临时起意吃个火锅并不麻烦，在APP上从附近的生鲜超市买了肥牛卷、午餐肉、鱼滑、豆皮、海带、土豆片、青笋送过来，再把重庆带过来的好牛油底料加青花椒，用好几罐高汤煮上，再把蒜蓉、葱花放小碗里一字排开，锅盖揭起来时满屋子都是香的。

苏桐在电梯里就闻到味了，龙卷风一般地进屋，心情十分激动："今天啥日子？"掐指一算，"你生日还没到，我生日已经过了，是不是哪个舅爷大寿我们赶不回去，开个分会场庆祝？"

叶蓁蓁笑眯眯："就是想吃火锅了嘛。"

她上来给他摆上碗、筷、油碟、干辣椒碟，又给他顺手套一件方便围裙，这是吃全套的装备。

两人坐下大快朵颐，吃了半天苏桐回过神来了："你叫我早点回家就是为了吃火锅啊？"

"值不值？"

"值。"苏桐答得斩钉截铁，然后瞟了叶蓁蓁一眼，"还有啥？"

叶蓁蓁就等着这个顺坡好下驴，给他夹了一筷子肥牛："我又换工作了。"

前两天还在说要从创世辞职，现在就直接换工作了，苏桐对叶蓁蓁很钦佩："乖乖，行动力太强了吧，怎么找到的工作啊？"

"还是高姐找的，让我去另一家公司。"

苏桐不懂："怎么把你塞来塞去的？这是对待助理的正确方式吗？"有点犯嘀咕，"有钱人的花样真多。"

"也不是，她的意思是我这次算正式上班，创世的工作经历只是培训。"

"哦哦，她昨天晚上叫你去，就是说这事儿吧？"

"一半一半。"

"还有一半是啥？"

"昨晚电话里说了的啊，她喝醉了，心情不好吧，对高姐这种人来说算是很难碰上一回了。"

"好吧，偶尔喝多了发泄一下对身体好。"苏桐觉得这样的高佳妮比较像一个真正的人，会喝醉，也会心情不好。

他继续一边吃，一边继续问叶蓁蓁关于工作的事："上次她让你去创世当顾问培训生，这次呢？培训生当完了总要升个级吧，实习主管？"

叶蓁蓁放下筷子，叫苏桐："你坐直，深呼吸。"

苏桐"扑哧"一笑，以为女朋友逗自己，然后一看对方居然是认真的，急忙照做，挺胸昂首，腰板儿笔直，严肃地望着叶蓁蓁："领导请指示。"

叶蓁蓁摸了摸鼻子，这是她内心波澜起伏的表现，忸怩了半天，终于说："助理总裁。"

苏桐皱起眉头，和叶蓁蓁大眼瞪小眼，过了半天，小心翼翼地说："啥？"

叶蓁蓁提高了声音："助理总裁！"她每一个字都说得非常清楚，绝对没有错，事实上叶蓁蓁今天早上听到高佳妮说出这几个字的时候，反应和苏桐一模一样，而且人家说了两遍都还不信，非逼着高佳妮在纸上写了一次。

苏桐比她更快接受现实，没一会儿就缓过来了，感叹了一声："这个升迁速度，比火箭还快啊。"举起玻璃可乐瓶，"来，叶总，我敬你一杯！！"

叶蓁蓁抿着嘴笑："你说高姐疯不疯？"

"她总有她的原因吧。"

"特别对，她又跟我说了一次那句话，说她身边再也没有任何可以信得过的人了，你觉得至于吗？"突然想起了什么，激动地敲碗，"宝，你记得在马尔代夫，高姐身边那个小狼狗吗？叫阿彬，六块腹肌，天天跟她去游泳那个？"

"记得。麻烦你不要每次提起六块腹肌就流口水，矜持一点，来擦擦。"苏桐递过去一张纸巾，"他怎么了？"

苏桐脑子里浮现出他在高佳妮公寓楼下见到的那辆车，车里坐着一个手腕上有文身的女人，开车的人就是阿彬。

叶蓁蓁接过纸巾白了苏桐一眼，说："高姐说那是跟了他们夫妻多年的司机兼保镖，她和老公分居之后就帮她做事，结果从马尔代夫回来，竟然不声不响地回她老公那里去了。"

"是不是怕高姐责怪他啊，没保护好老板？"

叶蓁蓁对着桌子猛击一掌，红油汤底在锅里晃荡晃荡，冒出一片煮过头的肥牛，被苏桐眼疾手快一筷子夹走吃掉了，只听叶蓁蓁说："就是！高姐说阿彬失职来着。"

苏桐心里一动，暗想失职没啥，千万别是故意，那可是人命关天的事。

他这个念头一闪而过，随即把话题转回到和叶蓁蓁切身相关的部分："对了，你到底要去哪家公司当助理总裁啊？"

叶蓁蓁清了清嗓子，说："和合。"

苏桐的筷子定在了空中，筷子尖跟锅里一片烫得完美的午餐肉近在咫尺，肉片丰腴柔润，在牛油汤里载沉载浮，极尽诱惑，但苏桐一时间顾不上了。

他缓缓放下筷子，庄重地抽出一张纸巾，仔细擦干净自己嘴上的油沫子，然后站起来步伐稳重地走到叶蓁蓁身边，"扑通"一声跪下参拜："娘娘！"

如果说万邦是猛兽，创世是标杆，那么和合就是传说中的庞然大物。它是一个品牌名，旗下有几十个公司，不同的事业部里都有子公司独立上市，资产总额以百亿计，在全球范围里提供上万个工作岗位。在商业世界里，和合是当之无愧的重量级游戏者。

现在，叶蓁蓁要成为它最高层的管理者之一。

任谁听到了都会比苏桐反应还大，他现在这样子，都算稳得住的了。

叶蓁蓁啼笑皆非，一脚把他踢开："滚。"筷子一放，干脆不吃了，愁眉苦脸地呆坐着，"我不想去。"

苏桐爬起来了，摸摸她的头发："不想去就别去嘛，这活儿也确实不是你干的。"

叶蓁蓁抱着他的腰，脸也贴上去，感觉到爱人皮肤的热度，心里安定了一些，小声说："可是我又不想对不起高姐。"她伸出一只手比画了一下，"你没见到她昨天的样子，好可怜，像什么都没有了，喝得要死要活的在那里拼命流眼泪，还哭不出来。"

她很认真地仰头看着苏桐："要很伤心很伤心才会这样，想哭却哭不出来。"想了想又补了一句，"我猜是。"

苏桐点点头："嗯。"他瞧着叶蓁蓁饱满的额头，慈悲又明朗的眼睛，心里溢满了温存,"你猜猜就好了,永远别自己知道。"

这事儿让两个人都有点恍惚,尤其是叶蓁蓁。吃完火锅收拾完桌子,她默默在电脑前坐下,开始在网上找和合的各种资料。现在她找资料也是一把好手了,数据从什么地方找;行业报告从什么地方找;可信度如何判断;各种不同的渠道得来的相似信息如何交叉对比;如何锁定关键词,再从关键词延展开去寻找关键事实;信息积累到一定数量之后如何进行线索的提炼;如何再沿着线索去分析,找到更多分门别类的资料……去芜存菁,去粗取精,她叶蓁蓁已经不再是只能用百度防身的门外汉了。

游刃有余之时她恍然想起,这些乍看信手拈来的技巧,就是在高佳妮那里学来的。某一次上课时,有一位大佬闲谈起互联网的资讯矩阵如何存在的话题,现场就随手拿过电脑做了一下演示。那种在无穷无尽的互联网世界里利用不同的渠道、关键词和平台抽丝剥茧,循声觅迹,最后把自己所需要的信息翻一个底朝天的手法,全在情理之中、常识之外,叫人出乎意料又叹为观止。

她当时主要忙着叹为观止,没怎么用心学,即使如此,毕竟听到了看到了,全是拳拳到肉的精髓,半点儿弯路都没走,因此也就在她脑子里留下了深深的痕迹,等着到关键的时刻浮现出来,助她一臂之力。

她找到的那些资料里,但凡稍微挖深一点,不管是正经文章还是八卦,唐在云的名字比比皆是,身份是和合集团的实际控制人,他的存在感就像一首出自名家之手的交响曲,始终慷慨激昂,响遏行云,没有低调一说。但蓁蓁硬是没有看到任何关于高佳妮的消息,大隐隐于上市财团,这境界也是叫人高山仰止了。

她聚精会神地做功课,苏桐也不去打扰她,自己泡了菊花茶,一个壶两个杯子放桌上,拿了一本书坐在旁边看,不时伸手去摸摸叶蓁蓁的脸啊脖子啊,她就靠过来亲一下,什么也不用说。

两个人在一起那么多年了,朝夕相处,习惯了黏着,一个人在哪儿,另一个人就在哪儿,如果多一会儿不见,就到处找。

忙活到十一点多,苏桐提醒叶蓁蓁要睡觉了,不管世界如何变化,明天都要早起游泳,这把达摩克利斯之剑每到六点就劈在头顶,不给什么偷奸耍滑的余地。

他们正收拾着,苏桐放在桌上的电话响了,他一看是王建平,接起来却听到了杨子意的声音。

"苏哥,四平的数据我从他们创业开始一直看到上个月,你要的数据基本都做出来了,时间紧,不算特别细。我下周一之前会再给你一版,从财务参考的目的来说这一版已经够了,我跟王总已经过了一遍,他没问题了,你看一下。"

苏桐听在耳里,很诧异:"欸,怎么是你做的?"

杨子意却已经把电话还给了王建平,后者有点尴尬,但还是解释了:"钟洁和阿霞前几天离职了,财务那边现在只有会计在。"

苏桐心里咯噔一下,钟洁是四平的CFO,阿霞是主要的财务经理,她们最先知道公司有没有钱下锅,她们如果都走了,那公司内部就是在无声无息地瓦解了。

这段时间苏桐忙着从数据出发去深入研究四平的商业模式,他和王建平说过,要按自己的方式来工作,而他的方式中有一部分就是:每天清早出门,随机选一家速9健身的店在门口站着,默默观察人流;下班后再随机选一家店,走进跟看看他们的课是怎么上的,学员和教练是怎么互动的,店面的环境如何,员工的状态如何,有时候看到特别投入或特别不投入的客户,还过去跟人家攀谈一二。一段时间下来,他把第一线的情况摸得很熟,对产品和运营的了解,可以说不比四平内部的任何人逊色。

苏桐这么做有他的道理,虽然说王建平是请他来四平当投资顾问的,但他心里很清楚,万邦选择不投,对四平来说是相当严重的挫折。投资行业内的很多资讯是互通的,小一点的机构会互相看,同时一起看风向标企业,任何项目都如同一盘菜,如果大户们纷纷说我们不吃,那其他人也就跟着不吃。

在一次重大的失利面前,最好的应对办法并不是翻身再战,而是把注意力转回内部重整旗鼓,复盘寻找真正的问题所在,必须要做到亡羊补牢之后,再以新的亮点、新的配方去进行新的尝试,否则就很可能会一次又一次在同一个地方跌倒。

跌倒是寻常事,但千万不要跌成粉碎性骨折,否则任何努力都是徒劳,再也爬不起来了。

CFO悄然离职,就是跌得伤势有点重的征兆,四平在融资之前首要解决的是稳定内部,这意味着他和王建平还有大量的工作要做。

不知道从什么时候开始,他已经把四平看作了自己的事业。工作和感情在某种性质上来说是完全一样的,你投入越多就越珍惜、越放不下,而后才会投入得更多;反而是轻易得来的,就会轻易放弃,因为总能找到替代品。

那边王建平还在客气:"杨小姐帮了我们大忙,今天晚上辛苦她了,刚刚才弄完。"

苏桐看了叶蓁蓁一眼,说:"是吧,那好,我一会儿就看,明天咱们讨论。"

他说完就挂了,从手机里调出刚收到的邮件,扫了几眼。王建平没说错,杨子意在数据方面很专业,毫不逊色于之前那个有多年经验的资深经理。

他并不怎么欢迎杨子意回到自己的生活里,一是他始终捉摸不透她的想法;二是看到她,脑子里自然会想起陆天明。对于自己被万邦扫地出门的事,苏桐再大度也难免心里别扭。

不过，对于他这样的男人来说，事业是永恒的重心，就像挂在毛驴鼻子面前的胡萝卜，吸引他终其一生不断追逐，吃到了今天这根，还有明天那根，因此只要杨子意的设定变成了"对我的工作有帮助"，其他方面的不尽如人意就自动降低了重要级别，变成了想当然可以克服的小问题。至少在潜意识里，他就是按照这样的逻辑在判断的。

和苏桐的判断一致，财务人员的离职就像揭开了火山口上的盖子，四平开始陆续有人离开，一开始是行政后勤部门的员工，后来开始波及市场和产品研发部门。唯一比较稳定的是销售部门，但管销售的几乎长年在外面跑，很少回办公室，因此很快整个公司就冷清了下来。

又过了两个星期，天气越来越冷。这天早上零零碎碎下了一点儿雪，过了没多久却又停了。天色铁青，像老天爷心情不爽到了极点，正酝酿着大发雷霆，要给世上的俗人们一点颜色看看。

苏桐一早上班，处理完英语学校里的工作，赶紧又去了一趟四平，琢磨着把最近在店面里看到的情况跟王建平聊一下。如果可能的话，他想要重新制定一系列公司制度并强力推行下去，不然一线的火力不足，对公司的业绩会有极大的影响。

那会儿已经是下午六点多了，冬天天黑得早，办公室里人少，阿姨在做清洁，一路做一路关灯，所以屋里显得有些暗。他一直走到里面，才注意到王建平独自一人呆呆地坐在他的办公桌后，面容憔悴，胡子茬星星点点，眼皮浮肿，像是很久没有休息过。

"王总？"苏桐站在门边跟他打招呼。

王建平疲倦地抬起头来："嗨。"

这声音听着不像是王建平平时的状态，太低沉了，要知道他平时中气最足，往往会议室门紧闭，外面的人也能听到他说话，明亮、爽朗，有时高亢，始终热情。

"你脸色不太好看，怎么了？"

苏桐走进去，拉开一张椅子坐下，关切地问。

王建平静默了一会儿，把桌子上的笔记本电脑转过来给他看，屏幕上是一封邮件。

发件人名字是甘晓峰，四平的行政总监，也是杨子意在"央财"同校不同系的师兄，说是行政，其实兼挑人事、运营好几摊子事，之前在"力与美"就是王建平的下属，再一起出来创业，在四平有股权有期权，是名副其实的中流砥柱、左膀右臂。

他一天给王建平发八十封邮件都不稀奇，但这一封不同。

这是一封辞职信。

苏桐顺着往下看，才几句就沉不住气了："你三个月没给他发工资？"

王建平默然无言。

"其他人呢？"

"就我们几个没发。"

苏桐理解"我们几个"是高管层，有四五个人，基本上都是元老。

甘晓峰是元老中的代表人物，他在四平很重要，重要在活儿多而不是工资多。尽管王建平相当慷慨，但初创公司没拿到融资之前，薪酬往往都高不到哪里去。

苏桐约莫知道一点甘晓峰的情况，甘晓峰是湖北人，毕业后一直在北京工作，户口就还留在老家。甘太太是云南妹子，两人在大理认识的，结婚后女方就跟着来了北京，她身体不好，一直全职在家，做一些手工的首饰和牛轧糖之类的零食在淘宝上销售，补贴家用。两人有个三岁半的儿子，今年刚上幼儿园。

三口之家的经济情况本来不算坏，毕竟甘晓峰离职创业前也算是中高层管理人员，虽然有房贷有车贷，但基本上都撑得住，结果等他来了四平之后，收入却大幅下跌，股权回报那些又遥遥无期。

收入减少，大人就算了，衣食住行上精打细算，高一点低一点都不算大问题，但今年九月小朋友开始上幼儿园，问题就很具体了。甘晓峰他们两口子都不是本地人，公立教育的福利压根儿碰不着，而私立幼儿园的成本可是摆在那儿的，顿时经济压力直线上升。

老公放着好好的高管不做出来创业，还真金白银投了钱给四平。这事儿本来就让甘太太颇有微词，之前还行，但这几个月下来一连串都是融资不利、公司运营走下坡路这样的坏消息，甘太太的脸色就越来越不好看。而现在干脆釜底抽薪三个月都没领到薪水，甘晓峰顿时后院起火，内忧外患之下，就打了退堂鼓。

苏桐从第一天起就知道四平情况不好，但还真没想到困窘到了这个程度。

企业的人力资源成本是所有支出里最刚需的部分，可以善用，不可能节省。往往一家企业进入危险区，就是从发不出工资开始，下一步就是供应商打上门来，总部办公室和各处中心都交不出房租、铺租以及许许多多各处不可或缺的费用，最后完蛋大吉。

甘晓峰在邮件的最后，这样写道：

> 王总，在养家糊口和追寻理想之间，我选择了前者，这是软弱无力，也是无可奈何，我对此有愧于心，对你、对四平，都如此。但也许就像有句话所说，理想都是为了破灭而存在的。

苏桐默默注视着那句话，王建平沙哑的声音在他耳边响起："我昨晚和他谈到凌晨三点多，他去意已决，已经找好下家了。"

王建平短暂地笑了一声，笑声像一把刀子似的，"他背景、履历和能力都很强，新工作的薪水是这边的三倍，配得上他。"又从胸腔里呼出一口长气，也不知道是感叹还是自责，"我还欠他钱呢，给四平的投资款，一时间也没有办法还回去。"

左膀右臂离职，这对王建平来说是沉重的打击，但苏桐做这么多年投资，类似情况真是见得多了。有一些企业这边还在寻求融资呢，那边股东已经干起仗来了，业务还没做，钱也没融到半毛，公司"哐嚓"一声直接就地倒闭了，都不是什么新鲜事。

因此苏桐对于甘晓峰的离去，反应也就是"嗯"了一声，尽力陪王建平多愁善感了一阵子之后，把电脑"啪"一声合上："既然这样，我来当行政总监吧。你不发工资的话，我估计一时半会儿也招不到别的人，公司内部事务稍微混一混没问题，产品和客服运营部分是不能没人管的。"

王建平很意外："你？"

苏桐对自己有客观评价："我好歹也干过半年连锁中心总经理不是，以前也投过一些类似的业态，再没吃过猪肉，还是见过猪跑的，聊胜于无嘛。甘晓峰有没有说还能给几天时间交接？我先接着呗。"

王建平急忙说："不是那个意思。"他内心窘迫，一时间不知道说什么好。

苏桐心里其实很明白王建平的意思，说是请顾问来的，不给钱就算了，现在干脆当长工用，于情于理都不合适。他也不说破，只是摆摆手："没关系，那边的工作我刚好也准备辞了，做事儿还是要专心才行。"

他的风格就像美国人说的"Walk the talk（说到做到，言行合一）"，说啥就是啥。从王建平这儿出来，他真就去把英文学校的工作辞了，留了一个月时间招聘新人办交接，一手一脚带出来的团队和业务，他心里有数，其他人来一接就能上手。

他走得算很"光棍"、很负责了，那家公司的总经理真心舍不得，挽留半天无果，不得已之下只能通情达理："金麟岂是池中物，我们这儿庙太小了，留不住你止常，祝苏总前途无量。"

苏桐还笑人家："刘总，看不出来你是个文化人。"

刘总表示这是套路："那是，铁打的营盘流水的兵，好聚好散的时候我总得抒一下情啊。"

为了交接，他继续坚持这么两头跑，跑了一个月，一天只睡五个小时，一早一晚在四平，正常上班时间在英文学校。外人看他忙得连尿尿的时间都没有，估计不日就要累出前列腺炎，他自己倒觉得还行。

最后一天苏桐去英文学校正常上班,晚上七点多还谈了一个退费,谈到客人不但不退费了,另外又加买了一个网上课程,满意而去。

他接着清了一圈邮箱,简单收拾了一下东西,把办公室桌面干干净净留出来,最后一件事,是跟自己一手带出来的团队去学校旁边湘菜馆吃了个告别饭。

这家公司的员工都是年轻人,"90后"居多,不服你的时候是真不服你,半点面子都不给,不高兴了二话不说摔门而去;服起来也是真服,当你是自己人、一家人,比万邦那帮白眼狼精英有情有义多了。

大家伙儿从八点吃到十点,喝啤酒而已,也没见喝了多少,就一个轮着一个动了感情,排队上来跟苏桐敬酒,含着眼泪叫苏哥要回来看他们,感情比较脆弱或者跟他相处比较多的还非要抱头痛哭,害得苏桐眼睛都红了好几次。

吃完有几个人直接走了,其他人还舍不得,三五成群陪着苏桐回学校去拿东西。这个点课都上完了,学生也都走光了,只有前台还有一个客服留守,看到大家进门就站起来:"苏总,有人找你。"

苏桐很意外:"什么?"

客服指给他看,在学校的接待区沙发上果然坐着人,那人背对着大门,只看得到一头长到腰部的金灰色卷发,那真是传说中如海藻一般浓密的头发。苏桐一边走过去,绕过沙发,一边说:"您好,请问找我有什么……"

话没说完,对方听到声音一扭头,随即就欢呼了一声,跟只羚羊一般跳起来,一把搂住苏桐的脖子,拉长声音娇滴滴地叫了一声:"小——苏——"

公司的人还在大堂里聊天等苏桐,都没走,突然听到这个动静,全都跟打了兴奋剂一样精神,齐刷刷转过来往这边猛看。要知道他们心目中的苏桐可是直男楷模,爱家人爱女友,对女下属、女学生从来都目不斜视,现在看来,话不可说死啊,说不定人人都有另一面呢。

大家带着终于逮着你一个八卦的心情伸长脖子,尿急的都不去洗手间了,热闹先看为敬。

这班小年轻都是苏桐一手一脚带出来的,平时就唯恐天下不乱,现在他哪能不知道他们的心思。他哭笑不得,就手把人从自己身上拉下来打量了一下,震惊了:"娇姐?你怎么在这里?"

娇姐当然是个女人,而且是一个女人中的女人,打任何地方一过,都能把方圆二十米以内的回头率收割得干干净净。只见她身上穿着一件带着硕大名牌Logo的粉色绒毛大衣,哪怕室内有点热,也只是敞开没脱下,露出里面的同色高领羊绒短连身裙。手上戴着同色流苏边皮手套,白色过膝皮长靴,手腕上、脖子上、耳朵上,一寸皮肤也没落下，尽是光闪闪亮晶晶的首饰，一摇头就"叮叮当当"的。她年纪多大估计没人知道，至少脸上看不出来，因为那是一张天衣无缝的脸，简直像从医美广告上直接走下来的，抹平了纹路，去掉了斑点，磨掉了瑕疵，填充了缺陷，吹弹可破，该丰盈的地方丰盈，该简约的地方简约，象征着主人与造物主之间长期的、艰苦卓绝的对抗与不屈。

她被苏桐拉下来，脚一落地马上又靠过去，贴着他的胸口，小拳拳捶啊捶："小苏苏，你这几年跑哪里去了，我们都好想你哦。"

员工们看热闹的劲头更大了，苏桐赶紧拉着她去自己办公室，娇姐靠在他身上不起身，走路一扭一扭的，一路都被包含各种意义的眼神追随却毫不在意。她经过人群时各种打招呼，语速又快，连珠炮似的，一会儿赞美某客服姑娘头发上戴的米老鼠发夹，一会儿瞟到一眼某个男销售的领带感叹人家的品位土出了天际。短短二十米路，苏桐累出一身汗，进了独立办公室才松口气。

娇姐不等他问就笑了："小苏苏，你是不是觉得奇怪啊，我是怎么找到你的？"

"可不。"苏桐随手帮娇姐脱下羊绒大衣，挂在门背后的衣架上。

娇姐拿出手机晃了晃，手机壳与主人的风格一脉相承：粉红色豹纹，边缘镶了各种钻石宝石闪闪发光。可见娇姐全身上下是全系列、成系统，细节半点没放松。

娇姐的手机屏幕亮了起来，向着苏桐，上面调出了一张鬼斧神工的女孩自拍照，和娇姐本人显然系出同门，绝对是一位大夫手底下的得意作品。

"蒙蒙，记得吗？"

苏桐仔细看了两眼，以他对人几乎过目不忘的记忆力，却还真不知道这是谁，于是老老实实摇头："不记得。"

娇姐抽回手机自己看了几眼，嘀咕："美颜过分了，是不容易认得。"

她又调出一张，这次是张全身照，照片上的姑娘披头散发、素面朝天，一身红底大花的棉家居服，正蹲在简易的取暖器旁边大马金刀地嗑瓜子。

苏桐没脾气："这是同一个人？"

娇姐嗔怪地白了他一眼："你个没良心的，在武汉的时候你去天地八号应酬，蒙蒙老伺候你们房间，才多久就不记得了？人家对你可好了，回回都给你们真马爹利，假的都给别人了。"

天地八号是武汉首屈一指的夜总会，苏桐以前在武汉做项目的时候去过不少回。他听到这里想起来了，那家夜总会确实有个叫蒙蒙的姑娘在总裁套房当"公主"，个子特别高，往茶几前垫子上坐着给人倒酒的时候，腿从这头能伸到那头。不过从那两张照片和他的记忆综合来看，这姑娘的腿状态很稳定，面目容貌则是有流动性有成长性的,尤其是鼻子和中国的股市一样,是有很大程度高低起伏的。

"蒙蒙怎么了?"

"没怎么,武汉生意不好了,跟我来了北京,最近场子里老外特别多,我让她来学学英语。咱们做服务业的,对吧,得注意时时刻刻提高业务水平,这话还是小苏苏你跟我说的呢。"

苏桐忍不住笑,可真没想到自己在夜总会的传道授业还能有结果。娇姐继续说:"她前几天来这儿报名,在前台见到你了。"说着说着"扑哧"一笑,"见到你跟人打架。"

打架是上礼拜的事儿了,起因是有个姑娘报了两年的英文课程,信用卡一次性付费,给了一万多块钱,过了一段时间账单发到手机上,给男朋友发现了。男朋友大大地不乐意,闹上门来非要退款。

公司政策是二十一天之内退款,为了现金流安全,一般还会安排人逐级出去跟客户左谈右谈,东扯西扯,希望人家悬崖勒马,回头是岸,老老实实学下去得了,别惦记公司已经收进去的钱。何况这个姑娘的课程都激活一个多月了,一天一节课没停过,上得还挺好,真没退的必要。

运营主管这么好说歹说了半天,完全没用。买主本人其实没啥,但那位男朋友情绪特别激动,不断拍桌子骂学校是骗子,骗钱的,学英文浪费钱,浪费时间,眼看就一路上升到了谋财害命的高度,嚷嚷得外人都尴尬,更不用说那个女孩子的难受劲了。

男朋友嚷了半天,女孩子终于忍不住了,在那儿轻轻说了一句钱是自己挣的,又是工作需要,学了这一个多月效果也不错,怎么就算是浪费呢。

那个男朋友一听,马上跳了起来,指着女朋友的鼻子骂她个臭娘们挣了几个钱就乱花乱用,败家不要脸,大手大脚不是过日子的之类,连喊带叫,关着门都把好些人惊动出来看。

男的越骂越难听,越骂越来劲,女孩脸上挂不住,站起来想走,拿包的时候说了一句,就一句,说他管她那么多干吗,她挣的钱跟他有什么关系。

不知道是不是这句话戳中了男的肺管子,他突然一下就发起疯来,女孩话音落下一秒钟都没间隔,男的一巴掌就打上去了,打得女孩从椅子旁边飞出去,撞在墙上,"咚"的一声巨响,被打着的半边脸马上就肿了。女孩腿一软,顿时蜷缩下去,窝在墙边发抖,一时间哭都哭不出来。

运营主管是个平常很镇定的孩子妈,被这一下吓得脸色也变了,马上从小会议室逃了出去。那男的看起来还挺得意，嘴里不干不净的，上前拖女孩，不知道是想继续打还是想带着人走。

他开始骂那会儿就有工作人员来找苏桐了，他正忙，就没当是一回事。实体连锁店，特别是做教育的那种，往往会遇到冲动型消费的顾客，刷卡一时爽，过后发现自己承担不起，合同也不看，就杀过来要退钱，那会儿就真是什么话都能说得出口，什么戏都能演得出来。苏桐干了几个月，形形色色的伎俩见了不少，一般来说运营主管都搞得定，实在不行就退了呗，这一行做的也算是街坊生意，口碑转介很重要，撕破脸得不偿失。

结果还没过一会儿呢，运营主管花容失色地冲了进来，手指着外面，声音都变了："打人了，打人了。"

苏桐一听，跳起来三步并作两步冲出去一看，刚好男的在拖着女孩起来，看样子想走，再一看小姑娘的脸，不用问也知道这是发生了什么事。

倚强凌弱、殴打妇孺，犯的是这位爷平生大忌，苏桐一下就炸了。内心虽然炸，表面上还能沉得住气，他问了一声："谁刚刚拍视频了吗？"

围观的人一片肃静，过了一会儿有个来咨询的客人怯生生地举起来手，手里捏了个手机，还在录呢。

苏桐点点头，把站在自己旁边的一个员工向客人那边推了过去："把视频复制一份留着。"招呼其他人，"站开点儿，开手机录视频啊，三百六十度不能有死角啊。"交代完这两句，袖子一挽，推门就进去了。

苏桐身经百战，很有策略，但凡打架，一定要让对方先跟自己动手，把主动攻击变成被动自卫。本着这个原则，他进去之后先格外客气，轻手轻脚试着把男人拉开一点儿，请求对方："先生，先生，您冷静一下冷静一下，有话好好说。"不出所料立刻就被人家甩开了，他向前斜插了一步，卡在男人和女孩之间，顺势低头就去扶人，后背空门大露。

说起来那男人智商是真不够，被两句和颜悦色的"先生"迷惑了，觉得人家对他不敢怎么样，也不长眼看看苏桐那个块头怎么是好欺负的，还是想冲上去拉扯坐在地上的姑娘，从苏桐身后绕了两回，都被很有技巧地挡住了。

要是男的知进退，这会儿甩手开门走了，大家估计拿他也没有什么法子，再等姑娘一回家，说不定一糊涂，就大事化小，小事化了了。但一个能在公共场合动手打女朋友的痞子，会知道什么叫有进退？他脾气上来了，外面又大把人看热闹，一冲动，就上前蹬了苏桐两脚。

苏桐等的就是这个，他从小打架，知道没练过的人根本不会选要害下手，连踢带打的看起来挺热闹，其实全白瞎。

刚才他挨的这一脚就是，看起来虽然踢中了后身，还在白衬衣下摆上留了个灰扑扑的脚印子，其实啥用没有。不过这样一来，苏桐感觉前戏就做得差不多，可以换自己让对方爽一下了。

他直起腰来回转身，精准地一把抓住对方腕部，往自己身前一拉，再往外一推一扭，男人的去势就改了方向，接着屈膝往对方膝盖后窝一顶，对方身不由己，"扑通"就跪下了。苏桐捏着他的手腕把整个上身往下按，轻描淡写之间，已经把人按在了地上，胳膊反剪，关节压成一个反向九十度，使劲儿拉到极限还往下压，看起来动静不大，其实伤筋挫骨，当场脱臼，外面没有伤痕，却比拳头打脸痛十倍。果然那男人马上就绷不住了，发出撕心裂肺的惨叫，看来轮到自己挨揍的时候，他的身心突然就比较脆弱了。

苏桐差不多八十公斤的体重，他不松手，对方根本挣扎不开。他就这么按着回头叫员工报警，就说学校里有人闯进来寻衅滋事，伤害他人人身安全。

这一带的派出所离学校不远，警察十五分钟后就到了，现场问了一下情况，然后就带着那对男女和苏桐去了派出所录口供。苏桐出门之前已经安排妥当，带上了公司的监控视频，带了同事拍的视频，带了第一个冲出来看热闹的员工当人证，顺便还带上了他一以贯之"老子一定要搞死你，这里搞不死就外面搞死"的气势和决心，再配上他凶神恶煞的眼神，进派出所的时候其他警察都以为他才是那个打人的。

苏桐这么一整套有备而来，显示出了自己应对打架斗殴事件方面极其丰富的经验，何况他提前还打了律师的电话，叫人家随时待命，硬的软的都奉陪。警察们一天到晚处理街面上打架的事情，都很久没遇到过这么有勇有谋的当事人了，当场都有点折服。

同时被他折服的还有那个真正的受害者，被打的女孩子本来呆若木鸡，一直只会哭，看到男朋友被苏桐三下五除二打翻在地之后，受到了意外的鼓舞，到派出所的时候已经基本镇定下来了。她的口供完全还原现场，责任全在打人的人身上，更绝的是还一口咬死自己跟那个男的不是情侣关系。警察一听这挺好，沉桥落板打破"两口子家务事我们不管"的惯例，当场行政拘留那男的七天。

苏桐一听是行政拘留而且才七天，很不满意，跟人叨叨："这不得刑拘吗？老子能告他吗？"

警察白他一眼，说："说起来非要验伤的话，你揍他揍得比较重吧。"

"丫不活该吗？"

"丫活该，你下手也挺不客气的，练过吧？"

"真没有。"

事儿处理完了已经很晚，苏桐把女孩子带回学校，亲自主持退了款，让员工叫车送她回去。姑娘走的时候苏桐千叮万嘱，这笔钱要用来马上搬家，换工作、换手机号码，离人渣远一点，命比什么都重要，无论如何不要让他有第二次伤害自己的机会。他一条大汉，说得唯恐不够细致，翻来覆去苦口婆心。女孩子一边点头一边哭，一边哭一边使劲捏自己手，关节都捏白了，所托非人带来的，往往就是这样的痛彻心扉。

他那会儿忙忙叨叨的，压根儿就没注意前台是不是还有人，现在给娇姐一说，依稀倒是有点印象，是有个天这么冷还光着两条长腿的姑娘在那儿晃，看热闹不嫌事大的样子，原来就是蒙蒙。

娇姐看他想起来了，很得意："苏公子你不行啊，离开武汉就不跟我们联系了，白眼狼！蒙蒙回来还说呢，我看到苏哥了，苏哥又跟人打架了！"

为什么要加个'又'字呢？

因为苏桐胸口那一道手臂一般长、蜈蚣一般狰狞的疤，就是在天地八号大堂的洗手间，为了保护娇姐跟四条大汉打架被捅出来的。他当时应酬完了临走放个水，出来一听怎么女洗手间吵吵嚷嚷的，再一听男人吆喝女人尖叫，脑袋一热就进去了。

他是站着进去，躺着出来的。那天晚上天地八号热闹惨了，"110"来逮人，"120"来救人。几个白大褂把苏桐扛在担架上一路飞跑，生怕慢一点他就直接死在路上。娇姐也跟着跑，一边哭一边发狠，恩和仇都要报。

现代社会的讲究人，报恩和报仇都是打官司，足足打了一年，四个烂仔都进去了，前科累累，数罪并罚，都十年八年出不来。这期间娇姐砸下了自己混迹风尘多年攒下的全部身家，请了最好的律师，势要讨回一个公道，她最后得偿所愿，不过在武汉也留不下去了，干脆来了北京，手下一大票千娇百媚的姑娘和不怕死的混混都跟着她。她在北京再不沾固定的场子和硬核犯法的业务，转型培养姑娘们苦练高尔夫、滑雪、马术、皮划艇，精研雪茄、红酒、威士忌和各色有钱人喜欢的高级玩意儿，做高净值社交，营销方式"互联网+"，经营自有流量，深耕粉丝博取利益最大化，没一两年又是风生水起。去年跟两个客人合伙，人家投资，她技术人员入股，一口气开了两家夜店、一家高级私人会所，夜店分别在工体一条街的街头街尾，夜夜笙歌，私人会所在三里屯一家酒店里面，也是高朋满座。

她和苏桐久别重逢，近况一说，把苏桐给乐坏了："娇姐你一套一套的，与时俱进，行啊。"

娇姐给他抛了一个巨大的媚眼："那是啊，活到老学到老嘛。"

苏桐继续乐，跟以前一样，忍不住又啰唆了一句："别犯法啊，别残害好姑娘啊，人家不想干了别下绊子啊娇姐。"

娇姐一撇嘴："就你啰唆，你以为现在是1920年啊，乡下妹骗到窑子里那一套？现在的小姑娘，粘上毛比猴还精，各有各的活法，开个小卖部帮臭男人生孩子做饭黄脸婆就有意思啊，一辈子就光明伟大正确了啊？"

苏桐没奈何，只好认输："行行行，娇姐你太厉害了，我说不过你。"

娇姐觉得这不是理所当然的嘛，半辈子了你见过谁说得过她啊？她得饶人处且饶人，话题一转："不过，苏公子啊，你跑这儿来干吗？"娇姐四处打量了一下，苏桐这个小办公室挺寒碜的，显然没入她的法眼，"挣钱吗？"

苏桐很实在："一般吧，创业公司，还在拼生存。"

娇姐在他胸肌上摸了两把，摸得苏桐哭笑不得，赶紧往后站。娇姐又问："一年多少钱？"

苏桐不肯说："没多少，不能跟你比。"

娇姐是真心地很诧异："怎么就落到这个田地了呢，你在万邦不挺好的吗？"

她对万邦这个公司其实没什么概念，但她认识苏桐是在武汉，前几年光景好，三天两头有人融资成功，女创业人第一轮融资成功了去买包，男创业人第一轮成功了就去夜总会开香槟，再融一轮不管男女都去买房子。

有一些项目是万邦有份儿的，不管是谁跟的，去喝酒都拉上苏桐，甚至跟万邦没关系，只是创业方和苏桐打过交道，也一样爱叫他。所谓有枣没枣打一竿子，苏桐尽管十次里面最多去两次，加起来也就算常客了。他每每坐一会儿就走，而且从没买过单，但还是坐实了娇姐心中"万邦有钱"的想法。

"铁打的营盘流水的兵，换工作很正常嘛。"他拍了拍空空如也的桌面，"这不又换了，明天就不在这儿了。"

娇姐"哎呀"一声："那蒙蒙又没动力来学英文了！她还美滋滋地说一天来三遍，逮着你就骚扰，看你上着班能跑到哪里去。"

娇姐和她旗下一票姑娘，遇到不喜欢的客人动手动脚，想着法子躲，背后还各种骂，但苏桐规规矩矩地从不骚扰她们，她们反过来全都对苏桐动手动脚，以看着他躲为乐。她们老这样，都成爱好了，苏桐投诉反抗都没用，但姑娘们也有义气，遇到跟苏桐一起来的人爱劝酒灌酒没个分寸的，经常头一昂就上去了："苏哥明天还要上班的，他的酒我来喝。"

现在看来也不例外，说话不能光说话，娇姐非得戳戳他："去哪儿啊？"

苏桐说："去一家健身连锁的公司，朋友开的，他们正在融资的紧要关头，我得过去帮着顶住。"

娇姐眼睛一亮："融资？"拍拍她至少38D的伟大胸膛，"找我啊！"

苏桐笑："娇姐，你的钱好好拿着，别跟人学什么投资，自己住的房子买一个，还有钱的话香港、大陆各买一个年金保险交十年，P2P[1]理财、股票都不要去碰，收的现金好好放保险柜，也不要告诉别人，再有闲钱就买黄金，知道了吗？"

娇姐白他一眼："知道了，知道了，啰唆，你前几年就这么跟我说的，可是P2P收益很高，差不多百分之三十了，放一百万进去一年能有三十万回来，跟白捡似的，真的不要碰啊？"看那个有点纠结的表情，估计放了不少。

苏桐摇头："娇姐，你老江湖了，什么时候见过有白捡的钱？总之不要碰。事出反常必有妖，保险、银行再怎么爆有国家保障，这个平台一爆就是一去不返了，我看没多久一定会爆，不知道死多少人。"

"行行行，你说什么我都信。姑娘们现在挣了钱都不养小白脸、不打麻将了，全买定期的货币基金和债券基金，买保回报的小公寓和商铺。我们做这个的，没怎么碰到过靠谱的人，碰到一个就恨不得供着，你说的话跟圣旨一样。"话题一转，"不过我没说我要投资，是我们会所那边好多熟客，全是投资那个圈子里的，有几个我上网查过了，都是大佬，你要不要我介绍他们给你认识？"

苏桐一听，这个路子野啊，做梦都想不到的渠道，都野得不像真的了。野路子渠道往往就是坑，但通过这种方式送上门来的坑，他也是第一次见到。

他还发愣，娇姐这个人雷厉风行，又不信邪，已经劈手把苏桐手机从桌上拿起来搡他手里："来，我换手机了，新手机先加个微信，把BP发我先看一眼。"

苏桐笑："娇姐你亲自看BP啊？"

"我不看啊，我哪看得懂，但我天天听那些干投资的一边喝酒一边就扯这些有的没的，多听几次，学词儿还是学得会的。"还感叹了一声，"别管干啥的，杂志采访上那个脑袋显得有多大，我跟你说男人德行全一样，情谊万金，不及胸脯四两，你信不信？"

这一点上苏桐哪敢跟娇姐唱反调啊，人家吃死过的大佬比他见过的都多，绝对是专业的大佬收割者，赶紧斩钉截铁："信！"

娇姐瞟他一眼："还就你不一样，独一份儿。哼，我看你啥时候破功。"顺便还缅怀了一下当年，"我们以前还打赌呢，看你最后栽在哪个姑娘身上，注还下得挺

---

[1] Peer-To-Peer（点对点网络借款），简称P2P，是一种将小额资金聚集起来借贷给有资金需求人群的民间小额借贷模式，属于互联网金融产品的一种。

大。结果没想到,一块滴着油的好羊肉,就这么从我们口边溜过去了,谁都没吃上!现在想想还生气。"

自己被当作一块肉,这待遇是苏桐生平第一次,他简直啼笑皆非:"娇姐你盼着我一点好吧。"

娇姐也笑:"行吧,那你就别千万别破功。"忽然叹了口气,不知怎么就正经了一下,"也给我们留点念想。"顺手从苏桐肩膀上掸下来一点有的没有的灰尘,这种动作完全属于跟人拉近距离的职业条件反射,"你家蓁蓁妹妹呢?"

"好着呢。最近上班特别忙,升职了。"

"好妹妹,见得也不多,我怎么就特别喜欢她?哎,改天你让她找我玩啊。"娇姐眨眨眼,"我教她几招厉害的,叫你上得了床下不了床。"

苏桐点头:"那挺好,但千万不要太厉害,我年纪大了,腰不好,经不起折腾。"

娇姐啐他一口,伸手去拿大衣穿上,嘀嘀咕咕:"才多大年纪就腰不好,信你才有鬼。"晃了晃手机,"发BP啊,改天吃饭。"一阵风似的出去了。

苏桐送走了娇姐,出去看看中心的人都走空了,只有前台姑娘等着他出来,把他的开门指纹删了,依依不舍地跟他挥手告别。

他走出去,抬头看着北京冬日的夜晚那高而远的天空,灰蓝色,有一种凝结为半流体的澄明感,因为娇姐到来,想起许多往事,心里一时十分感慨。

他自顾自发了半天呆,一看很晚了,叶蓁蓁居然没找他,这情况可不常见。再一想就反应过来了,小姑娘正在日夜努力抱佛脚,做好准备去和合上班呢,至于上班的时间,要比高佳妮跟她说的农历年后早了将近两个月。

计划变动的原因很简单——唐洛唐公子,悄没声地,自己提前从欧洲回来了。

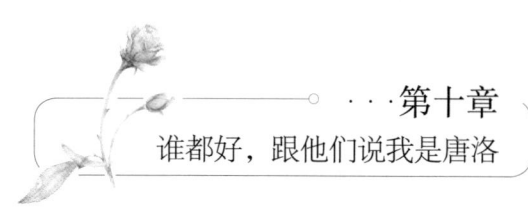

第十章
谁都好，跟他们说我是唐洛

唐洛在今冬最大的寒流到达那天落地北京，他不怕冷，但无法忍受北京冬天极其干燥的气候，从到达口一出来，就开始出鼻血。

没人在出口接，因为没人知道他今天到。他把手机打开，有十三个未接来电，都是人在苏黎世的女伴凯瑟琳打的。

他看了一阵子那一长串的通信记录，发了一个短信："Back in China,bye.（回到中国了，再见。）"而后把手机掰断，卡拿出来，丢进垃圾桶。

无须闭上眼睛，他也能在脑海里复刻凯瑟琳的样子：金发像失控的海潮一样狂野，碧眼，红唇天然丰满柔润，不用打玻尿酸，个子和他一样都是185厘米，手长脚长的。她随随便便穿条花裙子站在游艇甲板上，旁边经过的船上就会传来此起彼伏的口哨声。

她前年参加了维密的选拔，没有通过，但在米兰、巴黎也走了几场不小的秀，之后接了一个看起来没什么前途但自己喜欢的活儿——跟着几个新锐摄影师在欧洲各地游荡，专门选标志性的景点拍高度设计的网红照。

这些照片在社交媒体上持续发布一段时间之后，粉丝很快涨到了谁都无法忽视的数字。

对想要当正经超模的凯瑟琳来说，这不算什么成功。但随着她影响力的增长，各家品牌闻风而来谈广告，开出的价码还都不容小觑，她开始有资格模仿前辈名模辛迪·克劳馥的派头："没有五万美金，就不要叫我起床。"

他们是在米兰著名的夜店Chaos里初次遇到的。凯瑟琳跟一大群人在凌晨一点走进去,刚好夜店里有人打架,就在卡座和舞池之间,十几个人扭成一团,场面接近失控。凯瑟琳的朋友把她带上二楼躲避,在阶梯上她不经意之间,看到卡座的暗影里居然还有一个男人好端端地坐着。他手端一杯威士忌正在慢慢地喝,明暗闪烁的灯光照出他的样子:亚裔,眉目轮廓清清楚楚,长头发绑成马尾,并不是很强壮。他双眼闪闪发光,注视着眼前的一切,极度混乱近在咫尺,他却仿佛人在别处,无动于衷。

那就是唐洛。

没过多久,有一人被推出了战团,跌到了唐洛身边的沙发上。那是一个拉丁裔的高大男人,跳起来大声咒骂着,而后从身后掏出了枪。一场寻常的醉后斗殴,眼看就要演变成枪击血案。

凯瑟琳敏锐地注意到了这一点,情不自禁捂着脸开始尖叫。与此同时,唐洛站了起来,无声无息地贴近那个男人,他做了一个什么动作,那人僵住了,随即软软倒下去。唐洛手里拿着那把枪,扭头观察着斗殴的人群,一面随手退出弹夹,将子弹全部丢到旁边,在引起任何多余的注意力之前,他还有时间慢慢扣好领口下的一颗扣子,再悄然离去。

他于混乱中仍然捕捉到了凯瑟琳的尖叫,因此往楼上多看了一眼,眼神停留在凯瑟琳身上只不过一瞬,便随即离开,仿佛完全没有注意到她的美貌。

五个月之后,她在洛杉矶四季酒店的大堂再次遇到唐洛,这一次她推开了正在身边献殷勤的追求者,直接上去问了他的电话号码。整个大堂的人都看着这一幕,但凡是男人,都对唐洛投来羡慕嫉妒恨的眼神。

但唐洛没有给她电话号码,他给的是房间号码。

"我只留一天,晚上十一点半会回房间。"他的英文有一点说不出出处的口音,说话速度很慢,声音非常柔和,却根本不容人反驳,在离开的时候他对凯瑟琳点点头,"See you later, maybe.(回头见,也许吧。)"

她在晚上十一点半准时出现在了唐洛房间的门口,他却没有准时回来,凯瑟琳重新回到大堂,在面对门口的沙发上坐了足足一个小时,才看到他悠然地出现在门口。凯瑟琳跳起来,上去打了他一个耳光,打得不算重,但结结实实打在了脸上,是认真地生气,也是任性地撒娇。唐洛没有躲,也没有丝毫愠怒,只是摸了摸脸,露出淡得几乎难以察觉的微笑:"Such a good night.(今晚月色真美。)"

今晚月色真美,这是日本人说我爱你的方式——据说很久很久以前,那种有文化的日本人就是这样示爱的,也许他们现在都绝后了吧。

凯瑟琳无从领会这东方式的玄妙与幽微,但她跟着唐洛回了房间。之后一年,两人在美国和欧洲不同的地方见面,有时候凯瑟琳去找唐洛,有时候唐洛来探她的班,凯瑟琳渐渐不再和他人出去约会，因为"我有男朋友了"。

尽管如此，她对唐洛的了解仍然只限于他是中国人，来自北京，拿美国绿卡，没有工作，却永远不缺钱。他谙熟西洋艺术史，也精通红酒，你说得出来名字的运动他都可以上手，不少还是高手水准。他也能在赌场玩遍所有花样全身而退，唯一不碰的是毒品，软硬都不沾，完全绝缘。他长年浪游欧洲，说只是为了经历。

就像十八世纪美国镀金时代的贵公子，在接手父辈的泼天富贵之前，有几年钦定浪游的时间，无忧无虑地去挥霍金钱与青春，享受极致快乐。

这真是奢侈。

但凯瑟琳其实不知道唐洛是否快乐，他似乎对任何事都抱着"人生亦此，权当尝试"的态度，来者不拒，却很少流露真正的偏好或情绪，无论哪一种。

叫她特别好奇的是，大部分对艺术、赌博与酒有兴趣的人，要保持基本的身体健康都很困难，唐洛却能在米兰夜店随手放倒一个随身带枪的大汉，轻易得甚至都没有引起他人注意。他所展露的身手，完全符合西方人从早期好莱坞功夫片中得到的关于中国人的迷思，但这显然不是种族天赋。

她问了几次，唐洛才说，他从六岁开始学近身格斗，师从海豹特种部队的退役总教头，一直训练到出国之前，已经可以货真价实打赢他的教练，而从十二岁开始，他就每年在泰国接受一个月的专业枪械特训，欧洲各国都有自由射击场，他也从未停止练习。

这种安排在任何国家都很少见，尤其是中国。

凯瑟琳难免好奇："为什么？"她的猜测很狂野，"你家是黑帮分子还是战争罪犯？我不知道中国也有这样的家庭，所以你从小就被追杀吗？"抚摸着唐洛的肩膀，她试图展现自己的幽默感，"还是你父母希望你将来去当将军？"

那时候他们在床上，刚刚亲热完，唐洛对她的猜测不予评价，只是背过身去，合眼准备入睡："有人说，唯独极限锻炼身体，才能让一个人免于彻底堕落。"

窗外漏进来的微光里，凯瑟琳凝视着他的后背。这是七十年代中国功夫片里李小龙那一型的后背，瘦而窄、结实，线条如同名家手下的雕塑，每一块都蕴含着力量。

她想知道"有人说"是"谁"说，她想知道唐洛经历过什么，她想问出每一段故事、每一个细节直到看透灵魂，她想对唐洛说"我爱你"也听到他说"我也是"，她也知道这一切都不会发生。

在那个夏夜的瞬间，美丽绝伦的凯瑟琳有一种强烈的感觉：自己身边躺着的是一个被锁死的珠宝盒，里面也许空空如也、一无所有，但也可能是海盗毕生收藏的宝物，足以让人神夺意驰，舍生忘死。

可惜她打不开。

也许谁都打不开。

这让她伤心。

"唯独锻炼自己到极限，才能免于堕落。"

原话是这样说的，来自高佳妮。

她所说的锻炼，包括身体的，也包括头脑的。唐洛四岁开始学琴，六岁开始学高尔夫、近身格斗和围棋。

钢琴训练口耳手脑的协作，高尔夫专注于目标的实现，近身格斗培育一个人最大限度上对生理反应进行自我控制，而围棋带来纯粹的脑力发育。

他上的是公立学校，学校很好，但没有好到高高在上。一起上下课的同学来自不同的社会阶层，家里干什么的都有，高佳妮坚持这样做，因为"他必须要有机会看到真实的世界"。

和他的绝大部分同学不一样的是，唐洛还必须面对一个庞大的私家教师团，他们在平常傍晚和周末白天按着排班表来到唐家的大宅，按照女主人的意志培养家族唯一的接班人。

唐家对唯一的儿子没有任何身份上的规划和期待，但对他个人发展的要求却高得残。想要什么，没有人问过，也没有人在乎，他没有机会选择，也不被允许放弃。

高佳妮的意志就是这个家庭的意志，不可辩驳、不可违逆，男主人对此也全盘接受，或者至少没有公开表示反对，他可能同意伴侣的想法，也可能不敢质疑，更有可能他只是对这一切都不在乎。

唐在云在这栋房子对面还拥有一个小一点的别墅，室内装修设计出自日本顶级艺术家青田一夫之手。不少设计杂志都专程来报道，屋内外很多细节，都被奉为神来之笔。

那栋房子里有他的艺术品、他的酒藏、按照口味和品位转换的私家厨师和园丁，以及络绎不绝来访的各路好友。除了工作，唐在云的大部分时间都花在那里。偶尔唐洛会过去待一阵子，喝一口他的酒，晕头涨脑地听着父亲说这是什么酒庄哪个年份的酒，如何赏鉴如何品尝，他小的时候听不懂，大一点就慢慢听进去了。但不管什么时候，唐洛都喜欢父亲说话的声音，永远是降调，软绵绵的，像对这个世界有很多亏欠，不想引起注意，就时刻要轻言细语。只是他单独和儿子说话的时间并不多。

唐洛在十七岁那一年去了洛杉矶读预科，准备第二年去伯克利读商科，家里已经将一切都帮他安排妥当。

结果他自己不动声色，一路暗中准备，最后突然地跑去考了茱莉亚音乐学院，还考上了，主修作曲。

消息传回国内，高佳妮大怒，赶到加州要将他带回中国，就当重新来过。结果唐洛就在她来的那一天，除了绑定在唐在云名下的一张附属卡和护照，什么也没带，从美国不告而别，去了欧洲。

说是不告而别，其实有迹可循，毕竟他没舍得丢掉爹妈给的附属卡，从机票和酒店等一系列的消费记录上都能看到他的足迹：维也纳、布拉格、巴黎、米兰、苏黎世、雷克雅未克。他似乎特别为欧洲所吸引，不断在各个城市往复回旋。

断掉他的花费，也许就能逼他回来，这是常识。但唐在云拒绝了高佳妮撤销儿子信用卡的要求，这是他一生之中为数不多对妻子说"不"的时刻。

"他像我，一旦下定决心，不会妥协，只会玉石俱焚，跟钱没有关系。你逼了他十八年，给他一点找回自己的机会。"

这句话让高佳妮愣在当场，很久很久，仿佛泥塑木雕，之后她一言不发地离去，从此没有再和丈夫商量关于儿子的事。

唐在云不相信高佳妮会就此放手，也许她早已雇了不止一个私家侦探，随着唐洛到处去，监视他、追踪他，关键时候还保护他，雪片般的照片不断传来，让一个做母亲的人放心。

两年之后，她的气似乎消了，还安排了几次出行，和唐在云一起去跟儿子在欧洲某一处会合，消磨一两个礼拜的假期。在那两个礼拜之中，大家都戴上面具，权且当作为古老而坚固的婚姻家庭制度演出献祭的日常，假装从未发现过每个人都在不断地变化，关系也在不断地变化，直到变得面目全非。

那些共度的时光并非毫无可圈可点之处，只是都像从罐头中取出，品质凝滞而味道虚假。父母努力地想要复刻曾经相爱的痕迹，儿子以默然面对殷切的、想要他回归国内的请求。可是彼此也都知道，温情的面纱刻意编织得再厚，也只够覆盖这一段短短的时间，再长的话，耐心就要炸裂一去不复返，听凭真实的愿望破镜而出。

谁都没有足够的能量长年累月去爱那些彼此之间心灵隔了千山万水的人，李白那句诗写透了他们的境况：

醉时同交欢，醒后各分散。

于唐洛而言，他就像巴厘岛上那些一直引而不发的活火山。那些被隐藏、被压抑，使人以为从来都没有存在过的叛逆，在某一个时刻喷涌而出，一发不可收拾，如同超新星爆发闪耀宇宙，他从此就变成了另外一个人。

那天，唐洛到了巴黎，他住老丽思，和凯瑟琳晚上有约。下午天气很好，他独自在大堂喝下午茶，周围非常安静，充满衣香鬓影。桌上是十八世纪的名匠制作的餐具，水晶杯与颜色精美的马卡龙交映生辉，每一个细节都在勾勒物质世界的世外桃源，这是可可·香奈儿晚年长住的酒店，也是戴安娜王妃最喜欢的酒店。他虽然终年远离父母，但花父母的钱倒是一点也不手软。

一墙之隔的喧嚣街区里，有许许多多的中东难民游荡，他们无处可去、无事可做，于是占据所有公园与路面上的长椅，一字排开坐着，阴沉的眼睛瞪大，追随着来来往往的路人。

唐洛同时看到这一切，但他不去想世界是否公平或命运是否残酷，对自己无法改变的事，他向来没有太多兴趣。

有人就在那个时候走了进来，是一个个子矮小、留八字胡、戴渔夫帽的中国男人，穿着朴素的暗格纹短夹克，和周围的环境格格不入。对方径直到唐洛面前，放下一封信，然后用中文一字一顿告诉他："你妈让你回去。"

没有给他任何反应的时间，说完这句话那人就走了，身影迅速消失在酒店门口。

以唐洛的敏捷，如果他立刻起身，说不定也能追赶得上。但他选择一面继续喝茶，一面打开了那个信封，是高佳妮的亲笔信，手写的。

这个年头还会手写便笺的人，都应该被判异类罪投进监狱，实在太少见了，而高佳妮恰好是其中一个。

她的字很难模仿，不是笔画的问题，而是笔力的问题。那些字都锋芒四射、威风凛凛，可到最后一笔收尾的时候，又突兀地缺一小部分，就像一个一往无前、力能摧枯拉朽的战士，在千万军中取到上将首级那一刻，突然心稍稍软了一下。

信上说，她突发心梗，所幸抢救及时，暂且无恙，但下一次发作不知道会是什么时候。因此她准备和唐在云在律所立下遗嘱，将名下一切财产留给唐洛，希望唐洛能够在春节前回国，就一系列的股份和财产过户签字，以免万一有意外，身后事变得过于复杂。

身后事那句话打动了唐洛，他久久看着那几个字，突然想到自己今年二十六岁，而高佳妮才四十七八岁。他曾经在罗马邂逅过四十多岁的美妇，有云一样的长发与梦幻一般的眼睛，浑然不知老之将至，逐日逐夜地沉浸于云雨巫山之间，人间享乐丰满盛大，还一眼望不到头。而万里之外，她的同龄人高佳妮却写好了遗嘱，对儿子交代身后事，似乎人生余额已经寥寥无几。

他为此很快定下了回国的行程，从另一个角度来说，唐洛也必须如此，他很了解亲妈，高佳妮既然说了要他在春节前回国，那么她心里的日程表就已经开始排号，就等着看他是不是配合。非要逃之夭夭也是可以的，但接下来多半的可能性就是大年二十八九的晚上在某个城市的深夜街头被乱棍打翻，第二天醒来已经在家里的私人飞机上躺着，自己头疼欲裂，飞机已然飞到中国领空——这个年你过也要过，不过也要过。

她是他的亲生母亲，看着他长大，一手造就他的前十八年，无论工作多忙，总会抽时间去守着他练琴、练格斗和打高尔夫，唯独她知道要找什么样的人，才能对付得了自己的儿子。

何必敬酒不吃吃罚酒？

既然是不得不回，唐洛干脆就把行程提前到了一月初，在内心深处，他就是不想让高佳妮的日程表在他这里再生效——稍微捣一点乱也是好的。

在外飘荡了近十年，唐洛对北京城已经有点陌生，但再陌生的地方，机场结构基本都是一样的，他出了到达厅，上了一辆出租车，报出了家里的地址。

唐家的宅子在顺义靠南一点儿，那边有不少早期开发的别墅区，是资深大佬们的盘踞之地，老一批的房子从审美到设施都比较落后，后来却出了不少好作品。

其中最出色的一个系列，是住宅建筑设计大师欧也芹的关门之作，一共十六套独栋，风味各不相同，全部成对出售，都是对门相望，一大一小两个宅子，遥相呼应，被相得益彰的园林围绕。

开发商根本没有把这一系列拿出去做广告，办了两场赏鉴晚宴即告售罄。办第一场那天遇到大雪，唐在云到得稍早一些，也不要人陪，独自一路踏雪去看，看到第七套时，肃静天空之中明月东升，在那宅顶飞檐的一角端然盛放，皎洁庄严，与地上檐间霜雪映照。

"皎皎亮月，丽于高隅"，《诗经》里这一句话，从两千年之外奔涌而来，像雷一样劈中唐在云。

他跟一套房子一见钟情，一掷亿万，宣称自己的身体和灵魂都在这里安定了。

与唐在云买下的房子相匹配的，是日本式的花园，门与廊都带禅风，其实高佳妮不喜欢，唐洛也不喜欢，这是母子二人罕有的共识。原因则大相径庭，高佳妮轻视日本的审美，认为过于刻意求工而不见天地，唐洛没想那么多，他住进来的时候还是个孩子，喜欢在户外玩，到了晚上，永远觉得灯照不足，花木摇曳，如同鬼影幢幢，太过阴森。人在里面行走时，如果想得太多，不期然就会有巨大的心理压力——一个人如果想象力丰富，就会一辈子受益，也一辈子受苦。

与门内风景不配的是，大门外有现代化的岗亭，里面坐着自家雇用的保安，正玩手机。保安忽然发现面前冒出人来，微微吃了一惊，警惕地看着他："找哪位？"

唐洛对他微笑，"我找唐在云。"

这样无端端上门来，连名带姓叫男主人的客人不多，保安皱着眉头从岗亭出来："你有预约吗？"

唐洛摇摇头。

保安迟疑了一下，转身按下了接通室内的对讲门铃："有人找唐先生。"转过头来看看唐洛，"唐先生不在家，但罗小姐在。"

唐洛不知道罗小姐是谁，也许是新来的管家或者住家的保姆，但什么时候开始人们会称呼保姆什么什么小姐了？

"谁都好，跟他们说我是唐洛。"

保安不喜欢他说话的口气，但他在富贵人家周围当差久了，知道什么样的人才会这样说话。

他一字不差转告了唐洛的话，听着那边的应答，而后满面笑容地转过头来："唐先生，您请进。"

唐洛点点头，看着大门在自己面前打开，他慢慢走进去，进门就是一处岔路口，左边通向大宅的正门，大概要走二十分钟，右边通向唐在云独用的小院落，则要十五分钟。

唐在云不在家的时候，右边那栋小宅子多半是锁起来的，连保姆都不让进去，唐洛于是转左，眼神游弋，看移步换景，花木扶疏。

他真正成年之后，这是第一次回家，从看过了大半个世界的眼里看出去，自家园林的景致，原来确乎是美轮美奂，值得春夜"浮一大白"。跟记忆相比，现在的层次似乎更为丰富，花木选品和摆设都极端精细，是经过高度设计的结果，不再那么像日本，当然更不像盛唐时的中国，欧也芹最初所营造出的纯粹感已经消失了，变得更像是西方人天长日久之间对遥远东方的想象，在印象自由发挥之上形成的一种复刻。

这个庭院，上过许多第一流的家居与园林杂志，标志着主人的财富、品味以及对人生的态度。严格来说，是高佳妮的财富、唐在云的品味和态度，他们家的分工向来都非常明确。

唐洛穿过白石小径最后一段，眼前豁然开朗，宅子在望，有人在屋外门廊那里站着，在等他。

女人，三十来岁，至少175厘米的个子，非常瘦，极短的头发，颧骨和锁骨都分明，眼角、嘴角纹路深深浅浅，眼神迷离，仿佛宿醉未醒，或从未入睡。

和那些善用现代医学技术的网红比，她的路线截然不同，可妩媚却犹有过之，脸上的妆容配比了各种艳色，用得随心所欲，又胸有成竹，俨然鲜明得像从洛可可时代的油画里直接走下来。

她手里拿着一支烟，整个人只裹了一件黑色的长纱衣，赤脚站在冰冷的地上，浑然不知寒气为何物，就这么望着唐洛慢慢走过去，像一只母豹子观察猎物。唐洛在某个瞬间，也许是因为光线，也许是因为她的神态，恍惚间以为自己见到的是年轻时的大野洋子。利物浦的Beatles（披头士）博物馆里有大野洋子的照片，她野蛮、镇定，和世俗意义的美毫无关系，却像黑洞一样，人们知道她能够吸收光与暗之间的一切生灵，人们知道那里危险，但就是情不自禁想要近前。

"唐洛，你回来了？"近到能够对话，她懒懒地叫他的名字，像是彼此很熟了。

他慢慢走上台阶，问："我爸呢？"

"他今天有应酬，没有回来。"不等他再问，她继续说，"你妈妈的话，就已经不住在这里了。"

根本不需要她说这句话，唐洛走进家门的第一时间，就知道高佳妮没有再住这里了。

高佳妮代表着章法，事业、家庭、育儿和交际，要运转得当，都不外章法。唐洛很早就知道，这边的房子属于秩序，对面的房子属于自由。

而现在，秩序已经完全从眼前消失了，从前高佳妮所钟爱的对称、空间区分、成系列的设计家具，以及一丝不苟的配色，最重要的是那种深入到方寸之地的洁净，都消失得无影无踪，眼前的一切都是与之相反的，混乱、炸裂、偶有灵光，令人迷失方向。

唯一留下的是一套面对落地全窗的六件系列沙发，那是唐在云在这里起居时最喜欢待的地方，就像一个小世界，将他围绕其中，看外面竹木生发，风云变幻。

唐洛默默看了一会儿变成艺术Loft[1]般的客厅，扭身径直向左边楼梯走去，女人在后面叫他："你去哪里？"

"我的房间。"

女人露出微笑，说着抱歉却没有丝毫歉意，反而像觉得有趣："抱歉。你说的是三楼尽头那个套间吗？那里已经改装成我的画室了。"

她走上前去，在楼梯下仰头看他，近得唐洛可以分清她眼影的配色，却看不明白

1　一种起源于西方、新世纪后传入中国的居住和生活方式，LOFT一般由旧工厂或旧仓库改造而成，户型通常很小，空间高大开敞，上下双层复式结构，代表着工业化和后现代主义的碰撞。

她眼里突如其来闪烁的光,是不是一个胜利者在炫耀她的战利品。

他礼貌地问:"那么,你是哪位?"

她似乎一直在等这句话:"我是罗西,你爸爸的爱人。"

唐洛不喜欢"爱人"这个称呼,他知道唐在云有各种各样的女朋友,童年的某一次不经意间,他还偷偷发现过高佳妮为此掉眼泪,小孩子心里其实什么都明白,可是不知道怎么去面对。

后来日子久了,他甚至都怀疑自己的记性。

他无法相信像高佳妮那么刚强的人,会为感情的事掉眼泪,连他自己的经验在内,世事一再证明感情这件事实在可笑至极。

在唐在云的世界里,女朋友和一件衣服类似,区别只在于是高定还是外贸A货。男人没关系的,不管和谁调情,都不损害身份,不像女人,往往要靠自己跟了哪个男人来界定地位。

爱人就是另外一码事了,不再算身外物,而是登堂入室。

语言自有其魔力,如同孙大圣的金箍棒,画地为牢,将不同的人限定在不同的圈子里。

如果他的房间变成了她的画室,那么这个叫罗西的女人,也确实是登堂入室了。

唐洛和罗西对视着,她的眼睛很美,大嘴大眼睛,大概知道自己好看,所以身姿挺拔,走到哪里都是万众瞩目的焦点,面对唐洛也毫不退缩,她的字典里大概没有"退缩"这个词条。但唐洛不是万众中的一个,他毕生最厌倦的,刚好就是那些当焦点的人,连同自己在内。

所以他只是冷漠地说:"那么,我倒时差,现在要去客房休息。如果我爸回来了,让他叫醒我。"

唐家的客房都在二楼,和五星级酒店一样,各种东西准备齐全,供人甩手入住。房子虽然换了女主人,这个规矩倒是没有变。

唐洛仔细洗了一个澡,穿上丝质的长睡衣,躺在床上,虽然横跨大洋的长途飞行带来鲜明的困倦,但一时之间他却了无睡意。

他当然知道自己父母之间有问题,他从小到大,没有见过他们牵手散步,或温存对视,甚至没有听过他们好声好气跟彼此说话,工作之外,他们的日常没有什么交集,偶尔有唐洛在场的严肃谈话里,父亲要么服气要么赌气,似乎找不到第三条出路。

唐洛长大之后觉得这样的婚姻极为可悲——任何婚姻也许都一样可悲,只是身在其中的人所面对的细节不一样。

他们分开是好事，唐洛就是这样想的，他永远也不会想要结婚，也根本不可能结婚。随着文明的发展，婚姻制度总有一天要消亡，而在那之前，他也绝不愿意与之发生任何关系。

只不过，父母毕竟是父母，就像你从小放在床边的一个公仔，你从来不玩，甚至也不知道自己喜不喜欢，但突然有一天不见了，你还是会觉得难受。

他躺在那儿，看着天花板，四周非常寂静，就像整间屋子里只有他一个人。在他还是个孩子的时候，这样的时刻非常多，爸爸不在，妈妈也不在，保姆安顿好了他，回到了自己的房间里看电视，司机跟着父母分头出去了，保安在院子外的亭子间看着各处的监控录像。他很聪明，明明白白地知道衣橱里没有怪兽，歹徒也无法进入处于顶级安保设施保护下的房子。

但在那样孤单的时刻，他仍然觉得恐惧。

不知道什么时候唐洛才睡着，在睡梦里他见到凯瑟琳，似乎是在洛杉矶的四季酒店。她在大堂里独自坐着，脸朝大门，她在等他，只是不知道自己也许再也等不到了。

他一直睡到自然醒来，唐在云并没有出现，房子里还是很寂静。唐洛看了一下放在旁边的手表，发现这个时刻的寂静是非常正常的。

凌晨三点。

一阵饥饿感袭来，唐洛把睡衣带子绑好，开门下楼，想去厨房里找一点吃的，在楼梯转角的地方，他看到客厅里还有微弱的灯光，还有人在说话。有一个人的声音很熟悉，是唐在云，而另一个则非常有特色，很容易就能让人过耳不忘，那是罗西。

"保利的春拍你要不要去？我听说有一些好东西。"

"你去就是了。"

"佳士得呢？"

"他们的目录出来再说。"

"上次说的那几幅画，我还是要买，麦勒做日本的东西很靠谱，这两年国内追东洋风追得很厉害，美术馆做起来了轮一圈，肯定可以出一个好价钱。"

"哪几幅？"

罗西的声音放低了，说了几句话，唐洛没有听到她在说什么，但唐在云笑了："你不会还在想着要去买那批藏品吧？"

"为什么不行？那一批东西价值非常高，流落出去现在没有引起本土藏家的注意，正是下手的好时候。"

唐在云叹口气："西西，你买几幅拿来玩一玩，差不多得了。"他的声音还是那么柔和，像是认真的，又像是调侃，"你是个艺术家，你搞艺术，要是去碰艺术生意，就变成艺术搞你，区别很大。"

罗西沉默了一会儿，再次说话的时候，语调突然变得很尖刻，就像一只被踩到了尾巴的猫："你是没有足够的钱给我去搞这个艺术生意吧，钱还是在她手里对不对？"

唐在云没有再回应，像是毕生的惯例，面对任何冲突，他都以沉默应对，不管面对的是谁。

唐洛悄然走回客房，将门再次关上，这一次他关得比平常稍重，在这么寂静的夜晚，足以叫人警觉，而后再下去的时候，就见到唐在云在楼梯那里等着他。

他还穿着外出的衣服，是一件柔软的宝蓝色丝绸衬衣，松松挽着角，拖曳在浅铁灰色的长裤前。他和唐洛印象中一样偭儽挺拔如乔木，长腿蜂腰，脸容清俊，无瑕无垢，一双眼睛微带狭长，光芒温润，鬓边各有些许星星白发，但丝毫不显苍老。

"儿子。"如果他声音里有激动，那也没有什么人听得出来。

唐洛对他笑笑："爸。"

两人一上一下地站着，不知道说什么好，不知道应该拥抱一下，还是握握手。关于得体的离别和重会，人们都需要经验才能学会应对，而唐洛对此毫无概念——至少他和唐在云的概念不一样，而后者呢，某种意义上算是足够体贴，想的是按儿子舒服的方式来。

罗西懒洋洋地走过来，在楼梯下从容不迫地点燃一根烟，而后说："睡够了？"

唐洛看了她一眼，点点头作为回答，而后径直下楼，和唐在云擦肩而过，往厨房走去："我去吃点东西。"

罗西在后面笑了一声："如果你找得到吃的，给我留一点。"

而唐在云在一旁徒劳地解释："我们很少在家里吃饭。"

不在这个家里吃饭，对这栋宅子的厨房而言是一种羞辱。唐家有两个厨房比邻而建，一个中式一个西式，都严格区分了功能区。西式厨房更大，摆设有各种叫人看了便敬畏有加的精密机械，正中有一个料理台，空间宽松，一两个人随便吃点东西的时候，在这里坐着站着都很方便；而中式厨房则是所有传统厨师的梦想，精确地说，是家里管家和大厨林阿姨的梦想。

林阿姨在这个家里的资历跟主人们一样久，事实上她在唐在云和高佳妮住过的任何家里，待的时间都和他们一样久，从广州到深圳，再到北京，有他们俩的地方，就有她的影子。

岭南世家大族中惯用的那种管家，和主人之间，是半家眷半雇工的关系，随着年长日久，关系深了，感情渐浓，渐渐掩盖了雇佣的事实，双方都会很有默契地努力装作不记得这件事。很多管家老了之后不还故乡，就在雇主家里养老，直到行将就木，才告辞回自己本家。

林阿姨正是现代早已式微的那种长随管家，来自这一行从业者出身最正的顺德。她和高佳妮年岁相差不大，年轻的时候就在高家，一直跟着高佳妮四处迁移。

她精通理家之道，而且无师自通会管人。园丁、厨子、司机，除了跟两口子进出的，在家那些都听她调配。她自己又尤善厨艺，粤川京鲁无一不通，后来因为唐在云喜欢，又去学了西餐，西式点心尤其做得出神入化。她的烘焙之精，曾经在家宴里让来做客的米其林级大厨讶异不已。

除了高佳妮出国那些年，她在中国吃的十顿饭里，总有八顿是林阿姨亲手煮的。唐在云虽说在外遍尝美食，可应酬完了回到家偶尔饥肠辘辘，最安慰肠肚的仍然是自家熟口熟面的那一碗鸡丝清汤面。

唐洛的童年记忆里，家对他来说最大，但后来这个家对他唯一的吸引力，就是厨房里永远有好吃的。

即使一时没有，只要他想吃，林阿姨永远随时应召。油锅烤炉红热蒸腾，大大小小各种尺寸的刀具摆在料理台上，一字长蛇阵般，雪亮锋锐，闪着微光。食材要应季，红的番茄、绿的黄瓜；熟到刚刚好的西班牙黑毛火腿整只待片；一碗高汤浸一碗手作的鱼腐；一小把意大利面等着拌和蒜蓉；橄榄油小小一壶在侧，晶亮欲滴。餐具一色是骨瓷，唐在云不喜欢任何有颜色的盘与碗，他最爱的美是纯粹。

那是真正意义上的想吃什么都有，什么都好吃。而现在，唐洛站在空空如也，甚至莫名地寒意凛然的厨房里，才突然意识到自己离家十年，身后的变化是何等巨大。

林阿姨都不见了，他的旧世界才是真的消失了——好的坏的，喜欢的不喜欢的，一点不剩。

他这时候懂了罗西的意思，懂了她寥寥几字之间的嘲讽和暗示。

今时今日的这个家里，有厨师有保姆，按理说想要什么就有什么。但没有人需要那些，没有人需要在这里围一张桌共进任何一餐，如同世间千万人的每一餐。

他拒绝了让阿姨起来做一点，或者司机开车出去买一点消夜回来的提议，饿着肚子回到房间。他的头脑此刻极其清醒，却无事可做，于是干脆脱了睡袍在空地上做徒手力量锻炼。他足足运动了两个小时，在二十六度的恒温里出了一身大汗，又洗了一个澡，之后再度入睡。

第二天醒来的时候已经快要下午一点，房子里很寂静，他开门就见到外面放着一个木箱,箱子里放着淡蓝色薄纱纸包着的几套衣服和一个没开封的手机,一张便笺留在手机盒子上。便笺他认识,和家里其他文具一样都是定制的,唐在云亲自选的纹路和质地,大大小小各种型号,各处书房里常年都放着。男主人想事情的时候,常常就是在便笺纸上信笔而写,思路仿佛也就是跟着横平竖直生发延展,连绵不绝。

唐洛认识父母的字,但眼前这一张便笺上的则很陌生:

衣服没来得及处理,将就穿。晚七点在天一阁吃饭,司机知道地址。

落款是一个看起来颇像一条小狐狸尾巴的大写字母L,从口气揣测,想必是罗西的简称。

唐洛随手把纸条扔进箱子,衣服拿进房间,他一件件地拆开看了看,是一个日本的品牌,大概是临时去买的,一站把需要的里外行头拿齐了。在北京这么冷的天气里,没有给他买羽绒服或大衣,连厚外套都没有,勉强算得上可以御寒的,不过是一件莫兰迪色的长风衣。

纸条上所谓没处理的意思,是不曾提前拆开包装,预洗熨烫,这是林阿姨理家时的规矩。除此之外,唐洛穿上之后,居然意外地发觉衣服无一处不熨帖。

知道唐洛不怕冷,从小到大没有穿过棉袄大衣,知道他从里到外的尺寸,甚至对质料、颜色、式样的偏好。这不会是唐在云的贡献,唐在云从不在意这些育儿上的细节,或者说他都没有在意过育儿这件事。也没理由是高佳妮,她不在家,也不知道他已经回国。

所以是罗西准备的衣物吗?素昧平生,她从何处了解他?

唐洛在衣帽间扣好衬衣上最后一颗扣子,走出房间,想着怎么也要去找点东西来吃了。他在下楼的瞬间忽然犹豫了一下,折身往上,一直走到三楼尽头,那里有一个小套房,大概七十多平方米,是他出国前的住所。

这个小套房远离家里的其他房间,孤独地矗立于三楼最边角的地方,有一道单独的窄梯直接通往一楼,如果要去二楼,就得走另一头的弧形楼梯。两道楼梯会在一楼上方巧妙地汇合在一起,像两条河交汇,而后再到达地面。

在弧形梯的上方右侧,也就是走廊另一头,是高佳妮和唐在云住的主卧,两扇门遥遥相对,各自都关上的时候,谁也听不到另一扇门后的动静。

他偶尔看电影,里面的孩子遭遇噩梦的时候,都要大叫一声从床上坐起来,而后他们的父母、叔叔、阿姨或者姐姐,总之会有一个很亲的、很关心他们的人,在凌晨三点的时候反应和动作都敏捷得像一个海军特别行动队员,五秒钟内就会冲进来,急切地问出那句经典的台词:"Are you OK?(你还好吗?)"

唐洛没有做过噩梦,就算做过,他也从未因此而惊醒,即使在梦中他也忠实地遵循了母亲的教诲:咬紧牙关,坚持下去,不要堕落,你没有堕落的机会。

唯有十二岁那一年的某个深夜,他曾经在自己卧室的门后大声地喊叫,不是叫爸爸妈妈,不是叫任何人的名字,而是像受伤的小动物一样发出声嘶力竭的吼叫。

他叫了很久,没有人听到,也没有人来。那些喊叫,在房间里横冲直撞,异常执拗而孤独,而后就像那些充满渴望而终究什么都得不到的心,在时间的旷野中慢慢消散。

等到唐洛十六岁,开始准备出国那一年,他就像所有青少年一样,不再希望和需要任何家里人来他的房间,尤其不欢迎不请自来,唯一的例外是林阿姨——人和人之间可以完全没有感情,人跟自己喜欢吃的食物之间,却有着永恒的忠实和缠绵。

他还记得走的那天,车子在门口等着送他去机场,他自己动手把房间整理得很干净,干净得一切都仿佛在晨曦之中闪闪发光,没有任何私人物品摆在外面,那时候的场景,仍然印在他脑海里。他记得房间进门有一个小过厅,过厅木纹理的墙面上有两扇隐藏的门,没来过的人可能根本就不会注意,一扇门通往衣帽间,一扇门后是洗手间。过厅后是主要空间,临窗是书房,用一条长尾弧形的桌面切入起居空间。再过去是卧室,三个空间存在感鲜明,但彼此之间都仅仅用相互呼应的家具和装饰品巧妙分隔,整体既区分又交融,没有更多的墙面。

唐洛抱着这样的记忆,轻轻扭了一下门,门开了。

就在望进去的一瞬间,所有记忆都消失了。

如罗西所言,这里变成了一个画室。

因为是顶楼,天花板镂空了,变成一个对开的玻璃篷。家具和地毯都换了,地面铺设的原木地板也被撬得干干净净,留下建筑物最初的水泥地面,不知道被什么刮出了深深浅浅的纹路。

唯一留下的是那张长尾木桌,从原来的书房贯穿到起居室,再连接卧室空间。桌上高低起伏摆着大大小小各色画板,有些完成了,有些没有,大部分是人物花卉水彩,也有一些油画。桌角有几个原木桶,有的立着,有的倒下滚到一边,里面有的密放着画笔,全新的、用过的都有;有的桶里不但有画笔,还很随便地插着一把一把的竹子或大朵的花,竹子和花都是活生生的,或青翠或红润。水彩容器丢得到处都是,地面也层层叠叠染了各种颜色,而且到处都是擦画笔用的报纸,难怪要把地毯拉走。

长尾木桌对面的墙上同样挂满画,没有什么章法,就那么乱糟糟地挂着。墙角则靠着几座雕塑,屋子最中间留出一片空地,放了一张椅子。椅子上搭着一块很大的宝蓝色爱马仕丝巾，一角落在椅面一座白色无头的半身雕塑上。椅子正对一个立起来半人高的画板架，上面夹着一张画纸，上半部分画了几笔水彩不知要画什么，大概时间久了，颜色都暗淡了，右下角又有一笔突兀的赭色，在苍茫雪白之中描出一抹弧。

唐洛走过去站在那块画板面前，从这个角度看那把椅子，上面的无头半身雕塑有一种奇异的封闭感，仿佛正为自己的残缺而羞愧沉思，因此才需要丝巾的掩盖。

他若有所思地站了一会儿，从地上捡起一支小小的画笔。画笔用过之后没有清理，笔锋都硬了，颜料都结成了块。他在插竹子的原木桶里蘸了蘸，果然有水，就着这一点儿水晕出来一点彩色。他在那笔赭色上，增补了一个蓝色的翘起来的尾巴和一只蓝色的眼珠，远看上去，像一只被诅咒的小蝌蚪在找妈妈。

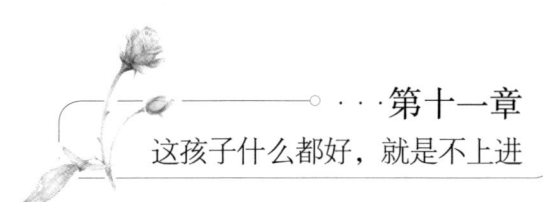

第十一章
这孩子什么都好,就是不上进

唐洛在家里待了大半个下午,司机六点钟左右准时来请他出发去天一阁,到那边就看见唐在云和罗西在门口迎他,就他们三个人吃饭,是为他接风洗尘的意思。

天一阁是私人产业,不对外营业的,在后海边,是一个两进的小四合院,门口一侧镶一块小小的黑底红字铭牌:天一。

这个地方是唐在云和几个爱喝威士忌的朋友一起捯饬出来的,正厅正房打通了,建成一个迷你美术馆,一进去过了一个小院子就能看见。收藏的东西有字有画,有雕塑也有文玩,摆设没什么章法,也不算特别值钱,否则也就放保险箱或者私宅了,但都是几个主人的心头好,摆在一堆,成就了一种不统一不通透的审美。从另一个角度来说,就是"老子有钱,想买什么想怎么瞎放,有人管得着吗"的意思,粗暴得很诚实。

两进之间还有一个很大的方形天井,两侧种了密密的文竹,中间一条青石板路延伸到里屋。

左右偏厅和里屋几间都重新隔断出来,装成了吃饭的包房和茶室,没有菜单。厨房技术班底是固定的,主理的大师傅都是名厨,不断被猎头团队以高价从各处请来短期当值,撑死了待三个月,有时候一两周就走了。因此菜系轮换,涵盖中西,很少有重复,平常来吃饭的都是自己人,外客不入,反正大众点评网上是肯定搜不到的。

院子的地下一层还有个酒窖,每个月第三个周六晚上开品酒会,这个月刚好是今天。

几个股东都精于饮食之道,所以他们戏称自己这个小团体是"黑凤凰委员会",

这个名字是有讲究的。古人推崇的神物，无外乎麒麟、凤凰、龙，其中凤凰对生活细节最有要求，"非梧桐不止，非练实不食，非醴泉不饮"。至于加了个"黑"字，意思则是与凤凰的挑剔根本类似，情调则反其道而行之，吃得不仅挑剔，而且广泛，穷极寰宇，遍搜山海之间，既无禁忌，也无限制。

这几天在天一阁当班的是从香港老潮州菜馆请来的师傅，卤水百物和五层冰皮烧肉火候拿捏得出神入化，另外简简单单地用姜、葱和豉油蒸了一条鱼、一碟蒜蓉生菜，生菜旁配一碟鱼露，主食是干炒牛河。因为接下来要继续喝酒，所以只配白茶，以保持味觉的敏锐。

餐桌上的这些全是家常食物，能把家常食物做到登堂入室，本来才是高手所为。只不过对唐洛来说，他在一个潮州人家庭长大，这些菜式并不新奇，而且都是林阿姨给他留下的童年记忆的一部分。她的手艺可能不是潮州厨子里最好的，但一定最对他的口味。

真实从来都无法和记忆匹敌。因此当罗西夹下第一筷鱼腩放到他碗里，问他"味道怎么样"的时候，他只是冷淡地说："OK.（还好。）"

"欧洲那边现在的中餐好吃吗？我多年没去了。"

"不好吃。"

"一家好吃的都没有？"

"也许有，但我不知道。"

罗西轻轻笑一声："那你真的不太像你爸爸。"她扭头看着唐在云，声线里的温存很明显，"他在哪里都能找得到好吃的。"

唐洛凝视着罗西，他的眼神像标枪的尖锋，冷淡而且直接，说话的方式也有点像："你对我一无所知。"

罗西听到这句抢白，脸色如常，只是一笑，筷子拈在手里，问唐在云："要不要吃鱼眼睛？"她的手腕露在外面，上面有一个红色的、火焰一般的文身，很醒目。

唐在云摇摇头，他今天不知道有什么重要的事，穿了三件套的西装，暗红色细格纹，经典的英式细长领带，这会儿拉松了，衬衣扣子解开两个，白金圆袖扣也取了下来放在桌上，整个人有一点疲倦。

他当然听得出来女朋友和儿子之间的对话不算友好，不得已要接过话头，于是问唐洛："你今天白天做什么了？"

唐洛吃了一口卤水豆腐："没什么，就在家里转了转。"

他没说自己几乎花了大半个下午在摆弄新手机，本来只是激活一下国内号码的事儿，前后不需要五分钟，结果因为坐在客厅里玩，陆续被家里的司机、家务阿姨和园丁注意到了，大家都不请自来向他热情推荐各种好用的APP，令唐洛哭笑不得。

说起来他虽然在自己家，周围却全都是陌生面孔，唐洛出国前家里用的人，全都走了，他也知道大家是找个由头来认识一下少主。

唐洛这个人，说他高傲呢，确实也挺高傲的，在欧洲久了，习惯那边的社交疏离，基本风格就是来个谁他都可以不理，但这时候陷在一堆人的包围里，听着他们"叽叽喳喳"讨论哪个游戏好玩哪个叫车软件好用，却似乎也并不觉得有什么不舒服。

何况人家介绍的APP有一些功能真的叫人大开眼界，另一些则叫人哭笑不得。比如说吧，下一次他还在半夜三点觉得饿，就可以在五个平台之间任意挑选上千家餐厅的外卖，每个平台都热情洋溢地向他保证什么都有，什么都送。还有一些APP展示的是视频版的浮世绘或人间喜剧，点开十秒，就能看到偌大中国每一个边边角角发生的各种事，在艺术殿堂里，大师们把这些细节的结合叫作"原生态的现实主义"，而司机说这是大型沙雕展示中心。唐洛一开始不知道"沙雕"是什么意思，他以为是一种鸟，还纳闷为什么在任何视频里都没有看见鸟，后来才明白过来"沙雕"是另外两个字的谐音，那两个字因为过于粗俗，无法被所有人坦然转述，可是一旦借了音，就变成了堂而皇之的内容标签。

他逐一注册了账号，逐一尝试，看得很入迷，在那些质量低劣的视频里，人们或哭或笑或闹，所作所为，都是极其投入的、认真的，满溢着鲜活的生命力。有一些人看上去就过得特别苦，就像一个在极为偏远的乡下支教的老师，有年纪了，成年累月一日三次在烧柴的炉灶上做简陋的饭，旁边总围着一群嗷嗷待哺、脸色青黄的孩子。

他们用手机把这一切拍出来，给几千万人看，日复一日。无数人在下面点赞、评论，问去哪里捐款给他们改善伙食，大家在这一个方寸之间，都像是很好的人，而且很快活的样子。

这些是他在欧洲和北美都没有见到过的东西，西方人从来不理解中国，他有时候觉得自己也是，他没有"回来"的感觉。

什么算是回来呢？他期待谁，谁又期待他呢？

唐在云当然想不到儿子一个下午想了这么多事，更想不到儿子新手机里好几个APP加起来已经攒了六十五分钟的短视频观看记录，只是说："家里变化有点大，我让张姨另外收拾好一套房间给你住了，以前的衣服现在应该都穿不了吧？"说着又仔细看了看唐洛，"你比前年在欧洲见到的时候又结实了很多。"

前年夏天他们一家三口一起在西班牙待了三个礼拜，那是最后一次唐在云和高佳妮共同出游，到了最后几天，大家的忍耐力都已经降到了零点。即使在唐洛面前，这一对夫妇也已经无话可说,在一起做任何事的时候,都时刻小心彼此不要对视。

在爱过的人眼睛里看到深深的怨恨和淡漠,从来都不是愉快的经验,但谁也无法控制。

这时罗西插了一句:"你想住回你原来那个房间吗?要么,我明天把东西都搬出来。"

唐洛表示不必:"我恨那个房间,不住最好。"

"恨"是感情色彩非常强烈的字眼,他说出来的样子却很随便。罗西唇角挑起一丝意味不明的微笑,低头吃拌了大量鱼露与指天椒豉油的干炒牛河。不知道她用什么牌子的口红,怎么擦拭碰触也不掉色,在辛辣与油光的刺激之下越发饱满娇艳,仿佛熊熊燃烧的火焰。

一时间餐桌上静默下来,只有吃东西、喝茶、筷子偶尔与餐盘碰触的声音,过了许久,唐在云又问:"你要不要去看看你妈妈?"他的声音很轻。

"她在北京?"

"一般都在,我帮你约她吧?"

唐洛放下筷子,餐巾轻沾嘴角,平淡地说:"我妈居然还跟你说话?"

唐在云微有些错愕,放下茶杯,看了罗西一眼。

罗西抿了一下嘴唇,袅袅起立:"我去看看品酒那边准备得怎么样了啊,今天的酒有的要早醒有的要晚醒,别搞错了。"她转身的时候,向唐在云眨了眨眼,是无声地在撒娇说你看我多懂事。

两人在不同角度注视着她走出去的背影。这么冷的天,罗西就穿了一件形状古怪的银灰色连衣裙,外面裹着一条法国牌子的羊绒披肩,亮橙色,绣着阿波罗驾驭火焰马车巡天图案。她径直走出吃饭的房间,在-6℃的气温里,光着腿,穿着一双丝质的拖鞋,闲闲行过天井,往酒窖去了。

房间里只剩下一对父子,气氛如同盛宴之后——餐盘与食物都已经冷却,油脂凝结,浮在没有喝完的汤水表面,满满都是不堪的狼藉。

唐在云终于打破了沉默,如唐洛记忆之中一样,他说话永远用降调,带着难以名状的轻微歉意,似乎一直在等待世界与他和解:"我和你妈妈,彼此交代得很清楚了,只是对你,我们都觉得抱歉。"

唐洛短促地笑了一声:"抱歉?"他倒是心平气和,"也许你抱歉吧,这不像是她的风格。"

很难说唐在云对结发多年而终于离散的妻子现在抱有什么样的感情,但至少这一刻他还是公平的:"你妈妈很爱你,只是,"他轻轻叹口气,说出了深藏内心的评语,"她不知道怎么去爱。我和你妈妈,二十多年,并肩战斗,风雨同舟。她就像一把太阳下的关公刀,雪亮,锋利,一往无前,谁也挡不住她。"

唐在云平静地叙说着,眼神落在放在桌边的手腕上那对袖扣上。Harry Winston[1] Zalium(锆合金)系列袖扣白金钻石版本,交缠的白金线条之间镶嵌钻石,在灯下偶有锋芒,质料华贵,品相却十分收敛,很贴近唐在云的风格,它们静静躺在那里,仿佛以自己的存在与他应和。

"我们家一直都过得很不错,这主要是你妈妈的功劳,她聪明绝顶,我从来没有见过比她更有决心、更有行动力的人。"他看着儿子,唐洛有他的脸型和眉眼,其他地方却像极了高佳妮,尤其是嘴唇,线条秀丽、棱角分明,生气的时候紧紧抿起来,就能带来山雨欲来风满楼的气势。

唐在云继续说话,他说"但是"——当你不爱一个人的时候,一切赞美的最后,都会连接一个"但是"。

"但是她不是一个适合一起生活的人。"他试图让语气更柔和,试图找到一种不会在儿子面前伤害他亲生母亲的方式来表达自己的意思,"她的个性,我想你可能也有了解。"

唐洛听着,起身为唐在云续了一杯茶。茶水已经半凉了,煮茶的炭火也灭了,但已经有好一阵子没有服务员进来,也许罗西交代了他们什么。

而后他一面掬茶一面说:"我知道。"他看看门口,"那么罗西呢,是适合一起生活的人吗?"

唐在云没有料到唐洛会问得这么单刀直入,他也不回避,只是答之前想的时间稍微久了一点:"很难说。"

他凝视着儿子掬茶的手,眼神里有货真价实的感激,不知道是感激唐洛为他倒茶,还是感激他那么平静地面对自己所说的话、所做的事。

"至少跟她在一起,会让我想要生活。"

"哪种生活?"

"不知道,说不定也可以是很糟糕的。罗西不是省油的灯,也很难说她是不是一个好女人,但她充满了生命力,会让你看到许多可能。"他又叹了口气,"阿洛,到我这个年纪,你会明白这一点很重要。"唐在云嘴角弯出一点自嘲的弧度,"人

---

[1] 海瑞温斯顿,享誉全球超过百年的超级珠宝品牌,曾被评选为美国上流社会心中的奢侈品珠宝品牌第一名,有"钻石之王"的美誉,著名影星玛丽莲·梦露、已故英国王妃戴安娜等都是其忠实顾客。

一老,就懒了,没有能力去开拓新的世界,而是希望有人把新的世界带到自己面前来。"

"妈妈做不到这一点吗?"

这个问题问出来,唐洛自己笑了一声,他当然知道答案。

高佳妮是把新的世界一刀砍死在半路上的那个人。

"和妈妈生活,大概只让你想要死吧?"唐洛很随便地说,而后在唐在云凛然一惊之前,补了一句,"至少是很想逃。"

他给自己也倒了一杯茶,喝下去,清冽的白茶泡淡放凉之后,喝完带一点点回甘,很消腻:"不过你每次都逃得不够远,步行的话,都只需要十五分钟就找到你了。"他看着唐在云,"我希望你这一次可以逃远一点,逃彻底一点。"

唐在云一时间拿不准他是在嘲讽还是真心,因此竟然无言以对,他微带着迷惘和儿子对视,而后第一次发现,在阔别多年、鲜少相见之后,他其实已经完全不了解唐洛。或者说其实从来就没有了解过他。

唐洛没有去管他的怔忪,继续看着父亲问:"你们离婚了吗?"

"没有。"唐在云说完又迟疑了一下,补充,"暂时没有。"

"什么时候离?"

"在你完全接手了和合之后。"

到这里终于言归正传。

唐洛转移了视线,说:"你们要我回来,就是为了这个?"

"如果我现在要求直接离婚,势必会带来极大的动荡,公司拆分,股价重挫,甚至就此一蹶不振。以她的脾气,她是不会在乎这些的,一定是彻底决裂,玉石俱焚。"

这臆想中的情景,让唐在云皱了一下眉。他也许反复想象过那一切发生时的场景,随之而来的后果,也显然让他无法接受。这跟和合代表的庞大财富和商业地位有关。但也未必一定只有这些。

"和合是我们二十年的心血杰作,一路欣欣向荣,我相信它可以成为真正的百年基业。"

说到事业,唐在云的语气里终于多了一点兴奋,而声调也开始往上,在他甚至算有点颓唐的躯壳里,也许仍然还留存着年轻时激扬天下、时不我待的雄心。

"我和你妈都不愿意见到这一幕发生,因此我们有一个Shakehands deal,要在双方都活着、婚姻关系还存续的时候,把名下的东西都慢慢全部移交给你。不动产、流动资金、收藏品、托管出去的财产部分,都没有什么问题,手续随时可以去办。真正值钱和重要的是和合，因此要在你全盘掌握了和合之后，我们才会完全退出控制。"

唐洛握着他的骨瓷杯子，杯中清茶茶香袅袅。他自小练习钢琴，被老师盛赞为天生琴师的手指和杯子紧紧贴在一起。

"等我完全接手，你们就可以离婚了？"他浑然没有管什么不动产、流动资金或收藏品，在唐在云说完之后，只是这么问了一句。

而唐在云也就实实在在地答了一句："是的。"

"那要多久？"

唐在云想了想："看你自己。"

唐洛微微一笑："是吗？"他看着父亲，"那么，很高兴我还可以帮你们俩这个大忙。"

这已经是呼之欲出的讽刺，但唐在云来不及回应，因为传来轻轻的敲门声。罗西在外面用她那把独特的、永远带着宿醉慵懒似的声音慢慢说："在云，沈大哥他们到了。第一批次的酒也醒得差不多了，我们过去吧。"

唐在云略提高了一点声音回答："你先过去，我们马上来。"

唐洛已经站起身："要去做什么？"

"品酒会，一个月一次，都是我的老朋友，你也去吧。"

"我没兴趣。"

唐在云露出笑容，是非常惬意的、真心的笑容，他说："罗曼尼康帝，1998到2009垂直，黑凤凰委员会集资买的，花了两百万，就等今天晚上喝个精光。你在欧洲自己喝了那么多年，有这个机会你居然不去？"

看到儿子眼里突然闪出的光，他就知道鱼已经上钩，狐狸已经掉进陷阱，爱红酒的人，不可能会错过垂直品鉴酒王罗曼尼康帝的机会。关于唐洛在欧洲如何生活，唐在云也许没有特别关注，但信用卡账单回来，他偶尔还是会看看的，看多几次就知道，这小子一个人单枪匹马，能在欧洲那种红酒又好又便宜的地方一年花掉一百万沉浸醉乡，想必早就是资深的酒客了。

果然唐洛非常识时务地放弃了抵抗，跟上了唐在云的脚步。酒窖在另一头，穿过天井的时候，就看到罗西，想必是敲完门后就在这里等着了。

唐在云望着她在夜色中窈窕的身影，不自觉地露出微笑，而唐洛在这时候，喃喃念叨了一句什么话，说的是英语。唐在云听到了，也听懂了，但他急着去酒窖，当时没有在意，因此直到过了很久，他才想起那个晚上，儿子在身后说的那句话，是安迪沃霍尔的名言：

警惕你想要的，因为它们真的会到来。

天一的酒窖在地下，纵深很长的一条道向下蜿蜒，几度弯曲后开始进一道门，门有隔离装置，确保酒窖内的温度湿度不被外界影响。进门之后的通道两旁是橡木酒架，按照酒庄和年份存放红酒和香槟，大部分是法国左右岸的名庄之选，也有部分来自智利、澳洲和美国的新世界酒。

通道尽头是一个圆形的房间，房间正中是长条的酒桌，餐具佐酒小食都已经摆放就绪。有几个人早到了，正在随便聊天，两位酒侍在旁边的台子上做品酒的准备。十二瓶罗曼尼康帝一字排开，1998年和1999年的都已经空了，酒在醒酒器里，放在稍远的区域。

长桌一边五个位子，靠内的中间位是主人位，唐在云进门之后就很自然地坐到主人位上。罗西站着一边和宾客们打招呼，一边查看一应准备，走来走去，尽着女主人的义务。过了一会儿，人就全部到齐了。

今天在座的都是资深的酒客，非富即贵。平常喝的酒已经很好，但酒王毕竟是酒王，平常喝一瓶都难得，今晚十二瓶配齐，大家都很兴奋，酒窖里一下热闹起来。

客人都按照提前安排好的位子就座。唐洛是临时加进来的，又是晚辈，长条桌位不够，唐在云就吩咐他坐在自己身后靠墙一处临时加的两人座上。酒是照样有得喝的，桌上的谈话就插不进嘴，唐洛最多听一听。

他对此并无所谓，但没想到第一轮酒斟上，罗西张罗完了，居然也走过来坐在他身边，这仿佛不是他所知道的社交场上应有的礼仪。

"你坐上去比较好，他们可以稍微调整一下椅子，位置足够你坐。"他建议说。

罗西对他露出妩媚的笑容："为什么？"

"你是他的女伴，礼节上来说就是要坐在他的对面或身边。"

罗西笑容更深："洛少爷，你真的是在欧洲待太久了。咱们这儿的礼节，跟他们的不一样。"

她精巧的下巴抬起来，指向坐在唐在云左手边那个干巴巴的小老头，两人正在交头接耳低声谈话。那小老头发际线到了头中央，后半部分倒还颇为浓密，三千烦恼丝剩一千五，断尽也不是，不断也不是，想必叫主人煞是为难。他的脸颊上没有半两肉，颧骨高高凸起，唯独两条眉毛黑长飞扬，在脸上扮演着唯一颜值担当的角色。

罗西颔首："你认识他吗？"

"不认识。"

"你应该认识。他姓曹，我叫他曹爷，你爸爸叫他曹哥，是顶级投资人，常年在香港和美国，掌管好几个大家族基金的全部资产，不少独角兽公司早期在融资的，都要先过曹爷法眼这一关，否则不会有人看好。"

"哦。"

"看你爸爸右边第三位那个，东少，看起来很年轻吧，保养得法，其实比你大一轮。"

"他做什么？"

"做酒店并购的，亚洲交易额最大的买手，常年都在榜单上待着，他自己倒是没什么身家，但翻手为云覆手为雨，能影响许多人的身家。"

罗西一面说一面把手机拿出来，搜了几张照片，给唐洛看："这是前几天刚发布的交易。法国超五星的酒店集团在中国计划五年开十三家店，整个落地都是东少操盘的，照片上西装革履，今天穿得马虎，不过看得出来是一个人吧？"

唐洛都没有去接那部手机，只是看了一眼，没说什么。衣服和表情能够让一个人看起来像另一个人，或者干脆不像自己，但眼睛始终都能保持最鲜明的自我。那位东少就有一双令人过目难忘的眼睛，毫不掩饰野心，生机勃勃，在任何场合都闪闪发光。

罗西一路把那些人的来龙去脉讲给唐洛听，她事无巨细都熟，宛如一个资深的狗仔，想必都是从唐在云那里得来的第一手消息。唐洛听着听着，忽然打断罗西："你的意思是说，因为他们都是大人物，所以你就不上去坐吗？"他顿了一下，加一句，"居然这么自觉？"

中文里的含沙射影刻薄法用得娴熟，唐洛出去多年也一点没退步，说的是罗西自甘低人一等。

罗西怎么会听不出来，但她平心静气，自从唐洛回来，她都一直这样平心静气，尽管唐洛对她着实算不上客气："我是为你爸爸着想。"

她凝视着唐在云挺拔的身姿，在这一群叱咤风云的大人物里，他毫无疑问是最好看的，如果这群人里还能有谁赤手空拳，不靠花钱就得到女人的爱，唐在云大概是唯一和最后的希望。

"这些人没有你想的那么傲慢，我跟他们也很熟了，坐过去可以啊，他们对我很客气，大家聊艺术，聊生活，聊美食和今天的酒，宾主尽欢。

"但是我坐在这里，这一圈里面没有女人，他们就会跟你爸爸谈生意，很多正经的大生意，是在这样的场合埋下种子，而后开花结果的。"

她言辞很优雅，意思却很残酷。

男人独处的时候，共同面对世界，如果有个女人出现，他们就共同面对女人。前者是正经事,后者不是。就这么简单。

无关刻意的歧视,因此才构成了彻底的歧视,歧视来自现实世界里阿尔法男性们的本能。

罗西对这不成文的规则深谙于胸,话说得很赤裸,但也一点不讨人厌,她就是这样的人,就该说这样的话:"我希望你爸爸好好谈生意,毕竟我很会花钱。"

她亲昵地拍了拍唐洛的手背,手指细长,指甲涂着朱红甲油,指甲缝间有吸烟岁月赋予的微黄印记,以及更多胡乱堆积的色彩余痕,联想到画室里的凌乱,大概在洗手这件事上罗西也不怎么认真。

这个小动作是在向唐洛发出暗示,像天王盖地虎、宝塔镇河妖一样的切口,以此辨别对方是不是自己人:"你不也一样吗?"

唐洛将自己的手拿开,毫不犹豫地、直截了当地说:"我不一样。"他这时候已经不是刻薄了,是傲慢,"我父母已经足够有钱了,他们的钱也都是我的。"

罗西脸色微微一沉。而唐洛更不认同的是:"生意只能男人谈这种话更是Bullshit(胡说),我妈妈是女人,她随便坐在哪里,哪里就是谈生意的地方。"

罗西的笑容消失了,她沉默了一下,发出了与唐洛见面迄今为止第一个反击:"那你为什么不去想一想你妈妈现在人在哪里,心情怎么样?"

叶蓁蓁十二月初在创世办了离职手续,按照高佳妮的安排,她第二天就不再跟着郭也上班了。

因为走得突然,消息一传出来,创世的人都很震惊,纷纷跑去问HR这是咋回事:你们疯了吧让叶蓁蓁走?什么她自己走的?她自己走也得拦着啊,要你们是干什么用的?

HR花了不少时间解释说这是个人选择,百分之百出于自愿。各个部门的人就改而请愿,说要不把叶蓁蓁弄回来办一场告别聚会吧,正式一点。

消息传到郭也那里,他也惊了——创世可是他亲生的公司,整体气质和他一脉相承,主要特点就是平常对人特冷淡,走了个人跟走了条狗相比,后者说不定还轰动些。

他自己亲自跑到人力资源总监Linda那里去问:"你真收到请愿信了?"

Linda打开邮箱,把屏幕转过去给老板看:"喏。"

邮件内容有区别,但态度都差不多:行政部门表示不能让叶小姐白修了这么些复印机;财务部门表示叶蓁蓁按照公司要求贴票对线的精细功夫天下无双,拯救了不少急需报销又屡屡在合规方面受挫的手残星人,实在值得感激;市场部门表示出去接待客户应酬各路大爷，这几个月叶蓁蓁提供的诸多礼品选择和饭点信息功莫大焉。

而其中最过分的是顾问团队，他们情真意切地说了，自打叶蓁蓁小姐当郭也的助理开始，郭也来上班的时间都多了，参加会议的频率也提高了。顾问团队给的方案，叶小姐先看，再追郭也屁股后面让他看的效果非常好，许多决策本来可能要三年后才能从郭也那里通得过，那时黄花菜都凉大发了，现在居然都能及时处理了。

他扫了几眼邮件，表面上啼笑皆非，心里不知道怎么却乐滋滋的，有一点与有荣焉的意思，这是把叶蓁蓁当亲侄女看了。他正要走，想起来一件事，顺口表扬Linda："心理咨询室那个主意不错，为公司起了很大的作用。好几个高级顾问跟我说，压力一大，就靠这个撑着了。"

Linda一愣："什么？"她旋即反应过来，"蓁蓁没跟你说啊？"

"说什么？"

"心理咨询室是她的想法。她给我写了一个特别详细的提案，说是借鉴她以前在南京待的一家证券公司的法子，预约制度那些细节都有，后来每周来公司三次的咨询师也是她找朋友介绍的，报酬比市价低，我约过一个钟，很靠谱。"

郭也听完，姜还是老的辣，不动声色，只点点头："不管怎么说，这事儿主要还是你的功劳，你不认为这事儿值得干，她再想也干不了。"

Linda当然顺水推舟："应该做的，谢谢老板。"

一转头，郭也就笑了，打电话给叶蓁蓁："姑娘啊，你干吗呢？"等着对方回话的时候，有些感触在心里放着，没法说出来，那感触就是他想叶蓁蓁了。

叶蓁蓁其实就走了几天，就几天没在他身边进进出出地陪着，于是郭也纵然英明神武纵横江湖照旧，突兀之间，却居然就有了一种老无所依的感觉，鲜明而强烈，叫他在晚上一个人应酬完毕孤零零回家的时候，心里咂摸起后悔：当初要是跟哪个看得上眼的女人抓紧时间生一两个孩子，现在女人多半是不爱了，孩子总还是心头肉吧，总会在这么晚的时候看看老父亲忙一天怎么样了，家长里短道个寒温吧。

最完美的，当然是跟最心爱的那个生，生几个都行，生完了养大了放出去，爱回来不回来，只要两口子一辈子如履薄冰地守着就行。两人朝夕相见，互相查岗，不定时干仗，再低声下气哄回来，生完气两个人都眼睛红红地执手相看，呢呢喃喃说些特别肉麻特别不能叫其他人听到的山盟海誓，自己打心眼里相信全是真的。

这样的日子，他以前好像是期待过的，很多很多年了，之后就知道是妄想。

结果到老了，感情生活的小跑车都要熄火了，内心埋藏的渴望居然被一个女儿样的叶蓁蓁唤起来，叫他知道自己当初做的许多潇洒决定最后来看都是蠢，而残酷之处是已经没机会补救了——人世如逆旅，同悲万古尘。

他这么胡思乱想着,然后听到叶蓁蓁的声音,在电话那头有气无力:"郭叔,我快牺牲了。"

"怎么了这是?"

姑娘快哭出了声:"高姐逼我学习!"郭也听她那个委屈的声音,马上能在脑子里想象出小叶同学伸出双手,苦苦求援的屄样,"郭叔快救我!!"

高佳妮在旁边呵斥的声音就加进来了:"不好好看资料还告状!电话给我。"

估计高佳妮劈手就给抢过去了,她和郭也说话,跟对家里人一样随便:"你别惯着她。"

郭也货真价实地心疼:"你差不多就得了,她不是那块好好学习的料。"

高佳妮反对:"你胡说什么啊,别拖后腿。"

"我怎么拖后腿了呢,这是让你因材施教,循序渐进,你让她学什么了?"

"没学什么,就是让她看和合的资料。她下个月就得去上班了,助理总裁两眼一抹黑,怎么去啊?"

叶蓁蓁在一边还喊呢:"郭叔,全是数字,全是表啊,我脑子要宕机了,你不要理高姐,快点来救我。"声音越来越小,看来高佳妮干脆走开了。

郭也忍不住笑:"你认真的?"

高佳妮叹口气:"不认真怎么行?这孩子什么都好,就是不上进。"

郭也本能地为叶蓁蓁辩白:"她倒不是不上进,就是没心没肺的。"

"没心没肺就够不上进的了。"高佳妮有点苦恼,"听话是很听话的,脾气好,但骨子里没把我叫她干的当正经事,感觉整天就等着我想通了叫她别干了,她好刺溜就跑,给她什么她都当你在开玩笑,根本不认真。"

她描述得很有画面感,而且也真的很符合郭也对叶蓁蓁的了解:"我觉得挺好啊,认真的人咱们见得多了,闻着点味儿就贴上来,撕都撕不下去,有意思吗?"他还动用了自己深厚的杂学储备来劝高佳妮,"蓁蓁八风不动,宠辱不惊,很有佛性,你别硬逼她,她这样挺好的。"

高佳妮觉得郭也这纯属溺爱,是惯子如杀子的流派:"什么佛性,你别帮她说话啊,就是不长进。"

"好吧好吧,你说什么就是什么,那你拿她怎么办?"

"我跟你说,我还真不知道应该怎么办,这孩子成天乐呵呵的,想打都下不了手。"

"哎,你不能打啊。她可是女孩子,你就慢慢教得了,反正不能对她太严厉了。"

高佳妮没脾气："蓁蓁才跟你认识多久你就这样没原则，你幸好没自己生个女儿，不然的话，按这个娇惯法不得上天。我不跟你说了，小姐还一大堆东西没看完。"

尽管高佳妮很是不满意，但叶蓁蓁她个人觉得自己已经非常努力了。

自从不上创世的班，她就恢复了每天早上游泳上课的日程，只不过没有其他人来给她开讲了，都是高佳妮和一大堆和合的资料等着对她虎视眈眈。

一开始她觉得自己可是跟郭也混过的人，在创世开会开得屁股上生生磨出两块厚茧子来了，怎么也有点长进吧，结果一看高佳妮丢过来的东西，她就眼前一黑。

各种文件，各种PPT，各种表，各种……企业过去十年的发展史和关键战略，历年财报，主要业务具体情况一条龙，资料几乎存满一块硬盘。一打开电脑看到文件数，叶蓁蓁就想号出来。

她刚接郭也的电话的时候就哭丧着脸在电脑文件夹里挑资料，好半天才挑了一个品牌Orientation（管理概念）展示文件开始看，还被高佳妮表扬了："没白在创世待啊，懂得从面到点，高屋建瓴了。"

叶蓁蓁摇摇头："高姐你想多了，我见到密密麻麻的文字和数字就发偏头痛，这个是PPT，估计有图片，先挑有图的看可能比较容易。"

但她一转眼就发现，第一呢，这个文件图其实也不多，重点都在介绍和合现在的几个主要业务规模和发展情况；第二呢，里面的图都跟数字有关。叶蓁蓁看得晕头转向，深觉上当。

她艰苦地囫囵看了一圈，揉着颈椎望天叹气，自言自语："这公司也太大了，怎么管啊？"

高佳妮在旁边喝酒看书，起着监工的作用，这时饶有兴趣地看着她："你觉得难管在哪里？"

叶蓁蓁觉得这显而易见啊："事儿多啊！"她比画了一下，"这上万员工上亿的钱，一天多少事啊。"

高佳妮点点头："确实事儿很多，但你的头衔是什么？"

虽然都知道好久了，叶蓁蓁提起这个还是觉得很不习惯，有一种不真实的感觉："助理……总裁？"

"'裁'字在中文里是什么意思？"

"剪？"叶蓁蓁脱口而出。

"还有呢？"

"啊……判断？"

她一边瞎猜一边摸手机，跟往常一样上网搜："哟还挺复杂。第一个意思，安排取舍，嗯，多用于文学艺术；第二个意思是指文章的体制、格式；第三是衡量、判断，还有控制、抑止。"

高佳妮点点头："汉语博大精深，一字可定千言。所以总裁的职责就是安排和取舍、衡量和判断，全盘进行控制。总裁关注的是核心，核心的利益、核心的方向、核心的人与人带来的变化，此外再多细节也不影响核心的存在。"

叶蓁蓁眯着眼睛看高佳妮："高姐，你对着我说这些话，心虚不？"

高佳妮很淡定："为什么要心虚？"

"因为我明明就是一个特别注意细节的人啊。"她打开自己包包给人家看，"多整齐，多干净，收拾得多细致对不对？"

这话倒也没错，高佳妮笑笑："也是，而且你特别好，只收拾自己，不要求别人，这一点很难得。"她话锋一转，"不过正因为此，你不是总裁啊，唐洛才是。你只是助裁总裁，在核心之中注意细节，然后还有一个非常重要的作用，是调和。"

她伸手摸摸叶蓁蓁的头发，非常温存，就像妈妈或者姐姐，世事洞明，但还心怀慈悲："唐洛是一个主见非常强的孩子。"她说着叹了口气，"不然也不会往外一跑，这么多年说不回来就不回来。"

"个性太强的人，想法和行动往往都失于偏执，万一走错了路就无可挽回，所以一定要有人在一边为他辅助缓和，太激进太尖锐的时候磨一磨拖一拖，明显不对的，一早就干涉，往回尝试着拉一下。"高佳妮这样说儿子，浑然不觉在某个程度上，她也是在做自我剖析。

而后她看看叶蓁蓁："最上治未病，你知道什么叫治未病吗？"

叶蓁蓁对唐洛不了解，对管大公司也不了解，高佳妮说的这一串话，她其实没有什么共鸣，但说到治未病这句话她还真知道，因为郭也经常挂在嘴边。

这位爷以扁鹊他哥自居，说扁鹊他哥善治未病，消大祸于无形，世人不觉其妙，因此不如弟弟有名，实际上那才是真正的神医。言下之意是那些不请他去把脉的，都小心点儿，狂妄得特别含蓄。

所以她赶紧显摆一下："知道！就是在事态恶化之前就找到潜在的问题，而后用最小的代价解决掉。"

"是的。"

叶蓁蓁显摆完叹口气："得，英明神武治未病，我还不如当总裁呢，亲自作死，作完了拉倒。"她怪可爱地白了高佳妮一眼，"好过要去负责挡着其他人作死。"

高佳妮笑，推她一把："赶紧看东西，别跟我贫了。"

她抓着头发紧紧张张地看了一上午，学习累了，中午放松，就跟林阿姨一起跑厨房里去包包子。这方面她自己已经算不错了，林阿姨自然还更胜一筹，乃是包包子界的宗师人物，在如何包皮薄如纸、美味多汁的大肉包子方面非常有心得。

她耐心地指导叶蓁蓁，两人说说笑笑，高佳妮听着厨房里这么热闹，过来看了几次，每次站一会儿，摇摇头就走了。大小姐一辈子五谷不分、四体不勤，在热爱家务劳动这方面和她们实在无法融入。

叶蓁蓁学包包子比学做企业管理快多了，没一会儿就完全掌握了林式肉包的精髓，一边包一边跟林阿姨说苏桐如何爱吃包子，从小一次能吃几个，长大一次能吃几个，爱吃什么馅儿的，说着说着自己咽口水。林阿姨不住地笑，笑了半天却说："叶小姐，你对男人太好，个样木得嘅。"

半国语半粤语，意思是对男人太好这样子不行的，叶蓁蓁完全是懂的，也知道这话从哪里来。她看到过林阿姨对待高佳妮的样子，那不是一个雇员对待雇主，而是姐姐对待妹妹，甚至是妈妈对待女儿，只有带着那么深切真实的关怀，才会感同身受那么多愤怒不甘，才有那么多怜悯。

林阿姨并不住这儿，她在附近一两百米的地方租了一个小房子，但一早就过来张罗早餐，等做完晚餐把家里各处都收拾停当才走。无论早晚，每当高佳妮一杯接一杯地喝酒，林阿姨总是会悄悄站在厨房门口看她，眼神又惋惜又忧愁，双手不断揪着一块已经绞得很干很干的抹布，有一次叶蓁蓁就在那一刻走进去，而后立刻停住了脚步。

在林阿姨的内心深处，大概就认为这一切都是男人引起的。你对男人付出多少真心，盼着人回报多少感情，最后呢，往往收获的是成正比的伤心，比大旱歉收的农民还不堪。人家农民至少还知道这是天灾，下一年天气好了自然就有收成了，而且但凡你种的是南瓜子，地里总不会结出个冬瓜吓你一跳。

如此戏码颠扑不破、比比皆是，几乎没有例外，不到自己亲身卷进去，人们也不会知道其中的惨烈。

所以蓁蓁知道林阿姨这句话也是爱她，她没有反驳或争辩，只是轻轻抱了一下林阿姨的肩膀，白面粉洒在两个人的衣服上，林阿姨赶紧拿厨房湿纸巾给她沾。

就在这个时候外面响起悠扬的铃声，是楼下门禁的铃声。

林阿姨看了看钟点，十二点多，第一笼包子刚上蒸笼，这个点高佳妮约了访客的话多半是要吃午饭的，一般都会提前叮嘱她备餐或做点点心。

她擦着手走出去，在经过客厅的时候站定问高佳妮："小姐，是你约的客人吗?

吃不吃饭的？"

高佳妮坐在沙发上，面前按着老规矩放着一瓶酒，1982年的雄狮，十一点半开的，已经喝了三分之一了。她皱皱眉："我今天没有约人。"

不速之客在这里很少见，除了门禁森严之外，高佳妮也从来不点外卖，也不网购，公寓管理方有什么事，往往也都是跟林阿姨或司机手机沟通，不会上门扰客人清净。

林阿姨于是去看监控屏幕，一看到屏幕里的人，脸色不由自主就变了，就这么愣在那里好一会儿，而后几乎是脚不沾地地冲进客厅，大声地、满怀惊讶却也满怀喜悦地向高佳妮通报："高小姐，高小姐，是洛少，洛少，洛洛他回来了！"

高佳妮听到林阿姨的喊声，反应了好几秒钟之后整个人抖了一下，霍然站起来朝外面张望，林阿姨还想说什么，门铃又响了，她这才想起自己还没开门，连忙又冲回去。

叶蓁蓁在厨房里听到这一阵喧哗，没搞明白怎么回事，手上又还沾着面粉，于是跑到厨房门口探头探脑地观望，差点跟高佳妮撞个满怀。高佳妮眼睛直勾勾的，脚步却没停，她走进厨房，两手分别握着刚才桌上放的酒瓶和酒杯。她在厨房转了一圈，最后踮起脚来打开橱柜最高那层的门，把瓶子、杯子都尽可能深地放了进去。

她把橱柜门细细关好，一扭头就见到叶蓁蓁站在旁边，瞪个大眼睛一脸迷惘，说："高姐，你干啥呢？"

高佳妮似乎忍了忍，没忍住，说："我儿子，回来了。"

她平常说话，一点尾音都没有，常常让人觉得每一句话都是命令。但现在这几个字，语调虽然是刻意往下压、刻意冷静，尾音却还在不由自主地颤抖，像是不堪承受太多喜悦，又像是不敢承认自己有那么多喜悦，这生硬的控制叫不明就里的叶蓁蓁心里都觉得不落忍。

高佳妮说了这句话，双手握在一起，望着厨房窗户外的蓝天出神，才这么愣了一会儿，就听到外面林阿姨开门叫洛洛的声音，公寓的电梯速度很快，人这是已经上来了。她转身就往外走，走到门口一个急停，像是突然想起什么，扭头叫叶蓁蓁："你等他进去了，自己出去走一下，别过来客厅，现在不是你们见面的好时候。"

叶蓁蓁张大嘴，"啊？"但高佳妮已经把门带上，离开了。

这个公寓的格局是电梯出来过一个小隔间就到正门厅，正门打开后笔直一条走廊通到厨房、客用洗手间和储藏室，左边是屏风，绕过去是客厅，有两进，会客的地方在里进。要沿着墙根不拐弯溜出大门是很容易的，但是叫叶蓁蓁发愁的是她的羽绒服挂在客厅里，身上只有一件薄毛衣。北京的深冬，房子里跟外面的温差有三十度之多，就这么出去不得冻死？

幸好手机揣裤兜里随身带着，她嘀嘀咕咕地打开地图，紧急研究了一下周边的地理环境，去哪儿好呢，离这儿最近的室内公共场合就是公寓所附属的酒店，酒店大门刚好在另一个方向，绕过去得走大概八分钟，想一想在寒天冻地里跋涉的八分钟，叶蓁蓁忍不住打了一个冷战。

她进行地理研究的同时也不忘支起耳朵听动静，外面唐洛已经进了门，隐约听到林阿姨激动的、高亢的声音回荡，在招呼来人脱外衣、喝水，问他中午想吃什么，怎么瘦了那么多。而那两个理应相见欢的正主儿，却隐隐约约只有寥寥几句的应答，不见起伏，平静得像一个商务拜访。

再过一会儿就基本听不到说话声音了，估计已经进了客厅里面，叶蓁蓁一看这个空当挺好，真的贴着墙根儿就溜出去了，出门的时候都没敢往客厅那边看一眼。

她坐电梯下到大堂，在大门口瞅瞅外面寒天冻地的，心里颇为发愁：不出去吧，在这儿待着看起来特傻；出去吧，−10℃的冷风一吹保不齐给冻坏鼻子。

她正踟蹰呢，公寓大堂一位值班的保安过来了，是认识的，想一想她天天早上六点就来游泳，出出进进，想不跟保安认识都难，何况现在过来的这位还是叶蓁蓁的半个老乡，叫李大才。他是重庆万州人，口音是浓浓的川普，认亲的时候完全都不需要对暗号，一开腔："来做啥子！"马上暴露了。

他跟叶蓁蓁打招呼："叶小姐，你好。"

叶蓁蓁冲他笑："你好啊，今天上中班啊？"

"是滴，你准备出门哇？"他打量了一下她，觉得不对，"咋个不穿外套嘞？外头−10℃哈。"

叶蓁蓁只好现编了一个谎："门不小心锁上了，没带卡，进不去。"

李大才跟她一起发愁："那咋办呢？屋里人啥时候回来嘛，打过电话没得？"

"打了打了，可能还要一哈儿。"

正说着，有人进来了，那大门一开，风从缝隙里漏进来，扑在人身上跟下刀子似的，不但冷，而且疼。叶蓁蓁瑟缩起来"哎"了一声，李大才连忙一边跑过去把门关紧，一边叨叨："今天又降温了，特别冷，你穿这样千万莫出去哈。"他忽然想起了什么，"我刚才倒是见到一个小伙子进来，真是猛，就穿件衬衣，外头穿件西装，扣子都没扣上，这么空手空脚就从外面走进来了，身体好啊，傻小子睡凉炕，全凭火力旺啊。"

叶蓁蓁一听："什么时候？"

"十五分钟以前吧。"他看了一下表，"就是十五分钟，我十二点刚接班的时候看见他的。"

"长啥样啊？那么抗冷是不是特别壮？"

李大才摇头："还真不是，瘦长条儿的，长得挺好的，很有风度，不知道是模特还是明星。"想了想又补充了一句，"脸挺黑，不像咱们这边的人。"

这栋公寓在北京是数一数二的高档住所，一个一室一厅的Studio（单间公寓）每个月差不多要六万块，来住的人非富即贵，明星名模也很多。李大才虽然只是个保安，但在这里工作了好几年，也算得上阅人无数了，眼光差不到哪里去。

高佳妮卧室床头柜上就摆着唐洛的照片，确实瘦长条，确实长得好看，也确实有一张在地中海艳阳下晒出的黑脸，加上时间点一算，来人多半就是唐洛了。叶蓁蓁想了想，干脆不往外走了，在大堂一角的沙发上坐下，面朝进出电梯间的那道门，等着。

反正唐洛不走她也回不去，也拿不到自己的羽绒外套和包包，那就干脆等在这里，亲眼看看对方是何方神圣。

她刚坐没一会儿，李大才又过来了，这次给她拿了一件保安巡逻穿的军大衣："叶小姐，你坐这儿，大门开开关关的进风也很冷，给你这个稍微盖一下。"他还特别解释，"刚统一洗完回来的，干净的。"

叶蓁蓁赶紧接过来，谢过人家，一看军大衣果然干干净净的，带着一股消毒水的气味，叫人很安心。她把大衣披挂在了身上，浑身暖和起来，心也就定了，窝在沙发里玩手机。电梯门一有动静，她就看一眼。

出乎她预料的是，唐洛待的时间不长，掐指算来前后半个多小时，都不够好好吃顿饭拿下来了。叶蓁蓁眼睁睁看着他从电梯间出来，里面穿一件深灰色的立领衬衣，外面敞开穿一件浅灰色的西服外套，牛仔裤，跟要去春游似的，背部挺拔，目不斜视，不疾不徐走过大堂，脸上什么表情都没有。门童跑步去给他开门，没赶上，他自己推门，旋儿都没打一个就撒腿走了，外面天气好像对他一点影响都没有。

唐洛身影刚消失，叶蓁蓁就接到了高佳妮电话："回来吧。"

叶蓁蓁觉得这也太快了："怎么就走了啊？他去哪儿了？"

高佳妮觉得她问得奇怪："他回家。"

"回家？他不应该过来跟你一起住吗？你是他妈妈啊。"

"家里会更舒服一点吧。"高佳妮似乎觉得这样安排很正常，至少从她的声音听不出有什么意见。

皇帝不急太监急什么呢，叶蓁蓁没话说了："行吧。"她把军大衣拿去值班室还给李大才，自己屁颠屁颠上楼了。

她进门一看，屋子里跟啥事儿都没发生过似的：高佳妮又坐回了沙发上，半瓶酒又拿出来了，正在不紧不慢地继续喝，旁边放着那台存满和合资料、叫叶蓁蓁一看就头疼的笔记本电脑。

她看到叶蓁蓁进来，就问："你饿了吧，要不先吃点什么？"

叶蓁蓁认为这个态度实在太随便了不能忍，于是理直气壮地要求："不能吃点儿什么就算了啊，我要吃包子，我等一上午了。"她突然一哆嗦，就很惊恐，"哎呀，你们不会全吃完了吧？"

话音没落，林阿姨就端着热腾腾的包子、豆浆和几碟子小菜过来了，声音里含着歉疚："你饿坏了吧？"站在那儿看她，"没穿衣服就跑出去，是不是冷着了？"

叶蓁蓁笑嘻嘻："林阿姨我没那么笨的啦，真的出去挨冻还得了。我找保安聊天去了，压根儿没出大门。"

都一点来钟了，她也是真饿了，筷子都不用，脏手抓起一个包子就吃，含含糊糊地发出由衷的赞美："绝了！林阿姨你手艺太好了，我觉得我自己已经包得很不错了，结果一山不如一山高啊，佩服！"

林阿姨笑得见牙不见眼："这几个都是你自己包的，出师了嘛。"

叶蓁蓁咽下一口，顿时得意："真的呀？太好了，我男人肯定高兴坏了，他也爱吃包子。"

她三下五除二吃完，林阿姨收拾了东西去厨房忙活了，叶蓁蓁洗了手回来坐在高佳妮旁边，好半天叹了口气："高姐。"

高佳妮正在出神，像从梦中被唤醒一样，恍惚地应了一声："嗯？"

"你没事儿吧？"

高佳妮笑了笑，但其实一点笑意都没有："有什么事儿啊？"

"我看你脸色不太好。"

高佳妮不应声了，叶蓁蓁又叹口气："你为啥不让唐洛见到我啊？"

高佳妮沉默了一下："爱屋及乌，恨屋也及乌。他不喜欢我，我不想让他知道你跟我关系这么亲。"

叶蓁蓁"哦"了一声，心里觉得怪怪的，说："那等我去跟他一起工作，不也就暴露了吗？"

"你为我工作那是另外一码事。"

高佳妮说得硬邦邦的，想必是不乐意为这些小事解释。叶蓁蓁于是作罢，伸手摸了摸高佳妮的背，轻轻地问："高姐，你儿子既然都来看你了，怎么会恨你呢？"

她心目中人和人之间的算法可以很简单，你恨一个人，那就会有多远就离他多远，怎么还会主动找过来见面。

高佳妮抓住她的手，放在自己手里拍了两下，说："他来找我，是因为我们有事要商量。"

她和叶蓁蓁说话，却没有看她，而是望着自己脚尖的方向。高佳妮两颊的肌肉微微下垂，不复饱满与丰盈，方寸之间透出许多从骨子里显出来的疲惫。

这是一个严肃的女人在年华老去时最初出现也永久留存的迹象；而那些爱笑的，则是从眼角开始蔓生纹路，因此不管什么表情，都像是时时刻刻有笑意似的。造物主每每就是用这样的细枝末节，含蓄地暗示一个人毕生的际遇。

"他准备新年假期一过就去上班，他爸爸同意了，现在来问我的意见。"

叶蓁蓁吓了一跳："什么？新年假期一过？三号？四号？"掐指一算，"还有两礼拜？"

"是的，一月四号。"

"妈呀，不是说农历年后吗？"

"原先确实是这样安排，我本来预计他不会心甘情愿自己回来，还想找人在一月底的时候去欧洲催他一下。"

叶蓁蓁根据自己这段时间和高佳妮相处的经验，此刻心领神会："高姐，你不是找人去催一下吧，你是准备找人去绑架吧？"

高佳妮居然没有否认，只是说："怎么都好，总之他回来就行，现在他要提前上班，你也就提前上班吧。"

她唯一有点懊恼的是："那准备工作就得加快进度了。"

两人的视线不约而同地落在那台笔记本电脑上，房间里的空气凝固了几秒，叶蓁蓁承受着巨大的心理压力，突然就号了出来："那怎么办啊啊啊啊啊！"

她就势往后一倒倒在沙发上，一只手还伸出去拉着高佳妮的衣服角，努力做着无谓的挣扎："高姐，我跟你说，你再考虑考虑。你到外面再去找找其他人，肯定有人比我更适合当助理总裁的，你相信我。这么重要的职位，你可不能将就啊，再去找找看，你自己不找让猎头找也行啊，你说呢？"

高佳妮侧过身来，一下把她的手拍开，没好气："是有更好的，但都不是你，所以都没用，别废话了。"

她向来严厉，不怒自威，声音一抬高，可怕程度立刻十倍加成，以前无论家人、朋友、下属、合作伙伴，没几个不怕死的敢跟高佳妮对着干。唯独没想到光脚的不怕穿鞋的，滚刀肉不怕西瓜刀，叶蓁蓁小姐就是一块资深的滚刀肉，不要说西瓜刀，关公刀也拿她没辙。

她被高佳妮怒斥了两句，一点不生气，就嘀咕了一声："这话听着耳熟。"

"谁还说过？"

"苏桐啊。我小时候觉得我长得一般，有时候难免担心他被别的姑娘截胡了，他就这样说。"

"小时候？"

叶蓁蓁理所当然："我长大了不是就变好看了吗，那还担心啥？"她对高佳妮眨眨眼，明摆着就是逗她开心。

高佳妮果然忍不住笑了，摇摇头："厚脸皮。"

叶蓁蓁看她精神振作起来了，也就放心了一些，想着是福不是祸，是祸躲不过啊，于是用一种破罐子破摔的精神鼓励自己："新年后就新年后吧。俗话说得好，既来之，则安之，大家一起两眼一抹黑也没什么，高姐你说对吧？"

高佳妮没脾气："什么叫大家一起两眼一抹黑？"

她对叶蓁蓁寄予厚望，厚得压力偏大了，但准备好的回报也真不含糊，换了一个人，怎么都应当把这个看作是飞黄腾达的机会："我是让你去当助理总裁，不是助理下井挖煤，你这什么态度，知道年薪多少吗，知道有什么待遇吗？"

叶蓁蓁逆来顺受的，对这些条件完全没概念，也根本不打听，此刻还理直气壮地就差没唱上了："命里有时终须有，命里无时莫强求。我就不是一个强求的人儿啊你说呢？"

高佳妮都不想跟她胡扯了，把电脑直接扔叶蓁蓁腿上："得了吧你，什么命不命，年纪多大就这么迷信。你赶紧看资料，能多知道一点是一点。"

言犹在耳，两个礼拜转瞬即逝，新年假期到了，往年苏桐都和叶蓁蓁选这个时间短途旅游一下散散心，今年两个人都太累了，哪儿都不想去，非常有默契地把计划调整成了家里蹲彻底放松，还有今年要买房结婚，趁机为成家好好预热一把。

所谓的预热，首先是在假期第一天清早就去了楼盘。虽然还是个建筑工地，啥都没有，但叶蓁蓁依靠自己强大的脑补能力，已经独立构筑出了整个小区的格局，连绿化带的模样都心里很有谱了。她站在寒风里小脸冻得通红，哆哆嗦嗦地还情不自禁满脸笑，嘀嘀咕咕寻摸从这边大门出发去地铁站方便，那边出门叫专车好上五环，方圆五百米有哪些商超菜场电商提货点，把日后的生活妥妥当当安排了一个遍。

两人接下来一连三天又上建材商城、家具商场、电器商场转悠，一心琢磨怎么装修，是北欧极简满屋子雪洞一般呢，还是美式乡村恨不得饭桌上搭的餐巾都是七彩的。这方面苏桐完全没意见，就是修成个猪窝他也愿意跟着叶蓁蓁在里面打滚，所以说啥都是"好好好""行行行"，被叶蓁蓁批评没有主见若干次，仍然继续为自己的愚忠沾沾自喜。

陶醉于未来生活建设蓝图的同时，叶蓁蓁也没放过分分秒秒看和合的资料，可看着看着就晕菜了，再经常想一想自己过两天就要去和合上班，背上寒毛就竖起几根来。这样的焦虑让她心底深处有个地方不知是痛是痒，说什么做什么都抓不到摸不着，格外难受。

她难受，苏桐是感同身受的，但另一个角度上，他又很庆幸叶蓁蓁小姐大部分心思堆在了工作上，无暇他顾，否则难免会感觉苏桐反常：第一是不怎么出差了；第二是压根儿都不提万邦的事，工作上的，年会安排、公司团建什么的，以前三天两头都会说几句，现在一概没有了。

叶蓁蓁没注意，苏桐也狠不下心来自首，他只能使劲儿盼着四平的事情尽快有起色，至少要融完第一轮资，拿到投资顾问的报酬，他多少就有底气来跟叶蓁蓁和盘托出自己过去几个月的遭遇——干了什么，想了什么，为什么。

这种想法其实挺微妙的，一个人自己突然摔到一个深谷底的时候，在黑暗里待着都是不愿意出声的，就这么沉默地拼命往上走，直到重新走回一波小高峰，然后才松口气，终于又有机会细说从头，把本来起伏分段的经历，努力变成一条龙一站式的安排：我出了岔子，我没跟你说，我知道错了，但我现在跟你坦白，而且把补偿都准备好了。

这种想法蠢不蠢？当然蠢。可是道理人人都知道，但又有几个人能身临其事仍进退自如的？

苏桐是赢惯了，但他怕的不是失败，而是在最爱的人面前承认失败，因这失败要去面对叶蓁蓁失望的眼神，那才是最可怕的时刻。

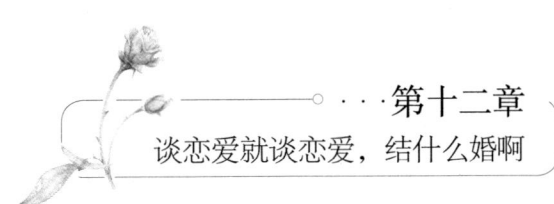

第十二章
谈恋爱就谈恋爱，结什么婚啊

说起来功夫不负有心人，苏桐自从走马上任行政总监，四平那边情况倒真的有了起色。首先财务上缓和过来了，每个月收支能有个打平，不至于马上就会因为入不敷出而倒闭。要说为什么换了负责行政的人能改善财务，主要原因是他上手就干了两件事：

第一是控制人力成本。有离职的岗位，除了一线员工之外都不再招人，由其他人顶上，本部门没人顶就跨部门顶，实在没有人顶就停掉这个部分的工作。不但如此，他还动手裁掉工作量不能完全饱和的人，根本不管人家是不是元老、有没有潜力。

第二是重新设计了整个公司的绩效体系。以前是营业额按照比例，一层一层扣销售和业绩提成，个人一层，区域一层，总部年终还有一层，最后才是公司的，如果没完成业绩目标，那就大家一起喝风，也不见谁需要特别负责任。现在改成销售收入公司先全部收进来，最大系数去掉成本之后，利润里面分出提成比例，而且设置了严格的阶梯标准，完成基本标准是分内事，只能拿底薪，达到上一档，收入会增加，而且是整个团队关联增加，但如果完不成目标档，从高层往下区域总经理再到个人，全部要扣减百分之二十的本档提成。

这两件事的目标一致，都是为了建立极其严格的成本控制和激励制度，从牙缝里抢出肉丝来。

像四平这样的公司，创业早期花的钱，靠的全是老板硬投进来的，还有一个一个客人卖出来的收入。基本上王建平早上眼睛一睁，头天晚上做了多少前途无限的美梦，现在就感觉公司需要多少费用和员工需要多少工资，那叫一个冰火两重天。

任何公司，人力资源成本和绩效支出都是两个最大的水龙头，王建平并非不知道这一点。他胸有大志，慷慨豪迈，又是从现金流充裕的大公司做高层管理出身，创业之初，对钱没有切肤之痛，总觉得只要店开出来了，产品好、服务好，自然就能客似云来，把投进去的钱都挣回来。而愿意为他工作，在他左右一起携手打江山的人，也都是好人，都应该得到好好的回报，哪怕现在一时半会儿给不了，将来也一定要补偿。他常常把这样的话挂在嘴边，是认真的，他认为大家也都是这样理解和相信的，即使甘晓峰的离去给了他当头一棒，初心也没有改。

照苏桐看来，王建平这样的人太难得也太脆弱了，能这么坚持着还一路顺风做出一番事业来的不是没有，但究其成功的原因，要么是运气很好，要么还是运气很好，几乎没有别的解释。

慷慨的人，心就大，手就松，不防备，也不严控。四平那么快就烧完了原始投资，跟王建平的个性有很大的关系，因为企业风格就是上行下效，老板都说花，其他人难道还帮他省？CFO一看公司不景气，二话不说赶紧辞职，也跟感觉自己无力回天有很大关系。

苏桐自己就不一样了，他是正经修读金融出身的，对财务数据极其敏感。他在万邦做投资的时候，每经手一个项目，他特别注意的也是对方的财务架构、理念和具体执行规则，有时候甚至会找自己了解的第三方供应商去跟项目考察对象接洽业务，以切实观察对方的财务管理情况，一旦得出的结论是不严谨、不严格、不专业，那么这个项目在BP上展示出来的前景再好，他的建议往往也都是Pass（否决），或至少要在合同里加入主控财务监管的条约。

他还兼着英文学校工作的时候必须两头跑，四平这边有些事他心里默默记着，只是一时间不好上手做，现在全神贯注在四平，那真是火力全开，大家都很快见识到了这位爷精力爆表的可怕之处，大部分工作日都是早七点到晚十点走，上蹿下跳，全日无休。

他为了找出哪些人的工作量不足，除了自己看数据、看报表、看邮件记录和工作安排，还安排了跟全公司所有人的谈话，除了少数几个跟着王建平打天下的关键人物不方便动，其他谁也跑不了。外地的开大电视投影视频，脸上几颗痘痘几颗麻子都看得清楚；总部的就在小会议室里，九十度角两张椅子相对，每个人都是一对一。

谈完一轮，所有人在他心里就被打了一个分，再按照过往的业绩数据和三百六十度绩效调查结果，三者结合，两个月后他开了一个会。本地的人关店聚齐，外地的全部连线，说要跟大家宣布几个重要的决定。

第一个决定是告知大家会有一个邮件发到每个人的邮箱里，邮件有两个附件。第一个附件是一份名单，名单上的人面临的抉择有三个：要么自己走，要么被解雇，不想自己走也不想被解雇的就写保证书主动交到苏桐手里。保证书里要定出下个季度的业绩标准，不达标立刻走人，在此期间扣留底薪，达标双倍返回，没有达标扣除一半。

第二个附件就是保证书的模板，业绩标准的部分标红，鲜明亮眼，像一记重锤，敲打在看邮件的人心上。

大家在各自手机上看完邮件，一时间哗然，纷纷看向王总，身在外地的人明明知道王总无法感受到他们的眼神，也照样望过来。但王总手扶轮椅让出C位，咬紧牙关一声不吭，明摆着是把这几十号兄弟的生杀大权交到了苏桐手里。

王建平在这件事上支持苏桐，并非因为他喜欢这么激进的做法，严格说来，他个人甚至是很不认同的，但苏桐天天过来跟他讲这么做的道理，最后把他给说服了。

苏桐的道理非常简单：第一公司没钱了，你觉得开掉一部分不能创造价值的人好，还是大家一起死好？

没法选答案。

第二是你养着这些人是因为对他们有感情，觉得创业之初欣欣向荣的时候大家一起过好日子，现在有困难也要不离不弃，那不离不弃得双方都心思一致，不然就是单相思，所以总要看看谁能做到对公司也不离不弃吧？

也没法反驳。

这个决定已经敲打得与会人群脸色铁青了，接下来一个是要改绩效和薪资体系，业绩目标、底薪和提成比例全都变了。

北京大区的负责人当场就不干了："这么搞，销售业绩肯定完了，没人愿意干。"

这位大区负责人姓李，叫李想，也是王建平的左臂右膀，大部分四平的销售都是他亲手培训出来的，从一开始他就不赞成请苏桐进来当投资顾问，认为这是一棵树上吊死的行为。现在苏桐干脆就已经完全超出了一个顾问应该有的工作范畴，开始对公司核心的事务指手画脚了，俨然是话事人了，李想没法忍。

结果苏桐硬怼了回去："有多少人不愿意干？现在举手，马上就可以走。"

大家都惊了："这样都行？"一时之间很不习惯，又纷纷往王建平那边看，大哥继续在旁边沉着脸，手握在轮椅扶手上，眼尖的人看到他手背上爆出了青筋，想必这一刻心里也并不平静。

苏桐是唯一不看他的人，他冷静地等着大家从最初的震惊里走出来，一面在屏幕上调出了很多数据表，一面慢条斯理地问了李想一个问题："李总，咱们公司也有几年历史了,每年进进出出,财务结构也挺复杂的,其他我就不问了,光说一个,咱们每年有多少硬推广费用你知道吗?"

李想一愣,磕磕绊绊说了一个数字,印象里大致就是如此。

苏桐干脆利落地往他脸上糊了一把泥:"错了,而且错得远。"

李想脸色铁青,但眼光定在屏幕上,仔细看一会儿,就知道自己是真的错了。

显然苏桐是有备而来:"大家看一下屏幕,这是公司近三年的财务报表,我给大家算算成本和产出。"

他这一开始算就打不住了,一口气讲了两个多小时,将大家讲得面无人色,其中最让人震惊的数据是公司的利润分配属于国退民进型。挣钱的时候一线拿大头,公司拿小头,亏损的时候公司兜底,业务一不好做销售就纷纷离职,人力资源忙到半死,招进人来都是白费功夫,一年间一线员工流失率在75%。

另一个数据是线上市场营销费用,向来是成本大头,从产出效果来看,几乎都在花钱挣吆喝,结果真正对公司业务有用的是什么呢?是那些非常不高大上、非常叫员工觉得没格调的地推,是一对一的、结结实实的地推,以及熟客的转介——地推造就第一轮购买,转介带来新客源。

而数据中最大的亮点也是复购和转介率。但凡对行业有一点了解的人,都看得出来那简直好得过分了:超过70%的人会买下一期课,而且往往加量买,超过50%的新客来自转介,生动地诠释了什么叫作一本万利。

他讲得这么明白,是个人都能想得出来——如果客源能够扩大十倍,四平的日子就彻底好起来了,但大家想不明白的是:从哪里去十倍扩大客源呢?

苏桐也不知道,或者至少他假设自己不知道,因此没有直接把结论说出来,而是把球踢回给了所有人:"大家听完数据来讨论一下,咱们接下来应该怎么办?"

会议室里先是一阵沉默,随后嗡嗡声四起,但这些嗡嗡声也并不全是关于工作的讨论,也不是每个人都想投入会议的讨论,至少李想就即刻离开了会议室,甚至都没有说明离席的原因。在会议间歇休息的时候,有几个人匆匆进了李想的办公室,在里面待到这边会议开始十几分钟后才又出来,每个人的表情都阴晴不定,而这些人,都是王建平创业之初就待在公司的高管和元老,他们都非常资深,对四平有着举足轻重的影响力。他们坐在会议室里,有的看手机,有的互相窃窃私语,有的过去跟王建平说话,完全不按照苏桐的安排参与议程和发言,而后者对此若无其事,带着其他人按部就班该干吗干吗。

这个会开了六个多小时,四点多才散。苏桐回到办公室的时候声音都有点哑了,王建平被那几个高管拖住,又聊了足足半小时才抽身,进来找他:"你感觉怎么样？"

苏桐笑笑："还行，预期效果达到了。"

他的预期效果就是所有人都同意几个关键点：第一个是在融资之前，要先求生存再求发展，自己造血养活自己之后，再去寻求外界支持强大成长，而不是寄希望于融资救命；第二个关键点，是要精简预算，重新设定市场推广重心和方向；第三个关键点是要去冗余人员，停止开新店，旧店运营全面改革绩效系统，全面提高效率。

通过一连串的引导讨论，好几个方案大家基本上都达成了一致意见，这样一来等方案落地推行的时候，阻力就会比较小，远远好过从上到下拍脑袋硬来。

最好的表达，不是口若悬河、有理有节，而是让你想要说服的人，认为你要他接受的观点来自他自己。这一手苏桐已经炉火纯青，前几年没白在各处项目给陌生团队当顾问。

不过，那些没有参与讨论的，则摆明是他改革路上的拦路虎。

这些拦路虎让王建平现在脸上没有半点笑容："刚才李想跟我说，如果公司的方向是这样的，他觉得自己没有什么用武之地。"

这在苏桐的意料之中，他反问得很淡定："他的用武之地是什么？"

王建平叹口气："李总十五年前就在做连锁行业的运营和管理，对这一行很精通，公司的销售和绩效考核的体系都是他一手搭建起来的。"

苏桐凝视着他："李总哪一年的？"

"1969年吧，为什么问这个？"

苏桐淡淡地说："他老了。"

他把大衣穿上准备下班，这一刻显得既诚实又冷酷："我们所管理的人是'90后'，我们所服务的人，大部分也是'90后'。年轻人的世界，有年轻人的法则。"

王建平沉默了一会儿，摇摇头："我不同意你的看法。"

苏桐看着他："你同不同意不重要。公司活不活得下去才是关键。"

"你怎么知道这样做公司能活下去，万一李想是对的呢？现在的困难是一时的，我们需要的只是资本的支持，只要有钱，把规模铺开来，很有可能这些问题都会迎刃而解！"

苏桐摇头："凡是要玩资本概念，靠融资一轮轮续命的项目，一百家里有一家能发展，就是概率很高了，大部分项目是不会有任何好结果的。"他不客气起来是真不客气，"尤其是重成本的实体经济，绝对不能抱有幻想。"

王建平额头上爆出青筋，语气已经不善："你认为自己一定是对的？"

苏桐认真了起来，他和叶蓁蓁不一样，叶蓁蓁最不喜欢和人冲突，但凡可以，就

"好好好""行行行",混过去就算了,还经常说:"不相干的人,何必浪费时间生气呢?"

苏桐可是架战斗机,生起气来的时候还是无人驾驶加上远程管理失控那一种。

他一秒钟都没犹豫,顶着王建平的痛点就放了大招:"这么说吧,万邦没有投钱给你们,就说明这个想法是错的。"尽管和万邦之间的结局并不愉快,但苏桐骨子里是一个很公平的人,"他们很专业。"

这句话一下子就戳到了王建平的痛处,他上半身僵起来,硬邦邦地坐在那里,眼睛望着毫无意义的某一处,腮帮子那里凸出肌肉硬块,这是在咬着牙制止自己不要冲动失言,宽大的双手握成了拳头,放在膝盖上互相抵着。

苏桐当然注意到了这一系列身体语言的变化,他站在那儿看着王建平,想了想又把大衣脱下,拖了一张凳子坐到他对面:"王总。"

王建平没看他:"嗯?"

"我说话是直了一点,而且你请我来,本来也是为了做FA,按道理我不应该自己上来插杆子管公司管理方面的事。"

王建平一震,急忙说:"我没有这个意思。"

苏桐心如明镜:"你就算没有这个意思,外面的兄弟们也是有的,这没关系,我是为你来的。"

王建平"哎"了一声,苏桐继续说:"我做了几年初创企业管理辅导,见过太多因为团队想法和行动不一致,导致大好项目折戟沉沙的例子。"他把椅子移得靠近了王建平一点,这是推心置腹之谈,"好人未必能干,有经验未必有未来。王总,你从以前公司带出来支持你创业的人,个个都是双刃剑,一方面大家是老关系,磨合足够了,你信得过他们,可以放手让他们去做事;另一方面,如果他们做不好,你就一点后路都没有,就算想挽回,难度也很大。这种感觉,难道你这几年下来,真的完全没有任何体会吗?"

苏桐说中了王建平的心事,他松开拳头,推着轮椅左右轻轻晃动,陷入了深深的矛盾之中,许久之后才说话,口气带着苦恼:"实话跟你说,我确实有这样的感觉,但是……"

他欲言又止,看了看办公室外,远处还传来断断续续的谈话声,他们两人之外的管理层成员们似乎还在进行相当激烈的讨论。

"但是那些都是你的兄弟,你做不了坏人,这一点我明白。"苏桐帮他把话接了下去,"如果有必要的话,这事儿我可以做。"

"你来做?"王建平一时间还没回过神来,可是苏桐也没耐心等太久了,他加重了语气："我是个外人，要在四平把事情做起来，王总你得完全信得过我，所以说，你恐怕要做一个选择。"

他的手指向办公室外声音的来源："要么是他们，全部或者一部分人走；要么是我走，这里面没有妥协的可能性。我没关系，你晚一点想明白了，打个电话给我就行。如果明天我不用来了，就找个行政那边的妹妹帮我把私人东西收一收，扔了得了。"

他突然想起了什么，站起身来找了一圈，脸上露出诧异之色。王建平问他怎么了，苏桐嘀咕了一声："我那个杯子呢？"

王建平对杯子没兴趣，他皱起了眉咂摸这几句话的分量，而苏桐找了一会儿，硬是没见到那个杯子，不知道是不是阿姨拿去消毒了。

眼看时间不早，现在就算逼死王建平也没什么用，他再次穿上了大衣："先整理完团队、组织架构和绩效，接下来要优化产品，提高竞争力，最后才是去融资，这条路是正路，但很难走。"

世上一切事都是如此，正确的路在哪里，很多时候一目了然，只是走起来毫不例外都太难了。

苏桐对王建平投去意味深长的一瞥："王总你定夺吧。"说着推门而去。

他回到家，进门发现到处灯火通明，但客厅没人，屋子里飘散着酒酿圆子的甜甜香气。他喊着小包子闻着味儿进厨房一看，叶蓁蓁穿着家居服正在燃气灶面前站着，一只手抓着手机看，嘴里还念念有词，一只手握着勺子在搅动锅里煮的醪糟。

苏桐过去看看锅里："哟，这是没吃晚饭吗？"

叶蓁蓁这才反应过来："你回来啦？我都没听见。"她的身体自然而然地靠上来，靠到苏桐怀里。

苏桐亲亲她的额头："你看啥呢看得这么出神？"指了指她手里的电话。

叶蓁蓁也跟着看了一眼，然后突然把手机往苏桐手里一撑。她平常见到苏桐就心花怒放，兴致高昂的，笑容、说话都甜，今天完全不一样，声音里透着急躁和慌张："你给我看一下，这些收购都是些什么鬼。"

苏桐莫名其妙："什么收购？"他拿过来一看，手机上开着大堆大堆的文件，各种格式都有，是和合近两年的收购交易方案，密密麻麻的资料涉及了长租公寓、传媒、跨境电商等不同的项目。

叶蓁蓁一只手抓后脑勺："高姐说明天要随机抽一个考我，让我说说这些交易的利弊，应不应该做。"

她"砰"的一声把勺子扔在了锅里，两只手抓着后脑勺，可见苦恼之剧烈："我怎么知道什么利弊啊，这些事情都不是我干的，我压根儿干不了。"

苏桐赶紧把她手机屏幕关了放在一边，转过去张开双臂，轻轻把女朋友抱在怀里。他个子高，这么一抱，叶蓁蓁的头就刚好在他胸口那一块顶着，能听到他强大的心脏不紧不慢平缓有力的跳动声。苏桐把下巴搁在她头发上，柔声细语地哄："好了好了，没事没事，一会儿我们一起看，放心啊。"

叶蓁蓁得寸进尺，居然马上就开始哽咽了，在爱人面前她那个娇气啊，全天然无添加，储量极大，一点挖掘工作都不用做，随时随地往上冒。

苏桐用小手指给她擦眼角，暂时那地界都是干的，他这就是未雨绸缪，继续好声好气："这些东西主要是经验，多看几个案例你就明白了，现在是还不习惯，其实没那么难。再说了，实在说不上来咱们瞎编总行吧。凡事不都有利有弊嘛，这还不容易说？"

叶蓁蓁带着哭腔，声音闷闷地从他怀抱里传来："瞎编有什么用啊？"她挣脱出脑袋，仰着小脸儿看着苏桐，"我这个班真的不能上，真不是我的活儿。"

她右手举起来，比了一个"六"："今天高姐跟我说，这个职位，一年三百五十万的年薪。公寓、车子和日常助理，需要的话都是公司配，每年还有几十万的个人报销额度，什么都能报，买根冰棍都能报。"

苏桐没明白她现在说这个点的意思："嗯，这个价格不低啊。大公司里管营销和销售、有期权股权的副总裁拿完年终分红，也就比这个数多一点。"

叶蓁蓁的头猛摇，仿佛她终于听到了应和自己观点的说法："就是啊！就是这个意思啊，这说明啥你知道吗？说明高姐来真的！她是真的要我去当那个什么破助理总裁啊。"

苏桐啼笑皆非，心想你这会儿反应过来不是过家家，反射弧也未免太长了吧。叶蓁蓁还在继续咆哮说："她来真的，可我不是真的啊！这些什么收购什么交易的利弊，你非要我编，我是能编。要不你看了说给我听，我死记硬背完拿去跟她说，也行对吧？"她死死盯住苏桐，两手一摊，"但这些不是真的，没用的，对和合也没用，对高姐也没用，但我看她的样子，她是拼了命的希望我有用啊。"喘口气，她一锤定音，"高姐一定是很希望我做成什么事去帮她的，要是我能帮，我肯定不推辞，问题就在于我不行！"

所以她的结论很简单："我不能浪费高姐的期望和钱，更不能浪费她的时间，等她最后不得不承认我真的没用的时候，她会恨我的。"她从苏桐的怀里挣出来，伸手就去拿自己手机："不行，我得跟她说，我不干了。"

苏桐赶紧放开她，然后看着她拨号："小包子，你准备就电话里跟她这么说一句啊？"

叶蓁蓁手指放在拨号键上没动，一愣："哎？"

"小一年了哦，就凭她天天早上六点陪你游泳，你也知道高姐是很认真的。"

叶蓁蓁又焦躁了："那我就是不行啊，她认真有什么用？"

苏桐拉起她的手："小包子，我没有让你勉强继续下去。我的意思是说，既然你做了这么慎重的决定，最好是当面跟高姐好好说，不能一个电话把人家打发过去，这也太渣了，你说呢？"

叶蓁蓁马上想起了郭也说的"分手一个短信就行了"的论调，她当时听的时候也笑人家渣来着，于是就犹豫了："好像是不太好哦。"

她拿着手机嘟囔起来："可是我不敢当面跟她说啊。"怂包样暴露无遗，证明她就只敢在苏桐面前横。

苏桐跟她讲道理："越不敢当面说的事儿越得当面谈，否则后患无穷。你去换衣服吧，我陪你去高姐那儿一趟，你好好跟她说清楚。"他说完心里打了自己一个小耳光，这可真是医人者不自医。

叶蓁蓁"嗯"了一声，正要去换衣服，又转过头来看看苏桐："宝，你听到我刚说的和合助理总裁那工资数字没？"她加重了语气，"一年三百五十万啊！"

苏桐摆摆手："听到了，自尊心受到极大打击，再也不敢说自己能挣钱了。"

叶蓁蓁"扑哧"笑了："傻瓜。"

她站在那儿若有所思："高姐说的，这是人家求都求不到的，放在我手上我不要。"她放低了声音，这是真实的愁肠百结，左右为难，"我们其实也挺需要钱的，房贷几百万呢。"

苏桐赶紧过去，两只手捧住她的小脸蛋儿捏："没事没事啊，千万别为这个纠结，是咱们的就是咱们的，不是咱们的，比如银行里那一堆堆的钱，那也不是咱们的啊，抢的话犯法是吧？"

叶蓁蓁被这个比喻折服了："什么跟什么啊。"她心情好一点了，仰起头问男朋友，"你是不是觉得我特别傻？"

苏桐伸过头去亲了一嘴："是特别傻，但我就是爱你这样傻。"

叶蓁蓁终于笑了，对着男人比了个心，进了卧室。苏桐跟过去，靠着门继续说："你以前看过一本什么，茨威格写的书应该是，怎么说的？命运给你的礼物，都有标签啊什么的，你还跟我特意提过，说写得特别好。"

叶蓁蓁正脱了家居服往身上套毛衣，脑袋闷在毛衣里"扑哧"笑出来："什么标签，我还Logo呢！这是《断头王后》那本书里面的一句话啦，所有命运赠送的礼物，早已在暗中标好了价格。"

苏桐击节赞赏："厉害！就是这句话，我家小包子真有文化。"

他趁着叶蓁蓁往身上拉牛仔裤，小屁股左摇右摆的，过去摸了人两把，明摆着揩油："像这样价值几百万的礼物啊，潜在的代价根本不知道是什么，不要的话心里比较安稳，总之我支持你。"

叶蓁蓁在他的咸猪手上拍，但防御很有限，甚至可以说得上是纵容，娇嗔的时候嘴角彻底笑开了，跟苏桐十分钟之前进来时的苦瓜脸不可同日而语。

嘻嘻哈哈腻了一会儿，叶蓁蓁在男人的骚扰下千辛万苦才换好衣服。两个人勾肩搭背走出去，路上叫了个车。晚上北京的交通比较宽松，很快高佳妮的住所就在眼前，叶蓁蓁本来和苏桐好好说着话，突然沉默下来。

苏桐知道她心里忐忑，也不去逗她，只是拉着她的手放在自己膝盖上，十指交叉，嘴里轻轻哼着歌儿。

到了门口，车停下了，叶蓁蓁却坐着不动，苏桐看着她眼里那沉思的神气，安静地等着。过了好一会儿，叶蓁蓁说："宝，我还是纠结得慌。你说我去问问郭叔的意见怎么样？"

"郭也啊？"苏桐全程跟进叶蓁蓁的个人助理发展历程，当然知道她和郭也的关系，他觉得这个想法也有道理，"他和高姐这么熟，可能会知道为什么她要这么做。"分析下来头头是道，"如果高姐真的是为了报恩，想培养你成才，再给你一笔钱，你大可跟她说我们两口子一年到头救的人多了去了，没多大事，让我们彼此保持清白的朋友关系就好，这么把话说清楚就行了。要万一她有别的想法，咱们也可以听听，然后再下判断，对吧？"

叶蓁蓁点头："你说得对。"

她突然拍了苏桐一记："怎么在家里你又不说这些呢？"

苏桐耸耸肩："我这个人没什么主见，不是都顺着你这个坡下驴吗？"

她假装生气，怒吼起来："你这个驴一点都不负责任！"

苏桐不服："让你高兴就是我的责任，你说啥就是啥！要到关键时候必须我兜着我才能来兜。"

"并没有!上次我想吃街边的香肠你就不给我买，我硬买了，你一口啃了我半根。"

"你那个肠胃吃一次街边摊拉一次肚子的，我吃掉半根你不就少拉一会儿啊。"

两个人斗了几句嘴，叶蓁蓁一边让司机往回开，一边打电话给郭也。对方接起来一听是她的声音，很高兴："姑娘啊，你干吗呢？"语气特别慈爱，都不像毒舌郭爷的风格了。

"我有事儿想问问你呢郭叔，你这会儿方便吗？"

"方便方便，你在哪儿呢？"

"亮马桥附近。"

"你来找我吧，我在三里屯这边吃比萨，我发个定位给你啊。"

电话挂了，叶蓁蓁摇头："都三高了还吃比萨，一点不听话。"

苏桐忍住笑："你怎么知道他三高？"

"我上次见过他的体检报告，超多毛病的。虽然都是小毛病吧，我倒从来没听过他哼哼一声不舒服什么的，天天该干吗干吗。"

"有的人对病痛忍耐的阈值高，他可能没什么感觉吧。"

叶蓁蓁否认："才不是，他说与天斗与地斗与皮囊斗其乐无穷，要么就病得躺倒干脆一命呜呼，要么就置之不理，总之绝不能为了一个小毛病就苟苟且且地上医院。"

"郭也的人生态度也是叫人想不通，"叶蓁蓁说道，"有毛病就去治啊，这怎么能叫苟且呢？"

他们很快就到了三里屯一家情调看起来很正宗的意大利餐厅门口，下车就见到郭也坐在落地玻璃窗临窗的位置，正大快朵颐。从餐具看像是他一个人吃饭，桌子上却堆满了各种食物，比萨、鸡翅、意面、沙拉、饮料，一大堆，最起码有四个人的分量。

叶蓁蓁和苏桐坐在他对面，看着这个阵仗吓一跳："郭叔，这些全是你一人吃的？"

郭也正好啃完一个鸡翅，满足地长叹一口气："是啊。"

"好食量，真是一条好汉！"叶蓁蓁说着还竖了大拇指。

郭也给她逗得哈哈笑："那必须。老骥伏枥，志在千里啊。"

叶蓁蓁就有点担心："你不要一次吃这么多吧？"

她伸手拿起点菜单看了一眼，妈呀，桌子上的这还只是一部分，她就苦口婆心上了："郭叔你肠胃不好，少吃多餐啊，暴饮暴食一会儿又不舒服了。"

郭也这辈子都是自由主义者，是一个宁愿在人类清除计划里被一刀砍死，都好过被人管的硬核浪子，结果在叶蓁蓁面前一点不犟，还解释了一嗓子："我平时也不吃这么多，你又不是不知道，这不刚被几个老朋友弄去香山参加了一个辟谷嘛，饿了七八天，天天就发两片菜叶子两粒米，老子快要饿劈叉了。"

"辟谷？你图啥要去辟谷？"叶蓁蓁偶尔毒舌起来，造诣也是摆在那儿的，"您这酒色财气地造，就是饿扁了也没法变神仙啊。"

郭也不以为然："为啥要变神仙，我活得挺好的，活神仙！就是几个朋友叫，那就去呗，一起饿肚子有助于了解一个人，更有助于促进彼此感情。"他对叶蓁蓁眨眨眼，"再说，快年底了，闲着也是闲着。"

叶蓁蓁笑，也没啥办法，这时候想起身边人了，向郭也介绍："郭叔，这是苏桐，我男朋友。"

郭也看了苏桐一眼："就是你把我家蓁蓁给耽误了吧？"

苏桐进来之后一直坐在那里规规矩矩的，星星眼看着自己偶像，听着叶蓁蓁和郭也一来一往聊天，表情那叫一个羡慕啊，结果刚有机会自己搭上话，当头就被批了，吓一跳："啊？我没有啊。"

郭也很不满意："还没有？这么早谈恋爱干吗？谈就谈吧，结什么婚啊？就是你这样的男人，才让这么多有智慧的女人不好好创造世界，光想着回家生孩子。"

苏桐一听冤枉啊，张嘴想要辩白，硬是不知道从哪里下嘴，幸好叶蓁蓁给他解围："郭叔你别欺负人家，他是你的书迷。"

苏桐马上适当地摆出了自己资深迷弟的小表情："是的！郭先生，您写的书我全都看过，而且都不止一遍。"

"是吗，看了有什么感想？"郭也继续啃鸡翅，无动于衷，毕竟这样的话他听得多了，套路，全是套路！说出来的话毫不新鲜，更不会让他有任何感动。

"您太牛了，真的！就说互联网二次中心化这个观点吧，简直振聋发聩，我也特别认同您说的，现在的整体环境就是创新产品层出不穷，商业模式却已经逐步固化，还真是……"

这两句话说出来，表示苏桐是真的读了书的，还读在了点子上。郭也对庸才向来很不客气，遇到有料的态度就不一样了，顿时精神一振："你对这个有感触？"

"有有有，太有了，我跟过差不多六七个行业的创业公司吧，他们……"

他说得正热闹，突然一个急刹车闭上了嘴，第一是因为感受到了旁边两道锐利的眼神，第二是大腿被一只小手拧上了，很疼。

两个男人都小心翼翼地偏头一看，叶蓁蓁瞪着小鹿斑比一般滚圆的眼睛对他们怒目而视："干吗来的啊，怎么就谈上这些事了呢？"

苏桐赶紧认错："不谈了不谈了。"

郭也笑眯眯的，对苏桐使了个眼色，意思是未完待续啊，瞟得后者简直心花怒放的，然后去问叶蓁蓁："啥事儿啊找我？"

叶蓁蓁拿起一根薯条在盘子里画圈圈，有点心虚的意思："高姐那边，让我去和合当助理总裁，这事儿，您知道了吧？"

说到"助理总裁"四个字的时候还调低了声调，显得很不好意思。

"知道，她跟我说了，怎么了？"

叶蓁蓁看着郭也，露出了央求的神气："郭叔，高姐到底为啥要赶鸭子上架啊，我真的不行。问她她就说没别人了，非要我去。"她摇摇头，"你说别的啥事儿非要我，我还能理解，管那么大公司真不是我的领域。"她用肩膀推了一把身边的苏桐，真心实意地说，"叫他去我觉得还差不多。"

郭也看着他们两个，抓了一块比萨往嘴里送，一边吃一边若有所思，三五口下肚，他擦擦手，沉吟了一下，娓娓道来："高姐有个儿子叫唐洛，你知道的。"

"嗯。"

"他十七岁去了美国，本来要在斯坦福读财经或企管，你高姐捐了一大笔钱款给学校为他保底的，他成绩也能过，结果呢，偷偷跑去考了艺术学院。你高姐气坏了，想去抓他回来重新申请学校，他就干脆什么书都不念了，跑去了欧洲，到处玩，乱花钱，那时候刚刚成年，不知道干了多少荒唐事。"

"哎哟，高姐提过一嘴，不过没说这么叛逆，居然真的没抓回来？"

"按佳妮的作风肯定就抓回来了，但他爸爸的意思是，男孩子要长大，一定要经过一个彻底的叛逆期，否则不会有自己的主见，不知怎么说服了你高姐，所以有几年时间真的没有去管他。"

叶蓁蓁听到这里，重重叹了口气，苏桐完全明白她的意思："是说咱们老爸怎么就不这样想对吧？"

叶蓁蓁说："嗯，主要是没那么多钱给咱们造。"

郭也继续："后来他自己在威尼斯读了两个跟艺术有关的学位，和他爸爸总算有了一点共同语言，但跟他妈还是不对付。"

他叹口气，声音降低了，像是在对叶蓁蓁说，又像是在自言自语："你高姐这个人，哎，有首歌怎么唱的来着，爱你在心口难开？她就是这样的，从来没在她儿子面前说过哪怕一句带感情的话，但唐洛这么一走，这个儿子相当于白生白培养了，是真伤了她的心，而且公司越来越大，她事无巨细地操劳，身体每况愈下。"

郭也又叹口气，这次沉默了好长一会儿："伤心的事太多了，身体就受不了了。"

叶蓁蓁听到这儿，想起了高佳妮醉酒那一次，健康不佳，婚姻不幸，显然和儿子离家出走、经年不归一起三管齐下，对一个本来极其强悍的女人造成了毁灭性的打击。

郭也说："她身体有一段时间实在撑不住，只好离开公司，休息一段时间，安排了她多年的合作伙伴集体管理和合，但就在这段时间，她先生就从幕后出来，接管了公司的控制权。"

苏桐插了一句话："他把那批轮值总裁都弄走了吧？"

郭也看了他一眼："是的。"

叶蓁蓁有一点没明白："啥情况？"

苏桐跟她解释："我是在财经新闻上看到的，说和合有四个参与最初创业的元老，大部分是高级副总裁以上级别的，一直在业界都很有声望，在毫无征兆的情况下公司突然发布公告说他们离职。"他把自己手机掏出来，点了几下，递过去给叶蓁蓁看，"这条新闻你看看，就是说这个的。"

说是新闻，其实已经是前年九月的事儿了，也就是苏桐他们两口子遇到高佳妮之前几个月，而且也不是一条，满坑满谷，各个媒体渠道都有消息。

说的是和合总部大批高管离职或调职，其中好几个是在公司十年以上，独立管理产品线的大佬级人物。文章没有说是为了什么，只强调这样做带来的影响：业界震动，股价大跌，被调低信用评级，总之都是负面的。

叶蓁蓁看了害怕："啥情况？"

郭也点点头："那些都是佳妮的人，跟她多年，结果唐在云一回来，就换了自己的人。他和佳妮之前的合作，都是他负责战略和规划，不理实际管理的，现在连实际控制权也要了。"

苏桐问："那高姐没制止吗？"

郭也叹口气："唐在云非常擅谋，提前规划了很久，你高姐当时在美国治病，情况比较严重，唐在云在她缺席的情况下召开了董事会，接手了日常管理。"

"这都行？"

"和合本质上还是家族管理，夫妇没有离婚或股票分家，就是共同行动人。佳妮生病无暇理事，老公出来接手天经地义，上来之后再用闪电战的方式出其不意干掉那些元老，接下来再要做什么就很容易了。"

叶蓁蓁小脸涨得通红："太卑鄙了吧，看样子他不像啊，那么有风度的人。"

苏桐趁机自我标榜："你看！小白脸是不是都靠不住，还是我这样憨厚的比较好吧？"

叶蓁蓁随手在他头上敲一记："你哪里憨厚了？抢我香肠吃的人不配说'憨厚'两个字！！"

郭也在旁边莫名其妙："什么香肠？"他随手拿起一块比萨给叶蓁蓁，"这是意大利香肠比萨，挺好吃的。"

她本来在家煮醪糟就是饿了，出来颠儿半天更饿了，顺手接过来就一边啃，一边问："那高姐回来之后怎么办呢？"

郭也对整件事还真熟："她回来工作了一段时间。"

叶蓁蓁满怀希望："扳回大局了吗？"

郭也又递给她一杯喝的："不算顺利。本来她是有很大影响力的，和合一直是轮值总裁制和集体决策制，重要事务都投票决定，但佳妮有最终的一票否决权，那是董事会动不了的，要开股东大会，她本身又是大股东，所以保留下来了。"

"那是啥？"

苏桐帮郭也解释了一下："一票否决权就是说，哪怕所有人都赞成的事，她说不能做，那就是不能做。"

郭也点头："为什么说不算顺利呢，因为她之前很多年都没有动用过这个权力了，本来不需要，大部分管理层都是支持她的。"

叶蓁蓁有不祥的预感："'本来'啥意思？"

苏桐跟了一句补全她的问题："那些人走了之后呢？"

郭也淡淡地说："半年之内用了三次。"

短短一句话，无须更多细节，说尽了高佳妮那半年的困境与挣扎，哪有人真的一手遮天、独木支天？当你必须跟所有其他人对着干的时候，在高位者是唯我独尊，在低位者是一意孤行，都难以持久。

"佳妮历来是行动者，战略和大局观向来不是她的强项，她的三次一票否决，其实不见得是正确的选择。"

他说得很含蓄，但叶蓁蓁跟过他工作，在跟人说工作的时候，所谓"不见得是正确的选择"从郭也嘴里说出来，其实就是"大错特错"的意思。

因此高佳妮动用否决权的结果也就不难想象，郭也叹了口气："后来矛盾激化，她先生再次出面，联合其他高管，以身体健康始终不佳为由，要求佳妮继续休假，其实就是相当于全面退出公司管理。"他很懊恼的样子，"借口，全是借口。"

叶蓁蓁嘀咕了一句："Doer和Thinker（思考者）。"

两个男人都明白她在说什么，郭也说："是的。她先生唐在云就是那个Thinker，所以当他们无法配合默契的时候，很多事就干不了了。"他难得地露出了唏嘘的神情，"他们前半生一直是配合得很默契的。"

叶蓁蓁无端觉得难过："他们——回不去了吗？"她想起高佳妮那么酷、那么坚强的一个人，在醉酒的时候仍然难以自制，实在无法想象在她身上发生过多少令人伤心的事。

郭也又拿起一个鸡翅，送到嘴边却再也吃不下了，顺手丢到旁边，重重地说了一句："回不去了，你高姐最后的撒手锏，就是手里的股票份额，但唐在云也不少，如果继续对着干，无非就是两败俱伤。最关键的是她的身体确实是撑不住了，所以他们夫妻俩达成一个妥协，让唐洛接手他妈妈的职位和控制权，跟唐在云共同管理公司。"

他对另一个人的关怀与理解，都溢于言表："放不放弃公司，根本不是钱的问题。你高姐上半生挣够了，十辈子都花不了，但和合是她的心血结晶，是她想要传承下去的基业，她个性极其好强，根本接受不了就此被迫退出，放弃一切。"他看着叶蓁蓁，"你不想去和合，我理解的，我跟她说过，你没有准备好。但她信不过唐在云和他的团队，唐洛又太过年轻，因此她现在唯一需要的，是一个她能完全信任的人去和合，看有没有可能作为她的代表继续对公司施加影响。说到信任这一点，任何其他人，哪怕是被高佳妮选中的，也可能见风使舵，易始难终，因此除了你，佳妮恐怕是没有其他选择了。"

每个人大概都会有这样的时刻，没有选择。

命运给你什么，你就接受什么，别挑剔，别抱怨，别试图讨价还价，因为都是徒劳。

叶蓁蓁并非没有听过这个理由，但从郭也这里说出来，比高佳妮亲自说，更有分量，因为郭也绝对不是一个会误判形势的人，也不会被情绪控制和引领，他一字一句都发自肺腑，其实也表明了态度——他其实也是希望叶蓁蓁能够去的，唯一的原因，是不想让高佳妮再受打击了。

她沉默下来，苏桐在桌子底下握着她的手，轻轻捏了捏，知道她正纠结震动，心乱如麻，因此给她一点小小的安慰。

这时候郭也又开始吃比萨，看来辟谷一趟，真的能激发人在吃上的原始兽欲，他吃得两只手都弄脏了，忽然电话响起，号码没有名字备注，他皱着眉头想了一下，用唯一干净的尾指点了点，开了免提，那边是一个娇滴滴的、极其年轻的女孩的声音："亲爱的，你什么时候到啊，我们约的七点，现在都九点多啦。"

郭也有点囧，赶紧一下子挂掉了。叶蓁蓁马上把自己的心事抛开，开始嘲笑郭也："郭叔，可以嘛，佳人有约都忘记哦。"

郭也瞪她，他倒不是因为叶蓁蓁嘲笑而不好意思，这种事她也不是第一次见了，而是因为苏桐在——不管多老江湖多淡定，面对崇拜者的时候，人家多多少少还是会有点偶像包袱的。

叫了服务员来，比萨没吃完的打了包，郭也拎着出门上了车，走了。叶蓁蓁跟他挥手道别，而后转身对着苏桐叹口气："得。"

苏桐抱着她的肩膀："现在真没法去高姐那儿说你撂挑子不干了吧？"

"嗯，郭叔这么说，高姐真挺惨的。"她伸手搂着苏桐的腰，"所以钱也不是万能的，对吧？"

苏桐点点头："嗯，钱不是万能的。"想到四平和王建平，他心里又默默加了一句，"没有钱也是万万不能的。"

叶蓁蓁的脚尖在地上踢着人行道，一下一下地，把鞋子尖都踢得灰扑扑的，埋头想着心事，过了一会儿说："那我还是去吧。"她露出了大无畏的表情，一般来说，人们只会在那些冲进火场救人的勇士脸上见到这种表情，"反正啥时候不行了就不行了，等人家开掉我，就算我尽力了，对高姐也有个交代。"

苏桐摸摸叶蓁蓁的头发："什么叫开掉你？"他给叶蓁蓁打气，"你可以的，要有勇气，尽人事听天命，跟打架一样，明知打不过，也绝对不能尿，不是吗？"

叶蓁蓁拍了他一把："你个天棒哟，这跟打架能一样吗？"

"天棒"是重庆话里对那些异常调皮的人的专有称呼，说苏桐是天棒，那是百分之一百合情合理。

苏桐认为没什么不一样："打架听起来简单，其实讲究战斗策略、技巧、心理素质，还有临场发挥，有时候更需要发挥团队优势，你觉得听起来跟工作有多大区别？"

叶蓁蓁笑了："好吧。"她抬头看着苏桐，"其实高姐要是愿意让你去就好了，你多棒啊，肯定能把唐在云他们打得落花流水。"言语中充满了由衷的倾慕和赞美。

苏桐心里又受用，又惭愧，伸手捏捏她插科打诨："我不去，不是那块料，要是让Spencer训我几个月，你老公就变人妖了，不能人道你不得飞了我。"

苏桐在人行道上就地摆了一个妖娆的Pose（姿势），对叶蓁蓁抛了个媚眼："这样的。"

叶蓁蓁哈哈大笑，摆手："真不要，没法要。"

他们回到家已经十点多了，锅里的醪糟圆子冷冰冰地成了一团浑。苏桐不计较卖相，开火热了热，给自己和叶蓁蓁各舀了一碗，就在厨房里站着一口一口吃起来。大部分圆子是没有馅儿的粉团，有一小半个大一点儿的是有芝麻馅的，叶蓁蓁最喜欢吃芝麻馅，苏桐舀到一个就给她，舀到一个就给她，吃到后来叶蓁蓁咬着半口芝麻圆子"扑哧"笑起来了，苏桐觉得奇怪："笑啥？"

叶蓁蓁嘟起嘴给他看自己嘴里的圆子："你刚才提到Spencer，要是Spencer看到我半夜吃这么多碳水，肯定要直接气死。"

苏桐又往她碗里放了一个："我保证不会告诉他的，放心吧。"

他们吃完饭，洗洗刷刷就准备睡觉，正要关灯，苏桐的电话响了，他拿过来一看，是王建平。

这个电话他其实惦记了一晚，到十一二点还没动静，心里已经在猜测王建平的决定大概就是让他出局。再怎么说苏桐也知道自己是外人，和王建平相识时日不长，也没啥丰功伟绩值得人家这样断臂行险，把宝都押在他身上。

就算理智上想得通，王建平本身格外念旧重情，面对多年下属，根本无法说断就断，否则也不会苦苦支持完全不挣钱的大凉山公益训练基地那么久。

他心里有底，自然决定坦然受之，但想想要从四平离开，感觉还是很奇怪，说是失落吧也不尽然，更多是一种不甘。如果一个医生，相信自己有能力救回一个伤者，却因为无法上手术台而眼睁睁看着病人死去，就会有这种不甘的情绪。

他不愿意让叶蓁蓁注意到自己的异样，于是起身走到客厅去倒一杯水，接起了电话，那边王建平"喂"了一声之后，就好一阵子没说话。

"王总？"

王建平沉重而缓慢地"嗯"了一声，又沉默下来，苏桐就不催了，等着他终于顺过一口气来，说："我跟李想他们谈过了，他们接受不了新的变化，李想过完新年就离开公司，其他人等农历年后再走，有几个人在公司持有股份，他们还是很仗义，愿意等我们现金流宽裕了再来谈回购。"

"也没有别的选择吧？他们知道你现在没钱回购，逼死了也就是原价买，不如搏一搏将来。"

"也许吧。"王建平对苏桐这么现实的评价略有不满，又不得不承认他有道理。

他接着问："没有一个选择留下来？"

"徐凡没有表态，可能还在考虑。"

苏桐眼睛一亮，脱口而出："太好了。"

王建平在那边一愣，苏桐解释："徐凡是我唯一希望留下来的人，他的专业和态度都非常宝贵，公司非常需要他。"

王建平苦笑："耿直人啊，一下干掉四平半壁江山，你安慰话都不说一句。"

"你做了正确的事为什么需要安慰？"苏桐反问，而后顿了一下，因为听到叶蓁蓁在卧室里高喊："宝，你干吗去了？"

他赶紧把话说完："我女朋友叫我去侍寝了，明天八点在公司见吧。我还有一个想法要跟你说。"

对话到此为止，在电话挂上的那一瞬间，苏桐听到王建平在那边喃喃自语："又有个啥想法啊？"

跟苏桐合作没多久，王建平就已经变得很有风险意识了：但凡苏桐有个想法，大家可能就会开始鸡飞狗跳。

他的担心是有道理的，第二天一早碰头，苏桐把他这个新想法一说，王建平忍不住又开始抓头发，创业未半而头顶先秃，这是一个平常而悲伤的故事。

"你要做一个智能系统？"

"是的。"

"我没听错的话，是一个结合产品开发与生成、人员管理、客户管理以及销售指令这些模块的智能系统？"

"是的。"

王建平苦着脸看他："为什么？"

苏桐坐正了身体，说话速度放慢，这是他对待某件事十分严肃的象征："第一，咱们现在的产品没有即时反馈和数据追踪，开发团队瞎开发，教练团队瞎教，客服瞎忽悠客人：你瘦了！你真瘦了！什么？你体重还高了？那是因为增肌了啊！"他模仿销售的话还活灵活现的，主要是因为在那家英文学校待过。速9健身和英文学校的销售虽然话术内容不一致，章法却差不多，销售跟客人讲话的腔调也是一模一样的。

王建平忍不住笑起来摇摇头，苏桐继续："第二呢，速9的模式，是轻资产、重社群，客源锁定方圆两公里之内的居民或上班族，超过就没戏。这个区域之内对健身有需求的人是一定的，即使深挖到底，也不可能有存量十倍那么多，所以咱们的发展，是受制于地域的。"

"我知道，所以咱们才要融资，好密集开店把速9的模式推下去啊。"

密集开店，是王建平的执念，也是他心目中一个连锁实体做得成功的最重要标志。

很多年前他第一次去日本旅行，在东京发现有一家叫作"NOVA"的英文学校，其校区之多，令人难以想象，在东京城内一个区这样的弹丸之地，能够密集地开上几十家甚至上百家。

那是日本排名第一的英文学习品牌，最高峰的时候曾经在东京一地雇用超过两万名外籍员工。

在任何街头举目一望，就能见到属于自己的品牌，这成了王建平深藏于内心的梦想，而他所想象的场景，就是以东京所见的NOVA为蓝本的。

后来NOVA宣布破产，其陨落的原因并非来自高速扩张，而是因为管理层公关失误，得罪了当权的地方政界要人，导致连续输了几场大官司。法院开出禁令，NOVA营业可以照旧，但一年之内不准招收新学员，也就是完全不能有收入。如此庞大的公司，销售中断，现金流很快枯竭，随即就兵败如山倒，一场大梦，化为无形。

王建平并不知道后来这些，他心中的蓝图十几年过去，仍鲜活如初。

苏桐在某种程度上同意他这个观点："是的，咱们必须要开店。对实体连锁来说，规模和渠道是王道。"之后他的手挥舞了一下，从高处往下劈，"但我们的特点，还要加上一个轻专业、重效果，这样才能快速扩张，而且后期能够下沉到二三线城市。"他总结了一下，"就是把速9做成一个健身界的十元店！拼多多！"

王建平听到这两个比喻有点不爽，嘀咕了一句："什么跟什么。"

苏桐是认真的："王总你想想看，常规的健身行业，瓶颈非常细，要么走专业高端路线，要么走大众连锁，两个方向都走不远，为什么呢？是因为成在专业，败也在专业。

"专业教练、体系、场地、器材和课程，全都要大笔投入和长期维护。但为专业买单的人其实是最少的，既需要长期培育，又需要精心维护，越到后来越挑剔。

"他们的回报也许能为一家或者十家连锁店撑起生存基础，带来利润，但绝对对开一百家、一千家连锁店没有帮助，而到了后者的量级，运营难度之高，远远超过任何人的想象。

"纵观国内，有哪一家健身房是真的能遍布五湖四海的？扩张不动的原因，不外如是。

"在需要快速扩张的连锁行业里，人是最有用的，也是最没有用的。"苏桐如是说。

他心目中的系统，就是覆盖所有需要具备高度专业的人持续投入才能做的事，包括教练团队培训、课程开发与输出，以及用户大数据跟踪管理——专业人士只需要谋始就行了，其他的交给机器，这是二十一世纪人类智慧与科技结合起来的最好方式。

王建平推着自己的轮椅在办公室里绕了几圈，他在思考，而苏桐看得出来他渐渐振奋起来的神色，好一阵子他抬起头里看苏桐："这玩意儿很贵。"

"是的。"

王建平摊摊手："我们没什么钱。"

"我知道。"

这时候苏桐抖出了最后的包袱，原来他并不是像之前说的要立足长远，功在当代，利在千秋，而是回到了投资人的鸡贼本色上："系统本身呢，其实是将来才需要用的，现在我们要融资，那就跟模特面试一样，不需要给看全裸体，胳膊腿儿露一露，有照片看脸就行。"

王建平精神了："你想先弄个模型出来，给投资人看？"

苏桐笑："是的，如果运气好的话，说不定还能花一点小钱，让人给咱们整个有时限的试用版出来，收上一两个月数据，那就齐活了。"

王建平一拳砸在手心里："干！"

苏桐对"干"这件事一直情有独钟，不管后面接的宾语是人还是物。他对王建平现在也算得上是情有独钟，因为自从和四平接触起来，王建平真的是给了他最多的信任、最大的自由。他从哈佛去华尔街又去万邦，秉承的都是"资本家以高薪待我，我以加班报之"，而中国人更认的是传统，所谓"人以国士待我，我以国士报之"，加班的风险是会过劳死，国士的风险是会一场空，但苏桐觉得都可以一试。

既然要干，接下来第一步，就是要在业内找到愿意给他们低价做Demo，甚至能在实际场景限期应用的系统供应方，而这其实也是最难的一步——"低价"两个字，就是拦路虎。

所谓做生不如做熟，苏桐回到自己办公室，一屁股坐下就拿出手机来看通讯录。他以前投过不少科技企业，现在就看有没有自己跟创始人直接认识的、业务也对口的能搭个关系，而另外有几个姓名前标注麻省理工或波士顿的人，也是重点关注的对象，因为这些人要么是在硅谷做工程师，多多少少能给提供一些技术指导或门路，要么就已经在中国的互联网创业大潮中下了海试深浅，不知道现在淹死没。

那些没淹死的，也许就已经变成了大鱼。

苏桐把他们的名字一个一个圈出来，再加上网上搜索到的能承接类似系统的供应商，单独建了一个名单，给王建平发了过去，顺便写道："我这几天找这些人去谈一圈儿，就不来办公室了。"

王建平回了一个"好"，然后告诉他："我这几天也要去一趟大凉山，快过年了，给那边的孩子送点东西，咱们回来见。"

各自的工作就这么安排好了。

第十三章
她不喜欢输,哪方面都是

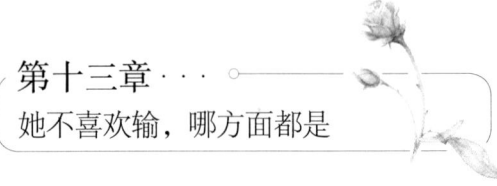

说到波士顿,孟浩峰的记忆是灰色和白色的。

灰色的是他在那里读书时的生活本身,白色的是雪。

铺天盖地的暴风雪,-30℃,把整个城市结结实实地覆盖起来,看不到车,看不到一切活物,看不到天地边界。

在那种天气里,没有住所的人,或者有住所但付不起暖气费用的人,会硬生生看到死神的武器是冰镐,一镐一镐锤死自己。

他是在八年前抵达波士顿机场的,落地的时候身上只有六百美金现钞和一张不知道什么时候就会停掉的信用卡,还有一箱子他很快就发现完全不适合这里天气的衣服。

他的远房姑姑一脸嫌弃地来接他,上车后第一句话就是:你一周之内就要搬出去,我男朋友要回来了。

他这个人要面子,又年轻,自己闷着头找了一礼拜的住处,在最后期限之前找到一间距离哈佛三十多公里的便宜公寓。公寓没有半点好,四周街区更是一塌糊涂,到处都是游荡的瘾君子和乱丢的大便袋,叫人难以想象这是叫老一辈中国人双膝发软的"灯塔之国"。就算这样,这也是他能够负担的极限。

给他做中介的是个在美国混了半辈子的香港人,把这间公寓叫"吉屋",努力讲着广东版的普通话:"以前有人死在里面的,才这么便宜。你是同胞先讲你知噶,介不介意先?"

穷比死可怕多了,有什么好介意的,最多鬼垫背一起死。孟浩峰暗自这样想。

放在一年半前,谁都不知道他能落拓至此。他是清华通信工程专业的高才生,拿了全奖来MIT(麻省理工学院)读博士,前途无量,繁花似锦,恨不得额头上都写着四个大字:人生赢家。

谁也料不到出发前他得了一场重病,化疗、放疗,还差一点死在了积水潭医院的ICU(重症监护室)里。好不容易死里逃生病好了,奖学金却没有了,家里两位老人的一生积蓄也被耗得干干净净。本来谈婚论嫁的女朋友,在他生病第二个月就搬出了同居的公寓,号码换掉,人间蒸发,连一根发簪都没有剩下。

人生低谷,名副其实地低,低得不知道自己到底怎么就得罪了老天爷。唯一的安慰是清华导师为他奔走,保留了麻省理工录取资格。

但大家都劝他不如不要去。一个个都振振有词:本来就身体不好,谁都知道麻省的课业压力繁重,万一受不了,怎么办?"全奖"没有了,家里也一夜回到解放前,波士顿生活费用那么高,又怎么办?

千言万语一句话,都是叫他别给自己找不痛快。

他也听进去了,他也知道人家是好意。但孟浩峰一咬牙一跺脚,还是来了。

然后他发现,那些劝他的人,全都没错。

课业是真重,精力再好的人,也都靠没完没了的咖啡因和药品撑着,撑过Paper(论文),撑过考试,撑过抑郁和躁狂,靠着对未来的憧憬吊住一口真气,高歌猛进。

费用也是真高,衣食住行,省了又省。他在超市里徘徊又徘徊,买一毛九美金一包那种最便宜的方便面回去,一个小酒精炉煮水半天不开,面煮成了半硬半软,就着老干妈一口口送下去,吃到后来,老远见到那个方便面的外包装,他的胃酸就一下子涌上来,想要扭头痛痛快快吐一场。

穷和累,就是两块湿牛皮,紧紧抱着你,在太阳下暴晒,渐渐收紧,直到你五脏夹裹成一团,呼吸不能,思考不能,活不下去。

这么熬到六月的一个周末,马上就要考试,孟浩峰被一场流感击中了。

一开始只是打喷嚏,流鼻涕,头昏脑涨不舒服,没多久发起烧来,39℃。

他蜷缩在那张破行军床上,旁边就是窗户,猛烈的太阳光照在他额头上,带来火烧一般的灼热感。外面有人在叫喊,有车经过,所有声音都像是一种虚幻的背景音,似乎来自另一个世界。

孟浩峰在那一刻深信不疑,自己会死在这个倒霉催的异国他乡,死在一张狗屎黄色的床单上。他这一刻深深后悔自己做出的一切选择,因为必然是那些选择的结果串联起来,无论当时看来是好是坏,才最终把他合力送到了这里。

体温慢慢升到了39.6℃,身体启动防御机制,孟浩峰进入了半昏厥的状态,在高热地狱的煎熬中昏昏沉沉不知道多久,而后忽然听到了"咚咚咚""咚咚咚"的一连串声音。

有人在敲门——精确地说,在砸门,用沙包大的拳头,使劲捶打着那扇本来就不怎么结实的门。

他听了很久,一直以为是幻觉,但那幻觉十分倔强,搅扰不绝。孟浩峰终于顶不住了,抱着毯子挣扎着起来,摇摇晃晃去开了门,只见门口一个壮硕的汉子,开口说:"你是孟浩峰吧?我是你表哥的朋友。"

严格来说,是孟浩峰表哥的同学的朋友的同学,是表哥在家族群里看到了他生病的消息,找留美的同学问有没有在波士顿的朋友帮忙,而后朋友找到了波士顿的同学,再找到了苏桐。

沿着这么远的一条线,苏桐从天而降,把他带去医院看急诊,垫付了医药费,接着给他做了粥和汤,虽然都不怎么好吃,但至少是热的,就这么扎扎实实照顾了他三天,孟浩峰终于回了魂。

接下来半年,孟浩峰还隔三岔五和苏桐见面,大部分时候都是苏桐请他吃饭,送一些生活里必要的东西给他,还有二手书——不在美国的大学里混过的,不知道美国正经课本有多贵。他零零碎碎地还跟苏桐借过一些钱,都不多,往往拖很长时间才还,没多久又借,他自己都嫌恶自己,被雾霾一样的窘迫感紧紧包围着,不知不觉间变成了另外一个人似的。但苏桐从来没有说过什么,连一个微妙的眼神都没有,他还钱苏桐就接着,他借了不还再借,苏桐照给,每次都像是第一次,毫无芥蒂。

他常有梦想,以前都是经世救国飞黄腾达的大梦,后来有一段时间,变成了非常卑微的小事,包括去结结实实吃一顿好饭,有牛排有酒,包括感恩节"黑五"能进百货商店买一两件有牌子的体面衣服,也包括把欠苏桐的钱还得清清楚楚,明明白白。

但没有等到那一天,苏桐就毕业了,有一天他突然来告别,说拿到了华尔街一家小投行的Offer,这就离开波士顿了。两人去喝了几瓶啤酒,苏桐走的时候,把自己一直开的一辆三手车送给了孟浩峰。这辆车开了四十多万公里,外表破得跟打过两次世界大战一样,估计历任主人从来没有正经把车拉去保养过,但这仍然是一辆车,真实的、可以自由把控的车。一辆车在波士顿给人带来的便利,就跟一个残疾人装上了智能义肢,世界一下子就开阔了,多了很多便利、时间,还有机会。

他开着车去办好必要的手续,心里高兴,看车实在太脏了,开进街边一个洗车场,慷慨地上上下下大洗一遍。他站在旁边看工人拆椅套,那人突然叫他:"你还有东西在车上。"

他过去一看，椅子底下丢着一个厚牛皮纸封了口的袋子，打开一看里面包着的都是钱，一把一把的小额票子交叠着，十块、五块、一块，底部还有硬币，加起来数一数，有小四百块。钱是真的不多，但对于穷的人来说，也是真有用。

他一直不知道那是苏桐不小心落下的，还是故意留给他的，但不管是哪一种情况，孟浩峰都花掉了那一笔钱，连这一笔在内，他算过，自己一共欠苏桐两千五百三十七美金。

他没有跟任何人说过这些，就连后来回国了，过年过节家族聚会，在那位间接找到苏桐的表哥面前也只字不提，事实上表哥本人其实早就忘记了这一回事。人与人之间对于某一件事的看法、记忆和感受，有时候再亲近也无法分享。

他也没有再见过苏桐。

六年半之后，北京。中关村大楼三十一层，下午四点。

孟浩峰——现在是孟总了——走出公司大门，准备去参加孩子的家长会。他之前那个会议开得太久，时间有点赶不及，老婆在电话里催促的语气已经颇为不善，就在他按下电梯下行键的一刻，他听到有人在身后说："这家公司报价太高了，三千万总价，一半的首期，我们没钱啊。"

声音很熟悉，那是一种来自记忆深处而不是日常体验的熟悉。孟浩峰回头去看，看到一张熟面孔站在他身后一两米远的地方，也在等电梯，还在打电话，刚才那句话就是跟电话那头的人说的，语气很平静，但还是隐藏不住其中的一丝失望。

他一开始没有注意到孟浩峰的存在，但后者直接转过了身，直勾勾瞪着对方，可能瞪得太明显了，对方的注意力从电话上转开来，抬头去看他，两人对上了眼，那人愣了一下，而后将信将疑地说："老孟？"

那是苏桐。

他在波士顿时就这么叫孟浩峰，其实他们两个差不多了几岁。孟浩峰家境贫寒，懂事早，心事多，所以看上去显老。他的眼角和额头中间有刀劈斧砍似的深纹，两颊很瘦削，然后不知道长期对着电脑到底是不是有毒，他也和很多其他资深程序员一样，早早锁定了自己地中海的发型，不要说发际线，就是发迹圈，都已经结结实实退守到了脑袋中央。他个子也不高，有一点发福，腰背稍佝偻着。

这样的人也经老，好几年过去，现在还是这样。

孟浩峰马上就答应，苏桐顿时眉开眼笑，上前对老孟猛推一掌："好久不见啊！你最近怎么样？"

孟浩峰咧嘴笑，一面扭身领着苏桐回了办公室，一面打电话给老婆，顶着暴风骤雨一般的咆哮强行把开家长会的任务推了出去。和苏桐两个人走进公司大门的一瞬间，他微妙地挺直了腰背，心底涌起一阵类似于当年落拓浪子衣锦还乡的畅快感，这感觉很突兀，甚至还叫他自己暗中难为情，但无比真实。

  这家公司叫浩然科技，在这家甲级写字楼占据一千六百多平方米的大半层楼，而且正准备拿下另一层扩展团队。公司两个月前刚刚拿到六个亿的B轮融资，主营业务是为连锁服务行业提供一条龙的销售和管理智能系统，用户的名单包括国内头部的医疗、医美和零售行业。B轮的钱刚到账，C轮融资已经进入接触阶段，大家都很看好他们的前途。

  孟浩峰是创始人股东之一，股权占18%，同时是CTO[1]。公司主营业务的灵魂是技术，而整个系统的技术核心就是他从硅谷带回雏形的，之后从无到有建立团队，带领团队拼出完整架构和方案，当之无愧是公司的核心人物。

  他没钱，没有背景，也没有渠道，更没有推销的才能，但他用清华四年、麻省理工两年和硅谷四年，证明了自己是一个创意无限、动能无限、对工作的热情和投入也无限的技术天才。对天才来说，现在，就是最好的时代。

  两人在孟浩然的办公室坐下，三言两语，苏桐就知道了孟浩峰现在的情况，竖起大拇指："牛！"

  孟浩峰摆摆手："客气啥？"接着问苏桐，"你来这儿干啥呢？"

  苏桐说："我去隔壁三杉谈点事儿，刚出来。"

  三杉就是被浩然科技挤在这层楼一角的那家公司，其实和他们是同行，历史更久，但公司规模小得多。浩然一早就想把人家赶走好拿下整层办公楼，结果没想到人家老板同时也是那几间写字楼的业主，业务虽然拼不过，口袋里的钱倒是只多不少，人家一口气咽不下去，于是毅然选择了在地理位置上跟他们打起持久战，打死都不搬。

  孟浩峰也不跟他客气："听你刚才打电话，谈得不太顺利吧？"

  "嗯，有点儿，主要是价格谈不拢，没钱。"苏桐对他眨眨眼，"创业嘛，你肯定知道的，没钱是常态，有钱就变态。"

  孟浩峰笑："那是。"他继续问，"你怎么创业了呢？啥行业，你要他们做什么？"

---

[1] Chief Technology Officer（首席技术官），简称CTO，企业内负责技术的最高负责人。

照着常规聊天的走向，苏桐没想太多，就常规地随便介绍了一下自己做的事儿，以及需要"三杉"作为供应商要做的事儿："我们开连锁健身房，想做一个智能产品生成和用户数据追踪系统，配合大健康概念的智能设备用。"

结果孟浩峰盯着不放："你描述一下使用场景我听听，需求有详细文档吗？"

苏桐掏出手机："发一个给你看看。"他还解释了一下，"其实我想得也不是很完善，没有太多经验，凭想象的地方多，你是专家，帮我看看呗。"

他开始讲自己的想法，而孟浩峰就在旁边听着，不时问他几个问题，都问在点子上，每次都问得苏桐瞠目结舌。毕竟他是外行，有个想法，未必就一定可以对应出来一个做法，即使可以，也是中间无数山，要一重接一重翻过去。孟浩峰就不一样了，他明显是对每一座山上的植被风水、飞禽走兽情况都了如指掌。

一聊聊到了八点多，夜幕降临，两个人都口干舌燥。孟浩峰看看表，站起来："出去吃饭吧？边吃边聊。"

苏桐也看表，吓一跳："这么晚了？"他有点犹豫，"我可能要赶回公司去一趟，要么下次吃？"

孟浩峰不同意："择日不如撞日。"他去给苏桐拿外套，"而且你那个系统的需求还是没有说清楚，我得继续问问。"

苏桐笑："问来干啥，帮我们做？"

聊天的当儿两人走出了门，直接坐电梯下负一层，那里有一个美食街，两个人对吃明显都不讲究，在一家韩国烤肉档坐下来，一人叫了一个石锅拌饭，加了一份烤牛舌和一瓶啤酒，边吃边聊。

苏桐说的"帮我们做"本来就是句玩笑话，孟浩峰却很认真，一路上都在认真地否认他："没法帮你们做。我刚才听你打电话说，隔壁报价三千万你们都给不起，我们只会更贵。"

苏桐知道这是大实话："是的，我已经询价一圈，谈过好几家了，他们是报价最低的，再低我就怀疑可靠性了。"

孟浩峰毫不留情地戳破："三千万你都要怀疑可靠性，我刚才粗估了一下，三千万都没多少利润了。愿意接没有利润的单子，要么就没有自知之明，要么就狗急跳墙捞一笔再说，都得留心。"

这是把苏桐当自己人才说得出来的话，但不改其戳心窝子的本质。苏桐苦笑："其实我要求也没那么高，首先是想要一个模型。"吃了一口热热的石锅饭，萝卜丝掉到了衣服上，他满不在乎地掸了掸，"投资人喜欢听故事，但他们跟幼儿园小朋友听故事的方式不一样。小朋友听听就算了，你给他们一只狗，他们自己能脑补全世界；投资人比较成熟，他们要看4D全息投影，海市蜃楼没关系，但要把海市蜃楼的城市建设图纸和未来五十年规划都画出来，而且细节都画得一丝不苟才行。"

"我明白，我们公司融资也没停过，然后我们做的系统都是监控销售数据和物流库存管理的，最终使用场景都是在B端，你现在要做的这个其实最终使用场景在C端，我不认为健身行业有任何人做过这个。"

苏桐点点头："肯定没有。投身健身行业的，要么是专业人士，做小而美可以，一大就抓瞎；要么是外行的投资客入场，大家想的其实都是自己熟悉的部分。"他对自己的专业是很有自信的，"但这个时代，只有跨行优势才值钱。"

两人聊到十点多，美食街打烊了，服务员大姐摔锅打碗地在他们身边来回走了好几次，两人才反应过来这是在嫌弃自己："我们走吧。"他们在写字楼门口一起等车，等的时候交换了邮箱和微信，说完两次以后常联系的话，各自上车走了。

过了好几天，苏桐把自己名单上或生或熟的供应商都拜访完了一圈，回到公司，王建平刚好也从凉山回来了，他正式跟王建平宣布搞便宜Demo没戏。王建平当然对此是有心理准备，苦笑一下："得，尽人事听天命吧，等咱们有钱了再想这事儿。"

苏桐很不服："没有这个系统，就没有大数据优势和智能外延业务，没有办法跟人工智能的热点搭上关系，估值撑死两个亿。"

王建平觉得：两个亿也是一个很好的开端啊，马斯洛五个层次的需求都是一层一层来的，他们循序渐进怎么了？

苏桐特别不开心："有那个系统我们就能喊十个亿了！"

他一屁股坐进自己的办公室生闷气，一边生气一边也没闲着，前面十几天他在外面跑供应商也没闲着，公司绩效系统一变，各处店里都出问题。问题主要不是出在政策上，都是出在落地上，有的地方团队有情绪，有的地方业务方向有变动，全都上报总部等指示。王建平尝试着解决了几天，炸了一地的毛，他干脆和苏桐分工，自己发挥强项，下一线去跟大家宣讲公司新方向，激励打气，谈愿景谈情怀谈将来，谈得人热血沸腾的，不发钱都愿意干一阵子活儿，其他具体事务全部丢给苏桐，两个人互补得很合适。

于是性感苏桐，在线办公，手机和电脑随身带，啥事儿都能不落下，不管是深入谈话还是给处理方案，千头万绪的活儿干起来有条不紊，谁找他都是即刻应答，必有跟进，效率跟机器人有一拼，拼了一段时间下来，四平上上下下都对他很服气。

他付出的代价是累，简直累劈了，以前到处飞驻点的时候，其实时间还是自己能控制的，怎么也能早上晚上挤出一点健身的时间，现在则完全被工作淹没了。他有时候忙一天下来，发现自己没喝水也没上厕所，心想：这样下去钱没挣着可能前列腺先坏了,老子还没生孩子呢,老苏家不能因为这个绝后吧。

他遇到问题就解决问题,再小的事儿也不例外,于是赶紧手机上定闹钟,每隔四十五分钟响一次。不管当时在干什么,闹钟一响,他赶紧喝几口水,强行起身做几个开合跳、波比跳、俯卧撑啥的,跟他开会的人都跟看傻子一样看他,他心想:看什么看,都起来跟我一块儿跳啊,生命在于运动,咱们现在可是干这行的。于是跟苏桐开会变得非常耗费体力,王建平有时候都苦中作乐,庆幸自己没腿。

这么忙了一段时间,公司情况渐渐理顺了,苏桐喘过一口气来,看了一下这个月的业绩报表,居然略有盈余,继续这样下去,有希望进入自给自足正现金流的状态,当即颇为欣慰。

他起身去找王建平报喜,顺便商量一下下一步的工作计划,聊完一看就九点了,正准备下班回家,忽然手机"嘀"一声响,他顺手拿起来瞄了一眼屏幕提示,突然脸色变了。

王建平很敏锐,立刻问:"怎么了,啥事儿?"但看苏桐的样子,来的不像是什么坏消息。

苏桐不出声,把手机放到面前仔仔细细看了半天,而后抬起头来,脸上露出了一个特别奇怪的表情,就好像有个人走在路上,不小心踩到一团狗屎,但在抬脚看的瞬间,发现那是一团黄金似的。

他带着这个古怪的表情,把手机递给了王建平。

屏幕上是一封邮件。发件人是浩然科技高级客户经理蒋小竹,代表公司向苏桐发送"本月五号会议"商定的合作协议草稿,行文非常客气,请苏桐过目协议,并在三个工作日内回复是否需要修改任何条约。

王建平知道浩然科技,因为他出来创业之前所在的那家大公司,用的就是浩然开发的管理系统。

当时的老板为了上这套系统下了很大的决心,摔锅打碗心情低落了好长一段时间,因为开发费用实在贵,肉疼。可等系统上线跑顺了之后老板就感觉自己特别英明神武,决心没白下,因为真的很有用。

至于他自己,他觉得目前神志还清醒,知道自己还没到有资格下这种决心的程度。

苏桐之前提出要做智能系统,出去跑了一圈回来后,明智地放弃了这条看起来充满了诱惑力的道路。

拦路虎简单粗暴又强大:以四平现在的现金流,旺季三月、四月的时候每个月营收和成本刚好打个平手，到年底几乎月月亏空。王建平已经把能贷的款都贷过一遍了，能抵押的都抵押完了，明年二月有一笔大额抵押到期，他都不知道到时候要去卖血还是卖身来填个利息，就不用说还本金了。不要说三千万四千万，这会儿三十万都可能是救命钱，留着给公司贴补房租用。因此眼前手机上这个方案，不可能是苏桐在他背后擅自下的采购决定，第一他不是缺分寸的人，第二他跟王建平一样知道四平有多没钱，或者说他甚至比王建平知道得更清楚。

于是他盯着手机问："这是什么？"

苏桐："你看一下协议。"

王建平皱着眉头打开了附件，协议很长，如果打印出来的话，可能有一小本书那么厚，但他也不需要细看，因为所有关键的部分都标红了：

付款条约：首付百分之五，系统交付上线运行成功后三十个工作日内付百分之三十五，观察期结束之后，付尾款百分之六十。

观察期：六个月。

总价：三千二百万。

如果以整套系统来看，这是整个行业内能够给出的最优价格，从浩然科技报出来，就低到了让人震惊的程度，这还不算什么，更惊人的其实是其他条件：首付之低，尾款之高，以及观察期之长，都相当于在自家产品上方打出了半卖半送的横幅。

王建平明知荒谬，还是忍不住去看了一眼日历——双十一不是过了吗，2B的生意也兴年终大甩卖？他稳住了自己："这是怎么来的？"

苏桐迟疑了一下："我也不知道。"

"你也不知道是什么意思？"

苏桐看看手机："浩然科技的CTO是我在美国读书时认识的一个朋友，我这个月初去看系统供应商的时候，在他们公司门口遇到他了，跟他聊了聊我们的需求。"

他的纳闷程度一点不比王建平少："他还铁齿钢牙跟我说这个他们不做啊。"

王建平看着他："很好的朋友吗？"

"在美国的时候还行吧，回国之后没联系了。"

"你帮过他？"王建平也不傻。

苏桐皱起眉头："不算吧，大家都在异国他乡的时候互相照顾一下，都很平常。"

王建平笑笑："可能对你来说是平常吧。"这句话说出来，简直是知己的样子了。

他把手机还给苏桐:"怎么说?"

苏桐觉得这没法说:"必须做。"

"百分之五是多少钱?"

"一百六十万。"苏桐算得飞快,而后追了一句实在的,"有吗?"

王建平看着他,一秒钟就下了决定:"下个月发一半工资,管理层全都停薪。"

苏桐认为这可以有,晃了晃手机:"我再研究一下,看能不能从里面再占点儿便宜。"

王建平都被这个合同震得胳膊肘要往外拐了:"便宜得够够的了,你差不多行了。"

苏桐笑:"王总你到底站哪头的?"

他把大衣扣子扣好刚要走,王建平忽然又想起一件事:"子意昨天又来了,找你你没在。"

苏桐"哦"了一声:"有事儿吗?"

"你要的那些刁钻古怪的数据都是她整理的,她说想过来跟你面对面过一下,结果你又出去了。"他一边说,一边看着苏桐。后者脸上没什么表情,但王建平不相信像苏桐这么聪明的男人,会看不出来杨子意那点姑娘家的心思。人家好好做着万邦的总裁助理,不图名不图利的,白天黑夜逮着点儿时间就往四平跑,兢兢业业帮人干活,不拿钱还不掉链子,凭什么?

王建平见过,有一次杨子意在办公室好好地坐着跟他说事儿,突然苏桐从外面回来,她情不自禁就站起来,本来正在说着什么,一瞬间都忘记了接下去,那张化了妆仍显得格外苍白的脸上浮起红晕,眼神明亮,嘴角微微上扬,就那么看着苏桐走过来。

他从没觉得杨子意是一个外向的姑娘,她什么都好,就是有时候情绪太阴郁了,像是努力在对任何事都强打精神,尽管掩饰得很好,但那种压抑感总是挥之不去。

唯独在那一刻王建平感受到了杨子意全情投入的喜悦,是因为苏桐而从心底迸发,就像一支烟花升上夜空,流光溢彩,艳丽而璀璨,非常短暂,也就格外珍贵。

王建平记得苏桐是有女朋友的,但从来没见过,而杨子意一直对他的事业和人都很上心,很帮忙,是一个会在关键时刻为他挺身而出的好人,所以在感情的天平上,他很自然就偏向了杨子意。男人之间没什么好拘泥的,他直言不讳:"子意是个好姑娘,长得好看,又能干,心还特别向着你,你就不考虑一下吗?"

苏桐对他笑笑:"不考虑了,我有主。"他摸了摸自己的头,"从一而终,效率最高，幸福感最强，省了多少麻烦。"

"万一有更好的呢？"

苏桐耸耸肩："肯定有更好的，但都跟我没什么关系。"这个话题到此为止，"我先走了。"

他在门口等车的时候，又把手机里那封邮件拿出来看了两眼，在微信里找到了孟浩峰的头像，发出一条消息："老孟，我收到你们公司邮件了。"

对方回了一个笑脸："条款可以接受吧？"

"没话说，太感谢你了。"

"小意思，条款尽快签完发回来给我，早日开工。"

这条收到之后，苏桐手机屏幕上"对方正在输入"的提示延续了好一阵子，他也就忍住手没去回复。过了一会儿，另一条又跳出来："整个搞完至少四五个月，有点久，我先给你们把完善技术方案做出来你好跟其他人介绍，再做一个试用版本，找一两家店用上，估计四十五天左右就能有个可以看的东西，方便你尽快拿去融资。"

这哪是合作方，这分明是亲爹亲兄弟的做派，豁出来帮忙还生怕没帮到尽。

苏桐感慨了一下，心里一想，赶紧问："不给你添麻烦吧？添麻烦咱另外商量，这事儿我知道不好办。"

孟浩峰发了一个笑脸："放心。"

那还能说什么呢，苏桐只有言简意赅四个字："谢了老孟。"

"客气啥？"

两个纯爷们之间的对话就到此为止，言简意赅，效率拔群。

他光着手打字，手机收起来的时候指头都已经冻僵了，忽然就想起在波士顿的时候，某个大雪天去找孟浩峰，那哥们儿住的地方没有暖气，一边裹着几乎所有的衣服出来给他开门，一边货真价实地瑟瑟发抖。苏桐在屋里坐了一会儿也抖得不成样子，实在受不了了，站起来把孟浩峰拖着去了自己公寓，让他一住住了好久，包吃包住包暖气包干净床单，天气好转了才让他走，走的时候孟浩峰一句话都没多说，连"谢"字都没提。

大概有些人说谢谢的方式，是需要很多时间和际遇来成就的吧。

要说苏桐在四平，过的日子真不容易，这种不容易跟他以前做投资比，形式不一样，性质完全相同，都是因为生存太难了。

街头搬砖的人生存难，格子间白领也难；初创企业难，企业成了一定规模之后一样难。世上没有容易的事，千百年来如此。

一家公司要活下去、要壮大起来、要挡得住各路风风雨雨虫灾病害，当家人要么自己得像个变形金刚，要么请的人像变形金刚。言情小说里写的那些只愿意花时间泡妞斗气的霸道总裁，现实生活里早死八回了。

这种求生存的紧迫和困难，苏桐不时都会跟叶蓁蓁说说，求一个宣泄，也求一个安慰，要一个抱抱亲亲充充电，再站出去对抗世界。

从叶蓁蓁的角度来说呢，她其实还是没有切身体会，只是尽可能感同身受地去理解，直到新年后她去了和合。

新年一月三号，唐洛和叶蓁蓁都在和合第一天上班。

普通人第一天上班，不管怎么样都是人生中的一个里程碑，如果去的是大公司，找到的是自己心仪的、喜欢的工作，那尤其值得纪念。

不过呢，再怎么纪念，也就是当天上工合影，下班自拍，朋友圈里发几句鸡汤和人生感悟，再跟家人、好友去吃顿喜欢的，还不能吃太晚，因为明天还是要去上班。大部分为找到工作而开心的人，其实在庆祝那一瞬间都忽略了一个事实：上班是一个一旦开始，就会几乎无限延续下去的常态，而且这个常态里值得开心的部分并没有那么多。

但唐洛的排场就不一样了。

他第一天上班这件事，变成了数十家商业和财经媒体的头条新闻、好几场信息发布会、连续一周的关联股票动荡，以及无数遍布网络官方或自媒体平台上从各种角度解读的文章。

其中最重量级的两篇报道都出自名记者之手，引发许多讨论，标题是这样的：

继承者的迷思：从富二代空降上市集团看巨无霸民企管理迭代
王子归来，和合初代高管层隐退之谜仍无解

文章的重心都从唐洛接手家族企业，指向了两年前和合高级管理层大换血，业务大规模裁撤、合并和重组的事实，从各种线索和数据分析这几者之间的直接关联。

最后得出结论是不知道和合的实际控制人之间到底发生了什么事，但肯定有大事发生——这话基本跟没说一样。

唐洛本人呢，一月三号早上，他压根儿就把自己要上班这件事给忘记了。

他的新年是在家里过的。年末那天唐在云和罗西出去见了一天朋友，第二天罗西躲起来画了一天画，假期最后一天三个人在唐在云那个小别墅喝酒聊天，下午在自家网球场里打了一场网球。罗西打得很好，和她整个人懒洋洋的气质完全不同，让唐洛刮目相看，但再好也不够唐洛好，罗西轻而易举就被打得落花流水。

在输了第三局之后，她把网球拍在地上使劲儿砸，砸到一把价值上千美金的网球拍都扭曲变形，彻底坏掉了。她远远扔到旁边，而后怒气冲冲地径直回了房间，走出网球场时，唐在云迎面走过来，她压根儿没停下也没避让，直接撞了上去，撞了他一个趔趄，明摆着就是故意拿他撒气。

唐在云一点都不生气，站稳之后笑着目送她的身影离去，摇了摇头。唐洛过去喝水，看了他一眼，唐在云便解释："她不喜欢输，哪方面都是。"

唐洛淡淡地说："不得不输的时候，喜不喜欢都没用吧？"

"是的。"唐在云说，"但她可以发脾气啊。"他做了一个手势，"像一只暴躁的小动物一样，没有太大攻击性，但生气了会咬人。"

在唐洛的记忆中，自己父亲没有什么脾气，也不喜欢别人发脾气，尤其是高佳妮。每当她发脾气，哪怕当天天气晴，感觉里也会瞬间变幻出声势浩大的雷阵雨，雷电和雨水劈头盖脸打到人身上，绝不会让你觉得舒服。

现在面对罗西的脾气，他却用小动物来打比方，而且脸上还露出"不是挺好玩的嘛"这样的神情，也许他认为罗西的脾气根本就无法伤害到这里的任何人吧。

假期很快过去，唐洛对假期这件事本身就没概念，因此三号那天早上，他完全没有做好上班的准备。

倒不是睡懒觉，他清晨七点就睁眼起身了。

多少年了他一个人在外面，过的其实是根本没人管的神仙日子，也从来不约任何人上午见面，但偏偏就始终保持着每天早上七点准时醒的生物钟。他起来之后做两小时力量训练，而后吃早餐，这样的生活节奏雷打不动。

哪怕头天晚上喝醉了，或者有两个大长腿美妞一左一右睡旁边，到了七点，世界就自动在唐洛面前撤去黑暗帷幕，提醒他一天即将开始，有某几块肌肉等待激活与强化，日复一日。

"唯独极限的身体锻炼，能够使一个人免于堕落。"

他小时候憎恨这句话的程度，超过任何人的想象，在被迫去接受各种训练的时候，唐洛往往面无表情，一声不吭，内心却在燃烧着狂热反抗的火种，在不断地对自己说，总有一天，我要逃出去，从这一切折磨与压迫之下逃出去，对自由的渴望在心中激荡。

明明是个被父母期待着能在精英竞技场大展身手的富家少爷，自我定位却变成了斯巴达驯兽场里暗下决心造反的奴隶。

他确实也逃出去了——成年之后干的第一件事就是这个，他觉得自己干得非常漂亮，因此构想了很多不同的方式对自己加以褒奖，其中最简单和直接的做法就是赖床。

从洛杉矶跑路到慕尼黑的第二天早上，他特意熬得很晚，让疲惫的头脑和身体帮助自己抗拒醒来的冲动，其目的就是要瘫在床上大马金刀地消磨掉整整一天——在高佳妮眼里极其宝贵的一天。

他事实上就是要以此对万里之外的母亲发出抗议以及"我终于自由了"的宣言，尽管高佳妮根本接收不到。

事与愿违的是，他只成功地瘫了二十五分钟，接着就像是被什么力量推着一样，不由自主地从床上起来，换了运动短裤，去了酒店健身房。

"唯独极限的身体锻炼，能够使一个人免于堕落。"

他也许从高佳妮能够影响的物理距离之内逃开了，但没有能够逃得出这句话，以及这句话所代表的人生习惯。

这仿佛是他和自己的过去还有母亲之间唯一剩下的羁绊，要完全斩断也不那么容易。

一月三号早上，他从地下一层的健身房出来，洗完澡换上家常衣服，如常用过早餐，正想着今天要去干点啥的时候，唐在云衣冠楚楚地从楼上下来，提醒他："该上班了。"

唐洛半天没回过神来："嗯？"

罗西跟在唐在云后面，趴在楼梯栏杆上，看着他笑："大少爷，你从今天开始就是和合的总裁了，怎么一脸茫然的样子？"

唐在云看了看表："你去换衣服吧，我们在车上等你。"

唐洛问："你们？"

唐在云没看他，轻描淡写地说："罗西也要去上班。"

唐洛坐着没动："她做什么？"

"她做公关和市场那一块，兼艺术品投资业务的特别顾问。"他拍拍儿子，"她在公司有一段时间了，比你有经验，遇事多跟她商量。"

唐洛没理这茬，又问："谁管她？"

罗西这时候已经走下来了，听着他们的对话，插了一句："整个和合都是你管，我也是你管，放心吧。"她声调拉长，半是认真，半是像在跟小孩子说话，并不怎么尊重。

唐洛的反应其实也颇像一个小孩子，那就是不理她，起身往楼上走，身影消失在楼梯转角，罗西就问唐在云："她今天去吗，我是不是要躲一下？"口气听不出来有多少认真的成分。

唐在云很平淡地说："公司也是她的，这么重要的变化，她当然要去，别什么都跟你扯上关系。"

罗西短促地笑了一声，跟猫头鹰吹起狩猎前的号角一般不自然，尖刻地说："她跟我没关系，可是谁让我跟你有关系呢？再说了，你儿子既然回来了，她不就应该出局吗，凭什么还是她的？"

唐在云一点儿不生气，始终保持平静，这可能是他面对人生最有用的武器，因此到什么时候都不会放弃。"她只是口头同意了让渡所有股份给儿子，还没有签字，事实上还是在她手里，随时可以拿走。"他伸手捏了捏罗西的下巴，"小不忍则乱大谋，别暴躁。"罗西侧过脸，在他手掌上蹭了蹭，露出猫一样的笑容。

唐洛换衣服花了二十分钟时间，下来时罗西眼前一亮："哟，洛少，你这条儿这个气势，真应该进娱乐圈，去公司上什么班啊？"

她拿出手机来"咔嚓"拍了一张照，给唐在云看："多有范儿。"

唐洛其实穿得并不隆重，和硅谷那边互联网大佬似的，白色T恤搭成套的浅灰色西服，外套敞开，穿着球鞋。程序员去开年会的时候，如果见到邀请函上字体加粗要求正装出席，多半都会选择这么穿，配上如潮水撤退的发际线，气势也很足。

在唐洛这儿就不一样了，衣物简单架不住他身架子好，脊背挺拔，完美的胸大肌线条在宽松的T恤下都若隐若现，举手投足干脆又沉着。

唐在云看了一眼，微笑："我的孩子，进什么娱乐圈。"看着儿子的眼神还是骄傲的。

罗西把手机收起来，继续打趣："洛少要是去了娱乐圈，那不又是一段佳话？追求艺术的理想主义者，拿不到奥斯卡就要回家继承家业，值得娱乐版大写特写了。"

唐洛已经一马当先往外走了，听到这句话扭头看罗西一眼："非要二选一吗？"

罗西跟上去，她今天戴了一顶红色的小贝雷帽子，妆容艳丽，一如既往穿得很美。那种美法是跟其他人格格不入的，像随时随地准备被人膜拜或审视，而且也不容自己有半点瑕疵。

"有得选不是很好吗？"她冷冷地说，"大多数人什么都没有。"

他们走出去，车停在门口等，一辆劳斯莱斯幻影，一辆法拉利跑车。罗西拉起唐在云的手亲了一下，自己上了法拉利的驾驶位，也不等他们，一骑绝尘先开走了。幻影的司机给他们俩开门，唐在云上车的时候顺口介绍了一句："这是阿彬，平常跟着我的，不住家，你可能没怎么见过。"

阿彬回过头来，叫了一声："唐先生，您好。"

唐洛看了他一眼，下意识评估了一下他的战斗力。

车子平稳地开出院子的大门，保安在身后关了门。这时候唐在云的电话响起来了，唐洛瞥了一眼，在屏幕上看到了妈妈的名字。

唐在云接了起来："早。"

那边高佳妮不知道说了什么，唐在云皱起了眉头："你今天不来公司吗？"

而后又是相当长时间的倾听，最后他发出勉为其难接受的叹息："既然是这样，那没办法，就按你说的办吧。"

电话挂断，他看了看儿子："你妈妈今天不去公司了。"

唐洛第一个反应是她也许生病了。

前几天他去看过高佳妮，公寓很小，而高佳妮一直都喜欢大房子。

更糟糕的是屋子里弥漫着酒气，对于五觉都极其敏锐，也精通红酒的唐洛来说，气味之强烈根本无法掩盖，尽管他没有在肉眼可见的地方发现酒。

才到中午，高佳妮却显然已经喝了不少，脸色苍白，形容消瘦，整个人的感觉非常不健康，叫人看到都觉得不那么舒服。

无论是在欧美还是中国，任何人如果在十二点左右就已经喝到了眼睛发红的程度，都已经是有酗酒的问题，需要接受专业心理咨询和戒断的帮助。

唐洛是这样想的，但他什么也没说。在他的认知里，没有人可以影响和改变高佳妮，如果她选择软刀子自杀，慢慢喝到身体完全垮掉，甚至喝到一命呜呼，那绝对不会是一个无意识的、无可奈何的过程。她必然想得很明白，也决心要做得很彻底，所以何不就这样随她去呢？

也许是隔膜太深了，唐洛甚至都感觉不到对母亲的心痛，他并非没有常识，但常识与感受相比，往往是浮在表面的，像随时被水流冲走的浮萍。

他更多的是震惊和不解，以及轻微的、被压抑的反感。

他也许从来都不喜欢以前那个飞扬跋扈、杀伐决断的高佳妮，但他也不喜欢眼前这个即将崩溃的高佳妮。两者都不像是一个母亲应有的形象。

至于一个好妈妈到底应该是什么样的，你非要问唐洛，他也根本说不上来——人对于自己从未有过的经验，一般都不会有什么直观感受。

"她怎么了？"唐洛问唐在云。

唐在云的回答不出所料："她说身体欠佳，所以派了一个代理人今天去公司。"

"代替她今天来一下吗？"

唐洛问到了点子上，因为唐在云摇摇头，脸上露出了难以理解的神色："是从今天开始,一直代表她在和合上班,头衔是助理总裁,直接汇报给你。"

唐洛对公司组织架构那些并不熟悉,对于自己今天去上班这件事,基本上也是抱着两眼一抹黑、既来之则安之的态度去对待的,因此唐在云所说的话,对他并不造成任何冲击。"是吗,是什么样的人?"

唐在云一时间没有回答,神色不复出门时的平静。他可不是唐洛,他也更了解和自己相濡以沫二十年的妻子——高佳妮这个决定中,包含了大量不定性的风险。

唐在云喜欢风险,风险让他的肾上腺素时刻保持高水准,因此永远清醒、兴奋、感觉敏锐,永远在享受活着的状态。

但有一些风险则有可能是致命的。

在过去的岁月里,每当遇到有极不确定的选择局面,唐在云的利弊衡量之中,永远会有高佳妮作为正面因素的存在。她坚如磐石,算计精密,哪怕起初不赞成某个计划,但一旦唐在云决意执行,她便不再有异议,而是竭尽所能去为他的大胆、冒进和不顾代价兜底。

那些年与命运相搏之时,他们都携手比肩,一致对外,因此赢的时候多。

而现在,她却站在了反方向。

即使已经多病、消沉,被打击得奄奄一息,猛虎仍是猛虎,仍可在必要之时,择人而噬。

这让唐在云有不祥之感。

电话挂了没多久,手机上"嘟嘟"两声,唐在云看了一眼,递给唐洛:"你妈妈的邮件,发给全部人的,看来是认真的。"

高佳妮在邮件里宣布自己因身体原因将继续延长休假时间,日常职责将转移到她的代理人身上。代理人将全权处理相应权限内的工作,向新任总裁汇报,但无权使用一票否决权。

邮件里给出了她的代理人的个人资料:名字、简单的工作经历。没有任何能提神的信息,另外邮件里也在提醒大家,今天这位代理人会出席早上十点的高层会议。

唐洛耸耸肩:"不挺好的吗?"他倒是很有自知之明,"我去公司,不过因为我是你们的儿子,妈肯定找的是真正能做事的人。"这位少爷对人生还抱有幻想,"最好这个人什么都管起来,我就回欧洲。"

唐在云叹口气,平静地说:"我们看吧。"

夫妻一场不算成功,但他肯定是这个世界上最了解高佳妮的人之一。她的坚强刚毅、杀伐决断,很少有人赶得上,遑论男女。

一旦什么事决定了要做,即使眼前是惊涛骇浪,无尽长夜,她也要杀出一条血路,不撞南墙不回头,就算撞了,也势必要卷土重来,绝不服输。她对身边的人,家人也好,部属也好,要求都非常高,达不到的,就会被抛弃。

建立一个庞大的商业集团,如同建立一个国家。

高佳妮就是那个能把作坊变成国家的人,前提是有人在地图上指给她看,说这就是我们立国之处,并且始终用火把为她照亮想法。唐在云从前就是扮演这个角色之人,在两个人合作无间的时候,他是她最为信任和依赖的人。

现在,她要把自己毕生心血的基业放在另一个人手上,这个人是谁?什么来头?为什么她能够信任对方?

唐在云凝视着邮件里的那个名字——叶蓁蓁,婉转可喜,是女人的名字。但任何一个仅仅只有婉转可喜这个特质的女人,在货真价实的职业厮杀里,都活不过三个回合。

他从来没有听说过这个人,没有任何线索可以告诉他,高佳妮和叶蓁蓁之间的渊源是什么。

唐在云大概揣测了两分钟,而后就终止了无谓的努力,他在收起电话之前发出去一条短信,指派专业机构动手去帮他调查关于叶蓁蓁的一切信息。

第十四章
请问我的办公室在哪里？

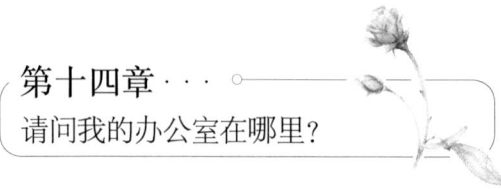

高佳妮发出那封给全体和合高层管理人员的邮件时，叶蓁蓁就在她旁边，看着她签好名字，按下"发送"，而后一切都成了定局，她现在是和合的助理总裁，无路可退了。

今天是大日子，她按照高佳妮的盼咐很早过来的，心里忐忑，游完感觉才好了一点，上楼后发现，稀客啊，Spencer来了。

他来的目的很简单，就是用自己的专业修为帮叶蓁蓁第一天上班打气助威——给她做开工造型。

Spencer一看到她进门就举起了手里的卷发棒："开心吧，我今天亲自来给你做个靓头。"

他身边的移动衣架上，挂了好几套正装，难怪高佳妮昨晚让叶蓁蓁穿家常衣服过来，原来早就有准备了。

这阵仗，可也不算小了吧。叶蓁蓁瞠目结舌半天，没奈何，照着安排在化妆镜前一屁股坐下来，对着镜子里的Spencer叹口气："李哥，你别把我化成个妖精啊，麻烦你，我去上班，不是坐台。"

Spencer将这种言论定义为对自己专业的恶毒攻击："你看我像是分不清楚上班和坐台的样子吗？"

叶蓁蓁提气，试图跟平常一样跟他贫："你吧，实在是难说……"她说到一半颓然摇头，"妈呀，我太紧张了，脑子里一片空白，架都没法跟你吵了。"

Spencer在她脑袋上忙忙碌碌："紧张啥，凡是人家给你钱去干的事儿，都不用紧张，最多你就是搞砸了收不到钱嘛。"他敲她一下，让她坐直一点儿，"最怕的是你付钱让人家去干活，人家给你搞砸了，你才叫一点办法都没有呢。"

这个理论倒是不常见，匠人精神呢，专业操守呢？什么叫人家给你钱搞砸了也没关系？

这时候高佳妮还进来凑热闹，作为这个屋子里长年不断在付钱的人，她必须要做出义正词严的评论："Spencer，你说什么呢？"

Spencer赶紧往回圆："请对人就没事了，比如我。"又敲了叶蓁蓁一下，"腰挺直，Maze看到你这个坐姿得气死。"

他不愧是业内的头牌，半小时不到，就给叶蓁蓁把头发妆面都做好了。他一边做一边教，这个底妆哪几种粉底多少比例调出来，用什么工具从什么方向上有什么样的质感，眉毛怎么画，眼妆怎么配色和强调，高光和阴影精确到什么区域。叶蓁蓁毕竟也跟着他大半年了，听一遍还是会的。最后定妆收尾，Spencer下了总结："叶小姐，你现在出去，就是猎人了，穿什么长什么样不重要，最重要的是起范儿，知道自己是人上人，明白了吗？"

叶蓁蓁给他翻了一个巨大的白眼儿，翻到了外太空直接点燃木星制造出内心的大爆炸："人上人个屁屁，你这叫强人所难，画猫类虎。"

Spencer指着她："喏，这个神韵就对了。去上班人家不听你的，就先翻个高级白眼击垮她的自信心，齐活。"

他摸着下巴离远一点，看了半天，转身从衣架上拎了一套暗红色的连衣裙配大衣给她，附带鞋子、包包一整套，都在防尘袋里妥妥地放着配好了。"衣服定做的，鞋是Zottoni刚出的浅口，市面上没有，直接从总部空运过来的，识货的人看一眼就会拜倒在你脚下。"

叶蓁蓁嘟囔，说这得多肤浅的人才会看一眼贵价的新鞋就拜倒在地啊。Spencer回应她："识货的人啊。大街上走的劳苦百姓怎么会知道Zottoni。"

她还是不服气，但在这个方面跟Spencer对着干，那不是找死？于是老老实实换了，没挑的，是真好看，一丝一线都合身，和妆面发型，天衣无缝。突然之间，虎了吧唧的叶蓁蓁大妞，就变成了百分之一百的高级金领，每一根头发丝里都往外冒着精英之光。

叶蓁蓁听到Spencer这个描述简直啼笑皆非，后者还很严肃地告诫："别笑啊，你一笑特别憨，整个效果都破坏完了。"接着干脆利落地打了一个响指，"好，我收工了。"

三下五除二收拾好东西，临出门在叶蓁蓁肩膀上拍了一下："Go get them,tiger!

（去搞定他们！）"一阵风般就走了。

留下打扮得齐齐整整的叶蓁蓁和高佳妮，她站在客厅正中，高佳妮坐在旁边。叶蓁蓁顾不上自我欣赏，先瞅着自己的鞋愁眉不展："高姐，外面-8℃，穿什么单鞋啊，而且好紧哦。"

虽说北京室内都是暖气，但总有在外面走的时候吧，这个天气，难道不应该配一双毛茸茸的平跟大皮靴子，踏地有声才是正道吗？

高佳妮摇摇头："你从今天起，可能在外面走路的机会不太多。"

她就在这个时候把电脑推过来，屏幕上是她已经写好的邮件草稿："你看一下，没问题我就发了。"

叶蓁蓁真的弯腰看了一下，倒吸一口凉气："高姐，你别冲动，咱们还有机会，要么你这会儿删掉邮件，我跟你一起离家出走，浪迹天涯吧。"

跟平常她逗高佳妮玩的时候不一样，今天高佳妮一点笑容都没有："来不及了，你OK吗？"

"我的亲姐，我敢有啥不OK啊，你说。"

高佳妮想了想："记得到了要去坐我的办公室。"

"你的办公室啊？"

"是的，那个方位景色最好。"高佳妮沉默了一下，又说，"风水也最好，是整个公司的紫微位。"

"啥意思？"

"就是当权的人坐的地方。"她凝视着邮件，似乎能从上面简单的几个字里看到画面，眼神流连于细节之间，"我走的时候锁上了的，你应该一去就可以用，用视网膜扫描开门，技术部门的人会帮你重设的。"

"嗯，知道了。"叶蓁蓁没敢再问下去，怕高佳妮一不小心又给自己上个风水课，她今天心情紧张，脑子有点过载，新知识吸收不了了。

"很好，我已经跟老唐沟通过，你今天会参加十点的高层会议，那是你亮相最好的场合。"顺手就按下了发送键，"准备好了就去上班吧。"

叶蓁蓁傻眼了："高姐，这才八点啊，早饭呢？"她秉承一贯对高佳妮莫测高深的认知和崇尚，自己解释了一波，"是不是一个人纯饿着的话，脑子会比较清醒，饿得要死不活的话，攻击性也会比较强什么的，有助于我等一下去开那个啥高层会？"

结果高佳妮根本没想那么多，说："不是，今天林阿姨感冒了去了医院，我忘记早餐这一回事了。"

叶蓁蓁瞪大眼睛看着她，呻吟了一声："姐你当神仙啊，都能忘记吃饭这回事。"

她上手就脱外套，高佳妮问她："干吗呢？"她把连衣裙袖子撸起来，从厨房里找了个围裙套上，看上去和Spencer苦心营造的形象十分违和，幸好他走了，否则能直接脑出血。

"我知道林阿姨在冰箱里存了现成的包子饺子的，我去煮点儿，咱俩都得吃啊。"

高佳妮想制止都来不及了，而且根据她对叶蓁蓁的了解，但凡关于吃的问题，你说她她也不会听，只好叹口气："我不想吃，你自己弄点儿吧。"

叶蓁蓁摇头："不行，你太瘦了，必须吃，不吃身体不好。"她把鞋子踢掉换回拖鞋，踢踢踏踏走进厨房。冰箱里幸好什么都有，她一阵风似的煮了林阿姨放在冷冻层的饺子，煮了粥，还白灼了生菜，饺子和生菜都端出来放在茶几上，叮嘱高佳妮："你早上吃饺子，吃点蔬菜，然后过一会儿粥就煮好了，你中午饿了再吃一点儿，下午林阿姨肯定就回来了，再给你做别的，总之你不能饿着。"她想了想还举起一根手指摇啊摇，义正词严地强调，"尤其不准饿着喝酒。"

高佳妮知道她关心自己，听得熨帖，口头还是一副没奈何的光景："知道了，真啰唆。"

叶蓁蓁这才满意了，坐下来端碗"呼噜呼噜"吃饺子。高佳妮看着她，想着这孩子等一下要去做的事情其实何等之难，自己其实又是何等忐忑无奈，心头百味杂陈，只是能说出来的，却都轻描淡写："吃完得重新漱口清洁牙齿，嘴角周围补补妆，不然开会一张口就是韭菜味儿，全完了。"

叶蓁蓁脑补了一下那个场景，"哧哧"地笑，心理压力马上就减轻了："那敢情好，我熏死他们！看谁跟我过不去。"

高佳妮轻啐了一声，拈起筷子吃了一口菜，还没下咽，胃部就突然一阵绞痛，如同有人在里面放了一把火，痛得手指都在颤抖。她强作镇定，忍了下来，额角却已经沁出了冷汗，叶蓁蓁知道自己得赶时间，一直低着头猛吃，就没注意到她这一下的异样。

吃完已经九点，叶蓁蓁赶紧把自己重新收拾了一下，手里拎着鞋子跳出门，又跳回来，跟高佳妮报告："高姐我走了啊。"她小脸儿很庄严，"我会努力的。"

高佳妮微笑："你会努力就好，去吧。"

叶蓁蓁答应了。高佳妮又说："记得，有人问你和我的关系，不要提细节，就说以前在创世，猎头找你的就行了。"

叶蓁蓁又答应了，这次顺便吐槽："感觉这个猎头水平不行嘛。"她赶在被高佳妮骂之前跑了。

她听到大门关上的声音，把面前的食物推到一边，站起来去拿酒，走到半途犹豫了一下，叹口气，又回到茶几边，再次拿起筷子，往嘴里塞了一口菜。

而后她拨通了郭也的电话："蓁蓁去上班了。"

郭也正在一个会议上，他接起来电话听了这一句，然后就跟身边的人说："和合的高董有事找我，我走开一下。"

如果你男人开会的时候不接你电话，只有两个原因：第一你不够重要，第二他不够强大。所以抱怨之前，不妨先看看自己。

他走到了安静的地方，说道："她状态怎么样？"

"还行吧，我特意叫了造型师过来，给她好好打扮一下，至少在外表上不会输给任何人，这一点对年轻人来说很重要。"她说着说着，忽然苦笑了一下，"结果今天林阿姨不在。这孩子，穿着Spencer给她从欧洲定制的四万多一套的上班衣服，非要去给我煮饺子煮粥，说不能让我饿着，没出门衣服就弄皱了，滴了脏水。"

郭也很了解高佳妮的个性，听到这句话，心一下提到了嗓子眼："你没凶她吧？她是为你好。"

高佳妮长长地、长长地叹了口气，这一瞬间，她的声音如此软弱，简直完全不像是郭也记忆中的那个人："阿郭，我老了。"

"胡说什么，我都还没老，什么时候轮得到你？"

高佳妮坐下来，疲倦至极地继续："我老了，老了的人才会心软。"

这句话是有来由的。

那时候唐洛几岁？十岁，还是十一岁？

她刚从父母家把孩子接回自己身边没多久，每天全副身心都在工作上，有一天出差归来，已是深夜，进门发现林阿姨在厨房里忙活，如平常一样给她准备消夜，结果把消夜端出来的人，却是唐洛。

他欢天喜地地告诉妈妈，这一碗糖水煮蛋是自己做的，在林阿姨的指导下，一步步从生火，到烧水，到调制糖水、打鸡蛋，全程独立完成，请妈妈试试看。

换了一个平常的母亲，此时应当流下喜悦的热泪，将孩子拥入怀中，细细品味那一碗糖水的甘甜。但高佳妮不是平常的母亲，她接过那碗糖水，冷冷凝视着碗里浮沉的鸡蛋几秒，而后随手倒在了地上。

她不心疼价值数十万的地毯，也不心疼小儿女的爱心。

高佳妮有自己的价值观念和人生坐标，其中包括了她对唐洛的定位和要求，她所坚信的，才是她竭尽全力去维护的。

她以这个动作，背书了自己接下来说的话，每一句都是发自内心的："现在是十二点半，你应该去睡觉，明天才有精力上学，我不需要你为我煮消夜，我生你出来，也不是为了当厨子的。"

那时候的唐洛，脸上有什么样的表情呢？高佳妮其实不记得了。

一直都记得的是，从那之后，他就不再尝试亲近她。

这件事她没有跟任何人说过，郭也也不例外，他只是太了解高佳妮了，因此不期然也明白她的心境。

他放低声音，温存地安慰："心软是好事。佳妮，你以前就是太刚硬了，有些没必要承受的也非要自己扛起来，现在不必这样了，你应该觉得高兴才对啊。"

高佳妮摇头："蓁蓁需要有人对她狠心一点，把她那些随心所欲的部分磨掉，否则她没办法真正有所作为。我本来以为交给你会有用，结果呢？"

郭也一愣，没想到这都能惹火上身，赶紧辩白："我向来比你心软这咱们都知道啊，再说了，蓁蓁还是个孩子，只要高高兴兴的，不挺好的吗？"

高佳妮冷笑一声："高高兴兴有什么用？街上那些送快递的人，刷刷手机玩玩游戏不也挺高兴的吗？"

郭也光速放弃抵抗，一如既往："好好好，你说的都对。我这会儿真的要去开会了，你在家对吧，我晚上来陪你出去吃饭好不好？"

他这个建议不是什么心血来潮，自从高佳妮从家里大宅搬出来，搬到公寓里住，几乎每隔几天郭也就提，已经好多次了，高佳妮永远一口回绝。回绝就回绝呗，郭也完全不在乎，你不吃那是你的事儿，我说肯定是要说的，这么前仆后继，坚持不懈，没想到今天拨开云雾见青天，高佳妮居然一反常态，答应了："好，六点半你来接我吧。"

这句话郭也始料未及，这么简单的几个字，听到耳里硬是反应了好一阵子才会过意来，内心不由自主地涌起一阵狂喜，急忙敲钉转角，生怕高佳妮一个不顺心又改变了主意："六点半我肯定到，地方我来定。"

那边"嗯"了一声，电话就挂了，熟到再见都不必说，那是真的很熟。郭也把手机收起来，掉头走回会议室，脑子里不由自主想起二十多年前，在大学里他和高佳妮恋爱的时候。每天下午他就去她的寝室楼前等着，两个人一起去食堂吃饭，图书馆自习，自习完顺道经过开水房打开水，最后送回楼下，面颊上亲一亲，就是整一天的高光时刻。

高光和真正的高潮当然不能比，但高光能在心里留下烙印，延续终身，高潮却只有两秒，所余下的是无休止地为这两秒而折腾。

男人的身心往往就在这两件事上分裂，年轻的时候郭也其实不明白这一点。他那时候只觉得，为了隔壁班花的长腿酥胸背叛高佳妮是不对的，但长腿酥胸赤裸裸摆在面前的时候，对不对的考量又根本排不上号。

他知道自己不对，所以从来没有怨恨过高佳妮解释都不听，一脚就踹开他的决定，不但不怨恨，还在接下来许多年里死皮赖脸自觉自愿继续扮演忠犬的角色——任她差遣，帮她创业，为她奔走。忠是忠的，只是另一边就像高佳妮说的"微信里有一个军团的女朋友"，犬也是犬的，鞍前马后，任劳任怨，自己的人生也不耽误。除了从此以后再没想过要跟谁长相厮守：太难了，你做得到我也做不到，何必勉强呢？

他和高佳妮之间，实在也是无从挽回——分手没多久，高佳妮就和唐在云好了，不但好了，还干脆没毕业就生了个孩子，全校轰动。可谁也不敢对她指指点点，她就是有那个劲儿，让全世界都知道：没人管得了她，何必费那个劲儿？

高佳妮料到了后来唐在云会变成那样一个人吗？还是她其实心里明镜似的，想着男人都是要变的，不如找皮相最好的那个，至少没有亏。

他摇摇头，眼看就要进会议室了，手机收起来之前，给叶蓁蓁发了条短信："第一天上班怎么样啊？"

叶蓁蓁秒回："不！怎！么！样！"每一个字后面都跟了巨大的惊叹号。

叶小姐回这条信息的时候，已经在和合大厦门口下了车，然后一瘸一拐地走到了大堂里。

为什么一瘸一拐呢？那双杀千刀的高跟鞋——磨脚。

她就奇了怪了，Spencer给她试过那么多高跟鞋，培训过程连骂带打的，遇到过各种问题，比如说摔个狗吃屎啦，差点崴脚变成二级残废啦，走起路外八字形同圆规啦，唯独没有教过她这一点：如果一双各方面都很完美的鞋，暗戳戳磨你的脚，你应该怎么办？

现在这个节骨眼上，全新的挑战居然就出现了！

她感受到了右脚大拇指外侧有一个水疱，正在以肉眼可见的速度冒出来，而后在持续的摩擦之下，发出足以令人尖叫的疼痛感，火辣辣的，再磨几下，想必就会被磨破皮，接下来流血、结痂、再被磨破……

叶蓁蓁想象力真不赖，她把这个过程在自己脑海里过了一遍，就失去了继续行动的勇气，站在大堂正中发起呆来，琢磨着下一步怎么办才好。

她琢磨后得出的第一个结论是：目前正在上班高峰期，人们鱼贯而入，刷卡进电梯间，她挡住的是必经之地，纹丝不动，让人困扰。

她赶紧挪开，结果刚一动，脚趾上的疱真的就破了。

叶蓁蓁小姐发出了一声哀鸣，脑内奏响命运交响曲，主要是命运如何把她的咽喉紧紧掐住的那个部分。

不少人经过她身边的时候都在看她，毕竟叶小姐今天是经了Spencer的手，衣冠楚楚、气宇不凡，形象这么庄严，仿佛矗立在那里就会有正当原因，绝对想不到这姑娘就是走不动道。

直到她实在受不了了，干脆弯腰把鞋脱了，光脚站在地上。

这一下保安就过来了，问她："这位女士，有什么需要帮助的吗？"

叶蓁蓁差点脱口而出："你能背我上和合总部办公室吗？"

幸好她及时制止了自己的冲动，对人笑了笑，因为脚趾很痛，笑得还有点苦，让人莫名其妙的："我今天第一天上班，没有办法进电梯间。您能帮我进去吗？"

保安有点为难："进电梯后还是要刷卡到固定楼层的，要么您通知一下同事下来接你？"

叶蓁蓁叹口气："我一个人也不认识啊。"

保安还挺懂："请人事部门下来接也可以，只要有本大厦的出入证件，再登记您的来访信息就可以了。"

叶蓁蓁心想：这还真严格，那怎么办呢？她正发愁，忽然从电梯间反向冲出来几个人，都大老爷们西装革履的但是一点儿仪态都没有，嗷嗷扑向门口，正好门外有两辆车先后开过来停下，一辆大红色的法拉利，一辆奶油色的劳斯莱斯。那些冲出去的人就在车前排队，满脸笑容，跟大灾之年逃荒的人在街上讨赏似的。叶蓁蓁一看，耶，从劳斯莱斯上面下来的人是唐洛啊。

她高兴了，向唐洛摆手："唐洛，唐洛，唐洛。"

隔着老远，唐洛当然没听见，就是听见了，也肯定认为自己是幻听——他在中国就不怎么认识家外面的人，谁能奔这儿来叫他呢？

跟着唐洛下来的人，叶蓁蓁也认识，那是唐在云。他和照片上的样子相比稍微胖了一点点，基本形象相差无几，不得不说，这男的虽然有点老了，但还是真好看啊。

他们下车后没有马上进来，直到一个女人从法拉利驾驶座上下来，有人迎上去说了一句什么，而后接过钥匙把车开走了。

叶蓁蓁没见过那个女人，但看她一扭身和唐在云并肩而行的亲密样子，关系昭然若揭，一定是高佳妮提过的那个罗西。

叶蓁蓁向来大大咧咧，不怎么情绪化，因为她自己过得好，自然而然也就觉得世上没啥真的坏事，有时候用星星眼看世界，遍地都是闪闪发光的善良之辈。

亏不是没吃过,但吃完就算了,她记吃不记打,或者也是因为被打得不够厉害。

但在这个时刻,叶蓁蓁竟然百分之百确定,她不喜欢那个女人,这是因为高佳妮的缘故,下意识就站了队也好,或是直觉也好,她就是不喜欢那个女人。

刚冲出去的那些人都是和合的,现在接上唐在云一行,簇拥着他们就进来了。叶蓁蓁站在那里问旁边保安:"他们要不要登记啊?"

保安露出了嘲笑她的表情:"那是唐先生,这栋楼都是他的,登记什么?"

保安刚说完,唐洛他们就过来了,叶蓁蓁心一横,伸头也是一刀,缩头也是一刀,来都来了,那就顺着上吧。她一个箭步冲上去,手里还拎着自己的鞋子,好身手啊,眼疾手快地从两个人的缝里钻到唐洛旁边,大叫一声:"唐洛!"

然后她就被按住了,肩膀上多了好几个人的手,被按得死死的。

按她的是唐在云身边那些人,明明按住的是个姑娘,一群爷们的脸上还是统一露出了非常惊恐的表情,就像总统身边的警卫突然发现了刺客一样。后来叶蓁蓁才知道,人家怕的不是她拿出刀来捅死两个,而是高喊老板的名字然后说:"我怀孕了,是你的种,你要对我负责!"

以唐在云对女人的品位和慷慨,这种下九流言情剧里的桥段其实根本不可能会出现,但架不住外人爱操心爱想象,从某种程度上来说,也许他们还对这样的狗血场景满怀期待。

叶蓁蓁尽管被按住了,她还有嘴啊,赶紧喊了一嗓子:"我是来上班的。"大家都没明白,她甩开其他人的手,没好气,"高姐叫我来的。"

其他人包括罗西在内还是继续迷惘,只有唐在云和唐洛对望了一眼,从彼此眼神中看到了浩浩荡荡的震惊:"她?"

叶蓁蓁知道这会儿光靠自己说没用的,从包里摸出手机拨了高佳妮的号,干脆丢过去给唐在云:"你问她吧,我跟你们说不明白。"

唐在云一愣,还真的接住了,转身走到旁边去,外围乌泱泱的人看热闹啊,叶蓁蓁趁着这个工夫,弯腰把鞋子给穿上了,哭丧着脸直起腰来。唐洛和罗西都看着她,她迎上人家的目光,摆摆手:"Hello,幸会啊。"唐洛扬了扬眉没说什么,罗西却沉下了脸,扭头看了一眼还在说电话的唐在云,自己推开身边的人,先上楼去了。

过了两分钟,唐在云走过来把电话还给叶蓁蓁,看着她:"你叫叶蓁蓁?"

蓁蓁早有准备,手心朝上,锵锵锵,亮出身份证!叶蓁蓁在此,如假包换!

唐在云点点头,他和高佳妮确认过了,这个看起来冒冒失失的小姑娘,就是她的代理人,只好说:"那走吧。"刚才按叶蓁蓁的人眼珠子都要掉出来了。

唐洛全程看戏，现在人家走他也走，刚动身，被叶蓁蓁一把捞住了："扶一下扶一下。"

他一愣："什么？"

叶蓁蓁抬抬脚："新鞋。"

唐洛差点没笑出声来："好吧。"

他和叶蓁蓁萍水相逢就这么被拉扯着上了电梯，一到三十六楼，电梯门一开，叶蓁蓁差点被吓个跟头，公司的人啊，好多啊，倾巢而出、列队而迎。要不是政策不允许，他们多半要在大门口舞狮放鞭炮吧。

叶蓁蓁没好意思再挽住唐洛了，放开手之后强忍脚疼，忍出了一张扑克脸，尽可能小幅度一瘸一拐地往里走，走到里面还嘀咕："这场面不发红包你们怎么好意思？"

唐洛听到了："什么发红包？"

叶蓁蓁指了一下两边的人："给他们啊。"

唐洛一时间有点犹疑："有这个规矩吗？"

叶蓁蓁老老实实摇头："没有。"

唐洛看看她："你真的是代表我妈来的？"他内心推翻了自己之前在车上的猜测，看眼前这个姑娘，怎么也不是个管公司的主，倒像跟自己一样来打酱油的。

叶蓁蓁就又要去掏身份证，被唐洛拦住了。

"不用了，我就是问一下。"

她完全明白唐洛的言下之意，干脆硬核耿直："咱们俩差不多啊，都是被赶鸭子上架。你都能当总裁，就别挑剔我了。"

这是大实话啊，他说："有道理。"

居然有人在这么重要的事情上说实话，唐洛也是开了眼了。

一群人被夹道欢迎着迎进了会议室，叶蓁蓁紧随唐洛，半点没掉队，引来不少诧异的眼神，一个个心里都在想这是谁啊。

唐在云和罗西不必说了，唐洛是少主，没回国就是和合上上下下风传了好久的八卦中心人物，今天初次亮相，理所应当是万众瞩目的焦点，但他身边突然多出来的拖油瓶是什么情况，其他人就搞不明白了。

这个拖油瓶其实心里很紧张，紧张到胃部都在打结。要是给她选，她九成会选择从这儿掉头跑路，或者应该说，如果有选择，她刚在大堂那儿就已经跑了。

问题就在于她没有选择，叶蓁蓁在这里谁也不认识，但谁叫她是代表高佳妮来的呢？

她如果丢人，丢的不是自己的人，是高佳妮的人，坍台坍的也是高佳妮的台。就算以后实在撑不下去，至少要尽力而为啊。

她叶蓁蓁可是跟人家保证过的，她会努力。

努力不代表一定可以做得到，至少态度得摆出来吧。

她就是靠这么一口气撑着，一屁股坐在了唐洛旁边，在长条会议桌的左边第二位，对面是罗西，唐在云站着，没有要坐下的意思。

整个过程中，罗西一直在盯着叶蓁蓁看，眼神如果能像刀子一样导致物理伤害，蓁蓁这会儿已经在120救护车上躺着，因为大量失血需要急救了。

被不待见到这个程度，居然都被叶蓁蓁完全忽略了，因为她实在顾不上。

眼神算什么，她的脚可是货真价实地一直在承受物理伤害啊，就从电梯走到会议室的几步路，她内心一直在哀鸣"疼死老子了"，同时激烈地进行到底要不要光着脚上一天班的心理斗争，由于太过专注于这么切身的问题，她真的没有注意到罗西一直在盯她。

于是罗西反而暗自有些困惑起来。

说起来罗西和高佳妮交手，不是一次两次了。第一次是高佳妮从美国回来，进门便见到鸠占鹊巢的一幕，而后在唐在云的默许，甚至可以说纵容之下，你来我往，渐渐就成了无休无止、越演越烈的态势，直到高佳妮搬出家门。

这一次次冲突中，有时候唐在云在身边，有时候他不在，但每次针锋相对之后，罗西都要跟唐在云再一次争吵。

那是恃宠而骄，也是借机生事，她埋怨唐在云不站在自己这边，指责他态度暧昧，质疑他根本下不了决心离开自己早已不爱的女人，哭诉自己的进退无门。她的骄横拿捏得总是恰到好处，总是能让唐在云动容却不至于被激怒，她也从他的反应里，一步步知道他的心是在自己身上的。

有这个当底气，但凡要对唐在云客气的人，都要对罗西客气。至少在和合，她渐渐已经不知道人家对她不理不睬是什么滋味了。

而眼前这个无端端不知道从哪里冒出来的小姑娘，却似乎浑然不知这一点。

罗西心里如何琢磨，叶蓁蓁一概不知，她就紧盯着唐洛坐好了，顺便打量了一下其他落座的人。大部分是男的，年纪都在四十往上，除了罗西外只有一个女人，多半是北方人，大个子，骨架分明，略丰满了一点，又很爱俏丽，因此裹着的套裙略紧了些。她脖子上戴着造型夸张的香奈儿珍珠项链，短发，戴黑色边框的文艺风眼镜，没有化妆，嘴角轻轻向上翘着，自然而然有一点喜气洋洋的样子，可眼神却十分严肃。

这个女人身边坐的，是男人里面看起来年纪最大的那个，起码快六十了，肚腩体积也最大，国字脸，黑西装，表情很阴晴不定地坐在会议桌尽头一角，眼睛往下看自己的手，像在生闷气似的。他们两个人不时挨过去轻轻耳语，女人一边说一边缓慢地扫视整个办公室，像是防备谁会偷听似的。

叶蓁蓁这么观察了一会儿，突然感觉身后有人徘徊，久久不去。

她回头一看，看到一位头发浓密、身材魁梧的中年男士，红脸膛，耳朵特别大，极有存在感，这会儿的表情就像一个人进了电影院或者上了火车，走到自己座位前一看，怎么有人已经大马金刀坐着了呢，于是有点举棋不定。

叶蓁蓁看得出那种惊疑感，但这会儿实在不能让啊，明摆着让了自己就只能站着了，她和人家对望了一下，指了指屁股下的椅子，然后说："我坐这儿了啊。"对方莫名其妙地"啊"了一声。

唐洛听到动静，扭头看了一眼，然后就摆出了一副"你们别管我，我就看看戏"的样子。

那位男士一看唐洛这反应，显然是没有加入自己的行列一起反对叶蓁蓁霸座行为的意思，只好就此放弃，自己另外去找位子。旁边有人看着，此时就急急忙忙地站起来，叫："赵总，您往这儿坐。"看来是和合颇重要的高管，以前没有过被人抢座位的待遇，而且看赵总的表情，仿佛还有点误会，心下说不定就在嘀咕：什么少爷啊，当什么总裁啊，这第一天上班就把妞带来了啊？果然龙生龙，凤生凤啊。

不表人家内心的小剧场轰轰烈烈上演，这时人都来齐了，唐在云站在会议桌一头轻咳一声，门便关了，兵荒马乱的会议室马上安静下来，外面迎宾兼看热闹的人群也散去。

唐在云开始用他平和的声音，告知大家一系列新的安排和变化。

今天来的都是各业务板块的大老板和总部职能部门的最高负责人，和合的高管团队无一遗漏。

业务板块最高管理层同时组成了公司的总裁团，其中唯一的例外是罗西。她的头衔是和合的市场与公关总监，总监这个抬头不算什么，任何一个规模大一点的公司，你往会议室里扔块砖，十一个人里起码砸死十个总监，剩下那个是VP[1]。

真正有分量的是她所掌握的权力，覆盖了和合所有业务板块的市场和公关职能，

---

1 Vice President（副总裁），简称VP。

那意味着数以亿计的年度预算,和所有子公司的市场活动决策权。与此同时她还是和合独资拥有的一家新公司"云西艺术品投资"的控制人,日常管理超过二十个亿的艺术品基金。

和唐洛以及叶蓁蓁一样,她也是空降到和合的。普通人空降到任何新的地方,总要面对诸多困难,必须花很多精力去适应和解决问题,最后往往效果还不理想。但这条定律在她身上不存在,因为唐在云全程为她加持。

唐在云的讲话很简短,介绍唐洛和叶蓁蓁,以及他们以后的职责,同时宣布罗西为这一任的轮值总裁,任职期限不定,让唐洛有充分时间去适应新的角色。在此期间,唐洛的工作安排由罗西负责,两人意见不一致的地方由他亲自裁定。

也就是说,唐洛第一天到和合,就被直接剥夺了身为总裁应有的主动权和自由度,变相成了罗西的下属,尽管他自己对此其实懵然不觉。

会议桌边坐了一共十二个人,唐在云说完话,有两个人脸上露出了不以为然的表情,但全部的抗议,也就仅此而已。

那两个人就是张丰宇和翟思柔两个老臣子。

这一掠而过的情绪外露,其他人都没有注意。他们有的在看唐在云,和老板保持眼神接触以获取更多注意力,有的在好奇地打量面无表情的唐洛,有的在跟罗西交换含义丰富的眼色,甚至连张丰宇他们自己可能都不曾对此有所察觉。

但叶蓁蓁看见了。

唐在云说话的时候,她就一直侧着身体,在仔细看全桌的人,看他们的姿势、神色、眼神对望,看他们桌面上手的摆放,看他们彼此位置的远近与轻微的变化。

在人的天赋里,有一种叫作"Antenna(触角)"的东西,是对人心倾向与情境的敏锐直觉,无须思考,即刻做出判断,而且往往比思考更加精准。

叶蓁蓁这方面的资质本来就万中挑一,而高佳妮给她安排的培训里,有一门叫作人体姿态的定位与识别,是从美国请来的资深FBI专家授课。叶蓁蓁上这门课的时候因为语言能力不达标,又特别琐碎,上得鬼哭狼嚎,回家还跟苏桐吐槽了半小时之久。

但这会儿,她的天赋与学习成果的结合,变成了一个极其敏感的小铃铛,在一切风过的时刻,叮叮作响。

叶蓁蓁下意识地记住了这两个人的样子和反应。

唐在云把关键信息交代完,会议就交给了罗西。她也没站起来,就坐着笑吟吟地安排了接下来两个礼拜唐洛的行程,让他分头和总部的所有高管一对一会面谈话,之后去各个和合有业务的城市巡回，让大家见见新老板。至于叶蓁蓁，她说的是："等安排。"三个字就把她打发了，不像是在对待公司董事长派出来的代理人，倒像是对待一个行将下岗的助理。

罗西说完这一段话，打了个响指："好，散会吧。"根本不问其他人有没有什么要说，俨然已经是女王临朝了。

始料未及的是，现场还是有人不服的。

一个当然是叶蓁蓁，另一个居然是唐洛。两个人都突然异口同声喊起来："等一下。"

两人喊完还对视一眼，叶蓁蓁说："你先来。"

唐洛说："谢谢。"

大家都齐刷刷去看唐洛，以为他要发表一下上任感言什么的，结果大少爷压根儿没客气的意思，慢吞吞地说："我没工夫去其他城市，我也不想跟你们什么一对一面谈。"

会议室里顿时鸦雀无声。罗西看了一眼唐在云，上前轻声说："洛少，这不好吧，你这段时间，得接受公司的安排啊。"

唐洛看都没看她，很随便地说："不管是你的安排还是公司的安排，我都没兴趣。"

他说话的声音很硬，也响亮，大家都听得见，也就是说，他根本没有给罗西跟他细语商量的余地："我想见你们的时候，自然会找你们的。"他看看外面，"现在带我去我的办公室吧，我要补个觉。"

大家都没脾气了。补！个！觉！

纨绔子弟到处都是，这么耿直还浑不吝的头一回见。

唐在云的脸色一点没有变化，也不知道他心里现在是怎么想的，竟然也就妥协了："那就先这样吧。"又对唐洛说，"晚一点我来找你。"

唐洛无所谓地点点头，刚要走，叶蓁蓁赶紧站起来："请问我的办公室在哪里？"她还比画了一下，"就是高——高董以前的办公室。"

所有人都望向她，唐洛又站住了。

罗西打量了她一下，眼神落在那双害死人的鞋子上，多停留了两秒，看得出来她喜欢那双鞋子，却毫不掩饰对穿鞋人的厌烦和轻蔑："小妹，你愿意在哪儿坐着就在哪儿坐着吧，也就是坐几天的事儿，别把自己当回事。"

唐在云在旁边轻轻拍了她一下，罗西对他一笑，两人出去了，唐在云始终没有对叶蓁蓁正眼相看，更不必说跟她说话了。

叶蓁蓁被迎头打了一棒子，还没想好怎么回嘴呢，眼睁睁就看着他们走出去，气得脸都红了。

唐洛还在那儿，怪好笑地看着她："你这样可能没法代表我妈吧？"意思是这也太弱了。

叶蓁蓁心里一把火就烧了起来。

她瞪了唐洛一眼，摸出手机打电话给高佳妮，存了个心眼，叫的是高董："高董，您以前的办公室在哪儿啊？"

高佳妮在那边没怎么听懂她的问话："开完会了吗，怎么样？"

叶蓁蓁回了一句："开完了，挺好的，我现在要去找办公室。"她又问了一次，"您办公室在哪个位置？我自己去找找，得先安置下来。"

高佳妮何等聪明的人，马上就从"我自己去找找"这几个字里面，明白叶蓁蓁这是吃了一记下马威。她和罗西打过交道，也知道现在公司的氛围，说不担心是假的，但也没料到自己在邮件里说得那么清楚，唐在云和罗西也仍然会硬杠回来，就是不给安排。

怨愤之气游弋而出，但这不是重点，重点是想着叶蓁蓁认认真真的样子突然被泼一杯冰水，高佳妮竟然心里难过。

说不定让她去和合，这个安排本身就是错的。

叶蓁蓁还在那儿问呢，高佳妮忍下一口气，细细把位置给她描述了，电话说到最后，硬生生忍下了"实在不行就算了"这句叮嘱。

尽管这句话都到了嘴边，但它太陌生了，这句话里每一个字所散发出来的苟且和软弱，都令高佳妮难以自处。

何况，要是叶蓁蓁连这件事都搞不定，那也不需要她叮嘱什么了，没几天估计就得回来，何必多此一举呢？

叶蓁蓁可不知道高佳妮有这么多心理活动，这边挂了电话，心里琢磨着办公室的事儿：眼前明摆着没人会理自己的，不管以后怎么样，到哪儿第一步都得先立足，那现在应该怎么办好呢？

她抬头一看，居然发现唐洛还在那儿站着，挺好奇地看她，两人对望了一眼，叶蓁蓁灵机一动，对他说："你办公室在哪儿？"

唐洛摇摇头："不知道。"

突然有人就接话："唐总，我带您去您的办公室。"

是从会议室门口传来的，那儿站着一位女员工，看样子是一直在那儿等着，听到唐洛说不知道就适时过来了。

这位女员工大约三十岁，穿着得体的藏蓝色连衣裙，配一件花色开衫，丰满性感，气质精练，在那里毕恭毕敬等唐洛反应。

唐洛无所谓："去呗。"

女员工侧身让路："唐总，我叫Florence，是您的私人助理，有任何事都可以找我，这边请。"

她当先带路，唐洛跟着走，叶蓁蓁随后紧紧跟着，一点没落下。

第十五章
我妈是派你来捣乱的吧

　　唐洛用的是上一任CEO的办公室。办公室在东北角,独占楼层边上一个很大的弧形角落,装潢家具色调都是那种清教徒的禁欲风格,一点多余的颜色都看不到,但东西的品质都非常高。

　　照高佳妮介绍的,她以前和唐在云共用的办公室在另一层楼,占据了那层楼一半的空间,和员工从不同的通道出入,私密性很好,没有任何监控设备,因为唐在云不喜欢。

　　对任何会控制他、将他局限起来的东西,他都不喜欢,不管是制度、空间还是规则。事实上在高佳妮全面控制和合的时候,他干脆就很少来公司,每次来了要么是参加会议,要么是处理事务,工作完毕,立刻离开。实在需要耗在这里,他也不怎么去高佳妮的办公室,而是随便找一个地方坐下,反正也没有人敢过去说"老板,这是我的位子,麻烦你让让"。

　　叶蓁蓁大大咧咧进去了,走了一圈,对这间办公室的风景表示满意,Florence一脸为难地看着她:"叶小姐,这里是唐总的办公室。"

　　叶蓁蓁对她抛过去一个深表理解的笑脸:"我知道,那请问你知不知道我的办公室在哪儿?"

　　Florence犹豫了一下,轻轻摇摇头,叶蓁蓁比了一个"OK"的手势:"我猜你也不知道,那请问我应该坐哪儿比较好呢?"

　　对方被她问蒙了,还是摇头。叶蓁蓁拍拍手:"那我就坐这儿了。"

　　她还是笑得甜甜的,但一点都不给人家继续谈判的余地:"你什么时候知道我的办公室在哪儿了,什么时候来找我吧。我就在这儿,哪儿都不去,放心吧。"

Florence心想什么叫我放心啊,我放什么心啊。她对自己面对的场面有点拿不准,她也看邮件了,也知道以现在公司的局势,高佳妮的代理人肯定是众矢之的,但这位叶蓁蓁到底什么人,能不能来硬的,一律是未知数,既然如此,她打一份工而已,何必掺和那么多血雨腥风呢,俗话说得好,多一事不如少一事啊。

幸好唐洛及时解了她的围:"她就坐这儿吧,我OK的。"

Florence如蒙大赦,说:"那好,唐总您有任何需要,请拨座机01直线找我,晚一点我再过来帮您设置进出公司大门和这里的视网膜密码。"

说完得到唐洛的首肯,她飞一般去了。叶蓁蓁瘫在沙发上,对唐洛行了个举手礼:"谢谢啊。"

唐洛站在自己的办公桌旁边看着她:"你叫叶蓁蓁?"

她第三次想掏身份证,唐洛赶紧制止,补了一句:"哪个'zhēn'?"

"桃之夭夭,其叶蓁蓁的蓁。"叶蓁蓁答得有气没力的,还真诚地问唐洛,"你听得懂吗,你不是一直在国外吗?"还后知后觉地惊讶了一下,"你中文说得不错嘛。"

唐洛很淡定地回答:"我十六岁才出国的,中文好着呢。"

他接着问:"你跟我妈怎么认识的?"他精准评估了一下叶蓁蓁,"你真不像是我妈会喜欢的那种类型的人。"

叶蓁蓁兴趣来了:"你妈妈喜欢哪种类型的?"她握拳,"我上山下海给她找一个去。"而后痛心疾首地看自己鞋子,"免得我受这份洋罪!"

唐洛笑了,眼前这个人虽然是代表高佳妮来的,他倒意外地完全没觉得对方讨厌,因为她不但不像高佳妮,甚至可以说是反着来的,一切都不按牌理出牌。

他是个深具艺术家天性的人,最喜欢的本来就是不按牌理出牌——否则人生有何乐趣?

他很自然地回应叶蓁蓁的话,说:"我也不知道她喜欢什么样的人。"很平淡的一句,背后却有许多说不出的感慨,"我没见过她喜欢任何人。"

叶蓁蓁想了想:"还真是。"

唐洛头脑很清醒,及时回到自己的问题上:"你们怎么认识的?"

叶蓁蓁脑子里掠过高佳妮的告诫,说不要告诉别人他们之间到底是什么关系,但直觉却让她做出了完全不一样的选择,于是脱口而出:"你妈溺水我刚好经过,把她捞起来了。她没其他什么好报答的,我刚好找工作,她就让我来这儿上班呗。"

唐洛听到溺水这个消息微微动容:"什么时候的事?"同时心想,什么叫作没什么好报答的？

有钱人要报答一个人，法子多了去了，穷人才只能用"大恩不言谢"这种托词。

叶蓁蓁这部分倒没说实话："就前段时间啊。"

唐洛想了一下，很难说他相信这是高佳妮的做法，但叶蓁蓁解释起来的样子，倒是意外地令人感觉到合理。

他向来非常相信自己的直觉，直觉在激烈的格斗中比五官更敏锐、比思维更迅捷，能够在最短时间内做出最有利的选择。

直觉让他避开某些看上去并无异样的场所，直觉也让他远离惹上了就后患无穷的人，哪怕对方看上去只需要一拳就能打趴下。

也正因为直觉，回国后不管罗西对他如何示好，他都在有意无意之间保持距离，天性与经历都决定了他没有强烈的意愿与任何人亲近，但如果不得不朝夕相处，那起码要做到能够坦然相对，而罗西偏偏就像包裹着一层又一层的伪装与面具，完全不合乎他的标准。

唐洛想什么叶蓁蓁不知道，她倒是很庆幸对方没有继续追问下去了，不然她根本瞒不住事儿，得竹筒倒豆子一五一十啥都说完了啊。

她站起来往门外看了一眼，外面的人都在努力工作，表现得非常充实，她叹口气："小唐总，咱们现在干吗？"

唐洛对"小唐总"这个称呼有意见，但没有选择在第一时间指出，主要是自己也没概念其他人应该对他怎么称呼。

这一刻的疏忽和苟且，令唐洛在后来为之深深后悔，因为这秒钟之后，他不但在叶蓁蓁那儿变成了永远的"小"唐总，而且很快就变成了全公司上上下下口中永远的"小"唐总，连他爹妈不小心的时候都顺口叫他"小唐总"，大家把这个"小"字自动跟他对了个天衣无缝，全拜叶蓁蓁所赐。

他这会儿想不到那么长远，就光顾纠正她的说法了："没有我们，只有我，或者你。"

叶蓁蓁从善如流："行吧，那你现在准备干吗？"

"我要补个觉。"他竟然是来真的。

叶蓁蓁看看这个极简风格的办公室，沙发品质虽然好，但形状窄长窄长，大概是叫人"有话快说，有屁快放，总之不要在这里坐太久"的意思。

唐洛身材修长，在这个沙发上一躺下，呈现出的是一个扁担放板凳的效果，绝对舒服不到哪里去。但他才不管，真的伸个懒腰走过来就准备睡，吓得叶蓁蓁赶紧起身避开，而后就站在那儿傻看着唐洛，一时间不知何去何从。

每到这样不知所措的时候，她就找苏桐，马桶堵了也是，在家看电视剧看哭鼻子了也是，考大学不知道读哪个专业也是。其实她自己能修马桶，也知道自己该读啥专业，大多数时候真不是为了寻求意见，纯属习惯了凡事就得跟苏桐说一嘴，听他说这样那样最好，并且他的想法和自己的一样，心才定得下来。

今天也不例外，她本能地就拿出电话要走出去打给苏桐，忽然想起刚才Florence说的，这儿出入是要设置视网膜密码的，赶紧去观察了一下唐洛办公室的门。果然！她这一出去没关系，回来的时候要是唐洛不给她开门，她可就进不来了。

所谓未雨绸缪，凡事预则立，不预则废，都是古人的智慧，可不能随便否定。叶蓁蓁这么想着，把电话揣兜里，然后忍着脚趾头上持续传来的疼痛感，动手去搬椅子。

这个办公室里有不少椅子，会客区、办公区、休息区，大大小小，横平竖直各种造型的椅子都有。但是她唯一能搬得动的，就是唐洛办公桌后那张人体工学的办公椅，因为有轮子，饶是如此，也非常费劲。

她手脚并用，吭哧吭哧，走一步挪三步，如同光头强在森林里搬熊大攒下的木头，和椅子较了半天劲。唐洛在沙发上本来闭目养神，听着"乓乓乓乓"的动静怎么不停歇呢，忍不住抬头去瞄了一眼，正看见叶蓁蓁把椅子摆在门和门框之间，就问了："你干吗？"

"我搬椅子堵门啊，不然一会儿进不来。"叶蓁蓁语气还颇为嗔怪，意思是你眼睛那么大怎么看不出来呢。

唐洛很困惑："你可以叫人给你开门。"

"万一不给开呢？"

唐公子的脑子里没有"万一"这个概念，他想想，反应过来了："你是真准备坐我这儿了是吧？"

叶蓁蓁搬好了，拍拍手，对椅子把门撑开的效果很满意，然后回答唐洛："是啊。"她还理直气壮的，"不然呢？高董的办公室没人带我去，外面很明显也没位子了啊。"

和合跟创世不太一样，职能部门各安一隅，每个人的位子是固定的，她刚过来一路上可仔细看了，视线范围内，真没有空地方可以坐。

她在这儿也跟在创世不一样，自个儿再没有自尊心，也不能蹲上蹲下找落脚的地方吧。那不表示高佳妮彻底没戏了，她的代理人都没处坐？所以现在最佳的方案，就是赖在唐洛这儿不走。

唐洛根本没考虑过这么多弯弯绕绕，大少爷在某种程度上来说还是很单纯的，他建议:"我让人给你安排吧?"虽然不知道自己的权力在和合能大到哪里去,但依据常识,给人安排个办公室总不是什么问题。

叶蓁蓁瞅他一眼:"不要。"

这回答相当出乎唐洛的意料:"不要?"

叶蓁蓁把袖子撸了一下,这是她下决心的小动作:"我有办公室。"

唐洛看过高佳妮发的邮件,也很聪明,马上反应过来了:"你就一定要去坐我妈妈的办公室对吧?"

叶蓁蓁夸他:"小唐总你真有智慧。"还在一边嘀咕,"坐几天的事儿对吧,看我怎么坐给你看。"这是罗西刚抢白她的话,这明显是一个照面就结下梁子了。

她说完一迈腿,敏捷地跳过挡门的椅子,出去了。唐洛在后面支着身子躺沙发上目送她的背影,百思不得其解高佳妮是看上这妞儿啥了。

叶蓁蓁跳出去,慢慢围着整个办公室区域走了一圈,尽可能细地观察了一下周围的环境。所到之处,大家都对她行注目礼,但完全没人上来跟她招呼,基本上摆出来的都是敬而远之的姿态,连她主动对人笑笑,对方都赶紧移开视线,装作没注意。看样子都知道现在谁在和合当道,而且当道的人绝对不喜欢叶蓁蓁。

她在心里默默记下各处办公功能区的分布情况,还特别注意了一下各个独立办公室门口贴的名字铭牌,以及出现在自己视线中的所有面孔,等大致心里有谱之后,她找了一间没人的小会议室,给苏桐打电话。

苏桐接起来就问:"小包子,第一天上班怎么样啊?"

叶蓁蓁站在玻璃窗前看外面,说:"不怎么样。首先,Spencer早上给了我一双新鞋,鞋磨脚。"

这是大事啊,苏桐说:"右脚大指头长疱了吧。"

他跟叶蓁蓁在一起这么多年了,对她的身体各处细节了如指掌,包括右脚大拇指稍微比左脚的要大一点点,而且就是大在外侧那一点,看根本都看不出来,但如果她买了一双各个部分都特别合适的鞋,那个地方就会偏窄,硬穿上去就会不舒服。

因为苏桐,这个潜在的问题一直都没有成为过真正的问题。每次买完鞋回来,他都会帮叶蓁蓁做预先处理,先找到那个精确的摩擦点,用白醋擦拭至透,然后用一个圆的小金属撑子顶一晚上,到第二天再穿就完美了。

在一起十几年,叶蓁蓁的鞋都是这么接受苏桐再处理的,哪怕苏桐在国外那几年也没耽误。因为她一年要去好几次看情郎,波士顿和纽约都算得上是购物天堂,她当然就把所有的鞋放在美国买了。

现在杀出一个没有那么知根知底的Spencer,叶蓁蓁才生平第一次知道什么叫作

"一根针杀死英雄汉"。

苏桐觉得这个说法很妙:"那怎么办,能回家换一双吗?"

"估计不好,我主要是怕出了门回不来。"

"啥意思?"

叶蓁蓁把早上的遭遇简单说了一下,苏桐明白了:"这个好办,进出门禁这些都是行政人事那边在管的,只要有授权邮件发出去要求他们经手,他们就一定会办。"

"嗯,我也是这么想的,但现在看起来没人愿意给我发这个邮件啊。"

苏桐想了一下:"你让高姐给你发,她可能很久没有管第一线的事了,所以没去操心细节,但她的邮件肯定有和合的最高权限,你让她写得细一点,需要什么都写上,最好草拟一个清单给她直接转手发。"

叶蓁蓁哼唧:"能让她给我写上要一双雪地靴吗?平底大一号,最好是粉红色,再给我配一双厚袜子和创可贴。"

苏桐还认真上了,问她:"你今天穿的是啥衣服啊?也是Spencer准备的对吧?"

她简单描述了一下,苏桐否决了雪地靴的建议:"我都知道不配套啊,再说买新鞋子也没用,一样磨脚,我回去给你拿双合适的吧,你先搞定门禁,我送过来时间应该刚刚好,我陪你吃个午饭。"

叶蓁蓁一听:"你从公司跑回家拿鞋再送这儿来啊?太远了啦,别折腾了。"

苏桐说:"不远,从创业园到家就半小时,再去和合也就是二十多分钟,一小时左右准到。"

他既然说得斩钉截铁,叶蓁蓁也就欣然答应了,挂上电话她脑子里还想着:"跑创业园了啊。"正想拨高佳妮的号码,忽然福至心灵,俗话说县官不如现管对吧,而且杀鸡干吗要用牛刀啊。

她大步流星回了唐洛的办公室,那把椅子还挡在门口呢,好几个人走过去都偷瞄几眼,不知道这是啥情况,唐洛居然也就让它放着。

叶蓁蓁如法炮制地跳回里屋,唐洛也没真睡,靠沙发上看小视频呢,她一屁股在旁边坐下:"小唐总,助人为乐呗。"

唐洛看都没看她:"不乐意。"

"我给你带好吃的。"

"没兴趣。"

"我给你带林阿姨做的饭。"

一棍子打在了七寸上。

唐洛丢开了手机:"你认识林阿姨?"

叶蓁蓁谨慎地选择了不要夸耀，说自己和林阿姨是厨房拍档，情比金坚啥的，而是很中性地回答："认识。"她继续戳唐洛的七寸，"我是你妈的代理人，必须每天回去跟她汇报工作。林阿姨说你最喜欢她做的潮州菜，我天天让她做好了用保温盒给你带过来。"

用食物收买，这一手不可谓不原始，唐洛皱着眉看她："你把我当小孩子吗？"

叶蓁蓁的眼神落在他正在刷的手机视频上，那是一个游戏直播，那意思尽在不言中，又呼之欲出：你丫堂堂总裁，今天第一天上班干这个，你就说自己是不是小孩子吧。

唐洛马上就明白了："得。"他还是很谨慎，"你要我干啥？"

叶蓁蓁的要求非常简单："带着我。"

"嗯？"

"一会儿他们给你弄门禁，料理办公用品电脑啥的，你都带着我呗，他们要是不理我，你就要求他们给我弄一份一样的，行不行？"

"有必要吗？"

叶蓁蓁正经脸："有必要啊。"

她一点不见外，还跟唐洛诉起苦来了："不然没人理我，我明天怎么上班啊。"

唐洛看她一眼，这种憋屈台词从他妈妈的代理人里说出来，简直让人有一种颠覆感。按理说以高佳妮的风格，谁敢这么冷遇她，那肯定是杀出去把行政总监拎出来跪着，说："你不想死就赶紧给老娘办事，听明白了吗？"

结果来了个这么厌的。

他倒也不讨厌人家厌，于是耸耸肩，冷漠地说："随便你。"

话音没落，Florence就来了，毕恭毕敬地告诉唐洛："唐总，我帮您设置一下门禁和视网膜密码，这边请。"

叶蓁蓁一马当先："我也设一个。"

Florence都僵住了："叶小姐，我没有接到这个Request（要求），只说给唐总设。"

叶蓁蓁心里囧得恨不能挖个地缝钻下去，但她很坚强地选择了死缠烂打："那不行，我不设，他也不能设。"

Florence陷入了迷惘之中，无助地望向唐洛："唐总，您看？"

唐洛饶有兴趣地听着她们对话，本来是不置可否的，结果叶蓁蓁扭过头对他使眼色，用唇语对他悄咪咪地说："林阿姨的菜！"持之以恒对他利诱！

唐洛居然就从了。

第一，他真的很喜欢吃林阿姨做的菜，在欧洲飘了那么些年，最心心念念的唯有这个，结果回到家里都吃不到，内心忧伤了好一段时间。第二，他真的很喜欢跟人对着干，无论爹妈还是罗西，凡是让他们不爽的，就是小唐总喜闻乐见的。

于是他叫Florence："你给叶总也设一下。"

叶蓁蓁的死缠烂打法初战告捷，她很懂顺杆子爬，亦步亦趋跟着唐洛和Florence，硬是搞定了自己在公司的生存刚需：出入权限、全新电脑、邮件地址，系统上填完个人入职信息提交。

她看起来是耍赖，其实真不是完全乱来，那么多年在各种小公司一线做过来，她知道神仙打架，不及下界。别管老板是谁，职能部门的责任反正是干活，除非收到明确指示什么不能干，什么人不能理，否则都是顺势而为。毕竟风水轮流转，谁知道哪天会到哪家呢？

小唐总毕竟是大老板亲生的，杵在面前发话，在听不听之间，大家总要衡量一下，衡量的结果往往就是多一事不如少一事，给叶蓁蓁办了得了。

一条龙办完，她总算心里松了一口气，眼看到了中午，唐洛被唐在云找了去，苏桐给她送鞋过来了。

两人在附近的小饭馆吃了点儿东西，叶蓁蓁右手吃着，左手牵着苏桐的右手，于是他就只能用左手吃，平常坐车，也是这样牵着。苏桐有时候得处理信息邮件，就用左手打字，这么天长日久磨炼下来，他渐渐两只手都能切换自如。人家还问呢："你是左撇子啊？天生的，还是后天的？"他就说："女朋友调教的。"

两人一边吃一边聊起上午的事儿，苏桐夸叶蓁蓁："小包子你真会锁定关键人。唐洛肯定比高姐好用，毕竟是现管的。"

叶蓁蓁说："我觉得他也很不乐意来上班啊，一副无所谓的样子。"

苏桐觉得这很合理："任谁能一年随便花一两千万还不用对任何事负责，都绝不愿意来上班吧。"

"嗯，这就是高姐说的没动机就没动力。"她想想，"哎，我的动机是啥啊。三百多万年薪？"她想起罗西的嘴脸，心中忐忑，"不知道他们会不会给我发工资。"

苏桐把她的手放嘴边亲了一下："工资啥的算什么，侠之大者，为国为民，你这不是为了帮高姐嘛，特侠义。"

叶蓁蓁抿嘴笑："我还十步杀一人，千里不留行呢。"她想到罗西心里就不痛快，"我今天遇到了一个看第一眼就不喜欢的人。"

"上一个你看一眼就不喜欢的人可付出了相当惨重的代价,现在这个又是谁?"

苏桐说的上一个叶蓁蓁看一眼就不喜欢的人,是他们在重庆去逛解放碑的时候遇到的露体狂。那是一个星期天,正当中午,两人逛着逛着,苏桐内急,就去街边上洗手间了,叶蓁蓁一个人站着玩手机等他。

那个猥琐男就不知道从哪儿冲出来,径直跑到她面前,大衣一掀,向前一挺,吓得叶蓁蓁大叫一声,"噔噔"退了两步。毕竟是小姑娘,捂着眼睛扭过头去不敢动弹了。

猥琐男得意地笑,硬邦邦地抱着得逞了的愉快心情正要溜走,突然被人从后面一把拎起来,跟摔鸡子儿似的摔到了地上,膨胀的下身被一只四十四码的大脚给硬踩住碾了几下,惨叫声响彻解放碑的上空,外伤其实基本没有,但被吓到一生不举的可能性估计是板上钉钉了。

叶蓁蓁也想起来了,做了一个鬼脸然后说:"那应该是罗西,我听高姐喝醉的时候提过名字,是她老公的女朋友。"

"长啥样?"

叶蓁蓁给描述了一下,尤其提到她戴了个特别好看的小红帽子——出于对帽子的热爱,描述细节的时间相当长——以及手腕上的火焰文身。苏桐心里"咯噔"一下,坐实了上次在高佳妮公寓门口见到的人也是罗西——她在那儿出出入入地干啥呢?

他问:"你怎么会第一眼就不喜欢她呢?"

叶蓁蓁想了一下:"可能是因为我算高姐这头的吧。她抢了高姐老公,让人家那么伤心,我觉得挺不好的。"

"成年人了,各有所需,你情我愿,没有什么抢不抢的,我觉得你不会这么狭隘。"

他说得很对,叶蓁蓁也觉得自己不至于,但到底是什么原因呢,她又偏着小脑袋努力想了半天,试图把自己缥缈的感觉定位成精确的描述。

"我可能不喜欢她看人的样子吧,好像面前站的都不是人,而是什么物品一样,哪些可以用的她就要用,哪些会碍事的恨不得马上一把火烧光,反正,就是跟任何人中间都隔一层,没法亲近的感觉。"

苏桐就这段话体会了一下,点头:"说得很精确,哪天我有机会也瞻仰一下,看是不是这个调调。"

两人说着话,一顿饭吃完了,苏桐把鞋从自己背包里拿出来,看叶蓁蓁穿的套装太合身了,公共场合弯腰换鞋不方便,就自己蹲下去,给她脱了那双新鞋,把创可贴贴在磨破的创面上,再给她穿上家里带的鞋,把新鞋收起来。旁边的人经过都看他们，有个姑娘还推了自己男朋友一把："你看人家。"

叶蓁蓁微微弯着腰，注视着苏桐的一举一动，满心满眼都是温柔。这样的喜悦幸福，一点都不新鲜，从两人在一起的第一天就有，到今天仍然丝毫不变，贯穿所有陪伴或分离的时刻，让她对人生有从根子上建立起来的信心。

鞋子穿好了，她站起来试试，松了一口气，有一种再世为人之感，双手抱着苏桐凑上去亲了一下："宝，没有你我怎么办？"

苏桐把包背好，跟平常一样摸她头发，摸到下面捏住发脚，往后轻轻拉一拉，就像两人少年时，男孩子不知道如何表达爱，这样的小动作就是他的爱。每一次，叶蓁蓁都会在被拉得轻轻后仰的时候笑出声来，今天也不例外。他说："怎么会没我呢，一天二十四小时，一周七天，一年三百六十五天，一辈子On call（随时待命）啊。"

叶蓁蓁伸出小拇指："拉钩。"

苏桐笑着跟她拉了拉钩，两人牵着手回到和合大厦门口，又亲了亲，叶蓁蓁刚要走，忽然又回头问："你刚才说我死盯着唐洛不放，是啥来着？关键啥？"

"关键利益人。"

"嗯，对，就是这个词儿，是不是你现编的？"

"不是，是职业人际关系里的关键词，万邦培训的时候讲过。"

叶蓁蓁很高兴："那你晚上讲给我听听，看是怎么回事，我觉得可能对我有用。"

苏桐表示那当然没问题，飞了一个吻送她进去了。

她一路顺风顺水刷了卡进电梯，刷了视网膜进公司门和唐洛办公室，心情相当愉快，进去一看没人，她往沙发上一坐，琢磨着是不是自己也应该睡一会儿，突然唐洛就进来了。

两人互相看一眼，都是一愣，彼此都想"你居然回来了"。

她问唐洛："你干啥呢？"

唐洛说："准备去开会。"

"你不是说不乐意见那些人吗？"

"是别的会。"

"这个会你怎么又愿意开了？"以叶蓁蓁在创世的经验，她什么会都不乐意开。

"因为坐这儿坐一天太无聊了，我也没有其他地方可以去。"顿了一下又说了实话，"我爸非要我开。"

他中午刚被唐在云打电话找去了，去的就是高佳妮原来的办公室，现在竟然成罗西的了，难怪叶蓁蓁拿不到。

他一进去就被唐在云说了："洛洛，你不要忘记自己是来干什么的。"

他完全无所谓："不是我要来的。"

唐在云有点无奈："既来之，则安之，再不乐意，那些人也是公司的最高管理层，要给他们起码的尊重。"他看了一下自己的日程安排，"下午是去年的年终总结预热会，你跟我一起去，否则你对公司情况两眼一抹黑，怎么管？"

唐洛看了父亲一眼，对他苦口婆心的姿态很不适应，他记忆中的唐在云，似乎对任何严肃的事都不上心，也没有兴趣，刚好和高佳妮反其道而行之。

严肃的谈话对他来说是陌生的经验，脱离了父母，尤其是母亲的管控之后，唐公子唯独在分手的时候会跟人谈话，而且也不怎么严肃。

因此他只是轻轻哼了一声，寻思着自己是抽身就走呢，还是跟对付难缠的前女友一样，给一个冷漠的脸色以不变应万变。唐洛正在两个选择之间举棋不定，罗西打破了僵局，她本来一直坐着，歪头看他们父子说话，这时候笑吟吟地说："洛少，你别纠结了，刚换了个环境不习惯很正常，慢慢来就好。"

她跳起来很轻快地挽上了唐在云的胳膊："别说他了，我们去吃饭吧。"

她一边往外走，一边告诉唐洛："晚上我给你开了一个鸡尾酒欢迎派对，就在旁边酒店，公司的重要员工都会出席，六点出发，咱们一起走。"

唐洛说："我不去。"

唐在云皱着眉头看了他一眼："洛洛，你必须去。身为总裁，你连自己的员工都不想认识吗？"

唐洛冷淡地说："不想。"

唐在云没有让步："不想也要去。"

唐洛沉默了一下，看唐在云的样子，这事儿似乎是不容商量的，看来旁边没有人演黑脸的时候他就得亲自上了。

于是他想了想，然后完全是抱着我就是要跟你们过不去的心情，说："行吧，那叶蓁蓁也去。"

罗西脸色微微一变："洛少，你不会真的认为这个小姑娘是你妈妈的代理人吧？"

唐洛说："怎么？你是觉得她不像真的，还是希望她不是真的？"

罗西被噎了一下，但脸上还是带笑："洛少，我怎么觉得和怎么希望都不重要对吧，你爸爸在这儿呢。"她靠在唐在云手臂上问他："你说呢？"

唐在云倒是很公平："确实是个小姑娘，但也确实是你妈妈找来的。"

既然如此，唐洛觉得就没什么好商量的了："那就一起去啊。"一锤定音，不需要继续讨论了。

罗西垂下了眼角，不自觉地握紧涂了黑色蔻丹的手指，而后又迅速放开，但唐洛根本没注意她的反应，很潇洒地走了，还问他爸呢："去吃什么？"

现在他回到自己办公室，把这件事儿跟叶蓁蓁一说，人家一点不领情，反而有一种"我怎么你了，你就这么对我"的感觉："你干吗要拖我下水？"

唐洛有样学样："你是和合的助理总裁，不应该认识一下自己的员工吗？"

叶蓁蓁瞪他："真不像是你的台词。"

他爽快地承认了："我爸这么说我的。"

"所以肯定是你爸让你去，而且只让你去对吧？"

"本来是的。"

"本来？"

唐洛高高兴兴地说："然后我说你也得去，他们脸色就很不好看。"

叶蓁蓁服了："你爸妈支持的你就要反对，你爸妈反对的你就要坚持，是这个意思吗？"

唐洛打了一个响指："就是！"一点不怕暴露自己，没怕过！

然后电话响了，是催唐洛的，他叫叶蓁蓁："走走走，去开会。"

"为什么我要去开会，什么会？"叶蓁蓁完全没有明白过来。

"你这不闲着也是闲着吗，你不是我助理总裁吗，我妈叫你干什么来的？"

这个理由还真是叫人无法抗拒。

他们要去开的正是唐在云说的上一年度的年度总结预热会，探讨上一年公司各方面的成绩和问题，为农历年后的正式总结开始做准备。

与会的基本上都是上午十点那批人，难怪唐在云要亲自主持，而罗西也一如既往坐在唐在云位子旁边，两人看到叶蓁蓁进来的时候，都不约而同皱起了眉。

罗西直接就发作了："这个会跟你没关系，你出去。"

叶蓁蓁那会儿还在门口，完全没打算引起人注意的，真就准备跟着唐洛进去随便找个地方坐坐，稀里糊涂听一阵子得了。

结果罗西一句话，弄得全会议室的人现在都在看叶蓁蓁。

有的眼神是和罗西一脉相承的，厌烦加鄙弃；有的则满腹好奇，既不知她什么来头，现在又想看她的回应。而唐洛更是，本来好好在前面走着，现在干脆停下脚步来了，转过身露出了他一贯的看什么都像是在看戏一样的神情。

连唐洛在内，大家普遍猜想这位初来乍到的叶蓁蓁会一脸尴尬地退出会议室，就跟所有被罗西呵斥的人一样——这样的人可真不少。

唐在云从来不对任何人疾言厉色，但不表示他的情绪和褒贬不会通过任何渠道传达出来。

结果谁都没想到，就在这一刻，叶蓁蓁的战斗情绪被罗西一句话猛烈地激发起来了。

这位妹妹有个简单的生活原则一以贯之，二十几年没动摇过：人家对她好，她就掏心掏肺好十倍还回去，谁要是跟她耍横呢，她就一定硬碰硬。

她在门口站住了，任凭那句话在耳边嗡嗡作响，像燃料一样慢慢焚烧起来，催发她体内的怒气值，然后她再度迈步向前，就好像罗西说的话是空气，走到唐洛身后还推了他一把，示意他愣着干啥，走啊。

就这么跟着唐洛走到办公桌的尽头，那儿还有位子，两人并排坐下了，叶蓁蓁咳嗽了一声，迎着满屋子人的注视，双手交叉放在自己膝盖上，架起二郎腿来，看着罗西挑了挑眉："要么你拖我出去？"

坐在旁边的唐洛，脸上顿时露出难以抑制的微笑，一半是因为叶蓁蓁说的话，一半是因为他看到了罗西脸上的表情，那可是教科书一般的快要气死了。

这个世界上的事情很有意思的，所有规矩制定出来，都只应用于那些接受规则的人。一旦有人拒绝，规则就会失去效果。这个时候如果你无法做到让对方付出代价，规则便永久等同于无意义。

就像现在。

罗西突然就意识到了，至少在现在这个场合，她其实拿叶蓁蓁一点办法都没有。首先她不可能真的拖叶蓁蓁出去，她虽然比叶蓁蓁高，但基本块头差不多，谁打得过谁还不一定呢；其次她也不能让别人拖，在座的都是体面人，君子小人都以动口为主，叫公司保安来吧，这一动手是撕破脸级别的欺人太甚，事情立刻会恶化到谁也说不准后果的地步。

她虽然得势，还没有登基。叶蓁蓁不是一个人在战斗，她背后的人，手里还拿捏着跟公司玉石俱焚的筹码，就算罗西要马上对叶蓁蓁赶尽杀绝，唐在云也会拦住她。

因此这一刻，话说得满了，开弓没有回头箭，反而把自己别到了墙角。

对罗西来说最糟糕的是，叶蓁蓁自己也发现了这一点。

她的腰背不期然就挺直了起来，拿出了Spencer耳提面命的气势，一言以蔽之就是正面刚，就那么和罗西对望着，半点没有移开视线的意思。会议室里鸦雀无声，直到唐在云开始说话，就像什么事都没发生一样，跳开了这一场Battle（对决）一触即发的大场面，直接切入了会议的主题。

这个会开了差不多三小时，开完后几个人簇拥着唐在云和罗西走了出去。唐在云在门口停下脚步，招呼唐洛过去，他却摆摆手拒绝了："我一会儿去找你们。"

会议室里就剩下唐洛和叶蓁蓁，两人对望了一眼，唐洛突然就笑出了声："你有没有看到罗西全程恨不得用眼神杀了你？"

叶蓁蓁耸耸肩："怕个啥，有种真的来杀了我。"拍了一下桌子站起来，"否则我还是要来开会，下一次我还要发言呢，我告诉你。"

唐洛觉得太好笑了："所以我妈是派你来捣乱的对吧？"

叶蓁蓁沉重地说："我也想做点别的啊，人家不让我做啊。"

她冷不丁问唐洛："哎，小唐总，我是你妈的代理人，你不会因为这个恨我吧？"

她问得这么直接，让唐洛微微一愣，他仔细想了想，诚实地说："不恨。"

他坐在椅子上摊开四肢，看看四周，陷入了沉思之中，而后对叶蓁蓁说："你跟我妈妈完全不一样，就算我恨她，也实在很难把你们两个画上等号。"

叶蓁蓁松口气："那就行了。"她感觉自己心里有一个小本本，上面写着待办事项一长列，第一件就是：唐洛不要讨厌我。

Check.（确认。）

她振作起来，拍了一下唐洛的肩膀："接下来去干啥？"

唐洛看看表，快六点了，想起罗西的安排，说："一会儿得去那个什么欢迎晚宴。"

叶蓁蓁嘀咕："我不喜欢什么晚宴。"想到要穿着高跟鞋，按照Maze的教导挺胸昂首站上几个小时，她内心就发出了哀伤的呻吟。

不过小姑娘这点好，不喜欢归不喜欢，她知道自己没什么选择，也就不去抗拒。

既然是和合的助理总裁，既然是第一天代表高佳妮来上班，不管其他人是不是欢迎她，都得硬着头皮去欢迎晚宴上亮个相不是吗？

于是叶蓁蓁小姐生平第一次知道了什么叫作"人在江湖，身不由己"。

她没想到的是，唐洛的反应居然和自己差不多："我也不喜欢什么晚宴。"

叶蓁蓁随口说："你？欧洲那么多玩的地方，你不应该夜夜笙歌吗？"

"还行吧，欧洲的派对很单调的，就是大家往死里喝，喝完就不用管夜晚到底有多长了。"

"那怎么就不喜欢晚宴了呢？"

唐洛简直对叶蓁蓁的迟钝恨铁不成钢："公司欢迎晚宴你能喝纯伏特加Shots[1]，带妞儿回家睡吗？"还挺有常识的，"不是说兔子不吃窝边草吗？"

他还没说完叶蓁蓁就哈哈大笑，唐洛瞪了她一会儿，然后自己也笑了。

说起来他也有自己的小九九："对了，刚开会你听懂他们说什么了吗？"

叶蓁蓁毕竟是被高佳妮和郭也联手训过的人，再没水平，听个明白还是可以的，于是说："懂啊，去年的总结啊，从数据和趋势两个方向做初步分析，下一步就是各个事业部要出自己的细节报告和明年的战略规划了。"

唐洛非常诚实地摇摇头："我没怎么听懂。"

啥都听不懂还直挺挺坐了三个小时，简直是人生酷刑。大少爷自打十八岁困鸟出笼之后就没受过这个罪了，就算泡到妞了，软玉温香在侧，他都不愿意醒着跟人躺上三小时，不用说一言不发地坐着开会了。

他看着手机上今天早上才激活的邮箱，里面已经齐刷刷进来一排会议邀约，啥主题都有，没一个看起来哪怕有一点点意思的。每个邀约背后都带附件，一看文件大小就知道千万不能打开，打开之后凶多吉少。

如果不是因为顾忌唐在云注销他的附属信用卡，唐洛这会儿就直接出门奔机场回巴黎了。

他这时候听到自己手机响，一看是罗西给他打电话，估计是让他过去，他不接，又揣回兜里："我爸说我不懂的东西，就去问他或者罗西。"他歪着头看叶蓁蓁，"不如我问你吧。"

叶蓁蓁一听："为啥？"

唐洛俊秀的黑色眉毛轻轻挑一挑，他这辈子都没学过吞吞吐吐或口是心非："在你们三个人里面，我比较喜欢跟你说话。"

这个理由很充分，而且很理所当然，叶蓁蓁马上拍拍胸口："那挺好，那就问我吧。"

唐洛点点头，想了想又得寸进尺："你是我的助理总裁对吧，那些不必要我一定去的会，要么你都帮我开了吧？"

"哪些是你不必要去的？你是联席总裁啊，基本上是个会你都要开，你知道吗？"

---

[1] 指适合用Shot杯喝的酒，杯子容量一般很小，通常为30毫升，因此Shot杯也被称为"一口杯""子弹杯"。

唐洛一听老子这是吃亏了啊,马上反咬一口:"那你也得去开!"

如果拒绝的话,下一句台词不用问了,他铁定要说:"我妈不是让你来帮我的吗?"

叶蓁蓁想起自己在创世被会议支配的痛苦,一屁股坐回椅子上,两个人都撑着额头在那里哼哼,不愿意想明天。

哼了半天,唐洛打起精神来面对现实,提出了非常有创意的建议:"要么,我们一人开一半?"

叶蓁蓁一听可以啊,共同分担好过全体牺牲啊,稍微振作了一点:"周一周二你去,周三周四我去,星期五抓阄还是剪刀石头布?"

唐洛很酷地说:"剪刀石头布吧。"两人一致表示同意。

开欢迎晚宴的酒店就在和合大厦旁边,大概相距五百米,唐洛到底都没去跟罗西他们会合坐车,从助理那里问到地址之后,跟叶蓁蓁一块儿走过去了,路上瞥到了她的鞋:"换鞋啦?"

叶蓁蓁神清气爽:"必须换。"脚尖还刨了两下表示自己现在可是身轻如燕,随时可以野狗出栏。

唐洛建议她:"你以后穿球鞋来上班就行。"

这和高佳妮的流派可完全不同,那句话怎么说的来着,你在职场穿得要像猎人,不要像猎物。

唐洛一听就知道这是他亲娘的口气:"你不能什么都听我妈的,她是那种说要八刀戳死你绝对不会六刀就完事的人。"他也没说这个品质好不好,就问叶蓁蓁,"你行吗?"

叶蓁蓁想想这个案例很形象啊,老实回答:"我不行。"

"所以你穿球鞋就行了,你看看和合那些人,你穿啥她们估计都对你这样。"

叶蓁蓁想笑:"我怎么觉得你跟我是一头的?"

唐洛摆出扑克脸:"我没跟谁一头,就随便说说。"

"我认为你说得很对!"她一握拳,心想穿球鞋上班这事儿可千万不能给Spencer知道了。

两人十分钟走完了五百米的路程,到了一看,这是家老牌商务五星酒店,连大堂里飘荡的气味都非常老牌和商务,电梯那儿已经堆着不少人了。

叶蓁蓁眼神和记性都很好,一下就见到几个在和合办公室里见过的熟面孔,来自不同事业部。大家对待这个晚宴还颇为隆重,下班这一会儿的工夫,居然都换了鸡尾酒会的装束。

唐洛远远就站住了，叶蓁蓁一个急刹："怎么了？"不等回答就明白了，"嫌人多对吧？"

唐洛什么都不说。

叶蓁蓁张望了一下："那咱们从旁边扶梯上去吧。"

唐洛还是什么都不说，但身体非常诚实，马上就响应转向。上了扶梯他开口了，觉得新鲜："你怎么知道我嫌人多？"

叶蓁蓁真不是瞎猜："刚才在路上走，有人跟你擦肩而过你都一脸嫌弃，那多半也不愿意去电梯里跟人挤吧，尤其是公司的人。"

简直一语中的。

他们上了三楼，还没到宴会厅门口，Florence就迎上来了："唐总，请跟我来。"

唐洛走了两步，发现叶蓁蓁没跟上来，停下来回头看："喂？"

叶蓁蓁指了指洗手间的位置："我一会儿来找你。"

他耸耸肩，拔腿又走了。

叶蓁蓁顺势一拐，照着指示牌找到了洗手间，进去慢条斯理地上了个小号，洗了个手，又给自己补个口红，事儿事儿的，然后摸出手机给苏桐发了个信息："我参加和合的欢迎晚宴啊，要晚一点回家。"

她耐心地等了一会儿，苏桐回了："好呀，要我来接你吗？"

她心里甜甜的："不用了，你回家洗干净等我。"

苏桐秒回了一个兴奋的表情："保证完成任务！！"

叶蓁蓁回了一个亲亲的符号，揣起手机正要出门，忽然洗手间最里面的隔间打开，和合文娱大事业部的老总翟思柔皱着眉头出来了。

她们在洗手台面前打了个照面，双方都略略一怔，但翟思柔很快就移开了视线，跟没看见叶蓁蓁一样，自顾自洗手、擦手，从她面前笔直走过去了。翟思柔已经走到门口正要出去，叶蓁蓁喊了一声："您好，您稍等一下。"

翟思柔警惕地站住了，身体都没有转过来，只是瞟了她一眼，一副对任何幺蛾子都不为所动的模样。

叶蓁蓁多少就有点囧，但也不能不说啊："您后面那个……拉链头，有点开了，有可能会散。"

翟思柔穿的是一条包身的黑白香奈儿粗花呢过膝裙，七分袖，后背全拉链，穿上去身形提拔，姿态很优雅。但她身材略丰满，尤其是双肩与脖子那个部位颇为有肉，选号的时候不小心激进了一点，现在就塞得满满当当的，拉链拉到尽头怎么都卡不进去了，微微散开，看上去倒也不严重。

她听到叶蓁蓁的话，忍不住就回头看了一眼镜子里自己的背影，没看出什么问题，于是轻轻哼了一声，开门走了。

叶蓁蓁叹口气，心想：这些大公司里的人什么情况，个个二五八万、不食人间烟火似的，难道你刚在洗手间里是飞起来尿的吗，不还得蹲着？

叶蓁蓁这么腹诽了几句，自己也出去了，进宴会厅一看，至少得有百来号人，大家都衣冠楚楚地在喝鸡尾酒吃小食。会场里没有坐的地方，只散放着高脚台供放酒杯和点心盘子，所有人都走来走去，其中主要的节目是去跟新老板寒暄。于是叶蓁蓁在大门那儿马上就能定位唐洛的位置，以他和唐在云为中心，人们就像浪潮一样一波去一波回的。

她懒得跟人凑热闹，于是去吧台拿了一杯白水，站在大门附近一个台子旁边看人。

今天参加的人都是总部和各事业部总监级别以上的员工，男多女少，比例大概是七三开，年龄大部分在三十五岁到四十五岁之间。女士们明显对自己要求比较高，小礼服颜色争奇斗艳，几乎清一色是大牌子；男士们则无论高矮胖瘦一律西装革履或黑或蓝，远处看上去乌压压一片，无论看相貌还是看气质，唐在云、唐洛两父子都出类拔萃。

她正看着，忽然Florence穿过人群走了过来，在叶蓁蓁面前站定了欲言又止，脸上闪过一丝窘迫的神情。叶蓁蓁对她笑："Florence，你好。"

对方还没说话，她扫了一眼人家的妆容和服饰，忍不住发出赞叹："你看你这条小绿裙子，配埃及风的金耳环多好看啊，配色配得太好了。"

Florence一怔，下意识就摸了摸自己耳朵上垂挂着的金色耳环，叶蓁蓁一点没说错，这是她两年前在英国伦敦买的。她那时刚好遇到大英博物馆开埃及特展，纪念品店里限量发售一系列的埃及艳后首饰复刻品，她几乎每一款都买了，这两年有事无事就戴一戴，赞美的人也不少，但从来没有人一口叫破这是埃及风，在她心里也真的是身上这条绿色赫本裙的绝配。

给人这么一夸，她再开口说话时，比刚过来的时候还多了几分不安："叶小姐，我帮你呈报上去的工资登记信息和权限申请，全被罗小姐驳回了。她说入职协议还没有最后过审，不能上系统。"

叶蓁蓁一听明白了，她白天跟着唐洛去办一系列手续，其中就包括签入职确认书、递交身份证复印件和登记银行卡账号。

她很清楚一个公司的行政和财务流程，不管去哪里上班，劳资双方都得提前在雇佣合同上签字盖章，劳动关系才正式生效，受法律保障。至于上班第一天签入职确认书，只是一个公司内部的流程，落实到岗，不存在实际效力。

叶蓁蓁的入职协议，高佳妮一定已经代签了，以她的心思之缜密，不可能疏忽这么基本的问题，那就只能说明罗西就是故意不给她的信息进系统。

个人信息进不了系统，就意味着高佳妮保证过的那些待遇，叶蓁蓁全都无法从正常途径得到，包括薪水、配车、公司内部的权限，她什么都没有。

她明摆着就是逼迫叶蓁蓁二选一：要么自生自灭，要么就回去跟高佳妮诉苦，让后者为这件小事来劳神。

这一手跟不让叶蓁蓁有办公室一样，是一个妥妥的下马威，对谁来说都一样。

她听完这个对任何人来说都算得上糟心的消息，明朗的表情居然没一点变化，还对Florence微笑："我知道了，谢谢你及时告诉我啊。"拿出手机晃晃，"咱们留个通讯方式吧，方便联系。放心，我肯定不会没事儿骚扰你。"

Florence略惊讶地答应了一声。

Florence姓陈，是罗西招进和合的，之前是一家大跨国企业CEO的个人助理，因为前任老板调职回了美国，新来的老板不需要助理她才离职的。

她训练有素，英文极佳，在事实意义上精通所有办公室必用的软件，无论是做表、制图、做演讲报告、音视频剪辑还是简单设计都手到擒来，绝不像某些人，Excel只会求和，Word只会打字，就敢在简历上说自己熟练使用Office。

多年个人助理当下来，一直顺风顺水，这个人的情商绝对低不到哪里去，但Florence为罗西工作一段时间之后，有时候跟家人朋友说起自己的工作，那真是一肚子的苦水吐不尽。

别的不说了，有一点最叫人难受：那就是无论什么时间点，罗西只要想起事儿了，立刻会一个电话打过来，凌晨就凌晨，半夜就半夜，你在睡觉也好，在床上做羞羞的事也好，跟朋友度周末正爬到半山腰也好，都必须接电话，电话里交代的事也必须立刻着手去完成。

Florence曾经有过周末半夜十一点从四十公里之外的度假村驱车回京到办公室，就是为了给罗西发一个数据的经历。而那个数据罗西拿来干什么呢，只不过是和人应酬的时候随口一提而已。

顶着这样的压力，Florence还是出色地完成了自己的工作，没让罗西有什么可挑剔的地方。大概也正因如此，唐洛一来，罗西立刻调她来跟唐洛。

条件是不错的，直接加了百分之五十的工资，职务级别也升了一级。不过富贵险中求，升职加薪的同时也伴随着非常明确的附加条件，那就是帮罗西当探子：唐洛说什么、干什么、一举一动，全部要向罗西汇报，事无巨细。而且罗西特别要求要用一个点对点的社交媒体语音留言，不准用任何形式发文字。

很难说Florence或者任何其他正常人会喜欢这样的任务，但她一句话都没说，默默接受了下来。

任何公司一把手的个人助理职位，都天然处在职场政治风暴的风眼，可进可退，也可生可死。Florence聪明如斯的人，早就明白了一个道理：要么审时度势，良禽择木而栖；要么超然物外，手尾收拾好，只埋头做事，绝不蹚浑水。二者居其一，自然生存无虞，但后者的难度往往更大，在和合尤其如此。

她接受了这个任务，相当于就选择了站在罗西那边，但和叶蓁蓁寥寥几句对话之后，Florence仍然忍不住为叶蓁蓁感到难过——这么天真这么嫩的姑娘，怎么斗得过罗西和唐在云？

Florence心里这么默默想着，跟叶蓁蓁交换了电话，刚要走，又被叫住："你能不能帮我一个忙？"

Florence立刻警惕了起来，对方赞扬了一两句自己的耳环，接下来就要得寸进尺求好处，这套路她见得多了，非常不推荐任何人使用，那好感败起来速度真的跟火箭一样快。

结果叶蓁蓁说的话完全出乎她意料："那边那位女士，穿黑白粗呢裙子那位，你认识吗？"

公司总部上上下下所有的人，Florence全都认识，因此看一眼就马上知道叶蓁蓁说的是谁："是翟总，大文娱事业部的老总。"

"嗯，翟总。她的裙子拉链头散了，我刚才看到已经有点下滑，要是不及时处理的话，很有可能会爆开，你要不去跟她说一声，最好找个僻静地方处理一下？"她还解释了一下为什么自己不去，"刚我在洗手间提醒过她，现在再去，怕她不好意思。"

这句话里微妙的善意和体察，让Florence心里一动。她看了叶蓁蓁一眼，抱着半信半疑、姑妄听之的心态，走到了翟思柔旁边，一看果不其然，裙子着实不那么合身，所以被崩开的拉链头一路下滑，位置现在是相当不妙。

她急忙过去，在翟思柔耳边悄悄说了，两人一同去了洗手间处理。回来的时候翟思柔特意从叶蓁蓁身边经过，停下脚步说了一声："谢谢。"看来Florence还挺实诚，叶蓁蓁向她笑，行了一个举手礼："不客气。"

除了这一段小插曲，全程没有人来理叶蓁蓁，幸好她也不在乎，就在那儿悠闲地喝水，忙碌地看人，还顺手吃了两个迷你吞拿鱼三明治。

唐洛跟她比就忙多了，跟着唐在云四下走动，跟不同的人简短聊天，接受大家过于夸张的欢迎告白。但他这个占C位的当红炸子鸡，表情并不怎么春风得意，有几次还往叶蓁蓁这边翻白眼，一副凭什么你就能躲起来的样子。到八点左右，鸡尾酒会差不多到尾声了，罗西敲了敲酒杯示意大家安静，代表公司做了一个简短的致辞欢迎唐洛。叶蓁蓁松了一口气，心想终于可以走了，再不走她就要跟一只火烈鸟一样，开始左右脚交替站了。

致辞一完，唐洛和大家打了个招呼，随后就抽身穿过人群，走到叶蓁蓁身边，看了看她面前放的小碟子，问："有什么能吃的？"

"吞拿鱼三明治不错，魔鬼蛋也还行，小心溏心流到你衣服上。"

唐洛真的过去拿了几个过来，还拿了一罐啤酒。叶蓁蓁看他一眼："怎么样，当交际花爽不爽？"

唐洛反击："你才交际花。"

叶蓁蓁抖抖自己衣服："你见过这么安静低调而孤独的交际花吗？"

唐洛一面用眼神对她表示鄙视，一面往嘴里塞魔鬼蛋，果然溏心蛋黄滴滴答答流出来了。叶蓁蓁赶紧往他手里塞了差不多一堆纸巾："挡着！"

他吃完就回嘴："你代表我妈就要接受这样的命运，她一直就不是什么受欢迎的人。"

叶蓁蓁认为他个公子哥儿懂个啥："你妈干吗需要受欢迎？"她做了一个砍瓜切菜的手势，"她能把大家吓得屁滚尿流的不就行了吗？"

"这听起来像是好事吗？"

叶蓁蓁想了想倒也对："是哦。"

唐洛在这一点上其实不太明白："你怎么不怕她呢？"

叶蓁蓁挺起小胸膛那叫一个大义凛然："我谁也不怕！"就威风了一秒钟，转念就厌了，"除了我祖祖，除了我大舅妈，哎还有我小叔叔。"

唐洛从鼻子里哼了一声。

爱情如同季节，它并不消失，只是轮回。过去的就是过去了，新的春天仍然是春天，只是不属于被遗忘的人。

说真的，这个世界上的人，都希望自己是某人，尤其是心上人的唯一和最爱，是最独特的存在，是漫漫夜色中唯一的一颗星。谁都不能免俗。

白饭如霜 X 千聊 独家定制

《助你升职加薪的15个实用锦囊》
扫码立减30元

Staread
星文文化

白饭如霜
—著—

傲　骨

下册

The
Shining
Girl

浙江文艺出版社
Zhejiang Literature & Art Publishing House

第十六章
不愧是我们家的叶小姐

鸡尾酒会准点结束,大家陆陆续续走了,基本上所有人都自己开车或有司机等候,只有叶总在酒店门口的寒风中瑟瑟发抖地等车。

她也不在意,等终于找到车了就在路上先给高佳妮打电话做开工小简报,但没提办公室和个人信息没进系统的事儿,免得高佳妮糟心。

她本来还有点担心被追问,幸好高佳妮今天也有点心不在焉的,三言两语居然就交代过去了。电话那一头的环境很是安静,隐约还传来爵士乐的声音,看来高佳妮是外出了,正经在过美好的夜生活,这让叶蓁蓁很是欣慰。

她回到家一看,苏桐居然在家了,赶紧先求亲亲抱抱回血,再把白天自己跟唐洛的互动一五一十说了一遍。苏桐一边喝啤酒一边击节赞赏,觉得这一手走的吧,完全是重剑无锋、大巧不工的路子,根本上就让人防不胜防,所以说天赋这种事强求不来呢。反正他这么多年认识的人里,聪明绝顶的很多,貌美如花的更不少,但说到认识第一天就能让人身不由己跟她打成一片的,叶蓁蓁是独一份儿。

但叶蓁蓁对自己不抱乐观态度:"我觉得高姐挺悬的。"

"怎么说?"

"她手里明明还捏着那么多股份,树还没倒猢狲就散,说话没人听了。"叶蓁蓁拍拍自己的小肚皮,"工资都不给本宝宝发。"

苏桐逗她:"不给宝宝发工资,咱们就不去了吧?"

叶蓁蓁连连摇头:"不行的,不能不去,也不能跟高姐说,说了她不得气死。"她伸了个懒腰,"做人真难啊。"转身抱着苏桐,"你说她都当过那么大的老板了,怎么还是想不开呢？人生就是经历，她都经历了那么多了，放下松口气不是更好？"

苏桐摸着她的头发，这句话让他想了好一会儿，觉得又是慈悲，又是豁达，但慈悲和豁达拿来说其他人的时候都是容易的，最难的永远是亲临其境，仍然不改初衷。

"人总会有东西放不下的。对高姐来说，最重要的可能就是事业，她绝对做不到眼睁睁看着自己奋斗了毕生的成果落到其他人手里。"

叶蓁蓁若有所思地点点头，而后问苏桐："那你呢，你最放不下什么啊？"

苏桐心想难道这个问题他还能有第二个答案吗，当即响亮、诚挚而肯定地回答："你啊。"

叶蓁蓁抿嘴笑，说："我最放不下的也是你。"考虑了一下，"还有火锅和我幺儿。"

幺儿是她在重庆家里养的一只大金毛，然后既然有幺儿，怎么可能不顾父母呢？她正要继续往下说，被苏桐及时打住了："知道了知道了。"

苏桐轻轻把她抱在怀里哼哼："我家小包子心怀全世界，什么都放不下。"

两人温存了一会儿，叶蓁蓁挣脱苏桐的怀抱，问他："你白天说的那个什么利益关系人，是啥意思？"

"就是对你的职业目标有帮助的人。"

"你跟我说说看。"

苏桐于是起身去拿了一个iPad回来，拿笔在上面比画，帮叶蓁蓁做上了咨询，说："首先我们来看一下，小包子你的工作目标是什么？"

叶蓁蓁一本正经端坐着想半天，蹦出几个字："活下去？"

苏桐忍不住笑，鼓励她："可以大胆一点。"

结果叶蓁蓁的回答是："好好地活下去！"

苏桐换了一个说法："行，那咱们把这个目标稍微细化一下。"

他瞅着叶蓁蓁："活多久？"

叶蓁蓁看了一下日历，离过春节还有一个多月，豪迈地大手一挥："至少到过年吧。"

苏桐觉得可以："行啊。"他写了一个保守的"四十天"。

"对活下去的具体描述呢？"

"能一直上班，别被罗西扫地出门。"

"对'好好地'这三个字的具体描述呢？"

"嗯，不给高姐丢脸，不要跟人打起来，对公司多多少少有点用处吧。"言辞之间非常低调，足以说明今天叶小姐完全没受到打击也是不对的。

苏桐不停笔地写，哪怕在iPad上他的字也和本人的风格如出一辙——大刀阔斧、刚烈豪迈、绝不苟且。

"为了实现这个目标，你自己可以做什么？"

叶蓁蓁努力地顺着他的思路想："我啊，我不迟到不早退，认真开会好好上班，不偷公司的东西，然后……然后继续学习高姐给我的那一堆资料，做好准备，不要被人抓到小辫子。"

苏桐听到"不偷公司的东西"几个字，笑得差点连笔都掉了，蓁蓁那个小样子他真是喜欢得不得了，凑过去亲一下："说得对，首先要自力更生，表现良好。"

他回头继续写："然后呢，利益关系人部分，谁在和合会希望你好好活下去？"

这就问到了点子上，叶蓁蓁犹豫了一下："高姐？"她摇摇头，"她鞭长莫及。而且我看她的人真的是被清完了，她要干什么，估计都得通过罗西他们，直接下令的话，公司的人可能也就是阳奉阴违。"

"这么彻底？"

"嗯，今天全都看出来了。"叶蓁蓁特深沉地叹口气，"世态炎凉！"

苏桐没那么多感慨，因为见得太多了。世态炎凉是人们的正常反应，毕竟一份工而已，合同上不会规定说你非要演忠臣的戏份。

他一点没跑题，让叶蓁蓁继续想。

"唐洛吧，到目前为止，我认为他至少不讨厌我。"

苏桐认为叶蓁蓁的这个点抓得很好："不错。他是很核心的利益关键人，小包子你干得很好。"又问："还有呢？"

叶蓁蓁歪着头想一想："和合现在那一票高管里面，我感觉有两个人跟罗西他们是不太对付的。"

"哪两个？"

叶蓁蓁稍微描述了一下，苏桐仔细听着，又问："那接下来针对这两个人，你准备怎么办？"

叶蓁蓁还真的想好了："我准备先观察几天，找一天去游泳，蹭一顿林阿姨的早饭，再跟高姐打听一下这两个人的情况。"

苏桐点头："路子是对的，不过听起来你最重要的目的是去蹭林阿姨的饭对吧？"

叶蓁蓁晚上没吃什么东西，听到"蹭饭"两个字就本能地咽口水："都重要都重要。"

"你问清楚了这两个人的情况之后，准备怎么办？"

"看高姐怎么说啊。如果是可以争取的对象，那我就想办法做人家工作；如果不是，那就毫不手软！"说得像模像样的，还挥了挥手，"凡是和罗西一头的，都是我叶蓁蓁的敌人！"

从苏桐眼里看出去，这个小动作怎么都像个小朋友在玩骑马打仗的游戏。他伸手摸摸她："小包子，宝贝，我说说我的想法啊。一个人站在哪一头，从来不是一成不变的，要看他要什么。你一定要先找到你们共同的利益点或者共同的敌人，摸清楚这一点，再去想做工作的事儿，别贸然暴露自己的意图知道吗？"

"嗯。"叶蓁蓁边听边想。

苏桐加了一句："大人的世界就是这样运作的。"

叶蓁蓁觉得有道理，但人争一口气，佛受一炷香，她还是要顶嘴："我也是大人！"

苏桐抱着她摇了摇："知道啦，我家小包子长大了。"他的手很不老实地直奔前胸，"我再确认一下啊。"被叶蓁蓁笑着一把打开了。

她和苏桐说了一阵子，感觉心就定了下来，于是起身去冰箱拿了两个苹果，洗好切开，干干净净地放在碟子里，又给苏桐和自己一人拿了一把小叉子，开吃，吃着吃着说："我其实还有一个小目标。"

"嗯，是啥？"

她咬着叉子发狠："罗西说让我爱坐哪坐哪儿，坐两天就走了。我不喜欢她这样说我，老子不服。"

"嗯，所以呢？"

叶蓁蓁挥舞着一块苹果，喊出了战斗檄文："我要去拿回高姐以前坐的办公室，她邮件里也是这么说的。"

"现在谁在坐？"

叶蓁蓁吐了吐舌头："应该是罗西或者唐在云。"

第一天上班就想着端掉大老板的锅，这决心真够带劲的。苏桐拍手："太刚了，不愧是我们家的叶小姐。"

跟苏桐说这话的时候，看起来叶蓁蓁是在开玩笑，其实她内心是相当认真的。高佳妮明明白白地说了，叶蓁蓁是代表自己去的，也就应该坐自己以前的办公室，显然她一直都不知道罗西已经把那地方征用了。

对于和合上上下下的人来说，他们其实不知道企业所有人背后的恩恩怨怨，但到底是谁当道，有时候也根本不需要那么复杂的推理和分析。

谁在龙座上坐着，谁就是号令天下的君主。

谁占用了紫微之位，谁就是说话算数的人。

任何人今天走进和合，只要去看那间办公室，就一目了然地知道，高佳妮的时代已经结束了。

这让叶蓁蓁分外为高佳妮感到憋屈，也就分外惦记上了那间办公室。

第二天早上，她上班时径直先上了三十七楼，找到了高佳妮原来的办公室。办公室靠外的一面墙是厚的磨砂玻璃，配了木质薄片的挂帘，她运气很好，大概是清洁时的疏忽，帘子卷起来了没放下，否则她来也白来，根本看不到。但看到之后，叶蓁蓁当场就震惊了。

这个占了三十七楼和合办公室的小半层，可能有四百多平方米，分了两进。

外进有好几个功能区，彼此衔接很巧妙，整体而言布置得像个高级美术馆，挂着的放着的全是画和雕塑，艺术气息扑面而来，桌上、地上大大小小的摆设，也全都令人过目不忘。

里进应该是真正的办公室和私人空间，被博物架隔开了，看不出端倪，但想必也是极尽风雅。

另一点和任何办公室都不太一样的，是这个屋子里到处都是花，鲜花、永生花，都有。插花的器具也不拘一格，正经花瓶不那么多，瓷罐、狭长的木桶……一把把相映成趣，似乎也没见摆的人格外用心，但如果有明眼人在，就知道插花人的技艺其实很高明，而且都暗合流派，绝不只是随便折枝写意的水平。

让叶蓁蓁印象最深刻的是那些家具，根本不是办公家具，大部分像是古董，杂糅中西风味，小部分像是定制的，用的质料都是第一流的。

经过这么长时间的相处，叶蓁蓁已经对高佳妮的风格有了了解，因此也就可以推断得出来，这个办公室原来肯定不是这样的。

一定是高佳妮离开公司之后，唐在云或者罗西，更有可能是他们两个一起，重新把这里翻新布置，不仅仅是花钱，更花了许多时间与精力，有他们的寄托。

光从这一点想都能知道，无论发生什么，他们都不太可能把这里拱手相让。

但俗话怎么说的？不怕贼偷，就怕贼惦记，总之这间办公室就算是被叶蓁蓁给惦记上了。

叶蓁蓁又看了一眼办公室，转身出去坐电梯准备下楼，结果电梯久久不来，她等得不耐烦，心想一层楼等个什么劲啊，干脆去走安全梯。叶蓁蓁推门进去，刚要下楼梯，就听到下面拐角的地方有人在说话，两个女人的声音。

"唐总办公室，三天两头有脏东西要清。啧啧，年纪不小了，身体真不错。"

"是吗？怎么不冲洗手间，就扔那儿？"

"套子怎么冲洗手间？千万别冲，不然指不定堵到哪一层呢，高董幸好没在公司了，不然得气死。"

"高董在就不会这样了，都是那个狐狸精女人造的嘛，没办法，男的都吃这一套。"

她站在外面听了这几句，踮着脚往回挪，挪到安全通道门边，把门拉开，故意用力一推，门"砰"的一声再次关上了，而后她再使劲儿踩着高跟鞋"嗒嗒嗒"地朝下走。

果然说话的声音一下就停了，她转过拐角，和两位穿制服的保洁阿姨照上了面，大家对视一眼，对方看她是陌生面孔，也不知道跑这儿来做什么，表情就有点忐忑。

叶蓁蓁刚才听她们说话的口音，猜到两人都应该是北京本地人。两人穿得干干净净，胸口的铭牌确实是和合的，印着各自的名字，一个叫廖如萍，样子年轻一些，可能才四十来岁；另一个叫关敏，估计有五十五往上，有可能在公司做得久，现在退休返聘。

这样的大妈往往眼力最好、最是门儿清，是最好的公司内部消息来源。这一点不需要任何人教，她一早在各处小公司上班的时候就知道了，得罪谁都不要得罪全职保洁的阿姨，更不要嚼舌根的时候当人家不存在。

叶蓁蓁离她们还有几步，做了个惊讶的表情，然后停下来，从自己包里拿出来两个红包，绽开笑容，递了上去："哎呀，在这儿遇到了，我刚还想要特意去找你们呢。廖姐，关阿姨，我刚来上班，在三十六楼，以后请多照顾。"

红包是当之无愧的人际关系破冰第一利器，但真正有杀伤力的是叶蓁蓁的笑容。她这个笑可不平常，多年应验不爽，乃是在中老年妇女群体里所向披靡一往无前的大杀器，人挡杀人、佛挡杀佛。不要说公司同事、邻居大妈了，就连苏桐他妈妈那样的高校高知，对人眼高于顶的，都在第一次见叶蓁蓁的时候就被折服，从此以后上街购物，儿子的东西是完全不惦记了，倒时不时给准儿媳拎几件回去，等小两口年中年末回来探亲，一堆堆摆在那里打赏，场面很大。

别管苏妈妈买的是什么礼物，洋气的土气的，合适的不合适的，叶蓁蓁都百分之百特别配合，每次都嗷嗷叫满地打滚表示好喜欢好感谢，然后转手拎出一箱子给苏桐妈准备的东西，上到美容仪器，下到去哪儿旅游买回来的小饼干，每一样都在情深意长地说着对人家的惦记。

两个女人坐在那里你看一件我看一件，你夸我品味好，我夸你有格调，隔壁爷俩把电视声音开到最大，免得听了为自己媳妇感到脸红。

除了笑容，还有什么能一下子就拉近大家距离呢？这方面叶蓁蓁相当有研究，那就是言语上的尊重。

最直接就表现在，叶蓁蓁没有跟别人一样，用一个笼统的名字，称呼眼前两个人，她精确地叫出了分别，一个是阿姨，一个是大姐，都带了人家自己的姓氏。

这么贴心又懂事儿的人，还有一张好笑脸，阿姨们对看得起自己的人，那都是姨母心肠，马上把叶蓁蓁给记住了。

她们分别把红包接过去，捏一捏就知道里面是百元大钞，还不止一张，是真红包，不是糊弄人的——给多少不是钱的问题，给多少也买不了北京一平方米的房子，但这是态度问题，太少了不如不给。

"谢谢你啊，你新来的啊，在哪个部门啊？"关阿姨问，听声音，她就是那个负责清理唐在云他们办公室的。

叶蓁蓁笑眯眯："我帮小唐总做事，坐楼下。阿姨知道小唐总吧，他也是昨天才来。"

阿姨点头，毕竟和合来少帅这么大的事，楼下咖啡馆的店员都知道："知道的知道的，跟他爸爸长得一模一样的。"

"是啊，小唐总挺帅的呢。"

三人对视一笑的工夫，叶蓁蓁见好就收了："我先去工作了，辛苦啦，再见啊。"

她摆摆手笑眯眯的，继续下楼梯，背后两位都不出声，但都在看着她，她感觉得到。下到三十六楼，刚进公司门，高佳妮的电话过来了："蓁蓁，上班了吧？"

"上了上了，高姐你昨天是出门吃饭去了吧？"

"是啊，跟郭也吃饭。"

叶蓁蓁听了格外开心："那就好，我本来还担心你又不吃东西。"

"别瞎操心，你今天上班准备做什么？"

叶蓁蓁一边往办公室走一边哼哼："不知道啊，看小唐总安排啊。"

"他安排你？"

"是啊，我不是他的助理吗？"

"助理总裁。"高佳妮纠正她。

"总裁就总裁，总之就要'助理'他对吧？"

对方听了这个说法也不知道怎么反驳，只好问自己最关心的问题："你和唐洛相处得怎么样？"

叶蓁蓁很有自信："我觉得可以。"

高佳妮有点不确定，反问了一句："你确认吗？"

"确认啊，他还说以后开会听不懂的叫我讲给他听呢，这算是辅导功课吧？"

高佳妮心想这才是风水轮流转，谁也不知道哪年会到哪家，长期耍赖不学习的后进生叶蓁蓁，现在都能给唐洛辅导功课了。

她想想居然忍不住笑："说得好像你都听得懂一样。"

"哎呀，没吃过猪肉见过猪跑啊，教小唐总我觉得够了啊。"那是十分的大言不惭，叶蓁蓁说完赶紧找补一句，"再说我听不懂就来问你呗，那总不会错吧？"

高佳妮现在没法理她懂不懂了，再不懂一时半会儿也只能自己扛着，叶蓁蓁还雪上加霜："不过高姐啊，小唐总真不是管公司的料，连我都看得出来，你想想有多明显。"

高佳妮不以为然："他从来没上过班，学的又是艺术，不会管很正常。但公司怎么管，怎么才管得好，也不是从书本上学来的，慢慢就懂了。"

叶蓁蓁心想：求求你了可千万不能太慢了，这么慢难道要我一直坐在这里跟他一起磨屁股？我干我屁股都不干啊。

高佳妮实在不放心，反复问："他真的没有因为我的缘故对你有意见？"

叶蓁蓁说真没有，然后说："小唐总不像是一个脾气很暴躁的人啊，高姐你不用那么担心吧？"

高佳妮沉默了一下，说："暴躁并不可怕，蓁蓁，你以后就会知道。最可怕的，是那些把一整块冰放在心上，拒绝接受外界温度的人。"

叶蓁蓁听着都觉得背上起寒毛，脑补了一整个太平间，赶紧说："我知道了我知道了，高姐你别吓唬我。"

她挂了电话的时候都已经到唐洛办公室了，大少爷居然还早到了，正在桌子面前坐着，背后是都市天际线的绝佳风景，他却连多看一眼都没有兴趣，后脑勺冲着窗户，两条长腿放在桌子上。

他今天没穿正装，而是牛仔裤加一件普鲁士蓝色的圆领套头羊绒毛衣，领口垂了一条靛蓝的英式细装饰领带，像是被拉松了似的，沙发上又丢了一件灰蓝色的翻领外套，好歹比上次叶蓁蓁在高佳妮公寓见到的时候多穿了点儿。身材太好了，真的是穿什么都好看。

不过穿得这么精致，他在干什么呢？他在看手机上的游戏视频。

沙发前的小桌子上并排放着两个公司给他俩配的笔记本电脑，顶配，要啥有啥，二十四小时过去了，封条都没拆开。

叶蓁蓁站那儿瞅着唐洛，唐洛也瞅她一眼，然后把手机屏幕对着她，点了点上面的日历标志，意思是让叶蓁蓁看行程。

叶蓁蓁真看了，发现今天上午有一个会议，马上就要开始，下午还有两个，全是需要唐洛参加的，而今天是星期三，照昨天的协议，自己得单枪匹马上场。

回想了一下罗西昨天对她的态度，她其实心里还是有点怵，回回开会都得这么刚正面，那一天要死多少脑细胞？

唐洛居然从她微妙的表情变化里看出了叶蓁蓁内心的想法，挥挥手："我爸和罗西没在北京，昨晚出门了，你放心去吧。"

叶蓁蓁长出了一口气："靠谱。"

她看看离会议开始还有几分钟，于是抓紧时间看了下邮件里附带的资料，说的是一个影视公司的收购项目，今天第一轮讨论。她心里想了下自己对影视行业尤其是主要从业人群的了解，以及之前跟郭也在创世跟过的收购项目，感觉不算特别虚，于是抱着既来之则安之的宿命心情，掉头出去上战场了。

今天开会的主导人是翟思柔，见到叶蓁蓁进来虽然也没说表示欢迎，再跟大伙儿介绍一下这是哪位什么的，但至少还是点了点头打招呼，没有表现出明显的排斥感。你别说，这还真让叶蓁蓁松了口气。

这个收购对象叫御龙影视，去年才成立，注册资本两千万，有号称估价两个亿的IP[1]储备，主要业绩是一部刚立项的电影和一个电视剧，其他没了。

这么简单的业绩报告，上来就估价十二个亿，主要原因是他们的股东名单中有几个熠熠生辉的名字：一个名导演、一个老牌影视双栖明星，还有两个事业正在飞速向上攀升的流量小生。这几人所持有的股份加起来超过了60%，余下的股份则由一家制作公司、一家颇有口碑的文化出版公司和一家后期公司分别持有。看起来把整条影视产品的上下游都整合得不错，而且下一步的开发计划里确实也包括了以那几位股东作为主演的项目，有鼻子有眼的。

和合的大文娱一直在院线建设和发行上发力，两方面都已经初具规模之后，下一步是做自己全权掌控的爆款影视产品。他们想买这家公司，看中的也就是股东们的含金量，以及他们一条龙的制作能力。

会议对收购的可行性进行了一轮讨论，叶蓁蓁从头到尾一句话都没说，笔记倒是做了不少，但散会之后她倒是给Spencer发了个短信，问他："李哥，你跟影视圈有

1　Intellectual Property（知识产权），简称IP，特指具有高知名度的可用来改编影视的小说、漫画等作品。

多熟?"

Spencer反应奇快:"想听什么八卦直说。"

她给逗笑了:"都知道啊?"

"差不离。"

"跟明星开公司之类的有关呢?"

Spencer的回答简单明了:"都属于八卦。"

叶蓁蓁回了一个大喜的表情,Spencer马上又追了一条:"要干吗?"

她刚好走到唐洛办公室门口,看到这条干脆站下来好好想了一会儿,最后回了一句:"公司有个项目和影视界有点关系,改天约你吃饭细说呗。"

她放好手机推门而入,唐洛这个不省心的还在玩游戏,看到蓁蓁回来,不关心一下会议开得怎么样有什么是他必须知道的,反而先喊起来:"哎,你不是今天给我带饭吗,林阿姨做的饭呢?"

叶蓁蓁没好气:"没说今天带啊,我都没去她那儿。"

唐洛认为这是一种赤裸裸的欺骗行为:"昨天你让我带去办各种手续的时候可不是这么说的。"

叶蓁蓁差点戳破他说,他带也没屁用,人家不批准就是不批准他能怎么样。她转念一想忍了口气,只好说:"行行行,明天给你带,好吧?"

她虽然答应了,但唐洛还是有点不放心,这位少爷对什么都无所谓,但对林阿姨做的饭却意外地执着,简直就像变了一个人似的,一天下来提醒了叶蓁蓁七八遍。

既然如此,叶蓁蓁自然别无选择,只能践行契约精神。当天晚上她去高佳妮那里汇报情况,进门见到林阿姨就先把唐洛的要求说了。林阿姨那个反应之大啊,欢喜得眼泪都下来了,她连夜去了超市买食材,大晚上的在厨房里"乒乒乓乓"地准备。

这一准备就准备到了晚上十点多,第二天一早没六点林阿姨就又来了,花了两个小时,做出了三菜一汤:豉油鸡、蜜汁叉烧、浓汁青菜和花胶杂菌汤,再加上白饭,全用高科技锁鲜的保温饭盒一色一色装好,那是真正的色香味俱全。

叶蓁蓁在旁边等着,看林阿姨装盘装下来,眼馋极了,天真地问林阿姨:"我的呢,我的呢?"

林阿姨一愣,高佳妮这时出现在厨房门口火上加油:"你省省吧,别说你的,连我的都没有,就只给阿洛做了一份。"

叶蓁蓁一头扎在林阿姨背上撒娇,妆都差点蹭花了,发自内心地控诉:"林阿姨你偏心,偏心!"

林阿姨赶紧反手去抱她:"给你做,给你做,一会儿就给你做。"她还认真地解释上了，"豉油鸡和叉烧，家里的火力不够，一次就只能做这么多，我再给你做啊。"

叶蓁蓁一点都不客气："记得啊，千万要做啊。"

林阿姨笑得很开心："一定一定。"

她把这几盒好吃的带到办公室，唐洛立刻就对她做人以诚信为本的态度表示赞赏，再看了一下东西本身的卖相就更满意了，看了一会儿，盒子盖装上又卸下，最后袖子挽起来——不等了，吃吧。

明明才上午九点，少爷早饭还没消化呢，这就跟午餐干上了。

他吃的时候叶蓁蓁在旁边看着，实在太香了啊，忍不住就伸手抓叉烧，结果被唐洛眼疾手快地用筷子打了，跟打苍蝇似的："我的。"

叶蓁蓁不服："这么多，吃你一块怎么了？"

唐洛表示一块的影响非常大："这就是我吃的分量。林阿姨最了解我，你吃了一块，我就会缺一点儿，就不够了，是0和1的区别。"

林阿姨好像还真是这么说的，但叶蓁蓁不肯认账，翻他老大一个白眼儿："你还知道0和1呢？你就瞎掰吧。"

唐洛很酷："我从来不瞎掰。"

不过呢，不瞎掰有不瞎掰的麻烦，这个时候唐洛就突然说："我爸昨天晚上发了个东西给我，让我看看，周四回来要跟我讨论，你觉得我说什么好？"

"你看了资料没？"

"没有。"

叶蓁蓁瞪了他一会儿，沉痛地反问："那么，你问我，我问谁？"

"你不是我的助理总裁吗，我妈不是派你来帮我的吗？"

这句话简直就是国际象棋棋盘上的王后，还就放在叶蓁蓁的命门上，横冲直撞，见什么吃什么，吃得叶蓁蓁进退无门。她抓了两下头发，伸手："开会的资料发给我。"

她打开一看，是去年的集团财务数据汇总，全是表，密密麻麻的，带数不清的、毫无节制的函数和公式，简直就是在高佳妮那里特训的噩梦重现。她眼前一黑，一头栽倒在沙发上，手伸出来呻吟："救命啊！"

唐洛且吃呢，不救就算了，还刺激她："振作起来，我就指望你了。"

这才两天，叶蓁蓁就被这句话将死了好几次，她深深地感觉日子没法过了。

一月份不知不觉就过去了，叶蓁蓁感觉这是自己度过的最长的一个一月。

这个月她在和合早出晚归，主要的日程安排就是开会，有时候一天能开八个会。

这些会她开不开，对公司来说，可能是没有任何区别的，因为罗西不给她批入职的一应手续。这直接就导致了叶蓁蓁虽然人在公司待着，却没有任何实际意义上的回报和待遇，也没有任何权限，当然更不存在团队和下属什么的。基本上她就是一个在事实意义上被流放的边缘人，连打印个文件都得大费周章。

叶蓁蓁倒是沉得住气，天天该干什么干什么，三天两头去高佳妮那里说说自己的情况，一般来说都选择报喜不报忧，因为这个时候报忧，第一早了一点儿，第二明摆着就是逼高佳妮自己下场，从心理上到生理上都会对高佳妮造成刺激，她打心眼里不乐意。

这当然是地道的阿Q精神，不过蓁蓁也没觉得自己花在和合的时间是纯粹的浪费。她一天到晚开会虽然烦，但赶在岁末，承上启下的事务特别多，刚好方便了她用最快的时间去跟进公司的整体业务，而那些对她来说利益相关的关键人士们都是些什么情况，在她心里也越来越成型了。

首先当然是唐洛，这位少爷的特点非常鲜明，不爱理人的时候是真不爱理人，要是哪一天他决定要待在家里或者办公室里不动，或者干脆就是上什么地方玩自己的去，那九头牛都不要想动摇他。

叶蓁蓁亲眼看见他和罗西、自己亲爹，还有其他高层对着杠，根本不顾忌谁的面子，其实全是一些小事儿：不想开什么会啦，不想和某个人单独谈话啦，不想去什么地方应酬啦。他软硬都不吃，那会儿给他拍张照的话，就是一个现成的表情包，下面配几个大字：少跟老子来这套。

你说他这不干那不干的，是有什么正经事吗？真没有。

他大部分时候旷工都是为了玩手机游戏，要么就是去飙车，家里那辆法拉利他开着好像还挺喜欢，他还会上班上到一半就跑了，去附近一家私人健身工作室跟教练打拳。那家教练工作室和普通妖艳贱货不一样，走的是高端专业路线，据说很多明星如果接了需要秀肌肉、秀身段的戏，就会提前几个月去这间工作室报到，痛练几个月，并且必有所成，因此工作室享有盛名。

唐洛也不知道怎么找到这个地方的，反正接连去了好几天，后来却不去了。叶蓁蓁问他怎么回事，他说教拳击的教练非要把钱退给他求他别去了，学费都不够交医药费的。叶蓁蓁当场就喷了，还追加一句评价："小唐总你就吹吧。"

但有一点好，他对公司那些层级低的员工反而很客气，人家听着叶蓁蓁进进出出叫他小唐总，全都学会了，有时候电梯里走廊上遇到唐洛，也恭恭敬敬依样画葫芦这么来一句。

他内心可能翻白眼都翻到了隔壁墙上，但表面上还是很有礼貌地答应，有时候还停下来跟人家说一两句话，问问他是哪个部门的、平常做什么、来和合多久了，诸如此类的，态度很绅士。

更绝的是，他真的超尊重跟叶蓁蓁的协议，周一周二这两天，百分之百，一早就来，逢会必开，尽管绝大部分会议上都是干坐着，一脸既没头脑也不高兴，但人至少去了。

至于周五怎么安排，基本就看他那天早上的运气。唐公子真的会专程来跟叶蓁蓁剪刀石头布，赢了他就走了，输了就认命地留下来，面无表情地在各种会议上多扮一天吉祥物，这是把和合当啥，当游乐场啊！

叶蓁蓁起初很天真，她认为自己既然跟他有协议，那想必行为模式也能一样，周三周四可以休息一下什么的，尽可能避开罗西的嘴脸。

结果苏桐提醒她："你的目标不是活下去吗？那每周旷工两天这个把柄可不小，可以不搭理你，但随时可以修理你，开除你，你都没话讲啊。"

叶蓁蓁还嘴硬呢："高姐罩我，开就开呗。"她想了想更生气了，"老子都没正式入职，开什么除！"

苏桐摇头："那怎么办，让高姐为了你旷工的事儿跟人家拍桌子，不给她旷工我就削你们，这样好不好？"

两人说这话的时候，叶蓁蓁正在家里沙发上待着呢，听完就跟做错了事的小孩，或者即将做错事的小孩一样，眼睛望着地上，嘀咕："不好。"

苏桐过去捏她脸："所以唐洛开会，你也得开会；他不开会，你也得开会，知道吗？叶总，打起精神来。"

叶蓁蓁没奈何，只好耍赖："没有精神。"伸出手来，"老公给一点。"

苏桐赶紧亲亲抱抱举高高，从沙发嘻嘻哈哈拉拉扯扯地到了床上。叶蓁蓁脸带红晕抱着爱人，喘息平复下来之后就很满意："好，有一点精神了。"

苏桐拍胸膛："随时随地，存量管够，服务至上，包君满意。"

除了不要被人拿住话柄，叶蓁蓁必须天天上班还有一个原因，那就是唐洛真的什么都不懂，哪怕周一周二是他亲自去开会，出来也照样不懂。大少爷真干得出来，说不问其他人就不问其他人，只是紧盯着叶蓁蓁不放，令叶蓁蓁哭笑不得，感觉责任还沉甸甸的。

她倒没想能把唐洛给整出息了，叶小姐没有激进到把这个想法放进任务列表。如果说她真的有一个任务列表的话，排名前十的任务都只有一句话，那就是要对高佳妮有所交代。

去和合上班之前，高佳妮跟她谈过自己和唐在云之间的协议，协议的关键就在于，一旦她和唐在云的部分让渡给唐洛，他就拥有超过百分之七十的公司股份，以及相配套的管理权。

现在呢，股份还没正式转让，他自己懒懒散散的，又有唐在云，特别是罗西还在节制他的权力范围，所以根本看不出啥要他决策的，但万一少爷哪根筋抽抽，突然就来劲儿了呢？

一个公司的日常运转，就像一条大河——如果一直以来水利系统合理、设施有用、河道治理得当的话，不管突然之间换谁来监管这条河，水流一开始都不会受到影响，按照惯性奔腾不息。

但如果换的这个人非常强势，那可能会很快，或一段时间之后就发力，突然改变河流的方向，比如说在公司的重大事项上做出大改；或在河中间硬建一座大坝，蓄水或断流，比如将以前的重点放弃或全盘停顿。

这样的强势管理往往会带来冰火两重天的结果，要么是一飞冲天，要么是急转直下，总之在短时间内，风险会非常高。

如果来的人抱着无所谓的态度，大家爱干吗干吗，该干吗干吗，其实也一样。往好里说，说不定无为而治，休养生息，让项目自然进行下去，一样会有很好的结果；往坏里说呢，也可能人心涣散，管理不善，导致公司日渐衰败。

两种风格没有必然的好坏，但速度有区别——前者如暴烈山火，很快可见端倪；而后者像滴水穿石，要等上一段时间才能看到结果。

这两种情况都不是最可怕的，最可怕的是有个人，比如说唐洛吧，什么都不懂，却手握大权，他一开始啥都不管，大家乐得轻松，突然心血来潮管起来了，而且啥都要管，那大家就只能抱着一起死了。

叶蓁蓁摸不清楚唐在云和罗西对唐洛的态度，但从她个人角度来说，帮唐洛是高佳妮让她来和合的最重要的目的，但她真不知道具体怎么个帮法。

那能怎么办呢，就只能该干什么就干什么了，逮到什么来什么呗。目前来看，她的作用主要是在每次开会之前，给需要提前了解情况的洛少预习，以及开会之后，给需要解释的洛少复习，如果会议和会议之间有关联，还要整理思路一览表。万一遇到唐在云非要儿子发言，那叶蓁蓁还得给他打小抄，整理好笔记逼他带到会场上去，这种情况下唐洛都有胆量提前不看，到点了翻开笔记本直接开读，他真的干得出来！

这像啥？这就像是天天活在期末考试的世界里，关键是学生压根儿不争气，还回回考不及格啊。

这么坚持到过年前，有一天叶蓁蓁在唐洛办公室撞墙。

是真的撞墙。

她穿着A字小黑裙、小坡跟浅口高跟鞋，领口别个小白金胸针，脸也干干净净的。从任何一个角度看，都是一个优雅干练高级白领的形象。但她现在就站在唐洛办公室的南墙面前，脑袋在墙面上一下一下地磕。非常不白领、不优雅、不干练，极其违和。

全是给唐洛气的，叶蓁蓁给他讲预算制度，讲了一个礼拜了。唐洛左耳朵进右耳朵出，半点没上心。

不上心就不上心吧，实在蠢得没办法叶蓁蓁也认了，结果他其实聪明极了，愿意听一耳朵的时候马上又听得进去，然后就抓住一点胡搅蛮缠，纠缠细节死不放手。比如说为什么第三季度和第四季度相比，市场费用多花了那么多钱，有没有算过转换率，那么钱既然都要花出去，为什么不自己成立一家营销公司来内部消化。

叶蓁蓁也没有那么精通，但架势不能旁落，所以气壮山河地反问他："开公司养人运营的成本高还是业务外包的成本高？世界是平的。属于细分领域的，你知不知道专业溢价？你看不看书，能不能抓大放小？"

唐洛一边看手机一边听她咆哮，然后说："再说一遍。你刚说啥来着……世界是平的，为啥成平的了？"

叶蓁蓁总算明白了高佳妮当时教她的那个感受。

不撞墙怎么办，就说不撞墙能怎么办吧？

唐洛就在旁边欣赏她抓狂的样子，突然说："我知道我妈为什么让你来了。"

叶蓁蓁脑袋抵住墙壁有气无力地问："因为换个人会打死你吗？"

唐洛说："不是，没几个人打得过我。我是觉得，换个人可能不会这么执着，天天说我有多蠢。"

叶蓁蓁号叫："大少爷谢谢你，你总算明白过来我天天在说你蠢了啊。"

唐洛一点不生气，甚至不知道怎么的他还怪欣赏这个的："你就这点跟我妈像。"

叶蓁蓁和唐洛关系融洽，这对高佳妮来说简直是意外之喜。她当时看中的确实是叶蓁蓁天然的亲和力，但行的也仍然是一招无可奈何的险棋，可万万没料到能这么顺利。

她印象中的儿子，和自己一样与人疏离，高傲得难以亲近，又跟他父亲一样，注意力与兴趣都极易变动不居。这两种特质只要有一种，就已经够叫人难对付了，更何况交融在一个人身上。

叶蓁蓁听到她对唐洛的这个评价，表示同意，但也没觉得这算什么挑战："忽冷忽热，喜怒无常嘛，那不就是幼儿园大班小孩吗？兵来将挡，水来土掩就好了，倒是那些一根筋的最麻烦，说也说不动，打也打不得。"忽然"扑哧"一笑，"洛少吧，不听话我就不给他打小抄呗，再过分了就往林阿姨做的饭里放泻药呗，看他还跟我倔不。"

高佳妮微笑着看她，听着蓁蓁叽叽喳喳地说和合这个那个，很长一段时间以来第一次，她忽然心里感到了一点希望的光芒。

除了唐洛，叶蓁蓁对其他不少人也有了更多的了解。

比如说第一天在会议室里见到的那两位微有反骨的朋友，微胖的女士叶蓁蓁打过几次小交道了，是大文娱事业部的老总翟思柔；而那个神态始终保持严肃的大爷，则是地产事业部的老总张丰宇。

这些基本的信息，叶蓁蓁直接就从高佳妮那里得到了了解，他们都是和合的元老，是跟着高佳妮和唐在云一起奋斗过来的。在高佳妮的时代，这两人其实都更亲近唐在云，极为推崇他的前瞻性和商业敏感度，对高佳妮驱猛虎策群狼一般的管理风格则颇有微词。

高佳妮的信念之一是重赏之下必有勇夫，时间不够，强度来填，立军令状是家常便饭。她的奖赏与惩罚也都来得结实有力——做得到加官晋爵、飞黄腾达，做不到就一败涂地斩立决，没有借口，也从不商量。

所有能够跟着高佳妮走到今天的人，身经百战只是基本要求，还要过五关斩六将，殚精竭虑、如履薄冰地追求长盛不衰。只有真赢家才能在她面前挣到自己的一席之地，根本没有什么"胜固欣然败亦喜"的说法。

张丰宇和翟思柔的经历和其他人如出一辙，战斗力也毫不逊色，唯独心态上相对而言没有那么绝对。他们两人同期进的和合，都从一线做起，多年来私交甚笃，凡事都共进退，彼此也都认为尽管高佳妮的风格在最大程度上保证了和合上行下效的战斗力，但也令公司做不到有活力。

当所有人都仰望老板，老板说一不二，员工指哪儿打哪儿，难免就会主动或被动丧失对市场的敏锐触觉，更不可能继续革命性地去开创全新未来。

一个巨无霸型的公司如果变成泰坦尼克号，那么在前有冰山，后有巨浪的时候，就很难掉头和闪避了——这就是张丰宇跟翟思柔都有的顾虑。

他们的观点其实一直为众所知，因此当高佳妮因病去职，唐在云浮出水面，罗西坐大之后，张、翟两位才没有和其他人一样被逼他去。不过滑稽的是，紧跟而来代替那些老臣子上位的，又全是唐、罗一力招募和提点的心腹，意指臂使，管起来得心应手，于是张、翟两位一如既往仍游离外围，换汤不换药，世上的事就是这样令人始料不及。

　　人与人之间的关系和信任一旦建立起来，就像一道坚固的堤坝，上面要是出现裂缝，可能细如蚊蚋，在天下天平的年景都是没事的，就怕有一天暴雨飓风，狂潮奔袭，则千里之堤，溃于一旦。

第十七章
叶总的意见我们也要听听看

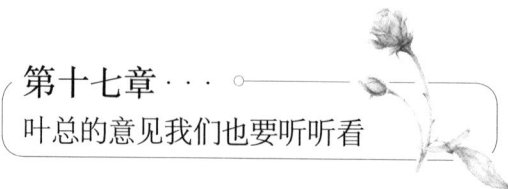

叶蓁蓁跟翟思柔在晚宴上有过一点交集之后,在与文娱项目有关的会议里也常见到她。虽然两人没有单独交谈的机会,但翟思柔每次都会对她点点头,态度已经比其他高管好多了。那些人在看到叶蓁蓁来开会,尤其是单独来开会的时候,都鼻子不是鼻子、眼睛不是眼睛的。

但叶蓁蓁不在乎,你对我怎么样,我反正都笑眯眯的,你要是看到人家笑都能不开心,那也不是我的损失对吧。

她这个态度看在唐洛的眼里,那些人的态度也看在唐洛的眼里,小唐总就来劲了。

他挺喜欢叶蓁蓁的,隔三岔五吃上了林阿姨的爱心便当之后尤其如此,他更喜欢跟人对着干,这样一来小唐总就以一己之力,在和合创造了一个全新的会议模式——

小唐总和叶蓁蓁一块儿去开会的时候,一开始都是不吭声的,听着大家热热闹闹地讨论、决策、总结。等一条龙下来会议都要结束了,主持人一看名义上的老板在这儿杵着,于情于理都得客气一下吧,就会来问他的意见,内心当然希望他啥都别说。

结果小唐总才不在乎你们意愿的真假,顺杆子就手一挥:"我没意见。叶总有,叶总说说看。"

后来大家发现假客气行不通啊,就妄图什么都不问,混过去拉倒,但小唐总怎么可能配合呢?他强行给自己加戏,还是手一挥:"不行,叶总的意见我们也要听听看。"

叶总被点名了,怎么也不能坍小唐总的台啊,只好硬着头皮上。和合业务这么多这么杂，不可能有个人是全懂的，好在她之前被高佳妮灌的资料都还在，多少都能说出一点来，就这么磕磕绊绊混过去。

不管叶总说啥，小唐总听懂没听懂，他反正全程点头表示赞同，说完手再一挥："叶总说得对，就这么干。"

前后就两句台词，能搅和得开会的一干人等面面相觑，心惊肉跳。要知道这可是年末年初，好多会都很重要，讨论出来的计划一定案而动全身，影响延续经年的，万一小唐总来真的，"就这么干"四个字在这个级别的会议上一锤定音，那真是可大可小，绝对不能随便。

大家胆儿再肥，毕竟不能当众喷少主，只好忍气吞声，会一开完就赶紧去找唐在云和罗西，把情况一五一十和盘托出，反复强调真不能照小唐总说的办。

那俩听完也头疼死了，又得把唐洛找过去讲事实摆道理，跟他说这样不行，他这刚来，什么都不知道，叶蓁蓁就更不用说了，就是个打酱油的，说的话千万不能当真，所以呢，该按什么方案办事还是要照样办下去，云云。

唐洛爱不爱听这些两说，但是他从善如流，你们要求怎么办就怎么办，他没空跟他们犟，但下次开会他反正要继续撑叶总，谅他们也不敢咬他。

叶总压力山大。

压力大归压力大，蓁蓁心里倒是明镜似的，知道唐洛不经意之间已经帮了她的大忙。

唐公子初来乍到，还在罗西和唐在云的严密监管之下，真正的权力是没有多少的。但中国人看重名正言顺，尤其对一个家族企业来说，正宗的少主，名声在外，不接近核心的人可不知道他是个摆设，就是知道的，也多多少少会有"风物长宜放眼量""冤家宜解不宜结"的考虑，毕竟谁知道将来会怎么样呢？

叶蓁蓁到和合之后，和唐洛共用办公室，同进同出，会议上一唱一和，简直是穿一条裤子。一条龙下来，很大一部分和合的人都渐渐产生了一种感觉：也许这个个性看起来很温和的叶小姐，并不是他们想象中那么不堪一击的角色。

那句话怎么说的，观念改变行动，也改变态势，于是不少人在面对叶蓁蓁的时候，也就下意识地开始有了更多的尊重。其中态度转变最明显的，是唐洛的助理Florence。最鲜明的体现就在于，她把服务叶蓁蓁的事务，逐步列入了自己的事务清单之中，但凡需要为唐洛安排的，有意无意间都为叶蓁蓁顺带考虑一份。无论是安排日程、准备日常工作需要的资料文件、协助会议安排还是每天在办公室放置鲜花水果，她都不落下叶蓁蓁那份。而且她不愧训练有素，做得十分巧妙，例行给罗西的报告一点不用藏着掖着，一五一十往外说，还能不让罗西觉得自己胳膊肘往外拐。

她每天上班极早,而叶蓁蓁自从不去高佳妮那里游泳了,周身都觉得不对了,干脆在和合大楼旁边的健身房买了年卡,每天还是跟以前一样,锻炼完再来上班,于是两人就常在空荡荡的办公室里遇上,一来二往,难免就会多聊几句。

两人一开始当然只是不咸不淡地寒暄,或简单说说今天的工作安排,然后各自忙自己的去了。结果有一天Florence和叶蓁蓁打照面的时候,刚好手里拿着自己常用的笔记本,一下被叶蓁蓁发现是一个很小众的日本动画的周边,叶蓁蓁马上激动起来,从手机里往外调自己以前的追番记录。通过对本命的共识,两个姑娘一下子找到了知音之感,不知不觉就聊得多了。

在任何大公司当总裁助理的人,只要当得称职、当得足够久,就自然会成为一个包罗万象的信息来源。因此想要上位的人,不能得罪老板是理所当然的,同样也万万不能得罪老板助理,否则说不定哪一天睁眼就发现自己被穿了小鞋,还不知道这一双小鞋子是怎么来的。

反过来呢,也颇有一劳永逸之功,就像叶蓁蓁一样,Florence既然愿意跟她说话,她就自然而然地得到了一个非常好的了解和合的渠道。即使Florence基于职业操守,从不提及任何自己所不应谈论的商业机密信息,但零敲碎打之间,仍然给叶蓁蓁打开了一扇新世界的大门。

她由此就知道了很多公司的内幕:和合的董事会成员之中,谁是通过什么途径进公司的;谁和谁之间第一天开始就不和睦,但在罗西面前又要装塑料情;谁是公认的好男人,惧内甚严;谁又顶着压力一口气生了三个孩子,是典型的炫娃狂魔。

她也知道了中层管理者里面,谁在公司外有自己的小投资做得风生水起,甚至还跟和合做生意;某个会议上的议题涉及哪个部门的关键利益,多半会引发什么冲突;又要格外注意和谁不能谈论什么话题。这些事很多时候都在有意无意地帮叶蓁蓁避雷。

所以说为什么招人喜欢是最重要的品质呢,道理是很简单的:一个人如果喜欢你,她又看到你走的路上有一个坑,那她实在就很难眼睁睁看着你踩进去。

而说到在和合上班这条路上的坑,那真是多得令人叹为观止。

套语说光阴荏苒,时光飞逝,忙忙碌碌之间,眼看着就要过年了。

中国人在过年这件事上独树一帜,主要表现在虽然实际假期只有七天,而且还是前挪后挪过来凑一块儿的,但心理上大家都放两个月:从年前一个月开始,任何项目基本都会进入停顿阶段,人们的脑子里像被植入了一个延时病毒,开始不约而同地对彼此说"快要过年了嘛,事情可能稍微要缓一缓""这个想法挺好的,方案咱们年后再说吧""快过年了比较忙,暂时不开新业务"等等。

年过了,病毒的活力仍然在延续,被控制的中国人会换一套台词:"刚过年,等一等吧""这不刚过完年嘛,别太急了"。

非得过完元宵节,人们才恍然大悟:哎呀,新的一年正式开始了。

叶蓁蓁去过那么多家公司,不管是外企、民企,还是大企业、小公司,没有一家能在这件事上幸免——但凡到了小年前后,人们的神情就会开始恍恍惚惚的,连行动都好像要迟缓很多。

只有和合完全不是一码事,该干吗的都在干吗,加班加点很平常。全公司只有一个真正意义上的闲人就是唐洛,闲得有盐有味的。

过年前三天放假通知终于下来了,今年春节假期从腊月二十九放到年后初七。叶蓁蓁去跟高佳妮做例行汇报,说到这事儿的时候随口问了一句:"高姐,你去哪儿过年啊?"

高佳妮微微一愣:"过年?"

她蜗居在这个两室的公寓套房里已经快要一年,不理外事,很少出门,也不见客,因此根本没有想过还有节庆这件事。

"唐洛他们怎么安排的?"她轻描淡写地问,但这句话本身就已经很不淡定,一个做母亲的,不知道一年中最重要的节日中自己的儿子会去哪里在哪里,总不能算是值得高兴的事。

叶蓁蓁内心唏嘘,但她知道高佳妮可不喜欢被人怜悯,也就回答得很平常:"不知道啊,他在办公室不说私事的。"

高佳妮点点头:"我以前都回潮汕陪父母过年,但我父亲去世好几年了,母亲有老年痴呆,已经根本不认识人,所以回不回去都没有所谓。"

她还有一层事实不足与外人道,连对叶蓁蓁都难以启齿,那就是高佳妮的妈妈高龄痴呆之后,真的是不认识自己女儿了,却一直都记得唐在云。

往年两人还一起回家度年节的时候,日常起居,只要见到了,老太太总是蹒跚而执着地跟着唐在云四处走,嘴里絮絮不停地跟他说数十年前的点滴往事,好像这个女婿才是亲生的。

种什么因得什么果,高佳妮打小就不是一个愿意承欢膝下的孩子,二十一岁抱回一个孩子,第二天就掉头回了美国,父母的责骂叹息,对高佳妮来说都只是耳旁风过,不足挂齿。她在国外读书工作,一年到头人不见回来,电话都没几个;唐在云那时候留在北京读研究生,省吃俭用的,每隔一段时间就来探望孩子。那时候没有高铁，飞机票非常昂贵，唐在云常坐的是绿皮火车，转好几次站才到潮州，手里提着奶粉吃食、各种礼物，来了就陪着二老说话。他别的好处再没有，有一点却是谁都不能否认的，那就是体贴，又从不计较琐事。男人有这两点，往往人们就不会去追究他有什么其他过失——总是人人都有过失的。

叶蓁蓁当然不知道这些，但她看得出高佳妮的寂寥。再强悍的人都能老，老了的人格外需要热闹和亲缘，就如同挡在人与死亡之间的最后一层薄纱，还能有遮掩的时候就不必怕。

她一冲动，张口就说："高姐，你跟我回去过年吧。"

高佳妮很诧异："什么？"

"跟我回重庆啊。我家住观音桥，苏桐他们家住大学城那边，过年家里人山人海的，特别热闹，你跟我去吧。"

高佳妮失笑，觉得叶蓁蓁是把自己当小孩子了，只有小孩子才觉得热闹是好事。"人山人海"这四个字对她来说跟诅咒差不多，不要说去凑了，简直听到就头疼。

她继续喝着酒，一口就回绝了："不用了。"

过年也好，过节也好，都不过是平常日子。古来人皆死，杯中物不空，这样就够了，最多多喝半瓶一瓶的，睡过去再醒来就是新春。

叶蓁蓁不放弃："去啦，过年我就好跟你要红包了。"

人家不上当："微信转账是一样的。"

"那怎么有气氛呢？"

高佳妮干脆捅破她的窗户纸："我知道你同情我一个人孤零零的，我不怕孤零零，习惯了，你别折腾。"

叶蓁蓁马上号起来："我还敢同情你？高姐你同情同情我。"把手机拿出来看了一下会议安排："我明天要开六个会，最早那个八点，八点！是不是神经病？"

高佳妮不以为然："做事业就是这样的。我以前经常早上六点半召集人开会。"

叶蓁蓁吐了一下舌头："没人当场掀桌子辞职？"

"给够钱就不会。"

"万恶的资本家。"

叶蓁蓁聊完一看已经十点了，苏桐暗戳戳地都发了好几个哭脸，盼得不行了。于是她赶紧回家去了。高佳妮一个人在客厅里坐着，看看手机，唯一值得和需要回复的，是林阿姨问她要不要吃一点消夜，她回来做。

她回了一个"不要"，而后捏着手机坐在那里，其实她没有吃晚饭，午饭也没怎么吃。林阿姨的手艺和以前一样好，只是她对食物的需要慢慢在衰退，一杯接一杯的酒，已经把她整个人泡得失去了五感的敏锐——再好的酒毕竟也是酒，每日半杯养生，两瓶是会要命的。

她何尝不知道？

身体渐渐衰败下去了，有几次身边人都走了，她喝到人事不知在洗手间里和衣昏睡过去，早上起来，身边地上的呕吐物里有血。

她因此而厌恶自己，但一想到要戒酒要振作起来，而后清清醒醒地去面对人生，她整个人都觉得没有力气，诚然这不是她的风格，她本来一生都习惯了勇敢地面对所有问题。

但和橡皮筋与钢铁的强度一样，人总有一天也要面对自己承受力的极限。

她现在只有一件事还在关心，自己的死活都无所谓了。人迟早要死的，死是一个人的结局，跟任何事都有结局没有本质上的不同。

高佳妮只是偶尔也会想，如果她有一天就因为饮酒过度，暴毙在了这间公寓里，她的儿子和丈夫在葬礼上会不会哭。

这样自怜的情绪简直叫人难堪，幸好也不会有外人知道。

最值得安慰的，居然是她相信自己的尸体不会等到腐败才被发现——林阿姨总会来的，蓁蓁也是常常来的。

这时候她忽然想到，过年七天，林阿姨要回潮州，叶蓁蓁也要回重庆。

她的司机是北京人，倒是在本地，但春节一样放假，何况他永远只在楼下候命，从不上来。

绵密的细节涌上心头，室温26℃，高佳妮却忍不住打了一个寒战。

你看，人还是需要热闹的，不管你是谁，不管你多骄傲多独立，总有一个时刻，孤独击中你，就像球形闪电击中宇宙之中的地球，避无可避。

她拿起手机来打开微信，找到叶蓁蓁的名字，长久凝视她的头像。那是一红一白两个情侣杯子并排放在一起拍的特写，用了浮夸的滤镜，杯子上分别刻着四个字：一生之我，一生之你。想必是和苏桐共用的小家什，矫情得很认真。

高佳妮的手指在输入界面上抚摸来抚摸去，不知道该怎么说，又到底想说什么。她彷徨良久，叹口气，正要关上手机，忽然一个笑脸跳出来，叶蓁蓁给她发信息了。

高佳妮货真价实吓了一跳，像是做什么心虚的事被人撞个正着，一下子把手机丢开了，想了想觉得好笑，拿回来一看笑脸下面多了一条信息：

高姐高姐，我把机票给你买了啊，大年二十九去重庆的。你不想去就算了，怕你万一又愿意去了呢，那会儿可能就买不到票了，我反正先买了啊。嘻嘻嘻，买的是头等舱哟。

这几个"嘻嘻嘻"实在是太传神了，简直就像是叶蓁蓁站在面前，眨着眼对她笑，就是打定了主意要要赖，反正你也拿我没办法的意思。

她盯着那两行字看，内心满怀感激，其强烈程度，甚至不亚于在马尔代夫被叶蓁蓁从海里救起来的那一次，不足为外人道，但埋在心底如同熔岩，终有一天会找到出口。

高佳妮站起身来，沿着客厅，到卧室，到厨房，慢慢走了一圈，让自己的回复不至于那么急切，而后才像平常说话一样回了一条："行吧，盛情难却。"

叶蓁蓁秒回两条，一个龇牙的笑脸，外加一个比着"Oh yeah"手势的表情包。

说到过年，苏桐和叶蓁蓁开始谈恋爱之后，每年都是这样过的：大年二十九回重庆，飞机一落地，两人出去就会被两家人分头接走。第二天过年，中午叶蓁蓁去苏桐家吃饭，吃完陪苏家的叔叔孃孃打两圈麻将，三点来钟把苏桐牵回家跟叶家的人团圆，叶家心照不宣地把饭点提前，苏家配合默契地把饭点推后，中间时差刚好让叶蓁蓁和苏桐前后吃两顿，哪头都不落下。初一叶蓁蓁上苏家去拜年，拿了红包就把人家儿子又弄跑了，然后苏桐就再也不着家睡了。所谓有媳妇的苏桐泼出去的水，诚不我欺，要不是叶蓁蓁实在讨人喜欢，处处也想得周到，估计都不用结婚，她和苏桐妈的婆媳关系就能直接走到尽头。

今年要带上高佳妮，再这么安排可能就不行。两家都是大家族，苏桐爸和叶蓁蓁爸还都是长子，平时家里已经够热闹了，过年过节简直就是个菜市场，人流如织，各种亲友轮番上门团聚，高佳妮随便去哪家都压根儿没法习惯，要说干脆住酒店——跑这么远去重庆住酒店有意思吗？

他们于是跟家里商量，商量对象本来只有父母，后来走漏了风声，说叶蓁蓁要带自己的女老板回家过年，这个老板对她很好云云，双方直系亲属就不请自到，踊跃加入了讨论。再后来七大姑八大姨统统得到了风声，纷纷表示这么重要的家族对外社交，自己必须参与，结果就开成了十处连线家庭大会，叫苏桐和叶蓁蓁哭笑不得。而以他们对自家亲友团德行与战斗力的了解，这时候只能顺水推舟，万万不可说个"不"字。

集体智慧是最能够结出丰硕果实的，也是最能轻易聚拢一切资源集中解决问题的。大家乱哄哄一通讨论之后，叶蓁蓁的小叔叔一锤定音，人家把嘉陵江边一套自己刚买的精装修两室两厅小公寓拿出来，给他们小两口带高佳妮单独住。家庭聚会自由选择，除了年夜饭两家都有四世同堂的老人在，必须要到，其他可来可不来，堪称进可攻退可守。大家从各个层面论证了一下这个方案，全票通过。

这么安排妥当了，腊月二十九一早，按照约定的时间小两口来接高佳妮，一到地头，发现高佳妮已经在公寓大门外车旁边站着等了。司机帮叶蓁蓁放行李，她一看后备厢就一个皮质的手提包，大小可能只够放几件衣服，还不像是装满了的样子。叶蓁蓁就开始瞎操心："高姐，你带够东西了没？"

"带够了。"

叶蓁蓁比画了一下："就这么点儿？"

"不然呢？"

叶蓁蓁指了指自己那个二十九英寸的大箱子，苏桐在旁边笑："其实她也没带多少东西，主要是老虎和兔子比较占地方。"

高佳妮说："什么？"

苏桐拉了拉叶蓁蓁的头发："她有两只绒毛玩具，一只老虎一只兔子，从小到大，上哪儿都带着，都摸秃噜了，还不抛弃不放弃。"

叶蓁蓁扭头就去咬他的手："没有秃噜！"

苏桐赶紧躲："好好好，没有就没有。"

高佳妮摇摇头，自己上了车。苏桐很自觉去坐了前座，叶蓁蓁陪高佳妮坐后座，车子一开动，高佳妮就跟她说："机票退了吧。"

叶蓁蓁傻眼："啊，怎么了高姐？"

她心情一时就很紧张，这位娘娘不会突然一个不高兴，说不去就不去了吧。她不想去谁也不能勉强，问题是照她的风格和现在的状况，那叶蓁蓁也就没法回去了，得陪着她，不能让她一个人啊。脑海中正有小一千个应急方案奔腾而过，高佳妮看了她一眼："咱们自己飞过去方便一点。"

叶小姐脑子里立刻出现了哆啦A梦和竹蜻蜓，这就是她对于"自己飞过去"的全部概念，过了好一会儿，才反应过来高佳妮说的是她的私人飞机。

高佳妮的私人飞机停在首都机场公务机停机坪，办完手续到飞机下，机长在舷梯下等着，看见高佳妮一行过来便上前问好，上了飞机之后，还给苏桐和叶蓁蓁做了简单的机上设施介绍。

这是一架湾流G200，里面装修很有格调，用的是原木、岩石色皮质质料和金属三种主要元素，偶有蓝色配饰惊鸿一现，画龙点睛，所有细节都相互呼应，设计的时候就想得非常精细了。在非常不显眼的几个地方他们看到了爱马仕手工定制的标志，可见主人何等舍得花钱。

他们俩都是破天荒的第一次体验私人飞机，开眼界的感觉杠杠的。苏桐毕竟是大男人，跟高佳妮也没有那么熟，稍微能绷住一点儿，暗戳戳拍了几张照就算了。叶蓁蓁则完全放飞了自我，到处活蹦乱跳，一会儿一张自拍，一会儿一张特写，还问苏桐："我发朋友圈吧，你觉得我发朋友圈怎么样？"

苏桐还没说啥，她自己先谦虚谨慎了："不好不好，特虚荣。"就谦虚谨慎了两秒钟又高兴了，"那我给我妈来个直播！"

高佳妮在旁边已经坐下了，如常喝酒，苏桐坐她对面。听到叶蓁蓁鼓噪，她很平淡地说："你喜欢的话，以后也给自己买一架，不用这么大的，华而不实，一个小猎鹰7E就可以了，一两千万的事情。"

叶蓁蓁吓了一跳："我？买一个？"

她坐过去靠在苏桐旁边，自嘲："买一个模型我可以的。"推推苏桐，"你说呢？"

苏桐比她胆儿肥，觉得买一模型格局太小了吧，结果一开口照样暴露了自己的底气："哎，怎么买个模型就算了呢？要就要真的，能飞的！当然买是有点过了，咱们租几天总行吧？"

高佳妮没觉得买个私人飞机是什么奇思妙想："最便宜的私人飞机才几百万，没那么夸张。"

她也是打蛇随棍上，趁机对叶蓁蓁耳提面命，以便督促小妞儿努力工作，不要老想着掉链子："你每年好几百万年薪，两三年就可以买。"

叶蓁蓁吐了吐舌头，压根儿没把这个当一回事。因为罗西作梗，她上班一个月来半毛钱没拿过，工资、福利、津贴一概没有，打车、吃饭都是自己报销，简直是一心为公的典范。要不是创世发的工资顶着，她和苏桐的信用卡都爆好几回了。

她不跟高佳妮说，一开始当然是担心她生气，但后来就存了个心思，想靠自己解决这个问题。

目前没想到任何办法，但叶蓁蓁很有耐心。船到桥头自然直不是吗？这船才出发呢，急什么？

她们聊着天，飞机开始轻轻地滑动了。高佳妮看着窗外，平淡地说："我像你们这么大的时候，连私人飞机是什么东西都不知道，时间会改变很多事的。"

叶蓁蓁瞧着她笑："你像我这么大的时候比我强一百倍，我可是知道的哟。"

高佳妮不认同："那要看你比的是哪一方面。"

如果比的是对人生那种丰盛满足的心态，一万个人里，也不会有一个人比得过叶蓁蓁。

这样的人呢，对世俗意义上的成功是没有什么强烈渴望的，因为她想要的，世界都为她双手奉上了。

这是好事儿，还是坏事儿呢？

没有人知道，直到必须要成功的时候。

北京飞重庆前后三小时不到，落地后出去，高佳妮直接被叶家和苏家的联合接机亲友团的规模给镇住了，知道的，会把他们当成一个大家族，不知道的，还以为是什么传销集团来接大老板。

苏桐拎着高佳妮的行李，背着自己的行李，推着叶蓁蓁的行李，像一个正宗的山城棒棒一样雄赳赳气昂昂勇往直前。而叶蓁蓁从下飞机的一刻开始，就挽住了高佳妮的胳膊，连被自己妈一个熊抱的时候，也没有放开。

叶蓁蓁就这么一路挽着高佳妮，和大家见过面，在外面吃过了饭，最后到了他们这几天住的地方。苏桐负责苦力活，去把家什都理好，开灯烧水，四下检查有没有什么修整的，叶蓁蓁张罗主卧、次卧的床榻，而高佳妮就站在门外，看着小姑娘哼着歌儿忙忙碌碌的身影。

房子太小了，两室两厅，加起来可能都只有八十平方米，幸好还有两个洗手间，都是迷你款，在马桶上坐下，稍不小心，手臂或者膝盖就会顶到墙壁。干净是干净的，处处一尘不染，空气里还有被褥刚刚翻晒过后那种蓬松慵懒的味道。

她已经很多很多年没有住过这么狭窄、以实际利用空间最大化为最高目标的公寓了，就算是在北京她住的酒店，面积都要比这间房大不少，而且家具少、东西少，挑高更高，整体显得要疏阔得多。

可是呢，她也很久没住过有这么亲近的人相伴左右的房子了。

有亲爱之人的地方才是家，否则，不就是一栋房子吗？

他们在重庆的假期过得很圆满，高佳妮大年三十去了叶蓁蓁家里吃团年饭，进门前交给叶蓁蓁一个LV的旅行袋，里面全是各种大品牌的小玩意儿，有手包，有钱包，有领带，人手一件，绝无落空。叶蓁蓁捧着礼物进门那架势，就跟圣诞老人不远万里前来加班似的，受到了收礼人员的一致好评。

所谓"不是一家人，不进一家门"，叶家对高佳妮的态度，和叶蓁蓁的品性是一脉相承的，亲近，又有分寸；客气，又见热忱。她那么不爱和人亲近的，在这个闹闹哄哄的大家庭里，居然也难得地没有感觉到不适应，端的是宾主尽欢。

在某一个时刻，高佳妮甚至还想起了年少时在潮州过节的情景，记忆中仍然还夹杂着些微的满足与欢愉。她是独女,其他叔伯家里都是儿子,虽说潮汕地区向来重男轻女,但实在生不出第二根苗的高佳妮父母,也向来把她当掌上明珠。只是她个性实在太强了,一到能远走高飞的时候,就连头都没回过。

要在这样的场合里,才能深深体会到,中国人的年是与人有关的。人最深与最基本的欲望,都在重要节日的庆祝仪式之中体现,简单来说就是吃吃喝喝,聚在一起,基本上一切行为都围绕着图热闹和凑热闹打转。

图热闹,凑热闹,高佳妮两者都不喜欢,但她确实被叶蓁蓁、苏桐他们两家人的家庭氛围打动了。

叶蓁蓁有四个姑姑,有亲有表,各有不同的职业,长得都很好,平常各过各的日子,到了放假就一起行动,带着老公孩子去旅游、逛街、打麻将、聊闲天,轮流到各家。自己要出门了,小孩子就随便往哪个姨妈家一丢,绝对不操心没人照顾,堪称"出生自带闺蜜团",根本不需要另外交朋友。

四个姑姑偶尔也因为琐事闹龃龉,几天不见面就会惊动老一辈,四五十岁的人了,被自家爹妈喊回去各骂一顿,过几天扭扭捏捏约个火锅,又好了。

到叶蓁蓁这一辈,她是大姐,还有个伯父家的哥哥,比她大了五岁,下面一溜儿弟弟妹妹,爸妈两边加起来得有十几个,小时候就是放在一起带,上山下河吃饭挨打都共进退,特别亲。大了以后出国的出国、创业的创业、游手好闲的游手好闲,进政府当公务员的和在大学做学问的,全都有,天南海北的平时不容易见面,但在微信上有一个群,天天跟菜市场一样热闹:吐槽老板的、为失恋一把鼻涕一把泪的、心里有什么事想不开的,都往兄弟姐妹面前去说。被人嘲笑戳心窝子是肯定的,可话说得再狠也是自己人为你好的狠法。

这群兄弟姐妹里,有一个艺术家弟弟,在南京一家学校当老师,有一天上街闲逛,突然就看中了一个小公寓,心血来潮想买。

据销售说,那是最后一天开盘优惠,签合同定金要付百分之五十,小一百万,剩下的贷款,手续另办。这个弟弟个性十分潇洒,具体体现在手特别松,心特别大,不然也不会逛个街就猛然买房。

他有主业有副业,收入挺好,就是不能自己管钱,否则永远入不敷出。所以工作几年,大头的积蓄都在爹妈那儿放着,买这个房子是够了,但老人家是绝对不可能你说一声就把钱给你的,万一他误入传销了呢?

那怎么办呢?

秉承先斩后奏的原则,他上兄弟姐妹群里说了一声,半小时借够了一百万,当场呼啦啦汇款争先恐后进账户,没有任何人要求打借条。卖楼的姑娘都惊了:"你这人缘得多好？"

他说："跟人缘没关系，我有抵押的。"

"啥抵押？"

"我爸妈。"

算他运气好，叶蓁蓁那天刚好有一笔理财业务到期，一出手就转了二十五万过去，是债主中的大头。她借完觉得这样擅自处理家庭财产，尤其是几乎完全靠苏桐挣回来的家庭财产，多少有点不对，赶紧给苏桐打了个电话。苏桐一听就乐了，表示："老公挣钱就是为了给你用的，随便用，再说你是大姐啊，大姐出手必须大气！"

当天晚上这个弟弟的爸妈就知道了，电话里怒骂半小时之后无可奈何，只好挨家挨户打电话或亲自上门去要各位小辈儿的账号，一一把钱还了，先斩后奏就此成功。

以往过年期间，兄弟姐妹们基本上都回来了，叶蓁蓁就光瞎玩都能忙得脚不沾地。今年高佳妮在，她就不能只顾自己了，转而绞尽脑汁给高佳妮安排节目，又不能太累，又不能太烦，但又不能完全没有过年的气氛，煞是费心。高佳妮看在眼里，也不去说破，就让她兴致盎然地安排着，那些节目吧，自己愿意去就去，不愿意就不去。但不管怎么样，两人之间竟然一点磕磕绊绊都没有，简直让高佳妮自己都觉得惊讶。

高佳妮在重庆浸润烟火气息的时候，唐洛和唐在云、罗西三个人去了北海道二世谷度春节。十天假期，他们选了两处酒店入住，一处是明乃家，是在全日本都数一数二的高级日式温泉旅馆，要提前六到八个月预定，一日两餐所提供的食物水准，超于东京或京都被米其林历年追捧的名料理。他们不入选美食榜单的唯一原因，是明乃家拒绝参与任何评比。

另一处是正处在二世谷中心的希尔顿酒店，酒店本身没什么特别的，是平平常常一个五星级酒店，但位置绝佳，出门走几步就是滑雪场。川流不息的滑雪客抱着雪板，全副武装排队登缆车上山，大堂里外，温差高达四十多摄氏度。

到此一游的多是观光客，春节期间希尔顿的普通标间价格超过一万人民币一天，世界经济的流向，往往也体现在这种地方的消费人群上：西方人——日本人——现在轮到了中国人，一半以上的客人都来自大陆。

来北海道是罗西的主意。唐洛也没意见，他精通滑雪，而且算得上是无师自通。六七年前的冬天，他漫游到瑞士，在瑞士中南部的艾格峰半山发现一处无名滑雪场，地方很小，却打理得很好，雪地漂亮得令人目眩神迷，映衬着远处的山线。世界如此开阔，让人觉得自己不应当有任何狭隘的心事。

他在设备租赁处员工的帮助下学会了穿滑雪靴和上板，而后独自坐着升降机上了山。这个滑雪场没有初级道，他第一次就直接上的中级道，三天后为了躲避一个孩子才摔了第一跤。又过了一周之后，唐洛就开始用一种十分笨拙但有效的姿势从容翱翔于高级道，旅馆老板打死都不肯相信他这是生平第一次滑雪。

后来他请了教练，教练的主要作用是让他更快知道自己到底能滑得多好，那一个月他哪里都没去，沉浸在一天一地一雪板的纯粹之中，每当从高处岩石滑出凌空，他就感受到极致的自由。

接下来几年，每到冬天，他就在阿尔卑斯山深处的顶级滑雪场度过长长的一周又一周，很少有人比他有更长的假期，因为看起来他的余生都是假期，也很少有人能在每天单价一千美金的酒店里一住就是一个月。

回国前的那一年滑雪季，他总算不再单身前往，陪伴他的是凯瑟琳。起初她非常兴奋，但没过上一周，就生着气径自离开了，这不是她想象中的属于二人世界的缠绵假期——唐洛专注于滑雪，去健身房锻炼，而后喝一杯红酒，早睡早起。他们有亲热的时候，却很少交谈，她感觉在唐洛的眼睛里，自己的魅力还不如一块滑雪板，事实似乎也正是如此。

他来北海道，本来很乐意去尝试一下本地驰名的粉雪长道，结果一看，白天雪道上的人多如过江之鲫，当即就退了，决定晚上再去。夜雪场是高手的天下，任何一个领域里，高手往往都不会多。

唐在云同样也是高手，玩了几十年不是白给的；罗西在这方面就算不上有天赋，据说已经学了两个滑雪季了，客观水平还是只够马马虎虎在中级道上缓缓往下滑。只不过她的个性在滑雪时也一样鲜明，大胆妄为、无所顾忌，技术过不过关都要跟着唐在云上高级道，越是摔得狠，越是不服气。结果就是哪怕两个教练在旁边保驾护航，也没能保住她安然无恙，第一天下来膝盖上就起了大片瘀青，手也差一点扭到了，回来冰敷了半晚上，第二天一早又上去了。

唐洛能看出来，唐在云是喜欢罗西这一点不服输的狠劲儿的，他还喜欢罗西对他的态度，和对全世界都不一样，这也和高佳妮的风格截然相反。

高佳妮既公平又严厉，身心都像是钢铁铸成，行事方法经过高度的理性分析，极少被情绪影响。唐洛从记事起就是这样，下属也好，家人也好；唐在云也好，他也好，甚至高佳妮对自己也如出一辙：什么事是对的，那就是对的，你本来就应该做对；如果是错的，那就是错的，错了要认，还要立正挨打，令行改正。别抱怨，也别找借口，借口对她来说没意义，她并不会因为有借口就对失败有更多的容忍，或对失败者有更多同情，借口对事情的结果更没有意义，结果不会因为你满腹苦衷就发生一百八十度的转变。

她很少争吵，更不纠缠，说什么就是什么，绝不为无意义的事浪费任何时间。

正因如此，她才是和合的定海神针，也是自己家里的定海神针。但定海神针如此重要，却常常是决绝而寂寞的，似乎从不需要爱——她不爱别人，别人也很难去爱她。

罗西却不是，诚然她动辄就对全世界竖起自己背上的刺，就像一只被惹毛了的刺猬，如斯骄横、跋扈，也很有杀伐决断的手段，可是在对着唐在云的时候，那真是百炼钢成绕指柔。

平素懒慢带疏狂，却永远提前一步知道唐在云要什么、准备做什么、想什么，总是呼应和配合，就像高水准的球员，次次都能在精准落点接到传球，一击必中。

唐洛在旁边的时候，偶尔也见到罗西对唐在云言语刻薄甚至过分。但那是一种情调，一种游戏，是绕指柔里的一根针，不经意间让人指尖见血，是为了提醒别人注意她的存在，让他知道他对她何等重要，不会带来任何实际上的伤害。

说真的，这个世界上的人，都希望自己是某人，尤其是心上人的唯一和最爱，是最独特的存在，是漫漫夜色中唯一的一颗星。谁都不能免俗。

唐洛和父亲单独相处的时间也是有的，时间很精准地固定在晚上十一点到十二点，因为他们要去泡汤。

来了北海道，不泡汤是有罪的。-18℃的寒夜，松林枝叶上压着沉沉的雪，此时在温泉里全身心沉浸，远眺朦胧天际山线起伏，身心各在也同在冬与春两极，通体舒泰之后再去喝上一两杯清酒，是由不得人拒绝的至高享受。

汤池中两父子各占一隅，静默不语。本质上他们都不是特别喜欢说话的人，但长久的沉寂无论如何都会带来压力，所以第一天在温泉里，唐在云就不能免俗地问唐洛："你上班这段时间，有什么感觉？"

唐洛仰起头，一撮碎雪从松枝上落下，坠在他额头上，引出一个像孩子一般温存而天真的笑，转瞬即逝，而后他说："没什么特别的感觉。"

唐在云追问："任何感受都没有？"

唐洛老实回答："只有一个——不自由。"

唐在云为之失笑："那是不能比你在欧洲的时候自由。"

他不肯放过儿子："还有呢？"

结果还真提醒了唐洛："还有……好吧，罗西为什么要管那么多事？"

唐在云的反应很微妙，是有点意外，又像已经等这句话等很久了："你觉得她管太多？"

"挺多的。"

掐指一算，本来公关市场就是她的一亩三分地，还有个艺术品基金，而且她眼下顶着轮值总裁的头衔，那就相当于和合总部大大小小的什么事其实都在她的辖制之下，最多是管理的强度和精细度有高低。

唐在云对罗西的话题很有兴趣，他继续问："管得好吗？"

这个问题问倒了唐洛，有一瞬间他下意识地想要打电话给叶蓁蓁，和她探讨一下这个严肃的企业管理问题。但泡着温泉没法打电话，他只好耸耸肩，用莫测高深的神秘掩盖自己的无知。

见他沉默，唐在云换了一个说法："什么时候你会觉得她管得好？"

公允地说是有的，罗西的样子是百分之百的艺术范儿物质女郎没错，但她工作也非常努力，只要人在北京就会来上班，而且比公司大多数人都早到，亲力亲为参与大部分会议，任何需要她出现的场合也都无一缺席。

她对许多事情，特别是涉及形而上的、战略与创新的部分，有一针见血的洞察力，至于具体事务上也能追求结果。基于罗西的个性和地位，她还有特色鲜明的一点，是对愚蠢之人的言论毫不客气。因此只要她是正确的，就能为公司在决策和执行上节省大量的内部消耗。

只是罗西自己，当然不可能总是正确的，但每个人都知道她身后站着唐在云。他热衷俗世声誉和聚光灯下的炽热，但他也真的不是浪得虚名。

在唐在云的纵容与协助下，从某种程度上来说，罗西在努力想要变成第二个掌握大局的高佳妮，只不过这一次，她扮演的角色尽管凌驾所有人之上，却还是在唐在云之下。一切行动、一切权柄，都明确无误来自唐在云的意志——至少看上去如此。

这就是罗西和高佳妮最本质的区别。

唐洛敏锐地观察到了这一点，只是不愿意在唐在云面前有所表露，内心深处他其实把自己当局外人，是一个不尽职的群演、不拿钱的闲杂，身在和合，却不觉得和合关他什么事。

总有一天他能回到欧洲，继续他无所用心的生活，或者这一次干脆去南美，去古巴和墨西哥，去阳光与摩托车驰骋之地。他没有学过跳拉丁舞，要学的话应该也很快，在沙滩上和穿草裙的蜜糖色美妞贴身跳一曲Bachata[1]，多美好，人生亦此，权当

---

[1] 一种源自南美洲国家多米尼加农村及边远地区的音乐和舞蹈类型，通常主题都是关于浪漫，特别是悲伤的感情，音乐节奏轻快，舞者摇曳的姿态洒脱不羁。

尝试。

他的思绪飘得远了，对唐在云的问题置之不理。

但唐在云就把这一点缄默当成了否定。于是放缓了声调，尾音微微拉长，声音质感如同天鹅绒或很深的夜色，这是他要说服他人，甚至蛊惑他人时特有的声调，带着丝线一般能拉能引的魔力，令人情不自禁就倾听并且信服："洛洛，罗西和你一样也是艺术家，但她对商业拥有敏锐触觉和惊人的学习能力，成长得非常快。你要知道，管理企业的能力是只有在实战之中才能真正拥有的，任何顶级商学院，给人学的都是已经过去的案例，分析已经过去的世界和故事，没有意义。我认为她可以管得越来越好的，你说呢？"

唐洛不置可否，唐在云见这个话题进行不下去，于是轻轻呼出一口气，说："叶蓁蓁呢，你和她相处愉快吗？"

关于叶蓁蓁的诸多信息，唐在云已经相当了解了。有钱能使鬼推磨，更不用说只是从公开途径收集一个平常人的人生轨迹。叶蓁蓁入职一天之后，她是哪里人，之前有过什么经历，做过什么，都被排列出来呈到唐在云面前，一目了然。

怎么说呢，无一事不可见人。

唯其如此，才更让唐在云纳闷，这出身经历单纯得如同一张白纸的女孩子，到底有什么地方蒙高佳妮青眼，推重到直接送到和合来代她理事。

她来上班的这一个月里，唐在云没有单独跟她说过任何一句话。两人算得上接近的一次，是有一天下班后，他坐的那辆劳斯莱斯从车库开出去，车窗没关，转过和合大厦一角时，叶蓁蓁刚好站在那里，身边还站着一个高大的男人。两人手牵手，说着话，似乎正在等车，车子经过时，刚好那个男子俯身过去，在叶蓁蓁额上轻轻亲了一下，两人唇角都带着笑，笑容浅浅的，可是格外真实。

情侣在街上激烈接吻，也许只不过是因为刚刚在一起，身体还在被本能的欲望驱动着，丝毫不说明感情的强度，也不象征这段关系会有什么前途。但那些情不自禁会时时亲吻对方额头与手背的人，是真心相爱的。

那一瞬间他望向窗外，刚好和叶蓁蓁对视，他看到这个年轻的姑娘眼里充溢着纯澈而深挚的温柔。这样的温柔唐在云多年不见，其中所蕴含的力量在任何人身上都不多见，谁能为一个人带来如斯温柔，谁就足以担当一个人生命中的支柱。

只要这个支柱存在，她的世界就无法轻易被动摇与毁灭。

唐在云不期然想起了自己的年轻岁月，那短短的、他投入一切生命活力去爱高佳妮的一段光阴，那时候的自己，眼里也应该有这样的温柔吧？

可惜就如同浮在海浪之上一根点亮的火柴，很快就熄灭了。

叶蓁蓁从他眼里又看到了什么呢？唐在云不知道。他关上了车窗，车子疾驰而去。

唐洛对于父亲对叶蓁蓁有什么看法或感想没有了解，对他的问题本来也准备顺口用"可以啊不错啊"混过去，但某种直觉让他及时咽下了这几个字，转而变成了无所用心的一句："没有什么愉快不愉快，既然是妈妈派过来的代理人，那我没什么选择吧？"

唐在云不同意："当然有，你妈妈这样做，对公司是不负责任的，也毫无意义。我想她就是为了给我，给我们制造障碍而已。"

唐洛冷淡地垂下眼睛，一阵风吹过，松枝上的雪簌簌落下，三两点落在露在汤池外的肩膀皮肤上，本应极冷，恍惚间幻觉作祟，又像是带来了一点点暖意。

唐在云仰头追逐着风吹去的方向，缓缓说："我还是希望她尽快答应正式把股份让渡给你，让公司管理走上正轨，和合的未来是无限的。"

唐洛平静地说："是吗？"然后起身走出了汤池。

假期第三天，罗西滑够了雪，和唐在云去其他地方观光去了。唐洛拒绝了和她们同行的提议，选择在希尔顿二楼的美式酒吧里独自消磨时间。

酒吧很宽敞，木长桌木条椅，红色砖墙整洁大方，空气中始终飘荡着啤酒和热薯条的香气，落地大玻璃窗外白雪皑皑，无懈可击，如同童话中纯洁公主的爱情。唐洛找了一张靠窗的座位坐下，要了热苹果酒，无所事事地看着人来人往。

酒吧客人中有很多情侣，都是牵着手说笑着走进来，对话全都了无新意，无论在资讯还是趣味方面都非常欠缺，但双方仍然全程止不住"咯咯咯咯"像初生鸡崽一样发笑。唐洛摇摇头，喝了一口热苹果酒，味道很不错。

他看着自己的手机，忽然想，不知道叶蓁蓁在干吗，而后顺手就拨了她的电话。

响了好几声那边才接起来，声音还挺远的："喂，喂，小唐总，你找我啊？"

他还是不喜欢"小唐总"这个称呼，我怎么就小了呢，哪里小了，但这会儿似乎更不方便纠正了，于是问："你干吗呢？"

其实都不用回答，他从旁边的喧哗声里一下就能推断出来——打麻将。

"单吊二筒！！清一色！！给钱给钱。"这是一个资深中年妇女的声音，充满了只需要一点点刺激就能完全点燃的爆发力。

"妈哟，老子定叫一百年了！"

后面这句充满江湖豪情的话则来自叶蓁蓁本人，说的是重庆方言，跟她平常腔调简直判若两人。

吼完过了好一会儿，那边终于安静了，估计叶蓁蓁从打麻将的地方走了出来。而这个过程中向来没有什么耐心的唐洛居然一直举着手机干等着，完全没有直接挂断电话的意思。

"我走出来了，好了好了，你找我呀？"

叶蓁蓁清脆带甜的普通话又回来了，唐洛倒还愿意听那一个重庆话的调门，他说："你打麻将啊？"

"嗯呐，输了。"

"输很多吗？"

"很多。"

叶蓁蓁的语调低沉了，叹了一口气："输了一笔巨款。"

唐洛很务实地根据自己对巨款的了解，脑子里闪过输了一两百万这样的念头，甚至还准备说没事儿我可以帮你还，结果叶蓁蓁拉长声音哀叹："输了整整十八块五毛！"

唐洛没话可说了。

"十八块五毛？"

"嗯。"

"一笔巨款？"他的意思是你对巨款的概念误会很深。

结果就被叶蓁蓁嘲笑了："大少爷你懂不懂行情啊，十八块五毛可以买很多很多葱的知道吗？"

唐洛心想老子为什么要买葱，从什么时候开始葱是货币换算单位一种的？但他很谨慎地没有这样回喷，只是用简单的一句"好吧"代替自己心中奔腾而过的万千思绪。

叶蓁蓁问他："对了，你在哪儿啊，上哪儿去过年了啊？"

"北海道二世谷。"

"哦，去日本啦，好玩吗？"

唐洛想了想，确认了："不好玩。"

"怎么会不好玩呢？"

唐洛认为这不需要原因，世界上绝大多数人和事，都跟"好玩"两个字沾不上边。

不知道为什么他心血来潮："你现在来吧。假期还有几天，我带你去滑雪泡温泉，这边的温泉很OK。"

他很少对女人发出主动邀约，大部分时候他都在拒绝女人的主动邀约，不过人生中总有破例的时候，比如说他也根本没有预料过自己的邀约会被一口拒绝，还被拒绝得妥妥当当的："那不来，我忙着呢。"

唐洛哭笑不得："你忙什么，打一块钱输赢的小麻将吗？"

"是啊，还要去吃火锅呢。"

这就明显是话不投机半句多了，唐洛有心要补一句日本也有火锅，而且食材极佳，螃蟹比你脑袋都大，但叶蓁蓁居然都不给他这个机会："我不跟你说了啊小唐总，麻将在等我，七大姑八大姨在召唤我，拜拜啊。"

她也不管小唐总啥心情，电话一挂往回就奔，结果路上刚巧了，遇到苏桐从麻将房出来上洗手间。他假期间专职给各路嬢嬢叔叔们当搭子，缺脚就换台，一天能换好几次，赌品上佳，技术一般，反正输钱都当给老一辈发红包了。

他态度这么端正，在叶家当然是万人迷。两人在路中间抱到一起："急急忙忙的干吗呀？"

叶蓁蓁仰起头来："我老板打电话给我。"

苏桐没转过弯来："高姐？她见完朋友了吗？"印象中他记得高佳妮早上就说今天去见朋友，会在外面吃饭，比较晚回来，然后就在门口被一辆庞巴迪接走了，看来大佬的朋友也都是大佬，而且对车的品位都差不多。

"不是高姐，是小唐总。"

苏桐没见过唐洛，不过天天听叶蓁蓁念叨，对这位爷多少也有一点了解了。要说会在假期骚扰员工的老板一般都是控制狂和工作狂，这位三天两头办公室都不来，非要跟叶蓁蓁轮班开会的可不像。

"他找你干吗？"

"他问我去不去北海道滑雪泡温泉。"

苏桐觉得这过分了啊："叫人家的女朋友去北海道陪他泡温泉，不合适吧？"

叶蓁蓁认为还行："他不知道我有男朋友。"

苏桐手捂胸口，遭受了重击："什么？小包子，你当总裁了，飞黄腾达了，就要把我变成隐藏在你身后的男人了吗，你要隐婚对不对？你你你，你这个负心的妹娃儿白眼狼！"

光口头控诉还不算，苏桐往前扑，头耷拉下来径直靠在叶蓁蓁的肩膀上，五大三粗一条汉子，顿时化身巨型赖皮哈士奇，在她胸前蹭来蹭去揩油，明摆着在占叶蓁蓁的便宜，幸好没有别人经过，否则热心人可能会报警。

蓁蓁笑得不行，双手把男人的脖子抱着，额头上亲了两口："你省省吧，我天天要么跟他剪刀石头布谁去开会，要么就一起去开会。会议室里坐一天，有个屁工夫说私事啊，而且我们也没有那么熟好吗？"

苏桐想了想："好吧，感觉你说得有道理。"他站直了身体把蓁蓁的手拉过来亲一下，"赶紧去吧，三嬢说她手气好，要顺风打，别耽误她。"

苏桐当然不是真的怀疑叶蓁蓁，他这就是趁机撒个娇。作为一个真男人，首先就要有杠杠的安全感，哪怕全世界的霸道总裁都围着我的妹子转，妹子也是爱我的。

再说了，想追求叶蓁蓁的男人能有什么错呢，正宗的带眼识人啊。苏桐的意见是，谁想要幸福，都应该有个叶蓁蓁这样的媳妇，没跑。

这么热热闹闹地到了初三，高佳妮先回了北京，苏桐和叶蓁蓁待到初七才走。这次回来还定了一件大事，两人要在今年年底的时候把婚结了，计划是房子买完就领证、婚礼一条龙。全家人都很高兴，叔叔嬢嬢们甚至觉得这两孩子简直该做一个巡回演讲，去跟自家那些反婚反育的小浑蛋们说道说道，让他们看看还是有人能在正常男女关系和婚姻里找到幸福的。结果那些个小浑蛋异口同声，男的一律是："我要是能找到蓁蓁这样的我也结婚"，女的就是："把苏桐让给我我也结婚。"气得爹妈们一个倒仰。

初六晚上，两人在家里，跟叶蓁蓁爸妈说到定酒席和宴请宾客的事情，叶蓁蓁拿了一张卡给妈妈："我们就不管细节了啊，日期定了，妈，你就去给我挑好就行。"

叶妈妈接过去："这是啥？"

叶蓁蓁依偎在她身边："钱啊，定酒席、办仪式不要钱的？一共二十万，先打点这些应该够了吧。"

这二十万她拿出来的态度是很自豪的，这是她在创世好几个月挣回来的钱，虽说跟以前工资水平相比提升太大了，让她感觉有点心虚，但高佳妮和郭也都表示她干得不错，应得的不拿白不拿，必须拿。有一次她尝试着把存钱的卡还给高佳妮，还被狠狠训斥了一顿眼皮子浅，当场被骂跑了。

叶蓁蓁在创世抱着的是随时要辞职的心态，这份工作一直没跟叶家爸爸妈妈说，免得让老人家无谓担心。

因此叶爸爸的反应也不奇怪。他伸手拿过卡看看，塞回苏桐手里："老汉有钱嫁女儿，要你们啥子钱，你工作恁辛苦，钱还要买房子哩。"

他向来都是喜欢苏桐的，自己也不拘小节，因此很多人在婚姻上心心念念计较的事对他们来说都不值一提："彩礼那些都不用了，爸妈再给你们陪嫁个车，折现也行。"然后挥挥手，"反正我们的最后都是你们的。"

叶蓁蓁拍了一下她爹的肩膀："老汉儿你胡扯啥子，扯远了啊。"又把那张卡拿回递给妈妈,"这是我个人挣的钱,不是苏桐的,拿来办我的婚礼。妈、老汉莫费神,天经地义啊。"

叶妈妈对叶蓁蓁的工资水平还停留在去年每月五千那个水准,想想女儿得多节省才能存得出自己挣的二十万,就有点心疼:"娃儿你那点工资存啥子,妈都跟你说了你挣钱就是买花戴,不要有存钱的心理负担,万一缺钱妈给你扎起,实在不行还有你老汉。"

苏桐一听就不干了,马上要求清官做主,救救窦娥:"哎哎,我冤枉。我们屋头所有的钱全在小包子手里,我自己信用卡都是她的名字。"他做了一个一把掐死的动作,表示自己被动的处境,"她是一家之主,随时能断绝我的生活来源,我才是被管理和控制的那个弱势方。"

叶蓁蓁笑:"你弱势啥,你不是好几个月没交工资给我了吗,这几个月都在吃软饭吃得开心吗?"

苏桐自打去了四平就没拿过钱回家了,信用卡倒还是叶蓁蓁在还,还没事跟女朋友要点现金零花,一听这个控诉,当场就有些做贼心虚,差点当场就喊出"我交代"三个字。

幸好他脑子快,马上就想起来了,叶蓁蓁说他没交工资的意思是工资没有再自动转账进叶蓁蓁账户了,因为要买房子,最后总是要从他这儿花出去的。

这是在他辞了英文学校的工作、全职去四平之前的事,从某种程度上来说是老天适逢其时救他一条狗命,让苏桐多了几个月腾挪的时间。

他脑子里念头两转一愣神,脸色难免有点异样,叶蓁蓁压根儿没注意,她就是跟平常一样和苏桐互相逗闷子玩,但叶妈妈心细如发的人,就看到了。

她以为女儿认真的,扭头就问:"你为啥子不交工资给蓁蓁了?"

叶蓁蓁一听这误会了啊,赶紧解释:"没有没有,就是让他的工资留在自己的卡里不转到我名下了,我们要买房,要用北京本地人的名字和户头。"

叶妈妈将信将疑:"是吗?"

苏桐哭笑不得,尽管内心微微还是有点虚,毕竟没做坏事,嘴上将就还能硬一把:"妈你放心,这么重大的家庭财务决定轮不到我做,全是小包子的意思。"

说起来苏桐对叶蓁蓁千依百顺,但凡是两个人的事,大大小小从来不说个"不"字,两老是知道的。自家女儿从小给大家庭里乌泱乌泱的亲戚们捧在手心里带大,在关键问题上也从来不懂什么叫忍辱负重、委曲求全,他们也是知道的。

叶蓁蓁从小个儿不大,脾气也好,从不跟人无缘无故生气,但偶尔几次被太妹堵胡同里要钱,叶蓁蓁的反应是绝不认尿,上去就打,拼得鱼死网破也不就范,多打几次，就再没人来找她麻烦了。

当然，这股拼搏精神不仅仅属于蓁蓁自己，还跟家庭结构有直接关系：她兄弟太多了，头天被抢完，第二天太妹们就会被一群半大小子追得满街摔发卡。

秉承着对他们的了解，再一听两人的解释有道理，二老也就放宽心，不追问下去了。

苏桐还在旁边喷彩虹屁："小包子现在比我能挣钱多了，是高级金领啊，老汉你莫跟她客气，钱拿到随便用，我说不定还要她养起哩。"说完被叶蓁蓁笑着扯耳朵，扯过去亲了一下。

叶妈妈骂："恁肉麻，爬爬爬。"这是开玩笑叫他们两个滚蛋的意思。

他们小两口一唱一和，叶家两老却之不恭，最后就把钱收下了。二十万办婚宴，在重庆说多不多，跟真正的有钱人比是不行的，但说少也不少了，桌数不多的话，足可以撑得起五星级酒店的一条龙套餐。

最重要的不是钱本身，对叶家爸妈来说，是叶蓁蓁能挣钱、能自立了的这个事实，让他们心里格外高兴。

他们看着苏桐和叶蓁蓁恋爱这么多年，看着苏桐事业发展势如破竹，自家女儿跟着东奔西走，操持后方。苏桐是品行端正，从来没让他们感觉到有什么不对的地方，但作为经历过妇女能顶半边天时代的老一辈，他们也不认为女人站在男人身后是一件多天经地义的事。

正因如此，他们接待高佳妮的时候格外用心，不是因为羡慕尊敬大富豪的身份身家，是存了一个念头，希望人家对叶蓁蓁好一些，让她顺顺当当上好班、做好事，不要受气也能有点成绩。万一，就万一吧，哪天跟苏桐不好了，不管是她不想好了，还是人家男孩不想好了，都没关系，一份好工作是最好的退路。付出在工作上的努力，往往是最不会辜负一个人的，男女都是。

父母心里有的，都是最朴素的愿望，非常世俗的、脚踏实地的愿望，也往往是这样的愿望里，埋藏着中国式家长最深挚的爱。

第十八章
关关难过,关关过

把结婚这件大事安排了之后,苏桐和叶蓁蓁飞回北京上班。

元宵节刚过没几天,苏桐就接到了一个好消息:孟浩峰那边安排的开发团队过年没放假,加班加点,把他要的智能系统Demo开发计划提前了,一个月之内就能在华北、华东两地分别选一家店上线试运行。

孟浩峰给他打电话说这个,是提醒苏桐卡着时间点去找投资人,趁着他们还在开发的工夫把人圈回来,前面几轮接触谈完,进入到实际调研阶段的时候,刚好系统就有眉目了,一点不耽误。

苏桐自己做这个出身的,何尝不清楚,他回到办公室跟王建平一说,王建平也很兴奋:"咱们把以前接触过的投资方都找回来再谈谈?做生不如做熟嘛,万邦你觉得还有戏吗?"

苏桐听到"万邦"两个字都肺管子疼,一口就给否定了:"'做生不如做熟'这句话在投资圈子里不是这么用的,王总。"

他一屁股坐下来,看到桌子上有果盘,坚果、水果拾掇得好好的,不知道是谁送的年礼,劈手抓起一块苹果就吃,说:"我看过你们以前接触的投资方,连万邦在内,基本上都是一次过会制,除非我们在其他地方拿到A轮或者Pre-A轮融资[1]再去,

---

[1] A轮融资之前的融资,可以看作是一个缓冲阶段,可以缓解创业者的资金压力,也可以让新的投资人进来。

否则他们绝对不会重新考虑这个项目。"

一块啃完了,他又摸了一块,边吃边想:"得找其他对我们有兴趣的人,而且要天然就倾向于传统行业结合互联网优势这一块的。"

他一边想,一边摸出手机来,打开公司的管理系统看业绩。公司过年关了七天门,四十多家店颗粒无收,而且年后按惯例是淡季,但初八到十五一个礼拜,居然有往年同期一个月左右的营业额,这很明显是新的绩效系统在开始发挥作用了。

以前有保底、没连坐,一人吃饱,其他人不出单也不关自己的事。因为销售拼到一定程度,收入上升幅度有限,开单难度却会成倍加大,因此混吃等死的人大把,有斗志拼到底的人不多。

现在呢,一下子变成了没保底、有连坐,一定比例以上团队成员没卖够单,全体人员就跟着一起整月白干,可只要上了标准线呢,提成比例就会骤然升高,足以让一个人的经济情况发生质的变化。

这样一来,不愿意承受压力的,年后就自然不来了,过年这个时间点,成了一个非常自然的筛选和淘汰线。回来的那些,多半都是有狼性的,都相信自己能拿得到月底那个大手笔的分成。

由此带来最直接的变化,就是员工们从第一天上班就开始把销售作为重点,而不是温温暾暾爱卖不卖混到下旬,一算保底没够再发力。

苏桐对此深感欣慰:第一是说明他的调整是正确的,也就是说王建平留下他而让其他人走的决定是正确的;第二是他只要等上一两个月,就可以更新他的营收数据,过去再不好看没关系的,过去就过去了。投资和爱情一样,都是赌未来的选择,只要他证明自己能够提供一条上升的弧线,就不必为从前感到脸红。

他一边在椅子上坐着转来转去想事情,一边又啃完了一块苹果,果汁黏黏糊糊沾满他一手。苏桐正要顺便擦在自己裤子上,忽然一张湿纸巾从旁边递了过来,他接过一看,杨子意来了。

"恭喜发财啊,王总、苏总,有没有红包?"她穿着一件长长的红色大衣,化了很利落的妆,过了一个年,人好像更瘦了,眼睛有微微的阴影,像是很累,但整体精神倒还不错,此刻带着微笑站在旁边。

苏桐一愣:"红包?"随手指着王建平,"王总有。"

王建平摸头:"哎呀,子意你怎么来了也不说一声,我好早准备啊。"

杨子意靠在桌子旁边:"开玩笑的啦,我刚好在附近开会,来看看你们。"

王建平顺口问:"开什么会啊?"

"互联网投资者峰会,以前都是年前开,今年改年后了,苏总你以前去过的。"

苏桐听到了这句话，眼睛一亮，一拖椅子飞到自己桌子边，一面把电脑打开，一面问杨子意："开到第几天了？"

"今天第一天呢。"

苏桐手指翻飞地在网上查会议议程，又问："有大佬来吗？"

"挺多的，都在明天和后天。明天是圆桌论坛，后天是主题演讲，请的嘉宾都比较重量级。"杨子意尽量详尽地回答，还问，"要不要我把会议信息发给你？我有收到详细日程表的。"

苏桐喜形于色："发发发。"

他收到之后快速看了一遍，然后对王建平比了一个手势："打瞌睡掉下来个枕头，不错。"

王建平没明白："怎么了？"

苏桐比了个手势："等一下跟你说。"他站起来走出去，找了一个负责公司行政的小姑娘，嘀嘀咕咕说了几句话，又走回来，绕着杨子意转了两圈，像个恶霸一样手摸着下巴看着她，看得杨子意脸红，说话声音都不自然了："苏哥你干吗？"

"你们女孩子是不是有很多不同的美颜相机，能把人拍得都不像自己？"

杨子意不明所以地点头："是啊。"

"你现在能拍一个吗？"

杨子意满怀迷惑："嗯，拍我？"

"对。"苏桐想了想，"一张不够，我得再找几个人。"

他在公司微信群里叫了几个人的名字，过了五分钟大家都陆陆续续来了：做销售的、做行政的、做财务的，全是女孩子，有的长得眉清目秀，有的风格卓越有气质，把王建平那个小办公室挤得满满的，个个都一脸莫名其妙。

苏桐给他们布置的任务也莫名其妙："给你们半小时啊，自拍、互相拍，大头照、半身照，都可以，但尽量别正面，背景变化多一点，室内室外都要，光线有区别最好，然后滤镜啊美颜啊什么的都用上。总而言之，拍出来的照片要完全不像你们本人，但是足够好看，拍完修好了在微信上单独发给我，自己不要发票圈，做得到吗？"

女孩子们一听这算啥挑战啊，我们发朋友圈微博的自拍照片全都经过千修百修，杠杠的好看，哪张像我们本人了？

财务周梅举手："苏总，能不能给一小时或者更久一点？"她很有经验，"半小时有时候修一张图可能都不够，别说多一点了。"

苏桐一听是自己大意了，赶紧亡羊补牢："一小时就一小时，要是去了咖啡馆什么的有消费，回来凭消费凭证找我报销。"

女孩子们一听，奉旨Coffee break啊，何乐而不为呢，高高兴兴就去了。杨子意还在旁边一头雾水："苏哥，到底要干吗啊？"

苏桐不肯说，只是催她；"你也去拍吧。"

杨子意困惑地看着他："我自己去啊，去哪儿拍？"

苏桐想了想，拿起她的手机："走，出去园区我给你拍。"

杨子意看了一眼王建平："王总也去呗？"

这个建议却被苏桐否决了："王总是个爷们儿，拍了没用，走吧。"他一马当先就去了。

杨子意脸颊上浮起两朵红晕，双手捏着提包的带子，脚不沾地一般跟着苏桐走出去。她的表情变化被王建平看在眼里，知道她求之不得想要和苏桐单独相处的机会，就算自己本来想跟着去看个究竟，这会儿也干脆不去了。

苏桐第一次见到王建平的时候，曾经提过一嘴他去学过人物摄影，他果然不是胡说的。

他带杨子意出去了大概二十分钟，基本没说什么话，就是走着走着突然站下来，叫杨子意走过某一处，或者站在某一处，拿起手机"咔咔"拍几张，而后继续往前走，既不会要她摆什么奇怪或矫情的姿势，也不会让她有机会一脸僵硬地在镜头前等太久。

等她拿回手机看的时候就发现，创业园的风景十分欠缺，有的地方甚至看起来叫人心生厌烦，但苏桐硬是从乏善可陈之中找到了三两处微小的美与特别之处，还让镜头中的杨子意神采奕奕。

她最喜欢的一张是抓拍的，走着走着的时候突然发现苏桐在前面停下来了，转过身来看着她，她于是扬起头，眼神和表情传递出"怎么了"这样的询问，就在那瞬间苏桐按下了快门。阳光从她背后射过来，杨子意在照片里表露出一种"直面未知"的迷茫感，五官精致得像是被雕刻出来。

他们回到办公室，她问苏桐："你要哪几张？"

苏桐说："3、9、11、17、22、34。"

杨子意一看，没一张是正面的。

王建平在旁边笑："你随手拍的照片你都记得排序？"

苏桐觉得没什么奇怪的："理工男的基本功，拍完就基本有数了。"

然后他告诉杨子意："不要发原图给我，用美妆P一下，用森系，走文艺范儿大美人路线。"

杨子意听到"大美人"几个字暗生欢喜，尽管知道他不过是在用一个比喻，她笑："森系你都懂？"

"我女朋友教我的。你修照片要多久？"

杨子意看看手表："我可能得回会场去修了，走开太久也不行。"她没有明说，但肯定去开会的不是她自己，而她陪的那个人的名字，苏桐绝对是不愿意听到的。

苏桐对此心知肚明，点点头："没问题。还有，你回会场帮我多拍一些现场，特写、全景，都要，然后一起发给我就行。"

"能问一下你到底要干什么吗？"

"钓鱼。"

"什么？"

"我明天去会场找你再告诉你。"

杨子意一下子有点惊喜："你明天来会场找我？"

"是啊，可能十点左右。"

杨子意走了没多久，其他姑娘也都回来了，在她们把照片发出来之前，苏桐对她们交代："我要用你们的照片当头像和发朋友圈，你们没意见吧？"

大家哄堂大笑。

"苏总怎么了，你是不是受刺激了？"

周梅的想法角度比较清奇："还是你要去刺激谁？"

她们虽然不知道苏桐的私人生活情况，但条件这么好的男人是不可能没对象的，唯一的问题是对象是男的还是女的而已。

苏桐摇头："都不是，我也不会用在你们可能看到的地方，只是告诉你们一声，万一发现了不要惊讶。"

"所以你才让我们修得不太像自己对吧？"

"是的，但凡能看出你们样子和身份来的都不会用。不过如果你们有疑虑，也可以选择不发给我。"

周梅耸耸肩："我没问题。"她心直口快，"我信得过你。"

旁边一个妹妹叹口气："我也没问题，反正我重修完的照片，我妈都不认得是我。"

姑娘们都笑起来表示同意，于是叽叽喳喳在办公室那里站着统一交功课，苏桐的手机跟炸了毛似的一直响提示音，最后好不容易消停了，苏桐一共收到一百多张自拍照。

王建平一直在旁边看热闹，等人全都走了，他终于忍不住问："你这葫芦里卖的什么药啊？"

苏桐笑，这时候前台姑娘回来了，递给苏桐几张新的电话卡："苏总，给你。"

他接过电话卡，又从自己包里摸出以前在万邦用的工作手机，三下五除二，电话卡装进手机，开机、操作，过了几分钟告诉王建平："我申请了一个新微信，我给你号码，你主动加我一下。"

王建平大惑不解，但还是依言操作，申请一发出，对方秒通过，他一看ID：君临投资—邝九梅，头像是个惹火女郎的侧目半身照，大波浪，烈火红唇，烟熏眼妆热情燃烧如梦如幻，脖颈修长白皙。

他迷惘地看向苏桐，后者满脸恶作剧的表情"哧哧"发笑："怎么样？"

"邝九梅是谁？"

"头像是咱们财务小周，本尊是我。"

王建平大跌眼镜。

苏桐说出了他的计划："我要去投资人峰会那里钓鱼。"

"啊？"

"这次参会有大佬，很多投资机构的主要负责人就会出现，有的是去学习的，更多是去捧场的。会后有嘉宾鸡尾酒会，他们也都会在场，因为投资人是非常需要做社交的。"

"好吧，然后呢？"

"然后他们在里面坐着，其实没几个人从头到尾认真听的，大部分时间也是在玩手机，而且玩得很闷。如果这个时候用发现'周围的人'去找他们加微信聊天，被通过验证的可能性会比平常大很多，除了闷之外，还因为都在现场，下意识认为是同行业的，戒心会相对比较低。"

"好吧，然后呢？"

"然后呢，如果这个同行的头像颜值还很高，相册有照片可见，都魅力四射的样子，那通过之后，大家相聊甚欢的可能性就更大了。"

王建平恍然大悟："你要用假微信去加他们，然后跟他们聊我们的项目？"他啼笑皆非，"这搞得定才有鬼了。"

苏桐站起来对他比了一个胜利的手势："王总，你太不了解投资界了。我们乱起来那是乱得很不拘一格的，我以前有五六个经手的项目，第一轮投资人的意向就是这么弄回来的。"

王建平还是有点疑虑："那谈项目谈到后来不得见面啊，那时候怎么办？"心想公司那些小姑娘可没一个能谈得下项目来。

结果苏桐拍了拍自己横看竖看都有肉的壮阔胸膛,"砰砰"有声,跟大猩猩似的:"我亲自去啊!"

王建平傻看着他,脑海中想象了一下这个场景——

某一位资深投资人收到加微信的申请,看了看头像,看了看朋友圈十张照片,略有一点心潮澎湃,顺手通过。两人接下来就开始了十分投机的交流,聊了半天之后,人家欣然答应见面,约好时间地点,高高兴兴等了半天之后,一屁股坐到身边的是身高一米八五、九十公斤、神似流氓头子的苏桐,说:"我,邬九梅,打钱。"

但打钱估计没有可能,王建平觉得人家打人的可能性倒是要大得多。

很多事情发生之前,说起来像是胡说,而发生之后说起来,又像是段子,但它们往往也就是这样真的发生了。

苏桐做好了一应准备之后,利用杨子意实时输送的大量投资者峰会现场照片,以及姑娘们的各种美颜自拍,注册了五个不同风格的女性角色微信号。所有号的朋友圈都只有三天可见,不通过可以查看十张照片,这些内容和照片的共同作用要兼顾深度和臭美,其间平衡煞是难以掌握。

这五个号准备好之后,他带上两个同事,各拿几个手机,就在举办会议的酒店大堂里焊住了,前后坐了整整两天。他们通过微信的"摇一摇",搜索周围的人,以及利用部分自己的通讯录信息交叉匹配,成功地通过了一共三十三个投资人的微信验证。一轮聊天之后,他筛选出了具有进一步跟进价值的七个,在连续两天半的主动沟通攻势之下,有三个人主动向他发出了见面的邀约。

这整个操作一条龙下来,走的是风求凰路线,苏桐的沟通技巧也堪称教科书级的"如何跟陌生人迅速打成一片",但真正厉害就厉害在他从头到尾没有打半点擦边球。除了破冰时稍微哈喇几句,切入正题后他就硬核聊专业,那些最后锁定见面的投资人,也都真的是被他的项目撩起了兴趣——至少说是这样说的。

三十几个人里,之所以只有七个人被筛出来,有一部分当然是因为能量或者资历不够,而另外一些则是因为品行不合乎要求。他们刚和顶着美人头像的女性化ID说上几句话,就会要求发张性感点的照片来看,甚至会直接说,会场旁边有酒店,要不要去坐坐?司马昭之心,呼之欲出。

苏桐的反应是一言不发,秒删此类联系人。王建平浏览了一遍他带回来的那些对话记录,跟着感叹了一下人心不古,同时指出,苏桐本来就是利用男人生物性里对美好异性的天然兴趣去的,人家这样反应,似乎也在预期之中,否则他为什么不用自己的肌肉半裸自拍就好,而是要大费周章装美人呢?

苏桐承认他说的有道理，但另外一方面，动物性大家都有，万恶淫为首，论迹不论心。论心世上无完人，重点在干什么和说什么，一个投资人的专业性，应该压倒他的动物性，否则他也不会是一个好的投资人，因为太容易被诱惑和利用了。

这样的人无论外面笼罩着什么光环，都不必去结交与合作，结交了也不会有什么好结果。

他一边说一边脑子里突然就浮起陆天明的名字，一种暗流涌动的懊恼不服便随之而生：如果说世上真有因果，那陆天明这样的人，怎么又能走到今天这么高高在上的一步呢？

他对自己的话有了质疑，本来爆表的慷慨激昂突然就见短，声调都下去了。恰好这时杨子意来了，让王建平转移了注意力。否则对方难免纳闷，苏总他说着说着就沉下脸去了，捏紧沙包大的拳头这是想揍谁？

杨子意去这个峰会，是因为陆天明受邀做演讲，她跟过去履行助理的职责，演讲完之后，本来就没必要再出现了，但她还是硬在峰会待满了两天。她的目的主要是为了帮苏桐，一是发照片发朋友圈，二是帮他去观察被锁定的那些鱼处于什么状态，是出水了——离开会场了呢，还是放水了——上洗手间去了。

她自打认识苏桐开始，从来没有这么密集地跟他互动过，几分钟一条微信，一会儿一个电话，哪怕完全是为了做事都好，只要看到他的名字在手机屏幕上闪动，听到他秒接电话说"喂"的声音，世界就淡淡地被一层玫瑰色的雾气笼罩着。

她坐在那儿，随时关注电话，而每隔四小时，就会听到手机闹钟响起来的声音，提醒她吃药。

一把把药片，抗抑郁的、抗焦虑的，跟钥匙、笔记本电脑、口红和钱包一起，都是包里的必备，绝对不能缺少，而且更重要。

没有钥匙进家门可以住酒店；没有笔记本电脑可以用手机移动办公；没有口红，最多就是不涂；而没有这些药，天地就会倒转，随时随地叫人喘不过气来，活不下去。

此外还有什么？三个月一次复诊，每两周见一次心理医生做咨询。

每个心理医生都告诉她，你的环境对你造成了极大压力，是你一切心理不健康症状的来源，你必须要脱离那个环境，才有可能痊愈，否则不过是依靠药物，勉强支撑。

那个环境是什么样的呢？

工作方面，在任何人来看都是值得欣羡的——比同级别、同学历的人多一倍的薪水，优越的福利待遇——已经预交过、随时可以报名去就读的一流MBA课程，跟老板随时说随时可以走的、几乎没有限制的年假，还有跟着陆天明出差可以无所顾忌、随心选择的商务舱。

公司的人知道她和老板关系不一般，背后说什么想什么不知道，也不必知道，当着面可是客气得很，什么事都开绿灯。

还有呢？

还有一双手时不时地有意无意搭在她的肩膀上，蹭过她腰部，或者在她的膝盖上拍一拍。以及无时无刻存在于四周的窥视与试探，等待着她什么时候放弃抵抗，跟着恶龙腥臭灼热的鼻息，一步一步滑到更深的地狱里去。

在她住的地方有一个小的保险柜，保险柜里存放着被陆天明撕破的胸衣，上面有他的指纹，有银行接收转账的截图记录，有跟她谈赔偿方案时的录音。

那些是她坚守自己底线的保障，支撑她鱼死网破的决心。

那一天还没有来，她不知道哪一天会来。

在那之前，唯一能让她不吃药也觉得安定的时刻，就是在苏桐身旁，听到他的声音，看到他的样子。因此只要有机会，她就会尽可能地创造和苏桐见面的机会，哪怕要为四平无偿工作，哪怕一而再、再而三地穿越大半个北京城舟车劳顿跑到创业园，都根本不是什么问题。

今天也是，会场那边刚结束，她推了公司同事一起去吃饭的提议，到四平来了。

一进来就听到了他和王建平的对话，站在门边笑："苏总，听你这意思，是有鱼上钩啊。"

这几天杨子意尽心竭力地帮忙，苏桐也看在眼里，说不感激是假的，晃晃手机："有三条大的。"

苏桐把这三个人的履历一报，杨子意跟着眼睛也亮了："还都挺靠谱啊。"

其中一位名叫常笑书，是国家队的，大国企旗下服贸投资基金的副总裁。他所服务的基金这几年都在主力投带互联网元素的连锁实体企业，有教育业，也有服务业，两年前投的一家今年IPO上市，势头很好，多半也会让他在这一方面增加信心，加大投入。

很多时候人莫与天斗，势比力重要得多，顺势的，往往就能顺理，再成章。眼下四平的项目，推介得好，对常总来说就是一个顺势的项目。

另一位名字叫何定谋，是中国最早的私人保健品集团创始人之一，股份比较少，公司后来卖给有外资背景的大品牌，他套现上岸，实现了财务自由。他个人财富不足以撑起半边天，却认识非常多中国改革开放早期就发财的人，利用多年积累的人脉、资源，以及独到的眼光，他在不同项目和基金之间斡旋牵线，几年下来，成绩斐然。有几个独角兽公司的早期融资意向，都经由他手去到了合适的人那里，他也在江湖上成了著名的掮客。

最后一个杨博,在一家叫作明冠的小投资公司当投资总监,这家公司名不见经传,杨博本人也很年轻,朋友圈充斥着踢足球、泡夜店和到处去旅游的信息,用账号和名字去搜索,从网上找得到的有效资料也不多。

江湖之大,是分层的,顶层的人,你刻意去找他们的信息,除非能锁定可靠的私人渠道打听,否则要么是神龙见首不见尾,要么都是市井八卦,一万句话里没有一句话是真的。

两级互通,上层固然如此,而底层的籍寂寂无名之辈呢,就连被人传八卦的资格都没有,也不会有什么人对他们有兴趣。

最容易雁过留名、人过留影的,是处于中等偏上层次的那些个中流砥柱,离"玩淡定隐世"这一套的真大佬还有一段差距,但人生过半,资历填堆,在自己的一亩三分地里也已经颇能呼风唤雨,重要的是,他们自己还非常希望其他人知道这一点。

于是他们才会频繁地出来接受采访,到各种论坛露脸、演讲,唯恐天下有人不识君。

常笑书和何定谋都是这个层次的典范,杨子意一看履历,差不多也就明白他们的分量了。

唯独最后一个杨博,按理说就是无名之辈——总监这个头衔,偶尔可能真金白银,但在投资这个无风起浪的行业里,有时候也和一个尿泡相似——轻薄肤浅,不戳都会破。

杨子意在这一行也有段日子了,因此有疑问很正常:"这个杨博有什么特别吗?"

"本人?没什么特别。"

"没什么特别为什么要跟进他?"

杨子意是苏桐招进万邦的,也是他一手培养出来的,无论其间发生过什么事,当他们相处的时候,特别是在她就工作发问的时候,原生关系就会发生微妙的作用,把他们带回到最初的情境中去——他是教导者,而她是学习者。

"你看看他朋友圈转的一个公司公号文章,有一个近三年明冠投资项目的清单,重仓的项目有八个,分布在文化、娱乐和医疗服务这三块。你仔细看一下这些项目,能不能发现特别的地方?"

杨子意盯着手机看了好一会儿,喃喃自语:"也不是很重仓啊,都是几千万几千万的。"

"相对他们的机构规模,算重了,没有让你和IDG[1]比。"

杨子意点点头,干脆坐下,摸出自己手袋里随身带的笔记本电脑,开始做任务了。苏桐加了一句:"给你半小时。"

这当口王建平在旁边把轮椅推来推去,听着他们两个对话,越看越觉得是一对璧人,情不自禁就想着给人家独处创造一点机会。他打定主意,推动轮椅,溜着墙根就悄悄往外走。还没靠近门就被苏桐叫住了:"王总,你上哪儿去呢?"

"哎,我,我去打杯水。"

"我帮你打去,我刚好也要喝水。"

出门的时候他还瞟了王建平一眼,意思是你别费劲了,又纳闷,他的红杯子哪里去了。

他一天到晚忙得脚不沾地,好好坐在办公室里的时间其实很少,就是坐在里面,大部分时候也都在喝咖啡,只有在好不容易自己想起来要喝水的时候找杯子,找不见,刚要琢磨这事儿,多半又被人拉走了,所以他的红色杯子去哪儿了,始终是个模模糊糊的悬念。

他们的无声对白杨子意没注意,这半小时她都在专注找项目资料做研究。苏桐一点都没催她,只是不知道从哪里摸出一个弹力球来,对着墙壁一来一往地丢球,半小时一到,他那个球回到手里,捏紧了没再扔出去。

杨子意都不用看表,马上就抬头了:"那八个项目他们都投的第一轮,然后在半年之后迅速进入第二轮,估值都在十倍左右,明冠全都没有跟投,直接套现出场了,收益非常好,所以别看小,还活得挺滋润的。"

"是的,那你看看第二轮投资的,都是些什么公司?"杨子意说的完全在苏桐的已知信息范围之内,他第一天接触会场那些鱼之前,已经提前做好功课了。

杨子意依言看了一圈:"都是三大互联网头部公司的投资部。"

"一般这种情况会在什么条件下发生?"

"内幕交易。"

杨子意的语气不是很肯定,苏桐点点头又摇摇头:"我认为不算是真正的内幕交易。真实情况应该是明冠这家基金公司的实际控制人人脉很广,能够拿到各大互联网公司投资部门的考察偏好、趋势项目和动向之类的可靠信息,以此为凭据去寻找和锁

---

1 International Data Group(美国国际数据集团),简称IDG,是全世界最大的信息技术出版、研究、发展与风险投资公司,创建于1964年,总部设在美国波士顿。

定推断出有可能被大公司看中的项目，抢先下手，以便在第二轮分一杯羹。为了避嫌，这个控制人应该不会在明冠对外公示的股东列表里。"

"你的意思是，明冠的实际控制人通过内线，专门锁定大公司已经看好的项目抢先来投，等第二轮大公司入场，他们就出清获利？"

"是的。"

"我们能用到这一点吗？"杨子意一时间没明白过来其中关键，毕竟目前来看也没有哪一家大公司对他们表示出兴趣。

苏桐喜欢其他人问问题，聪明问题最好，哪怕笨问题也比不问好，因为能问就是在思考，他循循善诱："关系是双向的，影响力也是双向的，对吗？现在大公司对我们没兴趣，但说不定等明冠对我们有兴趣之后，这个情况就会改观呢？"

让明冠反向去影响大公司来投一个他们认为有前途的项目，而后自己再跟进获利，这是很符合逻辑的。他所要做的是，只要成功引起明冠的兴趣就行了。

这也就是他锁定杨博的原因。

杨子意听到这里，长出了一口气，她凝视着苏桐，大脑中快速把自己刚才所吸收的信息做了一轮复盘和思考，慢慢嘴角露出了笑容，而眼光中所闪烁的，是苏桐所熟悉的那种崇拜与敬慕的光。她刚刚进万邦跟着苏桐工作的时候，眼里常常就有这样的光。

这让苏桐心里一紧，马上就后悔跟她说了太多。这时候杨子意提出了一个建议："跟他们三个人的第一轮见面，我去吧。"

苏桐还没说什么，王建平在旁边先一惊："你去？"

杨子意转向他，解释道："苏总是用女生的微信去接触人家的，被揭穿了的当时，可能场面就有点尴尬。这行里有些人啊，对诚信方面的问题还都比较敏感。"她紧紧咬着嘴唇，补充了一句，"至少会这么说。"

苏桐听到这句话皱了皱眉，她倒是很快把话带过去了："要是第一次见面发现苏哥忽悠他们，有可能会恼羞成怒，我去谈就没这个问题了，不是有五个微信号吗？就选那个拿我照片当头像的负责见面，其他号负责约就行，有机会进入第二轮之后，苏哥作为我的老板出面，就非常自然了。"

她说得很对，苏桐之前也想过这个问题，只是没有特别去制定对应的解决方案，车到山前必有路嘛，创业者狗急跳墙这种事，投资人见得多了，应该很容易就理解的。

话虽如此，万一人家就是不乐意呢？所以杨子意一说，王建平和苏桐也都觉得她这样安排可能是最好的。

他唯有一个顾虑:"你在万邦做,这事儿不会对你造成什么影响吧?"

杨子意对他笑:"放心吧,苏哥。你以前不也偶尔会去帮人做FA参与第一轮意向谈判吗?只要不是直接利益冲突都没关系的。"

既然如此,苏桐也就无话可说,王建平更为急切,抢先就拍了板:"那实在太感谢你了,子意。"他一条汉子,想了半天,摇摇头,"帮我这么多,真不知道怎么报答你好。"

杨子意笑:"王总发大财了分我点儿股份呗,多大件事。"她话头一转,"苏总你说对吧?"

苏桐表示对的:"等王总有钱了,随便报答,小杨你要啥给啥。"

杨子意向他看了一眼,眼里有情、言外有意地问:"要啥给啥啊?"

苏桐点点头:"王总肯定给。"

苏桐关键时刻把自己从利害关系里择出去的能力一点不含糊,杨子意心里微微一沉,脸上却笑笑不再说话。

这么决定之后,大家各自分工:杨子意继续去了解那三家投资公司的情况,为第一轮会面打基础;苏桐则加班加点,一面以"双兔傍地走,安能辨我是雌雄"的精气神跟人多点对聊,一面针对三家机构三个关键决定人不同的特点和诉求写出了三版不同的BP。他自己做投资出身,现在反向操作,人家想知道什么,应该知道什么,必须知道什么,那真叫看人下菜碟,半分没错,专业能力极其硬核,让王建平、杨子意,还有公司其他能接触到BP的人都大为叹服,心想万邦能让这样的人流落江湖,眼光也是喂了狗了。

转眼就到了杨子意跟人家约定见面的时候,上午到傍晚直落三局,干脆利落一天内谈完,早死早超生,万一都没戏,那就得尽快掉头再想办法。

尽管他也不知道下一步的办法又在哪里,但关关难过关关过,心理准备总得是这样做的。

杨子意很早就到了四平办公室跟苏桐开会,把有可能出现的情况都预演了一遍。不管人家是另有居心而来,还是真的对项目有兴趣,起承转合,如何拿捏对话节奏,如何展示关键资料,如何判断对方的价值判断标准,以做出相应的调整和反应,都大致要在意料之中。

下围棋的人,走一步看一步的,是初学者,走一步看五步,才算最起码的登堂入室。

而真正的大国手,一眼看全盘,因此最惊心动魄的交战,反而都在脑海之中。

苏桐不下围棋,但他受的训练,就是要尽可能地精确思考。而这一点,大部分人不要说做到，就连意识都没有，一到面临问题就往往趋于被动。

他和杨子意聊完，后者的心就定了，站起来静了一下，对苏桐笑笑："等我好消息。"

苏桐点点头："去吧。"

等待结果的时间是最长的，据说这跟时间的本质有关。时间并不是一个物理上存在的概念，而是人们感知世界的方式，也是衡量世界变化的标准，没有变化，就没有时间。

如果坐在那里干等一个至关重要的结果，时间就会变得非常之长，因为大脑不断地在追踪着时间的变化，却无法锁定任何与之配套的结果。

苏桐还好，他一上班就是万人迷，各种事都在等着他处理，他的注意力很快就转移到了日常的工作上面，忙着忙着一不小心又把午饭点错了过去，饿极了才找了两块饼干随便填了填肚子。他一边啃一边继续干活儿，再看表的时候，已经下午四点多了。

他拿过手机看看，没有杨子意的消息，心里就有点不对劲，这时王建平刚好过来，看他脸色马上就误会了："怎么了，都不行吗？"他双手扶着轮椅，裤管空空荡荡，与他语气中努力压抑着的失望映衬在一起，叫苏桐看了极不落忍。

他急忙否认："没有，还没有消息。"

他安慰王建平："没消息就是好消息。"

王建平冲他笑笑，很敷衍，心事重重地扶着轮椅又出去了，也知道苏桐是言不由衷。

融资和打仗可不一样，打仗没给家里发阵亡通知书，战士可能就还活着，投资方要是保持沉默，往往就是永远的沉默。

王建平在办公室待不住，干脆出门到创业园区里面转悠，南边两栋楼之间有一块黄黄的草坪，有不少乌鸦在那里起落。草坪中间莫名其妙地摆着一座雕像，远看像是一把剑戳中一块月饼，近看则什么都不像，不知道雕的人和买的人当时心里都在想啥。

这座雕像的后面四棵树一字排开，是北京最常见的槐树。这时节春天将来未来，树上光秃秃的，啥都没有，灰色的枝丫无所用心地四散开去，高处有几根粗枝交错的地方，托着一个孤零零的鸟窝，在晴朗的天空下有一种淡淡的孤寂之感。

王建平面对着那四棵若有所思的树，在草坪外的人行道上转来转去，心浮气躁。他上午刚看了公司的财务数据，自从苏桐改革后，销售确实是一路在向好，但是体量摆在那里的，再好也有限度。在可预见的时间内，公司收支能够完全打平就是万幸，下一步要么拿到融资，要么上线智能系统给产品和销售都带来质的变化，否则四平也就这样了，闷烧内耗，渐渐熄火，最后大概就是树倒猢狲散，一场创业梦，消于无形。

再悲观一点说，说不定连闷烧都是求而不得的结局，王建平自己心里最清楚。从下个月开始，他名下的好几笔私人借款和贷款都陆续到期了，而家里家外，能卖的、能周转的、能抵押的，都已经所剩无几。

其中有一些借款，是王建平借了先转进自己账户，再进入公司账户作为投资款，这些负债从来没有在公司的财务记录中呈现出来，苏桐根本不知道，其他人也都不知道，因此不管外人看过来觉得公司状况再怎么糟，事实都只会更糟。

如果苏桐完全了解四平的真实状况，说不定一开始就根本不会来，那么王建平现在又会落在何种田地呢？他想都不敢想。

王建平呢，算得上是纯正的钢铁直男，四肢健全的时候，年年旅行都是去常人不去的、寸草不生的地方，专注于挑战身心各方面的极限，即使在残疾之后，也从未停止艰苦的锻炼。

他这个特点让他成为最好的励志者，创业之初也好，现在也好，员工们只要看到老板推着轮椅还奔走不息的身影，自然而然就会打起精神来。

但在此时，他却真切地感受到，自己几乎丧失了面对现实的勇气。

创业是绝对的0与1，没有什么中庸之道。那些有过的梦想、付出的努力，如果无法得到兑现，就等同于从未出现过，甚至比从未出现还要惨烈得多。因为关于失败的记忆和感受会一直在，它们存在于一个人的心里，就像小虫子从内部啃啮一个苹果，将饱满的果肉蚕食成空洞，哑干最后一滴汁液，吞噬所有生机，最后毁灭一切。

全情投入创过一次业的人，一旦失败，半辈子的信心就算是毁了，能再爬起来的人，所背负的心理压力外人也根本难以想象。

王建平抬起头，夕阳渐渐下坠，一只乌鸦从天空飞过，一往无前向北，既然是创业园的乌鸦，它在这里看过的创业失败者，大概比真正的老鼠都多吧。

料峭的寒风从四面八方吹来，他的裤管飘荡着。这条腿被截掉的那天早上，他太太半跪在病床前，握着他的手，跟他说，我生是你的人，死是你的鬼，不要说你没有腿了，你就是高位截瘫这辈子都只能躺在床上，我也绝对不会离开你。

一个人一生之中，既要足够悲惨，也要足够幸运，才有可能听到如此无畏的誓言，这是他毕生感情的依赖，也是支撑他手术后继续尽其所能好好活，甚至要比以前活得更精彩、更有价值的力量来源。

哪怕是这么坚贞的伴侣，也在前几天委婉地提出，咱们想一想有没有别的路可以走吧，以你的履历和经验，肯定还能在其他公司找到合适的工作，为什么不去找呢？实在行不通的事情就应该放下，中国人总是说"识时务者为俊杰"不是吗？

他能作何回应呢？任何坚信都要付出代价，很多时候，最大的代价承受者甚至还不是自己，而是所爱者的幸福与平静，那是真正的、不容置疑的牺牲。

只不过，如果动辄放弃，凡事都不坚信不笃行，这一生营营碌碌，又成了什么，为了什么呢？

王建平在这一刻，对所有这些问题，都没有确切的答案。

他沉思默想了许久，不断深深地、深深地叹气，从胸腔里呼出去，发出沉重的唏嘘，直到冷风凛冽地提醒他，天色晚了，太阳已经完全落下去了。风声渐烈，温度越来越低，他推动轮椅，准备回办公室，而后发现不知道什么时候，苏桐已经在他背后静静站着了。

"想事儿呢？"他迎着王建平的目光，问。

王建平苦笑一下："是啊。"

苏桐点点头："全在脸上。"

"你看好一会儿了吧？"

"几分钟吧。我看你想得出神，就没叫你。"

王建平仔细观察着苏桐的表情，很平静，不喜不悲的，和他平常差不多，到现在这个时间，无论如何杨子意都应该有回音了。

他的心狂跳起来，看着苏桐："所以，到底怎么样？"

内心带着希望，可又不敢有太多希望，希望越大，失望越大，这是人人都知道，人人都逃不过的常识。

苏桐蹲下来，就在王建平的轮椅前面，转头望了一眼那四棵树，关子卖够了，他脸上终于露出了笑容。

"三家都进了第二轮，明冠尤其看好，直接约的总裁，下礼拜，我们一家一家去做路演。"

第十九章
老佛爷啊，还垂帘听政呢？

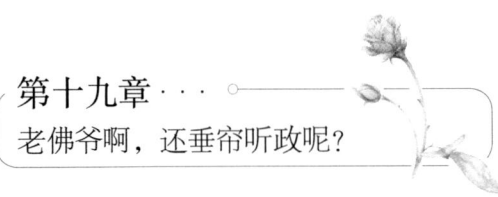

这一年北方的春天，如往年一样来得缓慢而艰苦，在立春之后很长一段时间里，季节的变换毫无征兆。而后突然之间，路边大树的树枝站上了第一只归来的雀鸟，花坛里抽出第一片向阳的绿叶，于是你知道冬天走了，春天屏息等在世界的门后，就等着这一个时刻来临，然后一下子跳出来，开始没完没了地刷自己的存在感。它带来花，带来草和虫子，带来鸟鸣与温暖的长风，它带来突然就明亮了一百倍的衣服颜色和笑颜，女孩子们迫不及待地露出健康修长的大腿，昂头上街。

创世每一年都会选择在这个时节召开一年一度的公司年会，叫作"春会"，对应的是"春回原野，万物更新"的雅意。今年的春会和往年差不多，唯一的不同是请了一个外人，而且还安排坐在公司的主桌，跟郭也坐一起，那就是叶蓁蓁，算是大家给她补了一个欢送会。

她受到邀请之后欢欣鼓舞，年会那天下午早早就来了创世，这是十二月初她离职之后第一次回来。她一进门，就络绎不绝地有人上来跟她打招呼。

有的人以前上班时没跟她怎么打过交道，只有一面之缘，彼此挥挥手寒暄两句就可以了，但有的人是跟叶蓁蓁正儿八经合作过、倾谈过，彼此投入过时间和感情的。叶蓁蓁一见到他们，欢呼雀跃拥抱之余，每每反手就从随身的包里摸出一个包装得妥妥当当的小礼物递过去，而且都不是随便摸的，个个对症下药。

"阿霞，给你台湾带回来的黑糖凤梨酥。"

"吕总，这个手账特别注意数据收集，很适合你。"

"米姐姐，这个餐盒可爱吧，给你女儿带去学校是不是刚好？"

她一路走过来活像个加大版的哆啦A梦，难怪今天要背一个大包。

是个人接到礼物，多少都有点高兴，何况送的人那么贴心。于是女的都格外亲热，拉着手搂着肩膀问长问短，像史一辉这样的男的，必须矜持，但说起话来言语间不生分、不拿腔调，脸上笑容也都是真的，这一幕在创世已经相当不常见了。

她在外面浪了一圈，进郭也办公室的时候，郭也正跟Linda聊着事儿呢，看到叶蓁蓁眼前一亮："姑娘，你来啦？"

Linda立刻站起来去拥抱叶蓁蓁："哎哟，蓁蓁来了，你瘦了好多啊，最近忙不忙？"

两个懂事的好姑娘，马上开启商业互吹的光明模式。叶蓁蓁一句跟一句的："我再忙也没有我Linda姐忙，再瘦也没我Linda姐苗条修长，羡慕你。"

她伸手扯扯人家的衣服领子，那是一件上海滩红底绿花桑蚕丝衬衣，配三宅一生的经典皱褶中裙，利落又不失风格。这样的衣服最挑架子，而Linda身高差不多175厘米，比例匀称，穿起来是真好看。叶蓁蓁的恭维和亲热格外合情合理、贴心贴肺："怎么你就能穿三花带翠的衣服还那么有品，我要是穿这个，我就是盆生菜。"

Linda拉着她的手："就算是生菜，那也是一盆超级可爱的生菜好吗？"

郭也在旁边听得直摇头。

这俩可不管大叔什么表情，继续聊。

Linda问她："一会儿咱们就出发，你带礼服了吗，要补妆吧，准备在公司完全换好还是去会场弄？"

叶蓁蓁拍拍包："带了，肯定尊重大会。我一会儿到会场换，免得磕磕碰碰的。"她对Linda眨眨眼，"你呢，你穿啥？"

Linda还没回答，郭也在旁边咳嗽："行了啊，这就谈上衣服了，正事儿没说完呢。"

Linda跟他很久了，本来就不用特别注意言行，何况创世的人都知道，只要叶蓁蓁在，老郭就会自动慈祥一大截："郭总，咱们基本都谈完啦。刚不说到我先把今年绩效考核的新制度整理出来吗？整理完讨论过，再看到底怎么办，今天应该就差不多了吧？"

郭也想想也对，点点头："行吧，那你去吧。"

Linda答应了一声，对叶蓁蓁眨眨眼："你跟郭总聊着啊，一会儿坐我的车去会场，他的车今天拿去修了。"说完拿着笔记本就走了。

郭也就笑眯眯地看着叶蓁蓁："你最近怎么样啊？"

叶蓁蓁一屁股坐下,从包里掏出一个保温盒递过去:"我最近啊,一言难尽啊。哎,郭叔,这是给你做的小肉烧卖和酱排骨,还热着。你是这会儿吃还是等年会完了当消夜吃啊?"

不说吃的不觉得,一说郭也马上就馋了,还等什么啊,打开盒子抓起一个整齐漂亮的酱排骨就开始啃:"太好吃了,你这个手艺,金不换啊。"

他一边吃一边继续问:"什么叫一言难尽啊?"

在郭也面前就不用藏着掖着了,叶蓁蓁就把自己到和合上班以来的遭遇和盘托出。郭也一边听一边啃骨头,眉头微皱着,表情不算特别好看,偶尔不知道怎么,还哼一声。

叶蓁蓁说得告一段落,他手头刚好两个骨头也啃完了,抓了张纸擦了擦手,然后说:"老唐这一手垂帘听政,还真像是他的风格。"

叶蓁蓁"扑哧"一声:"老佛爷啊,还垂帘听政呢。"

郭也说:"是啊,老佛爷老佛爷,你想想佛爷能脏手去做麻烦事吗,不都是供在那里,一句顶一万句?一个公司千丝万缕的日常,以前都是你高姐操心,和合的人看起来是她强势,不让老唐插手,其实老唐也根本不耐烦管。现在估计也不例外,所以怎么都得找个用起来得心应手的。"

不愧是高佳妮多年老友,一语中的,叶蓁蓁跟自己的经验一印证,也觉得是很有道理。

她确实没有见过唐在云安排和过问过什么具体事务,大体上来说,都是他定一个方向,弄一个业务和资源框架,而后其他人去研讨、计划、落实执行,然后反馈结果。而罗西就像是他的替身或者分身,如影随形跟进细节,确保他的意志得到贯彻。

叶蓁蓁难免好奇:"高姐希望他管吗?"

郭也想了想:"和希不希望没关系。你高姐在的时候,老唐更像是皇帝身边的谋臣,被无条件地信任和依赖,影响力无远弗届,但听还是不听、被不被影响,真正的权力始终是在皇帝手里的。"

"听起来唐总不会喜欢这样的分工。"

郭也短促地笑了一下:"他一开始是没问题的。因为老唐还有一个角色,是和合的品牌代言人,代表和合在政界和商界,包括学术界的形象,经营重要的公共关系。他这方面的造诣是独一无二的,不然不会被外界推崇那么多年。"

"啥叫一开始没问题?"

"一个人刚到聚光灯下的时候,虚名看起来就足够吸引人了,但等他习惯了一切外在的光环,就会慢慢明白过来,真正重要和实际的东西是什么。"

叶蓁蓁不笨，前后一想就知道了："对公司的控制权。"

"是的，因为那才是真正的立身之本，也是财富之源。"

郭也说完这句，摇摇头念了一句诗："向使当初身便死，一生真伪复谁知。"

叶蓁蓁没懂："郭叔你叨叨啥？"

郭也跟她解释："这是白居易写的一句诗，意思是说，不到事情发生的时候，不会知道一个人到底是什么样的，或者会有什么变化。就像王莽一样，要是他一早就死了，就不会变成篡位的乱臣贼子了。"

叶蓁蓁认为自己懂了："那如果高姐一直好好的，跟以前一样管着和合，唐在云就不会变成现在这样子，对吗郭叔？"

郭也沉默了一下，也许他自己也拿不准答案到底是什么："谁知道呢？"他转移了话题："你高姐说，你倒是和唐洛相处得很不错。"

叶蓁蓁说："是啊，我觉得这孩子挺好的，不像高姐说的那么糟心。"

郭也失笑："你才多大你叫人家孩子，唐洛跟你年纪差不多。"

她老气横秋地摇头："我内心比他沧桑多了郭叔。"

"这我以前真不知道，怎么突然就沧桑了呢？"郭也每次见到她就忍不住笑。

"主要是给小唐总气的。"

她好不容易逮到一个在苏桐之外还信得过的人面前吐槽唐洛的机会，赶紧顺杆就爬，火力全开，半点不放过，一连串跟放炮仗似的。郭也一边听一边笑，摇头摇个不停，就算江湖老到如郭爷，也根本没预料到这两位没心没肺的居然把路子走成这样。

叶蓁蓁吐槽到后来，差不多打住了，忽然又想起了什么，表情更加沉重了几分："你说他实在不懂那就算了，对吧？大家这样混下去，迟早有一天他多得收拾他，结果不知道为什么，过年去了一趟日本，一回来，突然迷上了艺术品投资那一块，天天琢磨着和合商业美术馆那个项目，还没事就来问我这个怎么折腾比较好。你说吧郭叔，我又不懂艺术，也不懂美术馆，问我干啥啊，已经给他问得要发毛了好不好！"

郭也微微一愣："商业美术馆的项目？"他似乎对这个不陌生，"跟着和合的商业地产项目开的那个美术馆项目？"

叶蓁蓁"嗯"了一声："郭叔你也知道那个项目呀？是啊，是罗西要做的，今年公司顶级的优先项目呢，已经紧锣密鼓在筹备了，五一前就要在北京同时开三家。"

"洛洛想做这个？"他看看叶蓁蓁，"问你确实不对路，应该问他爸。老唐这方面很有造诣。"

"嗯,他是想做,但他爹好像不怎么认同,所以就不爱搭理他。"

郭也认为这不应该:"洛洛是个艺术家,从他熟悉和有兴趣的领域入手,让他对商业运作有基本概念是好事。为什么老唐不认同,哪怕跟着学也好啊?"

叶蓁蓁吐了吐舌头:"你要我猜啊,刚不说了嘛,这是罗西的项目,她肯定不乐意小唐总插手。"她的语气稍有点愤愤不平的,"肯定吹了枕头风!"

郭也若有所思,过了一阵子点点头:"有可能。"又问叶蓁蓁,"那唐洛什么反应?"

叶蓁蓁大大叹口气:"这位少爷和他妈妈脾气差不多,不给我做是吧,那我就非做不可。这段时间都不用猜拳了,逮着跟这个项目有关的事儿他都要参与,天天都有新问题、新思路,他爸和罗西不搭理他,他就逮着我不放,我答不上来他还叫我去学习!叫我去学习干啥呀,怎么就不知道自己学习呢?"

她摊摊手,这一脸生无可恋怪可爱的,倒是让郭也挺开心:"学呗,学习怕什么,是你的强项啊。"

叶蓁蓁白他一眼:"郭叔,不好对自己人开嘲讽的。"

郭也伸手抽了一张便笺,摸出手机来,"唰唰唰"写了几个人的名字和电话,丢给叶蓁蓁:"这几个人,都是艺术品投资这个行业里的行尊,有的在香港,有的在上海,有的在巴黎,我等一下就去拜托好他们,你今天之后有什么问题就直接给他们打电话,保证知无不言言无不尽。"

叶蓁蓁一看,这是啥,这是出门天上掉外挂呀,喜笑颜开地赶紧把便笺好好收起来:"谢谢郭叔!郭叔你对我最好了!改天我给你做好吃的!"

郭也嘀咕:"喂猪吗?三句话不离做好吃的?"然后不小心又咽了一下口水。

和合的事儿聊得差不多了,郭也想起了苏桐,问叶蓁蓁:"你男朋友呢,最近怎么样?"

"挺好啊,就是太累了,最近没怎么出差,但下班越来越晚,我目测他这几个月至少瘦了十斤。"

"男人拼事业挺好的,再难也是一种自我修炼,比光想着玩,吃吃喝喝混日子强。"

叶蓁蓁拍拍郭也:"郭叔啊,你年轻的时候也这么拼吗?"

"没有,我年轻的时候天天想着玩,吃喝玩乐比谁都精通。"郭也慢悠悠地说,看表情居然还不像是在调侃。

叶蓁蓁"扑哧"一笑,这时差不多到了出发的时间,Linda过来找了:"郭总,咱们出发吧,大部队的大巴都开走了。"

他们出去一看,果然创世办公室都空了。正往外走着,郭也冷不丁问Linda:

"如果公司跟员工签订了正式的劳动合同，但上班后不给做入职手续、不发工资、没有任何福利保障，这事儿应该怎么办？"

Linda在专业上一点不含糊，随口说："跟老板谈啊，谈不拢直接申请劳动仲裁去，这种情况一打一个准的。"

她答完了想想不对，就看他："郭总，你干吗问这个啊，你有朋友遇到这样的事儿了吗？"

郭也推了叶蓁蓁一把："喏，这个人遇到了。"

叶蓁蓁有点囧，跺脚："郭叔！刚还跟你说别告诉别人，你怎么转手就把我卖了啊？"

郭也不认同这个说法："有问题解决问题，怎么叫作把你卖了呢？"他继续跟Linda交代，"你跟蓁蓁说道说道，要跟老板怎么谈，要去仲裁的话怎么搞，让这个厌包自己去折腾要钱的事情，那肯定没戏，甭想。"

他顺便还瞪叶蓁蓁一眼："上几个月班不发工资，就你沉得住气。"

叶蓁蓁吐舌头，Linda挽住她就笑了："谁这么对我们蓁蓁啊，不能忍，姐撑你。"

Linda是实干派，说帮就帮，年会上看看节目张罗着抽奖，忙里偷闲还把劳动仲裁需要的一应材料都整理出来，细细编了好几条信息逐一发给了叶蓁蓁。信息上头写得清清楚楚的，根据《劳动合同法》第八十五条的规定，劳动仲裁不但要追讨雇主欠的工资，还要追讨一倍的赔偿，在叶蓁蓁没有违反劳动合同的情况下，对方还必须要继续雇用她，否则就再告。仲裁完要是不满意，也可以选择上诉，总之就是跟和合杠上。

信息里还有Linda特别叮嘱的部分，说这种一边倒的劳动仲裁，只要材料齐备，递上去之后结果一般出来都挺快。但被裁决赔偿的资方没那么容易认命，尤其是和合这种养了庞大法务部门的，多半还是得起诉。起诉一审维持原判，照样也拖着不给钱，继续二审，前后一算，是得耗上不少时间，叶蓁蓁真的要走这条路，得做好时间和心理上的双重准备。

叶蓁蓁听到"跟和合杠上"几个字，自然就想到了高佳妮，心里马上就有点不落忍，再说她生性最怕麻烦，打官司这么叫人头疼的事儿，能不干就不干吧。

叶蓁蓁抱着这样的心情，等Linda一串儿信息发送完毕，她大略扫了一眼，赶紧回了一条：谢谢姐！年会还害你为我操心，我一会儿好好看去。她心里想的却是咱们坚持一下，看看有没有转机，不给工资就不给工资吧，就当帮高姐忙了。

她就坐在郭也旁边，舞台上穿小短裤的美妞儿正踢大腿，也挡不住这位爷慧眼如炬，从叶蓁蓁的表情变化里一眼看出这姑娘心里的九转十八弯，冷冷地说了一句：

"你就婆婆妈妈吧,真的什么权限都没有,就算再去上十年班,又能为你高姐干点啥?"

叶蓁蓁"欸"了一声:"劳动仲裁还能给我权限啊?"

"仲裁结果不就是要履行合同吗,实在不行也得要补偿,你想怎么着,让和合就这么耗着你?"

这句话就跟敲山震虎似的,一下把叶蓁蓁给震醒了。她琢磨了一下,真就是那么一回事,干耗着那是浪费自己生命,也是浪费高佳妮时间啊!

她的行动力向来是强项,回头真的就开始着手准备起劳动仲裁的材料来。郭也还不放心,第二天清早就打电话过来,把自己的律师介绍给了叶蓁蓁,说这事儿你既然一开始就瞒着高姐,现在也只能继续瞒下去,那她的律师不能用,就用叔的吧,还说这律师虽然不是专门打劳资关系官司的,但在业内是大拿,有什么事找他,肯定办得妥妥的。郭也在言辞之间,透露出很希望蓁蓁把这事儿重视起来的意思。

叶蓁蓁答应下来,折腾了半天后却发现,劳动仲裁那些材料整理起来可没她想象中那么容易,有些材料她目前还根本拿不到,什么上班打卡的记录啊、系统申请入职被驳回的邮件复印件啊、公司的工商营业执照复印件啊。她为了这些脑子里一会儿一个主意,感觉都不怎么行得通。

她在和合开了一天会,其间逮着空子打了几个电话咨询Linda和律师,回家对着电脑还继续研究仲裁流程呢,苏桐回来了。

他最近累到什么程度,不要说在床上躺着在车上坐着了,就是在马桶上开大号的几分钟,都能头一歪靠着旁边的墙壁直接睡着。但不管多晚回到家,他一定会坐到蓁蓁旁边跟她聊一会儿天,除此之外,他三天两头总要找一次机会,跑去和合大厦陪女朋友吃个速度超快的午饭,然后再跑回去继续工作。偶尔叶蓁蓁觉得他来去匆匆的这态度很不端正是不是讨打,他也只能苦笑着亲亲爱人的手背,惦记着下午的工作一路往回狂奔。

今天回家流程也是一样的,苏桐洗了洗就在叶蓁蓁身边坐下,跟平时一样听她嘀咕自己的日常,能帮着看的资料就看一下,能帮着分析的事情就发表一下自己的想法,但大部分时间他主要是贡献耳朵和眼神还有摸来摸去,以实际行动表达自己的关注和热爱。

他倒是没想到今天的话题这么劲爆,居然扯到了劳动仲裁上,听了半天叶蓁蓁东一句西一句地说着,她越说他越觉得这情况怎么有点不对呢,于是就强迫自己打起精神来,把事情稍微琢磨了一下。

苏桐的习惯是凡事从兜底的方案开始想,来龙去脉搞清楚之后就问蓁蓁:"就算你弄到了公司营业执照、打卡上班的记录这些材料，拿去申请仲裁了，也判了，但和合就是不执行，或者干脆硬赔你钱解除劳动合同，那你怎么办？"

叶蓁蓁有点愣："欸？那我，那我继续告？"

苏桐顺着她："好吧，继续告，告赢为止，申请法院强制执行，然后呢？"

"呃……我就有工资了，有权限了啊。"

苏桐哼了一声："是吗？我要是罗西，反正都劳动仲裁了，那我跟你强行解约，我赔钱，你不服可以继续告，告到最后反正都是赔钱。前后三年，你啥事都干不了，那怎么办？"

叶蓁蓁真的没有想到这一茬："啊，不至于吧？"她本能地就抬出高佳妮来，"高姐不能让他们跟我解约吧？"

她天真的时候是永远天真的："她还有一票否决权啊，保住我的工作总做得到。"

苏桐很耐心："说的也对，堂堂高董事长，还能保不住自己代理人的工作？真发起飙来，什么罗西罗东，应该也都顶不住吧？"

叶蓁蓁胸膛一挺，一副背后有人的小样儿，说："就是。"

苏桐握着她的手，一根手指一根手指抚摸，循循善诱："但你想想，我们都在企业第一线工作，看得最多的就是县官不如现管，高姐再怎么保你，保得了一天，保得了一辈子吗？保得住你的工作，保得住你在和合发挥作用吗？"

"欸？也是，那所以呢，什么结论？"

"一句话，你得在和合自己站住脚。"

叶蓁蓁被自家男人绕进去了："是啊，我是得站住脚啊，所以才要去劳动仲裁，用法律武器保护自己啊！"她气壮山河地说完还白了苏桐一眼。

苏桐看着她心无城府的小样子，知道拐弯抹角行不通，只得生生点破："没说你不能去劳动仲裁，可以去的，郭叔说得也对，你要是拿不到权限，就真的是干耗，没啥意思。"顿了一下，语气稍微放慢了一点，严肃了，"但你必须确保自己想要的仲裁结果能在和合生效，而不是被人将计就计耗着你，一审、二审之后强制执行，那会儿退路没了，你不就被直接打发走了，对不对？"

叶蓁蓁听到"打发走了"四个字，吓一跳，好像被一盆水泼醒了："啊，真的！"

苏桐继续说："劳动仲裁是个思路，最好的办法是想清楚你要的结果，重点是这个。"

都说到这个份儿上，叶蓁蓁就恍然大悟了，不过她一想明白就过河拆桥，干脆利落地捶苏桐："行行行，我知道了。我问你，对我这么凶干吗啊，有话不会好好跟我说吗？"

苏桐哭笑不得，赶紧举手投降："没有啊，我没凶你啊，我怎么敢凶你，小的冤枉啊。"

叶蓁蓁认为他一点都不冤枉："你刚刚说了几个你来着？你这样你那样的，就不能亲热点儿，不能叫心肝宝贝、乖乖、妹妹，这么硬邦邦的是不是要造反？"

苏桐赶紧把她抱过去放膝盖上坐着："说得对说得对，是我错了。小包子，心肝儿，你大人有大量，不要跟我计较。我保证，我保证啊，以后跟你说话一定用敬语。"

叶蓁蓁抿着嘴笑，窝在他怀里，捏苏桐的耳朵："啥敬语，说来听听。"

他张口就来："尊贵的心肝宝贝小包子，你忠实的男朋友、同伴和战友，叶家大小姐毕生的保护者、支持者和专职拍马屁人员，有一点小小的、没什么价值的建议，不知道当讲不当讲，请批准。"

叶蓁蓁一挥手："不当讲，Over，退朝。"半点活路都不给进谏的良臣。

幸好良臣对此早有心理准备，从容应对："好好好，不讲就不讲，来老公亲一个。"

好的伴侣之间，不是说一个人总能帮另一个人解决问题，也不是说一定可以给出真知灼见，关键在于态度。两个人在一起，不仅仅是关注、扶助、陪伴，甚至供养，还是彼此人生的融合与镶嵌，所有的事都是我们的事，我肯定在这里，我永远在这里，我和你同在。

这一切如何表达呢？有时候需要全世界，有时候一个吻就足矣。

两人嘻嘻哈哈亲热了一会儿，叶蓁蓁的脑子又转回了劳动仲裁上："宝，你说你都想得到这么深，为什么郭叔想不到？他真的是斩钉截铁让我去劳动仲裁哦，律师都给我随便用，生怕我不打官司似的。"

她对细节的记忆力相当惊人，对苏桐复述了一整个跟郭也交流的过程，真实还原，表情描述都没落下。苏桐完全算是参考了实况，听完就问她："你想让我说真话还是假话？"

"先说假的吧。"叶蓁蓁"扑哧"一笑，反正苏桐说真的假的都是好的，什么她都愿意听。

"假的嘛，就是你老公英明神武、深谋远虑，就连郭大师都逊我一筹，足够我下半辈子吹牛的。"

"哈哈哈，我觉得不错，你到郭叔那个年纪肯定要比他强，他没你身体好。"

"这是夸我呢骂我呢，怎么就只能比身体了呢？"

"夸啊，身体是革命的本钱啊！真话呢，真话是啥？"

苏桐捏捏她的脸："真话啊，真话就是郭先生是真喜欢你，把你当闺女，觉得你在和合这么折腾实在是费事儿，所以代高姐给你一条退路。你要是不愿意蹚浑水了，官司打上一两年，最后拿笔钱再走人，有好几百万，算是对大家都有交代，挺好的。"

这解释叫叶蓁蓁大跌眼镜，她可以说压根儿都没想到过是这么回事，可往里琢磨透了才觉得，以郭也的江湖之老、思虑之深，还有对她一贯的态度，这真是唯一的合理解释。

她心里感激，靠在苏桐怀里默默想了许久，到要去睡的时候，起身给郭也发了一条信息，就一句短短的话，却有许多不足为外人道的感激与明白，她说："郭叔，我明白你的意思，谢谢你，你放心。"

郭也回了一个笑脸，还有一句话："小苏可以啊。"

叶蓁蓁拿去给苏桐看，一边是与有荣焉："你偶像夸你了，"一边是不服，"他怎么知道是你琢磨出来的，是不是觉得我不聪明？"

苏桐亲她额头："最聪明的人才能让别人帮她想事情，想得心甘情愿的，这一点上郭先生和我加起来都不如你。"

叶蓁蓁搂着他脖子笑："宝，你这夸人的本事，绝了。怎么就能一边夸自己一边夸我，还都夸得那么合适？"

苏桐坦然受之："那必须的啊，在叶总这里混口饭吃，哪有那么容易。"被叶蓁蓁拧了一下。

她心里想通了事，睡得格外香甜，第二天一早去上班心情也不错，到和合大厦门口，下车正好见到了Florence。

Florence平常都是坐地铁或叫车过来，穿平底鞋到公司换高跟，今天却格外不同，打扮得娇媚可人，女人味十足，手上还捧了一大束玫瑰花，正站在一辆香槟色宝马703的驾驶座旁边，和一位高高瘦瘦戴眼镜的男士说话。那男人看着年纪要比Florence大一些，穿着灰色暗红格纹的西服，戴金边眼镜，样子斯文。两个人神情亲密，脸上都有笑容。

叶蓁蓁微笑着自己进了门，没去和人打招呼。她回到办公室里坐下，打开电脑快速过了一遍今天自己和唐洛的工作清单，脑子里还继续琢磨劳动仲裁那件事。

通过打官司拿笔钱走人，叫谁都没话说，从叶蓁蓁个人的角度来说，可能是最实际，也是性价比最高的做法，时间也熬了，心也尽了，最后结果又是和合的选择，高佳妮也很难说叶蓁蓁做错了什么。

问题就在于这不是叶蓁蓁小姐的诉求。

她要钱，一早高佳妮问她报恩能怎么报的时候就要了，三百万五百万一千万，难道高佳妮还能还价？

既然当时没这个打算，现在也没有，倒是变成了争一口气，不辜负高佳妮，更不能辜负自己。

　　劳动仲裁的想法直接就被打消了，什么材料不材料也不整了，她倒是一心一意抓住了苏桐说的要实现结果这一点不放松，反复在想自己要什么结果，要怎么样才能得到这个结果。

　　有一个目标之后，就要把相关的资源和路径一条一条列举下去，相干不相干的都往上堆，堆到一定的体量之后再从细节里去找关联，结论就会呼之欲出。这是高佳妮教给叶蓁蓁的地图思考法，这个过程说起来容易，其实很考验人的信息收集和分析能力。

　　她冥思苦想了半天，突然看到办公室外面罗西跟几个人一起走过去，表情很严肃地在说着什么。犹如一道光照进小黑屋，叶蓁蓁突然就明白了。

　　根据高佳妮和郭也对唐在云的描述，这位爷是不管具体事的，那么不让叶蓁蓁进系统、有权限和拿工资这种小家子气的操作，当然就是罗西的意思。只要能铲除罗西这个障碍，至少她在和合站住脚的问题就解决了。

　　叶蓁蓁抓住这一点继续想，有唐在云加持，铲除罗西基本不可能，要说服罗西让步，感觉也是幻想。

　　她一边动脑筋，一边眼神无意识地游弋，最后落在办公桌上散放着的几张名片上。这些名片都是唐洛跟着唐在云不知道去哪里应酬拿回来的，都是什么总裁啊、CEO啊之类的大人物。

　　叶蓁蓁看到"总裁"两个字，心里一动。

　　她在高佳妮的叮防之下研究过和合的管理制度，罗西在和合，在市场营销、公关和艺术品基金这几个部分的职权是固定的、长期的、无可动摇的，但之所以能阻碍叶蓁蓁做事，完全是因为罗西轮值总裁的身份，有一人之下、万人之上的行政处置权。

　　这个身份会转移和变动，那要转移和变动给谁，叶蓁蓁的目的才能达成呢？

　　她心目中唯一和最佳的人选，此时就走进了办公室，那当然是唐洛。

　　大少爷今天心情好像很不错，穿着牛仔裤、白色羊绒线衣，戴了个白色贝雷帽。一般男的戴这个帽子，但凡压低一点，露出的脸都没法看，就跟被德州电锯杀人狂切过似的，总少点儿意思。

　　事实上大部分男人也根本就不配戴白色帽子，否则就在寒碜这个颜色本身。但唐洛真不一样，他完美地融合了高佳妮的线条与唐在云的五官，比母亲更俊秀，比父亲更有棱角，格外耐看，这会儿哼着歌儿潇潇洒洒走进来。他肩上挽了一个皮袋子，往沙发上一甩，迎着叶蓁蓁的注视一皱眉，简单明了地发出疑问："嗯？"

　　叶蓁蓁劈头问他："喂，你啥时候当总裁啊？"

唐洛想不到刚进办公室就被问了个这么刺激的问题："我这不是吗？"

叶蓁蓁发出了赤裸裸的挑衅："你是总裁，那你能干啥？"

唐洛虽然浑不吝，可是内心聪明绝顶，马上就闻到了不对的味儿："不对，你这是要我干什么？"

叶蓁蓁在他面前倒是习惯了霸王硬上弓："话说，我是你的助理总裁对吧，所以你不得发工资给我吗？"

她比画了一下："这几个月哦，我没收到过工资。"

唐洛一愣，从表情看他是真的完全不知道，甚至想都没想到这一出。

大少爷再没有常识，也知道上班有报酬天经地义，何况叶蓁蓁上班是真上得兢兢业业、一丝不苟的，至少从唐洛这儿来说半点挑不出毛病，因此他的反应就很直接："罗西不给你发是吧？"

叶蓁蓁表示恭喜你你答对了："可不！"

唐洛一屁股坐下，看着窗户外的都市天际线出了半天神，且不为叶蓁蓁打抱不平呢，先感怀自家遭遇，叹口气："我也没发工资。"

这下轮到叶蓁蓁傻眼了："啊？"

唐洛摊摊手："我爹说我有一张附属卡，平常想干吗都够了，要什么东西家里和公司基本上都会搞定，实在要现金，司机会帮我取一点，反正就是不能让我攒下钱。"

"这都行，你是不是亲生的？"叶蓁蓁义愤填膺，但突然就反应过来了，"哎，不对，是不是怕给了你钱，你就撒丫子回欧洲了？"

所谓"海阔凭鱼跃，天高任鸟飞"，鱼要水，鸟要风，唐洛要现金，不然就别想跑。

洛少不说话，但满脸悻悻然，肯定是被说中了心事。叶蓁蓁不顾自己的处境，幸灾乐祸笑出了声。

唐洛白她一眼："你笑个屁，你不也照样没钱发。"

叶蓁蓁的笑声戛然而止，简直像是一只鹅被卡住了脖子。两人面面相觑，唐洛问她："不发钱给我是怕我跑了，你呢，不发给你又是为了什么？"

叶蓁蓁觉得这还用问吗，秃子头上的虱子，明摆着啊："为了给你妈妈一个下马威啊。"她沉痛地看看办公室外头，"办公室不给我，工资也不给我，就看我能撑多久呗。"她情真意切地看着唐洛，"要是我撑不住了，就剩你跟你爸爸他们杠了啊，你可要加油。"

唐洛一点儿不上当："你肯定撑得住。"他特别冷静地戳叶蓁蓁，"少跟我玩苦肉计。"

叶蓁蓁很无辜："这是什么苦肉计啊？帮你就算了，不给我发工资，我为啥要天天坐在这里看罗西脸色？我不服。"

唐洛摇头摇个不停："我不管，现在我们分头开会，我已经想炸办公室了，你走了让我一个人开五天，我真的会炸办公室你信不信？"

"你们家的楼，你爱炸炸呗。"叶小姐表示不Care。

唐洛难得叹了口气："你别绕了，说吧，你要我干啥？"

叶蓁蓁看着他看了好一会儿，下定决心，直说了："你去跟你爸说，下一次轮值总裁，你去当吧。"

"有啥好处？"

叶蓁蓁想了一下："你就能管事儿了啊，想给谁发工资都行啊。"她还特意强调了一句，"你想自己干吗也行啊，不用看他们脸色啊。"

唐洛感觉这个提法很有吸引力，但他有一点不相信叶蓁蓁："你就是为了那点儿工资？"

"什么叫那点儿，很多钱好吗？"

唐洛一晃脑袋："行吧，就算是很多钱吧。你要是救过我妈，她这个人虽然苛刻，倒是从来不小气的，你跟她要钱不就得了？"

叶蓁蓁没想到大少爷还能想到这一出，当即哑然。唐洛哼了一声："你要是为了帮我妈妈管着我的话，不用那么拼，差不多就得了。"

"哎，什么叫差不多就得了？"这对话的走向叶蓁蓁还真没想到。

"咱们就照直说了吧，我妈就是不乐意我待在欧洲，不乐意我在她的控制之外，你就是来帮她看着我的，那你混混日子不就得了，这么认真干吗，还真要推我去管事儿啊？"

叶蓁蓁不明白大少爷怎么突然说着说着有点生气："你去管事儿怎么了，和合是你们家的，你回来不就是为了这个吗？"

唐洛冷笑一声："我回来是因为他们要离婚，我想干什么，谁在乎啊？"

他对叶蓁蓁语重心长："你别瞎折腾了，我妈妈迟早会对我死心的，等她知道彻底没戏了，自然会回公司来掌握大局，你也就完成任务了。"

叶蓁蓁嘴都张成了O型："小唐总，你不是认真的吧？"

唐洛很认真地反问："为什么不是认真的？"

叶蓁蓁难得地有点激动："你回来后是不是完全没见过你妈妈，你不知道她身体有多不好吗？"

对她的质问唐洛只是耸耸肩，很冷淡："没有。"还很理直气壮的样子，"身体不好不能去治病吗？"他的语气咄咄逼人，"她想去任何地方、找任何人治病都可以，她去治了吗？"

叶蓁蓁一口气涌上来，直想抓住什么东西就扔过去，她强制自己冷静，尽量放缓说话的语气，以免被唐洛轻易识破自己言语中的愤怒和不甘，慢慢说："高姐是真的身体不好，也是真的希望你能够把公司管起来，她让我来帮你就是这个目的。你这样说，对她很不公平。"

唐洛即刻反击："你不了解她。"他明亮而冷淡的眼睛就像两颗玉石，情绪越炽热的时候，眼神反而越冷酷，这是最出色的格斗者才有的特质，怒意固然带来斗志，但依赖一味高昂的斗志无法取胜，还要配套足够冷静的控制才行。

叶蓁蓁果然被激怒了："那你呢，你了解吗？"

唐洛毫不犹豫就反击："我跑到欧洲十年不回家是因为我了解她，我现在坐在这里，跟牵线木偶一样被管着，也是因为我了解她。我妈不需要我当什么栋梁管什么公司，她是要逼我屈服，逼我爸爸对她屈服，不择手段。叶总，全世界都只有你这么天真，认为高佳妮女士让你来是为了帮我做正事的。"

叶蓁蓁一下子就被噎住了，于情于理于任何角度，她都不知道应该怎么跟唐洛争下去了。唐家的家务事，她一个外人，有什么余地置喙？她和高佳妮之间，又到底有什么了不得的牵连，能让她理直气壮地觉得自己比人家亲儿子更了解高佳妮？

唐洛懒洋洋地在那儿瘫着，就叶蓁蓁的了解，大少爷从去年十二月回国到现在，差不多小半年了，就和高佳妮见过一面。高佳妮也从未提起他们之间有没有通电话，估计也不会多。

关于唐洛的消息，都是叶蓁蓁传递给高佳妮的，但凡她能知道的，高佳妮就能知道。

但反过来呢？

唐洛了解高佳妮这些年的经历和身心状态吗？他有没有哪怕尝试着去体会一下，一个对世界失望了的人，无论从前多么强大，也会在某个瞬间彻底丧失战斗的勇气？

以高佳妮的财力和人脉，当然是轻而易举就能得到最好的医生、最优质的医疗资源和最可靠的护理。可是，如果她从内心深处已经放弃了恢复和愈合的希望呢？

你叫不醒一个装睡的人，你也治不好一个和命运妥协了的人。在这一点上，叶蓁蓁比唐洛了解高佳妮十倍，也许一百倍。高佳妮过完年回来，酒越喝越多，自从叶蓁蓁上班了不能天天去，她也越来越宅，也不怎么说话。林阿姨愁得不行，三天两头打电话给叶蓁蓁诉苦，叶蓁蓁也和她一样担心，工作再忙也一定早晚电话问候。她只要有一点空就跑去看高佳妮，说说公司的事，说说唐洛，那个时候高佳妮的精神似乎才振作一点。

她和林阿姨两个人结成了同盟，不断冒着高佳妮跟她们翻脸的危险，故意藏起来酒杯、丢掉开瓶器，甚至一瓶瓶存酒往外顺走藏在林阿姨住的地方。可再怎么折腾也没用，每天到点儿了她们总得离开高佳妮的住处吧，她们根本架不住人家一个电话，就有供应商带着贵客的一应所需送上门来。

叶蓁蓁想起这一切，对唐洛沉下了脸，她语调尖锐，前所未有，愤怒像闪着寒光的刺，在一字一句之中呼之欲出："小唐总，不管我们俩谁更了解高姐，至少我可以肯定，你妈是为你好的，楼上那两位我就不知道了。"

唐洛哼了一声，但叶蓁蓁没给他辩驳的机会，继续说："你自己想想，你想做那个商业美术馆项目，为什么罗西不乐意，唐总就教都不教你？为什么你一直在那里说你在欧洲拿了两个艺术学位，对威尼斯和巴黎的画廊生态都很熟悉，所有人听到了都只是虚伪地恭维，从不认真对待？"

从他们最初碰面到现在，这是叶蓁蓁第一次在唐洛面前露出自己严肃的一面，也是她第一次用这么沉重的语气跟他说话。

她表现的反差如此真实而直接，让唐洛心里微妙地震动了一下，但习性使然，他仍然下意识辩驳，而且是精准打击叶蓁蓁最脆弱的部分："就算是这样，这也是我家的事，到底跟你有什么关系？"

叶蓁蓁愣了一下，一时间竟然无言以对，过了好半天她叹口气："你说得也对。"

这屋子里一时间也没法待了，她站起来就往外走。唐洛目送她离去，欲言又止，当叶蓁蓁的背影消失，他皱起眉头看着窗外阴沉的天色，心里空空荡荡的。

叶蓁蓁走了出去，站在门外发了一会儿愣，也不知道自己有什么可以做，偌大的办公室里人来人往，但一点不热闹，没什么人说话，就算说话声音也不大，如果说创世办公室的气氛不热闹是因为高冷，和合则是压抑。

一不小心她在这里也待了好几个月，此刻看着日渐熟悉起来的环境和人，真是百感交集，这里有她没有她，到底有什么区别呢？如果她今天不声不响走出和合的大门，以后都不再回来，大概没有人会在乎，最多就是突然想起，哎，那个老是跟小唐总一起来开会的叶蓁蓁呢，不是说她代表高董吗，怎么这就走了？这些话要是去跟高佳妮说，又会被骂妄自菲薄，在自知者明和妄自菲薄之间，隔的那层纸到底有多薄，也许没有人真正知道。

而小唐总本人呢，他可能都不会记得这么一码事吧。

一个人想要做对什么事，要筚路蓝缕、千方百计，但要混吃等死，那待着就行了。

叶蓁蓁摇摇头，在叶小姐的人生中，第一次从心底生出了些许心灰意冷的无力感，也正因为这陌生的无力感，激发了她更多的愤怒。

她在门口站这么一会儿，引起了Florence的注意，她从自己办公桌后走过来问：

"叶总，需要我帮你做什么吗？"

她一到办公室就穿上了中规中矩的开衫，遮住艳色裙子的美貌，那束花低调地放在办公桌下的角落里，不显山不露水。一个人的聪明之处，正是在这些小细节里体现出来的：不应该或不需要的时候，绝不去引起他人无谓的注意。

叶蓁蓁回过神来，对她笑笑："Hi！"

刚想说没事，叶蓁蓁忽然脑子里灵光一闪，改口问："Florence，你知道咱们公司的轮值总裁是怎么选的吗？"

Florence迟疑了一下，似乎在估量当讲不当讲，然后很自然地调低了声音，说："罗小姐是董事长更替之后唐董直接指定的，她一任到期之后，公司正常的规定是董事会投票选出下一任。"

"不能再指定了吗？"

"再要指定也要通过投票，多数赞成就可以继续轮值。最多轮三期一定要换届。"

"有多少人投票？"

"现在董事会成员一共八位，还有三位是公司外的独立董事，有投票权但不任职。"

"所以拿到六票就行了？"叶蓁蓁追问细节。

Florence摇头："不是的，董事长本人不参加投票，除非董事长召集，否则独立董事也不一定会参加，这种情况下拿到四票就够了。"

叶蓁蓁仔细一想，自己还真不知道董事会里有哪些人，她根据这几个月的经验，报出了几个人的名字，基本上就是她第一天上班开会的时候坐在会议桌边的人："就是他们投票吗，好像不止八个人？"

结果Florence的回答出乎叶蓁蓁的意料，其中有一些人并不是董事会成员。

"这几位来的时间没有那么久，工作职能虽然和之前走的老总们一样，但唐总并没有增补他们进董事会。"

叶蓁蓁就有点犯糊涂："那怎么有八个呢？"

Florence忍不住要叹气："叶总，还有你和小唐总啊。"

叶蓁蓁这一下简直打开了新世界的大门："我也是董事会的吗？那我能投票吗？"

Florence措辞谨慎："那我就不清楚了。"她心里觉得，她见过糊涂的，但真没有见过这么糊涂的。

这样一来就是个简单的算术题，抛开唐洛和叶蓁蓁两个人投票权情况不明不谈，唐在云现在是董事长，其他有投票权的人是罗西、张丰宇、翟思柔，以及唐在云一手招募和提携起来的公司CFO和CHO[1]，这两个人本身专业没有问题，在公司风评也不坏，但其偏向和立场跟唐在云完全一致。

叶蓁蓁不由自主就皱起了眉头，脑子飞快地运转起来，Florence在旁边等了一会儿，小心地说："叶小姐，你问这个做什么？"

叶蓁蓁留了一个心眼，没说实话："没什么，就是多了解一下公司的制度。"她对Florence笑笑，"多了解一点总没有错。"

Florence何等精明，她知道叶蓁蓁一直没有任何权限和待遇，此刻将她的神色变化看在眼里，心底其实约莫猜想得出来蓁蓁有什么意图，她不动声色，只是说："叶小姐说得对，那没什么事的话我去做事了。"

叶蓁蓁答应了一声，摆摆手和她告别，自己往大门走去，一边走一边打电话，下楼打了个车，直奔创世。

1　Chief Human Resource Officer（首席人力官），简称CHO，是企业或集团人力资源的负责人，制定企业或集团的人力资源规划并组织监督实施，负责建立企业畅通有效的沟通渠道和激励机制，负责企业人员培训，管理人力资源部门的工作。

第二十章
有心杀贼，无力回天

过了几天，一个下雨的傍晚，郭也造访高佳妮的公寓，和她共进晚餐。

约是中午约的，郭也说棠花胡同里新开了一个吃潮汕私房菜的地方，让高佳妮尝尝鲜，结果她对北京开张营业的一切潮汕馆子都嗤之以鼻，一口就回绝了。

郭也碰了一鼻子灰，还在想办法挽回，高佳妮又说，既然想吃潮汕风味，不如就来家里好了，让那个林阿姨做几个小菜，比什么都强。郭也一听，这还有什么话说，一迭声答应，下午如坐针毡地工作了一会儿，早早就奔过来了。

说是只要做几个小菜，其实林阿姨花了老大功夫。她熬了一锅融荡绵稠、细腻至极的白粥锅底，精心炮制了红白青绿各类食材，在客厅里摆开阵势让他们打边炉，一早就熬着的一小煲鲍鱼花胶鱼肚端上来煨在边炉旁，满室生香。

等一切安置妥当，林阿姨提前下工回家，公寓里只剩下高佳妮和郭也两个人吃饭。

高佳妮还问："怎么不让我找蓁蓁来一起吃？她最喜欢这个花胶，这段时间忙都没怎么过来吃。"

郭也坐在她对面，正往高佳妮的碗里调配各色小料，听到了颇为幽怨地看她一眼："难得我们俩吃个饭，非要多找人凑热闹干吗？"

高佳妮接过碗，往里面倒了几滴麻油和鱼露，闻言唇角露出浅笑："别胡说了，你干什么事都喜欢凑热闹，什么时候轮到我多找人？"

郭也不说话，又给她倒茶，他之前进门，第一件事是去把茶几上放的酒瓶、酒杯子全给收了，说今晚喝茶。

茶是他带来的明前龙井,在杭州满觉陇他自己名下的茶园新收的。园子并不大,栽培服侍那些茶树的人手倒比其他十倍规模的地方都多。他请了龙井村里三代传承茶叶世家的行尊亲自来炒制,青锅、回潮、辉锅一条龙,抖、带、挤、甩、挺、拓、扣、抓、压、磨,全靠一双手,妙处全在秋毫之间,三筛四选,有瑕疵的统统摒弃,全不可惜,要多金贵就有多金贵,反正也是不卖的。

年年收完炮制完,郭也自己喝一些,送朋友一些,喝的是个应季的风味。茶叶送来的时候,还要配两坛虎跑泉水,煞费功夫,叫喝的人能体会好水与名茶之间有琴与瑟一般的浑然天成。

这姿态算得上格外矫情,但天下的仪式感都是矫情的,要全没有仪式感的话,人生就缺了那一点儿郑重其事的况味,一切在回忆中都会显得太轻、太模糊了。

高佳妮很少喝茶,尤其不喝绿茶,但她知道茶的好坏,此时看着幽绿的茶汁潺潺注入瓷杯,她屈指在桌面上轻轻敲了敲,是广东人在餐桌上表示感谢的意思。

茶倒完了,郭也又给她烫象拔蚌仔,十秒即熟,象牙白色的嫩而弹牙的肉片,一片片夹出来放碟子里。她不动声色地看着郭也若无其事的样子,说话了:"阿郭,你有什么事要跟我说吗?"

郭也抬手扶了扶眼镜,自己也吃了一口鱼片,慢条斯理地放下筷子,照直说了:"蓁蓁前几天,参加创世的年会了。"

高佳妮知道这件事:"嗯,然后呢?"

郭也略一沉吟,把叶蓁蓁在和合的情况简要说了一下,高佳妮一惊:"她一直没有拿到工资和权限?"

"没有,和合现在的CHO是唐在云亲自挖回来的,轮值总裁又是罗西,他们从中作梗,蓁蓁没什么办法可想。"

"怎么不跟我说?"

"你觉得呢?"

两人都知道叶蓁蓁的禀性,最好的解释,当然是不落忍让高佳妮操心。

高佳妮一贯对妇人之仁不以为然,随即又想起叶蓁蓁第一天上班就打电话回来问办公室的位置,那个时候她的内心,不知道是何等的无助。

这样的情况下还有慈悲心为别人考虑,实在难得,说万中无一都不算夸大,于是高佳妮到了嘴边的批评,居然又被自己生生咽了下去。

她微微皱眉,问郭也:"那她有没有跟你说自己准备怎么办?"

"我提议她去劳动仲裁,仲裁不成立就打官司告和合,律师都借给她了。"

高佳妮对这个不按牌理出牌的建议反应没那么大,就看了郭也一眼:"然后呢,她怎么说？"

"重点不是她怎么说，是你怎么说。"

高佳妮眉头一挑，她那张线条分明的脸一旦严肃起来，真是不怒自威："什么意思？"

"如果蓁蓁真的着手去申请劳动仲裁，甚至最后跟和合打上官司的话，你怎么想？"

高佳妮垂下眼睑，看着沸腾的白色粥底上不时冒出的泡泡，慢慢说："我可以理解。"

她的理解，是真的理解，无论是心态还是结果都如此："如果她想通过这个方法拿回权限，说明小姑娘还是太天真了，继续下去也没有意义。如果像你说的，想通过这个方法对我交代，耗一段时间拿笔钱脱身走人，那也无可厚非。"

在任何情况下她脑子里都有一本精细的账目运作，不偏不倚、不过不失："我本来也欠她的。"

她说到这里，长长出了一口气，而后两颊绷紧，似乎内心正在压抑着某一些激荡的情绪。郭也充满温情地看着眼前的高佳妮，沉默一段时间后，代她说出了真正的心声："不管是哪一种情况，都说明你找错了人了，对吗？"

高佳妮几乎是以看不见的幅度点了一下头，她在郭也面前，喜怒哀乐，是不必掩饰，也掩饰不了的，因此这一刻才会十分疲倦地径直承认："是啊，那就看错人了，也许个性太好的人，就难免比较软弱吧。"

她说完话，随手夹起一片象拔蚌片送进口中，那片肉在调料里泡了很久，想必早就冷了，多半也已经太咸，她却浑然无觉，机械地咀嚼了几下就咽了下去。

吃完这片象拔蚌肉，又喝了一杯茶，前后不过几秒，高佳妮突然脸色一变，丢下筷子站起来，急急忙忙走到洗手间，门一关上，里面立刻传来马桶冲水的声音，看样子是进去就吐了。

郭也跟着站起来，但没过去，他很了解高佳妮的脾气，试图照顾或者安慰她都不是明智之举，因此内心再焦灼，他也只是站着，等高佳妮料理完毕出来之后才问一声："怎么了，不舒服吗？"

灯光之下高佳妮的脸色格外苍白，唇角和鬓发上带着水珠，迎着郭也关切的目光微微一笑："没事，最近胃不太好。"

郭也点点头，把林阿姨摆在食材架底下的碱水面团拿出来，放进粥底里，用筷子划开："稍微吃点面条吧，不好消化的那些就不吃了。"

高佳妮不置可否，大概根本无所谓吃什么，她坐回餐桌边，喝了一口茶，郭也急忙把茶杯拿走："绿茶伤胃，尤其是新茶，烟火气太重了，我给你倒杯白水去。"

高佳妮摆摆手让他别瞎折腾："不用了，没事。"

郭也还是站起来，去厨房倒了一杯水，回来放在她面前，转身回自己座位的时候，抬手轻轻地，几乎都让人感觉不到地，摸了一下高佳妮的头发。

他坐下来，看着高佳妮还是一口一口喝了水，而后问出了一个很关键的问题："佳妮，我有一件事，真的很不明白。你呢，向来都不肯退让，怎么这一两年老唐带着女朋友登堂入室，都要翻天了，你居然还沉得住气？"

他对此真的百思不得其解，而关于高佳妮，他不明白的事并没有那么多。

他一直是高佳妮的外围辅佐，充当的是另一双耳目与另一个大脑般的角色。她需要得到什么，了解什么而自己不得要领，或者兹事体大必须兼听则明的时候，每每就会跟郭也商量。

身为咨询业最顶级的风险控制与战略研究大拿，郭也唯一殚精竭虑的时候，就是为高佳妮和她的事业保驾护航的时候。其他人给再多钱，就是把他供在神坛上天天上香，他都懒得努力到这个份儿上。

数十年如一日，少年相识，老来相契，事业方面，完全称得上彼此拥有彻底的相互了解和相互信任，唯独最近这些事发生之后，郭也发现自己居然也摸不透高佳妮的心思。

高佳妮沉默着，筷子在锅里搅动，挑起两根已经熟过头的面条，放在碗里孤零零地盘成一团。她根本没有胃口，看到食物就胸口一紧，以前再爱吃的东西，现在都只会马上让她想要干呕。

她移开目光，望向郭也，淡淡地说："人总是会变的不是吗？"

身体状况会变，心也会变，直到面目全非，恍如隔世，就算以为自己是铁打的，也有遇到1000℃高温与王水的时候。

郭也轻轻说："我总觉得你不会。"他凝视着高佳妮，"我永远都记得你站在我面前，对我说'郭也再见了，你好自为之'，而后转身从容走开的样子。我这辈子，也算是阅人无数，但再也没有见过比你更酷的女人。"

他所铭记的恰是高佳妮跟他分手的那一刻，她拿得起，放得下，当断则断，不留恋，不回头，连提都不再提起——这么多年过去了，这是第一次他在两人独处时说到从前。

就像郭也说的，他阅人无数，不曾起过任何驻足的念头，因此不断与人分手，就像一条热衷于在海上飘荡的帆船，不断跟一处又一处的港口告别。

那些和他分手的女人，有的哭到昏厥，有的勃然大怒，有的根本不相信自己的耳朵，反反复复纠缠，但不管是哪一种情况，到最后都会选择把无法实现的长相厮守兑换为短期收益：或者拿一笔分手费，或者让郭也在事业上帮自己一把大的。只有这样，她们才算是放下了，可无论什么时候遇到，再说起往事，都还是想不开：为什么你要离开我？为什么你不爱我？为什么你会有其他人？

永远在疑惑，永远在计较，永远不依不饶地问。

没有一个哪怕沾得到半点高佳妮那种杀伐决断风度的边儿，大概正因如此，也就没有一个能让郭也爱得长久。

你爱一个人的时候，就连她对你残酷，那姿态都是好看的。

就像现在，高佳妮听着他说话，那言语的底子里有多少怀念与温存，她仿佛浑然没有任何感知："那你错了。"这一次她至少给了说他错的理由："阿郭，你没有孩子，你不会知道当父母的人能够为孩子改变到什么程度。"

"你退让是为了洛洛吗？"

高佳妮声音很平静："洛洛不喜欢我，这是我做母亲的失败。我知道他最不喜欢的，就是我什么都要管，什么都要赢。"她内心有什么激荡，从言辞中是听不出来的，"如果我一直在公司待着，和老唐针锋相对斗下去，不管谁输谁赢，都没有意义。洛洛永远都会想逃，不可能直面他的责任，也不会有机会去了解他的责任。"

"你离开的话，洛洛就能面对和了解吗？"郭也难得地觉得高佳妮也有想不清楚的一面，"老唐和他那个女朋友，未必会如你所愿给他这样的环境和机会吧？"

话音刚落他随即明白过来："所以你才让蓁蓁去，撑他一下，想要淡化老唐他们的影响，让他有机会成长起来？"

高佳妮缓慢地点点头，说破郭也的想法："你是不是觉得我太天真了？"

郭也很谨慎，他可不想说错一句话后半辈子被追着打："我只是担心。"

高佳妮被他秒怂的姿态逗得笑了一下，这种微妙的情绪触达，是在非常非常熟悉彼此的人之间才可能有的："玩百家乐的时候，不管发牌发到什么阶段，手里有什么牌，只要算出来有百分之五十五以上的赢面，就一定要跟下去，因为百分之五十五的胜率明显比百分之四十五的败率要高，这是很简单的道理，但很多人却会因为百分之五十五不是绝对优势而放弃，转而成为百分之百的失败。"

她凝视着郭也："你觉得蓁蓁有百分之五十五的胜率吗？"

郭也这一次回答得很爽快："我觉得她有。"

高佳妮抿着嘴："怎么说？"

郭也把面条放好了，掏出自己手机，调出和叶蓁蓁聊天的界面，放到高佳妮面前："我建议蓁蓁去劳动仲裁之后，她发给我的信息。"

那句话很简单:"郭叔,我明白你的意思,谢谢你,你放心。"

她目不转睛看着那一行字,脸上还是没表情,声音却缓和了:"让你放心什么,她会去好好跟和合打官司吗?"

郭也摇摇头:"当然不是。"

他拿回手机,一面给高佳妮捞面条,一面说:"她今天来找我了,问我要怎么样才能让张丰宇和翟思柔投票反对罗西继续当下一任轮值总裁。"

高佳妮猛然抬头,如同一束光直接打到脸上,刹那间她的神情明亮了起来:"什么?"

"她分析了下一任轮值总裁人选的可能性,认为她自己和唐洛可能都没有董事会投票权,她又不想惊动你,如果老唐继续提名罗西继任,那么在独立董事不出席的前提下,现有的董事会成员里四票赞成就行了,老唐手里稳稳有三票,张和翟都算是摇摆票。"

"蓁蓁想要说服他们投反对票,只要罗西不当总裁,选出任何一个其他人,她就可以搬出你来施加影响,为她解决问题。她认为这对你来说也容易得多。"

"她想得对,洛洛在实际拿到我们的股份之前确实没有投票权,这是我和老唐之间的协议。"

"蓁蓁也没有吧?"

高佳妮摇摇头:"没有。现在老唐是董事长,我保留一票否决权,自己退出管理。蓁蓁相当于是我硬塞进去的,如果要让她有投票权,就要老唐召开股东大会重新增补她为正式董事,他势必不会同意。我硬要这么干的话,当初何必又退出呢?"

"那她想得很有道理,没有盲目乐观。"

"是她自己想的吗?"

郭也一笑:"自己想的。她以前在创世,我给她布置功课,她自己想不明白找参谋的话,肯定是找苏桐,这小妞儿对男朋友二十四孝,从不舍得贪功,但这次还真没有提男朋友半个字。"

高佳妮目光炯炯:"你呢,你这么疼她,你没提醒她?"

郭也很无奈:"我是疼她,我也是真愿意你干脆给她一笔钱,另外找个好工作,舒舒服服过日子,比什么都强。疼亲闺女的都这么想,还提醒她去折腾什么啊?"

高佳妮想想这还真像是郭也的风格,这位爷幸好没孩子,特别是没女儿,不然真能溺爱到天上去:"好吧,小姑娘有长进,知道分化和利用了。"

她心情似乎稍微放松了一点,低头吃了一口面,问:"那你说啥了,帮上了忙吗?"

郭也很轻松："帮啊，帮是帮，但主要还是靠姑娘自己努力。我就策应一下，敲敲边鼓，运运粮草呗。"

高佳妮微笑："哎，能让郭老爷心甘情愿策应打边鼓，小姑娘可以啊。"

他把自己敲边鼓的具体做法说了说。

高佳妮微笑："都算是敲到点子上了。"她凝视着郭也，"你刚才不是说你疼她，其实不想她蹚浑水吗，怎么关键时刻又改主意了呢？"

郭也没有看她的眼睛，从锅里捞自己想吃的东西，在白色的烟雾缭绕之中，他平淡地说："因为我更疼你不是吗？"

郭也给叶蓁蓁敲的边鼓，敲到了点子上。鼓点所应和的是人类特有的，从古到今颠扑不破的特性：人人都有恐惧，人人都有期待，人人都有遗憾。

张丰宇和翟思柔的弱点是什么，叶蓁蓁从来没有想到过去寻找，但她从郭也的说辞里，很自然就回想起了之前苏桐曾经说过的话："一个人站在哪一头，从来不是一成不变的，一定要先找到你们共同的利益点或者共同的敌人，再去建立关系，否则只会是徒劳。

"恐惧、期待、遗憾，还有内心所渴望得到的利益，这些东西一起构成了人们的弱点，就如同蛇的七寸、狼的后腰，只要找准了，就能稳稳拿捏住对方，或在有必要的时候一击致命。"

和合新一年正式的第一次董事会日期迟迟未定，但罗西的轮值总裁期限已经转眼就要到期，她对这个职位的热爱溢于言表，三番四次在唐在云面前提了要连任。

罗西连任对唐在云来说很合理，于公于私都是如此，因为他非常需要确保公司政策与项目进度的稳定性。

企业如同小小的王国，不同的上位者有不同的领导风格，高明与否，见仁见智，很多时候要交给时间来裁判，但万变不离其宗的是领导力的三个层面：团结团队，凝聚资源，完成目标，全都需要稳定。

东一榔头西一棒的策略也好，管理风格也好，都会带来大量的无谓耗费，凡事如果一直在不断考量不断讨论，该成的事情就永远成不了。

高佳妮在公司的时候稳定性从来不是问题，无论轮值总裁怎么换，都以她为核心。他们的上任也没有固定的次序，谁来当，当多久，往往是跟公司的优先战略目标相呼应的：大的并购项目进行的时候，财务领域的高管就会站上一人之下的权位，在风险控制和财务方面为公司保驾护航；如果重心在开辟新的业务领域，需要带头的人锐意赋能、狂飙突进，那么销售或市场背景出身、个性偏好冒险的人就会成为主要的发声者。在如何令人与事相匹配这个点上，高佳妮是大师级的玩家。

她自己的职责则是守住决策最后一道关口，绝不让公司出现在火山喷发的现场，尽管她最大的弱点是不近人情，难以通融，从一体两面的角度去看，人们也必须承认，她所坚持的用人以实用为先的态度，刚好避免了家族企业中最常见的裙带关系所带来的弊端。

唐在云接手之后，面对的就是一个骤然失衡的局面，因此他需要尽快为团队高层建立起新的秩序。罗西长久地把行政权力抓在手里，正是其中一环。

他将罗西带进公司，起初很难说没有带着一点负气的用意，就像穷了一辈子的拆迁户忽然拿到八位数现金的时候，第一件事自然是去买最快的车子，穿最贵的衣服。但磨合了一年多，罗西竟然意外地依靠她自己特有的方式取得了唐在云的首肯，于是他的计划就是至少让罗西专注一线管理一年半到两年，而后再计议下一步的变化。

唐在云对谋与虑都很在行，哪怕自己已经是在一言九鼎的风头火势之下，搏兔也以搏狮之力，而后才能去估大概的胜算。他知道让罗西登堂入室显然不可能让高佳妮满意，但高佳妮既然本人不再出面，那么唯一的障碍就是她能影响的那些人。

首先是叶蓁蓁，但她太年轻，几乎什么都不懂，不足为患；唐洛和妈妈的关系水火不容放在一边，自己也根本没有企业家的自觉，就算让他参与决定，他最多只会捣乱或觉得好玩，因此这两个人都排除在了唐在云的考量之外。

剩下的人大部分是他的亲信，但唐在云仍然未雨绸缪，不断和董事会成员直接沟通，半年之间反反复复，不曾有半点松懈和疏忽。

有时是小范围地对饮清谈，有时候是一对一会议上的疾言厉色，或软或硬，或高压力取，或好商好量，他要等到把大家的心态和期待都摸得八九不离十了，才会定下换选轮值总裁的时间。

他在张丰宇和翟思柔身上花了格外多的心思，旁敲侧击有，打开天窗说亮话也有。

唐在云能把话说到多直白呢，五月中旬一次高管聚会之后，唐在云让张丰宇上了自己的车，送他回家，路上寥寥说了几句话，中心意思基本就是张丰宇要坐稳自己年入千万的位子，必须无条件对唐在云和罗西的组合效忠，否则大家不好看，大家也都没好处。

张丰宇从头到尾没有发表意见，只是在唐在云最后问他想法的时候，一锤定音地点头。一个人在江湖混久了，知道凡事多言无益，老板的心意一旦定了，你不管怀着什么心思与立场，去论证也好，探讨也好，都是头生反骨，徒劳将自己陷在风险之中。

他们正事谈完，眼看张丰宇家门在望，又随意说了几句不相干的闲篇，唐在云突然荡回去加了一句："对了，思柔那边，你也了解一下她的想法。我们自己人，有什么事尽可以直接跟我说。"

张丰宇淡淡答应了："知道了唐董，我和翟总去聊聊，她应该没问题的。"

双方都知道，只要张丰宇立场定了，唐在云就根本不必再去和翟思柔谈，张、翟二位在和合十几年，彼此之间该知道的、该了解的，同呼吸共命运，早就已经有了共识，不必临时起意。

他到家下车，站在小区门前目送那辆奶油色的劳斯莱斯掉头，远处有一辆红色法拉利也随即折返，演绎着新一代的夫唱妇随。

两辆车都消失在视线的尽头，张丰宇才默默转头回家。

他的住所在朝阳区星火西路中段，买了小区里一栋楼顶层四套公寓全部打通，连同送的屋顶花园，变成一个整层的复式顶楼。房子买好装修好几年了，本来说儿子结婚了就搬家，结果一直锁着，小两口还是跟父母住在靠近房山那边、已经住了十几年的小别墅里。

去年年中，申请了许久的投资移民许可终于下来，张丰宇的太太跟着儿子去了美国。家里一下子就空荡了起来，要是阿姨和司机不在，他一个人上上下下的，周围安静得能听到自己的心跳声。

他倒不怕寂寞，有些人生来对亲情和热闹不太在意，婚姻也好，家庭也好，有是要有的。张丰宇那个年代过来的人，正常人都有这些，但你问他们为什么要有，是不是非得有，他们也不耐烦去想，更说不出个所以然。

张丰宇在意的是家里既然没人，每天从房山奔到市中心去上班就显得格外不方便不合理，他拾掇拾掇，当即就住到了城里来。

他进了小区大门，一梯一户的电梯还等了一会儿，进去之后按下指纹，电梯"嘀"一声被激活，他输入数字，电梯启动，而后停在了三十八楼。

但他自己的房子其实是这栋楼的顶层，三十九楼。

电梯门打开，电梯厅的那一头，公寓门也开着，小板凳挡住门，板凳上坐着的人似乎在等什么，正低头看着平板电脑，听到动静抬起头来，扭头对他露出温存的笑容："今天这么晚？"

张丰宇点点头："嗯，老板请吃饭，谈了点事。"

那是一个女人，鹅蛋脸，嘴唇丰润而眉目温存，身形细瘦，站起来只有张丰宇肩膀高。她穿着白上衣，宝蓝色阔腿裤，样式都颇有风格，一眼可见质料精良，长发在脑后松松挽了一个发髻，其间杂着银丝点点，整个人风度温蔼，但年纪是至少在五十开外了。

她把张丰宇迎进家门,屋子里家具装饰都颇简洁,颜色或白或灰,看得出来成色都很新,四下洁净无尘。茶几上水果零食井然有序,阳台晾了衣服,书和杂志随意堆放,音量很低的钢琴曲不知从何处发出,始终在空中回荡。房子四下边角转壁的地方都放了各色花瓶,或古朴或文艺,瓶中插了花叶,玫瑰、鸢尾、百合、雏菊……品类形形色色,枯萎的与初放的交叠,处处都是浓厚的生活气息。

女人给他拿了鞋和家常衣服来,端上一杯泡着枸杞、党参、三年陈皮的温水,问:"吃过了吗,要不要再吃一点什么?我下午刚包了饺子,鲜的,都还没冻上,煮几个给你吃吧?"

张丰宇换了衣服鞋子,看着女人拿走安置,等她回来就去拉她的手:"不用了,你陪我坐一坐。"

女人坐下来,和张丰宇腿靠着腿,看看他:"怎么了,今天好像很辛苦?"

张丰宇"嗯"了一声:"公司最近局势比较复杂,几个大的项目推进也有点问题,所以比较操心。"

女人拍拍他的手:"一整天都在说话吧?"

他说是,而后喝了几口水,往沙发上结结实实靠过去,呼出一口长气,说:"回到你身边我就放松了,别担心。"

女人抿嘴笑,眼角皱纹微叠,脸颊微黄,实在是韶华不再,但灯光下这一副容貌格外慈悲。张丰宇凝视着她,说:"凤仪,几时我陪你去染一下头发吧?看耳边似乎白得有点多了。"

女人抚摸着自己的鬓发,平静地摇摇头:"没关系,反正也没有别人看。"起身拿了一碟圆溜溜、拇指盖大的蓝莓回来,放在两人中间,说,"说起来你今天肯定没有吃水果,赶紧吃一点。"

张丰宇顺从地捏起两颗扔进嘴里,和女人继续有一搭没一搭地说些日常的小事。两人坐在那里,如同共经风雨多年、知根知底的老夫老妻,从姿态到言语,没有一处不熟悉。

张丰宇和陈凤仪,曾经真的是夫妻,夫妻之间应当有的情分和义气都有,当得上"相濡以沫"四个字。只不过人生莫测,波谲云诡,在此时与彼时之间,他们也有差不多二十年,咫尺天涯,两个人的名字,在任何意义上都没有连到过一起。

这是怎么来怎么去的一回事,知道的人并不多,而其中刚好有一个,在三月中旬的某一天,赴了郭也设的私家宴。在座的除了郭也,只有一个叶蓁蓁,主菜是松茸鸡汤和慢煮牛腩,配三四个小菜,开了一瓶铁盖茅台,窗外恰好有雨,淅淅沥沥之间,宾主都谈兴渐浓。

这人姓祝，四十来岁，相貌堂堂，是古代将军孤身见敌时会想要找的捉刀之人，但一双眼睛扑闪来去，视线与神气的转换都快得过分，叫人心里隐隐然便有一个疑问，不知这人一句话里，有几分真，又有几分假。

郭也让叶蓁蓁叫他祝先生，客气里透着生分，介绍说这位祝先生在和合服务了十年，一直在地产事业部跟着张丰宇做商业地产的项目，据说是沾点亲故的，也算是顺风顺水。创世以前是和合指定的咨询服务商，其中地产方面的业务尤其重要，所以郭也跟祝先生合作颇多，两人算是熟识。

前几年互联网共享概念正热的时候，祝先生动了弄潮的念头，通过猎头去了一家当时风头无两的初创企业。他起初高薪、高职、期权一应俱全，颇为意气风发，结果不到两年公司就深陷现金流危机，眼看就要起高楼，宴宾客，楼塌了。祝先生作为局内人感觉前途堪忧，又想起实业稳稳当当的好处，掉转头来找郭也，托这位爷为他留心一下合适的机会。

这个级别这个年纪的人，真有本事的，多年人脉资源经营下来，还是有大把地方可以去，不说呼风唤雨，至少丰衣足食；但那些稍微差点意思的，或万一或不巧，也能就此一蹶不振。这位祝先生刚好就卡在这两类人之中，不上不下，比什么都难受。

他这一托托了几个月，间中小心翼翼去问，郭也一直爱答不理，老祝心里知道可能希望渺茫，很有一点焦虑。结果峰回路转，郭也突然打电话过来，设宴款待，说是最近有一些机会还不错，见面具体聊聊近况详情，看合不合适。

郭也安排好了就通知叶蓁蓁，电话里什么都没说，就要她记得去。吃饭那天她到了一看就他们三个人，大惑不解，趁着寒暄过后姓祝的客人去了洗手间，赶紧问郭也："郭叔，这是要干啥？"

郭也对她格外慈祥地笑："没啥，带你认识认识人啊。"

叶蓁蓁傻看着人家离开的方向："我要认识他干啥？"

郭也怪有趣地看着她："老祝以前是和合地产事业部的副总裁，去创业公司也是执行董事，有啥用，我家蓁蓁都看不上眼喽。"

叶蓁蓁闹了个大红脸，急急忙忙自辩："哪有看不上眼，郭叔你冤枉我！"

郭也没觉得看不起人怎么了，主要是因为他自己整天都在看不起人："怎么叫冤枉你了？你叫和合的大老板叫姐，老祝在你面前确实不算什么啊。"

"这都行？"

郭也从眼镜下面瞄蓁蓁一眼："怎么不行？关系决定眼界，眼界决定格局，你关系到位了，就不用往下使劲，很正常，谁不是抬头看人的呢？"

这句话还真难反驳，也让叶蓁蓁想起高佳妮一开始训练她的时候，每天安排了各色大人物来吃早餐，当时她还曾经发出天真的感叹："和大人物吃早餐并不会让我变成大人物啊！"

高佳妮怎么说的来着："其他人并不知道这一点。"

当时她懵懵懂懂，全不明白其中的用意，直到去创世工作之后，跟着郭也出入，见的都是在各自领域呼风唤雨的猛将，耳濡目染，自然而然就开始领悟了：一旦你见过真正的大人物，跟他们谈笑风生、从容相处过，甚至还一起吃过煎蛋喝过白粥，那外面随随便便来一个人想要吓唬你，难度就很大了。

郭也和高佳妮显然在这方面立场一致，既然如此，又怎么会巴巴地要叶蓁蓁特地来跟这位祝先生吃饭呢？

答案在酒过三巡，老祝微醺的时候，慢慢有了揭晓。

这位显然是个贪杯之人，铁盖茅台又实在香醇隽永，他很快就进了状态，大谈特谈自己当年纵横职场的故事，主要高光点都来自在和合的经历，而且眼神一直往叶蓁蓁那边瞄，求认同求关注。

这一点不稀奇——一个眼看就要不得志的中年男人，能在一个样子好看有点来头的姑娘面前吹牛，不用打兴奋剂，就能生生兴奋上半宿。

老祝兴奋他的，郭也一杯酒放面前，浅尝辄止，脑子全程清醒，跟放在东北冬日户外的一瓶酸奶似的，他像个埋伏着的捕猎者，在等着什么。叶蓁蓁呢，她虽然不明白郭也约饭的初衷，但她知道一定会有一个初衷存在，要得到答案，首先就得耐心让这个场面安安稳稳发展下去。

为了让局面通顺，她有意无意挑起了捧哏的重担，全程对祝先生的滔滔不绝表现出了有分寸的热情，该呼应的时候呼应，该反问的时候反问，一点没让人家熄火冷场，也没让郭也为难，还没让自己半点掉份儿受委屈。

她平常根本就不应酬，居然能做到这个程度，一半是天赋，一半是训练，前者靠老天爷给面子，后者靠的是高佳妮。蓁蓁对两者的好处其实都没什么概念，但郭也眼光何等之毒，将她的变化看得清清楚楚，内心很是欣慰。

她唯一的不足是人实在太年轻了，火候不够，到需要挖凿关系信息的关键时刻很有可能兀自不觉，就把机会漏过去了，因此郭也才要在旁边候着，像他自己说的，为叶小姐敲敲边鼓。

老祝一路说，终于说到自己从和合要走了，张丰宇实在不愿意，三番两次找他谈。突然郭也就问了："你说张总这个人，从不出来应酬，也没啥爱好，你们和合那些人，还就他面冷心冷的和其他人不一样，是吧？"

老祝一下子起劲了:"张总面冷心冷?郭爷你没看出来吧?他其实是个多情种子。"

叶蓁蓁马上发表意见:"不可能吧,祝总,是不是误会了?张总那个样子,怎么也看不出是个多情种子啊。"

老祝被这么驳了一下,酒劲儿上来,本来不想说也说了:"你们不知道的,我跟他是老乡、校友,我进和合是他带我进去的,一直都很熟,他的情况我很了解,为什么说他是多情种子呢?是这样,张总他在大学里就谈了女朋友,毕业后就结婚了,八年夫妻,感情好得不得了,说真的,我没见过对老婆这么好的男人。我们认识的人,但凡有点事业的,谁在外面没点花花草草对吧,老张是真没有,下班就回家,应酬的时候跟老婆说几点回去就几点回去。"

叶蓁蓁嘀咕了一声:"这就算对老婆好啊,要求太低了吧。"

郭也压低声音教育她:"不要拿你们家小苏那个标准来套普通男人,对大家不公平。"

蓁蓁"扑哧"一笑,悄悄发了个短信给爱人:"你偶像又夸你了。"

苏桐回她:"说我啥了?"

"说你对我好。"

苏桐又回:"这也值得夸,不是本分吗?"

叶蓁蓁被逗得抿嘴笑,看老祝那边话音落下了,赶紧收起手机补一句:"然后呢?"

老祝得到了鼓励,继续爆料:"结果他老婆生不出孩子,那时候试管婴儿没这么发达,老张家是山东人,对香火看得很重。他老娘,啧啧啧,赶到北京来,那真是以死相逼啊,非让他们离了。"

叶蓁蓁没想到故事的转折是这样,一愣:"啊?"看了郭也一眼,眼神里的意思是,这是什么狗屁多情种子啊?

郭也对她眨眨眼,接了一句话:"那张总不是挺难受?同心而离居,忧伤以终老,人生至痛啊。"

老祝对有文化的郭也双挑大拇指:"郭爷说得真准。老张受到的打击大,他前妻受的打击更大,据说自杀两回都被救回来,一直精神状况都不太好。张总离婚后单身过了三四年才又结婚,生了个儿子,但就不怎么爱着家了,他也不出去玩,就是全身心工作。郭爷你知道的,跟着高董创业的人,只有这样才升得上去,张总就是这么一步步上去了。"

"嗯,那确实,张总工作狂我们都知道,不过这事儿是悲剧,怎么就多情种子了呢?"

"前几年,张总不知道怎么听说的,他前妻后来嫁的人得癌症死了,父母本来就早逝,又没孩子,一个人孤零零的,日子不怎么好。他就千方百计找了去,在朝阳那边给她买了个小房子,就买在自家新房子楼下,还帮她开了一个小公司,一礼拜去一两次,大家其实都老了,能干啥?本来两边维持下去也能相安无事,结果张总觉得这样对不起前妻,非要跟老婆离婚。家里人坚决反对,老婆儿子都要死要活的,折腾了一两年没离成。去年张太干脆跟着儿子去美国了,三十六计躲为上,眼不见心不烦,婚是打死都不离的,人就当是让给前妻了。"

叶蓁蓁听到这里彻底惊了:"张总?"

张丰宇日常不苟言笑,和合上下,对这位老总的风评都是严肃有余,亲和不足。他秉承了高佳妮时代留下来的高要求高压力的工作风格,经常会把手下干员骂到想直接跳楼,除了少数几个人,大家都很怕跟他开会。

任何人都万万想不到张总的私人生活曲折如一部言情小说,所以说人不可貌相。

老祝用独家内幕把郭也和叶蓁蓁给镇住了,略有点得意。郭也还不罢休,继续深挖:"老张也就是弥补一下年轻时的遗憾,过一阵子想必就淡了,男人嘛,都这样。"

老祝不敢直接驳斥郭也,但不服气是明摆着的:"郭爷你说得对,基本上男人都这样。不过张总对前妻这个态度还真不一样,他前妻名字叫凤仪,公司名字也叫凤仪,做会务和礼品业务的,坦白说是小生意,但张总一点不怕掉份儿,亲自帮她跑业务来着。我们好几个兄弟都接到过电话,让我们关照人家,看起来他很上心。男人给女人钱很容易的,把她的事情当作自己的事情,就很不容易了。"

郭也看了叶蓁蓁一眼,点点头,说:"那倒是。"亲自提起酒壶给满上了一杯,话题岔出去了,"来,说说你吧,老弟最近有什么打算?"老祝精神一振。

一顿饭吃了三个多小时,老祝最后醉得东南西北都分不清楚了,郭也叫自己司机把人送回去,回屋一看时间已经十点多,叶蓁蓁在那儿很没有风度地张开嘴打哈欠。他看了好笑,坐下来敲敲她的脑袋:"才几点就困了?"

叶蓁蓁指指自己:"我是百灵鸟。"又指指郭也,"郭叔你是猫头鹰。"又摇摇头,"我们不是一窝的。"

郭也笑骂:"蛇鼠才一窝,我跟你当然不是一窝的。"

他坐下来抿了一口小酒杯里没喝尽的茅台:"怎么样,今天一顿饭下来,有收获吗?"

叶蓁蓁点点头:"有,发现了张总人格的新位面,非常叫人震惊,明天去上班不能直视他那张严肃的脸。"

"嗯，人人都有很多面，习惯就好，还有呢？"

"这位姓祝的大哥有点靠不住啊。郭叔你不会跟他合作吧？"

"没啥合作，有两个工作机会介绍他去一下，毕竟是这个由头约人出来的，也不能过河拆桥，要不要就是人家的事儿了。"

他说完看看叶蓁蓁："姑娘啊，你也要记住，靠得住靠不住，要视乎观察事物的角度和你的目标。就拿今天来说，他要是太靠得住，我们就啥都弄不到了不是吗？"

叶蓁蓁点点头："郭叔，你约这位祝先生出来是让我去找张总的弱点对吧？现在主要听到的就是他对前妻有感情，这算弱点吗？"

"你先定义一下弱点是什么。"

她想了想："就是可以被人利用的特点呗。"

"可以这么说，那有什么是经典的弱点？"

"呃……好色啊，贪财啊，多疑啊，身体不好啊。"

"身体不好这个比较少人关注，不过很有道理。你看你高姐吧，唯一的弱点就是身体不好，有心杀贼无力回天的时候格外不甘心。"

叶蓁蓁扁了一下嘴，为高佳妮感到难受："郭叔你别哪壶不开提哪壶啊。"

"真的勇士要直面惨淡的人生嘛，有啥不能说。好了，这些为什么会成为弱点呢？"

叶蓁蓁随口说："因为它们会让人做出愚蠢的行为啊……"说到这里突然停下来了，眼睛亮晶晶地看着郭也，"郭叔，我知道了。"

郭也问："你知道什么了？"

"张总的前妻开了一家小公司，张总到处找朋友介绍业务，他自己在和合管地产事业部，掌握的预算和资源比其他任何事业部都要多，很有可能他也会把和合的礼品和会务交给她做，这样一来，就是利益关联对吧。"她脑子转得很快，"我知道唐总特别注意这个，会议上听过几次让李总不定期亲自查供应商关系。"她口中的李总，就是唐在云直接招募进来的现任CFO。

郭也完全肯定她的想法，内心觉得这真是孺子可教："对。"

"利益关联的后果是不是可大可小？"

"是的。"

叶蓁蓁这下忘记自己打瞌睡的事实了，全神贯注琢磨了起来，却被郭也打断了："你想通这一点就好了，剩下的事儿自己去做吧，走，我叫车送你回家。"

第二十一章
有钱人脑子都有问题

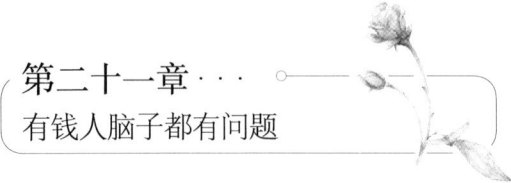

叶蓁蓁平常没心没肺,大处小处都可以随便,但要是跟什么事情杠上,就百分之百会投入进去,想学会做藤椒鸡如是,和苏桐谈恋爱如是,今天打起了张丰宇的主意跟小母鸡打起黄鼠狼主意了似的也如是。她回到家在洗手间换衣服都还在琢磨,换到一半琢磨得出了神,整个人都定住了。

恰好苏桐下班,一路从门口喊着名字喊到里面,看到她先松了口气:"以为你还没回来呢。"再一看,小包子把好好的连衣裙挽到脖子上不脱了,站着看镜子是什么意思?是不是听到我回来了,以此发出信号邀请来一发上下其手?

一念至此,苏桐赶紧上前配合领导意图积极开展行动,被叶蓁蓁打手也毫不退缩,勇往直前,软玉温香蹭了一个够。叶蓁蓁抱着他的脖子哼哼唧唧,忽然想起了什么,问:"宝,万一我们结婚了发现我不能生孩子,那你怎么办?你家单传哦。"

苏桐吓一跳:"怎么突然问这个,是去体检了发现什么不对吗?"

"没有啊,我去体检你怎么会不知道,那万一就是有什么不对呢?"

苏桐坐在马桶上,把叶蓁蓁抱在膝盖上,这是他们一贯的坐姿。有时候两个人去逛街,站在商场扶手梯上的时候,苏桐怕叶蓁蓁走累了,都会一条腿抬高一点撑在上一级台阶,让叶蓁蓁半坐半靠着。

他看着叶蓁蓁的眼睛,认真回答:"不能生那就不生嘛。要是我们俩生孩子,那我肯定特别特别爱孩子,要是你不能生孩子,我至少得有你啊。"

叶蓁蓁心里甜甜的:"真的吗,你不怕老了孤单?"

苏桐摇摇头:"只要你在身边,我就一辈子都不孤单,你要是百年之后寿终正寝，我照顾好你的后事跟着走就行了，也不会有机会孤单的。"

叶蓁蓁凝视着他，拍拍爱人的脸："干吗说这么绝？万一有变化呢，万一你不爱我了呢？那时候想起来今天这么斩钉截铁的，不会后悔吗？"

苏桐抱紧她："一点都不绝，我第一天跟你在一起就这么想。至于变化，人的感情当然会有变化，每天都比昨天爱你多一点，这也是变化，天天都在变，但是要从爱你变到不爱你这个形态去，就跟要把一只鸡变成一只狗一样，世上没魔法，科学又做不到。"

叶蓁蓁笑了起来："你公司的人知道你这么会哄人吗？"

苏桐在她肩膀上鸡啄米似的亲吻："当然不知道，要人家知道干吗？我反正也只会哄你啊。"

两人亲热了一阵子，彼此都感觉充了电，一看快要半夜了，赶紧洗洗准备睡。刚躺到床上，叶蓁蓁的脑子又回到了张丰宇身上，她看着黑暗中的天花板思绪如潮，久久难以入梦，不时还小规模翻个身，蹬踏一下被子。这么折腾了好一会儿，忽然苏桐床头那边的灯亮了，他翻过身来兀自半闭着眼睛，对着叶蓁蓁："小包子，怎么了，心里有事啊？"对她的动静敏感如斯，简直不像个直男。

叶蓁蓁听着他说话都睡意蒙眬的，赶紧伸手过去想要关灯："没事没事，你困成这样了还管我干吗，我马上就睡了。"

苏桐抓住她的手，放在唇边吻了一下："你睡不着我也不踏实，有事干脆跟我说说，说出来就好了。"

为了配合气氛，他还努力睁开双眼，铜铃般闪闪发亮，表现出特别振作的样子猛看叶蓁蓁："放心，我不困，精神好着呢！"

叶蓁蓁摸摸他的脸，这样的灯光下看苏桐，就知道他最近是真憔悴了。从小就不知道什么是累的龙精虎猛的人，眉目两颊居然带着疲惫之色，这在叶蓁蓁的记忆里可不多见。

她难免就想到自己也早出晚归地忙，有时候一礼拜下来饭都在家做不了一顿，苏桐的待遇跟以前比，那真是差太远了，估计也是憔悴的原因之一，顿时就自责起来："宝，你瘦了好多啊，你工作那么忙，我没时间照顾你就算了，还老让你操心我。"

苏桐一听："这是啥情况，怎么一言不合就见外呢？"他伸出手臂，让叶蓁蓁枕在他肩膀上，最近虽然消耗大了，幸好底子厚，身上该有的肌肉都还是结结实实地撑在皮肤下，温暖有力，叫人靠上去之后就无名觉得安定。

他一只手轻轻拍着蓁蓁，跟拍孩子一样温存，说："男女平等，咱俩都工作，我不是也没时间照顾你吗，瞎想啥呢？"

叶蓁蓁在他脖子那里蹭，"嗯"了一声。他继续问："说吧，今天不是跟郭叔吃饭吗，怎么吃出心事来了？"

叶蓁蓁把在饭桌上的情况连饭后和郭也的谈话都说了一遍，苏桐就真听清醒了："难怪你突然说起生不生孩子的事儿来了。"

"你觉得张总这个算弱点吗？"

"对前妻有感情不算，前妻开的公司跟和合有业务关系的话，就看老板怎么想了。"他拨弄叶蓁蓁的额发，"唐在云很在乎这个吗？"

"我觉得好像是，好几次开会都特别让CFO查利益关联，说和合的供应商都必须经过严格招标，绝对不能让内部的蛀虫假公济私。"她嘀咕了一句，"结果他自己最假公济私好吗，太双标了吧。"

苏桐觉得好笑："那就是他的公司啊，公就是私，不存在假公济私这种事。"他继续说，"和合这个体量的公司，事业部老总，尤其是地产部的老总地位很高，利用自己的权限放一两家利益关联的公司进供应商系统，很常见，不算什么，但前提是我刚说的，老板没问题就行。"

叶蓁蓁展开联想："你的意思是，如果唐董发现之后，会对张总造成影响，这才叫弱点，是这个意思吧？"

"是的。"

苏桐侧过脸来看着她思考的样子，叶蓁蓁皱一个小眉头格外严肃认真，比嘟嘴发嗲更可爱："你觉得唐董会不会在乎呢？"

结果叶蓁蓁出人意料地摇头："其实唐董到底在不在乎，不是最重要的。"

"是吗，怎么说？"

"张丰宇是高姐那个时代过来的高管，我这几个月观察下来，他和唐在云之间多多少少有一些隔阂，然后他管的又是地产事业部这一块和合最大的肥肉。唐董怎么想我不知道，罗西绝对想要染指这块肥肉，他们已经不止一次在会议上意见不同了。这种情况下，张总一定会格外小心谨慎，如履薄冰，不落下任何把柄，否则唐董可能现在无所谓，要对付他的时候就可以随时变得有所谓了。"

叶蓁蓁分析得丝丝入扣，里外周延都有顾及。苏桐惊喜地翻过身来抱住叶蓁蓁，在她额头上亲一下："说得很有道理，我家小包子果然花了功夫，很有长进啊。"

叶蓁蓁很高兴："真的吗，你也觉得我分析得对？"

苏桐很中肯："我从来没有见过和合那些人，得到的信息都是第二手的，所以我怎么认为都不重要，但光听你的分析，我认为很符合已知现状，逻辑也很可靠，应该八九不离十。"

叶蓁蓁仰起头来,喜气洋洋:"你这么说我就放心了。"她啃手指头,"下一步我应该怎么做呢?"

她被苏桐的大手蒙住了眼睛,灯也关了:"小包子,乖妹妹,工作的事不可能一劳永逸一蹴而就的。你要学会设置界限,该放下就要放下,该分开就要分开,知道吗?不然的话很容易太过紧张,会影响身体。"

这是爱惜叶蓁蓁的蜜语,也是苏桐过来人的经验之谈。他自己以前在万邦,现在在四平,都是全天候工作狂模式,整天累得鸡飞狗跳的,一会儿愁人,一会儿愁钱。投资人没消息的时候愁山穷水尽;投资人有消息了,尽调清单过来要准备一百份文件,每份文件上一个错误都不能有,也一样愁。

四平实在根基太浅,有经验的人又都走完了,现在管理团队的人再努力也不够苏桐和王建平两个人一半能干,想要公司提供的关键信息入得了投资人的法眼,主力就靠他们俩折腾。苏桐自己写,自己整理,自己算,恨不得有八只眼睛十个手臂,真是黄连一样苦。

饶是这样,他下班了就是下班了,到家了就是到家了,一开门就再世为人,眼前只有爱人,梦里只有周公。如果工作的事火烧眉毛,他就在公司里硬顶着,二十四小时连轴转也无所谓,做完再说,绝不会带回自己私人所有的时间和空间里。

这个习惯在叶蓁蓁不上班的时候,优点是非常突出的:在家里待一天的家庭主妇,贡献很多,功劳不显,情绪很闷,盼着男人回来的心情十分急切,要是好不容易人回来了,心却还在工作上,就会格外失落。

很多和苏桐他们同样情况的情侣或夫妻多多少少都会为这个吵架,但他们得以幸免,跟苏桐自觉切换身份的习惯很有关系。

叶蓁蓁本来就从善如流,又向来愿意接受苏桐的建议,这么一来也就定了心。她抱着爱人的手臂磨蹭一会儿,睡意渐生,刚要合眼,突然放在客厅里的手机响了起来。

她猛然就清醒过来了,心脏"怦怦"直跳,慌慌张张光着脚跳下床冲出去拿手机,嘴里念叨"哎呀,这是谁呀,怎么这么晚打电话啊"。苏桐也跟着坐了起来,张望着叶蓁蓁冲出去的背影,皱起眉头。

他们两个都是独生子女,人在他乡,父母年纪渐长,要是为了工作,尽可以晚上十点之后就静音,但要是家里有什么事,就万万不能让人找不着,所以至少有一个人的手机是永远要开声音的。这个任务主要是叶蓁蓁承担,她相对而言生活简单,晚上电话少,这个点儿突然一响,简直一盆冷水泼到头上,叫人下意识地惊慌。

她连滚带爬冲出去拿起手机,一看,居然是唐洛。

上次她和唐洛闹矛盾后都过了一个多礼拜了，这个礼拜她该干啥干啥，说话处事，都跟平常一样，但是唐公子脾气真不小啊，明明自己把人气够呛，还主动记仇，对她爱答不理的。唐洛这礼拜里开会前后不要小抄也不用复习了，一脸生无可恋还硬扛着，有时候他坐在会议室里，知道的看他样子是在开会，不知道的以为他在蹲马步，反正都是一副直挺挺的姿势和凝重的表情。

叶蓁蓁还真不习惯这个，她和苏桐偶尔也吵嘴，一定当场解决，打死不过夜，小时候在家跟兄弟姐妹父母难免磕磕绊绊，原则也如此，突然遇到唐洛这小肚鸡肠，真是新鲜又无奈。她终于体会了高佳妮说的，最可怕的是一个人心里有冰块，冻得硬邦邦的，谁都在里面待不长久。

这都什么时辰了，突然打电话过来是什么意思？叶蓁蓁看着屏幕上唐洛的名字正在费神儿猜测，忽然心里一个激灵，不会是高佳妮有什么事吧，赶紧接起来。

"小唐总，这么晚了，有事儿吗？"她尽可能平静地问。

那边像是迟疑了一下，接着才说："上个月说的本年度市场预算，为什么线上营销的比例那么高来着？"

叶蓁蓁一愣，忍了一下没忍住，号了出来："小唐总，我实名问你一句，你那个脑子长着是不是当摆设的，这事儿我跟你说了多少遍了，啊？多少遍了？"

唐洛被实名痛批了，还挺心平气和的样子："哦，是吗？我不记得了。你明天再给我讲一遍吧。"

叶蓁蓁叹口气："行行行，我给你讲。"一副破罐子破摔，听天由命的德行。

那边再见都没说，电话一下就挂了。叶蓁蓁嘴角带着笑回去，苏桐一看知道肯定没什么事，但还是忍不住追了一句："不是重庆打过来的吧？"得到否定的答复之后松了口气，"那是谁啊？"

"小唐总。"

"有事儿吗？这么晚。"

"问我一个预算。"

"这时候问预算不像他的风格啊，大少爷怎么突然这么爱工作了？"

叶蓁蓁爬上床，从背后抱住苏桐，"扑哧"一笑："跟爱工作有个屁关系。之前他不是跟我嚷嚷来着吗，估计是想跟我示个好，又打死说不出软话，我就顺坡下驴呗。"打了个哈欠，眼睛合上了，迷迷糊糊还嘀咕呢，"有钱人脑子都有问题。"

她第二天起来如常去游泳，而后上班，在和合大厦门口又见到了Florence和那辆宝马车。这一次Florence下车就扭头走了，脸上似乎也没有上一次那么灿烂的笑容，不知道是不是和男朋友闹矛盾了。

叶蓁蓁在电梯间赶上了她，两人一打照面，Florence闷闷不乐的表情即刻一扫而空，露出职业性的微笑："叶总，这么早？"

叶蓁蓁答应了一声"早"，跟着问："小唐总今天什么行程？"

Florence不愧是金牌助理，不用查邮箱不用看备忘，心里清清楚楚的："小唐总十点有个营销策略会，中午和唐董午餐会，下午他说要出去，没有排其他工作。"

她说完了看了看叶蓁蓁，眼神里有一点犹豫。

叶蓁蓁看出来了，说："怎么了？"

Florence转过眼去，刻意用漫不经心的口吻说："今天是小唐总生日，昨晚在家里开了派对，很大阵仗，基本上大家都去了，叶总可能没时间吧。"

所谓"大家"，指的当然是和合的高管团队，所谓"可能没时间"，则是善解人意的一句托词，因为叶蓁蓁从一开始就没被邀请。Florence亲自替罗西发的邀请函，人家指明了根本不让叶蓁蓁知道。但唐洛对此并不知情，要是他认为叶蓁蓁是赌气不来呢，那就可大可小了。

Florence的用意，就是让叶蓁蓁知道有这么一回事，该找补得赶紧找补。她发邀请函的时候其实就考虑过要不要提醒叶蓁蓁，可一想，这位小姐万一突然轴起来，不请自去，大闹唐府，那她自己就吃不了兜着走了。人对于自己的利益，总是会算在其他人的利益之前的，无可厚非。

叶蓁蓁当然想得通其中的弯绕，也不介意，这时候电梯门开了，两人分头上了电梯，叶蓁蓁忽然想起昨晚唐洛给她打电话的点儿，按理说还在开派对啊，怎么有工夫想起线上营销预算的事儿呢？

她抱着这个疑问去了办公室，唐洛居然已经在了，而且这次还坐在办公桌后面，面前摊着一大堆画册类的东西，正一本正经看呢。他听见叶蓁蓁进门，头都不抬先问了个问题："咱们国家艺术品进出口具体是怎么搞的来着？"不经过任何程序，就算是两人和好了。

他的问题把叶蓁蓁问得有点蒙，她机智地反问："你问这个干吗？"

"商业美术馆那个项目有采购部分，我联系了欧洲一圈我比较熟的美术馆和艺术商人，正在看他们送过来的推荐品，顺便了解一下政策。"

这有板有眼地说了一顿正经事还真新鲜，郭也怎么说的来着，兴趣激发行动，真是没错。难得唐洛如此上心工作，叶蓁蓁岂能不配合，赶紧甩下包把自己电脑打开："我帮你研究一下。"

她的研究方法是双管齐下，一边自己搜着资料，一边摸出郭也给她的那张小纸片，噼里啪啦写邮件发信息给那些艺术品交易行业里的大拿，问出去一系列基本问题。

写着写着她顺嘴说了一句:"小唐总,你今天生日对吧?生日快乐啊。"

唐洛从电脑上方瞥了她一眼:"有啥好快乐的?"

这就把叶蓁蓁问倒了,她想了想说:"你生日不是开派对了吗?开派对收礼物挺快乐的啊。"还补了一句,"没人请我,我就没去哈。"

结果唐洛一肚子气:"没来最好。"

叶蓁蓁就不明白了:"怎么了这是?"

唐洛憋了一会儿,没憋住,开始控诉了:"我压根儿不知道这个破派对的事儿。昨天下班了我要去打拳,我爸不干,非要我回家,也不说什么事。结果到家一看罗西给我开了个惊喜派对,来了十多个模特,请了各种北京城里莫名其妙的人。我他妈就站在那儿给一群人逛动物园似的看,耽误我锻炼不说,个个跟我说的都是废话,浪费一晚上时间。"

他越说越气,整个人义愤填膺的。

叶蓁蓁没接住:"小唐总,你这不对吧,你过生日人家给你庆祝,不挺有心的吗?"

她虽然和罗西不对付,但公平起来也是很公平的:"难道没人理你,你比较开心?"

结果唐洛还真的就是:"不相干的人理我,我为什么要开心,我生日关他们什么事?"

他不依不饶地还追着叶蓁蓁问呢:"过生日应该庆祝对吧,那你呢,你怎么没找我庆祝?"

叶蓁蓁没想到这都能把自己拖下水,本能地辩解:"我不知道啊,今天早上才发现的。哎,你不是昨晚还打电话问我预算啥的,也不像是过生日的样子啊。"

她突然心里一咯噔回过神来,唐少爷这心里膈应的多半不是叶蓁蓁不记得他生日,是膈应他亲妈不记得他生日。因为高佳妮要记得的话,肯定会跟叶蓁蓁提啊。

她就有点儿来气了,生日是生日,也是母难日,不应该是你这个不孝的儿子上门去看看自己亲娘吗?在这儿矫情个屁啊。

想归想,这句话不能说,一说就捅破了窗户纸,不打一架收不了场,叶蓁蓁硬忍了下来,只好说:"那要不,我请你吃饭?"

她还在唐洛翻脸的边缘稍微试探了一下:"要么就去你妈妈那儿吃,林阿姨给你做?"

唐洛哼了一声,说:"不去。"

他坐那儿瞪着满桌子的画册是真的有点生气。昨天晚上的派对,他一头雾水被弄回家,进门之后先被满屋子人喊"Surprise"吓了一跳,接着衣服都没法换,跟着罗西和唐在云到处去认识形形色色的人,端着酒杯,保持微笑,听着一嘟噜一嘟噜怎么虚伪怎么来的话漫天飞舞，如同北京城春天里那些烦人的柳絮，无处可避。

秉承唐在云一贯的品位，派对上的酒和餐食水准都很高，这么一晚上大概能吃掉喝掉普通家庭几年的花费。但唐洛既没有胃口，也没有心情。

唐公子并非不食人间烟火，他喜欢派对，喜欢玩。偌大一个欧洲，知名的夜店、酒吧，几乎所有米其林餐厅，都有他挥金如土的身影，不然凯瑟琳怎么可能对他念念不忘那么长时间？那个级别的美人，看男人的时候都像是带着X光，看到的不仅仅是人，还有信用卡的颜色和额度。

何以解忧，唯有黑卡。

那是他选择的世界，也是属于他的世界，纸醉金迷也好，逍遥颓废也好，都是他自己的。

眼前这样的场合性质则截然相反——唐洛身在此处，却格格不入。他当然看得出来，唐在云和罗西是明显乐在其中的，尤其是罗西，她以女主人的身份满场飞，春风得意，步步生莲，可以说，这是以唐洛生日的名义举行的聚会，却跟他本人毫无关系。

当午夜钟声敲响，驰名京城的高级西饼店"Little Swan"推上专门为唐洛定制的蛋糕，价格六位数，足有一人高，上面有他的姓名缩写，精美至极。所有人都围过来，手机全部举起来，"咔嚓""咔嚓""咔嚓"，人人都不是狗仔，胜似狗仔。

唐洛被推到人前，他面无表情地吹蜡烛，面无表情地接受宾客的礼物，象征性地在蛋糕上切了一刀，演戏演全套后退到旁边。此时罗西凑过来，在他耳边悄悄说："在场的姑娘你看中哪一个了吗？跟我说，我都打听过了，随便哪一个今晚都能留下来。"

她和他耳语的样子，极亲昵，极熟稔，众目睽睽，旁人把这一幕都看在眼里，心里难免都赞叹，好功夫，搞得定唐家的老子，也搞得定唐家的儿子，当真是大局已定。

唐洛何等敏感的人，四周人的眼光如同喧嚣的呼喊，一句句都听在了耳里，他一句话都没说，往后退了一步。

大家还在热热闹闹吃蛋糕的时候，他自己一个人上楼回了房间，洗过澡，躺下，在黑暗中注视着天花板，整个人却不能放松。他有一种强烈的悬浮感，仿佛自己在茫茫黑夜漫游，周围的一切都不真实，家和父母的存在不真实，生活不真实，连自己本身的存在也不真实。

他就在那个时候情不自禁地拿起手机，打给叶蓁蓁，在电话里问了她那个预算的问题，并且如愿以偿地听到了对方的咆哮。

唐洛一点都不关心预算，他那一刻所需要的是叶蓁蓁的反应，这个人还有她的声音、她的态度，满满都是他想要的真实感，就像一个锚，连接着坚硬的铁链，扎扎实实地把一艘船定住，不让它在风雨中迷失于海上。

他于是得以安然入睡。

这样的感觉当然不能在叶蓁蓁面前说出来，唐洛也不想继续纠结自己生日的话题，不然显得多小气似的，于是说回商业美术馆的事儿："查到了吗？"

叶蓁蓁看了一眼邮箱和手机，大拿们不知道是在忙呢还是都没起床，暂时全没回复，但在网络上找到的一点皮毛，应该可以跟唐洛探讨一下了，于是拿着电脑就过去了："给你看看。"

他们凑在屏幕面前一起看资料，看着看着邮箱发来新邮件提醒，打开一看总算有大拿起床了啊，果然如郭也所说都是行家，每个问题都回答到了点子上。唐洛和叶蓁蓁本来就像在黑夜中摸索，磕磕绊绊的，现在人家一指点，眼前就像开了灯，笔直长道一往无前，叫人振奋。

叶蓁蓁本身对艺术品交易没兴趣，她完全是看到唐洛货真价实对这码子事上心，才自然而然跟着高兴的。她这时候想起郭也说的，唐在云在这方面是大行家，当初搜他信息的时候，也真的看过不少一线艺术品杂志对他的采访，那句话怎么说的来着？"唐在云：我的品位是衡量天才的一条金线。"特别提劲！唐洛难道是不知道这一点吗？

反正来都来了，她继续在唐洛翻脸的边缘试探："小唐总，你对这个有兴趣，怎么不去请教你爸啊，他这方面造诣很深你应该知道吧？"

唐洛面无表情："嗯。"

叶蓁蓁一不做二不休："'嗯'是什么意思？"

唐洛瞅她一眼："'嗯'就是你干吗那么多废话。"

这也就是叶蓁蓁了，第一脾气好，第二知道这位少爷嘴硬归嘴硬，心真不坏，所以废话就废话吧。她也不着急："让你跟你爹学习怎么算废话呢？你迟早要接手公司的，这也是公司业务中的一部分啊。"

唐洛盯着电脑看，跟没听到似的。叶蓁蓁等了一会儿没回音，耸耸肩那就算了吧，看看邮箱里又有新回信，赶紧点进去，这次回邮件的是长居香港的一位华裔印尼藏家，名字叫林乐之，大家都叫他林先生，在东南亚一带以鉴赏和收集中国、日本近现代的名家文玩书画而知名。

艺术品收藏，是天下第一等真正要花钱的爱好，玩相机、玩手表、玩车子甚至玩飞机，都有一个明底子在那里撑着，新东西什么价格，旧东西什么路数，八九不离十。唯独艺术品是个无底洞，永远看不到上限，也不会有尽头，栽进去的人必须非富即贵，其他不要说穷人，就是一大半的所谓"中产阶层"，无论中外，都连门都摸不上。

要说例外也有，就是那些虽然自己没什么钱，但专业上手眼出类拔萃，能够站得稳脚跟的人，这位林乐之刚好就是其中之一。

那些底子雄厚的达官贵人和富商大贾，可以光收不卖，以为传家之计。林乐之当然就没那么从容，必须以代（理）养收，帮人搜寻、代拍、鉴定其他人或指定或渴求的心爱珍玩，从中分一杯羹。十数年下来，这一行里的林林总总各路门道，他都摸得清清楚楚。

但凡生计上需要和人交接的，全都懂得"花花轿子人抬人"的道理，因此郭也推荐得一点没错，要说找个人引路，这位还真是不二之选。

他在邮件里已经颇为热忱，一是一二是二地回答了叶蓁蓁提的问题不说，还留了自己私人电话号码和好几个即时通讯软件的号码。他表示郭爷的晚辈就是自己人，有事随时找他，千万不要见外，另外发了个附件，是下个月在巴黎的一个亚洲艺术家联展的宣传资料。他也是策展人之一，让叶蓁蓁看看有没有兴趣，有的话欢迎去看展，顺便了解一下这个行业云云，通篇无一处不周到。

叶蓁蓁把屏幕转过去给唐洛看，随口问："你要不要去看这个展？"

唐洛瞟了一眼："嗯。"

叶蓁蓁没脾气了："小唐总，你今天怎么了，主要沟通就靠'嗯'？平常还多两个字儿呢。人家大一岁长个子，你大一岁减台词？"

唐洛白她一眼，然后嘟囔起来了："我能怎么办？"

叶蓁蓁没明白："啥？"

他叹口气，声音放大了："我爸问我，是不是想回欧洲，想回的话，等他慢慢做一下我妈的工作，等她想通了，我就能自由了。然后我妈说，除非她死了，否则我别想继续逃避责任。"

他对着叶蓁蓁嚷嚷："我爸压根儿就不想我在公司待，他怎么会教我搞什么艺术品交易啊？我妈呢，也不管我要什么，我爸想怎么样，反正就非要我待下去。"

他"啪"一下把电脑合上了，那架势是要把生产工具砸个粉碎大家玩儿完："你说吧，我怎么就摊上这么一对儿父母？"他回国半年，其他没学会，儿化音倒是说得挺好的，"你父母是这样儿的吗？"

叶蓁蓁摇头："不是，他们要修理我的时候都一块儿上，特别心齐，从不内讧，不像你们那两位，流派都不一样。"

唐洛一点没笑，今天他不关心其他人的父母，今天他只觉得自己的人生特别倒霉。在叶蓁蓁看来，这是典型的"何不食肉糜"，真正倒霉的日子这哥们儿连边都没沾过，根本不足以语人生。

但她当然不能这么直接怼回去，再说了，从唐洛的立场出发去想想，他精神上也真挺憋屈的。叶蓁蓁只好放软了声调，好好扮演起知心大姐姐的角色："那你呢，你是想回欧洲还是想好好管公司啊，有主意吗？"

唐公子干脆利落一摇头："没有。"

他把椅子转过去，面对落地窗外浩大而森严的都市景观，语气特迷惘："回欧洲也好，管公司也好，其实都没意思不是吗？"

叶蓁蓁满怀同情地看着他的背影，半天说不出话来。

无论是外形、家世还是头脑，唐洛所拥有的，绝大多数人都只能仰望。但世界上就是有这样的人，诸神把汇集了万千宠爱的金苹果珍重至极地放在他手上，他一脸嫌弃地说这什么死鬼玩意儿又重又冰凉，老子不稀罕。

可你还不能怪他，因为他的本意就只想要一个普通的苹果，又甜又香嘎嘣脆，能好好咬着吃进嘴，如此而已。

叶蓁蓁看了一会儿，小心翼翼地上前去，站在唐洛身后，叫了一声："小唐总。"

唐洛没答应，她又叫了一声："小唐总。"

唐洛很酷地说："行了，我没事。"

叶蓁蓁觉得他想多了："不是，我问问你，你这件衣服哪儿买的？颜色特别好，我想去买一件送我爹。"被唐洛转过头来使劲儿瞪了一眼，然后忍不住就笑了。

这时候Florence敲门进来了："小唐总，叶总。会议马上要开始了，在一号会议室。"

叶蓁蓁趁着唐洛缓过神来了，赶紧站起来："那走吧。"唐洛不情不愿地跟了去。

今天的会议是罗西主持的，市场方面是她的一亩三分地，但张丰宇和翟思柔也都在，因为会议的主题是如何将商业地产与文娱资源联动来做一个全国性的市场推广项目。

和合的地产项目主攻二三线城市，主营业务是和当地政府合作，拿到城市中有潜力长期发展的地段，先期投建超大型综合商业地产，由此带动周边住宅地产的升值。

大型商业地产的投资是个无底洞，从兴建、招商、运营到开始走上正现金流的轨道，需要耗时数年甚至十数年，而且成败如何，变数繁多，不是财力和雄心都卓绝的玩家，绝不会轻易走上这条路。

和合就刚好是这样一个玩家。

十多年苦心经营下来，和合已经在全国拥有超过一百家超大型的商业综合体，每投入运营一个，周边同步开发的住宅楼盘价格就会大涨。而综合商业体天然能够带来的多元价值空间，也给了和合更多深耕细分业务的想象力，电影院线和商业美术馆项目都是其中的部分。

张丰宇在这个过程中称得上劳苦功高，他是城市建设专业的硕士科班出身，来和合之前在城建局当了若干年公务员，官运颇为亨通，但一直觉得所学与所用无法全然一致。跳到企业之后，他在解读国家政策、预测城市规划开发和选地拿地方面发挥出了淋漓尽致的优势，不但眼光准、格局大，而且又肯花细功夫。任何项目开始之前，张丰宇的习惯是派驻得力的先头队伍扎根该地，深入调研，不拿出能说服他和集团高管全体的全面报告，绝对不会贸然投入。

中国人说"凡事预则立，不预则废"，诚不我欺，张丰宇战战兢兢如履薄冰的结果，就是让和合得以在这条艰难的路上居然走得十分稳健。住宅地产的销售收入，足以支撑商业地产的资金需求，而商业地产健康运转到能够自体造血之后，为集团获利之余，往往也足以在所在城市的商业版图中占据一席重要地位，源源不断为和合带来产业扩展的空间。

罗西专注想要做的，简单来说就是在和合所有的商业地产综合体之内，开设小规模高质素的商业美术馆，逐步配套艺术品交易和美术教育体系，提升品牌含金量之余，也能从一点突入去开创一个全新的业务领域。

会议开始之后，叶蓁蓁和唐洛按惯例在最不显眼的位置坐着。开其他会的时候他们可能还会主动问一下问题甚至发表一下观点，但要是罗西主持的话，两个人与会方式就是典型的看客型开会，除非被人提问或干脆挑衅，否则多半都是全程一言不发。

看客归看客，有时候看得还挺津津有味的，因为罗西开会风格颇为火爆，经常会对人拍桌子，言辞尖刻，有时候尺度如同十八岁以下不建议观看的脱口秀，只要不对被骂的人抱有同情心，这些会开得算是颇有娱乐性。

反抗罗西发脾气的人不多，不过也不是完全没有。年前就有一个高佳妮时代留下来的部门总监跟她在会上对骂，那哥们儿之前都一直不显山不露水的，因为一个提案被一口否决的事，当场跳起来，用一种大家都听不太懂的方言滔滔不绝骂了罗西五分钟，那些能听得懂的部分基本都直奔"下三路"。他骂完之后夺门而出，在保安来拖他之前就自己收拾好东西潇洒离场了。

今天叶蓁蓁和唐洛都认为不会再次出现这样的戏剧性，但到了现场之后发现事实并非如此，主要是因为罗西和翟思柔在项目认知上有分歧。

罗西认为这个项目要全面开花，市场必须先行，最好加上爆炸性的事件加持，快速引起公众的注意力。因此她强力需要翟思柔快速完成御龙影视公司的收购，她反复强调这家公司里当股东的，都是演艺圈的金字招牌，名字比项目更值钱，只要有名字，就能调动最大的流量资源为和合新项目造势，走的是所谓"明星就是IP，明星成就IP"的路线。

翟思柔却明显更注重能在协议上体现出的实际合作和可见资源，无法接受"只要对方股东是名人我们就应该付钱"这样的说法。两个人一个务虚，一个务实，立刻就显得格格不入，张丰宇在一旁充任斡旋，一时认同罗西，一时力挺翟思柔，但就是不给自己的定论。

两小时会议开下来，谁也无法说服谁，只是达成了一个最简单的共识，那就是项目推进会需要张丰宇负责组建项目组，着手进行商业美术馆的前期准备，而翟思柔必须快速推进对御龙影视的收购，最好还能说服对方在收购条约里加上硬条款，规定导演和明星们必须动用自己的资源为和合商业美术馆站台。

提到这一点，翟思柔提出对方的要价可能会提高，如果提高的幅度超过一定的比例，就要重新进入谈判流程，进度难以控制。

罗西以她惯来的风格一锤定音："我不在乎要多花钱，我也不在乎你要怎么做，搞定它就好。"

这句话让翟思柔的脸上掠过一丝阴云，其中有着隐藏的愤怒与非常用力才咽下去的屈辱，转瞬即逝，但那刹那的变幻让叶蓁蓁看在了眼里。

她去开会没有实际作用，但她总是带着目标出席，其中最重要的目标就是观察，不管罗西和他们说什么，叶蓁蓁总是在观察。

这缕阴云没有带来任何实际的变化，翟思柔简短地答应了下来："我尽力而为。"

罗西脸上露出一丝妩媚的笑容，头高高昂起，站在会议室的前方，缓缓看了全场人一圈。虽然没有完全得到她想要的结果，但至少事情是按照她的意愿在发展的，她这样的小动作，也是在有意无意提醒所有人，今天的和合到底谁有能力做主。她看完这一圈之后，就说了声"今天就到这里"，散会了。

她散会后向着唐洛走过来，叶蓁蓁就在旁边，但罗西的眼神穿过她，就像穿过货真价实的空气，演技之好，足够得一个民间奥斯卡。

叶蓁蓁腹诽归腹诽，纹丝不动，她非要杵在那里听罗西跟唐洛说什么。

罗西有心赶她，但也学乖了，叶蓁蓁可能无足轻重，洛少可不是个省油的灯，你越赶，说不定他越要留，不如顺其自然。

她就问："洛少，晚上我和你爸爸去参加一个慈善晚宴，你要不要一起去？"

唐洛叹口气："能不能不要每次都问？我不会去的。"

罗西在他面前总是好脾气："那你自己吃饭，司机一会儿从家里过来接你。"言之谆谆，心之拳拳。

她今天穿的衣服，要是普通人的话，一看就知道是要赴宴去，但罗西不同，她天天都盛装，手表、配饰、鞋履和包包，不重样地配，每次进公司，都像是奔赴一场盛大的秀。

刚到和合的时候，人人都非议这一点，毕竟她人也出格，事也出格，处处都与平常对着干，难免就成为舆论的焦点。

但罗西的好处是她不需要在乎任何人，她就是要这样，你们议论，不过因为你们嫉妒，而嫉妒是弱者所为，你们嫉妒我，是因为你们想成为我，却没有机会。

天长日久过去，盛装成了她的标志、她的盔甲，也成了她高高在上的象征，人们开始把非议换成了歆羡——有钱就是可以为所欲为，女人找到了能让自己为所欲为的男人，当然也是本事。

唐洛有没有想过这一点，其他人无从得知，他对罗西的态度，事实上也很难一眼看清到底是什么成色。

罗西以至亲的姿态交代完几句话，回身走出了会议室。目送她的背影，叶蓁蓁叹了口气，问唐洛："你中午跟你爸吃饭对吧，那下午有安排吗？"

唐洛简单地说："可以有。"看了一眼叶蓁蓁，"你要干吗？"

叶蓁蓁笑眯眯："你别管，要是没安排，下午就待在公司等我。"

唐洛哼了一声，不置可否，看看表，已经到了他跟唐在云午餐会的时间，抽身就走了，这就是答应了的表示，只不过除了叶蓁蓁，也没几个人了解这一点。

她嘀咕了一声："犟拐拐。"这是一句重庆方言，用于描述那些特别轴、特别一根筋的人，在某种程度上来说，也蛮符合唐洛的行为模式。她嘀咕完之后回办公室拿了包，出门了，去哪儿呢，去高佳妮那儿。

一个人的生日，在最初的时候，除了母亲，和任何人都没有关系，连和他自己其实都没有关系。生命的形成、孕育、诞生，以及大部分的成长，背后都是母亲。无论身心，健康与活力都是一个定量，如同宇宙中的物质，从不消失，只是迁移和转化——就母亲和儿女来说，往往是从前者转移到后者身上。这个过程永不止息，直到有一天前者耗费殆尽，而后者生儿育女，开始新的轮回。

叶蓁蓁想不通为什么高佳妮会完全不提起唐洛生日这一回事，心里有许多猜测，但似乎都不算合理。她在自己亲爱的人面前，心里是藏不住事的，所以跑到高佳妮的公寓，一进门都还没站稳就问："高姐高姐，今天是唐洛生日对吧？"

高佳妮正在看书，听到这句话一愣，林阿姨也从厨房里走了出来，两个人面面相觑。高佳妮明显有点迷惘，但林阿姨当先开口了："洛洛生日不是今天。"

她是资深的管家，对自己服务的主家这方面的情况，那是了如指掌，都不用去翻任何记录，很笃定地说："他是农历三月十九的生日，还没到。"

高佳妮想了想，确认了："是的。"然后看着叶蓁蓁，"怎么急急忙忙跑来提这个？洛洛生日不是今天，而且我们家也从来不过生日，任何人都不过。"

叶蓁蓁傻眼了："不是？"

她拿出手机查，一看阴历三月十九真的不是今天，想了想，又问："那阳历生日呢？身份证上的。"

高佳妮皱皱眉头："他很多年没用身份证了，都是用护照。"仔细回忆了一下，"我手机里好像有他以前身份证的照片。"

她走过去拿了手机，费了好一会儿劲，从手机里调了几张图片出来，扫了一眼，脸色就有点不对。叶蓁蓁马上就看出来了："阳历是今天对不对？"

还真对。

高佳妮放下手机："到底怎么回事？"

叶蓁蓁没敢把罗西在唐家大宴宾客给唐洛开生日派对的事儿说出来，可以想象高佳妮知道这件事后会有什么样的心情。她避重就轻，光说了唐洛的情况，顺便还分析了一下："小唐总觉得我不记得他生日，挺不高兴的，但他的生日跟我没关系啊，所以应该是因为高姐你不记得而不开心吧？"

高佳妮就有点怒了："生日人人都有，婆婆妈妈的有什么好过的，为这个生气不是胡扯吗？"

叶蓁蓁吓一跳，等高佳妮说完了，小心翼翼地说："高姐，生日还是挺重要的吧？反正我过生日的时候，还是次次都要吹个蜡烛唱个歌儿啥的。家里人和苏桐那天都顺着我，我想干吗就干吗，我还是很高兴啊。"

高佳妮看她一眼，从表情看她还是不认同，但也没反驳。叶蓁蓁陪着她坐在那里，过了一会儿，提出了一个合理的建议："要是小唐总确实今天过阳历生日，咱们也意思一下吧？"

高佳妮还没说什么呢，林阿姨赶紧过来表态："要的要的，我觉得要的。"她平常任何事都是顺着高佳妮的意思，要东就东，要西就西，现在能这样挺身而出，简直叫叶蓁蓁都佩服她的勇气。林阿姨说完之后她们俩都屏息，颇为忐忑地观察高佳妮的脸色，万一她勃然大怒，就一个跑去厨房，一个跑向大门，什么也不说了，三十六计走为上。

幸好，高佳妮虽然没有赞同，但也没有要坚决反对的意思，还说了一声："意思什么？他什么都有。"这口风可就松动了啊。

这句话有道理，唐洛什么都有，他想要而没有的，且不说压根儿没人知道是什么，就是知道，高佳妮愿意出钱，叶蓁蓁愿意出力，短时间之内可能也弄不到。

琢磨半天，叶蓁蓁黔驴技穷，正要放弃，忽然林阿姨猛拍了一掌："我知道了。"

第二十二章
蛋糕加卤蛋，太黑暗料理了吧？

叶蓁蓁在下午四点多赶回公司，手里拎着一个怪好看的礼盒，从盒子表面的图案来看，好像是个女孩子过家家玩的那种组合玩具。她进门一看，唐洛还真的在办公室里等着，看见她进来就挑了一下眉毛，然后继续埋头玩游戏。

叶蓁蓁没跟他打招呼，小心翼翼把那个礼盒放在茶几上，然后颠儿颠儿去关门、拉窗帘，把房间里弄出了一种灰灰的人工的暮色。唐洛放下手机表示不理解："干吗？黑灯瞎火的，这个时间点儿你准备睡觉吗？"语调不算惊奇，毕竟大少爷自己是任何时候想睡觉就睡觉的。

叶蓁蓁没回答，只是摆摆手："等一下。"她仔细地解开那个礼盒外面扎的缎带，打开盒盖，里面赫然装着一个小小的、饭碗那么大的裸色戚风蛋糕。蛋糕上面的装饰不是常规的水果、奶油或者翻糖，而是六个鹌鹑卤蛋，褐色，圆圆的，怪可爱的，一对一对地窝着。

叶蓁蓁从自己包里掏出一包生日蜡烛和一盒火柴，把蜡烛一根一根插上那六个蛋，点燃，在微微的火苗之中，她掏出手机开始播放生日快乐歌，在欢快的歌声里转过身去，对唐洛笑："来，吹蜡烛了。"

唐洛全程看着她忙，一开始满脸莫名其妙，后来就明白了，响应她的招呼过来一看那个造型和风味都颇为别致的蛋糕，即刻愣住了。

在高佳妮所定的家庭规则里，没有生日庆祝这一回事，就如她所说的，人人都有一个生日，有什么好大惊小怪的。对自我的过多关注本来就令人软弱，希冀于从他人那里得到关注更是如此。

唐洛没有像其他孩子一样正经庆祝过自己的生日，什么开派对、收礼物、戴着快乐的彩色帽子吹蜡烛、切开蛋糕一块块送给围绕在身边的人分享，统统都没有。

他渐渐也习惯了这样的规则，但习惯并不表示没有遗憾。

在那个家里，唯一真正了解他心底遗憾的是林阿姨，他十岁以前每年生日当晚，林阿姨会烤一个戚风蛋糕，在上面放几个小小的卤蛋，悄悄端到唐洛的房间里。她总是准备六根蜡烛，一根根插在卤蛋上面，关灯，在微弱的烛光里，用她日渐苍老而慈爱的嗓音哼一会儿生日歌的调子，然后让唐洛许愿，吹熄蜡烛，每一步都严格按照仪式进行。

他那个时候总是很高兴。

但到了十岁之后，戚风蛋糕、卤蛋和林阿姨唱的歌，就都失去了魔力，再也无法让唐洛绽放天真的笑容了。

他开始接受妈妈的观点，认为生日需要庆祝这种事是庸人自扰、无稽之谈，即使逃离高佳妮控制之后，在浪迹天涯的时光里，他也一样不对任何人提起自己的生日。

在那一天，他唯独坚持做的，就是会去找一家合适的中餐馆，所谓的合适要满足一个最基本的条件，那就是菜单上有卤蛋。

在这一刻，在和合的办公室里，应和着烛光的跳动，童年记忆席卷而回。

叶蓁蓁在旁边温存地注视他，在这个间歇性桀骜不驯、常规性疏离冷淡、不定时炸毛的大少爷脸上，她看到了纯真如幼童的喜悦，被成年人的自觉苦苦压抑着，却还是忍不住如同春日原野上初生的草芽一般，顶着石头，也要顽强地露出头来。也就是这喜悦，让从来不知爱的匮乏为何物的叶蓁蓁，莫名觉得有点心酸。

她没有给唐洛太久发呆的时间，轻轻推了推他："许个愿，吹蜡烛吧。"

摇曳的火光熄灭，一缕清淡的白烟在空气中扶摇，而后转瞬即逝。唐洛轻车熟路地把卤蛋上的蜡烛拔掉，抓起一颗扔到嘴里，满意地点点头："是林阿姨做的没错。"

叶蓁蓁看着他津津有味的样子撇嘴："这个组合能吃吗，蛋糕加卤蛋，太黑暗料理了吧？"

唐洛摇摇头："第一，没叫你混着一起吃，分开来吃都可好吃了；第二，你这种一直待在中国的人没资格跟我谈黑暗料理。我跟你说，欧洲好多地方的食物根本就不是为人类而准备的，我认为那是外星人侵略地球留下的切实证据。"

叶蓁蓁忍不住笑："你就胡扯吧。"跟拍家里那条大金毛一样在他背上拍了两下，"好了啊，生日快乐。"

唐洛的反应比大金毛差多了，不但没有哼哼、舔手、围着跑两圈，还顶撞叶蓁蓁：" 什么叫好了啊，这是在暗中讽刺我小气是吗？"

叶蓁蓁真心实意："并没有暗中，明晃晃的呢。"

她完成了给小唐总过生日的任务，看看表五点了，还有一些该看的会议资料没看，赶紧坐回电脑边。

唐洛吃着卤蛋跟过来："对了，我准备去跟我爸谈谈，正式要求参与到商业美术馆那个项目里去。"虽然说话带卤水味儿，但还挺认真。

叶蓁蓁眼前一亮，有一种"这孩子怎么突然就懂事了呢"的欣慰感："那好啊。"

她看着他："怎么就想通了呢？"

唐洛这一点是挺好，不矫情："闲着也是闲着，这事儿我既然愿意做，那做做看，也没什么损失吧。"

另一个理由是："要是实在做不了，说明我真的不适合上班，我就走了。"他摆摆手，"何必浪费大家时间。"

叶蓁蓁一听，一个项目定前途，兹事体大，劝是没有用的，不如全力以赴帮他把这事儿做好吧。

然后她一寻思："你爸万一不同意呢？"她的担心不是没有道理的，"你一直表示对这个项目有兴趣，他不是都没搭理你吗？"

唐洛有时候也很公平："我没有直接要求过。我爸一直觉得我吊儿郎当的，可能觉得我只是随便说说吧，我要是去直接问的话，他就必须要给我一个答复了。"

叶蓁蓁听完这句话是真的很高兴："洛少你真棒，直接沟通最有用了，谁也别猜来猜去，要是他是真的不愿意，那我们再想办法对付他。"一想不对，那是人家亲爹啊，赶紧换话头，"你再想办法对付他。"

唐洛认真地看她一眼："当然是我们一起，你怎么这么怕死呢，还没动手就把自己择出去了？"

叶蓁蓁哭笑不得："什么跟什么，你想做个项目而已，别把自己当李世民了谢谢。"

她想想又问："你知道李世民的典故吗？"然后比画了一下，"在玄武门造反，干掉自家哥哥弟弟，逼他爹退位，自己当皇帝那事儿，有印象吗？"

她比画完了一看唐洛的表情，急忙张嘴，跟他异口同声喊了出来：

"你十六岁才出国，中文好着呢。"

"我十六岁才出国，中文好着呢。"

两个人都忍不住笑，叶蓁蓁突然想起了什么："小唐总，来，看在我要跟你一起反出玄武门的分儿上，你帮我在系统里找个资料呗。我没权限，查不了。"

唐洛又丢了个卤蛋在嘴里，这是真爱吃啊，难怪林阿姨牌的生日蛋糕上不放别的，只放这个九不搭八的玩意儿。他心情好，干什么都愿意，干脆利落打开电脑说："查什么？"

"查一家名字叫凤仪的供应商，把和合跟这家公司的业务来往情况都调出来。"

唐洛马上缩手："我不熟悉系统，让Florence来吧。"

叶蓁蓁赶紧把他拦住："不能让她来。"

唐洛一看她表情就知道有问题，大少爷唯恐天下不乱，马上兴趣就来了："你要干吗，为什么不能让Florence知道？"

叶蓁蓁关键时候还是挺能瞎编的，这时福至心灵："我有个朋友的公司准备用这家供应商，想从我们这儿摸个底价，说和合体量大，跟我们做生意的价格肯定是最优惠的。这种私事儿，不方便让Florence帮我干吧？"

这个托词有理有据，唐洛一听那好吧，只能亲自动手。他业务果然不熟，登录进和合的综合管理系统之后这一下那一下地折腾，看到什么都点进去看一下，叶蓁蓁让他找的死活找不出来，气得她在旁边指手画脚。两个人互相不服，不停地拌嘴，这么简单的一件事，费了好大一会儿才终于搞定了，一看，供应商全套资料、交易清单、合同和发票信息一目了然。和合的系统很强大，点下一键邮件发送，到了唐洛邮箱，他再手动转到了叶蓁蓁邮箱，任务才算完成。

唐洛对凤仪是什么完全没概念，只在一键发送的时候随便打开几个文件看了看，他是个艺术家，对数字合同之类的东西都没兴趣，但备不住眼神好，看完就随口问了一句："这家公司注册资本才十万，一年跟我们做将近一千万的生意啊，这合理吗？"

叶蓁蓁也正好打开了邮箱在看，唐洛说得一点没错，地产那边会务和活动特别多，加上招商必然要有的礼品，业务几乎全部交给了凤仪。对一家名不见经传的小公司来讲，体量可以说是相当大了。

她把各种资料和清单都看了一圈，不断琢磨，等心里的想法成型，她就打开电脑，登录自己的私人邮箱，开始写邮件。

邮件主体都差不多，收件人地址换一下，抬头和开场几句话换一下，在署名的地方偶尔也做一些微调，前后写了五六封，逐一按下发送键。

这封邮件的目的，就是请收件人以公司名义去向一家名叫凤仪的商务公司询价，是一个会务年度服务的报价，包含了礼品、商旅酒店代理、会议服务一条龙等综合项目，基础体量跟和合一个城市分公司的规模相当。附件里提供了所需服务的一应细节案例，让报价能够精准对标。

邮件发出去之后,叶蓁蓁又对着邮件地址找微信联系人,一个一个发信息,把邮件目的再用家常言语说一次,跟着发一个满满的红包。

折腾完这一圈,她长出了一口气,抬头才发现唐洛居然还在电脑上忙活,走过去一看,唐洛好像打开了新世界的大门似的,一直在公司的系统里翻翻找找。

她就问:"你干啥?"

他说:"我刚刚看到一个项目管理页面,里面有商业美术馆的资料,想找来看看,结果怎么都打不开。"

叶蓁蓁让他重复操作,弯腰观察了一下就知道了:"你没权限进这个子系统哦。"

唐洛是真的惊讶:"我没有权限?"他突然有了阶级的自觉,"我不是总裁吗?"

叶蓁蓁沿用古文梗:"嗯,儿总裁。"对唐洛挤挤眼,"你要不要改名石洛,或者唐敬瑭,前一个好像顺口一点啊。"

结果唐洛还真的有历史常识,知道历史上有个不成器的哥们儿名叫石敬瑭,本来是后晋高祖,屈服于契丹,割让幽云十六州不说,还自称儿皇帝,现在套在自己身上,简直是当场打脸,气得不行不行的。

"不行,我想看什么就得看什么,我去跟我爸说。"他前面半句本来还挺霸道总裁的,结果说到后面半句音调陡降,秒怂,叶蓁蓁忍不住"扑哧"一笑。

唐洛懊恼的样子给叶蓁蓁带来了一丝灵感,她快速在脑海里盘算了一下,忽然说:"小唐总,你刚说你要去做美术馆的项目,万一你爸不同意,你觉得有可能是出于什么原因?"

唐洛一愣:"觉得我不靠谱呗。"

"还有呢?"

唐洛很聪明,从她的语气里就得出了结论:"你是说罗西会从中作梗对吧?"

叶蓁蓁干脆挑明:"上午开会你也看到了,罗西可把这个项目当作自己的头等大事,你突然插一竿子进来,她又不方便管你,肯定不乐意吧。"

唐洛皱眉头,目光炯炯地看着叶蓁蓁:"所以呢?"

叶蓁蓁内心快速衡量了一下利害,下定决心勇往直前:"小唐总,别管你是想撂挑子不干了回欧洲浪,还是想好好把自己喜欢的项目做起来,你都要有自主权才行,不然你想干什么都是白瞎,你说是不是?"

唐洛很聪明:"你到底要干吗?"

叶蓁蓁对他推心置腹:"我是提醒你想好后路。"

这个套路是苏桐训练她的,凡事要从最糟糕的结果开始想,反推你要做的准备,步步为营。

在唐洛这件事上，兜底的情况就是："你准备怎么去跟你爸说要参与项目？"

唐洛一听，这还有啥规范要求不成，顺口回答："就这么说呗，这个项目我要管。"

叶蓁蓁马上戏精上身，角色扮演："那要是你爸说，'你还在熟悉公司业务阶段，要学的东西还有很多，暂时还不合适参与这个项目'，你怎么办？"她还强调了一下，"是不合适参与哦，更不用说让你管了。"

她饶有兴趣地观察唐洛的反应，果然大少爷就愣了："啊？"他一时间无言以对，本能地迁怒于叶蓁蓁，"什么意思啊，刚才说直接沟通最好的也是你。"

叶蓁蓁点头："是我，是我，都是我。"顺口还唱了一句，然后拉了一张椅子，在唐洛身边坐下来，特真诚特耐心地说，"小唐总，直接沟通是最好，没说直接沟通就没章法啊。"

她比画了一下："你上去劈头这么一说，万一他不答应呢，万一他答应了罗西不干呢，万一他们俩先答应了过一会儿反悔呢？"

这一串绕的，唐洛眉毛都皱起来了："喵了个咪的你们这些人的脑子为什么这么复杂？"

叶蓁蓁问："你上哪儿学的'喵了个咪的'这个词？"

唐洛痛心疾首："现在是探讨这个的时候吗？"

叶蓁蓁一想也是。

她赶紧说回来："老实跟你说，我原生的脑子其实只有二两黄豆大，复杂部分都是你亲妈给我后来硬塞进去的，全是为了你，你就别嫌弃了啊。"

唐洛用一个单音词表示了自己的态度："屁。"

屁就屁吧，叶蓁蓁不介意，她继续说："我的意思是说，你去直接沟通的时候，得要想好了，既然提要求，就要人不得不答应，否则你不如不要提对吧，因为提完就没戏了啊。"

唐洛琢磨了一下，提了要求人家就必须要答应，听起来怎么像是有点要逼宫和要挟的意思呢。如果逼宫，自然要有砝码的，他马上就问："那你说，能让我爸不得不答应的是什么？"但他随即就自己想到了答案，"我妈。"

他看着叶蓁蓁："你工资拿不到，其实去跟我妈说一声，她肯定是能帮你解决的，只不过你死犟，这一点小事不想让她为难。"他意味深长地又加了一句，"还不想让她失望，对吧？"

可以说非常感同身受。

他在这一点上跟叶蓁蓁共情，不算突兀，但叶蓁蓁乍然听到，还是几乎热泪盈眶。

唐洛继续说："我妈反正都觉得我没用，我就不顾忌那么多了，拉个虎皮当大旗，吓唬吓唬我爸先。"

叶蓁蓁很高兴："对对对，你说得太对了。"她转念一想，"你妈哪里觉得你没用了，都是你不听话好不好？"

"有区别吗？"

叶蓁蓁不跟他争这个了，先管正事要紧，说："你准备什么时候去拉你妈的虎皮？"

唐洛伸了个懒腰："过几天吧。"

"怎么个拉法？"

"就说我妈妈让我做这个项目啊。"

叶蓁蓁为他的天真而气结，拼命摇头："过什么几天，什么叫就说你妈妈让你做？"

她把桌上的日历拿过来比画了一下："你想想啊小唐总，你要拉虎皮，至少要跟母老虎见一面，交代一下吧，不然你凭空搬出高姐来，万一你爸求证了发现你胡说，那计划不就中道崩殂了吗？"

唐洛很不满意："你欺负我没背过《出师表》吗，'中道崩殂'都用上了。"

叶蓁蓁强调："我的意思就是做戏得做全套啊，懂不懂？"

唐公子也算是从善如流，他看看表，罗西和唐在云应该还在公司，弹起来就冲出去了，冲到一半扭头对着叶蓁蓁做了一个开枪的姿势："你说我妈母老虎，我记下来了。"

叶蓁蓁目瞪口呆："怎么胳膊肘往外拐呢，过河拆桥像话吗？"

他去了二十分钟就回来了，叶蓁蓁在沙发上坐着发呆，看见他走进来的样子就知道了："说了？"

唐洛坐下来，跷了一个二郎腿，双臂摊开放在沙发靠背上，好像对自己很满意的样子："说了。"

"怎么说的？"

"避开罗西，单独跟我爸说的。说我今天生日，去跟我妈吃个饭，问我爸有没有什么话要带给我妈。"

叶蓁蓁击节叫好："说得好，特自然，唐董怎么说？"

"他有点发愣，然后说他有话说会跟我妈打电话，不用我传话。"

"然后呢？"

"我说是吗？我真不知道我妈没事还接你电话啊。"

叶蓁蓁笑到打鸣，想象一下唐在云当时的表情，估计跟一辆车好好停在路边还突然被人追尾一样，脑门上都是大写的问号——怎么就送上来门找吐槽呢？她好不容易停下笑，说："然后呢？"

"然后我就说，那个商业美术馆的项目，我挺想参与的，但可能还不够格，我去问问我妈，有什么途径能让我快速上手。"

叶蓁蓁对小唐总刮目相看，这真是进可攻、退可守，还暗藏机锋的一番话啊。三言两语就能这么开窍的人非常少，叶蓁蓁自己都不算，她突然想，这个浑不吝的小唐总要是认真起来，真的老老实实学、勤勤恳恳干，说不定高佳妮让他全面接手和合，也不是一个完全的黄粱梦。

当然，叶蓁蓁马上就推翻了自己的想法，"老老实实""勤勤恳恳"这种成语，那是和唐洛的毛都搭不上边啊。

她兴致勃勃跟进剧情发展："你爹怎么说？"

唐洛耸耸肩："他说我妈一直都比较反对艺术品项目，问她可能没什么用。"

叶蓁蓁紧盯着他："那你怎么说？"跟个捧哏似的。

唐洛嘴角露出了笑容，轻描淡写地说："我说问问总没错。"他耸耸肩，"然后我就看了一下表，说我走了。我爹那个表情挺纠结的，好像挺想拦我又来不及伸手。"

叶蓁蓁又笑了一会儿，点头："挺好，小唐总你可以的，演技派啊。"她也看了一下表，抓起包，"走吧。"

唐洛坐得正舒服呢，没明白"走吧"的意思，说："什么？"

叶蓁蓁站在他面前："去你妈妈那儿吃饭啊。"

唐洛压根儿没想到她来真的："谁说的？"

"你刚说的。"

"不是拉虎皮就得了吗，最多打个电话说一声，干吗真的要去吃饭啊？"

叶蓁蓁岿然不动，坚强地矗立在他面前："做戏做全套，这可是你自己说的。不然你爹一个24K的老狐狸，你要是不去，回头说起来他多问你几句，你不就露馅了吗？"

她逼近唐洛，眼睛睁得老大，一副煞有介事的表情："一次不忠，百次不用，别让你爹和罗西抓到你的小辫子哦。"

唐洛没奈何："什么跟什么！"但那小表情的意思，是把她说的话听进去了。

叶蓁蓁趁热打铁，把他的外套和包扔过去："赶紧的，叫司机楼下接，我跟你一块儿去。"

他们下了楼，刚上车，苏桐电话就打过来了。叶蓁蓁很惊喜："我刚好要找你呢。"

苏桐笑："心有灵犀啊，你找我做什么？"

"我要去高姐那儿一趟，跟你说一声，看你今天几点下班。你呢，打电话给我做啥？"

"我要去一趟上海，明天早上八点在那边有个会面，临时决定的。"原来是要出差。

苏桐去年到今年，有相当长一段时间完全没出差了，现在乍一听晚上不回家，叶蓁蓁还有点不习惯。

以前这种情况很常见，做投资和企业辅导，项目经常有变，说声要去什么地方见什么人，急如星火迫在眉睫，就马上要动身。有时候苏桐连续出差，周末也回不了家，叶蓁蓁就干脆去他干活儿的地方找他。男人工作，她就在酒店里自得其乐或者逛街，反正不管多晚，两个人能互相看见对方心里就是好的。

自从跟了高佳妮做事，叶蓁蓁自己也忙碌起来了，苏桐更是没日没夜的，但不管怎么样，两个人总会回家，会回到对方身边去。

人和人之间的关系，最深、最彻底那一种，是自然而然把对方当作归宿，去其他地方都只是路过，和其他人在一起都只是暂时，归宿是最后和不必思考就做的选择。只要知道人会回来，只要能看到熟悉的脸，心里就安定踏实。

她想到一会儿自己要孤零零地回去，乍然间心里就不舒服了，声调变得带点埋怨，又有点娇气："嗯，怎么突然就出差啦？"

"一直在等对方时间，刚刚突然通知说约明天早上，这个项目比较紧急，我们不能等。"

他很详细地解释前因后果，也很详细地告诉叶蓁蓁行程："买了今晚九点五十五的机票，我跟同事从办公室直接出发，不晚点的话，落地大概十二点，酒店还没订，估计会在会面的附近临时找一家，明天开完会立刻就回来，下午应该就到了。"

叶蓁蓁"嗯"了一声："知道了，那你出发给我打电话，记得吃晚饭，别又混过去了。"

苏桐答应下来："放心，你也要准时吃饭。"

"好啦。"

"那我先挂了，爱你啊，小包子。"

"嗯嗯。"

"欸，怎么就用'嗯嗯'打发我啊？"那边马上就不干了，沿着电话线都能感受到此刻的苏桐露出了委屈的表情。

"同事在啊，怎么叫作打发你呢？"叶蓁蓁觉得好笑，以前她偶尔在上班时间打电话给苏桐，他不方便接的话，也是这样用"嗯嗯啊啊"的字样回复的，她可是深明大义地从来没抱怨过啊。

苏桐明白了她的意思，跟着笑："好吧，那你乖，我挂啦。"

叶蓁蓁放下电话，扭头吓一跳，唐洛坐在旁边，脖子伸过来，跟个兀鹰似的看着她："同事在，啥意思？"

"你不是我同事吗，你在旁边啊。"

"那要是同事不在，你准备说什么？"

叶蓁蓁啼笑皆非，不肯配合："关你什么事？"

唐洛理直气壮的："我是你老板，要对你多了解才行。"

"你怎么老是在一些没用的时候想起自己是老板？"叶蓁蓁认为这不合逻辑。

唐洛不理她打岔，全场紧盯目标，继续发出疑问："到底是谁啊？你说话的语气不对，我没听你跟其他人这样说过话。"

"什么语气不对？没有不对啊。"叶蓁蓁从没思考过自己跟苏桐说话和正常说话之间能有多大区别。

"矫情，啰啰唆唆，废话特别多。"唐洛一脸嫌弃，精准地总结了情侣们日常对话的主要特点。

叶蓁蓁这时候正用自己的小保温杯喝水呢，一听这句差点喷了，赶紧咽下去："胡扯。"

一个直男八卦起来的时候，杀伤力是很惊人的，看唐洛那个不依不饶的表情，叶蓁蓁只好照直说了："男朋友啦。"

唐洛说："你有男朋友？"

这语气和正常人的反应不太一样，好像挺嗔怪的，她没细想，随口说："有什么好奇怪的，一直都有男朋友啊。"

"没听你说起过。"唐洛说，"感情不好吗？都不提的。"

叶蓁蓁笑："感情很好啊，我来上班的时候干吗要提私人的事？"

"你们女孩子不管在哪里都最喜欢提私人的事，尤其是男朋友、老公的事，全世界都一样。"说到"全世界都一样"六个字的时候，唐洛露出了沧桑的表情。

叶蓁蓁表示抗议："我真没有。"

唐洛想了想，接受抗议："你确实没有。"话锋一转又转回去了，"是因为不怎么相爱吗？"

这么执着于他人的私事，于唐洛是真不常见。个性和经历使然，他往往主动保持跟其他人，以及其他人的生活有所距离，既不在乎，也不关心，更不会去探寻，但此刻却不准备就此放过叶蓁蓁。

叶蓁蓁在感情上是一点都不含糊的,立刻就说:"很相爱好不好,我们小时候就在一起,相爱很多年了。上班是公事,你自己也说,不用在哪儿都把私事拿出来说啊。"

唐洛看着她,过了一会儿,摇摇头:"我不相信。"

"啥?"

唐洛的眼神投向车窗外飞驰而去的城市景物。外面是长安街,远处华灯初上,他们此刻身处世界知名繁华城市之一的中心。这里汇聚着无数人的梦想,以及无数人梦想破灭后留下的一地碎片,他随随便便地说:"我小时候以为我爸爸妈妈感情很好,到后来就发现根本不是那么一回事。他们不分开,说是因为我、因为共同的事业,这个那个的。

"后来我想,可能相爱这种提法,本身就是有欺骗性的。在合适的时间、地点、环境之下,你跟任何人都可以相爱,不过是走套路罢了。"

他们的车子刚好经过一家高级商场,Tiffiny 蓝色的广告牌一闪而过。唐洛指了一下:"Tiffiny,这个牌子在巴黎有一家旗舰店,我有一次在那家店一次买了二十条白金钥匙项链,你知道那个项链吧,小小的一把钥匙?"

叶蓁蓁点点头:"知道。"侧过脸来专注地看着唐洛,等他说下去。

"不到两个月,二十条项链全送了人。然后有一次在 Le Cab,就是巴黎很有名的一家夜店,我带了一个女孩去跳舞,遇到之前约会过的另一个,两个人戴着同样的一条项链。"

叶蓁蓁"扑哧"笑出来:"然后呢?"

"然后她们一起扑过来打我耳光。"

"打到了吗?"

"我跑得很快。"

叶蓁蓁顿时哈哈大笑起来,唐洛似乎被这样爽朗的笑声感染,也不禁莞尔,但他说这些话的态度其实是非常认真的:"我约会过好多好多女孩子,我约她们出来,送她们礼物,跟她们回家的时候,我心里也是有爱情的,只是短暂而浅薄,就像口渴的时候随便喝了点东西,是酒也好,茶水、咖啡也好,喝就喝了,不喝又怎么样呢?"

答案是不怎么样。

稀薄的爱情长久来看约等于不存在,因此几乎不造成影响,更不至于带来负担。它唯一的意义,是令一个人有所感受,而感受是存在的象征。

所以唐洛说了这么多,得出的结论是:"人其实只需要,可能也只有一点点感情,跟隐形眼镜一样,周抛型最完美,最多不要超过三个月,否则就会有细菌,会产生污染。"

"啥污染?"叶蓁蓁居然听进去了,还跟着问。

"真爱啊,婚姻啊,全心全意长长久久啊。All bullshit.(全是胡说八道。)"

他刚刚说到自己在巴黎的事,于是此刻也就非常应景地引用了一句法国女作家写的话:"萨冈写一段感情结束的情节,说,他所熟悉的境地,是女人毫不知趣,男人不胜其烦。"

叶蓁蓁若有所思地听他说完,不期然发出了感叹:"小唐总啊,原来你真的在欧洲读了书的啊,我以为你全在糊弄你爹妈呢。"

她感叹完了之后,认真地看着唐洛:"肯定不会是每个人都只需要一点点感情的,也不是每个人都只有一点点感情的,有的人要的就是全心全意、百分之百,哪怕得不到,但这也是一种理想不是吗?"

唐洛没想到她会这么回应,想了想,而后语气很疲倦地说:"如果理想一定会破灭,为什么一开始还要有呢?"

叶蓁蓁在很多事情上都比他坚强:"总得试试啊。"

唐洛看了她一眼,似乎还想反驳,这时候司机轻轻地停了车,一看已经到了高佳妮的公寓楼下了。

他们难得一次严肃的谈话就此告一段落,两人下了车,上电梯之前叶蓁蓁说:"小唐总,你妈妈身体不好,你要是不乐意多待,准备走的时候就给我发个短信,我找个理由陪你出来。"

唐洛说:"什么意思?"

"就是你别坐一会儿就不耐烦了,突然站起来就走,高姐会伤心的。"

唐洛叹口气,叶蓁蓁问:"怎么了?"

唐洛说:"我觉得你心目中的那个高姐吧,跟我妈根本就是两个人。"他看看电梯楼层面板,"会不会我们待会儿进门一看,发现原来真的搞错了?"

叶蓁蓁嘀咕:"你怎么不去写恐怖故事呢?"

他们一进门,林阿姨高兴得差点当场哭出来,高佳妮虽然沉得住气,但叶蓁蓁看得出她内心的惊喜。

唐洛一开始压根儿没怎么说话,毕竟一个人不可能突然就擅长做他从来不会做的事。高佳妮也不怎么说话,大概不知从何开始,幸好有林阿姨和叶蓁蓁在,插科打诨说说笑笑,场面还是相当平和的。

他关键时刻总算没掉链子,在被叶蓁蓁瞪了十七八眼,连眼仁都要瞪出来之后,鼓起勇气向高佳妮说了自己想做艺术品项目,却不知道如何入手的事儿,说得简短又含糊，但意思是表达到了。

高佳妮听完就意识到了，这是儿子在向自己求助，眼神骤然明亮如一盏被点燃的烛火，明明白白。

她的反应和郭也很像，在提出任何观点之前要把信息理清楚，首先就是问唐洛："你爸爸在这个领域最有经验，为什么不去问他？"

唐洛不出声，望向叶蓁蓁。

叶蓁蓁心想：你这个小王八蛋啊，上次还对我嚷嚷你们家的事跟我有什么关系，现在要当坏人就把首发位置拱手让出来了，有没有义气啊？

箭在弦上，不得不发，否则来见高佳妮的意义就没有了，叶蓁蓁虽然心里嘀咕，也只好老老实实把唐洛这几个月的情况和现在所面临的困境说了一遍。

无论事实如何，叶蓁蓁始终不愿意在人家的妻子和儿子面前把唐在云说成一个赤裸裸的坏人，因此叙述时非常克制，将唐洛无法参与项目的主要原因，归结为唐在云对他经验不足的顾虑，而且只字不提罗西。

她确实不知道罗西在这件事里所扮演的角色、所起的作用，即使心怀隔阂，也不能以臆测而构陷，这是对事不对人的铁律。苏桐和郭也都跟叶蓁蓁说过这一点，她也一直记得很牢固。

高佳妮专注地听完了她简短的陈述，脸上没什么表情，而后她看着唐洛，提高了声调："你确认自己想参与这个项目不是一时心血来潮？"

问题很简单，问得却非常严厉。

这时候林阿姨正好端了饭后擦手的热毛巾上来，听到这个语气马上去看叶蓁蓁，两个人都有点惊慌。林阿姨在唐家服务多年，在小唐总进入青春期之后，不知道多少次见过母子一言不合、不欢而散的场面，而叶蓁蓁都不用亲身经历，脑补都知道妥妥的会有这个下场。

她几乎是不假思索地立刻伸出手去，在饭桌下面，按住了唐洛的膝盖。他一愣，扭头和叶蓁蓁对望了一眼，从她的眼睛里看到了哀求的神色，而后叶蓁蓁便松开了手，顺势接过林阿姨给的毛巾，笑眯眯地跟人家飞了一个吻，娇憨之色，最让人受用。

唐洛被她按了一下，非常轻微地叹了一口气，而后慢慢说："我不是一时冲动。"语气很平静，但也很坚决。

这个过程很快，如同电光石火，但不妨碍高佳妮看到了一切，她对唐洛的反应似乎很满意，继续问："我知道了，你说你想参与项目，这个说法太笼统了，不方便落实行动，你明确地理一下，你现在想要什么，想要做什么。"

唐洛不假思索："首先我要有查看这个项目所有相关信息的权限。"想了一下，"我还要有参与这个项目决策的权限，比如说商业美术馆选址、预算和展品的选择、采购，全都要。"

能说出这两句话，表示他还真做了功课。高佳妮唇边露出一丝轻微的笑，落在叶蓁蓁的眼里，令她内心雀跃。

高佳妮口头上还是公事公办的："你要单独决策权的话，恐怕不太可能，和你爸爸联署已经OK了。"

唐洛一愣："联署？"

"就是任何项目决策都必须你们俩都在系统上签字同意才行。"

唐洛明白过来："我觉得可以了。"

高佳妮点点头，站起来："那我知道了，我去跟你爸爸通个电话。"

她起身走进了卧室，门轻轻掩上，林阿姨回了厨房，留下饭厅的两个人，各怀心事喝汤吃甜品，喝了一会儿，也不见高佳妮出来，只隐隐听到她讲话的声音，和平常一样平淡、缓慢而连续，应该是个好兆头。

唐洛压低声音对叶蓁蓁说："你为什么不提你工资的事儿，让她一次性解决不就好了吗？"

叶蓁蓁摇头："事有轻重缓急，捏紧拳头好打人，分散开来的话就没重点了。"她拍拍唐洛，"小唐总，只要你有用了，不要说发工资给我了，你把和合给我一半也行啊。"说完一看唐洛的表情，啼笑皆非，"你不是真的在算给我一半要怎么给吧？"

唐洛白她一眼："你当我傻？"他看看卧室门，"我是感觉我妈妈的调门提高了。"

"真的吗？"叶蓁蓁也赶紧竖起耳朵去听。

"根据我的经验，吵到这个时候，往往就会分出胜负了。"唐洛回到了熟悉的过去，胸有成竹地对局势做出了预判，"一般来说都是我爸倒霉。"

历史总会重演，经验是最好的老师，当然有时候也是最坏的老师。果然二十多分钟之后，高佳妮从卧室里走出来，就对唐洛说："可以了，你的系统权限在今晚零点之后就会开通，除了查看权限之外，任何跟美术馆有关的方案都会先从你这里过，然后上到你爸爸那里做最后批复，你们双方都批准之后才能落地。"

唐洛"哦"了一声，看了看叶蓁蓁，看到她瞪着自己，嘴唇微微翕动，赫然在提词，台词只有四个字："谢谢妈妈。"

唐洛装作没看见，倔强地一转头，对高佳妮说："我知道了。"叶蓁蓁在旁边气急败坏的。

他们谈完正事，饭也已经吃完，林阿姨收拾好了桌面，大家发现面前没有碗盘供自己埋头，相对而坐，就有点勉为其难。

这百分之百是唐洛的责任，平时他不在，叶蓁蓁是经常来找高佳妮的，加上林阿姨，她们三个人有说有笑能聊半天。今天呢，明明多的一个人是至亲，却也多了一种说不出的尴尬，似乎除了公事，大家完全无话可谈。

叶蓁蓁一看局势如此，估计唐洛随时都会发出SOS或者Mayday[1]的短信，赶紧把自己手机从包里拿出来放在桌上，开了静音，然后开始苦想一个让他离开得合情合理的借口。

她还没想好，高佳妮率先打破了僵局，直接对他们下了逐客令："我今天有点累了，你们俩也早点回去休息吧。"

叶蓁蓁刚要答应，忽然一想这种情况以前也发生过，就很警惕："高姐，你是不是又准备把我们赶走，然后就一个人开始喝酒？"

高佳妮不看她，感觉有点心虚："瞎说。"

叶蓁蓁跳起来撒腿就往厨房跑："林阿姨，我检查一下高姐的存酒。"她蹲在酒柜那儿翻，"两支红颜容，两支雄狮，都在，啥时候多了三瓶沙龙香槟，前几天过来看到的那两支玛歌呢？"

高佳妮跟过去："别折腾了，回去啦。"

叶蓁蓁不理，仔细盘点完了，站起来义正词严："高姐！你这三天又喝了四瓶酒哦。你答应我每天只喝三分之一的，怎么说话不算数呢？"她走到客厅一屁股坐在沙发上，"我不走，我看着你。"

高佳妮笑骂："你看着我干吗，赶紧滚蛋。"

叶蓁蓁一扭头："不要。"看坐姿是认真的。

高佳妮真是拿她没办法："行行行，我答应你今天晚上不喝酒，好吧？"

叶蓁蓁还是扭着头，伸出一只小手指："拉钩。"

高佳妮摇摇头没理她，叫林阿姨："你送他们出去，收拾一下也回家吧，我没什么事了。"

她和叶蓁蓁说话的整个过程中，唐洛一直坐在旁边听着，脸上有一种微妙的表

---

[1] 国际通用的无线电通话遇难求救信号，求救者需要重复3次"Mayday"，以免误听或被其他通讯混淆，通常是在航海、航空中遇到危及生命的最高紧急呼叫，只有当船只、飞机遇上即时的严重危难，威胁人命安全，无法自救，需要立即救援时，方可发出Mayday求救信号。

情，就像是一个小学毕业的文科爱好者，不小心走进一个量子物理最新理论研讨会场听演讲——台上有人说话，说的好像是我的母语，有一些字词单独来看好像也能明白意思，但总体而言他们在讲什么，完全眼前一抹黑。

要怎么和人亲近到这个程度，于唐洛来说，就是这样一个超出智力范围的题目。

他们走了之后，林阿姨折返回公寓，看见高佳妮在阳台上站着，于是走过去："高小姐。"

高佳妮回头看看她："他们上车了？"

"上车了。"

林阿姨出神地看着阳台外的夜色："少爷现在是个大人了。"

"本来就是大人，过几年就三十了。"

"脾气也好多了，生日会来主动找妈妈吃饭，那不是懂事多了吗？"林阿姨看看高佳妮，"我觉得叶小姐对他影响很大。"

高佳妮不置可否："是吗？"

林阿姨点头："是啊。"她毫不掩饰自己对叶蓁蓁的喜爱，由衷地感叹了一句，"叶小姐多好的孩子啊，要是他们俩是一对儿，高小姐你就不用那么操心洛少了。"

所谓说者无心，听者有意，林阿姨说完就去厨房收拾了，留下高佳妮在阳台上若有所思。过了一会儿，她拿出电话打出去，说："帮我查个人。"

唐洛和叶蓁蓁上车出了公寓门，先把叶蓁蓁送回家，自己再回去。他走过家里园子，刚要进大门的时候，有人摔门而出，一看原来是罗西。

她还穿着白天的衣服，满脸怒色，在台阶下遇到唐洛，一反常态地没有停下来打招呼，甚至连正眼都没看他，几步跨出去，径直就离开了。

唐洛推门进去，家里阿姨迎上来给他拿了居家的鞋，问他要不要再吃一点东西，唐洛摇头，走进去找了一圈。他看到唐在云在侧厅的弧形阳光走廊里坐着，换了衣服，旁边放着茶盘，普洱正浓，走廊前方的玻璃门敞开，正对着外面泳池。园林中的灯或远或近地闪耀，在水中投下光影，微波荡漾，有一种如梦如幻之感。

他戴着老花眼镜，在看一本书，听到唐洛进来，摘下眼镜转过头来："回来了？"语气听不出和平时有什么变化。

唐洛在他身边的扶手椅上坐下，顺手拿起那本书看了看，是一本讲日本战国时期佛教文化对政局影响的书。封面和内容都非常学术，唐在云已经看了一大半了，很多地方都有细细的红笔标注和一些简要的笔记。他的字和高佳妮刚好相反，纤细狭长，如同暗影一般清淡。

"我刚看到罗西出去了，好像很不高兴的样子。"唐洛说。

唐在云"唔"了一声："是吧。"

"是为了我要参与艺术项目那件事吗？"他问。

他这样开门见山，叫唐在云有一些惊讶，沉吟了一下，说："是的，她很重视这个项目，一直希望商业美术馆系列成为她个人的成就。"

"我的参与让她感到愤怒吧？"

唐在云仔细体会了一下"愤怒"这个词，摇头："不至于，可能只是有点失望，她花了很多时间在这个事情上。"

唐洛注视着父亲的脸，说："她花了很多时间在这个项目上，这个项目就是她的？"他的讽刺很明显，"不知道其他和合的员工是不是也这样想。"

唐在云不出声，唐洛陪着他沉默了一会儿，也喝了一口小杯子里的普洱，对他来说这是一种又涩又苦的饮品，完全不知道为什么能让父母都如此沉迷。

唐在云显然非常不喜欢吵架，连听到这个名词都感到难过，他微微呼出一口气，尽可能平静而避重就轻地说："她有点激动，明天就好了。"

唐洛看着门外的泳池、泳池边摇曳的花枝，以及远处白色的围墙，有昆虫的鸣叫在某些角落此起彼伏，这是一个本应该令人感到愉快的春夜。

他说："下一任轮值总裁，还是罗西做吗？"

唐在云皱了皱眉头："为什么这样问？"

唐洛冷笑一声："我不拿工资，是你们怕我跑了，一直不给蓁蓁发工资，是为了什么？"

唐在云一愣："什么？"

他对此毫不知情："没有发工资？"看唐洛的表情不像是在胡说，更加诧异，"我不知道这件事。"

不用问也知道是罗西所为："这太孩子气了，怎么你妈妈也没跟我说？"

唐洛仔细端详父亲的神色，不像是在作伪，于是内心仿佛得到了一点安慰，毕竟没有任何孩子希望自己的父母是坏人。他说："蓁蓁不想让我妈操心，她宁愿自己受委屈。"

唐在云摘下了眼镜，转过头来正视唐洛，从儿子简简单单一句话里，他听到了感情，那不是男女之间的情欲，而是一个人对另一个人的关切和维护。

"你喜欢叶蓁蓁吗？"

唐洛不承认这一点："跟喜不喜欢没关系。她努力工作，有资格拿到报酬。"

唐在云说："有道理。"

他端起茶杯，慢慢啜饮，等一杯茶喝完，他也想清楚了自己想说的话："洛洛，叶蓁蓁可能是个好人，但和合不需要她。你去跟她说，你妈妈给她什么条件，我愿意给她双倍，请她离开，好吗？"

唐在云没有料到唐洛几乎是毫不犹豫地一口回绝，甚至连考虑一下的姿态都没有做："不行，我要她留在我身边。"

他站起来，表示谈话就此告一段落，没有必要继续下去，在离开侧厅的时候，忽然停下脚步，扭头对唐在云说："爸爸，妈妈是用什么说法让你接受我参与项目的？我看你和罗西也都不需要我，那她是不是提醒了你，我姓唐，是你亲生的儿子？"

唐在云一惊，扭头去看唐洛的时候，他已经走开了。

第二十三章
怎么了，高小姐怎么了？

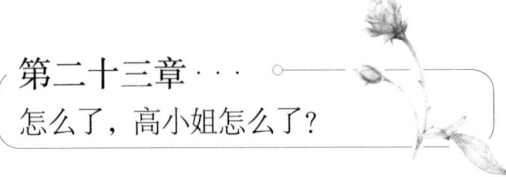

叶蓁蓁丝毫不知道唐洛在唐在云面前如何维护自己，她到家之后去洗澡，吹好头发，还收拾了一会儿衣柜，找出来明天要穿的衣服熨平挂好，等终于在沙发上坐下，看看时间，快十一点了。

她想着苏桐不知道今天几点回来，最近可实在太累了吧，忽然一激灵，这位爷不是出差去了吗？

她回想了一下就心里纳闷，明明说是九点五十五的飞机，怎么到机场了没给自己打电话呢？

他们俩的习惯，就是各自不管去哪里，到机场一个电话，过了安检一个电话，登机了一个电话，要是登机到起飞之间多等了一会儿，就一直聊到起飞。有时候飞机一关舱门，里面信号不好了，苏桐就跑到门口站着尬聊，旁边空姐瞪他也不管，直到必须要回去坐好扣安全带才挂电话。其实又没什么正事，就是互相问日常的细节，说说今天怎么了、落地去哪里、我刚在机场见到了谁之类的，结尾的时候特肉麻地互相示爱，旁边的人听着没有不侧目的。有一次苏桐还担心："等我八十了，在飞机上给你打电话还说'爱你爱你，小包子，老公最爱你'，人家以为我在跟个小姐撩骚，肯定说我老不羞。"

叶蓁蓁的反应却是："哎，你八十了一个人去坐飞机是要干吗，我死了吗？"

苏桐赶紧敲木桌子驱邪："呸呸呸，你个傻妞童言无忌的。"

她跳起来去包里拿手机，一看没有，傻眼了，翻半天才想起来，为了等唐洛发紧急求助短信，她在高佳妮那里的时候把电话放饭桌上了，后来被高佳妮半推半打地赶了出来，就这么落下了。

现代人以手机为魂器，一刻不见都神志恍惚的，但带着唐洛去拜访高佳妮实在需要精神高度紧张，她的注意力全在那母子俩的一言一行上，于是就把电话这么落下了。

这本来是小事情，明天一早去拿一下或者请高佳妮的司机送到公司也就是了，但今晚偏偏苏桐出门，电话又开的静音，高佳妮未必会发现它的存在。

叶蓁蓁想象苏桐刚才到机场，猛打电话没人接，肯定满心纳闷，登机的时候估计都是不情不愿的，等十一点多下飞机再打还是没人接，就要真着急了。

她赶紧重新换了衣服，要说没手机真是麻烦，叫个车都不方便，又翻箱倒柜踅摸了一些现金揣兜里，然后才下楼，走到小区门口去等出租车。

小区保安认识她，见叶蓁蓁一个人，主动拿了个手电筒陪她走到大路上去，看她打到车了才回岗亭。

这么晚了，按理说道路通畅，从叶蓁蓁住的地方到高佳妮那里，最多不过半小时，结果在五环上遇到前方有交通管制，三更半夜为了什么管制也不清楚，车子停停蹭蹭的，活活耗费了一个多小时才到高佳妮公寓楼下。叶蓁蓁在车上猛打瞌睡，没有手机玩的时候，塞车简直是天下第一等的无聊之事，仅次于在医院看病排队。直到车停了好一会儿，她睡眼惺忪地一看仪表板上的时间，都十二点多了，一激灵，苏桐应该早到了啊，推开车门就跑。司机在后面喊："小姐，小姐，没给钱。"

叶蓁蓁一直有公寓的房卡，平常都用来开大门、游泳池和电梯，到了公寓她按惯例先按门铃，今天也不例外，看时间虽然晚，但夜猫子高佳妮多半还醒着。

出乎意料的是，门铃按了好久，硬是没人答应，可能高佳妮今天早睡了。叶蓁蓁在门外踌躇了一下，干脆拿出门卡，刷完后轻轻推门一看，房间里亮着灯，但一点声音都没有。

她叫了几句高姐，没听到人答应，干脆走了进去，一转过小门廊见到客厅的场面，就马上意识到出事了。

客厅里满地狼藉，有打碎的酒瓶子、胡乱扔着的外衣，墙壁上本来挂着的画掉了一幅下来，玻璃碎片飞溅四周，放沙发背后的花瓶也摔在了地上，最触目惊心的是本来灰蓝色的地毯上有暗红色的痕迹。叶蓁蓁蹲下来看了看，那是血，不是酒。

叶蓁蓁吓得脸色惨白，心怦怦狂跳，转了几圈，果然在饭厅桌子上看到自己的手机，幸好还有电，她赶紧打给高佳妮，手机接通了，铃声却在客厅沙发底下响起。

叶蓁蓁脚都是软的，蹲下来第二个电话打给林阿姨，林阿姨倒是马上就接了，居然没睡，和平常一样笑呵呵："蓁蓁，是不是明天要给洛少带饭，刚刚忘记说了？"

叶蓁蓁一听，完了，声音都变了："林阿姨，你上一次见到高姐是什么时候？"

林阿姨在那边一愣："啊，怎么了，高小姐怎么了？"

"你别慌，你先跟我说什么时候啊？"

这个问题林阿姨不用想："你们走了没多久，我收拾好东西就走了，不到十点啊。"

"高姐有什么异样吗？"

林阿姨已经快要哭出来了："蓁蓁，高小姐怎么了，你不要吓我，她怎么了？"

叶蓁蓁手一直在抖，但她知道自己这会儿不能慌，不能失去主张，于是挪过去靠着墙，闭上眼睛，深呼吸，深呼吸，尽可能平静地说："林阿姨你别急，我刚过来拿我落下的手机，没见到高姐，她也没带手机，就问问你，可能是临时出去买点东西吧，应该没事的。"

林阿姨将信将疑地"哦"了一声，叶蓁蓁知道自己编的理由没什么说服力，可这个节骨眼上，实在也没有心思安慰她，赶紧把电话挂了。她定了一下神，又打了一个电话给高佳妮的司机，不出所料，司机休息了，说今天在楼下待了一天，高佳妮都没用车，晚上收到让他收工的信息自己就回家了。

叶蓁蓁抖着手挂了电话，门厅里转了两圈，想起这间公寓门禁森严，公共区域到处都是摄像头，赶紧掉头冲出门，下楼径直找保安去看进出电梯和公寓楼门的监控。

监控点配置的摄像头质量很好、像素很高，当班的刚好是这里物业的保安主管，他用了两倍速播放，画面也仍然相当清晰。叶蓁蓁瞪着大眼睛盯紧屏幕，从自己和唐洛离开后开始看，看到十一点三十五分的时候，两名穿着白大褂、医务人员打扮的人，从高佳妮的楼层抬着一副担架进了电梯，而后直接下了停车场。

叶蓁蓁跳了起来："这些是什么人，我怎么没见到他们上去？"

保安主管仔细观察了一下："这应该是跟着救护车一起来的急救人员，救护车直接停地下停车场，他们应该是从公寓后门的电梯上去的。那个电梯是货梯，直通所有楼层，半夜保安会用它上下逐层巡逻，速度比较慢，可能走的时候就用了前面的客梯。"

这位保安主管在这里做很多年了，很有经验，一边做出可能性的假设，一边已经调出了后梯的监控。果然如他所说，那两个医护人员是在十一点三十分坐货梯上去的，根据停车场的监控和值班保安的记录，他们也确实是跟着一辆救护车一起来的。

那辆救护车的车身上有医院的名字：慈欣。这是北京一家很有名的高级私立医院，在大望路附近，做会员制的家庭医疗服务。

叶蓁蓁上网查到了地址，跟保安道过谢，匆匆奔慈欣去了。她在路上给唐洛打了个电话，唐洛没接，她于是发了个信息过去简单说了一下事情经过，写了医院地址，但也一直都没收到回信，想必是睡觉了。

看着夜色中飞驰而去的窗外景色，叶蓁蓁捏着自己的手机，心里弥漫着冷雾一般的担忧和恐惧，以及从未体会过的孤单。这时候她多希望苏桐在身边啊，只要他在，不管发生什么，苏桐都会挡在她前面。

她怀着一腔的惴惴不安到了慈欣。这家医院的环境和气派，跟公立医院相比，就像是五星级酒店和大排档，其他不说了，光坐在那里值夜班的前台，都有名模的水准。

叶蓁蓁跑着进大门，冲到前台说明了情况。护士很职业，冷静而且耐心地听完之后，让她拿身份证出来复印备案："我们先要跟病人核实你的身份，没问题的话医生会出来跟你沟通病情。"

她心急如焚等了半天，终于医生出来了。医生四十多岁，男性，看样子很明显是中西混血，长相十分英俊。他走到叶蓁蓁面前，自我介绍名叫肯，是高佳妮的私人全科医生，说高佳妮刚到没多久，现在还在接受检查。初步看来，高佳妮是轻微心梗发作，摔倒后撞到了头部，还引发了脑震荡，手臂上有外伤，整体不算特别严重，但需要休养，至少要住院观察三天才能回家。

这位金发碧眼的老兄说一口流利的京片子，京片子里不时插入各种英文的医学专业术语，语速跟一挺AK-47自动步枪似的，"嗒嗒嗒嗒"极速飞奔。叶蓁蓁全神贯注才好歹听明白了，正忙着点头，对方一个急刹车，突然问她："你是她什么人？"

叶蓁蓁蒙了一下，脱口而出："家里人。"她想了想，"妹妹。"

医生一脸狐疑地看着她："高小姐没有妹妹，我们有她的家庭资料。"

叶蓁蓁心想那你还问个什么劲，没奈何："干妹妹，干妹妹你知道啥意思吗？"比画了一下，"不是亲人，胜似亲人，老外说的God Sister（干姐妹），我们没God，但我们有Sister，你的明白？"

医生是个真资格的中国通，一脸嫌弃地立刻表示这有啥不明白。肯医生跟叶蓁蓁交代完情况，让她继续等着，白色的接待室就她一个人，她胡思乱想，坐立不安，当真是度日如年。

将近一点钟的时候，苏桐打电话过来了，她一接起来对方就说："小包子，我飞机晚点了，刚刚才落地，你之前怎么不接电话啊，没什么事吧？"

叶蓁蓁拿到电话之后看了未接来电记录，整整十三个，苏桐上车去机场开始给她打电话，打到最后一分钟飞机起飞。

她整晚惊魂未定，听到苏桐的声音，感觉像是终于靠住了什么实实在在的东西似的，鼻子一酸，哽咽着说："我把手机掉高姐那儿了。"

苏桐一听，手机掉高姐那儿不算什么大事，怎么就哭鼻子呢，事出反常必有后续，赶紧好声好气地问："宝贝，怎么了？手机掉了没关系吧，怎么哭了呢？"

叶蓁蓁抹了一把眼睛，把前后遭遇跟苏桐说了，苏桐马上就跟她一起担心了起来："那高姐现在怎么样？"

"不知道，我还没见到她，说还在做检查。"

苏桐有点懊恼："怎么刚好就今天出差，我在就能陪着你了。"

叶蓁蓁吸了吸鼻子，强迫自己打起精神，反过来安慰他："谁都不知道会出这种事啊，你别担心我，我现在不用干什么，先等等看。"

"嗯，那你冷静一点，多喝点儿水。"

"我知道，那你在上海怎么安排啊？"

苏桐说："准备在开会的地方旁边随便订个快捷酒店住着，明天一早开会。"

叶蓁蓁继续吸鼻子："吃饭了吗，晚点这么多你该饿了吧？"

"还好，吃了飞机餐。再说了，大上海啥都有，饿了就去吃消夜，你别担心我。"

两个人正说着话，护士出来找叶蓁蓁，看样子是检查做完了。她急忙跟苏桐说："我先去看看高姐，晚点给你打电话啊。"起身跟着护士进去了。

高佳妮已经安置了下来，躺在病床上，右边半边头包着白纱布，头发都给剃掉了，眼角一大片瘀青，耳朵下面的面颊全都肿了起来，右眼睁不开，脸色灰白，毫无生气，在被单下的身形十分瘦弱，就像突然缩小了似的。

叶蓁蓁一推门，心里就一热，一阵酸楚涌出来变成热泪，一阵一阵想要从她的眼眶决堤，又一次一次被压抑回去了。她轻手轻脚走上前，在高佳妮床边蹲下来，高佳妮昏昏沉沉中察觉到动静，勉强睁开了左眼，看见叶蓁蓁，嘴角竟然还露出微微一丝笑："蓁蓁。"手从被单下伸出来，叶蓁蓁急忙握住她的手，冰凉，干硬干硬的，便紧紧抓着不放。

"你怎么来了？"

叶蓁蓁微微哽咽着："我去找你来着，看见家里乱七八糟的，就到处找你。"她摸摸高佳妮的手腕手臂，赶紧拿被单给她盖好，"这是怎么了，是你自己打的120吗？"

高佳妮"嗯"了一声，声音非常低微，大概是因为说话会牵动伤口吧，一字一顿地："嗯，应该是心梗发作，摔了。幸好当时手机还在旁边，一键拨号直通这里的紧急医疗服务，他们的系统能识别我的信息，连接手机定位，医护人员有权在必要的时候破门而入。"

她面对生死一线，居然也很平静："也是不幸中的大幸吧。"反手拍拍叶蓁蓁，轻声夸她，"真是个聪明孩子，能找到这里来。"

叶蓁蓁抹了一把眼泪："你出院以后不能一个人住了，你跟我一起住吧，我去租个大房子。"

高佳妮勉力凝视着她，手慢慢抬起来，拍拍她的脸："傻孩子，我请住家的保姆不就行了，干吗要去跟你住？"

叶蓁蓁倔强："我不放心。"

高佳妮嘴角浮出一丝非常微弱的笑，那笑意里居然有一点点真的欢喜："别不放心，最多请两个。"

她虽然脑震荡，思维还是跟平时一样敏捷，看着叶蓁蓁："怎么突然又回来找我啊，有事儿吗？"

叶蓁蓁摇头："没事，就是忘了手机过来拿。"

她双手握着高佳妮的手，埋下头，把脸贴在她掌心里，喃喃地说："吓死我了啊。"

高佳妮低垂着眼帘看她，因为伤口的影响，她能移动的幅度很小，只看得见叶蓁蓁乌黑的头发，轻轻起伏着。

"吓死我了啊。"

病房里极其宁静，这几个字说得也非常低微，却有着海浪喧嚣一般盛大的冲击力，直到高佳妮的内心深处。

她就那么望着叶蓁蓁，而后忽然之间，一滴泪珠沁出了眼角，高佳妮急忙闭目仰头，将这突如其来的触动憋了回去。

她轻声说："你回去休息吧，很晚了。"

叶蓁蓁不愿意："我不回去，我陪着你。"

高佳妮摇摇头："我不用你陪，这儿医生护士都很好，而且有人在我睡不着。"

叶蓁蓁愣了一下："真的吗？"

高佳妮很肯定："真的。"

她看着叶蓁蓁："明天我会让林阿姨和司机去把现在住的地方清理了，另外找住所。但是我卧室里有一个保险箱，我不想让他们动，你尽快把里面的东西都拿出来，先替我好好保管着。"

她似乎一辈子都没有求过任何人帮她做事，要么是命令要么是吩咐，因此这一刻的恳切，叫叶蓁蓁更加心酸。

"我只信得过你。"

这句话让叶蓁蓁都愣住了，而后重重点头，答应了下来："好。"

高佳妮一五一十告诉她："保险柜就在卧室衣帽间深处，黑色的，半人高，左上角有和合的公司Logo激光标志，不能搬动，否则会直接报警，密码有点复杂，你记一下。"

叶蓁蓁掏出手机，老老实实把密码记下来了，又陪了高佳妮一会儿，看她昏昏欲睡很疲倦的样子，于是帮她掖好被角，把她手盖严实，悄悄走出了门。

她出来坐上车，门一关就给苏桐打电话，那边刚接起来，她就号啕大哭，把出租车司机吓了一跳。

苏桐当然也吓一跳，赶紧问怎么了怎么了，心里想着，坏了，怕是高姐出什么大事儿，立刻就天人交战要不要买明天最早一班飞机赶紧回北京，可不能让叶蓁蓁一个人扛着。

叶蓁蓁什么都不说，就那么哭，苏桐知道问也白问，干脆也安静下来，电话大概就举在耳朵边，听她从号啕到抽噎，哭了十几分钟才渐渐平静，那时候他才轻轻说："小包子，宝贝，哭一下下就好，不哭了啊，不然一会儿眼睛该不舒服了。高姐检查做完，到底怎么样？"

听完叶蓁蓁的描述松了一口气，他对医院急救过程相当熟悉，虽然高佳妮现在境遇凄凉，但能说话能躺平，没插管没进ICU，大概率不危及生命，不算什么大事。

这话他用比较委婉的方法说了一遍，叶蓁蓁还在哽咽："嗯，我知道，我就是心里难受。"

苏桐继续哄："我知道你心里难受，我想想也挺难受的。不过，第一，不幸中的万幸，高姐没出大事儿，在医院里有人照顾她了；第二呢，咱们要从光明面去看待问题，对不对？"

叶蓁蓁不服气："这还能有光明面？"

"当然有了，凡事要辩证来看嘛，我的辩证法是这样的，小包子你听听看有没有道理。高姐那么大个人了，知道轻重，这次出了事，她肯定就会对自己的身体健康问题提高警惕。就跟你说的一样，让她请两个住家的阿姨，林阿姨也搬到公寓去住，防患于未然，多好啊。要是一直不出事，一下子出大事了呢，那就没法弥补了，对吧？"

叶蓁蓁听他苦口婆心那么一说，觉得也是对的，吸溜了一下鼻子："好吧。"伸手抓纸巾擤了一下鼻子，问苏桐，"你到酒店了吧？赶紧睡觉啊。"

"刚到,进房间了,我不困,陪你说话说到家吧,这么晚了我不放心。"

"我还回不了家呢,得去高姐那儿一趟。"

"为什么?"

"高姐让我把她保险箱里的东西清出来,说让我保管着,回头她出院了再给她。"

"不能明天去吗?"

"高姐说尽快,然后我明天八点有个会,跟商业美术馆项目有关的,小唐总肯定要去,我最好不缺席。"

苏桐嘀咕了一句:"这也太爱岗敬业了。"

"不是跟你学的吗?"

苏桐笑了一声,心里有点不安稳。他打小安全意识特别强,首先高佳妮这个要求就透着不太对,好像保险柜里的东西有什么蹊跷似的;其次这么晚了,叶蓁蓁还在几个地方跑来跑去,虽说是首都,但不是说了嘛,不怕一万,就怕万一啊。

他更不挂电话了:"你把免提开着,手机放手里,不用跟我说话,到高姐住处那里,叫保安陪你上去。"

叶蓁蓁有点蒙:"为啥?"

她没心没肺地还对苏桐开嘲讽:"怎么到哪儿都杯弓蛇影的呢,高姐那儿能有啥,她是生病了,又不是被抢劫了。"

苏桐反正不管:"行行行,我就是杯弓蛇影怎么办吧,你反正就跟我保持通话,我远程陪着你过去。"

苏桐本人吧,个儿大,灯不亮的时候一看样子挺凶的,夜路习惯横着走,经常被别人误以为是城市安全隐患的一部分。他要是捡了谁掉的东西追上去还,人家能一路撒丫子跑到派出所。

但对叶蓁蓁的安全问题,那态度就截然相反,小心得很,因为太宝贵了,一星半点的损失都承担不起,所以宁可过虑,不可失算。

对一个做投资的人来说,想象力和风险控制一体两面,都不可或缺,工作和生活里都得这么贯彻。

叶蓁蓁知道事关安全,自己肯定拗不过苏桐,别的不说了,从小到大,在任何城市,只要是两个人在马路上逛,苏桐一定会走临街那一边,挡在她和车之间。

但她有别的顾虑:"可是快没电了啊。"

没电是硬伤,两人商量了一下,用了一个折中的办法,她每隔一段时间给苏桐打一个电话,到家为止,苏桐打过来她一定要接。

她按照苏桐说的，进了公寓先找保安陪同，十二点之后换了晚班保安，是张熟面孔——来自重庆万州的李大才，他一听叶蓁蓁的要求有点困惑，但什么也没问，拿起对讲机就跟着上了电梯。

叶蓁蓁跟他聊天："晚上值班是不是特别累？"

他摇头："没得事，习惯了就对了，不过是比白天爬楼爬得多些。"

"怎么呢？"

李大才就说："后门走防火梯只有入口和上屋顶那两个地方有摄像头，所以白天规定每三小时巡逻一圈，晚上十点以后两小时要巡逻一圈，每层楼都要爬到，膝盖有点恼火。"

叶蓁蓁报以同情："那确实恼火哈，那一晚上不是要爬三四次？"

李大才笑："不至于嘛，我们晚班有三个人，一人爬一次也就差不多要换班了。"

叶蓁蓁觉得好奇："为啥不在防火梯装摄像头啊，应该也花不了多少钱？"

李大才笑笑："好多业主不同意呢，说一点隐私都没有了。"他说得很含蓄，"叶小姐你晓得嘛，我们这儿住不少明星，经常都需要走防火梯的。"

两人聊着闲天上了高佳妮那一层，李大才拿着对讲机撑着门，对叶蓁蓁说："叶小姐，你进去，我在门口等到你行不行？你有啥子事随时喊我。"

叶蓁蓁点点头。

屋子里跟她走的时候一样亮着灯，她先在客厅里待了一会儿，看着满地狼藉的场面，脑补着事情发生时的场景，有一种怪怪的感觉，无论如何都难以想象这是高佳妮自己弄出来的，尤其是那个花瓶，碎落的位置，倒像是有人扔出来似的。

她弯腰把打碎的画框捡起来看了看，随手放在茶几上，而后走进高佳妮平常用的主卧，转了一圈。房间里跟平时一样，非常整洁干净，除了梳妆台上的保养品和床脚几上随便搭着的两件衣服，几乎没有什么有个人色彩的物件。她打开衣帽间的门，打开灯，按照高佳妮描述过的方位找，果然在最里面挂冬季大衣和外套的柜体深处发现了一个保险柜。

蓁蓁把那些衣服推到旁边，蹲下来仔细看了一下，认为自己找得没错，正要对照着手机上的密码开门，突然身后有一阵轻风掠过，她后背一寒，几乎是出于本能立刻跳起来就往衣帽间外面跑。她才刚跑到出口，猛然就被人一把抓住，从后面捂住了嘴，她的右手臂马上被扭到了身后，关节处立刻传来如同断裂般的一阵剧痛。

这一下猝不及防，叶蓁蓁顿时被吓得心胆俱裂，她本能地拼命挣扎起来，但抓她的人力气非常大，比她高出一截，死死压住她，她连动都动不了，拼命喊叫也发不出任何声音，眼看着整个人就被往衣帽间里拖过去了。

这时宁静的空间里突然响起一阵刺耳的铃声，是叶蓁蓁的手机，苏桐没有按时间接到她的电话信号，直接打过来了。

她之前蹲下想开保险箱的时候，手机从右手换到了左手，现在还死死抓着没放。抓她的人一愣，动作稍微停了一下，叶蓁蓁就利用这个空隙，按下接听键，按下免提，然后用力向着衣帽间外面扔了过去。只听到苏桐在那头叫她："小包子，你到了吧？怎么没接我电话呢？"说完没听到回应，马上声音大起来了，"小包子？喂？听到吗？蓁蓁？你听到我说话了吗？"

公寓小的好处这时候就体现出来了，李大才在外面听到了电话里的声音，立刻走了进来："叶小姐，叶小姐，你在哪儿呢？"

歹徒眼看李大才就要走进来，伸手抓住她的头发，用力往衣帽间墙壁上一撞。叶蓁蓁整个人摔了过去，而后跌到地上，脑袋里嗡嗡作响，顿时就觉得自己额头和脸肿了起来，耳里轰隆隆的，到处都火辣辣地疼。外面传来重物的冲撞声、李大才愤怒的喊叫声、门被大力冲开关上的撞击声、对讲机里混乱的呼叫对谈声，还有李大才要楼下保安堵防火梯的声音。这一切声音对叶蓁蓁来说都像是非常非常遥远，她躺了好一会儿，慢慢爬起来，双手捂住脸，在地上坐了一会儿。等她稍微清醒一点，就听到苏桐的声音还在电话里喊，充满了恐惧和担忧："小包子，小包子你怎么了？你回答我！蓁蓁？宝贝你没事吧？发生什么事了？"

她想要站起来，却头晕眼花根本使不上劲，眼睛旁边模模糊糊的，伸手一摸，满手鲜红的血。她爬过去拿起电话，"喂"了一声，苏桐就像从油锅里被人捞了出来一样，长出了一口气："小包子，怎么了，你没事吧？"

叶蓁蓁看着自己手上的血，一时间恍恍惚惚地说不出话来。她平常其实挺娇气的，手指上长了个倒刺撕破出血都要跟苏桐哭诉半天，可是这会儿却一滴眼泪都落不下来。她心里的念头纷繁往复，杂如星火，其中有一个，竟然是不能让苏桐太担心。这个钟点，他不可能从上海回来，告诉他自己的情况对谁都没有任何帮助，只能徒增他一夜无眠。

她努力清了清喉咙，拼尽全身力气镇定自己，慢慢说："我没事，高姐公寓里有人，幸好保安在，把他赶走了。"

苏桐非常吃惊："什么？是什么人知道吗？"

得到否定的答复之后他更担心了："乖乖，你真的没事吗？"

叶蓁蓁全身都在颤抖着，努力撑住自己："嗯，没事，保安还在这儿，我等一下给你打电话啊。"

她匆匆忙忙挂断，然后手就再也握不住电话了，直接掉在地上，这时李大才叫着

"叶小姐"冲了进来,一看她的样子,吓了一大跳,过来查看了一下,随即就拨了120,叶蓁蓁冲他感激地笑了笑,微弱地说:"谢谢你啊李哥。"

李大才看着她的样子非常懊悔:"我为啥子不陪你进来嘛,陪你进来就没得事了。"

叶蓁蓁摇摇头,没力气说话,扭头看了看衣帽间深处的保险柜,说:"李哥,你外头等我一下,我有点私人的东西要拿。"

她等李大才出去,再次拿起手机,挣扎着挪到保险柜面前。头上流下来的血凝固了,遮住了一只眼睛,她眯着眼,硬是一个字母一个字母,一个符号一个符号,把密码输进了保险柜,"咔嗒"一声,门微微弹开,她打开一看,里面东西不少,好些文件袋、牛皮纸袋,还有首饰盒。

蓁蓁看了看四周,从放包的架子上拿下最大的一个,也不管三七二十一,敞开口子就把保险柜里的东西都扒拉进去。她全部扒拉完了拉上拉链,背上肩膀,喘了几口气,这才扶着墙站起来,蹒跚着走出去,正好遇到120急救的医护人员从电梯出来,把她接着了。叶蓁蓁被扶着刚要往担架上躺,忽然又想起什么,拿起手机拨110,被李大才按住了:"叶小姐,我们已经报警了,警察会先来这里,你放心去医院,我请他们明天再找你吧。"

她就近到医院处理了伤口,做了几个检查,右手臂有拉伤,额头破了一块,轻微失血,右脸青肿,万幸没有伤到骨头,也没有脑震荡,不需要住院。医生开了一些止痛药给她,叮嘱有任何异常及时复诊,就让叶蓁蓁走了。

李大才陪她去了医院,叫了出租车送她回家,路上看她冷静下来了,把刚才公寓里的情况说了一下,说他在门外等着,听到电话里苏桐喊叫和手机摔到地上的声音就觉得不妙,冲进来刚好和那个歹徒撞个正着。对方身形高大,穿着黑色风衣,里面套一件灰色连帽衫,帽子戴起来的,还蒙了黑色口罩,把头和脸都遮得很严实,完全没有看到样子,是有备而来的。他逃出卧室门看到李大才,立刻把摆在旁边的一个小立几扔了出去,被后者一晃让开后去势不减,和李大才硬碰硬撞个正着。

李大才行伍出身,以前在海军特种部队服役,虽然身材只有中等,但体格健壮,身手相当不错。他和对方撞个满怀也没有吃亏,就是往后退了几步,随即看那人轻车熟路逃往后门,准备经防火梯逃跑,立刻一边呼叫楼下保安支援,一边自己追了上去。

叶蓁蓁满怀希望地问:"抓到了吗?"

李大才摇摇头:"没有,他可能是从防火梯回到了电梯间,坐电梯走了,楼下的兄弟没堵着他。这个人很有经验,绝对不是什么小毛贼。"

叶蓁蓁心有余悸:"他是怎么进来的?"

"从防火梯后门撬锁进来的，我追出去看到锁被整个弄坏了。"

叶蓁蓁打了一个寒噤，茫然地望着出租车前方，这时候苏桐又打电话过来："小包子，你怎么样了？"

她急忙打起精神："没事了，我回家路上呢。"

苏桐好像有第六感似的，无论她怎么说没事，都不放心："是吗，你声音听起来不太对，是太累了吗？"

她努力地跟平时一样笑了一下："就是太累了，你看都几点了。"她尽量想说得清晰平常，可是动作幅度一大，脸就火辣辣地疼起来。

出租车到了小区门口，李大才要送叶蓁蓁到家门口，她婉拒了，抱着那个沉沉的包走进去，走了一大半路，手臂都是酸的，刚好经过小区里的儿童游乐区，她干脆停下来，在游乐区的秋千上坐下喘口气。此时已经凌晨三点多，周围万籁俱寂，世界平和，仿佛无事发生，她一颗整晚都在急跳的心，才终于稍微安定了一点。

看看手机，苏桐随时会打电话过来，知道她到家，肯定会要视频，看到她的样子不知道该急成什么样，她干脆发了一个短信："我到家了，困死了，直接睡了啊宝，爱你，晚安。"

打定主意，苏桐再打电话进来，她也不接了。

把苏桐暂时安抚了下来，叶蓁蓁周身发软，小区里清风习习，很是舒服，让人很想沉浸其中，休息片刻。

身体放松了，脑子却没停下，她抱紧了怀里那个包，心里有件事很不明白。从高佳妮客厅的情况来看，她肯定不是自己好好坐在那里，然后莫名其妙就心梗发作的，多半受了什么刺激，但她倒地后还有余地按下手机急救号码，等医护人员到来，那她所受的刺激，跟叶蓁蓁的遭遇就不应该是一码事——在衣帽间袭击她的人，可不会让她有机会接触电话。

那到底发生了什么事呢？她猜了半天，毫无头绪，最后放弃了，心想还是改天直接问高佳妮吧。

这么打算停当，人稍微镇定了一点，风也吹够了，受伤的地方开始剧痛起来，她哼哼了两声，明白此时哼哼无人理睬，也就不哼第三声了。她把包包拽紧，刚要起身回家，忽然关了静音的手机屏幕亮了。

叶蓁蓁一开始以为是苏桐，心想哥哥还真倔啊，结果一看屏幕，居然是唐洛，这大半夜的不会有别的事情，肯定是看到叶蓁蓁信息了。

果然一接起来唐洛劈头就问："我妈怎么了？"

叶蓁蓁把短信上提到的事情又细细说了一遍，唐洛在那边陷入了跟叶蓁蓁一样的迷惘："这是怎么回事啊？"

"不知道。"

说了这句，叶蓁蓁没忍住："还没完呢。"

接着把自己遇到的事情又说了一遍，说到惊险的地方，自己又忍不住颤抖起来，唐洛的声音提高了："什么？你在我妈的公寓被人埋伏了？"

细节他也不问了，当机立断："你现在在哪儿？"

"我家小区里。"

"小区里？外面？快四点了，你坐外面干吗？"

"折腾一晚上，看这儿风清气和的很安静，想坐一坐啊，怎么了？"

唐洛气不打一处来，这算是第一次他理直气壮地教训上了叶蓁蓁："你背着我妈保险柜里的东西，这么晚的时候一个人傻乎乎地坐在小区里面，你有没有脑子的？"

叶蓁蓁一听，风水轮流转啊，谁给了小唐总勇气来质疑她的脑子，百夫长黑金卡吗？立即反驳："我坐的地方对面就是保安值班室，灯火通明的，喊一声就有人来，怕啥？"

唐洛简直生气："万一你在我妈公寓那里遇到的人没逃远，跟着你去了医院，跟着你回了你家呢，万一他这会儿就躲在什么地方等着你呢，你是不是一辈子没遇到过坏人，所以安全意识还停留在幼儿园时代？"

叶蓁蓁张了张嘴，词穷到无从反驳。因为唐洛说得真没错，她从小到大都被保护得妥妥的，小时候是家里人，长大了是苏桐，就算读大学那几年家人和苏桐都没在身边，架不住她人缘好，上哪儿都是一群一群人，没有遇到过什么正经有风险的事，今晚是破天荒的头一遭。

她本来自己好好的，给唐洛一说，平平常常、安静祥和的小区景物，顿时就变阴森了，所谓"疑心生暗鬼"，叶蓁蓁打着电话都坐不住了，跳起来结结巴巴地问："那……那我怎么办啊，那我回家呗？"

唐洛否认："别回家，你一个人我不放心，你去保安值班处那里坐着，我马上过来找你。"

他行动还真快，满打满算三十五分钟之后就敲开了保安值班处的门，叶蓁蓁在里面和几个值夜班的保安唠嗑正唠得热火朝天，状态之轻松，令唐洛很是诧异。

他把人接上之后往小区外头走，还说呢："在所有一小时前被暴力袭击过的人里，你毫无疑问是最没心没肺的，普通人这会儿都应该蜷缩在床上，需要心理咨询干预什么的吧？"

叶蓁蓁把包给他背着，自己揉着肩膀，闻言叹口气："小唐总，你就说风凉话吧,你现在有个床给我蜷缩吗,有的话我就地蜷给你看。"

她心里还有一句话是——这会儿崩溃又有什么用呢?明天要去派出所录口供,还要去高佳妮那儿沟通情况,甚至还要上班,这些事儿能交给别人吗?既然不能,就撑着吧。

她很清楚自己其实怕得要死,也知道自己什么时候就会撑不住——等苏桐回来一见面,马上、立刻,井喷式大型崩溃。

没有选择何必纠结,没有依靠无从软弱,如此而已。

唐洛听她这么说也不好反驳,伸手安慰性地拍拍她的脑袋,结果叶蓁蓁"哇"地就叫起来:"疼,手欠啊你。"

唐洛吓一跳,正好走到大门口的路灯下,他停下来查看了一下叶蓁蓁的脸和包扎好的伤口,竟然松了口气:"还行,两个礼拜应该就好了。"

叶蓁蓁翻白眼:"什么叫还行?"

唐洛耸耸肩:"皮外伤,瘀青,问题都不大。"还解释了一句,"我小时候练格斗经常受伤,这方面比较熟悉。"

叶蓁蓁第一次听说新中国的少年儿童还能有这种校外节目:"你练格斗干啥?"

"我妈让我练的,不知道为啥。那个教练是老外,特种部队退役的高级教官,老头子,练我的时候怀着对有钱人的满腔仇恨,半点不手软,经常揍得我哭爹叫娘。"

叶蓁蓁居然笑出来了:"高姐是不是觉得自己揍你下手太轻不解气啊,后来呢?"

"没有后来,练到我出国就没练了呗,也算逃出了魔掌。"唐洛想了想,"你说得有道理,说不定就是我妈想揍我,自己动手不解气。"

叶蓁蓁一笑脸疼又忍不住,摸着自己"哎呀哎呀"了一会儿。两人走到门口,她看见那辆红色的法拉利停在那儿,就问:"我们去哪儿啊?"

"去我家。"

叶蓁蓁一愣:"哎?"

"比你那儿安全,这儿有独立的客房,客房里什么都有,放心吧,我对你没兴趣。"唐洛"啪啪啪"堵死了所有后续的问题,一副懒得跟你多说话的嫌弃表情,但说是嫌弃吧,一边又小心地为叶蓁蓁开了副驾驶的门,留神着怕她撞到车门顶。

叶蓁蓁就嘟嘟囔囔地:"说啥呢!"她一屁股坐了进去,长长出了一口气。

第二十四章
我妈就是训练你来干活儿的

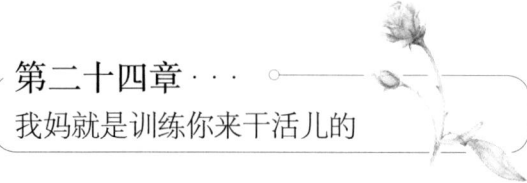

叶蓁蓁跟着唐洛回家的时候，苏桐还在上海的快捷酒店里辗转反侧，平常无论多少烦心事，他一沾枕头，甚至一沾汽车靠椅就能睡着，但今天晚上怎么都不踏实。

要说其他时候这么不踏实，哪怕整晚失眠也就算了，偏偏明天在上海的会面，又对四平来说至关重要。

自打年后他从投资者峰会上钓到鱼，一切进展都十分顺利，先是杨子意出马谈了第一轮，很快又苏桐出马约了两轮，都谈得非常顺利。王建平跟苏桐的组合十分合适，前者对事业的热情、对自己价值观的坚定信念，后者对商业模式的洞察、对运营和财务的把控，两人相辅相成、相得益彰。无论从产品还是团队的角度，他们都给人留下了上佳印象，尤其是明冠，对他们极其看好。

孟浩峰那边的配合支持也十分到位，在最关键的时刻做好了速9需要的智能系统全套Demo，尽管来不及试行收集足够数据，但系统本身代表的高科技元素，已经令四平的项目趋于完善，为他们的融资计划营造出一种梦幻般的手到擒来感。

王建平和苏桐这段时间那叫一个心潮澎湃啊，天天上班都跟打了鸡血一样，反反复复调整资料，另外就是杨子意，因为全程参与的缘故，也把四平的工作当作了自己的本分。

这真不是她自作多情。四平的CFO走了之后，现金流情况不太好，根本请不到合适的财务负责人，融资时的数据要求是很高的，剩下几个资历很浅的员工根本起不到真正的作用。一段时间内与之相关的工作，都是杨子意平时白天见缝插针、晚上和周末加班加点完成的，她专业素养很高，态度认真，成果也很显著。

到融资进入紧要的关头，投资方随时可能有更新数据的需求，都没办法等她处理完万邦的事儿再接手，所以杨子意干脆请了一段时间年假，天天来四平上班，兢兢业业不敢掉链子。

既然是来上班的，自然就需要一个地方坐，四平其实挺多空地方的，但她就跟王建平提出要坐苏桐对面，理由当然是方便随时沟通。

王建平本来一直都想撮合她跟苏桐，内心对她的付出又实在感激，无以为报，只能当机立断把苏桐给卖了，一口答应下来。

于是苏总第二天上班，赫然发现狭窄的办公室里多了一个拆了挡板和电脑架的单人工位，正拼在自己办公桌对面，工位上好整以暇地摆着多肉植物、女性风格的笔记本、护手霜、润唇膏，一个大笔筒里一把一把的各色极细签字笔，这也是学苏桐的，用不同颜色的笔做出不同角度的思考笔记和重点标识，这样在回溯的时候都不需要看内容，光凭颜色就有基本的概念。

最显眼的位置还放了一个木质的精美照片架，里面嵌着的照片，就是上次苏桐给在园区给杨子意拍的那一张。

杨子意已经到了，包就放在座位旁边一个小架子上，人可能是打水或者去洗手间了。

苏桐进门看了一眼，掉头去找王建平："啥意思？"

王建平心平气和："没有CFO怎么办？子意愿意来顶住，是我们走运啊。"

苏桐承认这一点，但他还想要据理力争："非要坐我那儿吗？"他伸展了一下自己的四肢，"光我自己坐着伸不开腿了。"

王建平语重心长地劝他："忍忍吧，非常时期，大家都要做出贡献。你比我更清楚，要融资或者上市，空降一个CFO来干这样的活，公司起码得要给一个点两个点股份吧，而且融资后就要真金白银立马兑现的，对不对？人家子意呢，要什么了，不就是坐你旁边吗？你掂量掂量，就这么挣了一个点回来，是不是值大发了？"

苏桐简直气不打一处来："王总你这叫卖友求荣吧？"

王建平笑："倒也算不上，你不如说我是君子有成人之美吧。"

苏桐摇头："等融完这一轮，我得把我女朋友带来跟你认识一下，不然王总你瞎起劲。"

说是不好硬说，但苏桐个性里可没有什么你怎么来我就怎么认的成分，他从王建平那儿回到自己办公室，趁杨子意还没回来，笔记本电脑一合上，抓了一支笔一个本子，撒腿去了财务办公室，在以前CFO的位子上大马金刀地坐下。

财务姑娘们都很高兴，过来给他送饼干送话梅："苏总你多吃点儿。"那是杠杠地受爱戴。

这个小插曲完全没有影响他们工作的进度，仿佛霉运突然之间一扫而空，接触的三家都让他们走到了最后，简直跟相亲节目一样：前期被人挑，被人审视，上上下下，指指点点，一路过五关斩六将，披荆斩棘，等进入了来宾权益环节，终于可以上手灭人家灯了。

为了到底选哪家，他们闭门讨论了好几天，最后决定和明冠合作。理由很清晰：

第一，明冠规模小，对项目选择非常慎重，一次只跟几个，甚至就一两个项目，但一旦确认要合作之后就全力投入，决策和行动速度都非常快，这对于急需资金的四平来说很重要。因为大公司往往有各种流程要一关一关去通过，灵活性方面不可同日而语。

第二，苏桐对他们的分析和估计完全是正确的，明冠的惯常做法确实就是投完一轮后，在第二轮就套现出局，这是他们最主要的利润来源。他们决定了投四平的同时，已经在积极联系跟自己长期深度合作的大投资方，做好准备把他们的第二轮融资在短时间内也一举搞定。这对于希冀大举扩张、快速落地二三线城市的王建平和苏桐来说，同样是效率和性价比最高的选择。

双方一拍即合，尽调[1]第一轮也做得很快，两周就完全结束了。明冠负责做尽调的人对苏桐和王建平这个组合的印象非常之好，认为他们兼顾了理想主义的坚韧和现实主义的分寸，加上完善的产品，是可以在实业连锁这条路上长期走下去的人。

王建平察觉到这一点之后，果断给苏桐换了个Title，从行政总监变成了实至名归的常务副总裁，公告邮件一出来，四平一片欢腾。好些人特意过来跟苏桐说，大家其实最担心的就是他做着做着不愿意做了会走，那四平可能就真的没希望了，现在总算是吃了定心丸。苏桐这个人呢，吃软不吃硬，心又大，人家一表感激，他就把自己这大半年一分钱没拿、时不时还得倒贴团建费用的事儿给忘了。

TS[2]一出来，按照苏桐对投资行为的了解，基本上就是八九不离十，果然明冠很快派人来做最后的法务和财务尽调，同时邀请苏桐和王建平去一趟上海。

去上海的消息是王建平收到的，他转告苏桐的时候后者有点不明白："为啥要去

---

1 尽职调查，又称谨慎性调查，指投资人对目标公司的资产和负债情况、经营和财务情况、法律关系以及目标企业所面临的机会与潜在的风险进行的一系列调查。
2 Term Sheet of Equity Investment（投资条款清单），简称TS，是投资人与创业者就未来的投资合作交易所达成的原则性约定。主要约定投资人对创业公司的估值和计划投资金额、投资者和被投资者的权利义务等。

上海,明冠在上海没分部啊?"

王建平摇摇头:"挺神秘的,没说细节,就说希望我们去一趟,见两个人。"

苏桐一边琢磨一边在办公室里转圈,转了两圈后回过神来了:"实际控制人[1]。"

"什么?"

"我们在明冠见过了他们负责投资的林总裁,见过了他们的COO[2]赵总,这些人的名字都可以在股东名单上查到,谈的时候他们有意无意提过,他们非常看好我们的项目,但还要等公司最后决定。"

"是的,你的意思是?"

"跟我的估计一样,他们真正的控制人不参与日常管理,但项目最后拍板一定要经过他。我们要去见的肯定是这个人。"

想到这里,苏桐喜上眉梢,一拍桌子:"快成了!"

王建平认为他的分析有道理,但之前被打击过太多次,钱不到袋之前,都不敢意气风发了,这会儿强行拉着苏桐往回缩:"冷静冷静,万一对方见完面之后不满意呢?"

苏桐觉得这就过虑了吧,指了指王建平,拍了拍自己:"那不能,不看谁在干这个项目。"

王建平被他的乐观感染,这时终于笑了出来,爽朗的"哈哈哈"回荡在办公室。外面大厅里的员工都伸长脖子听,感觉好像很久都没有听到王建平这么开怀了,活像拨开云雾见青天一般舒畅。

明冠那边反应很快,王建平他们一确定能够成行,立刻就订了机票,会议时间安排在次日早上八点。

这个钟点,就算能马上入梦,也只有三小时好睡了,普通人担心的大概是第二天精力不济、状态不佳,苏桐不怕这个,他反而是急切地希望赶快把会开完了,赶紧回北京去找叶蓁蓁。

两个人在一起久了,要是感情真的好,那就不管本来个性是粗心还是细心,都跟往心里装了个雷达一样,彼此状态但凡有点什么不对,光听声音也能第一时间感应得出来。

---

[1] 实际控制人,是指虽不是公司的股东,但通过投资关系、协议或者其他安排,能够实际支配公司行为的人。简而言之,实际控制人就是实际控制上市公司的自然人、法人或其他组织。
[2] Chief Operating Officer(首席运营官),简称COO,是制定企业长远战略,督导各分公司总经理执行工作的企业高层,主要负责公司的日常运营,对CEO负责。

他现在就是觉得叶萋萋状态不对，具体怎么不对法，缺乏必要信息，说不上来，但肯定不是什么好事，就算女朋友给他发了看起来很正常的晚安信息，也没有起到半点作用。

怀着这样忐忑的心情，苏桐在四点半到七点之间稍微眯了一下，闹钟一响就起来了。他和王建平吃过早餐，看着时间出门，在七点五十五到达了明冠那边约定的地址。

他们去的是一栋法式风味的老房子，三层，带一个小庭院，在静安铜仁路里面一条巷子深处，像旧上海有头有脸的人住的家宅，雕花铁门旁边也没有任何标志，要不是明冠的人在门边接他们，再走几次也想不到这是一个谈事情的地方。

开会的地方在二楼，老房子没有电梯，王建平在楼下露了难色，苏桐一见，立刻跟对方商量："您先上去吧，我和王总一起上来。"

那人很明情理，知道要上楼，唯一的办法是把王建平扛上去，但一个七尺男儿，对自己身体的不便就是再豁达，这种受制的时候总是尴尬的，于是点头同意："二位慢慢来。"转身先走了。

苏桐今天很隆重，穿了灰色西装、白衬衣，都是定做的，质料好，又合身，一下子就把他平常那种大大咧咧浑不吝的街头气质给中和掉了，打哪儿看都是一条好汉子，俊朗利索，高大魁梧，堂堂正正。

他这时候把外套一脱，放在王建平膝盖上，说了一声："王总，别介意啊。"弯腰连轮椅带人就抱了起来，三步并作两步上了楼，轻轻松松放下，大气都没喘一下。

王建平把衣服还给他，笑："苏总啊，我要是女人，这一下我就爱上你了。"

苏桐咧咧嘴，说："王总你真多情，幸好你不是个女人。"

只见楼上左右各一条走廊，他们要去的房间，就在右边走廊的最深处，红木大门敞开着，里面传来说话的声音。两人调侃了这两句，相视一笑，都知道接下来就是四平最重要的时刻，从这里走出去之后，公司也许就能就此脱胎换骨，借势飞腾了。对一个创业者来说，不会有比这更激动人心的场景了。

苏桐穿上外套，各自理了一下袖子衣领，而后一起往那扇门走去。老房子的木板稍有些松，轮椅的滚动和踏步的声音清晰可闻，接近之后，房间里的人也都听到了，纷纷停下了交谈。王建平在先，苏桐帮他推了一把轮椅过门槛，两人一进去，只见屋子分两部分，里面一部分摆了一张长条桌，古色古香，配着明式扶手椅，当会议桌用；对着门的一部分摆了全套的茶台，里面的人都在茶台旁边围坐，正喝茶，有四五个人的样子。

他们在明冠北京公司打过交道的两个高管座位面对门口，第一个照面就看到了，对方站起来招呼他们，双方问候的话音还没落，苏桐突然心里咯噔一下，眼神投向一个本来背向他们、现在转过脸来的人。

在任何场合、任何情况下，他都绝对不愿意见到这个人。偏偏在眼前这个对苏桐来说最重要、最不容有失的场合见到，更是令人出离意外与震惊。

那是陆天明。

两人对视一瞬间，如同电光石火，苏桐马上就明白了。

陆天明肯定不是明冠的实际控制人，否则他早就从BP上看到了苏桐的信息，今天两个人就都不可能出现在这里。他更有可能是明冠幕后的长期合作伙伴，也是明冠提前获取第二轮投资信息最主要的渠道之一，毕竟是业内行尊，他在业内，尤其是在老一辈树大根深的投资者圈子里，地位不容小觑，他今天来，就是帮明冠掌眼看人看项目的。

苏桐即刻就可以推算出来，明冠的用意很简单，如果陆天明觉得项目合适，第一轮就此敲定，随即经由他的关系立刻开始谈第二轮，明冠得以有机会快速获利。

也就是说，明冠投不投四平很重要的一个考量，就是陆天明有没有兴趣。

他从陆天明的脸色看得出来，在苏桐进来之前，对方根本不知道四平的高级副总裁就是他恨得咬牙切齿的人，也看得出来，陆天明的恨半点都没有消除。这一刻他的惊愕、愤懑，还有一种猎人在陷阱里见到猛兽一般的狰狞交织在一起，堆满了那张可憎的脸。

事实也是如此，陆天明这一年多来，但凡阴雨天，鼻子就会隐隐作痛。每当那个时候，他就后悔自己没有想方设法彻底搞死苏桐，无论是从前途上、精神上，还是肉体上。

所以在这样的场合下见到，那就什么都不用说了。

苏桐和他就对视了十秒钟，然后转身走了出去。

王建平根本不知道发生了什么事，还在跟明冠的人寒暄，等他反应过来，苏桐已经离开了。

他惊讶得不得了，追出去不见了苏桐，楼梯自己下不去，急得团团乱转，打电话过去，只听到五个字："王总，对不起。"而身后的房间里，人们正议论纷纷，陆天明的声音不紧不慢，贯穿全场，说着弥天大谎，却能一锤定音。

电话挂断了，王建平回到房间里，试图继续之前的话题，尽管他不明就里，但看到在场所有人的表情，已经知道一切都是徒劳。

他尽了自己最大的努力，在场的人也都维持了最低限度的礼貌，不到半小时，客客气气送了他出去。

结果尽在不言中。

苏桐在机场等到王建平,两人坐十一点的飞机飞回了北京。在候机时,苏桐把自己和陆天明的过节简单说了一下,王建平才终于明白,为什么杨子意会这样无怨无悔地追随苏桐,又为什么一个履历如此光鲜、个人条件如此优越的金牌投资经理,会在离职后先跑去一个英文学校干了两个月,而不是继续在这一行大展拳脚。

他越是明白,心里就越是悲凉。

没有苏桐,四平不可能有今天的局面,那条难走的正路,一旦走顺了,是真的能看到光明和未来的。

可是也正因为苏桐,他们在这么关键的一步,栽倒在了私人恩怨上,栽得如此彻底,连争取的机会都没有。

明冠的主要利润,就来自于下一轮的接盘侠,他们绝对不会冒着跟陆天明这样级别的大佬撕破脸的危险,继续投四平。

两个人在飞机上枯坐了一路,相对无言。

苏桐还好,只是有心事,王建平却遇到了更具体的问题。

他从静安过来机场时已经有点赶,又心乱如麻,上飞机之前忘记了先去洗手间清空膀胱,等飞到半路,整个人就陷入极度难以忍受的便意之中。

他们坐的是经济舱,飞机上的洗手间非常狭窄,轮椅根本无法横进去,除非随行有专业的护理者,否则残疾人坐长途飞机最好就是用成人纸尿裤。

但王建平一直都非常抗拒纸尿裤,自从失去双腿之后,他就不再出国,避免长距离飞行,也尽量不出差,偶尔一定要跑,都会提前几个小时就少喝水,避免频繁上厕所,轻装上阵。

人生前半段,他能够依靠自己身体的力量,轻而易举为所欲为。健全与坚强的记忆,就在那时候镌刻在了一个人的骨子里,始终还在影响着他。

所以王建平才要驾着轮椅去跑马拉松,甚至可以说,正因为此,他才要去创业,而且还是服务于健康的行业。

而这一刻坐在飞机上,伴随着下半身将要爆炸一样的痛苦感觉,面对自己为山九仞、功亏一篑的事业局面,王建平生平第一次,陷入了对自己的深深怀疑。

也许命运就是如此,也许他注定会一败涂地,一事无成。

他目不转睛地盯住座椅前方贴的广告,一个字一个字地看。飞机没有遇到任何颠簸,在大气中平滑地前进,窗边偶有光影变幻,发动机"轰隆隆"的声响仿佛来自另一个世界,他脑子里一片空白,唯其如此,才能把难以忽视的压迫和膨胀感略微忽视过去。

但身体不管不顾，拼命发出它自有需要的信号，王建平的脸涨得通红，裤管里的残肢开始难以抑制地颤抖。

苏桐在他旁边坐着，一直在看一本书，这时候忽然站了起来，往洗手间的方向去了。

过了大概几分钟，王建平听到一个熟悉的声音，他扭头从座位的缝隙间看了一眼，看到了自己的轮椅，本来他上飞机坐好后，就寄存在了空乘那边。

现在是苏桐把轮椅倒推着过来了，一直走到他们的座位旁边，在走道上停着，而后他弯下腰，稳稳当当把王建平扶了起来，安置在轮椅上，不用掉头，苏桐自己换个方向，顺势就往前推，一直推到了飞机尾部的备餐间。

一位空姐已经在那边等着，远远就对王建平露出亲切的笑容，显然是已经跟苏桐商量好了，轮椅一进备餐间，她马上驾轻就熟地把分隔座舱的门帘放下，打开洗手间的门，在马桶垫上仔细铺好了垫纸，再推了一个高度跟马桶差不多的小箱子过来，并在马桶前面支撑王建平的大腿，安排好这一切，她就离开了。

苏桐把王建平抱到马桶上好好坐下，一句话没说，转身走了出去，箱子挡住了门，关不了，他就站在备餐间门帘外，既是回避，也是守卫。

王建平愣了一会儿，单手撑起身体，另一只手把裤子拉下来，灼热的尿液流入马桶，随着压力的释放，耳边幻听一般的沉寂感也随之消失，真实的世界一下子又回来了，他闭上眼长出一口气，仿佛再世为人。

这一刻他决心这辈子都要坐这家航空公司的飞机，哪怕他们的餐食再难吃都没关系，他也决心这辈子都要跟苏桐当兄弟，不管事业能不能成、前途有没有路。

等回到座位上，苏桐给他递了一张消毒湿纸巾擦手，开口了："王总，咱们回到北京，立刻再跟另外两家接触。不过我也想跟你说，陆天明既然知道我在四平，很有可能会从中作梗，咱们希望不大。"

王建平点点头。

苏桐再次道歉："王总，我觉得太对不起你了……"

王建平立刻截住了他："不是你的错。"

他内心百味杂陈，但就算现在就和苏桐割裂，明冠也不会再继续投这个项目，而如果这样做的话，他王建平成了一个什么东西？

事有成败，运有高低，这些都是人生必备的节目，不稀奇。

而说到做人，做人总该有一点最基本的底线吧。

他没看苏桐，但每一句话都是对苏桐说的："你为四平做得够多的了，生死有命，富贵在天。"他看着窗外悠然飘荡的白云，很感慨，"也许我就是没有富贵命吧。"

苏桐对此沉默不语。

他们落地北京的时候是一点来钟，苏桐没等飞机停稳就给叶蓁蓁打电话，对方秒接，令他大大松了一口气。

"小包子，我到北京了，早上你几点起来的？你睡那么晚，我上午就没给你打电话。"

叶蓁蓁和平常一样："哎，你这么早就回来啦？太好了，我没有睡懒觉啊，起得可早了，生物钟没办法，现在都上好一会儿班了呢。"

听到上班，苏桐更是大大松了一口气，简单说了几句之后挂上电话，本来准备先去找叶蓁蓁的，现在改成先回办公室。

上班是现代人正常生活的坚定标杆，人生除了死亡，其他都是擦伤，但凡你还能上班，那不管遇到什么事都应该在擦伤的级别里，不需要太过担心。

叶蓁蓁确实起得很早，也真的去上了班，在起来和去上班之间，还半点工夫没闲着。

她在唐家睡得还不错，唐洛说客房里什么都有，绝非虚言。拖鞋、睡衣、浴巾这些标配就不说了，洗手间还有全套未开封的护肤品和化妆品，都是大品牌，定制的迷你款，用细藤条编织成的小提袋装着，有一张卡片放在底部，手写体写着"欢迎带走"。

一睁开眼就看到手机上唐洛发了消息提醒她，昨晚她的衣服脏了有血迹，不能穿，门口给她放了干净衣服，是以前高佳妮的，早餐也备好了，跟衣服摆在一起，让她吃完给他打电话。

叶蓁蓁将信将疑打开门一看，果然一个黑色描花的漆盘放在门口，中间被仔细分隔开来，一半放着热牛奶、牛角包、煎蛋、黄油碟加餐具，另一边是一件叠得一丝不苟的黑色连衣裙和一个密封的绢纸袋子，打开一看是质量丝毫不亚于名牌货的一次性内裤。

她左右看看，尝试着咳嗽两声，看是不是会有人闻声前来，结果房子里似乎根本没人，四处都是高高的、空空的，带点儿室外草木蓬勃的湿润气息，能感觉出来很干净，但一点都没人气。

这不是唐家的主宅。昨天回来的时候，唐洛就简单介绍了一下家里的布局，说带她去住的是主宅对面的另一个小别墅，以前高佳妮在家，唐在云自己常用，现在就不太过来了，只有阿姨定时打扫。他把她送进房门，交代完必要的信息，自己就走了，走之前还格外叮嘱她要从里面锁安全锁，谁来也不要开门，感觉像是在跟小孩子说话似的，让叶蓁蓁又好气又好笑。

现在看来，这个房子还真清净，在里面开摇滚演唱会也好，德州电锯杀人狂来做业务也好，估计都不带半点扰民的。

叶蓁蓁嘀咕了一句，把东西端回房间，在套房的客厅桌子上放下食物，然后就打电话给唐洛："小唐总，你干吗呢？"

那边电话接起来了，但没跟她说话，听内容，是在跟唐在云说话："爸你先去公司吧，我自己开车去。"

唐在云说了一句什么，唐洛继续："我上午不开会了，我有事。"

又听唐在云说了几句什么，语调似乎不太高兴，唐洛然后才回到电话上，问她："你收拾好了？"

叶蓁蓁说："没有。"

唐洛催她："你赶紧收拾，我十五分钟后过来找你。"

他说十五分钟就十五分钟，到的时候叶蓁蓁穿好衣服了，黑色裙子还挺合身，在桌子面前吃煎蛋呢。唐洛仔细看了一下她的脸，额头包着纱布很显眼，青肿的部分也没消下去，一看就是个伤员，但吃东西的样子完全不像是身心受过打击，一边哼哼唧唧一边继续啃牛角包，还啃得挺欢。

他在对面椅子上坐下来，说："你这个样子，待在这儿休息吧，要什么让阿姨去给你拿或者买就行。"

叶蓁蓁急忙摇头："我男朋友下午就回来了，我才不在这儿待着。再说了，我还有工作要做。"

唐洛想要掐死她："工作个屁，什么工作那么重要？"

叶蓁蓁更想掐死他："什么工作？和合的工作啊，哎，你家的工作啊，我还不是为了你，哎哟妈呀，我的脸。"

唐洛表示自己绝不背这个锅，而后翻着白眼打电话给阿姨："给我煮几个白水蛋，用保温包裹着拿到对面来。"一看就是个经验丰富的好斗分子，"拿热鸡蛋滚你那个脸，消肿很快。"

叶蓁蓁居然门儿清："我知道！我经常煮。"

"为什么，你经常被人揍吗？"小唐总突然提高了警惕，"不会是你男朋友家暴吧？我去揍他。"

叶蓁蓁啼笑皆非："家暴你个头啊，是给我男朋友用的，他小时候老打架。"

"老打架？有暴力倾向，不好，要么你换个男朋友吧？"

有这样没事儿建议人家换个男朋友的吗？叶蓁蓁让他滚蛋："他都是去帮人的，

从来不主动动手。"

唐洛哼一声:"我不信。"看她这么身残志坚地把牛角包和煎蛋都吃完了,就问,"真的去上班啊?我都把早上的会议给推了。"

叶蓁蓁想了想:"首先得去警察局录口供。"突然一激灵就跳了起来,"我那个包呢,我昨天抱回来那个包呢?"

"你进门就放保险柜了,密码是0404,真够吉利的。"

叶蓁蓁想起来了,赶紧过去找,发现真的在保险柜里,这才松了口气:"哎哟,吓死我了。"

唐洛看着她轻手轻脚把那个包弄出来抱在怀里,问:"我妈让你去拿的?"

叶蓁蓁点点头:"嗯呐。"她看看唐洛,"我把保险柜里的东西全乱扒拉进去了,也不知道里面是啥,要看看不?"

唐洛很冷淡地说:"不看。"

他头一句话明知故问,再配合现在一下子阴郁起来的表情,心态简直明明白白——高佳妮放保险柜里的东西,可以想见多贵重,不找唐洛拿,反而找叶蓁蓁。当儿子的,难免有点犯嘀咕。

叶蓁蓁冰雪聪明,马上就明白过来了,叹口气:"小唐总,你妈去医院的时候手机落家里了,没法找你。我要不是误打误撞,她也找不着我。"伸手推了一把唐洛,没推动,但表明了态度,"能不小气吗?"

唐洛反推了她一把,叶蓁蓁差点没飞出去,幸好旁边就是床,一屁股摔床上了。

他还不服气:"你才小气。"气得叶蓁蓁在床上跟螃蟹一样划水。

说孩子气是真孩子气,说犟也是真的犟,唐洛硬是不看包里的东西,但他这方面比叶蓁蓁周到:"把东西存银行去吧,我妈保险柜里放的东西肯定很贵重,带着走不安全,放了我再送你去派出所。"

"小唐总,你原来不是个傻小子啊?很谨慎嘛。"

唐洛嗤之以鼻:"老子一个人带着一张没有上限的信用卡,在欧洲那种鬼地方混了小十年,傻小子早死无葬身之地了,就你看不起我好吧?"

叶蓁蓁很公平:"那不是我一个人,全公司都觉得你挺傻的。"

唐洛开车不忘报复,一指头戳在她青肿的脸上,叶蓁蓁正举着一个鸡蛋揉呢,顿时惨叫一声:"疼,疼,小唐总你个棒槌。"

他们就近找银行,开好保险柜,用唐洛的名字把东西存好了,他接下来还真的陪着叶蓁蓁去了派出所,寸步不离,让她心里很感激。

被人袭击过之后,平时再乐观开朗的人,心里都会涌现出难以磨灭的不安全感,独自一人的话，哪怕光天化日之下也会惶恐不已。

受理案件的派出所就在高佳妮公寓附近，他们到的时候，李大才已经等着了。警方动作很快，已经从公寓物业提取了他们需要的监控视频文件，现在就让两人分头从自己的角度把整个事件描述一遍。

前后一个多小时，看了一遍记录没问题，签字，派出所一位警察又开了介绍信，让叶蓁蓁去指定的地方做法医鉴定，其他就是等人家破案了。

叶蓁蓁这时候还有心情调皮，看到口供记录上警察的名字之后傻乐，因为对方明明是正义角色，本名却叫作"欧坏坏"，令人感叹这个世界上的父母啊，给孩子取名字真的是可以随便到一定的程度。

唐洛陪着她把一应该干的事儿干完，都到中午了。法医鉴定说她是轻伤，唐洛当场表示医生你说得对，我也觉得是轻伤，两礼拜准好对不对？法医瞟过来那小眼神，意思是"姑娘，这要是你男朋友，你就让他滚吧"。

折返派出所交了验伤报告，终于告一段落，两个人饿得不行，找了一个小西餐厅吃饭。叶蓁蓁坐在靠窗的位子上，只见外面天青如水、世相平安，如果不是脸上还火辣辣地疼，昨晚发生的一切简直恍然如梦。

点好吃的，等上菜的工夫唐洛问她："你今天不去医院了吧？"

他问得正巧，叶蓁蓁正在考虑要不要去看高佳妮呢，她想想自己的样子要是给高佳妮看到，这位姐姐肯定是要打破砂锅问到底，问完肯定自责加懊恼，心情不知道能糟糕成什么样子。她没有太多医学知识，但用脚指头想也知道，有心脑血管问题的病人，心情不好肯定不是什么值得乐观的状态。

唐洛也觉得有道理，打了个响指："好吧，不去就不去，那去哪儿？我陪你。"

叶蓁蓁瞪着他："哎，我不去是我不去，你不去是什么意思？"

唐洛这一瞬间露出了古怪的表情，似乎完全没意识到自己是那个最应该去探望高佳妮的人。叶蓁蓁一看他脸色就明白了，气不打一处来："你亲妈哦！"

唐洛不肯认怂："那你也去。"

叶蓁蓁服了："你一个完全民事行为能力的人，去医院看一下亲妈还得有人陪同是什么意思？"她苦口婆心地劝，"高姐住院了，心情不好，她就你一个儿子，肯定盼着你去，你能不别扭吗？"

唐洛不搭这个茬，且瞅着她瞅了半天，说："我问你一个问题。"

这个问题在某种程度上来说还蛮奇怪的："你为什么这么心疼我妈？"

叶蓁蓁愣了愣，新鲜啊，真没考虑过啊，想半天之后才认真地回答："因为她对我好啊。"

唐洛不敢相信自己的耳朵："我妈对你好？"

他回忆了一下自己小时候的遭遇，感觉"好"这个字根本无法和高佳妮联系在一起："没有人觉得我妈好。我和我爸不觉得，我姥姥、姥爷，那可是我妈的亲生父母，也不觉得，我们家的用人，换了好多个，没一个觉得她好的。"

他的好奇心熊熊燃烧了起来："所以她对你怎么个好法？"

叶蓁蓁脱口而出："她早上陪我去游泳。"

"几点？"

"六点开始。"

"早上六点？"

"嗯呐。"

"这是对你好？"唐洛一脸震惊。

问得叶蓁蓁有点泄气，回头想想头几天早起游泳的时候，那确实是生不如死。

但说回来，高佳妮没忽悠她啊，说一百天可以养成核心习惯，硬是养成了，就说现在吧，运动成了刚需，精力杠杠的，体脂比才百分之十九，身上可硬是一点赘肉都没有啊。

这一来她又有了一点信心："游泳对身体好啊，她还天天陪着我游，也得六点到，这不算对我好吗？"

唐洛鼻子里哼了一下，脸上那不以为然的小表情都能揪一团下来泡酒了。这表情叶蓁蓁很熟悉，尤其在会议室里见得多，这哥们儿就是这样长期用傲慢来掩饰自己的无知，效果对其他人来说还挺好。

这时候菜上来了，他吃了两口沙拉，不依不饶继续问："行吧，那还有呢？"

叶蓁蓁也吃，每次只能从嘴里塞一小口进去，费劲，但还坚持不懈地吃："她培训我，给我上课，花好多钱请老师教我怎么做事啊。"

"还有呢？"

"还有？还有给我找工作，让我去好公司上班啊，你看我这不是和合的助理总裁吗，年薪好几百万呢，虽然还没拿到吧。"叶蓁蓁认为这是最有力的证据了，毕竟这个年头，找一份好工作可不容易。

结果唐洛听到这儿基本上就明白过来了："我知道了，我妈就是训练你来干活儿的！"他就差没喊了，"那叫什么好？"

代表童年的自己，他此刻面对叶蓁蓁发出了字字血泪的控诉："我跟你说吧，我小时候她也是这么训练我的，跟你那个模式一模一样，自己也陪着，给我请最好的老师，你想想看她为了啥，是为我好吗？"

叶蓁蓁听得有点蒙："啊，可不是吗？"父母培养小孩子还能为了啥，不都是为你好？

唐洛对这种腐朽的封建家庭观嗤之以鼻："放屁！她就是为了让我长大了接替她去开公司、做生意，她压根儿没想过我喜欢什么，我想要什么，这算狗屁对人好啊。"

"你就这么不愿意管公司啊？"

叶蓁蓁想起苏桐过手的那些项目，创业者们前仆后继，牺牲发际线，牺牲心脑血管健康，牺牲夫妻生活、亲子时光，为的不就是管公司、管更大的公司吗？所有这些人，不说真的达到，就是梦想中一生事业所能达到的终极规模，最狂野也就是和合这样子吧，结果小唐总就有种对此嗤之以鼻："一辈子都在开会、都在挣钱、都在应酬，有意思吗？"他还反问了叶蓁蓁一句，"你觉得有意思吗？"

叶蓁蓁老老实实地回答："是有点没意思。"

唐洛听到这句很高兴："那你还说我妈对你好。"感觉终于把叶蓁蓁绕到自己这边来了。

结果叶蓁蓁仔细想想回过味来了："哎，照你说，敢情就是因为你个白眼狼撒丫子跑了不回来，你妈白培养你了，实在没办法只好来折腾我呗？"

"估计就是这个意思吧。"唐洛对叶蓁蓁发出了猛烈的嘲讽，"现在还觉得我妈对你好吗？"

他们二位面面相觑，要不是四周人多，他们差一点要抱头痛哭起来，彼此之间产生了一种相依为命的奇妙联系感，毕竟倒霉孩子到处都有，栽在高佳妮手上的也就他们俩了。

唏嘘着吃了几口东西，她好奇起来："不过小唐总啊，你到底想要什么呢？"

唐洛的意面来了，墨鱼汁大虾番茄天使面，看起来还不错。他吃了一口，答得很干脆："不知道。"

然后他说："小时候想过要当画家。"

"油画还是中国画？"

唐洛笑了："漫画。"

叶蓁蓁"扑哧"笑出来："完了。"

"怎么完了？"

"你妈妈发现了不锤死你。"

唐洛立刻有一种高山流水遇知音之感："是啊！"他比画了一下，"她发现之后，就把我的漫画书和我练手画的稿子，全一把火烧了。"

他沉默下来，看着街上熙熙攘攘，就像突然又回到了许多年前，他还是个孩子的时候。那时他站在自己房间里，透过窗户往外看，看着花园里熊熊燃烧的火焰，火焰里有他创造出来的双刀侠，双手持刀奋力冲锋、一往无前，想以一己之力和来自未来的巨大机甲干仗，拯救世界。

叶蓁蓁扭头看着他突然变得面无表情的脸，想象着一个孩子看着自己心爱之物被无情毁灭的场景，心里对他涌起了巨大的同情。

她静静等了一会儿，轻声说："你不爱管公司的话，那怎么办呢，小唐总？"

她看看天上，有一架飞机正由南往北，不知道去向何方。也许对任何人来说都只有远方是自由的，人类诞生于非洲，没有车、没有马、没有指南针，却跨越了一片片海洋与山丘，散布到了全世界，而后世世代代发现真正意义上的远方永远在别处，永远无法触及，永远不会来临。

她问唐洛："你不想管公司，那要么逃回欧洲去？"说出来了却自己也感觉行不通，"你爸妈不给你钱你就完了。"顺手鄙视了一下人家，"你不能自己挣钱吗，有手有脚的？"

唐洛说："可以啊。"

"你能干啥？"

"我有两个艺术史学位，可以去美术馆打打工，给人当当解说员什么的，或者去健身房当教练。"

叶蓁蓁瞅了他一眼，去美术馆打工对吧，一小时四欧元，够你干啥？至于健身房什么的，衣服架子好看是好看，但健身房教练不都得是一块块腱子肉吗，这瘦长条的体格搞什么乱，莫非嫌人家倒闭得不够快？

于是她叹口气："完了，靠你自力更生肯定要饿死了。"

唐洛耸耸肩："别那么悲观，不是车到山前必有路吗？"

叶蓁蓁说："首先你得是辆车啊。"

他们一边吃一边胡扯，眼看吃完都准备买单了，叶蓁蓁话锋一转："哎，不管怎么样，你还是去看看你妈吧？"

"为啥？"唐洛简直要生气了，怎么刚才整一套革命家史就白说了呢？

叶蓁蓁劝他："那真的是你亲妈啊，你不想去美术馆打工就还在花父母的钱不是吗？俗话说花人的手短……"

"我不短。"

叶蓁蓁给噎一跳，差点就上手去打唐洛了，气急败坏的："那也是亲妈啊，受伤了你不去看，给人嚼舌根子说你不孝子，不也挺糟心的。"

"谁嚼我舌根子？"唐洛问。

叶蓁蓁理直气壮："我啊。"

这可真没法反驳，唐洛一下子就笑了出来，他拉着叶蓁蓁去拿车："行吧，先送你回公司。"

他把叶蓁蓁送到了和合楼下，自己走了。叶蓁蓁目送那辆法拉利消失在视线尽头，为高佳妮稍微高兴了一会儿，而后走到旁边找了个药店，买了个大口罩，把自己的脸结结实实盖上，打定主意被人问起就说感冒了。她又在一家街边小店里买了个低檐的小帽子，戴上跟身上衣服还挺配，这么全副武装上了楼。

她回到唐洛的办公室，在里面转了一圈，想着这儿随时可能有人来，就算她时时刻刻戴口罩，凑近了看也肯定能看出问题。

叶蓁蓁不想把自己受伤的事情张扬出去，当机立断拿上电脑和笔记本，直奔楼上，在茶水间找到了保洁廖姐："廖姐，帮我在这层楼找个地方坐呗，最好清净点儿，我感冒了，想躲一躲。"

自打她来和合，跟廖姐直接打交道的机会其实不多，但隔三岔五她常带点儿吃的，都是年纪大一点的人就是有钱都不怎么接触的新鲜东西，松露巧克力啊，日本和果子啊什么的。她自己和唐洛吃一份，给Florence一份，也给两位阿姨送一份，没见到人就放茶水间里面她们休息的地方，见到人就送到手里，说一两句话就走了，每次都笑眯眯的。这么几个月下来，阿姨对她的印象就特别的好。

现在叶蓁蓁要帮忙，又是分内的事，自然当仁不让就答应了下来。

说起来对公司环境的熟悉程度，保洁阿姨认了第二，和合总部上下上千号人，也没人敢认第一，廖阿姨径直就把叶蓁蓁带到了三十七楼西北角上的一个小办公室里。这个办公室是真的藏得好啊，大厅走到底，左拐过去就进了一条走廊，走廊挺深，微带弧形，在入口看不到尽头的情况，走到底一左一右各有一个小房间，左边房间四面墙有三面是玻璃的，右边则封闭得严严实实，门上也没有铭牌，很传统地锁着。

她们站在这两扇门之间，廖姐问蓁蓁："叶小姐，你说你想要清净一点，多清净算清净？"

叶蓁蓁笑："哟，清净还分级别啊？"

廖姐抿嘴："分啊。"

她顺手打开左边那间门，往里看看："这间呢，一般没人来。"又转身特别掏出一把钥匙，打开了右边那扇门，嘴角带着一丝小小的狡黠，"这间呢，绝对没人来。"

所谓凡事无绝对，如果说到了绝对，那肯定有理由的。

果然廖姐就有充足的理由："这间办公室的灯有段时间坏了，完全没人用，修好后也一直空着。"她压低声音，"我有时候跟关阿姨干活儿干累了，就在这里面休息，反锁起来就行，没人进得来。"

她对叶蓁蓁摆摆手："叶小姐你是个好人，我知道你是没关系的，不要跟其他人说。"

叶蓁蓁答应了，没敢像平时一样笑，脸疼。廖姐靠她那么近，自然看得出来不对劲，她掏出钥匙，把门打开了，然后钥匙交给她，话语里有深意："钥匙你拿着，不用了给我就行。叶小姐，别太拼命了，身体要紧。"

和廖姐说的一样，这个小办公室简直遗世独立，关门自成一世界，格局和其他小的独立办公室差不多，有桌子、椅子、文件柜，非标配的是一张行军床，折叠着放在墙角。

两位阿姨手脚都很麻利，自己休息的地方更是干净，四处一尘不染，叶蓁蓁觉得还挺满意的。

她坐下，打开笔记本电脑，刚要开邮箱，突然想起了什么，打了个电话给郭也。

那边压着声音："姑娘，叔忙着呢，一会儿打给你吧。"

叶蓁蓁也压低声音，跟俩贼接头似的："郭叔，高姐进医院了，我就跟你说一声。"

郭也马上就慌了："什么？"接着是一阵"乒乒乓乓"拉动椅子的声音，他大步流星往外走，不管刚刚在做什么，这会儿都脱身了，然后声调就提高了："怎么了？"

叶蓁蓁把过程说了一下，郭也叹口气："我早跟她说不能一个人住，身体不好还这么倔。"语气里还有一丝微妙的失落感，"进医院了第一时间也不跟我说。"

叶蓁蓁赶紧为高佳妮分辩："也不是啦，高姐昨天到今天都躺着呢，电话估计都用不了。"

结果郭也更担心了，叫叶蓁蓁："你发个地址给我，我一会儿开完会就去看她。"

"嗯，郭叔你去她肯定高兴。"

打完这个电话，叶蓁蓁心里安定了一点，注意力拉回到电脑上，看到自己的私人邮箱里多了三封新邮件。发件人一个是南京的，一个是武汉的，一个是广州的，但主题全都和会务套餐的报价有关，她开始还恍惚了一下，打开附件才反应过来，这就是她头天下午请五湖四海的旧同事分头帮着从凤仪那里询的价，这就有结果了。

根据叶蓁蓁的要求，三家公司都把套餐里的内容做了部分改头换面，加加减减下来，总体而言仍然相当复杂。但从叶蓁蓁发出邮件到现在，以工作时间算前后不过大半天，凤仪居然就能及时回复，其他不说，至少响应的速度和态度是第一流的。

她沉下心来开始看报价和方案，找了三个参数来做比较：第一是公开平台面向大众的市价，第二是她以往在各处小公司上班时攒下来的供应商报价，第三是唐洛帮她从和合系统里调出来的凤仪报价。

忙活了两个小时，结果让叶蓁蓁瞠目结舌。

如果光从报价和协议条款上来看，凤仪一点问题都没有。

报价最低、服务最细、附加值项目最多、付款条件最宽松。

如果说世人心目中对关系户的存在有一个基本的判断标准，那么凤仪就全是跟这些标准反着来的。

叶蓁蓁不甘心，开始循着系统里找出来的各个协议清单、付款单据和报价以及方案进行比较，看有没有中途加码，有没有货不对板，有没有坐地起价，有没有虚增服务。她打杂多了，相当了解会务商务公司的伎俩，就算你审核再严、预算卡得再死，他们都有本事给你细细碎碎多几笔钱出来，到付尾款的时候往往还要扯皮，这还是一厢情愿的情况下。如果这种公司和掌握关键权限的人有直接关联，那拿到订单之后就能从容做手脚，本来报价八万的经销商会议场地可以变成十五万，本来人均三百的鸡尾酒会餐饮可以加到一千，餐单上却只变动两个小吃品类，甚至话筒升了个级也多收三五千，可以说有数不清的刮油水的招数，林林总总加起来，利润率相当高。

饶是叶蓁蓁心里门清加火眼金睛，翻来覆去地对照、查验，发票和付款明细一个数字一个数字去对，都要把屏幕看出一个洞来了，硬是没有找到任何破绽，甚至有几次实际付款的数字，比协议上定的还要稍低一些。这种情况叶蓁蓁自己办事儿的时候遇到过，往往是预订了保底数量的酒店房间却没有住够，主办方足够认真的话，往往可以把冗余的房款跟酒店协商，转成餐饮或者场地费用，整体而言就能省下一些。

要说为什么叶蓁蓁去的公司都待见她，其他人可能是因为她个性好，老板往往是因为她真做得到坦荡公平，就是摆在面前、随手就可以沾得到的便宜，叶蓁蓁都不沾。她也不是特别清高，自己和苏桐挣的钱，她也管得死死的，有时候抠门起来也很有一套，但只要是人家的钱，她就没兴趣。

她花了整个下午时间查验完详情，还看了不少凤仪公司与和合这边行政部门来往的邮件，那个负责任的态度、回应和反应的速度，都让人印象深刻。到最后叶蓁蓁不得不承认，在任何条件下，张丰宇选择凤仪作为自己会务和活动的综合供应商都是合乎情理的，也是合乎公司利益的。如果换一家，别的都不说了，硬成本的花费反而可能高出起码百分之二十。

有几封邮件，署名就是陈凤仪本人，从文字里叶蓁蓁看得出来，陈凤仪不仅仅是态度好，甚至在某种程度上还有一丝谨小慎微，似乎生怕自己和自己的团队搞砸什么事。

也许她在和合做生意的时候，无论自己做得多好，内心仍然是觉得在被张丰宇照顾和偏袒吧。

叶蓁蓁最后承认自己在这件事上无功而返，她把电脑推开，走到窗户面前，看着街道上的车水马龙，心情不知道是沉郁好还是明快好。

沉郁有沉郁的理由，张丰宇这一条线，看来是走不通的了，中国人说"内举不避亲，外举不避仇"，如果市面上所有的公司在实际竞争力上都不够打凤仪，那就算是张丰宇属意安放进和合供应商系统的，也不会有什么值得拎出来说的问题。

倘若张丰宇和这位陈凤仪女士之间有夫妻关系，自然是共同行动人和共同利益人，有规范有条文有章程不能有利益输送，打蛇可以打七寸，但他们不是。

对相爱的人来说，同心而没有名分，感情上当然是一种悲哀，但现实来看，未必不能是一种便利。世界上的事，本来就没有那么多非黑即白。

而明快的是，叶蓁蓁其实从来不喜欢抓到别人的把柄，她努力当一个好人，她还希望世界上的人都是好人，尽管她自己都常常会对这样天真的念头发出嘲笑。

这么纠结了一阵子，她回到电脑前，回了几封邮件给自己的旧同事，谢谢她们帮忙，而后这条线就告一段落，要在七月的董事会上让罗西不能顺利连任，只有翟思柔这一个发力的方向了。

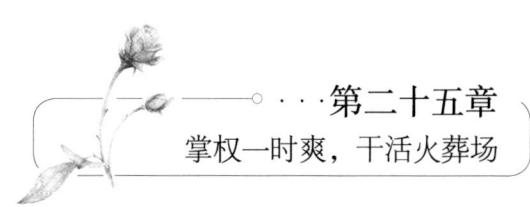

第二十五章
掌权一时爽，干活火葬场

关于翟思柔，如果说叶蓁蓁知道得比和合其他人一点不少，那么她也知道得一点不多。翟思柔工作很拼，个人生活也颇为圆满，和先生是大学同学，有一个女儿今年考大学，总体而言，没有什么需要其他人操心的点。

越是能把生活保持在这种良好状态的人，心里越有一本账，绝对不会随便打破自己所处环境的均衡，要让她冒着得罪大老板的危险，在董事会上投票反对罗西连任，简直想想都不可能。

但她的平衡本身又是怎么来的呢？

叶蓁蓁下过功夫去了解和合这一批关键人物，关于翟思柔，她听到最多的一个评价是敬业。

高佳妮如是说，Florence如是说，甚至连清洁阿姨廖姐也这样说。

哪怕一个项目能让她拿到不菲的个人回报，但对公司长远利益的好处不明确，翟总也宁愿不做。她的公平严格和高佳妮很像，但某种程度上来说更加可贵——和合可不姓翟。

叶蓁蓁由此想到，要动摇翟思柔的阵线，就要找出罗西这个阵线的弊端。

而她在这一点上能想到的，首先是翟思柔在御龙影视公司收购案上和罗西的分歧。

叶蓁蓁在这件事上了解不多，但印象深刻。因为翟思柔和罗西冲突得相当明显，要对此加以利用，必须得到更多信息，首先当然可以让唐洛从内部入手，通过系统资料和各种会议里外的沟通，去逐项了解和分析情况，现在所知道的片段都于事无补。

另外她也想到,其实了解这件事还有另一个角度,那就是影视圈里的那些人,特别是御龙股东那些人,他们对这个收购案的看法。

说到打听影视界的事,其他人就不用找了,现成Spnecer摆着的。

她打电话给Spencer:"李哥,问你一件事儿。"

Spencer一如既往地酷,但接受她叫李哥,算是非常另眼相看了:"啥?"

"上次跟你说的,我们有个跟影视有关的项目,我想打听点儿信息。"

Spencer永远没废话:"说。"

商业收购没公布前是机密,叶蓁蓁不提具体信息,只问:"业内有没有几个大明星攒一个公司,然后大公司收购的案例,这种操作正常吗?"

Spencer毫不犹豫:"正常啊,特别正常,都不用几个大明星,有时候一两个演员自己做个公司,运作得好就能被收购,套现走人,挣钱挣得可舒服呢。"

"什么叫作'运作得好'?"

"就是有作品、有利润,买的人觉得值这个价呗。"

"那要是一家新公司,啥都没有,也被收购呢?"

Spencer还真挺懂:"那多半就是看对赌吧,三年五年的,对赌条件达到了,买的人也不亏啊。"

叶蓁蓁若有所思,"哦"了一声。

Spencer问她:"怎么了,你们在收哪家公司吗?"

"在谈呢,到底哪家公司我不能跟你说哈,不过你要是听到跟这一类合作有关的,就跟我说一声呗。"

Spencer表示明白:"知道了。"

通完这个电话,叶蓁蓁一看时间不早了,于是打电话给苏桐,那边一接她就问:"宝,你啥时候下班啊?"

苏桐还没说话,她就听到旁边有个女人的声音说:"创业园三号门进来,第一栋楼门口停就行了,有一个四平的牌子……"

紧接着苏桐就回答了:"我还要去一下三里屯,大概七点半能完事。你呢,要不要我去办公室接你?"

叶蓁蓁懒洋洋地坐在椅子上,手头的事情告一段落,鸡血效力散尽,忽然就觉得很是疲倦,于是说:"我回家去等你吧,有点累了。"

苏桐听她没精打采的语调,有点诧异,说:"那你回家吧,我尽快回来,好不好?"

叶蓁蓁说了一声"好吧",伸手摸了摸自己额头上的纱布,不知怎么说这两个字的时候喉咙就硬了起来，像是在哽咽。苏桐马上察觉了："小包子，怎么了？"

她使劲儿清了清喉咙，说："我不太舒服。"内心一下子就脆弱了起来。

苏桐"哎哟"了一声，稍微沉默了一下，说："你等等啊。"然后电话就挂了。

叶蓁蓁趴在桌子上等着，苏桐说等等，就真的是等等，他不会忘记你在等，也不会让你等太久。果然五分钟之后他又打电话过来了："小包子，我现在没事了，你想要我去公司接你，还是回家见？"

叶蓁蓁一下子坐了起来："你没事了啊？"又高兴又有点惭愧，"是不是我打搅你工作了？"

苏桐满不在乎："工作哪有能做完的，随时做都可以，你不舒服我们就早点回家啊。"

叶蓁蓁甜甜的，刚才的无精打采一下就不见了："那我们回家见吧，你怎么跑去创业园了？"

"项目在这边，那我现在出发了哦，谁先到小区门口谁买个西瓜啊。"

初夏的西瓜，那是造物主的光荣啊，又甜又沙，冰箱里稍微冰一下，两个勺子一起挖着吃，是生活里最微小又最实在的幸福。

怀着对这样幸福的憧憬，叶蓁蓁下楼上车，一路畅通无阻到家，苏桐还没打电话过来，那应该是还在路上。她于是蒙着口罩去小区旁边的水果店挑西瓜，煞有介事地敲敲打打，看看瓜蒂颜色，掂量掂量大小，正起劲，忽然眼前一黑，身后有人贴近，眼睛被蒙住了。她一下子跳了起来，从胸腔深处不由自主发出凄厉的惨叫，把水果店里买东西卖东西的所有人都给镇住了。

蒙她眼睛的当然是苏桐，平常这样的小把戏没事就玩，叶蓁蓁每次都是笑眯眯地回过手臂来抱他，从来没有过这么激烈的反应，但等他把女朋友抱住一看，马上就明白过来原因了。他双手捧着蓁蓁的脸，紧盯着她包扎过的额头和口罩上边露出来的青肿部分，声音都变了："小包子，你怎么受伤了，这是怎么回事？"

叶蓁蓁的下巴贴在苏桐胸腔上，这是她熟悉的怀抱、她熟悉的气味，这是她在这个世界上最信任、最依赖的人，只要有他在，任何人要伤害她叶蓁蓁，除非踏过苏桐，她以生命担保这一点。

于是在这一刻，她从昨晚开始一直紧紧绷着、不敢也不能服软的心和身体，终于放松了下来，而放松下来的表现，就是伸开双臂，拼了命地抱住了苏桐，拼命往他怀里蜷缩，不顾自己在人来人往的公众场合，撕心裂肺地痛哭起来。

她一直哭，苏桐一直把她抱着，没有说"不要哭了，旁边有人呢"，也没有说"好了好了没事了"。他的责任就是站在这里，稳住，让她能不顾一切地哭，直到压抑着的恐惧和悲伤都释放出来。如果世界要因此对他侧目，那就让它侧目，他根本不在乎。

等叶蓁蓁终于冷静下来，苏桐才抱着她的肩膀，拎了一个西瓜，两人一起慢慢走回家去。叶蓁蓁哭着的时候，已经开始断断续续说起来在高佳妮公寓遇到的事，苏桐越听越是后怕，眉头皱成老大一个结，他问了一个挺关键的问题："你觉得高姐心梗和有人入室抢劫之间，有关系吗？"

叶蓁蓁吓一跳："不应该有关系吧？"

她说得也有道理："要是同一个人，高姐根本没机会去医院啊。"

苏桐沉吟了一下，看她焦虑思考的样子，心里老大不忍，于是在她额头上亲了一下，站起来去把西瓜放冰箱里冰镇起来："小包子，这事儿咱们放放，不想了。先吃西瓜吧，破案的事儿交给警察叔叔。"

他回来把她抱着："这几天你也不要去上班了，在家休息。我能不出去也不出去，好吗？"

叶蓁蓁温顺地答应了，她是真不愿意去回想那惊心动魄的时刻，顺势窝在苏桐怀里："那咱们说点儿高兴的事吧！对了对了，我前几天去新房子那里看了一下，好像快要开盘了呢！"果然是让她高兴的事，一想到嘴角就有了笑容，"快要有自己的房子咯。"

苏桐"哦"了一声，手轻轻抚摸她的头发，说："那挺好。"脸上却没有什么愉快的神色。

叶蓁蓁在家休息了几天，这期间早晚都给高佳妮打电话问候和聊天，知道唐洛去看了妈妈，也知道公寓物管和派出所去了医院通报和询问情况，具体问了什么高佳妮没说。

叶蓁蓁听着声音，高佳妮的身体状况应该是一天天在好起来了，她每天都找理由解释为什么自己不过去，但高佳妮听过就算，半句都不追问。

除此之外呢，就是唐洛一天到晚给她打电话，主要是为了求救。

所谓掌权一时爽，干活火葬场，唐洛动用亲妈拿到了商业美术馆项目的权限之后，发现自己其实是上了贼船了。这个项目要在一百多个城市的和合广场落地，千丝万缕，纷繁复杂，需要上达天听等总部决策的其实只有很小一部分，对唐洛来说事情已经多得要爆炸。

他是个绝顶聪明的人，问题在于没有受过基本的职业训练，天天早上一打开邮箱发现有一百封邮件要看，系统里每天都有七八个会议邀请和等待批复的申请，他唯一的念头就是：妈你把权限收了吧，谁爱给谁吧。

他如果真的这么说，那就算练到了跆拳道宇宙金光带，也会被高佳妮直接打死，小唐总还没有横到这个地步，所以只好硬着头皮上。这个过程中困难重重，而他愿意和能够依赖的对象，当然只有叶蓁蓁。

这样一来，叶蓁蓁休息了就跟没休息一样，疲于奔命地为大少爷研究材料、协助分析、提供会前准备和会后消化一条龙服务，还有最重要的决策建议。她有大把搞不定的地方，自己做功课不够，还要把苏桐和郭也，以及郭也为她找的那一群智囊团拖下水，集思广益，殚精竭虑，图的就是小唐总能在亲爹和罗西面前争口气。

这么过了好几天，叶蓁蓁头上的伤拆线了，青肿最明显的地方也稍微消了下去。她下重手上遮瑕和粉底掩盖掩盖，勉强也能见人，花了不少时间，把自己精心收拾了一下，赶紧去了高佳妮那里。在医院大堂登记的时候，劈面遇到肯医生，他很高兴："叶小姐，你来接高小姐出院吗？"

叶蓁蓁都愣了："啊，今天出院了？"

肯医生耸耸肩："是的，已经在办手续了。"

叶蓁蓁撒腿就要往病房那边跑，被肯拉了回来："叶小姐，你平常和高小姐亲近吗？"

"亲啊，怎么了？"

医生一脸严肃："她这次住院是因为心梗和外伤，这两方面目前都没有问题了，但检查出来她有严重的胃炎、胃溃疡，经常会出血，肝部和其他血液的指数也不好。"他盯着叶蓁蓁，"高小姐是不是经常喝酒？"

叶蓁蓁支支吾吾，肯医生也不逼问，只是强调了一下："如果是的话，一定要她戒酒，督促她好好吃药调理，否则的话……"他冷酷地比画了一下，"我们会很快再见的。"

说完就大步流星走了，留下叶蓁蓁和她脑门上三条黑线共同目送他高大的背影，心想你个医生能不乌鸦嘴吗。

她小跑到病房，高佳妮已经收拾停当了，戴了一个小帽子，坐在床边看窗外的医院草坪，默默地不知道在想什么。

叶蓁蓁敲了敲门："高姐。"

高佳妮回过头来，唇边带着一丝微笑，可是视线一落到她脸上，笑容就消失了。

唐洛和物业什么事都跟高佳妮说了，但很有默契地，谁都没提叶蓁蓁受伤的事儿，只用叶小姐受了惊吓含糊过去了。毕竟面对着的是个病人，大家尽力而为地不想给她增加心理负担

但只要看一眼，她也就明白为什么叶蓁蓁这么几天都没来看自己了。

叶蓁蓁陪着高佳妮，林阿姨就在外面办手续。一切妥当之后，三个人出了医院大门，上车径直奔后海。

高佳妮让人在那一带找到一个带花园的小院子，大隐隐于市，一条窄巷子进去，走到底豁然开朗。院子里是一栋平房，两进六个房间没楼梯，两百多平疏疏朗朗，恰好是高佳妮的风格。说来也巧，刚好就在这几天，房子主人在一家高级楼盘中介处挂了盘，信息放出来才十分钟，就被中介推给了林阿姨，她和高佳妮一起看过了房子的照片、视频和3D实景介绍，自己再过去看了一眼实际情况和周边环境，当场一锤定音，拿了下来。

这栋房子空间够了，林阿姨就住了进来，另外请了一个专做清洁的阿姨早来晚走。司机也换了住家的，全天候跟着，是郭也的远房亲戚，也姓郭，叫郭小光，海军特勤退伍五年，之前一直在创世上班的，知根知底。

叶蓁蓁一眼就喜欢上了那个小院子，主人是一位出身大户人家、长居海外的设计师，自己的房子弄得很清淡，可是清淡里处处细节都很讲究。家具看起来平平常常，识货的人才知道稀罕，就拿起居室里的椅子来说，木质的，圆扶手，四条腿，三根圆滑木棍搭成的靠背，组合起来简简单单，无非是一把椅子，坐下去却叫人心里一震：脊椎曲线、身体弧度，能跟这把椅子贴合到天衣无缝。十二万一把的椅子，两万花在材料上，十万花在匠心上，买得起的人都觉得值。

特别好的还有园子，花木扶疏，生机蓬勃。墙角有个小池子养鱼养荷花，莲叶圆圆才见绿影，初荷未聚尘，池子旁边有一棵很大的榕树，长得格外茂盛，请了园艺公司过来彻底打理了一遭，在榕树下安了一个木茶台和几张细藤编的扶手椅。太阳好的时候，飞鸟在天，繁花临水，很安静，往那里一坐，就是偷得浮生半日闲。

高佳妮住了一个礼拜院，人恢复得不错，但明显更瘦了，进屋也戴着帽子，因为前额往后剃光了头发，配上她清朗的眉目，倒是意外地好看。

她回到新的住处就是坐着喝茶，看林阿姨和叶蓁蓁整理东西，两个人一唱一和，都唠唠叨叨叫她以后不要喝那么多酒，早点休息，在池子边钓钓鱼什么的。高佳妮都听着，不置可否，也不知道心里在想什么。

早上一直收拾到晚上才终于告一段落，饭吃完了苏桐来了，和高佳妮打了招呼接叶蓁蓁走。上午去医院也是他送的，这段时间虽然他不能放假，但坚持和女朋友同进同出，家里突击换了格外牢靠的锁，各处门窗都排查了一遍隐患，在没有明显必要的情况下，强行提高了家庭安保等级。

这一次叶蓁蓁没觉得他小题大做，反而因此安心了少许，身体虽然慢慢恢复了，心理上的恐慌还在。她在家待着白天还好，天黑之后苏桐要是晚了一点回来，蓁蓁就不由自主要把所有房间的灯打开，苏桐在家她就寸步不离跟着，就连洗澡、蹲马桶她都要站在一边，杯弓蛇影了好几天，人才渐渐放松下来。

这会儿她告辞回家，高佳妮亲自送他们出去，在院门那里看着小两口手牵手走了两步，忽然叫了一声："蓁蓁。"

叶蓁蓁转过脸来："嗯？"跟只兔子一样跳回来，"高姐怎么啦？"眼睛亮晶晶地看着高佳妮。

她伸手摸摸姑娘的脸，很轻，那里的青肿差不多消了，但还是看得出来受过伤害，摸完说："你明天来找我吧。"

"嗯，我下班后来，明天再不去公司小唐总要发江湖追杀令了。"

高佳妮莞尔："不用先去上班，你早一点来吧，我让林阿姨做你爱吃的小笼包。"

她很少这样不提原因就安排蓁蓁的行程，叶蓁蓁也没有问，只是伸手抱抱她："好嘞。"

她再次转身走回苏桐的身边，两人穿过一条巷子，去大路上坐车，苏桐问她："高姐说啥了？"

叶蓁蓁说："让我明天来找她，没说为啥。"她吐了吐舌头，"不知道是想我了还是批评我最近工作不力。"感觉两个可能性都比较大。

苏桐抱着她摇了摇："怎么会工作不力呢，你都受伤了还去上班呢，而且你本来就做得很好。"

"是吗？"

"是的。"

他说着平常的话，眉头兀自皱了起来，心里有事似的。叶蓁蓁抬头看看他："宝，你怎么了？"

苏桐把她的手拿起来亲了一下："小包子。"

"嗯？"

"如果高姐明天是跟你说，让你不要去和合上班了，我希望你能够答应她。"

叶蓁蓁很惊讶："宝，你说什么啊？"

她找不到任何高佳妮不让自己去和合上班的理由。董事会很快就要开了，她还惦记着要怎么样才能让罗西从轮值总裁的位置上下来。商业美术馆那边，小唐总昨天还打电话过来，说他要亲自管采购的渠道，让她协助联系那位做艺术品中介和展览的林先生。再有，工资还没拿到呢，满打满算一百多万了，拿到之后够给新房子买全套家具了。

她在和合半年，几乎什么实际工作都还没做，怎么高佳妮就会让她不去了呢？

她问苏桐："为啥这么想啊？"

苏桐对她笑笑："随便想想的。"

她不依："怎么可能随便想想呢？"

苏桐想想："你不是说唐洛开始上心工作了吗，那你的任务就完成了啊。"

叶蓁蓁"哦"了一声，她"哦"是"哦"了，听也是听到了，其实没把苏桐这句话放在心上，主要因为吧，在她心目中小唐总跟"上心"两个字之间的距离还差得远。

她第二天早早来了小院这里，上班衣服穿得整整齐齐的。林阿姨真的给她做了小肉包，连白粥、小菜、豆浆一应俱全地放在院子里的茶台上。高佳妮喝着茶，看着她大快朵颐，两人说些闲话，主要内容是叶蓁蓁向高佳妮投诉小唐总的种种淘气行为。

等她吃得差不多了，高佳妮忽然叫叶蓁蓁："你去我卧室，床头柜上有个木盒子，给我拿过来。"

叶蓁蓁过去拿了，是一个檀木盒，不大，入手却沉甸甸的，交到高佳妮手里："这是啥啊，高姐？"

高佳妮把盒子打开，又递回给她："给你的。"

"给我的？"叶蓁蓁一看，吓一跳，"首饰啊？"

檀木盒子分了两层，上层是开合的，下层是抽拉的，每一层都放着金首饰。上层是一对镯子，镶了大颗的红宝石，扭纹多圈，总体其实很粗，但雕琢细致，不显笨；下层是一条大金链子，链子下坠着一块水滴形的翡翠，拇指盖那么大，绿莹莹的，水色极佳，此外还有一对凤凰耳环，写意派的，寥寥几根线条勾勒出一对俯瞰众生的百鸟之王，凤凰两眼镶了整颗钻石，熠熠生辉。

这套首饰别的不说，黄金的重量折合成价格就相当惊人了，至于宝石、翡翠和钻石这些硬货，连叶蓁蓁这么不懂行的都知道成色没得挑，价值不菲。

她赶紧合上盖子，想递回去："高姐，太贵重了，我不能要。"

高佳妮没接，她似乎在新家第一晚没睡好，眼圈带着黑影，神情疲倦，说话也慢慢的："你不是要结婚嘛，给你结婚用的。"

她看看那套东西："潮州人嫁女儿，金银珠宝陪嫁是必须的，越贵重越说明娘家人看得起，爹娘兄长都宠爱，嫁到别人家里就不会受欺负。"她笑笑，"我结婚的时候，忙着创业，没办婚礼，就在云的几个朋友聚在一起吃了个饭，所以娘家也没有陪嫁。"语气很落寞，包含着意外的软弱，"看看我现在什么下场。"

她伸出手摸摸叶蓁蓁的头发："别跟我争，拿着。我没女儿，以后也不会给人这些东西了，你就当成全我一个心愿吧。"

叶蓁蓁鼻子一酸，赶紧往后仰面收眼泪："高姐你干吗啊，好端端的说什么呢？"

高佳妮把手放下，沉吟了一下，接下来的话，才是一个真正的晴天霹雳。她说："然后你从今天起，不用再去和合上班了。我会发一年的薪水给你，过两天就到账，其实钱不多，但我知道多给你也是不会要的。"

叶蓁蓁一下坐直了，睁大眼睛，她完全没理薪水的茬儿："高姐？"她放下那个首饰盒，满脸迷惑，"为什么啊？"转念一想又很不安，"是不是我做得不好？去了那么久了，什么都没干出来。"心里就很难过。

高佳妮看着她，满心都是慈爱："不是的，你为我做了很多。"

她在医院待了几天，似乎突然想通了不少事："洛洛前几天来看我了，能参与商业美术馆的项目让他很有动力。听他说起来，他和他爸爸也能相处，这样下去，自然慢慢愿意承担更多的责任。人嘛，都是要蜕变和长大的，他应该总有一天能把公司撑起来，他一个纨绔子弟能做到这样，真的都是你的功劳。"

亲自鉴定儿子为纨绔子弟，高佳妮实在是相当的严格，她对叶蓁蓁的情真意切，也半点没有掺假："我年轻的时候，为了事业，自己的命可以不要，别人的命也可以不要，现在想起来，真的有必要吗？"

她轻轻拍着叶蓁蓁的手背，将心事淡淡说来，此刻的高佳妮，是唐洛从未得到过的那个母亲："我觉得，我现在已经可以接受这样的事实，那就是自己人生的一个阶段任务已经完成了，接下来要重新来过。蓁蓁，你是个好孩子，别去为我蹚浑水了，我知道你不喜欢。至于给你的薪水，你安安心心拿着，一点都不用觉得抱歉，你给我的，三百万根本买不到。"

她说话的过程中叶蓁蓁张了几次嘴，没说出话来，可是眼睛却越来越热。她沉默着抓紧高佳妮的手，那是一双实在太过刚硬的手，适合掌握权杖与斧钺，却不知被人轻抚的滋味。

高佳妮转过头看着榕树上微微动摇的枝叶，几乎是接近哀恳地说："没事的时候，还是来看看我吧？"

叶蓁蓁俯身过去，脸靠在她的肩上，眼泪滚出来，一颗颗的黏稠又滚烫，滴落在衣服上，渗进去，湿润着高佳妮的皮肤，带着哭腔说："高姐你说什么啊，不管干啥，我怎么会不来看你呢？"

高佳妮轻轻拍着她起伏的背，看着高天上流云翻滚。世上的事，白云苍狗，沧海桑田，成与败之间，有时候相差不过一念，但做决定的过程，却有可能非常漫长而且艰苦,一旦你决定了,也就是决定了。

叶蓁蓁在高佳妮那儿待到了中午,而后真的就没去上班了,径直回了家,进门鞋子都没换,在沙发上坐着,好一会儿没缓过来。

想着几天前,她还在想着怎么去影响董事会,把罗西从轮值总裁的位子上拉下来,还在绞尽脑汁帮小唐总拿到权限好好做项目,结果顷刻之间,都不用了。

那种巨大的失落感,就像一块石头压在背上,叫叶蓁蓁到这会儿还回不过神来。不管高佳妮怎么说,她都忍不住要怀疑自己,如果我这样做,如果我那样做,会不会有不同的结果呢?

她胡思乱想的时候,唐洛电话打进来了,语带嗔怪:"人呢?我等你一上午来开会,你都学会旷工了!"

叶蓁蓁听到他的声音,想到以后不用去那个办公室跟唐洛斗嘴,竟然更难过了:"小唐总,高姐让我不要去上班了。"

唐洛愣了:"什么?"马上就反骨仔上身,"不行,我不同意。"

叶蓁蓁硬被他气笑了:"小唐总,好像轮不到你不同意好吗?"

唐洛气急败坏:"不行不行不行,你必须上班,你都休息好几天了,怎么可以不上班?"一副周扒皮的腔调。

"不是让我继续休息,是让我别去公司了,以后都不去了。"一想又没好气,"哎,我是伤员啊,休息一下,你这是什么态度?"

唐洛内心的骚动简直昭然若揭:"跟你说了是轻伤,轻伤休息到这个份儿上差不多了。我妈怎么不跟我说别上班了,尽管休息呢?"

叶蓁蓁苦笑:"大少爷,和合是你们家的,你别做梦了。你从现在到八十,估计都休息不了。"

唐洛那个犟啊:"和合是我们家的我就可以做主,你赶紧来上班。"

叶蓁蓁顺口说:"那等你正经是董事长再说吧,啊,现在轮不到你。"

唐洛勇于与天斗,与地斗,以及与人斗:"那我不管,我周四周五还是不开会。"

叶蓁蓁有心说他爱开不开,现在关她一毛钱的事啊,话到嘴边却变成了:"别啊,开啊。"

"不开。"

叶蓁蓁哭笑不得,扯了几个回合,被唐洛杀敌一万,自损一万八的霸气态度折服了:"开吧开吧,求你了啊,小唐总你刚开始挑大梁怎么就尿包了呢?这样吧,最多你听不懂的录下来或者拍下来,邮件都发给我,我继续帮你看行不行?"

唐洛得寸进尺："可以，主要是商业美术馆的项目你也要帮我做，之前的工作都不能停下来。"

叶蓁蓁受不了："要不要喂你饭啊？"

唐洛说："那不用，不过说到饭，林阿姨的饭你还是继续坚持送一下吧。"

叶蓁蓁大怒："想得美！我都没得吃，我还专门给你送饭！"

唐洛认为可以："林阿姨不给你做，那是你的问题，你要反省一下为什么。"

两人就吃的问题又拉扯了一会儿，终于回到正题上："对了，巴黎那个林先生你联系到了没有？"

叶蓁蓁措手不及被拉回了工作的情境里，张口就答："联系到了，说七月在巴黎有一个系列展，都是小有名气的亚洲新晋艺术家作品，很适合咱们的项目，问我们要不要去看看。"

唐洛很高兴："去啊，你有没有法国签证？"

叶蓁蓁还真有，最近和苏桐一起办的申根一年多次往返，想的是今年买了房子之后就去拿结婚证，然后趁夏天天气好去一趟欧洲。

唐洛很高兴："那我来联系那边的老师同学什么的，咱们去一趟巴黎，把采购渠道这边定下来。"

叶蓁蓁赶紧喊："喂喂喂，你别瞎起劲啊，高姐都不让我去公司了，去什么巴黎？"

唐洛打了个响指："你别管，我有办法。"电话又挂了。

叶蓁蓁看着"嘟嘟"响的手机摇摇头，心想这孩子怎么就听不懂人家说话呢。

她被唐洛一闹，稍微缓过来了，站起来打开电脑，开始整理这几个月在和合跟进的工作，邮件、材料、各种项目进度，一项一项列举出来，按时间线和任务主题归类。她还特地把她觉得有用的、唐洛必须要知道的信息都标注出来，一桩桩一件件细致入微地写在交接的文档里。怎么说的来着，就跟高佳妮说的一样，做好了这些东西，她也算是完成了阶段性任务了。

说到交接，跟唐洛交接是没有意义的，这位爷目前都不承认叶蓁蓁要离开的事实，而且铁定不会老老实实看文件，这方面靠得住的只有金牌助理Florence。她发出文件，随后就给Florence打电话想要口头再提醒一下，结果非常意外的没人接。

作为助理，Florence的电话是二十四小时开机的，只要老板或者工作相关的人找，三声之内一定会接，算是她职业习惯的一部分，即使是重要场合真的接不了，也会立刻发回提示信息约定回电时间，但今天一直响一直响，居然半点反应都没有。

叶蓁蓁心里犯着嘀咕刚要挂，突然有人接了，但是个男人的声音："喂，您好。"

叶蓁蓁一愣，下意识去看自己的手机屏幕，以为是打错了，但明明就是Florence的名字，电话里又继续在说话："喂，您好，请问您是机主的家人或者朋友吗？"

叶蓁蓁赶紧放回耳朵边："你好你好，我是机主的朋友，怎么了？"

那位男士很是惊慌："我是专车司机。这位女士坐我的车去市第一医院，结果路上说肚子疼，然后就昏过去了，我车子上全是血。我现在在医院帮她挂号，她在急救了，你是她朋友吗，那你要不快点过来吧。"

叶蓁蓁脑袋里"嗡"的一下，怎么身边的人就轮流跟医院杠上了呢，这是不是和合的风水有问题啊。

她根本不知道Florence家人的电话，甚至家人是不是在北京都搞不清楚，只好自己匆匆忙忙照着对方说的地址杀过去，和那位好心的专车司机接上头一了解情况，吓慌了神，Florence已经进了手术室了，原因是宫外孕。

她把专车司机垫付的挂号费先给了，另外给了两百块洗车的钱，然后坐在手术室外面等着。她想着宫外孕这种非常私人的事，Florence肯定不愿意尽人皆知，所以犹豫了好一会儿，手机拿起来又放下，最后谁都没通知。她身边椅子上坐的也是等手术的病人家属，有的人一脸漠然如同行尸走肉，有的则坐立不安，口中不断喃喃自语，仿佛座位上有看不见的火焰在熊熊燃烧，正将人渐渐烤到窒息。

前后手术做了两个多小时，推出来的时候Florence还在麻醉之中，沉沉睡在担架床上，本来化了上班的妆，现在眼影、睫毛膏都糊了，一团团晕开在眼睛周围，衬得她脸色格外惨白、憔悴不堪。她的头微微歪在一边，和印象里她平时的优雅风姿一比较，叫人格外难受。

叶蓁蓁就怀着这样难受的心情，跟着她一路回到病房，没消停几分钟，护士过来让她里外办各种手续，叶蓁蓁没想到自己还有这个责任，硬着头皮去了。填病人资料的时候她发现自己根本不知道Florence的真名，更不用说身份证号码和家庭住址了。

现代人真有意思，同在一个办公室，位置相距不过十米，天天打照面，各种话题都能聊半天，结果在医院填表的时候才发现，其实两个人之间连最基本的了解都没有。

她回去病房，在病床旁边找到了Florence的包，从夹层里找到一个小卡包，放着身份证，一看真名叫云婷婷，是个格外娇俏但没什么气场的名字，而且是海南海口人，跟她雪白娇嫩的肤色可半点都不搭配。

这么一番费劲，全都看在了护士眼里，就问她："你是她什么人啊？"

"同事。"

"家里人呢？"

叶蓁蓁摇头："不知道啊。"

护士看了看包里那个手机："这么久没别人打电话过来？"

这一下提醒了叶蓁蓁，她摸出手机，看了一下果然有三个未接来电，有两个是一个名叫"光明"的人打来的，还有一条信息，在界面上显示出内容是三个问号和没头没脑的一句：非得这样吗？

她问护士："我那个同事多久会醒啊？"

护士看她一眼："估计得好几个小时，每个人体质不一样。"她又好心提醒，"你先把手续办了，有事可以先走，不用守着她，守着也做不了什么，赶紧叫家里人来是正经。要是不放心，留个电话给我们，她醒了就打给你。"

护士的手指头点了一下她填的表："押金能垫吧？"

叶蓁蓁赶紧点头："能垫，能垫。"

她上上下下跑了好大一会儿，到处排队排出一身汗来，终于把一应手续料理完了，回病房又看了一眼Florence，确实还沉沉睡着。

这是一间大病房，左右都是病人和家属。叶蓁蓁给Florence掖了掖被子，犹豫了一下，把她的包揣上带走了。

她走到门口，刚好接到苏桐的电话，问她在做什么，刚一说她在市第一医院，那边就吓破了胆："怎么了，怎么了？"

叶蓁蓁赶紧安抚他："我没事我没事，我有个同事生病了，我来看看。"

苏桐长出一口气："惊弓之鸟不堪一击，说这么关键的事儿小包子你能不能别大喘气？太吓人了。"

叶蓁蓁笑着安慰他："好好好，我也不是故意的嘛。"

她回到家等到晚上苏桐回来，一边吃饭一边跟他说起这事儿，说着说着听到Florence的包里电话响，一看又是那个叫光明的人打来的。她赶紧接起来，刚说了一句"喂"，对方是个女声，劈头盖脸就一顿骂："狐狸精你怎么还没死呢？破坏别人家庭你是不是特高兴？你是人吗，还是狗娘养的？还想用怀孕这一手来套男人，跟你说你做梦吧，不要说你怀孕，就是你生下来抱到我家门口，也不会有人认孩子的，你死了那条心吧！"

电话"啪"地就挂了，叶蓁蓁一脸蒙地看着手机，嘴里含着半块排骨，吞也不是吐也不是。苏桐在旁边也听到了："这是啥情况？"

叶蓁蓁有两次在和合大厦门口遇到Florence和一个开宝马的男人，从举止神态来看，两人的关系一定很亲密，如果"光明"就是那个人，那对方显然是有家室的，现在估计是被人家太太发现，就出事了。

　　各人有各人的活法，轮不到别人评判，叶蓁蓁对此什么都不说，只是摇摇头把手机放回包里，嘀咕了一声：“造孽哦，宫外孕，什么男人值得你宫外孕啊？”

　　苏桐在旁边严肃地指出：“这也不是她自己选的嘛。”

　　第二天叶蓁蓁摸着晨光起身，从冰箱里摸出一只嫩鸡，解冻后挽起袖子"噼噼啪啪"地斩件、飞水，又放进高压珐琅锅里，加菌子排骨清炖了一锅汤。苏桐在床上都被香醒了，睡眼惺忪地出来一看很高兴：“有鸡汤面吃吗？”

　　叶蓁蓁笑：“有！”

　　她先舀了一碗汤用密封的保温盒装着准备等下带去医院，又从冰箱急冻层里拿出一包炒好的五香肉臊子，一点点油下热锅，把臊子炒散了，加少许鸡汤润一润，另外用汤给苏桐下了一碗面。

　　臊子扣上去，香得男人穿个裤衩，T恤都赶不及穿了，光个膀子坐在那里吸溜吸溜地吃，感动得眼泪汪汪的：“哎呀，我家乖妹妹做的早饭全世界最好吃啊。”

　　叶蓁蓁坐在一边擦手，端详着他有点憔悴的脸，靠过去依偎着："我暂时没上班就天天给你做啊。"

　　苏桐摇摇头："那不用，偶尔吃一次幸福感最强，天天做太麻烦了。"

　　苏桐吃完三下五除二洗漱好，出门送叶蓁蓁去医院，送到病房门口亲了一下，看着她进去了，自己刚要走，忽然里面传来一阵喧哗，喧哗中夹着叶蓁蓁"你干什么，你干什么"的焦躁喊声。他一听情况不对，推门就冲进去了。

　　叶蓁蓁就在左边第三张病床面前站着，张开双臂，床上的病人蜷缩成一团，物理意义上的瑟瑟发抖。她在挡的是一个穿灰色三宅一生皱褶连身裙的中年女人，比叶蓁蓁最少高了一个头，骨架结实，脸相很硬，头发剪得短短的，非常利落的样子。她双手握拳，眼睛没看叶蓁蓁，而是盯着病人，满怀愤怒地喊叫：“你要脸吗？你父母双亡就想让其他人的孩子也没有父母，你的心肠怎么那么歹毒？我告诉你，你怀孕也好，没怀孕也好，我们家光明都不会离婚，他要是敢离婚，我就带着孩子跟他一起死，我死了变成鬼也不会放过你，我天天就会来缠着你！”喊到后面，已经声嘶力竭，那声音苏桐和叶蓁蓁都认得出来，就是昨天晚上电话里听到的。

　　叶蓁蓁微微侧着脸，承受着对方的唾沫星子像暴风雨一样喷发，半闭着眼睛，但就是不敢躲远，刚才她进门就看到这位对准Florence扑过去，自己要是走开，说不定Florence被从病床上拖下来都有可能。

　　以病床为圆心，病房里的其他人松松散散围成一圈，都在看热闹，从这个女人连珠炮似的几句台词里，整个故事情节已经呼之欲出，没什么新意，但越是没什么新意的，就越能激起看客的兴致。

苏桐赶紧几步挤上去，一下子插在叶蓁蓁和中年女人之间，很平和地说："这位太太，这里是医院，有什么问题，等病人出院之后再来谈，可能会更合适，你说呢？"

这种时候，他随时可以变身成流氓的形象就发挥了明显的作用，所谓"软的怕硬的，硬的怕不要命的"，但再不要命往往也敌不过绝对力量的碾压。那位女士现在就被苏桐的力量感镇住了，立刻退了一步，上下打量苏桐，神情里带了一点谨慎的顾虑。苏桐拍拍叶蓁蓁："妹妹，你陪陪Florence，我带这位太太出去走走。"

他拉住人家的胳膊，又彬彬有礼又不容抗拒，中年女士身不由己就被他带出去了，到了病房外才反应过来，用力把他的手一甩，气愤地说："你是谁，管什么闲事？"

苏桐很和气："我是里面那位病人的同事，您贵姓？"

对方一愣："姓秦。"

苏桐伸出手："秦女士您好。"

对方又是一愣，盯着他那只强壮有力的大手看了半天，心不甘情不愿地伸手跟他握了一下，气氛一下子就从原始部落剑拔弩张变成了文明社会商务会面。

苏桐持续和气："秦女士，是这样的，我们和病人是同事，她的私人生活我们不了解，也不会去干涉，你们需要怎么沟通和解决问题都是OK的。只不过她昨天才做完手术，现在身体非常虚弱，我们于情于理，都是要照顾她的，不然同事一场，实在太不像话，您觉得呢？"

秦女士感觉自己无言以对，内心其实是想说"让她去死，老娘才不在乎呢"，但看看苏桐的块头，又觉得自己这种言论还是暂时不发表为好。她还在措辞反驳，苏桐继续说话了："您看要么今天就先回去吧，您都能找到这儿来，她估计去哪儿也跑不了，咱们就给人一点时间先恢复身体，好吗？"

说是说"好吗"，其实一点没给人家拒绝的机会，他轻轻在人肩膀上推了一下，动作柔和得都叫人没法反应，但对方本能就顺着那个方向，往医院大门口去了，走了好几步可能是回过味来了，猛然停住，气鼓鼓地回过头来。苏桐微笑着跟她挥手，然后进了病房。

病床上Florence把自己埋在被子里，窝成一团。叶蓁蓁在旁边坐着，一脸无奈，看见苏桐进来，嘴唇翕动："怎么样？"

苏桐比了个"走了"的手势，用眼神问："她怎么样？"

叶蓁蓁摇头，站起来弯下腰，隔着被子对Florence说："婷婷，我把你的包放你枕头边了啊，手机充好电了，床头柜上有鸡汤，你喝之前问问医生能不能喝。"

被子里的人纹丝不动，叶蓁蓁等了一会儿，苏桐向她使了个眼色，叶蓁蓁又低头说："那我走了，你好好休息啊。"

两人走出病房，叶蓁蓁长出了一口气，挽着苏桐的胳膊："哎呀妈呀，吓死我了。那个女的刚才简直想要把Florence生吃了。"

苏桐很通情达理："老公被抢了，想生吃了情敌可以理解吧？"

叶蓁蓁点头："可以理解。"她戳了戳苏桐的腰眼，"但你要是被人抢了，我就不会生吃情敌，我肯定生吃了你。"

她的想法简单粗暴："能被人抢走那就是你的问题。"

苏桐赶快表忠心："第一绝对不会有人抢，第二要是真有这种苗头，不等你动手，我自己吃自己，然后拉出来！"

叶蓁蓁忍不住笑："就这么有自信？"

苏桐一点不含糊："就这么有自信！"

两人出了医院正门，穿过停车场往大门走去，忽然看到那位秦女士还没走，正在停车场里。旁边停了一辆眼熟的宝马，叶蓁蓁见过的那个男人就站在女人面前，之前的风度都不见了，低着头像个犯了事的孩子一样，正被秦女士劈头盖脸暴骂，声音都传到这边来了，骂了好一会儿，两个人才上车离开。

叶蓁蓁摇摇头嘀咕："什么人啊这是？"

苏桐摸摸她的脸："这个世界就是什么人都有啊。"

两个人走出医院门，苏桐问她："小包子，你回家吗？"

叶蓁蓁想了想："我买菜去吧，你早点回家，咱们吃火锅？"

苏桐大喜："吃吃吃。"咽下了幸福的口水，满怀憧憬地上班去了。

叶蓁蓁说干就干，直奔超市扫了一圈火锅食材的货，心里惦记着Florence，又特意买了好排骨，到药店配了些温补的药材，回家把东西料理好，准备这几天都早起给人送炖汤。

结果第二天到医院一看，病床上大变活人，Florence不见了，躺着一个五十来岁的阿姨，前两天做了巧克力囊肿手术，刚排到床位进来，之前都躺走廊上的。

叶蓁蓁拎着汤出去找护士，刚好遇到之前填表见到的那位，一看她的样子就说："你同事转院了。"

她傻眼了："啊？昨天不还在吗？"

"就是昨天下午转的。"

"能查到转去哪儿了吗？"她刚问出口就自己否定了这个想法，"算了算了。"

人家要是想让你知道，还能电话都不打一个过来？既然摆明就是躲着人了，何必为难对方呢？

护士小姐对她笑笑："是啊，就算了吧。"

第二十六章
如果有的话,我想要你支持我

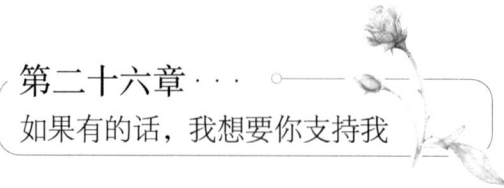

Florence的事情告一段落,叶蓁蓁继续宅在家,按理说她宅在家了,代表高佳妮的失利,罗西应当是心情很愉快的,但根据唐洛传回来的消息则并非如此,因为小唐总在商业美术馆这个项目上,彻底跟罗西杠上了。

这一杠两败俱伤,有时候是罗西妥协,有时候是唐洛让步。大少爷刚回国的时候,两个人还能维持表面上的同进同出同劳动,仿佛亲如一家,现在完全不是那么一回事,开会的时候针锋相对,跟两只乌眼鸡似的。他俩每次都要唐在云出面斡旋,到后来他也烦了,干脆眼不见为净,但凡他们俩开美术馆项目的会,唐董就完全不参加。

叶蓁蓁听了唐洛的描述,觉得这很正常:"小唐总,只有废物才没人找你麻烦,你现在想做事,当然就要斗争啊。"

唐洛丝毫没有受到鼓励:"你这意思,我以前是废物咯?"

叶蓁蓁慢吞吞地说:"并没有单指以前啊。"

唐洛就好气。

调侃是这么调侃,内心深处叶蓁蓁很为唐洛的变化感到欣慰,她感受最深的一点就是,小唐总开始在了解权力的可贵。

权力代表资源、代表自由、代表期待与结果之间的最短距离。

这一点在一天又一天唐洛的电话咨询里体现得淋漓尽致,最直接的载体,就是愤怒。

他以前从不愤怒,既不在乎,也不计较,因为什么事都不重要,也就不可能会被影响。

但现在不是这样了。

他想做的事,做不了;他想用的人,用不了;他想去的地方,去不了。

阻碍唐洛的人是罗西,是直接听命于唐在云和罗西的高管团队,甚至也有一线员工。

这一切都让唐洛日渐明白了,没有权力,他姓什么都没用,别人表面上对他再恭敬都没用。他在和合归根到底什么都不是。

有一天唐洛在电话里问她:"轮值总裁是怎么选的?"

叶蓁蓁把过程解释给他听,唐洛若有所思:"罗西不当了之后,谁来当?"

叶蓁蓁按捺住自己激动的心情:"谁当都可以,罗西不当就行。"

"为什么?"

"你爸的女朋友有资格跟你对着干,其他人就算当了总裁,他们敢吗?"

唐洛认为有道理,更有道理的是一了百了:"那我自己当不是更好?"

叶蓁蓁脱口而出:"对!"

"到底有啥好?"

"你就想干什么都能干什么了。"

"能把你弄回来上班吗?"

"不能。"

"为啥,凭什么?"

"你妈还是比你大。"唐洛无言以对,悻悻然把电话挂了。

这通电话给了叶蓁蓁启示,她从舞台正面退下来了没关系,后台也需要有人勤勤恳恳做贡献啊,不然道具谁准备,台词谁提示,灯光谁控制,服装谁洗刷?工作不分高低贵贱,都是为痛打"阶级敌人"而做贡献嘛。要是唐洛真的突然开窍了想干正事,她就算赋闲在家也得帮人顶着一点啊。

她把注意力再次拉回到如何让罗西当不成下一任轮值总裁上,张丰宇这边无懈可击,她就继续琢磨翟思柔,以及导致翟思柔和罗西很不对付的那个收购案。

总体而言,这一桩收购对和合来说不算一个大项目,按理说翟思柔拍板就行了,她觉得能做就做,不能做就不做。但罗西的强势介入把情况变得有点复杂了,挑大梁的角儿还在反复权衡戏码,按理该在旁边听响儿的却撸袖子上去催结局了。

叶蓁蓁一向对影视文娱方面还挺有兴趣的,此时打量着御龙影视股东那些如雷贯耳的名字,总觉得有点事儿不对,静下心来没多久,就找出了不对的原因。前几天她刚好看了一个专题帖子，盘点几位影视圈当红炸子鸡接下来两年的工作。很明显，那两位跻身股东的流量小生，至少在两到三年之内，绝对没有可能像收购协议中说的一样量身定制爆款产品，配合和合打造文娱品牌新价值。

她打开电脑开始收集与这些股东有关的信息——新闻通稿、访谈视频、影视项目发布会、八卦论坛爆料、街拍定位等等，还要看他们在拍和将要拍什么戏、上什么综艺、接什么通告、去哪里开演唱会、帮谁站台。一圈下来，叶蓁蓁感觉自己面前好像隔着一层纱，看到的东西不可谓少，但都模模糊糊的。

她一边自己用功，一边想起之前还找过Spencer帮她打听消息，也不知道这位爷上心了没有，就发了个信息过去："李哥，上次请你帮我留心的事儿，有啥消息吗？"

那边Spencer直接给她打电话了："我还正想找你呢。"

"嗯呐，怎么说？"

"你说和合要收购一个影视公司，是不是要收御龙？"

叶蓁蓁本来是斜躺着的，一下子坐起来了："李哥你继续说。"

"业内的人都在传呢，说和合花十多个亿收购御龙，领事儿的人是卢导，空手套白狼，躺着来钱，牛大发了啊。"

叶蓁蓁一想，御龙的股东里排第一个的，确实就是卢姓大导演。她对"空手套白狼"这几个字发生了浓厚的兴趣："怎么个套白狼法？"

Spencer表示听八卦听不了这么深入，但他备了后着："我有个连襟是卢导公司负责带艺人的，这些事儿他很熟，我帮你约出来见见吧。"

"连襟？"叶蓁蓁先关注的这个，"哥你结婚了啊，也不跟我说一声。"

Spencer很酷："并没有。"

"那你连哪儿的襟？"

"就是个说法，我和那哥们儿都跟同一个人好过，又都被甩了，所以也算。"

叶蓁蓁笑得不行："这怎么能算啊。"

Spencer认为老子说算那就算："你哪天有空？"

叶蓁蓁赶紧说自己这段时间天天有空，随便约，Spencer折腾了好一会儿回到电话上："我刚查了日程，这哥们儿后天请我给他们一个艺人做造型去领奖，结束可能就十点，完了准备出去喝一杯。要不你也来吧，有啥事儿当面问，比电话里传来传去靠谱。"

叶蓁蓁觉得这话确实有道理，马上就答应了。

过了两天，为赴这个约，叶蓁蓁下午四点就开始打扮，花了十二分功夫把自己收拾出来，生怕见面了被Spencer当场损，眼看快到约定的时间了，Spencer给她打电话:"这儿差不多了,你过去吧,我把地址发给你。"

"去哪儿啊?"叶蓁蓁对喝酒的地界一点不熟。

Spencer说:"几个明星合伙开的小酒吧,圈内人去得多,放心,酒都是真的,喝不坏你。"

电话撂下信息就过来了,位置挺隐蔽,在钱粮胡同进去走一两百米再拐弯的小角落里,具体路线说明细到了"猛抬头往右看,看见一盏蓝灯笼就再走五米"这样的程度。

她到了之后,发现这家叫作"NO Nothing"的酒吧门脸儿格外小,其实里面很大,有一点英式乡村Pub(酒馆)的调性。吧台上一溜儿新鲜扎啤罐,精酿种类也很齐全,是辛苦工作一天之后喝杯啤酒的好地方。

都十点了,里面还没什么人,空气里回荡着叫人觉得浑身无力的古典Jazz(爵士乐),灯光暗暗的,有一种令人安宁的感觉。怎么说呢,如果世界末日到来,这里是那些孑然一身的人好好度过最后三分钟的合适去处。

吧台后那位酒保穿着三件套的西服,打着领结,很消瘦,但身形挺拔,精气神亮眼。他戴了一副金丝边的眼镜,眼观六路,叶蓁蓁一推门进来,他居然就知道来者是谁了,上前接待:"叶小姐对吗?我是这里的酒保阿南,李先生让我给您几位留了位置。"

叶蓁蓁赶紧答应,看了一眼空空如也的酒吧,心想这么大、这么早,订什么位置啊。

结果阿南说的根本不是这一层,他带着叶蓁蓁穿过酒吧西北角上一道门,登上一个挺陡峭的铁艺小楼梯,爬上去又推开一道门,里面原来别有洞天。

地方比下面大厅小一点,布置差不多,酒的品类却更丰富,等级也更高,服务人员都多几个。阿南跟她解释:"这是熟客专用的地方,平常客人不给上这里的,比较清静,不用担心有人打扰。"

一边说一边把她带到靠角落的一个六人沙发位坐下,服务员直接过来上了火腿芝士薄切和蜜瓜盘,干湿果碟,还有一小碟儿生胡萝卜,看样子是早就点好了。阿南说:"Spencer说要是您先到,就先喝一个血腥玛丽,再喝一个Mojito(莫吉托),都是酒精减半,喝完这两杯他怎么都来了,之后的他再来点,您别操心。"

他看了看叶蓁蓁,很贴心地问:"叶小姐,您看这样行吗?"

叶蓁蓁赶紧点头:"行行行。"关于喝酒她一点没概念,给她喝啥都行,反正她都不怎么爱喝。

阿南很识相,点点头不再多说,回身就去吧台调酒了。叶蓁蓁坐在沙发上,瞪着面前桌子上的小灯小碟子，在精心布置的灯光下，看起来有模有样的。她随手就摸出手机自拍一把，然后发给苏桐，说：你看你看，这些小玩意儿好看吧，以后咱们也买一套吧，你觉得放哪儿比较合适？

苏桐秒回，说：都行都行，你说了算。

蓁蓁看着信息抿嘴笑，回一句：没主见的。

苏桐说：向来没有，真不需要。

叶蓁蓁发了一串儿亲亲的表情过去，那边就回咧嘴笑，情投意合，莫过于此。

他秒回信息不是凑巧，是知道叶蓁蓁今天晚上要和Spencer见面，全程电话跟着她出门、上车、进门、坐下，千叮万嘱她不要喝太多太快，更不能自己回家，一定要打电话让他来接，比叶蓁蓁本人还要惊弓之鸟。

发完这几条短信，酒保已经把血腥玛丽端上来了。新鲜番茄汁调制，酒精只有一点点，杯圈一溜儿盐粒意在调和，滋味错综复杂又发乎一体，叫喝的人十分称心如意。

叶蓁蓁磨磨蹭蹭地刚把一杯血腥玛丽喝完，Mojito刚上，Spencer发了一条微信来说在现场被人拖住了，让她稍等一会儿，又等了一会儿，电话来了，说那位经纪人被投资人临时找去，估计今晚没戏了，要不改天再约。

电话里没说抱歉，但声音是很懊恼的，叶蓁蓁还反过来安慰Spencer，说改天约就改天约吧，多大一件事儿，没关系的。

她挂了电话，端起自己的Mojito，准备把这杯喝掉就叫车回家。

刚喝到一半，酒吧里的人一下子多起来了，好几拨顾客陆续进来，还都互相认识，穿梭来去打招呼，寒暄半天再分头喝，各自聊大天，场面一下就热闹了起来。这些人一看就知道是演艺圈或者时尚圈的，都格外好看，或酷或甜或痞，都像是被Spencer调教过一样走路带风，处处都透着跟路人们不一样的感觉。

到十点半左右的时候，门口忽然起了一阵喧哗，两个服务员推开门领着一群人走进来，毕恭毕敬，态度跟对其他客人不太一样。走在最前面的是一个女人，穿着松松垮垮的大T恤配热裤，腿长"一米八"，化了淡妆，披着头发乱糟糟的，整体都特随便，但架不住气势鹤立鸡群。

整个酒吧里的人都齐刷刷地看，随即靠门一桌就有人起了身，小跑过去招呼，叫着："明媚姐，你来了。"其他桌的人则交头接耳起来，一个全世界都很熟悉的名字在空气里飘来荡去。

这个人叶蓁蓁也认识，没法不认识，因为那是大明星萧明媚。

她们在某个颁奖礼的后台算是有过一面之缘，不过叶蓁蓁没觉得人家会记得自己。她就暗中感叹了一下"这也太好看了"之后，继续努力去攻克她的鸡尾酒，心里想着不能浪费。

好不容易喝完了，冰得后脑勺有点发木，叶蓁蓁揉着头刚要起身，突然有个人走到她旁边的沙发位子上，径直坐了下来，说："你好。"

蓁蓁吓了一跳，抬眼一看，赫然是萧明媚，对着她露出友善笑容，说："好久不见啊。"

她傻看着人家："是啊。"随即反应过来脱口而出，"你手没事了吧？"

萧明媚微微一愣，似乎想不到她会问这句，而后坦然伸出手给她看，上面还有浅浅的印痕，纵横交错，已经看不出当初鲜血淋漓的惨状了，但原本毫无瑕疵的皮肤似乎也回不到最初。

她放下手，看了看叶蓁蓁喝的东西，说："我们那边带了两瓶Patrus，非常好的红酒。你要不要喝一点？"

叶蓁蓁摇头："我对右岸的酒没兴趣，单一美乐酿得再好我也不爱喝，味儿太虚伪了。"

萧明媚完全没料到她会有这样的回答，结结实实一怔："你对酒有研究？"

叶蓁蓁叹口气："没有，这是我拒绝跟人喝酒的标准台词之一。"

"之一？"

"一共三句，另外两句，一句是'我对左岸的酒没兴趣，波尔多鱼龙混杂，名过其实'，还有一句是'我平常只喝木桐和雄狮，其他再好再坏都不是我的菜'。主要看当时喝的什么酒而定，兵来将挡，水来土掩。"

萧明媚笑出了声："谁教你的？"

"我老板。"

"你老板很懂喝酒？"

"不知道，也可能是很懂忽悠人。三句台词都蛮好用的，正常劝酒的人听完一句就会知难而退了。"

萧明媚又笑了："好吧。"她喝自己的，而后说，"我还不知道你的名字。"

"叶蓁蓁。"

"桃之夭夭，其叶蓁蓁？"

"嗯。"

"好名字。"

叶蓁蓁由衷地说："你的名字也很好听，天生明星的名字。"

萧明媚笑笑："哪有什么天生明星。"她拿杯子轻轻碰了一下叶蓁蓁的鸡尾酒杯,"上次,谢谢你帮我包扎伤口。"

叶蓁蓁"嗯"了一声:"举手之劳,谢啥。"

萧明媚看看周围:"你一个人吗?"

叶蓁蓁想了想:"本来是和李哥一起的,结果他忙不过来。"

"李哥?"

"哦,Spencer啦。"

没料到萧明媚爆笑:"你叫他李哥?你知道他多恨人家叫他'哥啊''兄弟啊'什么的吗?有一次有人跟他称兄道弟装熟,他把东西拎起来当场不干了啊,不知道戳到他哪根神经了。"

这么任性,听起来倒是很像那位爷的风格,叶蓁蓁笑:"他可能拿我没办法吧。"

Spencer拿她没办法的时候多了去了,叶蓁蓁受训早期,形体课上经常一不小心就缩肩膀挺肚子的,顾了一头顾不了另外一头。Maze是专业教练,耐心比较好,一点一点纠正也不说啥。Spencer明明就是旁观,看她多错几次吧,还会气得在原地转圈好像马上要去撞墙,还喊:"我怎么就这么倒霉摊上了你这个笨妞啊,三棍子打不直你的腰,你长个腰是来添堵的,对吧?"

蓁蓁给他喷得挂不住,对喷又喷不赢,想要好好表现吧,各个身体部位好吃懒做几十年,一时间乾坤大转移实在没有那么容易。她没辙了,只好抱着双赢的理念提出合理化建议:"要不你就马上放弃我得了啊,我绝对不会有怨言的,真的。你就立刻马上,让我别训练了,你觉得呢?"

Spencer听完更生气了:"你不但在精神上让我郁闷,你还想在物质上对我造成打击,你知道高小姐付我多少钱吗,我怎么能放弃呢?"他手一挥,"加节课!"

叶蓁蓁的惨叫声立刻就突破墙壁,穿透到前厅的精品店,把正在购物的贵妇们吓一跳。

萧明媚听她这么说Spencer,笑得花枝乱颤,即使只有蛾眉横扫,在半夜昏暗的灯光里,她也仍然光彩照人,不愧是大明星。那天在化妆间所看到的她涕泪横流、心力交瘁的样子,仿佛只是一个幻象,或已然在时间洪流之中一去不复返,如同一朵转瞬即逝的浪花,再也不能产生任何影响。

叶蓁蓁凝视着她,轻轻说:"你呢,手没事了,其他也没事了吧?"

萧明媚的笑声悄然收尾,点点头:"嗯,都没事了。"她看看叶蓁蓁,"你看新闻了?"

"实在很难不看到。"

她还有心思安慰萧明媚:"没事就好了,男朋友换一个就换一个吧,你不管要什么样的男朋友,都应该大把等着你挑吧。"

萧明媚看着自己杯子里的酒,沉默了一下:"不是这么一回事。"

她喝了一口,闭上眼睛,微微仰起头,让酒在口腔中打转,尽情品味,而后吞下,对叶蓁蓁笑笑:"对了,你老板是谁啊?北京城精通喝酒的人不多,说不定我还和他认识。"

叶蓁蓁随口说:"唐洛,认识吗?"

萧明媚举着杯子的手在半空中停住了:"唐洛?"

叶蓁蓁没精打采地"嗯"了一声:"嗯,洛阳的洛,叫这个名字的人不多吧?"

"和合的唐洛?"

"是啊。"

萧明媚明显表现出了兴趣:"你为他工作吗?"

"嗯,我是他的助理。"叶蓁蓁忍住了没说"前任"两个字,也没说"总裁"两个字。

萧明媚仔细打量她:"我以为你是Spencer的助理。"

"我上次跟他去玩,凑热闹的。"

"所以你为唐公子工作吗?"

"嗯。"

叶蓁蓁迎上了萧明媚的眼神,那是一个突然热切起来的眼神,伴随着直言不讳的要求:"把唐公子介绍给我吧。"

叶蓁蓁一愣:"啊?"

萧明媚丝毫不放松:"约得出来最好,不行的话电话号码给我也行。"

她对人提要求的姿态极其优雅自然,就像笃定自己绝对不会被人拒绝。高佳妮也是这样的,只不过高佳妮是一块大石头,你不答应,就会被砸死,而萧明媚是海中的洋流,带着你走,要你去哪里就去哪里,你身不由己,情不自禁,简直都要忘记还有拒绝这回事。

叶蓁蓁也一样无法抗拒萧明媚,但她至少想了一下:"你要认识他干啥啊?"语气还挺嫌弃的,叫人家很不明白。

她笑:"全北京城的姑娘都想认识他,有人还专门到超跑俱乐部打听唐公子的消息,结果都找不到。"

叶蓁蓁想想也是:"他天天要么打拳要么玩游戏,一个人独来独往的,是不太容易找得到哈。"

这口气显得跟唐洛格外熟稔，萧明媚眼神更亮了："怎么样，帮我一个忙吧？"

叶蓁蓁看她一眼，拿出电话："我问问他啊。"

一打过去，唐洛立刻就接了，叶蓁蓁劈头叫他："小唐总，我能不能把你电话号码给一个朋友？"

唐洛在那边莫名其妙："什么？"

"我有个朋友想认识你啊。"

"长得好看吗？"

"巨好看。"

"你说的巨好看我不信。"

"这个真的巨好看。"

"真的是你朋友？"

叶蓁蓁硬着头皮："真是朋友。"看了萧明媚一眼，意思是事急从权啊，对方妩媚地微微侧着头抛了一个飞眼，伸手轻轻蹭叶蓁蓁的手臂，差点当场把她"逼弯"。

唐洛在那边没好气："那你给吧，不好看我再来削你。"

叶蓁蓁没口子地保证："行行行，好好好。"

正要挂电话，忽然唐洛话锋一转："对了，我妈找你了没？"

"你妈为什么要找我？"

"应该找了啊。"

"真没找。"

唐洛不耐烦了："还没找？那你等着她找吧。"

他"啪"一声就把电话挂了，也不说为啥高佳妮要找叶蓁蓁，害得人家莫名其妙的。

萧明媚听着他们的对话，怪有趣地看着她："你跟唐公子的妈妈很熟吗？"

叶蓁蓁说很熟啊，萧明媚喝着酒，做了一个大胆的猜测，半开玩笑，半是试探："你跟她说话这么随便，是不是跟他好啊？要是跟妈妈也熟，那就连嫁入豪门最麻烦的婆媳问题都没有了哦。"

叶蓁蓁放下电话之后，正在努力端着杯子，想把里面的薄荷叶子吸出来，听到"婆媳关系"四个字差点没呛到，她忍不住笑："谁那么倒霉要跟小唐总在一起啊，折寿好吗？"

她一口咬下去，被薄荷的味道虐了，眼睛都眯了起来："我反正都没有婆媳关系问题，我未来婆婆特别爱我。"

这句话叶蓁蓁一点不是瞎说的，她第一次跟着苏桐回去见他父母的时候才刚上大学,二十岁,扎个马尾辫,素面朝天皮肤黑了吧唧的。她进了人家的门只会傻笑,叫坐就坐,叫喊"叔叔阿姨"就喊"叔叔阿姨",叫吃苹果就真的抱个沙包拳头那么大的苹果使劲儿啃,吃了半小时都没吃完,一边还特别认真地跟人爸妈解释,我们谈恋爱真的没有耽误学习,逗得苏桐爸爸哈哈大笑。

两人轮流见完了父母,两家大人要到了联系方式,私下紧急约了个饭,没叫小两口出席。四个长辈在饭桌上一开始还有点端着,酒过三巡,越聊越投机,感觉不但是门当户对,连三观五官都是顺眼的,情绪高涨,心意真诚,感觉必须要一辈子当亲家,就差没三炷香二对拜歃血为盟了。

叶家两老对苏桐青眼有加,唯一的顾虑是苏桐当时已经决定了要出国去念书,怕成行之后时间太长距离太远对孩子们感情有影响。苏桐爸拍着胸膛表示,我养出来的儿子我自己知道,他对看准了的事、看定了的人,绝不会有二心,否则当老子的提头来见!蓁蓁爸比较理性,可能也是因为当时没喝多,当即回应:万一有二心也不要提头了,主要是你的头提来也没啥用,不像猪头还能炒两个菜,要么你让我打苏桐一顿吧,一顿就成。苏桐爸欣然同意,说:那我得帮着你一起打,我那个娃有点壮,你一个人可能打不过。

萧明媚瞧着她舒展自如的神情,不由自主叹口气:"那真好。"

她虽然一直喝着,脑子却很清醒:"那么,唐公子的电话可以给咯?"

叶蓁蓁喝完了杯子里最后一点点冰水,调出唐洛电话,萧明媚在自己手机上输号码的时候,她炯炯有神地盯着人家看,而后突如其来地问:"萧小姐,你知道御龙影视这个公司吗?"

萧明媚一怔,两人眼神对上,电光石火之间几个回合,无须言语,已经说了很多。

她简单地问:"你想知道什么?"

叶蓁蓁耸耸肩:"什么都想知道。"

她对萧明媚露出愉快的笑容:"要么麻烦你帮我留点儿心?"很轻描淡写地继续,"我改天约我们家小唐总出来,大家一起喝一杯啊。"

萧明媚一愣:"是吗?"

叶蓁蓁非常笃定地点头:"随时约。"

她看看时间已经不早,于是伸了个懒腰,拿着包站起来准备走,刚要告别,就被萧明媚伸手拦住了:"等一下。"

在昏暗的灯光下,萧明媚脸上有一种赌徒才有的神情,那是在衡量、估算、推演,而后就是准备下注。

她示意叶蓁蓁坐下，自己靠近了一点，近得叶蓁蓁都能闻到她身上的香水味，然后低声说："择日不如撞日，今天这么巧遇到了，你想问什么，先问问看吧。"

叶蓁蓁在酒吧待到差不多十二点，直到萧明媚跟她告辞，和其他朋友换地儿续摊去了才走。

她买了单下楼，给苏桐打电话要求接驾，等人的当儿，叶蓁蓁给高佳妮发了个信息："高姐，你找我啊？"

高佳妮回她："什么？"

叶蓁蓁知道高佳妮不喜欢打字，既然没睡，她随即就打电话过去："小唐总说你找我，啥事儿啊？"

高佳妮"唔"了一声，似乎想了想，说："今天太晚了，你明天来一趟啊。"

叶蓁蓁立刻紧张："没什么事吧？高姐你别吓我啊。"

高佳妮没脾气："放心，没什么事，就是林阿姨想你了。"

叶蓁蓁不服："你怎么就不想我呢，我都想你。"

高佳妮轻笑："我也想你，傻孩子。"

叶蓁蓁就乐："那还差不多。"

她第二天就奔后海小院去了，天气很好，高佳妮在院子里坐着等她，今天没喝茶了，又摆了一瓶酒和杯子，几碟子小茶食，话梅、青果什么的，还有一堆画册和文件夹。叶蓁蓁一进去她先声明："还没喝啊。"

叶蓁蓁笑着跟她撒娇："没喝就好啦。"

她坐下来马上一边抓东西吃，一边问："林阿姨呢？"

"买菜去了，说你要来，要做你爱吃的。"

叶蓁蓁咽了一口口水："太好了。"她摸摸高佳妮的手臂，"你感觉怎么样，没有不舒服吧？"

高佳妮微笑："有什么不舒服的？"她把画册推过去给她，"洛洛前几天来了，说他要去一趟巴黎。"

叶蓁蓁一愣："真的要去啊？"马上就把自己暴露了。

高佳妮问她："你知道吗？"

"他提过一嘴。"

"嗯，说那边有展会，也联系好了很多画廊和艺术品展览公司的人，要把商业美术馆采购的渠道打开。"

这么听来说得还挺靠谱的，叶蓁蓁抓起一颗话梅往嘴里丢："看来小唐总还真的在好好干着活儿呢,太好了。"说得老气横秋的。

高佳妮抿嘴,问她:"很多东西都是你帮他弄的吧?"

叶蓁蓁不居功:"一部分吧,巴黎那个展会的联系人是郭叔的关系。"

"那之前是不是决定你去的?"

叶蓁蓁说:"啥,没有说过啊?"

高佳妮采用了唐洛的说法,因为可信度更高:"洛洛很兴奋,说本来是你去,你既然不上班了,就必须他自己去一趟,说了半天走这一趟如何重要。"

叶蓁蓁眨巴眼睛:"采购渠道嘛,那应该是挺重要的,怎么了高姐,你觉得不妥吗?"心里想的是工作上的妥不妥当,结果高佳妮操心的根本就不是那么一回事。

"蓁蓁,唐洛去巴黎,相当于什么你知道吗?"

"相当于什么?"

"放虎归山。"

叶蓁蓁笑起来:"真的啊?"

高佳妮叹气:"你知道他以前在巴黎过的是什么日子吗?拿最简单的一个例子来说吧,普通人一辈子可能就去Le Meurice吃一次饭,他有时候高兴了,能连续去两个礼拜。"

"Le Meurice是啥?"叶蓁蓁结结巴巴念不清楚。

"一家米其林三星餐厅,在香榭丽舍大街那边,东西还不错。"

叶蓁蓁明白了:"高姐,你是怕小唐总去了巴黎又乐不思蜀了吧?"

想想这哥们儿十八岁就敢一个人从美国跑欧洲从此浪迹天涯,现在翅膀更硬了,给他一点阳光,谁知道他能灿烂到什么程度啊。

高佳妮在叶蓁蓁面前一点不否认自己的担心,居然还有了一点幽默感:"是的,看他说起巴黎那样子,口水都要掉下来了。"她拍拍叶蓁蓁,"不让他去肯定不行,毕竟是为了工作,但一个人去我也不放心。"接着话锋一转:"你跟着去吧?"

叶蓁蓁傻眼了:"我去?"她抓了抓头发,"那我用什么名目去啊,都没上班了。"

"你上不上班有什么关系,我让你去就去。"

高佳妮轻描淡写也能霸气十足,一般人真学不来,说着也吃了一颗话梅,酸得眉头皱起来了:"你陪着他去,陪着他回来,我比较放心,不然万一他跑了呢?"她都会苦肉计了,捂着胸口,"我可受不了再来一次。"

所谓"姜是老的辣",轻轻松松就又一次把叶蓁蓁逼得走投无路:"唉,那……那好吧。"

高佳妮莞尔，顺手还给了叶蓁蓁一个美好的任务："顺便开一张购物清单给你，去帮我买点东西回来。"

叶蓁蓁精神为之一振，想想要是花高佳妮的钱买东西，那肯定能在香榭丽舍大街上横着走啊，虽然不是买给自己的，过过干瘾不也很爽吗？

她从高佳妮那儿回去，进门就接到唐洛电话了，这次没别的事，直奔主题："你哪天有空去巴黎？"

叶蓁蓁问他："你怎么知道我有空去巴黎？"

"我妈让你有空，你肯定有空。"

"你怎么知道的？"

唐洛洋洋得意："我上礼拜去找我妈，说我要一个人去趟巴黎，她听到'我一个人去'这几个字，估计就开始脑补我人间蒸发的场面了。嘿嘿嘿，她没别的办法，肯定会要你看着我，果然，她刚找我了，说'你不去，我也不能去'，哈哈哈。"

叶蓁蓁对他刮目相看，长江后浪推前浪，前浪死在沙滩上，你小唐洛毛都没长齐，居然就动手算计高佳妮了，可以啊！

唐洛大言不惭："这怎么叫算计呢，这是了解，来，护照号码给我，我让Florence去订票。"

叶蓁蓁一听："她上班啦？"

"上班了啊，怎么了？"

叶蓁蓁掐指一算，这做完手术真没多久："没请假吗？"

"哦请假啊，好像请了几天吧，事情都安排得挺好的，我就没怎么注意。"

唐洛问她："怎么了？"

他平常习惯地独来独往不用人跟，只需要基本的日程安排，即使如此，也要有人安排啊，这说明Florence前几天在病床上还在操心工作，简直活生生是一个揾食艰难的例子。

她不知道Florence是用什么理由请假的，但不要节外生枝总是没错，所以赶紧圆过去："没事啊，我有一次找她聊天，她说她请假了。"

两人通着电话，叶蓁蓁一边顺手往唐洛邮箱里发了自己护照号码和首页照片，一边跟唐洛商量着去巴黎的时间，刚要敲定日期忽然觉得不太对："哎，那几天是不是要开董事会？你走了不行吧？"

结果唐洛一点不在乎："我在场不在场有什么区别？我又没有投票权，在场也就是听他们啰唆，啰唆半天出来的结果，跟我一点关系都没有。"

叶蓁蓁有点意外，前几天不还雄心壮志的吗，怎么这么快就尿了呢？

她忍不住就多了一句嘴："大少爷，你是和合的接班人，不应该什么事都跟你有关吗？"

唐洛哼了一声："大概只有你这么想吧。"

叶蓁蓁觉得这话头就不对："怎么了？"

唐洛在那头稍微沉默了一下，似乎考虑要不要说，最后还是说了："我爸今天找我谈话，说我既然拿了美术馆项目的权限，就不要在其他事情上分神，暂时都不用再参与了，会议什么的都不用去开了，包括董事会在内，都不需要出席了。"

他说得轻描淡写，其实心里是很不舒服的，唐在云这次跟他的谈话很严厉，历数了这段时间唐洛在各种管理会议上不靠谱的言论，得出结论就是，他必须从一件事做好做成功开始，否则一切免谈。

谈到后半截，罗西也进来了，舒舒服服在旁边坐着，什么也没说，因为什么都不用说。她进来的意思，就是在对唐在云施加压力，而唐在云很明显也在压力下做出了罗西需要的决定。

毕竟吃了一个闷亏而不反击，绝对不是罗西的风格。

美术馆项目既然被唐洛拿走了管理权，那就把他从其他重要的公司事务里驱逐出去，这样一来，哪怕是美术馆项目，唐洛也必然处处受限，因为没有任何项目是能够孤立运作的。

等他一败涂地，罗西自然就可以把项目拿回来，暂时等一等怕什么呢？

唐洛拿到对美术馆项目的控制权，看起来是进了一步，实际上反而离核心管理远了很多步。

这一点算计不复杂，就算不是司马昭之心——路人皆知，但唐洛都想得到，唐在云自然也想得到，因此他一开始几乎难以相信父亲会迁就罗西来孤立自己。言犹在耳，也正是唐在云曾经口口声声说，他和高佳妮的希望，就是想唐洛全面接管公司。

他所不明白的是，在某种程度上来说，被压力所迫正是唐在云一生的习惯。他聪明绝顶，却从来不是一个坚强的人，他知道自己要什么，也知道怎么做才是合适的，但自我意志总是隐匿在内心深处，如同雷达响应着外界的压力，哪个压力源最大，他就自然呼应哪个压力源。

压力有时来自恐惧，有时来自爱，两者其实都一样能伤害人。

和唐洛不同，长时间的相处之后，罗西已经完全了解了唐在云这一点。"好风凭借力，送我上青云"，说的就是这么一回事。

唐洛把谈话前后跟叶蓁蓁说了一遍，她一时间也不知如何反应，两人在电话里都沉默了。

她还想要抢救一下："这事儿，要跟你妈妈说说吗，让高姐再去跟唐董谈一谈？"

却被唐洛呛了："她已经觉得我够没用了，不用雪上加霜吧？"

叶蓁蓁说出来就知道他是这个反应，而且自己和唐洛的感受一样，于是当场尿了："行吧。"她在这一刻终于更明白了苏桐为什么说必须自己站稳脚跟，才能跟人持续角力。

唐洛居然还安慰了她一句："我们先把美术馆的事儿做好，其他的慢慢来吧。"

叶蓁蓁叹口气："我本来还挖到一个大料，想说帮你开董事会的时候把罗西扳下来的，现在看来也没有太大意义了。"

"什么料啊？"

"不说了吧，本来想明天去公司找你说的。"

"为什么要去公司才说？"

"有些资料需要跟系统里我们自己的信息印证。唉，现在也无所谓了。"

"到底是啥？"

"非要听？"

"你这种说书先生会被人打的你知道吗？"

"好像你听过说书一样。"叶蓁蓁抢白了唐洛一句，继续说，"是我听说的，不过信息来源相当可靠。就是咱们要收购的那个御龙影视，记得吗，文娱事业部那边一直在谈的，除了姓卢的导演是真正的公司股东，其他都是凑人头的，根本没有和御龙的实际入股协议。"

"什么？"

这个大料，就是叶蓁蓁那天晚上会在酒吧待到十二点的原因。

萧明媚是影视圈情商定格的大艺人，她地位摆在那儿，分寸拿捏也摆在那儿，因此是个人都愿意跟她有来有往，各种本圈的跨界的合作，哪怕八竿子有时候都打不到边，也会找上门来。更有一些后进的新秀，没出道的时候就当她是偶像，等自己开始在金粉花花世界里腾挪，哪些当做哪些不当做难免迷惘，目眩眼晕、心浮气躁之余，要是刚好和萧明媚在一些地方遇到，情不自禁就会跟她说起，求指点或宽慰。

御龙这件事她就是这么听来的，某位巨星的生日会上，那位当红的流量小生喝多了两杯，表达完自己对萧明媚的崇拜之情之后，为了进一步拉近距离，就跟她说起自己最近有一件举棋不定的事，不知道怎么决定。

萧明媚当然是顺水推舟问他什么事，以为是感情方面的，结果跟感情一点关系都没有。

据流量小生说，圈子里有一位推自己入行、对自己有恩的大导演攒了一个局，七八个人，合作做一个公司，不用投钱，不用投资源，什么都不要，就签两份合同。一份合同是双方同意在接下来三年之内独家合作若干作品，电影、电视剧、综艺都有；另一份合同，是双方无条件解除上一份合同，签字盖章都一应俱全，只有时间点是上一份合同的一年后。

这位导演的意思是，用前面一份合同融资，等钱拿到手了，再解除合同，绝不会真的让这位小生把档期时间匀出来。就算真的要合作，也不算是应分的投资，股份分成照给，合作报酬另算，绝对是有赚无赔的好买卖。

萧明媚这么聪明的人，绝不会帮人下决定的，说好说不好，都与自己无关。她"嘻嘻哈哈"几句话，就混过去了，流量小生没一会儿就醉成了一摊泥，自己说过什么多半也断片儿了。

没想到就这么巧，在酒吧邂逅，被叶蓁蓁问了一个正着。

她知道这个消息之后，一心想的就是去公司找到和合收购御龙的方案，看里面到底是怎么规定的，有没有什么条款能印证萧明媚的说法，或者规避萧明媚的说法，兹事体大，要抓到实锤，才能再想下一步能干什么。

结果还没开始呢，就发现唐洛貌似出局了，再玩也白玩。

她和唐洛说完来龙去脉之后，听到苏桐回家的声音，于是挂了电话，忙着和男朋友说话去了，心里有点失落，但还不算严重，而且基本上就是认命了，既然唐家自己人要搞成这样，那要么就算了吧。

万万没想到的是，唐洛在这件事上有跟她不一样的看法。

他们打电话的时候，唐洛还在办公室，Florence在外面等着他确认去巴黎的行程，以便跟进做各种细节的安排。

他电话一挂，没出去找Florence，倒是自己先上了系统，如同叶蓁蓁说的一样，调出了所有御龙影视收购案有关的信息，皱着眉头开始研究起来，虽然磕磕绊绊的，不时还有点发晕，但睁个大眼睛看半天，关键条文总还是看得懂的。

中间他叫了Florence进来，问了她几个条款的问题，有一些Florence知道，有一些不知道，等她搞清楚小唐总在对什么用功之后，总体而言是有点诧异。

他到九点多让Florence先走，自己在办公室折腾到了凌晨一点多才回家，第二天早上八点不到就又来了公司，直奔三十六楼翟思柔的办公室。

翟思柔也刚刚进门，正准备开八点的电话会议，看到大少爷直接闯进来吃了一惊，急忙让团队的人先开着，自己起身请唐洛坐，问他："小唐总，有事吗？"

这称呼让唐洛心里懊恼得不要不要的，这才是一失足成千古恨，原来是个人现在都叫他小唐总。

他从自己包里摸出一大堆文件，往桌子上拍出来："翟总，我想跟你聊聊御龙影视收购案的事情。"

翟思柔脸色一变，皱起眉头："小唐总，这是怎么说？"

但凡唐洛有一点儿商务会谈的经验，他都不可能这么霸王硬上弓，多半要反复思量周全，设计好起承转合套路，希望用言语迂回来打开沟通的路径。

问题在于，对翟思柔这样的顶级职场人来说，如果对方量级不够，那么任何套路都是死路，尽可以见招拆招，化攻势于无形，反而唐洛这样冒冒失失的，暗合了大巧不工、重剑无锋的原理，更叫她措手不及。

他盯着翟思柔看，专注而且锐利，并不太像一个纨绔子弟："翟总，这个收购作价十二个亿。御龙成立时间才半年，几乎没有作品，咱们看中的是什么，是不是明星股东的个人价值？"

翟思柔谨慎地选择措辞："估值的时候有这方面的考量，这几位主要股东都是以作品合作权入股的，以他们现在的票房价值和衍生综合价值来看，十二亿也不算高。"

唐洛冷笑了一声，似乎翟思柔所说的一切都在他意料之中，而且他早做好了驳斥的准备。

事实也是如此："翟总，如果收购了御龙之后，这些明星反悔了呢？他们不愿意帮和合出作品了，选择违约，咱们怎么办？"

翟思柔皱起眉头："他们的合约是跟御龙签署的，我们没有直接干涉的权力，如果违约，双方又无法通过协商达成一致的话，御龙就只能走法律流程。"

唐洛就在这儿等着："如果御龙觉得股东不愿意，那就不出作品算了，也不用他们赔，也不走什么法律流程呢？"

翟思柔凝视着唐洛，她没有回答这个问题，只是静静地看着他，因为唐公子绝对不会停在这里，图穷匕首见，他今天是有备而来的。

果然唐洛没等到她的回应，就自顾自往下说了："我做了一点研究，为了保证和合的利益，咱们跟御龙是有对赌的，如果御龙影视随便就跟他的明星股东解约，不出任何产品了，他们就得补足对赌的利润，否则就把自己的盘子给砸了。"

他问翟思柔："翟总，是这样的吧？"

翟思柔微微点头："是的。"

唐洛把那堆文件翻了一下，说："我没管过公司，翟总你是和合的元老，麻烦你教我一下。为什么我们收购价格是十二亿，三年对赌的利润却只要六点五个亿？"

他做了一个进出的手势："我数学一般，但这个题还是会算的。如果我是御龙的老板，我完全可以三年一个作品都不出，一分钱都不挣，就从和合给我的十二亿里拿出六亿五千万来补足对赌金额，再净赚五亿五千万。"

唐洛说完，往后坐好，看着翟思柔："上哪儿找这么好的交易？"

翟思柔点点头，她的眼神落在唐洛的后面，似乎那里有一双眼睛，正在虚空之中对她们凝视。

她完全没有接唐洛关于收购案的茬儿，而是问了另一个问题："小唐总，是不是高董让你来的？"

唐洛一愣："我妈妈？"他否认了，"没有。"

翟思柔带着一种深思熟虑的神情看着他："小唐总，我为和合服务十多年，不敢说爱公司如家，基本的职业精神还是有的，这一点你可以相信我。"

唐洛很坚定："我相信。"

她把桌面上的文件拿起来看看，又扔下，对里面的每一个条款甚至每一个句子，她都非常熟悉，在过去的几个月里，她为了让这个收购尽可能合理，尽可能多贴近一点和合的利益，想尽了办法，不断反复商讨、拖延、增加或者减少条款的细节，但绕过来绕过去，始终绕不开那个本质的利益归属问题，也就是唐洛刚刚指出的问题。

天下哪有这么好的生意？

她似乎下定了决心，缓慢而有力地说："这个交易是罗西一力要促成的。"她直呼其名，听不到半点尊敬，"她认为大明星是带动IP和品牌热度最好的方式。御龙这些人可以为和合的其他项目站台，如果真的是这样，那另外五亿五千万就算我们预先支付了市场费用，虽然完全不合理，但至少是个说法，问题是我们后续签的补充服务条款，没有一条是硬性规定的，只有优先权，对方有大把理由不履行合同。"

翟思柔叹口气，这一刻连她都很无力："你爸爸无条件支持罗西，我已经尽量在拖延进度了，但目前来看，恐怕实在很难避免最后成交。"

唐洛很快回应："所以你希望是我妈妈让我来查这件事。"

翟思柔沉默了一下，点点头，面容上有忧虑："是的，这个收购，只不过是冰山一角，公司现在很多事，都让我和张总很担心。我们没有小看你的意思，但小唐总你实在太年轻了，叶小姐也是，恐怕真的只有高董出来，才有办法改变局面。"

唐洛仔细观察她，话说得很冒失，可也真像是他的为人："你不是罗西那一头的吗？"

翟思柔恢复了平和的神色，非常冷静地说："我跟任何人都不是一头的。"她看着唐洛，"我只是希望能够履行自己的职责。"

她的下一句很关键:"小唐总,你今天来,是单纯为了了解情况呢,还是需要我为你做什么?"

唐洛把桌面上的文件一把一把塞进自己包里,站起来:"谢谢你,翟总。"

对方既然直言不讳,他也就顺水推舟,半点没有含蓄或矫情,直接到叫人惊讶,甚至还没头没脑的:"我现在没什么需要你做的,以后如果有的话,我想要你支持我。"

这一句让翟思柔很意外,眼神闪烁之间,唇边出现了一丝笑容:"我知道了。"

唐洛跟她挥挥手,出门走了。

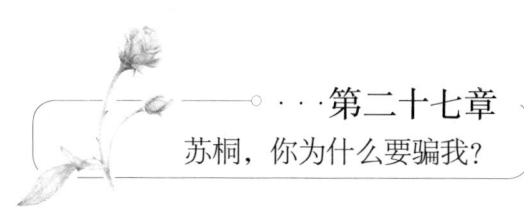

第二十七章
苏桐,你为什么要骗我?

和合的董事会七月二十五号开,唐洛定了和叶蓁蓁七月二十一号飞巴黎,前后五天,刚好错过。

倒也不是故意的,主要因为七月二十二号那天吉美国立博物馆的亚洲新锐艺术家联展开幕,香港那位林乐之林先生请了他们参加,一再许诺会在开幕式和专业展上介绍他们和吉美合作,再加上当天来的都是行内人,也是认识潜在合作伙伴最好的时机。

接下来两天唐洛约了几家画廊和艺术品交易公司见面,而后买买东西,二十五号往回走。

行程的要求是唐洛给的,酒店、机票、旅途安排是Flroence做的。在巴黎那边要接触的合作方,一部分是和合系统里本来就有的,合作谈判都进行好几轮了,有几个采购协议已经在协议流程,罗西亲自在负责;其他更多机构,则是唐洛和叶蓁蓁一起重新确定的。

他们通过各路关系,找到了不少这几年在中国艺术品市场表现活跃的法国艺术品公司信息,一家一家看资料筛选出名单,然后发邮件打电话约会面,有一些公司一开始没什么反应,等看到和合的资料后态度马上就有了一百八十度的转变,所谓店大欺客,客大欺店,诚不欺我。

唐洛临行之前,唐在云特别叮嘱他不要去动那些罗西处理完毕的采购和已经在合作中的渠道方,以免节外生枝,他的主要目的是学习和了解艺术市场的现状,再为将来的后续采购做一些社交上的准备。

说了半天，唐洛不置可否，听完头都没点一下就走了。

一切准备工作做好，转眼就到了出发那天。航班是晚上十点四十五分，白天苏桐去上班了，跟她说下午有个比较重要的会，应该不会太晚，搞完来得及的话就赶回来送机。

叶蓁蓁依依不舍送走他，在家里吭哧吭哧收拾行李，接下来就紧锣密鼓地做饭，一口气弄了好几个硬菜，都用真空盒子分好分量装着，整整齐齐摆在冷冻层里，每个盒子上贴一张小纸条写着菜名，有藤椒鸡、芋儿烧排骨、土豆烧猪蹄和青椒回锅肉。然后她又在厨房里灶台上显眼的地方，摆了好几盒真空包装的自热米饭，撕开加水煮一会儿就能吃。

她想着自己没在家，苏桐这个工作狂肯定不会早早就回来，晚饭肯定也吃得很随便，这样安排好食物的话，万一他半夜饿了，至少消夜唾手可得，比叫外卖更快也更健康。不过她做完一看规模，还是觉得自己有点小题大做了，才去五天而已啊。

跟管公司比起来，叶蓁蓁在厨艺上的天赋明显好很多，能变着法儿地折腾，清炖、红烧、爆炒、干蒸、川系、粤系、鲁系、徽系、本帮菜、各种Fusion，只要略看教程，操练几次，无不手到擒来。她在家待着的这段时间，隔三岔五去看高佳妮，每次都带做好的菜去，没事也给郭也人肉快递食物，除了潮州菜是真不敢跟林阿姨叫板，其他的都得到了挑剔食客们的一致好评。

她做完一堆菜，看看表才下午三点，厨房里清洁完了，诸事妥当，装好菜的盒子们在桌子上晾着等散了热就装冰箱。叶蓁蓁一时兴起，拍了照加了滤镜，上传朋友圈，配了几个字："出差前给我苏备饭，是不是二十四孝女朋友？"

顷刻间炸出上百条评论，以前的朋友同事都冒出来纷纷问她，怎么好久没她消息了，她忙啥呢？

她赶紧挨个儿回笑脸说没啥，忙工作呢，心里想一下这一年多的经历，简直恍然如梦，就算跟其他人说个来龙去脉，都不知道人家信不信。

其中有一位，不但发了评论，还随即就在单聊里找她："哟，你一天天的，也吃太好了吧？"

叶蓁蓁看到就回了："一般一般，正常操作，其实是出差前给男朋友屯点粮。"

杜洋给她发笑脸："贤惠！啥时候请老同学去你家吃饭啊？"

"随时来。"

蓁蓁发完了这条，就等着，以她对杜洋的了解，这位无事不登三宝殿，绝不会因为真的看到吃食了就在上班时间跟她瞎聊，果然对面输入了半天，跳出一段："你老公现在在干吗呢，还愿意回来投资行业做吗？"

叶蓁蓁盯着这条信息琢磨了半天,她第一个念头是杜洋是不是记错了,什么叫现在在干吗,什么叫还愿意回来投资行业做,苏桐不是一直在投资行业做吗?

她心里莫名有点慌,手指轻轻抖着,想了半天回了几个字:"怎么这样问,有啥好机会吗?"

杜洋从文字里一点没感觉到她有什么异样,过了一会儿发了条语音过来。

"都一年多了,风头过了没事吧,要是有兴趣的话,要不要来我们冠平试试?今年扩张得很厉害,我们招聘压力大得不得了,猎头那边来的人也没什么好的,我了解了一下你们家苏桐,业内口碑很牛。我们大企业,做内投,他以前的事不影响,说不定可以从我们这儿东山再起呢。"

叶蓁蓁听完这一段,手一松,手机从耳边滚了下去,"当啷"一声落在地板上,她低头瞪着手机,心怦怦狂跳起来。窗外阳光正好,却有一阵一阵的寒意沿着脊椎爬上来,就像一条冰凉的小虫子,渐渐爬到了心上。

她呆了好一阵子,开始缓慢深呼吸,让自己镇定下来,而后捡起手机。杜洋在那段语音之后,还发了一句话:"咱们同学一场,要么帮我探探你老公口风?他要是愿意,我马上帮他安排面试。"

叶蓁蓁机械地回了一个"好的",而后整个人倒在了沙发上蜷缩起来,闭上眼睛,这一年来许多她当时不以为意的小小异状,此刻纷纷涌入脑海,如同几千片的拼图,再细微的一片,只要放在了合适的位置上,就能渲染出一大片有意义的场景。

印象最鲜明的,是最近苏桐回家吃饭的时间,越来越晚了。之前叶蓁蓁在创世和和合上班的时候,自己忙得脚不沾地,很多时候比苏桐回得更晚,男人既然都从不抱怨,这方面就完全没有显出问题。但她现在完全待在家里,感觉就大不一样了,经常等得抓心挠肺的,有时候还有点烦躁,心想怎么就那么多事呢?

这种模式其实不新鲜,苏桐在其他地方做项目的时候,叶蓁蓁也是这样等的,为什么那时候似乎并没有那么难受呢?

她归纳过原因,一部分是因为那时候自己一直都挺闲,闲习惯了,体会不到充实和懒散之间的差距有那么大;还有一部分是再晚都好,只要苏桐回到家,一定会跟她事无巨细汇报一天的工作。虽然有一些她其实都不太懂,只要她愿意听愿意问,他都一五一十地说,遇到了什么人,说过什么话,有什么片段特别有趣或者值得纪念,以及他在何时何地何等想她。

现在呢,好像没有了。

她一闲下来,当然就有更多时间,甚至于把全部心神都拿来关注爱人,因此就敏锐地感觉到了苏桐既忙又累的程度,已经超过了历史最高水平。

如果说一只"投资狗"既忙又累算是常态，那么至少叶蓁蓁是第一次发现苏桐有焦虑感。

从小到大苏桐都很少焦虑，他心力强大，处世态度又一向豁达，人生除死无大事，也有烦躁气馁的时候，但发自内心不怎么相信人生有什么真正过不去的坎。

所谓的焦虑，来自人知道自己生活中出现了却无法解决的那个问题，甚至有时候还无法定位那个问题，只是不断在被困扰。

在苏桐的生活里会有什么他识别和解决不了的问题呢？

叶蓁蓁有一种感觉，苏桐的焦虑，其实就是从上次出差去上海之后开始的，而后渐渐变得越来越明显。一开始她以为是因为自己遭遇袭击令苏桐不安，后来慢慢发现，不是，或者不完全是这么一回事。

她忍不住问过一两次，苏桐说是工作，还跟她道歉，说这段时间手上的那个项目，占据了他太多精力又没有结果，现在骑虎难下，非常麻烦，所以格外烦躁，如果情绪都带回家里了，让她一定原谅，但就是没有具体说到底是什么项目。

叶蓁蓁不是一个不依不饶的人，两个人在一起，再水乳交融，也还是两个独立的人，他既然不说，那大概就是不合适说，不会有其他理由，也许是万邦的项目现在要求对家属都要保密的呢。

可是从杜洋寥寥几句话，叶蓁蓁就明明白白地知道不是这么一回事。

他那么长时间绝口不提万邦，也不提自己到底在做什么，就是因为苏桐早就从万邦离开了，而且不是在正常状态下离开的，肯定是有相当严重的事发生。

可能是什么事，叶蓁蓁暂时还没想到，但她现在所纠结的，也根本不是这一点。

"为什么不告诉我？"

这七个字，在她脑子里反反复复浮现，就像飘浮在黑暗天空下的七个白色气球，醒目到无论如何都回避不了。

她和苏桐早恋，十几岁就在一起，从确立恋爱关系开始，彼此就是生命中最亲近的人，事无不可对彼此言，无论好坏。大到要出国留学，去哪里工作定居，小到吃哪家火锅打不打干碟，或者水喝太少了今天拉不出粑粑，凡是只和两个人相干的事，彼此信息基本都透明，有商有量。

怎么突然之间，职业生涯发生这么天翻地覆的变化，连杜洋都知道，她叶蓁蓁却被蒙在了鼓里呢？

她埋头在沙发垫子里，心乱如麻了好长一段时间，终于振作起来，抓起电话，拨给了苏桐。

铃声在那边一直响一直响，他没接电话，而后就自动挂断了。

叶蓁蓁抱着膝盖坐在沙发上，瞪着手机屏幕，挨了三分钟之后，再次打了过去，在等待中度过的三分钟，格外漫长，令人煎熬——向来理科成绩不怎么好的叶蓁蓁，此刻忽然对相对论有了一定程度的感性认识，但还是没人接。

这放在平常，不是什么大不了的事，她自己也有在忙的时候，手机开了静音或干脆没拿在手里，谁错过谁的一两个电话都正常，但她今天反应格外强烈，听到那边自动挂断的声音，忍不住都哭起来了。

越是平时感情好，就越是眼睛里容不下沙子，越是被宠爱，就越是接受不了落差。

蓁蓁抽抽噎噎地走到洗手间，拿起毛巾擦了一把脸，看着镜子里红红的眼睛，突然对自己生起气来，一把把毛巾摔到洗脸池里，然后走出去站在客厅中间，叉着腰，尝试着冷静下来。

"精确思考。"

她仿佛听到高佳妮在她耳边教她。

面对任何事，都不要被情绪挟持，要确认目标，要收集信息，要精确思考，要直接沟通。

解决问题四大要素，莫过如此。

那么，第一步是什么呢？第一步是确认目标。

她的目标是什么？是找到苏桐，了解到到底发生了什么事情。

第二步，收集信息，怎么收集信息？找苏桐去问，还是直接打电话给他万邦的同事？

叶蓁蓁马上否决了第二个选项，既然已经一年多了，现在去找万邦的人，那不是"啪啪"打苏桐的脸吗？这么大的事，连女朋友都不告诉，这男人怎么回事？

她想象得出来那些人的反应，不管发生了什么事，苏桐都是她的人，她不会让外人有机会在背后泼他污水。

最好的办法，当然是直接去问苏桐。

可是现在他没接电话，他为什么不接电话？如果他不接电话，要怎么才能找到他？

叶蓁蓁知道万邦的地址，但现在呢？他如果离开了一年多，还是那么忙，他去了哪儿上班呢？

她想到这里眼泪一颗一颗往下滚，自己居然不知道苏桐一年多了在哪里上班，这个想法就跟刀子一样，一下下刺痛她的心。

亏他们青梅竹马，相亲相爱；亏他们朝夕相处，亲密无间；亏他永远在说，时时刻刻在说"小包子，你是我的至爱，我什么都愿意为你做"。

她却不知道这一年多他在哪里上班，为了什么而奔波，一斤斤地掉肉。

叶蓁蓁跑回洗手间，用冷水又洗了一把脸，再次强迫自己进入有逻辑的解决问题的步骤。这一刻她极度感激高佳妮，如果是一年多前的叶蓁蓁，也许此时只会因为生气把家里东西全部砸烂，脑子却直接当机停转。

好了，第三步呢，第三步是什么，精确思考，精确思考。

她闭上了眼睛集中注意力，回想这一年多的点点滴滴，从那些蛛丝马迹、只言片语中，搜索与苏桐这一年多行踪有关的信息。

然后她捕捉到了三个字：创业园。

至少有三次，苏桐在跟她说第二天自己的行程，或者计划两个人行程的时候，提到过从东边的创业园出发。

她当时听了完全没有察觉任何问题，因为真的是没有问题啊，一个做投资的人跑创业园，不是天经地义吗？

但现在想想，也许他就在那里上班。

创业园那么大，具体应该去哪里找呢？蓁蓁继续想，但这一次无论如何都没有线索了。她看了一眼窗外，还不到五点，交通高峰期还没有来，如果她动作够快的话，可以赶在下班时间之前到那边。

到那边之后还能干什么，她其实不知道，可是她更不能接受在这里坐着等。

她又打了一次电话，苏桐还是没有接。

叶蓁蓁走进卧室，机械地找了一条裤子和一件上衣穿上，出门叫了车，在车上盯着前方的道路，脑子里一片空白。

八卦故事里那些查到了老公金屋藏娇之所，前去捉奸的女人，她们在奔赴现场的路上，心里在想什么呢？

怨恨，亢奋，满怀愤怒，还是像叶蓁蓁一样，其实内心都是深深的恐惧？

不要让我看到不好的东西，不要让我找到不好的东西，不要让我失望到无法复原，不要让我伤心。

她小声地念叨着，一个既不信佛，也不信教的人，就这样虔诚地、认真地向某一位怜悯世人疾苦的神祈祷。

快要接近创业园的时候，司机问她："小姐，你从创业园哪个门进去呢？这里好几个门呢。"

她愣了一下，正要说随便哪个门，忽然脑海中某一处有一个声音冒出来，说："创业园三号门进来，第一栋楼门口停就行了，有一个四平的牌子很明显。"

她在何时何地听到这句话的一时想不起来，为什么会记得住，也没有任何线索。

但就在此刻端端正正冒了出来，给她指明了方向。

"三号门，第一栋楼停吧，谢谢啊。"

她下了车，果然在那栋楼上面，看到了一个很大的公司牌子，确实是"四平"两个字。

叶蓁蓁走进那栋楼，按照门口指示牌的指引，走到了四平的大门口，她站在那儿往里看，与和合甚至创世相比，这里的办公室显得稍有点局促，工位彼此之间紧紧连接着，几乎没有任何华而不实的东西，就连墙角的绿植都极为精悍，显然整体设计的首要原则是尽可能有效地利用空间。

但和不算高大上的办公环境相比，这里的员工倒非常有工作热情，眼看已经快到下班时间了，里面的人丝毫都没有动身回家的意思，全都在聚精会神埋头干活，不时传来热烈的交谈声，而起身去其他地方的人也都选择一溜小跑，似乎生怕浪费时间。

她站在那儿看了好一阵子，前台埋头做事的小姑娘终于注意到了她，于是问："您好，请问找哪位？"

叶蓁蓁犹豫了一下，说："我找苏桐。"

说出这四个字的时候，她其实不是那么确定，是希望对方说"我们这里没有这个人呢"，还是说"您等等，我让他出来接您"。

但这两句话对方都没有说，而是说："苏总出去了，您要么等一等，要么跟他另外约时间吧。"

叶蓁蓁勉强打起精神来，对前台笑笑："好的，谢谢你。"

她刚要转身离开，忽然有人说："请问你找苏哥有什么事吗？"

这把声线似曾相识。

电光石火之间，叶蓁蓁就想起来了，这就是说"创业园三号门进来"那句话的声音，是从苏桐的电话里听到的声音。

她转过身，看见了杨子意。

两个女人的视线相遇的瞬间，杨子意立刻知道了叶蓁蓁是谁，而叶蓁蓁呢，则从眼前这个身材纤细、容貌娇美的女人眼中，感觉到了极为鲜明的一丝敌意。

这实在不多见。

罗西不喜欢她，就像高佳妮说的，那是恨屋及乌，不可解不可逆，但素昧平生的人第一次见面就不喜欢叶蓁蓁的，几乎没有。

她立刻提起了警惕。

杨子意迎着她注视的眼神走了过来："苏哥出去了，有什么事我可以帮你吗？"

叶蓁蓁努力平静下来："我是他女朋友，来看看他。"

杨子意做了一个惊讶的表情,而后露出微笑:"哟,从来没听说过苏哥有女朋友呢。"她转身做了一个请的手势,"进去参观一下吧。"

叶蓁蓁裹了一下上衣,这是她有点气馁的表现,出来得太匆忙了又没心思打扮,素面朝天配上现在这一身,实在说不上体面,非要比的话,她在杨子意面前已经落了下风,而且杨子意也明显注意到了。

经过Spencer的训练,她也渐渐认同了一点:人靠衣装是有科学道理的,明星也好,Idol也好,一个人所谓的气场、气势,不可能浑然天成,最早都是装出来的,你装得越像,装得越久,越会习惯那种光芒万丈的感觉,成为一个完全不同的自我,也就渐渐忘记了从前窘迫不堪的模样。

杨子意带着她穿过办公室大厅,来到了苏桐的办公室,那张单人工位还是在,和苏桐的办公桌贴在一起。她给叶蓁蓁介绍:"这是我的座位,"指了指对面,"那是苏哥的。"

叶蓁蓁看着她:"你是苏桐的同事吗?"

杨子意笑得很亲切:"不只是同事啦,我们是拍档,也是最亲近的人。"她仿佛是毫不在意地提起,"苏哥从万邦离开,就是为了我。"

她对叶蓁蓁笑笑:"他没跟你说吧,我老板想追我,苏哥受不了这个,帮我出头,我们就一起走了。"

然后她像是想起了什么似的:"我去给你倒杯水,你坐坐吧。"转身走了。

叶蓁蓁站在门口,打量着面前这间小办公室,联想到杜洋所提供的信息,杨子意关于苏桐离职的说法听起来简直再符合逻辑不过——否则苏桐真的是做得好好的,有什么可能突然和万邦一刀两断,而且还不能让叶蓁蓁知道呢?

她的心像石头一样沉了下去,可是她不能当着杨子意表现出来,所谓"输人不输阵",无论脑海里现在多么混乱,她知道自己最少要保持镇静。

她绕过那个单人工位,瞥了一眼,单人工位上都是女孩子才会摆的各种小东西,而那张大一点的桌子就很空,正中放着一本很大的蓝色皮封面笔记本。

这个笔记本是苏桐的,叶蓁蓁认识,他经常带回家,随手翻开,果然看到了熟悉的、大刀阔斧的字迹。

除此之外,桌上还放着一个白色的茶杯,有个鹿角当把手,叶蓁蓁忽然就想起,自己和苏桐一起买的那个红杯子呢?

无论苏桐做项目做到哪个城市,去什么公司上班,他唯一真正意义上的私人物品,就是那个杯子。是不是真的喜欢那个杯子很难说,不太像他的风格,但因为和叶蓁蓁用的是一对,也就从来没有落下过。

她心里怦怦急跳，不知道为什么突然就慌张起来，急忙扭头在书架和文件架上找那个杯子的影子，甚至还弯腰去看办公桌下的抽屉隔层上有没有，她知道苏桐经常仰面靠在椅子上想事情，喝完水，可能随手就会放在隔层上。

但到处都没有，但在办公桌下的阴影里，她看到一个小书报架，随手拖出来，看到里面有一件白色衣服，叶蓁蓁看了一眼，是女式的。

这时候杨子意走了进来，看到叶蓁蓁手里的衣服，"哎哟"一声："不好意思，我老是随便放东西。"她把手里的水杯放在桌上，走过来接过裙子，看了看，"这么脏了都，不要了。"随手扔进了垃圾桶里。

叶蓁蓁目不转睛地看着她，没沉住气，突然问："苏桐的杯子呢？"

杨子意微微一愣："什么杯子？"

"一个红色的水杯。"

杨子意做出恍然大悟的样子："哦，那个啊，他说那个杯子不好用，扔掉了，让我另外给他买了一个。"指了指那个白色的，把手是一个鹿角的杯子，"那个是我买的。"

一阵血冲到了头顶，叶蓁蓁下意识地反驳："不可能。"这是她到目前为止，唯一失态的时刻。

杨子意耸耸肩："有什么不可能，一个杯子而已，不喜欢就换一个嘛。"

叶蓁蓁一口气闷在胸口，但她努力让自己平静下来，看了看周围："你说你们是拍档啊？"

杨子意笑："是啊。"她加重了语气，"从万邦到这里，一直都是拍档。"

她从自己桌上拿了一张名片，递过去给叶蓁蓁："请多指教啊。"

叶蓁蓁机械地接过去，在名片上看到了四平公司的名字、杨子意的名字、财务总监的头衔，以及电话。

记忆里有更多的泡泡冒出来，那是一个叫作"意意爱夕颜"的微信ID，空空如也地浮在苏桐的微信页面里，还有深夜里不断打过来又挂断的电话，就是眼前这个号码。

她再也忍不住了，把名片放到桌面上，转身走了出去，杨子意却没有想对方就这么轻易放过她，立刻跟着追了出去，一直追到四平办公室的外面，没有其他人会看到她们了，杨子意才叫了一声："叶小姐。"

叶蓁蓁一惊，停下脚步回过身来，杨子意就站在离她大概半米的地方，她身量较叶蓁蓁要高，又穿了高跟鞋，现在的态势，就是典型的居高临下。

"你姓叶，对吗？"杨子意问。

叶蓁蓁退后一步，抬头看了她一眼，即使在这样心乱如麻的时刻，她也记得有人教过她，在一段对抗性的谈话中，永远不要顺着对方的话题走，无论如何都要掌握主动。

所以她努力镇定自己，问："你有事儿吗？"

杨子意一愣，然后说："我跟着苏哥很久了，在万邦他为我被开除，在一家英文学校做了一段时间，然后来了四平，一直到现在，我们一直合作得非常好。"

杨子意一边说，一边紧紧盯着叶蓁蓁的脸，从她的表情和眼神里看得出来，这一切都是新信息，而且是能够让两个本来极其亲密的人之间彻底蒙上阴影的致命信息。

每一个字都变成出膛的子弹，向叶蓁蓁狂轰滥炸，这个平时受尽宠爱、无所畏惧的女人，突然之间像是深深陷身于冰原裂缝之中，从身到心都在凉透。

杨子意心中涌起狂喜，就像打网球比赛一样，如果说长期以来她拼命争取的是入场的资格，那么现在，她却突然拿到了一个赛点。

假设，即使只是假设，能够让苏桐和叶蓁蓁之间的信任破裂，甚至不需要破裂，只需要他们之间有一点点分化和阴霾，她今天就赢了，接下来要做的，只是耐心地等待那一点点分化和阴霾在天长日久之中成长和壮大。她不怕等，她有足够的时间等，天荒地老，海枯石烂，都没关系，她会一直在苏桐的身边，直到有一天他终于认识到，杨子意才是他真正应该携手并肩过人生的人。

她加重了语气："看你的表情，这一切你好像都不知道。叶小姐，如果真的是这样，你和苏哥就根本不合适。"

叶蓁蓁几乎是拼了命地压抑着自己的情绪，也没有回避杨子意直视她的眼神，但她微微带着颤抖的回应还是出卖了她："是吗？"

杨子意双手抱在胸前，语气开始变得激烈。

"从万邦离开这一年多，苏哥过的什么日子你知道吗？他每天工作十四个小时，有的时候一天下来一口饭都没时间吃，连洗手间都没工夫上，每天焦虑得像热锅上的蚂蚁。公司最近遇到现金流问题，苏哥说他做梦都梦到钱，他累成这个样子的时候，你在干什么呢？你打电话给他抱怨他回家太晚，你遇到一点小事就跟他哭诉半天，根本不管他是不是在开会。你满脑子想着买房子结婚的事，沉浸在自己的那点小世界里，不知道人间疾苦，也不知道体谅他的疾苦。"她的语气极其讽刺，"苏哥这么有雄心的男人，跟你这样的小公主在一起，只会被拖累，你难道不明白吗？"

叶蓁蓁根本没想到会从一个陌生人那里听到这样的指责，她真的一时反应不过来，甚至还笑了一下："你很了解他吗？"

这稍纵即逝的笑声激怒了杨子意，她提高了声音："我当然了解他。我跟他天天在一起工作,他的焦虑、辛苦,还有必须要面对你、对你交代的压力,你根本没有丝毫感觉。在你心里,大概想的只是让他把挣的钱全部上交,好买房子,让你过上好日子,其他都不重要,对吗?"

叶蓁蓁像被一把刀刺中了,她捏紧手机,她感觉到自己的脚趾开始发麻,在非常紧张的时候,她身体的某一个部位就会开始发麻。就像高一某一个下午,在漫天夕阳之下,苏桐对她告白;就像高考之前,她发着39℃的高烧走进考场;就像苏桐告诉她自己下个月就要去美国留学,一年只能见两次面。在那些时候,与麻木感联袂而来的,是像棉絮一样难以排解和消化的恶劣情绪,堆积在胸口,随时会变成眼泪和咆哮,喷薄而出。

但那是什么时候了?十年前还是五年前?而今天呢?

她轻轻闭了一下眼睛,避开杨子意对她的逼视,与此同时心里默念,我已经不是十年前的叶蓁蓁了,我长大了,我不再是一个害怕高考和男朋友离开自己的小女孩了。我是一个大人。

一个句子跳进她脑海里,特别有力量:我他妈可是和合的助理总裁啊!

原来头衔真的是有力量的。

然后她就自然想到,是谁让她成为和合的助理总裁的,又是谁,在她认识的人里面,在任何事,或至少是绝大部分事情面前,最不像一个小女孩的。

当然是高佳妮。

人在着急的时候,往往会模仿自己所尊敬与信任的人。因此不知不觉间,叶蓁蓁开始模仿高佳妮说话的语气,永远是平静的,说话说得不快,可是每一句话的声调都上扬,字字清晰,不容置疑,这是掌握决定权的人惯用的说话方式。

因此叶蓁蓁睁开了眼睛,从容地说:"我和苏桐的事,和你没关系,不劳你评判。"

杨子意在最昂扬的时候,出其不意被反击,立刻就怔了一下。

根据从苏桐那里了解到的有限的信息,以及自己的揣测,在她心目中的叶蓁蓁,真的就是一个娇生惯养的白富美,是被父母和男朋友捧在手心里溺爱得根本不食人间烟火的小公主。在大学里、工作里,她见过不少这样的姑娘,天下太平的时候,谁都没有她们过得惬意,可是一旦有事发生,尤其是当她们失去那些自己本来理所当然拥有的东西,小公主们就会从天堂跌落泥坑,一夜之间就变得什么都不是。

而她们保护自己的手段,只不过是哭、大喊大叫,甚至自残,就像婴儿一样,以为自己还是世界的中心,只要要求得足够激烈,就又能得回从前的一切。

杨子意从来都看不起这一类女人,她也有资格这样想,因为无论是感情还是工作,那些人在她面前,往往也都没有竞争力。

可是叶蓁蓁刚才那一句话,竟然就把她主动进攻的位置给消解了,她的意思非常明确:叶蓁蓁和苏桐是一头的,而她是外人,因此叶蓁蓁根本不需要严肃对待她的控诉,无论现在她说什么,只不过是多管闲事。

四两拨千斤,是教科书级别的应对,但杨子意认为这只是误打误撞,是被逼急了的发挥。

她现在的当务之急,是一定要让叶蓁蓁相信她和苏桐之间有不清白,唯其如此,叶蓁蓁和苏桐的关系,才会变得不纯粹。

诚然世上几乎所有东西都是不纯粹的,人与人之间的感情尤其如此,黑与白都非常罕见,唯独灰色阴影覆盖山川江水,亘古不变。

投资这一行,见到的人性是最真实的,因此要学习人性也最快,无论是光明的,还是黑暗的,如何观察、如何鉴别、如何利用,都在其中。

杨子意一直都是好学生,她学得很快。

因此她在叶蓁蓁话音落下的几秒钟内便打定了主意,以坚定的声音回敬:"他的事,现在都是我的事了。"

她出其不意地拿出了自己最有力的武器:"对了,你不如回去看看苏哥的银行账户吧,最近公司情况不好,他追加了一笔投资,你应该知道他用自己挣来的钱做了什么,是给你买房子过日子了呢,还是跟我一起投资了共同的事业。"

从某种程度上来说,她说得也是正确的:"你了解他的话,就会知道事业对他来说最重要。"她加重了语气,"我们朝朝暮暮工作在一起,都是这家公司的股东,他为我付出太多太多,叶小姐,不管你怎么自我安慰,你不是他生活里最重要的人。"

叶蓁蓁沉默了一会儿,轻轻点点头:"我听到了。"她保持着礼貌,甚至还说了再见才转身离开,留下杨子意在背后注视着她的身影,唇边露出了快意而恍惚的笑容。

叶蓁蓁拖着脚步走出四平,一直走出了创业园大门老远,直到她百分之百确认杨子意没有在她背后看着她,这才在街道旁边一屁股坐下来。她双手紧紧握在一起,放在膝盖上,把头埋起来,在夏日的晚风里,她一阵儿一阵儿地出冷汗,心就像被什么东西紧紧捆绑起来了,不再供应氧气,因此感到窒息。

她拿出手机,给苏桐打电话,现在说什么、做什么,统统都没有用,这个世界上唯一能救她的,只有苏桐的声音,她必须要马上见到苏桐,要听到他亲口说出所有的真相,无论他怎么说,她都会选择相信。

可是如果真相太过残酷呢？她会不会选择接受，又能不能原谅呢？

叶蓁蓁一时间没有余地去想这么长远，她的手颤抖得厉害，像提前四十年发了脑出血似的，耳中听着电话铃声在那边响，一遍又一遍。

就是无人接听。

一遍又一遍，无人接听。

她茫然地抬起头来，看着车水马龙的街道。下班高峰期，所有的车子都在磨蹭着向前，车上坐着的每一个人，都有自己的心事，也有自己的去向。她呢，她现在去哪里好？

在街边坐了很久，直到夜幕即将降临，一辆出租车刚好就停在她面前，有人下来，诧异地看了她一眼就走了。叶蓁蓁鼓起勇气站起来，拉住了那扇车门，用干哑的声音向司机说出了家里的地址。

那些菜还好好放着，早就凉了，早上晾的衣服摇曳在阳台上。叶蓁蓁失魂落魄地进了门，连鞋子都没脱，转了两圈，接着她打开家里的电脑，登录了苏桐的网银。

账户余额：0。

账户明细显示，将近五百万的存款，一笔笔汇往了四平，就是上个月发生的事，和杨子意说的分毫不差。

叶蓁蓁颓然坐在电脑前，眼前一阵阵发黑。

她想起自己前几天还拖着苏桐去看家具，这两个月房子就要开卖了，又是现房，装修的事情要提上日程才行，不然那些好的装修公司太多人抢，临时排期根本就排不上。苏桐全程不怎么说话，她没觉得有什么异样，反正跟家里有关的事，苏桐一向都是听她的，他总是说自己的意见有没有不重要，最重要的是女朋友开心。

这句话配合现在的银行账户余额来看，突然变得何等可笑。

她跌跌撞撞地回到卧室，躺在床上，抓了一个枕头压住自己的脸，一时间她也哭不出来，因为恐惧与震惊太强烈了，大脑似乎还没有回过神来。

从万邦辞职。

杨子意，那个熟悉的号码，那些被删掉的对话。

买婚房的钱拿去投公司。

都！没！告！诉！我！

每一件事，都颠覆了叶蓁蓁对苏桐多年的认知、多年的信任。

信任无形无感，缥缈不堪琢磨。信任又难以累积与建设，有时候需要一个人付出毕生的努力，有时候需要一个人完全牺牲自己。而要打破的话，只不过一击就足够了。

叶蓁蓁在家里像个植物人一样无声无息地躺着，她感觉不到饿和渴，也感觉不到自己嘴唇干燥，脸色苍白。手机在旁边放着，她全副身心都在屏息等待，等待苏桐打回电话给她，等待一个至少可以让她有所反应的信号。

但夜色一直深下去，等待的却一直没有来，最后当铃声响起，她连滚带爬接起来时，发现是唐洛，告诉她十五分钟之后车子就到门口，让她看着时间带上行李去小区门口等。

大少爷显然为巴黎之行而兴高采烈，噼里啪啦自己说完就挂了，根本没注意到叶蓁蓁机械的应答有什么异样。等她上车了，他一看她那个脸色，兔子一样的红眼睛，乱蓬蓬的头发，知道的是出差，不知道的以为她要去偷渡呢，跟平常上班讲究起来的样子简直天差地别，就知道不对了。

他马上问："怎么了？"

叶蓁蓁又鼻子一酸，但唐洛可不是苏桐，对女孩子的眼泪一点都不耐烦："得得得，好好说话。"

叶蓁蓁擦了一把鼻涕，什么形象都不顾了，真没把唐洛当外人，本来觉得这是私事，有心想不说的，但唐洛再多问一句，她的苦水就全倒出来了。

饶是这样，她也不愿意把苏桐说得像个小人，杨子意的部分就略过了，光说苏桐从万邦辞职不告诉她，又把家里全部的钱拿去开投资公司，也不告诉她。她越说越伤心，拉不下脸在唐洛面前哭号，还得忍着眼泪，断断续续地说得很辛苦。

结果唐洛听完不以为然："多大一件事？"

他以实际行动诠释什么叫作"有钱就是可以为所欲为"："买房子全款要多少钱？让我妈给你呗。"

叶蓁蓁瞪他："胡说。"

唐洛觉得自己一点没胡说："你去跟我妈说她肯定也是这个态度，而且会说最好买个大一点儿的，不然住起来不舒服，她最讨厌小房子。"

叶蓁蓁嘀咕："小唐总！这是一码事吗？"

她闷闷不乐地看着窗外："他以前什么都跟我说的。"说完就发起呆来。

这句话简简单单的，却透着昨是今非的凄凉，让唐洛都叹了一口气，他于是问了一句关键的："你男朋友呢，没跟你解释？"

叶蓁蓁摇头："可能开会去了，打电话不接。"

唐洛不以为然："开到这个点？什么会，在别人床上开的会吗？"

叶蓁蓁给他气死："说啥呢？"她本能地还是要为苏桐争辩，"他说开会就是开会去了，开到这个点也很正常啊。"又嘀嘀咕咕的，"我们自己开会不也会开到这么晚？"

唐洛瞅着她，拖长声音："行嘞，你愿意这么想就行。"

他们在车上陷入了沉默，司机开得很快，转眼上了机场高速，没多久就要到航站楼了。叶蓁蓁不时看一眼手机，每次看都失望，苏桐既没有回电话，也没有发短信，令她心里跟猫抓一样难受。她其实有心继续连环夺命Call，但理智告诉她这必然是徒劳的，苏桐但凡能接电话，就肯定会马上回电话——这一点儿笃定，不管怎么样叶蓁蓁还是有的。

她又看了一次手机之后，突然问唐洛："小唐总，万一我跟我男朋友完了，那以后怎么办啊？"

唐洛直接就乐了："什么叫怎么办？世界这么大，癞蛤蟆都没有男人多，再找啊，总有你喜欢的。"

叶蓁蓁没笑，她低着头看自己的手，好像在想这句话的意思，长长的沉默之后说："不可能的。如果我和苏桐完了，我就不可能再喜欢任何人了。"

他们的航班准点起飞，起飞前叶蓁蓁忍不住又打了一次苏桐的电话，还是没人接，心情可以说跌到了谷底，在这样的心情下，她在关机前发出了最后一条信息：苏桐，你为什么要骗我？

两个人之间私下说话，这是她十几年以来第一次连名带姓叫苏桐。

第二十八章
好好体会一下美妙的巴黎吧

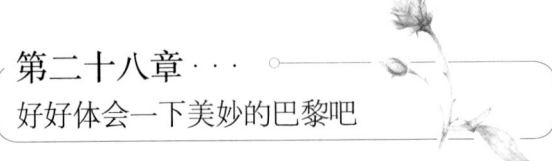

从北京飞巴黎十一个小时，唐在云没让唐洛用私人飞机，说太高调，Florence于是给两个人买了头等舱机票，这对叶蓁蓁来说是初体验。

她以前一年去好几次美国看苏桐，都是买最便宜的经济舱，有时候落地了腿都是麻的。再后来苏桐能挣钱了，有几次两个人一起出去玩，一咬牙一跺脚买了商务舱，有张椅子能躺下，三餐有头盘有甜品一道道上菜，味道也还行，满意度已经非常高了。现在上飞机一看，头等舱座位居然直接就是一个房间，有一张正经沙发床，有桌子、椅子和电视，人家还给发整套的真丝睡衣和洗漱用品，菜单看起来跟高级餐厅一样高大上，忍不住注意力就给分散了一会儿，但也就只有那么一会儿。

接下来十个小时，她躺着坐着吃着都心不在焉，从头到尾一点睡意都没有，脑子里光在想苏桐是什么情况了，各种版本的故事和结局原原本本想了好几个回合，没有一个版本是让人高兴的。她最后下飞机的时候，眼睛比出发的时候更红，整个人蔫头巴脑到了极限，活像一兜子咸菜。

她一走出飞机就迫不及待开了手机，站在等待过海关的队伍里屏息静气，盯着短信界面不放，着急想知道苏桐回电话回短信没有，盯着盯着吧，又有点胆怯，所以眼神不时游离到其他地方，放空一会儿，忍不住了又看回来。

越是这样着急，世界就越是各种跟你不对付。平常别管去哪儿，国内国外，一落地那短信"唰唰"的，领馆电话啦、拨号规则啦、当地名胜啦，来个没完。就从北京去个广州，移动都要表示一下欢迎来羊城，请不要随便搭黑车，要去游白云山请联系正规旅行社什么的。

今天却始终是沉默、沉默、沉默，害得叶蓁蓁使劲儿安慰自己，这就是通信网络一时没连上，苏桐的消息和中国移动的温馨提醒都还在空中奋力挣扎，只是迟到，不可能不到。

她心里这么七上八下，唐洛在旁边观察她的表情，冷不丁说："你是想抢前面那个黑大哥的包吗？"

叶蓁蓁说："啥？"

"不然你老瞄人家裤袋干吗？"

他们前面确实是排着一个个子高大的黑人，一个LV老花钱包插在牛仔裤后面口袋，露出一大半。以唐洛在欧洲，特别是在巴黎生活的经验，这简直就是拿个高音喇叭在对满街晃悠的小偷们发出派对邀请，不来顺一下都不好意思。

叶蓁蓁盯着那个钱包看了半天，心痒痒想上去提醒人家收收好，被唐洛一把拎住："少多管闲事。"

他顺手还把她手机抢了："你现在一副六神无主、心里有鬼的模样，天晓得你是运毒还是人弹，给安保注意到了一会儿肯定要细查你，浪费时间，别看了。"

他一下把手机揣进兜里了："有电话进来我再给你。"

叶蓁蓁寻思着，这个场合跟唐洛打起来实属不方便，反正信号一直没通，手机给他拿了就拿了吧。于是她站在那儿，也没精神多少，呆若木鸡地，唐洛推她一步走一步。

折腾了一个多小时出了关，安排好的车接上他们直奔酒店，这次还是住的老丽思，多订了一晚房间，所以可以马上入住。办手续、订迷你吧的食品酒水、要什么附加服务，一条龙下来唐洛门儿清，比在北京和合总部里干坐着玩游戏的时候感觉有用多了。

唐洛忙这些的时候，叶蓁蓁站在酒店大门口往外张望。清晨的巴黎，如同红舞女褪尽浓妆将息下来，缱绻而慵懒，加上天气阴，光霭茫茫，苍然世外，简直如梦如幻。

她望着远处华丽的建筑，想起自己和苏桐约定的蜜月就是要在欧洲深度游。具体深度的方式是找几个举世闻名的城市找个小房子住下来，跟当地人一样天天去超市，骑车走路逛大街，花一天时间在香榭丽舍大街坐着喝一杯咖啡什么的，说起来一套一套的，感觉特有文艺范儿。

苏桐本着自己对叶小姐的多年了解，指出她对法餐的容忍程度最多不超过三天，第四天不去找中餐他绝对上派出所主动申请冠夫人姓，反正叶桐也是个好名字，一家植物不分彼此。

叶蓁蓁勇敢地接受了这个法餐作战大挑战，但是马上又问他带自助火锅加菜行不行，苏桐说当然不行，这是赤裸裸的作弊。

现在言犹在耳，自己来了巴黎，身边的人却居然不是苏桐，这感觉简直怪异。

这时候唐洛走出来问她："你想去休息呢，还是去逛逛？"

叶蓁蓁上下打量了他一眼："行李呢？"

"礼宾送房间了。"

行李送房间了人在这儿，想干什么还不是昭然若揭啊，她没好气："所以就是要去逛逛咯？"

唐洛打个响指："太巧了，我也是这样想的。"

叶蓁蓁仰天长叹："哪里巧了？"

唐洛还加一句："你不是没来过巴黎嘛，我这是为你好。"

叶蓁蓁没精打采地答应了一声，抬腿就要走，被唐洛拦住了："你就这样出去？"

"怎么了？"

叶蓁蓁看看自己，为了坐长途飞机，穿的是舒服的运动裤、套头衫，里面的文胸都是运动款的，不刚好适合出去走吗？

"你现在人在巴黎，等一下在街上会遇到不少大美人，你这个样子好意思吗？"

叶蓁蓁奋起反击："我就不换。你能怎样？"

唐洛耸耸肩："我妈还说给你请了形象管理老师，看来全浪费了。你别不信，陌生人就算了，还有可能会遇到我的前女友们。人家看到我跟你这样的出门，会生气的。"

不知道是不是水土的原因，叶蓁蓁发现唐洛到巴黎之后话变得很多，这一点叫人头疼，还不如跟在中国的时候一样面瘫不出声呢。

她吼了出来："什么叫我这样的，人有啥好生气的，老子是你助理好吗？"

然后她反应了过来："你有多少前女友啊，上街都能随便碰到一个？"

唐洛来真的，还扳手指头："巴黎一二十个总有吧，米兰最多，我比较喜意大利，那边的本地模特比较好看。"很理所当然似的。

叶蓁蓁泄气了，对这位少爷的光辉往事不做评价，只摆摆手："算了，咱们不是一路人，走吧。"一边走一边想起来了，问，"给你妈妈报平安了吗？"

唐洛点头："报了，连住哪儿都说了，免得她又提心吊胆的。"

叶蓁蓁有点意外："可以啊，孩子懂事了啊。"

唐洛让她滚。

虽说一到法国唐洛就在叶蓁蓁面前装大尾巴狼,但他对巴黎的了解真不是瞎编的,难怪既不带随从也不让找地陪,敢情他自己就是资深的地陪。

Florence从国内提前给他租好了车,唐洛连导航都不用开,带着叶蓁蓁走街串巷,哪哪都熟,带她看这个吃那个的,全程心情都非常愉快。一会儿教叶蓁蓁怎么起出芝士蜗牛,怎么分辨牛排好坏,怎么配酒和甜点;一会儿跟她说某个从窗户边一掠而过的雕塑是什么来历,但没多久就发现自己全部是在对牛弹琴。

事实证明苏桐当初对叶蓁蓁能撑过三天法餐的估计太乐观了,因为她从第二顿起就开始不停问:"哪儿有中餐啊,越南河粉也行啊?那里有个日本餐厅,我们进去叫个乌冬面或者寿司吧。"被唐洛深深地鄙视。

哪怕真的吃乌冬面或者中餐,其实她也是食不下咽的,对巴黎驰名的美景也是视而不见,脑子里光在想苏桐有没有找她,到底他会怎么解释。之所以只能想,是因为每次她跟唐洛要手机,唐洛都拒绝她:"玩什么手机,好好体会一下美妙的巴黎吧。"

"给我啊——"

"不给。"

"给我给我。"

"你够得着我就给。"唐洛手一举起来有两米多,气得一米六五的叶蓁蓁直蹦跶。

打又打不过,抢又抢不到,叶蓁蓁一点办法没有。

到了巴黎当地时间晚上五点,也就是北京时间晚上十二点,她和苏桐完全不联系的状态已经超过了二十四小时,已经逼近叶蓁蓁的极限。

这可是十几年来从来没有发生过的事。

他们当时在香榭丽舍大街的一家咖啡馆坐着,唐洛总算从故地重游的激情中稍微恢复了一点,也就是说,他终于消停了一点,不再兴致勃勃想每隔一小时就去干点什么新鲜事了。

叶蓁蓁对他下了最后通牒:"手机给我!不然我就去另外买一个啦。"

唐洛这次倒是一点没犹豫,从裤袋里掏出电话"啪"地就放她手上:"一直震。"

叶蓁蓁瞪大了眼睛:"什么?"

唐洛很理所当然的:"一直震啊,震一天了。"

"那你不给我?"

唐洛喝着咖啡,从杯子上方看了她一眼:"我故意的。"

叶蓁蓁想要晕死过去："你有毛病啊？"

唐洛认为自己没有，还对她苦口婆心地开启劝说模式："我是为你好，上次不是跟你说了吗，干吗要对感情那么认真呢？"

他看着街上来来往往的人。初夏是欧洲最好的季节，尤其是巴黎，天气非常舒适，度假的高峰期又还没有来，热闹程度刚刚好。

小唐总在这么美好的环境里，对真爱进行了全盘否定："你这么在乎你男朋友骗不骗你的，是因为你相信真爱，我没说错吧？问题在于根本没有真爱这种事啊，你明不明白？生物学上来说，男的天生寻求多伴侣，女性天生寻求强伴侣，只要脑子里有补充够了多巴胺、肾上腺素、内啡肽、苯基乙胺和脑下垂体后叶荷尔蒙这五种激素，你分分钟都在谈恋爱，跟谁都没关系。"

"胡扯吧你就。"

"第一，我有科学根据，真的一点没胡扯；第二呢，我约会过不少有夫之妇，跟老公关系都不错，跟我玩得正开心呢，男人打电话过来，接起来就'Babe, sweetie, 你想我了吗，我也爱你'，电话一挂继续玩。换了你遇到过这样的，你也跟我一样想。"

"呸，幸好我没遇到过。"

唐洛不在乎自己被呸，站在理论与实践高度结合的基础上发表了总结："总之，想开一点，别较劲，这玩意儿真不值得。"

这些话换在一天之前能被叶蓁蓁喷得体无完肤，摆事实、讲道理，直抒胸臆，不慷慨激昂、声情并茂演个两小时打不住，但现在呢，她就硬是哑口无言。不管想要说什么，昨天所发现的一切都化身为一块顶天立地的指示牌，上面镶嵌着一个巨大的问号，在脑海中轰然砸下，无声地发出质疑。

她只好苦笑着猛灌了几口咖啡，苦得眉头都皱起来了。

唐洛一脸恨铁不成钢地看着她："这个蓝山很正宗的，在国内基本都喝不到，你这个样子糟蹋东西，你是牛吗？"

叶蓁蓁有气无力："小唐总，你到了巴黎之后变得很讨厌，你知道吗？"

唐洛才不怕人讨厌呢，继续悠然自得地看街边走来走去的人，还对穿得特别少的好看姑娘吹口哨。

叶蓁蓁就完全不理他了，急急忙忙打开手机。

短信告诉她，苏桐在国内时间今天凌晨打了三次电话给她，然后肯定就醒悟过来了，记起她在飞机上，于是停下了。

航班落地一小时后，又开始打，这一次很稳定，每隔半小时打一次，最后一次是十五分钟之前。

信息里问她到了没有,然后就问怎么不接电话,然后就说:"小包子你接电话,不管什么事你也要听我说啊。"

最后一条简单明了:"我找高姐问了你在巴黎的酒店地址,我马上过来。"后面粘贴了他航班的信息。

她盯着那条信息看,整个人忽然松了一口气,坐姿自然而然也往下出溜了一半,瘫在椅子上,这些身体语言昭然若揭,唐洛马上就明白了:"男朋友跟你鬼哭狼嚎求饶了吧?"他居然还沾沾自喜,"都是我的功劳。"

叶蓁蓁瞄他:"十处打锣,九处有你,凭什么是你的功劳?"

唐洛认为理应如此:"不是我把你手机拿了,你早心急火燎跟他说上话了,情绪不冷静,国际长途信号又一般,很容易造成误会的。"

"小唐总,你是认真的啊?"

"可不?"

"这都行?"

唐洛再次显示了自己在男女关系中的战术修养:"我告诉你吧,我睡过的姑娘比你见过的都多,不管是什么样的,生气了马上就去哄的话,要花十倍的精力,带来十倍的麻烦,干脆利落先晾上两三个月呢,再沟通起来效率就比较高了。"

"那万一晾完两三个月人家不要你了呢?"

"王尔德说了,'男人的爱情如果不专一,那他和任何女人在一起都会感到幸福',不要就不要了呗。"

叶蓁蓁很耿直地搜了一下这句话,还真的是王尔德说的。但甭管谁说的,这是一般人能通用的人生经验吗?她让唐洛滚,唐洛不干,继续兴致盎然管人家闲事,这时候倒是很有王尔德时代那些嚼舌根爱好者的风范:"你男朋友怎么求你了?有没有说'你听我解释,我有苦衷',或者'我只爱你一个,其他都是玩玩的',这几句台词我都很熟。"

叶蓁蓁要给他气死:"什么乱七八糟的,没有!"

她摇摇手机:"只说明天晚上过来。"

唐洛一听,这哥们儿阵仗太大了吧,飞几千公里至于吗?"来巴黎?飞过来?就为跟你解释误会?"

"是啊。"

"等几天会怎么样?"

"我难受啊。"

唐洛摇头："你们一夫一妻制就是费劲。"

他站起来伸了个懒腰："来，我送你回酒店倒时差去，你看你困得，跟只熊猫似的。"

"你呢？"

唐洛看看表："今天还没有锻炼，我要先锻炼，然后去找个熟悉的地儿泡个妞。"

叶蓁蓁想想自己这几天也没锻炼啊，拿起包就跟着唐洛走："我也去锻炼吧。"

唐洛在她背上拍一记："一起泡妞去不？Wingman是女人的话，成功率奇高。"

"啥是Wingman？"

"就是助攻。"

"你泡妞还需要助攻？"

"其实不需要，我当你这句话是夸我。"

"臭美吧你。"

两人一路互相攻击回到酒店，真的都换了衣服去锻炼了一会儿，然后各回房间。叶蓁蓁把自己收拾完了，一躺到床上，整个人突然困得天昏地暗，一下就睡着了，在她睡梦之中手机还在不停地震，但她都没听到。

话说苏桐为什么会挪用购房款五百万去投四平呢，很简单，他和王建平从上海回来之后，四平在任何意义上，都算是走投无路了。

他们那天下午从上海回来，一落地，杨子意的电话就追过来问情况如何，苏桐简单地说不太顺利，可能要另外想办法，但没有把见到陆天明的事说出来。

王建平对他那是肃然起敬："你怕她认为是自己的责任，心里难过吧？"他双挑大拇指，"苏总你真是条汉子。"

苏桐苦笑了一下："什么汉子不汉子的，不然能怎么办呢，也不是她的错。"

他们回到公司，苏桐一屁股坐下，把椅子转来转去，脑子里不知道想什么。王建平在他对面看今天的业绩，跟几个主要部门负责人沟通工作的事，大家总结业绩回顾问题，你一言我一语的，工作群里非常热闹，这种热闹劲从上午九点，往往能一直延续到晚上十二点，要到当天业绩报告出炉才告一段落。

四平这小半年上上下下，都完全没有了上下班时间的概念，清早来半夜走的很多，干了一份工看公司有需要又干另一份的也不少。很难想象如果没有苏桐的带领和感染，员工们是否会拼到这个程度。

他们各忙各的，突然外面传来一阵高跟鞋敲击地板的声音，王建平抬头一看，是杨子意来了。

她内心的焦急全都显示在行动上，嫌走得慢，一路小跑冲进来，一看两人的样子，就知道苏桐在电话里不是开玩笑。顿时就泄气了，一下靠在墙边脸色煞白，看看苏桐，看看王建平，张了几次嘴没敢问具体情况，三个人都沉默不语。

最后还是苏桐打破了沉寂，问杨子意："公司现金流怎么样？"

杨子意对数据很清楚，张口就说："年前基本持平，三月和四月是旺季，有三四百万的盈余，都填了之前欠供应商的款，五月开始就靠收入平基本费用了。"

一句话：没有钱，至少一段时间内，那是山穷水尽的没有钱。

"这两个月有急付的款项吗？"

问是这么问了，其实苏桐自己知道答案。

确实有一笔刻不容缓必须马上就付的款项，是给浩然科技的。自打签了合作协议以来，乙方一点没掉链子，加班加点，系统已经快要全部上线，按进度都应该准备付尾款了，四平却一直拖着，连二期款都没付。

孟浩峰自己根本没催过款，每次打电话和见面都是谈系统开发和应用本身的事。客户经理蒋小竹倒是按合同时间规定发过邮件提醒付款，后来也不再发了，想来是老板跟她打了招呼。

明冠的投资本来就是这几天的事，估值五个亿，他们投六千万，而且口头承诺一年内融到第二轮，只要系统完全上线开始跑，再多开三分之一的店，估值峰值可以去到十一个亿，一切问题迎刃而解。

这样的前提下，虽然欠着浩然科技的钱，苏桐心里还不至于焦灼，只要钱一到就连尾款一起付清，再继续付费给浩然做后续维护就好了，钱义两全，没辜负朋友的好意。

怎么想得到这一出峰回路转的山穷水尽呢？

"要付多少钱来着？"

杨子意心里真的是一本账："最起码一千五百万，否则就算违约。"她的焦虑明明白白写在脸上，"违约的话，系统完全可以不交付的。"

孟浩峰之前已经预料到了创业公司的资金困难，合同签好后还追加了一个备忘录，把整体款项拆分成四次。这一千五百万是二期款，也是主力款，要是能给，后面的有拖无欠，系统可以先上先跑着。要是从这里就开始欠，就算孟浩峰想为他们兜底都没戏了，毕竟是公司行为，除了股东还要对投资人交代，做到这个份儿上，已经仁尽义至。

没有融资进来，智能系统又上不了线，四平就完了，妥妥地、踏踏实实地、毫无悬念地完了。

苏桐就在这时候下了决定。

"我还能拿出一点钱。"

王建平吃了一惊:"什么?"

"我有大概五百万,再想办法借一些,至少付一部分钱给浩然,让系统跑起来,然后才有可能再去融资。"

王建平和苏桐相处也算有日子了,他知道苏桐家庭出身很不错,父亲是工程师,母亲是大学教授,底子是有的。但说马上拿得出大笔流动资金,真不太可能,他自己再能挣钱吧,毕竟工作的年限有数,要是有五百万,那多半是全家人的全部积累了。

他王建平把自己的一切都搭上了,现在还要苏桐全部搭上?

值得吗?

但苏桐没有给他拒绝的余地:"王总,这不是为了你,你别有任何心理负担。"

他很冷静,越是压力大的时候,苏桐往往就越冷静,行动力越强,一切必要不必要的顾虑都抛在脑后,所谓不动如山,侵略如火,说的就是他本人。

如果他决定了要走一条路,就是路上下刀子,他最多也就是顶个锅盖防防脑门,走是一定要走的。

"孟浩峰是我兄弟,四平也是我的事业,我不会让一个老王八羔子毁掉这么多人的努力,老子一定要把这个项目撑起来。"

杨子意在旁边听到这句话,如同五雷轰顶,一下子站直了:"你说什么?"

王建平觉得也没必要瞒着她了:"我们在上海见到了陆天明。"言简意赅几句话,说起来怒气难消,"他和明冠有长期合作,我们就黄了。"

他话音都没落,杨子意已经脸色惨白,整个人站在那里像一片被狂风摧折的树叶,嘴唇不断颤抖。她的眼神在苏桐脸上游离,苏桐别过了脸,就这么呆了半天,她转身走了出去。王建平推动轮椅想要去追,被苏桐拦住了:"让她冷静一下吧。"

王建平深深叹口气:"你拿钱出来,你女朋友没意见吧?"

苏桐没吭气,心想:王总你一个资深的已婚人士,怎么能说出这么天真的台词呢?

他想到了叶蓁蓁新年去看房子的踊跃,等着开盘的期待,天天研究家居杂志跟他说哪个沙发哪个窗帘的热情。

身为男朋友却要让叶蓁蓁失望,对苏桐来说,是头一等难以面对的事。

可陆天明让他别无选择。

既然决心已下,就没有什么好犹豫和彷徨的,苏桐直奔解决问题而去,第一个电话打给了孟浩峰，坦坦荡荡又英雄气短，把融资受挫、公司现金流窘迫的事开门见山地说了，要杀要剐要终止履行合约，都接受，但如果可能，希望还能给一次机会。

孟浩峰在那边思量良久，最后丢下一句话："我去做做老板的工作。"

他一去就是两个小时，这两个小时里苏桐和王建平也没闲着，先谈了苏桐五百万个人入股后如何算股份。王建平的意思是按公司成立时的原始股来计算，占整个四平的10%。苏桐则认为这不合适，创业之初四平一家店都没有，五千万是王建平和其他股东真金白银砸进来的，现在有几十家店了，翻一倍到两倍无论如何都很合理，但王建平坚决不同意。

他的想法很简单，四平现在这个筛子似的境况，苏桐还愿意往里面投钱，投的根本就不是项目，而是人，是情义与坚持。世人对锦上添花情有独钟，雪中送炭早就被官方认证是傻瓜，那么，作为那个被送炭的人，如果他万一有未来，傻瓜就必须有好报。

苏桐读得懂他这一刻的表情，这不是两个人去喝小啤酒，买单的时候象征性地争执，这是王建平发自内心的坚持，他于是不再推辞，就此一锤定音。

王建平推着轮椅立刻出门去叫法务来做合同，做完苏桐仔仔细细看过，当场签字盖章，合同生效。

整个流程走完，刚好孟浩峰打电话回来，他尽了全力游说，结果是浩然科技同意再把第二期款拆分成两笔分开付。第一笔七百五十万，必须在本周工作日内付清到账，否则系统中止开发，已经上线的也要全部下线。

苏桐放下电话，和王建平面面相觑。

他知道公司的情况，总部和门店各处的租金和管理费用、运营费用、一线员工的工资，都是刀口上必须要用的钱，靠每天的营收一个萝卜一个坑去填补，小数目还能集腋成裘，但绝对没可能突然挖个几百万出来。要是勉强挖出来，地基就要崩塌了，那上线高科技的系统干什么呢？

沉默了很久，王建平慢吞吞地开口："我太太那里，还有一百多万，是她妈妈留给她的体己钱，我跟她说说，拿出来先垫着。"

声音越说越低，最后低到了尘埃里，这笔钱他能拿得到，可他也知道，要把这笔钱拿出来，对自己的爱人来说何等之难，这相当于把一个家庭最后的积累釜底抽薪，之后但凡有任何风吹草动，他们都不可能再承受得起。

一个好妻子，一个好母亲，会把家庭的安定看得比自己生命还重要，抽掉这笔钱，相当于往这只疲惫的骆驼身上再压上一块沉重的巨石，她什么时候会崩溃，王建平想都不敢想。

即使如此，要付给浩然科技的钱，仍然还差一百二十万。

一百二十万，有钱人喝一晚上酒就喝掉了，给女朋友买一块表就花掉了，逢年过节找一个私家岛一家几口人待个把礼拜，也就没有了。

四平的命运，却相当于就卡在这一百二十万上。

再去筹资、贷款、借钱，哪怕信用再好，关系再到位，什么都畅通无阻一套办得下来，总还是要时间的。

而苏桐他们最缺的就是时间。

一筹莫展的时候，杨子意重新回到了办公室，她显然听到了苏桐和王建平的全程对话，走进房间的时候，手里已经捏着一张银行卡，端端正正摆在桌子上，推给了王建平。

说了七个字："我有一百二十万。"

两个男人都看着他，什么都没说，但眼神里是疑问。

钱是哪里来的？怎么会有这么多钱？她什么也没解释，疑问看得再明白，杨子意也不准备去解答。

实在没有什么好说的，尤其是在苏桐面前。

因为钱是从万邦来的，从陆天明来的。

杜维廉，万邦的人力资源副总裁，跟她谈交易的时候是这么说的，你还年轻，努力读书，进万邦拼命工作，你图的是什么呢？不就是图好好挣钱，过好日子，有个远大前程吗？

杨子意当时否认不了这个说法，也就否认不了杜维廉接下来步步为营的逻辑：只要你不告陆天明，工资翻倍，送你去读MBA，继续当陆总的助理，给你经理级别的待遇，不愿意的话，去外地直接当分部总经理也可以，反正老板说你合格你就合格，其他人不敢说个"不"字。

她当时想的是什么，自己已经忘记了，就沉默地在那间隔音、没有任何监控设备的办公室里坐着，手机进屋之前就被拿走了，整个人不断在轻轻颤抖，像是发了疟疾。杜维廉的声音非常有穿透力，她也听清楚了每一个字，但她的脑子里，反反复复都在播放那天在办公室发生的一切：醉酒的陆天明突然把手伸进她胸口，把文胸带子猛然拉断。

她尖叫着逃跑，却被陆天明紧紧压在办公桌上，一只潮湿的、污秽的手，拉开她的裙子，猥亵着她的肌肤、她最隐秘的身体部位。

她拼了命地挣扎，下半身却根本不能动弹，桌面上的座机就在她的脸旁边。

她当时什么都没想，几乎是下意识的，抓起电话就拨了她最熟悉、其实也唯一记得的那个短线号码。

号码那头的人,对她来说既是上司,也是兄长,象征着依靠,也象征着光明,她拨通这个号码,就像抓住灭顶之灾来临时的一根稻草。

他没有辜负她的期望。

如同电光石火,一切过去得如斯之快,她被拯救了,但英雄没有将恶龙杀死,也即将遭到被流放的命运。而那呼救的公主呢,现在就在这里,被要求去签一个屈辱得无法想象的协议。

她想过拒绝的。

她进办公室之前,从头到尾想的都是拒绝,甚至在自己发髻里,藏了一个婴儿手掌那么大的录音笔,盘算着将谈话过程录下来当作证据,出门之后就直奔律师事务所。

但杜维廉有备而来,他祭出了压箱底的法宝,压垮了杨子意全部抵抗的信念。他说:"你妈妈的病,靠一直洗肾是治不好的,你不如再拿一笔钱,给妈妈换个肾吧。两百万的话,足够到日本或者美国试一试了。"

他一边说,一边眯起眼睛,仔细审视杨子意的表情,并且渐渐露出微笑,因为他看到了防线瓦解的先兆。

人人都有遗憾,人人都有弱点。需要靠金钱去抚平和弥补,或再不济,给一个救赎的机会。

杨子意不是例外。

钱就是这么来的。

她没想到的是自己根本没有等到那个机会,在签下协议后两个月,杨妈妈因尿毒症并发症逝世,在她经年缠绵病榻之后,全家人对这个悲伤的结果早有心理准备,但那仍是对杨子意的致命一击。

葬礼后的第三周,她在协和医院确诊,重度焦虑加重度抑郁,必须长期服药,并且定期接受专业心理医生的咨询。

她把账户上收到的那笔钱,拿去存了一个十年的定期,收益只有不到五个点,她是专业人士,知道这是最愚蠢和最低效的理财方法之一,但杨子意根本不在乎收益,她想要眼不见为净,她甚至想要有一天自己能干脆忘记这一笔钱的存在,都不算是一种损失。

直到这一刻,她找到了这笔钱最好的去处——给苏桐,给王建平,给四平,去做一点有意义的事。

于是法务做合同、签字和转账的流程,又现场照做了一遍,接下来就是交给公司的财务去处理工商变更,钱则第一时间出现在了四平的账上。他们处理完这一系列手续,之前接触过的一家基金突然约苏桐在三里屯的一个咖啡馆见面,杨子意刚好要回一趟公司,两人一起走出了门,正等车,就接到了叶蓁蓁的电话,说了几句话之后,他就站在那儿把和基金的会面取消了,转而决定回家。

杨子意在旁边很吃惊:"怎么了?"

苏桐头都没抬,重新叫车:"我女朋友不太舒服,我回去陪陪她。"

杨子意无法理解:"你不是要去见投资人吗?"言下之意,当然是见投资人比回去陪女朋友重要。

但苏桐不这样想:"她很少说不舒服,如果说了,那就是真的不舒服,我不放心。"

杨子意沉默了一会儿,而后说:"她就那么不省心吗?"

苏桐心思没在她身上,也根本没注意杨子意言语中的轻蔑甚至怨恨,他只是简单地说:"跟不省心没关系。"

他当时脑子里真正在想的是,要付给浩然科技的头一个七百五十万有着落了,下一个又迫在眉睫,所谓关关难过,但是关关要过,人生也好,事业也好,很多时候就是这么一回事。

叶蓁蓁在巴黎的第一个晚上只睡了差不多四个小时,醒来明明还困得发慌,却死活睡不着了,只好愤愤不平地起来。

她起来第一件事看了一下手机,苏桐又打过好几次电话,让她心里稍微定了一定,知道至少对方是惦记自己的,尽管那诸多绕不过去的事无论睡着醒着的时候都在祸乱情绪,消极的想法如天风海雨,无孔不入。

她稍微收拾了一下,跑去吃早餐,进门就看到唐洛跟两个美艳耀眼的洋妞共坐一桌,正神清气爽地喝咖啡,喝了一会儿说了两句什么,洋妞们笑着站起来,分头跟他亲了一下就自己走了。唐洛转而坐到叶蓁蓁的桌子边来,又叫了一杯咖啡。

叶蓁蓁问他:"昨晚的战绩啊?"

唐洛点点头:"是啊。Le Cab,从来没让我失望过。"

看她好像恢复了一点精神,唐洛从她盘子里抓了一块培根吃:"你呢,就这样跟男朋友和好了?"

叶蓁蓁想了一下:"不算吧。"

唐洛很耿直:"不算个屁,你这个人太好对付了,这还没近距离跪下呢,就远程叩两个头你就没事了。"

这都什么比喻啊,叶蓁蓁不理他,刀叉在餐盘里比画,想吃却吃不下去,心口有东西堵着。

唐洛反正就对她很失望:"怎么林子那么大,你就一定要在一棵树上吊死呢?"

叶蓁蓁反击:"你一晚上吊两棵树,累不累啊?"

唐洛觉得这个姑娘不懂事:"累啊,但我不就是奔着累去的吗?这就是乐趣所在。"他还在继续努力想要重塑叶蓁蓁的三观,"反正你不行,这样吧,我们一会儿看完展,抽空给你买两件出去玩的衣服,工作完了我就带你去我在巴黎最喜欢的夜店St Louis,看看大千世界男男女女是怎么找乐子的,开开眼,别这么不求上进。"

这真叫人气不打一处来,怎么去夜店花天酒地就上进了呢?敢情这么多年,他就是这么造他家钱的。

唐洛表示答对了,丝毫不以为耻:"我经常在夜店请全场人One round(每人一杯酒),是花小钱吸引全场姑娘注意力最好的办法,知道了吧?"

叶蓁蓁表示自己并不需要这种没有实用价值的人生小经验,还很认真地问他:"是不是你爹妈想让你干什么,你就整个反着来就对了?"

"没想过那么多。"

管他想不想,叶蓁蓁认为就是这么一回事,唐公子别看人长那么大了,整个人其实还完完整整地留在叛逆青春期,拒绝接受成年人的规则,也不想跟大人玩。

唐洛说:"你少扮野生心理学家,赶紧吃完我们出发了。"

各自回房收拾,过了半小时两人在门口见面,叶蓁蓁眼前一亮:这位少爷穿了三件套烟灰色西装,袖扣红宝石的,配的一色的胸巾,事儿事儿的。他个子高,骨架结实,身形挺拔,正装就是为这样的形体而生的,大腹便便的那些油腻中年只配穿袍子,于是情不自禁发出了感叹:"小唐总,你西装革履的还真好看啊。"

唐洛不满意:"听你这语调,没把我当男人啊,什么叫真好看,夸幼儿园孩子吗?"打量了一眼叶蓁蓁,"不过正常,我也没把你当女人看。"然后又不干了,"不过你就穿成这样跟我去画展?"

叶蓁蓁穿了一条从国内带过来的蓝色V领小裙子,也是Spencer帮她定做的,腰是腰腿是腿的感觉还不错,被唐洛鄙视了有点不明白:"看个展而已吧,我没穿牛仔裤算不错了。"

"那你带了换的衣服吗?"

叶蓁蓁说:"为什么要带换的衣服?"

唐洛一指头戳到她脑门上:"看完展了有鸡尾酒会,鸡尾酒会有专门的着装。巴黎这个鬼地方,你邻居家生了孩子请你去吃饺子你都得穿礼服,Dress Code是什么你明白吧?"

叶蓁蓁持续蒙圈："啊？为什么巴黎的人生了孩子要吃饺子？"

唐洛放弃了抢救她："行了行了行了，不换不换，走走走，你个烂泥巴扶不上墙。"叶蓁蓁嘀咕着这才是风水轮流转，也有他小唐总说这句台词的时候。

他们要去的展览设在吉美国立亚洲艺术博物馆，是法国研究亚洲艺术的顶级机构，前些年的重点一直放在东亚古代艺术上，进入二十一世纪后开始转向近现代主题，举办过不少来自中国和日本的重量级现代艺术家个人展。这一次举办的是联合展，把近年来崭露头角的亚洲新锐艺术家网罗起来，以一个群体的面目借势推介给评论界和藏家，展出规格和作品质量都很高，数量也很可观，对于和合这样想开辟专有渠道的大买家来说是最好的机会。

主打亚洲艺术尤其是美术类作品，是唐洛的构想，他注意到和合的商业美术馆项目非常关注展出与销售的结合，而他认为中国有消费能力的群体，对于西洋风格的作品在审美能力和接受程度上都比较有限。

所谓越是民族的，就越是世界的，就越是能卖的，不过这里有个前提，就是那些能够迎合本土藏家或者说买家品味的作品，需要接受西方标准的品鉴，得到权威机构的背书，才能有大手笔的溢价——出口转内销就能坐地起价，不仅仅只是说衬衣或文具而已。

他们在博物馆门口和林先生会合，这位爷很热情，一副仙风道骨的样子，但寒暄完毕之后话里话外就全是生意，精明得两面透光。

唐洛他们受邀参加的这一天是开幕式暨专业展，只接待买家、专业机构和媒体，有销售意向的当场就会进行商谈，第二天正式开幕之后，卖出去的那些作品就会贴上已售的标签。从这个角度上来说，专业展才是最考验展览成色的部分，而那些能够一口气卖出最多作品的艺术家，则会马上吸引公众的眼球，进入持续上升的通道。

唐洛的出现并没有得到任何关注，这也是他的选择。中国的买家，无论在奢侈品还是艺术品领域，都是纯纯的冤大头，哪怕是花钱买通中间人给孩子进好大学，白人只要二十五万美元，大陆客就得花六百万，无他，钱多人傻不知道行情耳。

唐洛在欧洲混了这么多年，若即若离也算是一直和艺术界打交道，这个道理他是知道的。作为泡妞大师，他还知道一点，那就是能靠脸的时候千万不要炫富，如果人家知道你是个凯子，固然可选择对象的数量会突然暴涨，但泡上妞的成本也会大大提高。他其实一点不在乎花钱，重点是心里不爽，因此对唐公子来说，不管对钱多没概念，最高目标仍然是让人倒贴。

他婉拒了林先生全程陪同的提议，带着傻妞叶蓁蓁自己在展览厅里逛，全程不动声色，看起来好像没干什么，但四个小时之后再度见到林先生，他就在手机上发送了一份清单，全部是他看上的作品。

林先生粗略看了一下清单，问："唐先生，你要直接买下来吗？"

唐洛似笑非笑，说话一点不客气："林先生，我看起来像一个冤大头吗？"

林先生一怔。

唐洛一点过渡都没有，直奔主题："和合对商业美术馆的项目非常重视，但不代表我们会做无谓的投资，我更倾向于批量采购，协议保底价格，先付定金，我们负责进入中国的所有手续和费用。"

林先生不动声色地听下去："然后呢？"

"作品在中国的美术馆售出后，扣除定金，保底价格加溢价的百分之二十一笔付清。我们可以限定展卖期，期限内卖不出去，定金不退，原画奉还；如果卖出去了，或者到期后我们想保留，就付保底价格。"

林先生紧盯着不放："唐先生，你的保底价格大概是什么标准？"

唐洛打开那个列表，挑了一幅画，写了一个数字，林先生的表情认真了起来："唐先生，您对亚洲现代艺术的行情很了解啊，这个价格基本上已经压到了底线。只要有人竞争，艺术家本人或者他们的代理机构可能就不会愿意做这个交易，您不考虑加个幅度比例吗？"

唐洛很平淡地说："一来，我已经愿意给溢价的百分之二十。二来，林先生，您是藏家，想必知道个人藏品和货物是有区别的，个人藏品当然志在必得，多少钱都无所谓，但货物呢，就要价廉物美。"他对林先生笑笑，"林先生，我选的这些作品都是经典的亚洲审美，在中国大陆通过一定的手段运作，会有很好的市场，但放在巴黎卖，最多就是这个保底价格，更有可能是大部分都卖不出去，砸在画家或者画商手里。所以，何不争取双赢的机会呢？"

唐洛说完稍微顿了一顿，观察着林先生犹疑不定的眼神，到了他认为合适的时机，就给出最后一击："这些作品如果能全部谈回来，您可以拿到保底总价百分之五的抽佣，现金支付，我不会参与任何谈判，您说了算。"

这一下打中了林先生的七寸，再有品位和风格，他本质上仍然是个掮客，掮客的职责，就是让主顾得心应手。

此刻他凝视着那个清单，内心经过一番计算，最后点了点头。他很清楚，如果真的可以全部成交，他能拿到手相当大一笔钱，而这次合作愉快，后续自然还有更多。

想通这一点之后，他起初对待唐洛那种客气但是并不真正尊重的调调一扫而空，从现在开始，唐洛变成了一个必须要严肃对待的对象——任何人对待金主，都是比较严肃的。

唐洛运筹帷幄的时候,叶蓁蓁在旁边犯困,她在这样的场合基本没用,那些奇奇怪怪的艺术品又看不懂,在里面装模作样没走一会儿就恨不得马上开溜。

幸好她很有身为助理的自觉,唐洛不溜,她当然也不能溜,就是越走越愁眉苦脸,心不在焉,不像是来看展的,倒像是来受刑的。直到唐洛和林先生谈完合作,那一系列的操作才把她给震精神了,原来小唐总对他喜欢的东西是真的很喜欢,熟悉的东西也是真的很熟悉,难怪一接触商业美术馆项目就有了激情。

他们和林先生谈完,一看距离鸡尾酒会的时间还有好一会儿,唐洛轻车熟路地带着叶蓁蓁出了博物馆的后门。那儿有个小花园,绿树蓬蓬,树荫里摆着几张木头长椅,他们过去坐下,唐洛看她一眼:"鞋子脱了吧?"

叶蓁蓁笑:"你怎么知道我想脱鞋子很久了。"真的弯腰就脱了,光脚踩在微微湿润的草地上,长长出了一口气,感觉如同劫后余生,非常愉快。

"Jimmy Choo的鞋子制造出来的唯一目的,就是让你穿上后好好体会一把什么叫作'花钱买罪受'。下次去意大利买鞋子吧,威尼斯和佛罗伦萨都有一些小的鞋子作坊,传承有一两百年了,全部手工定制,只有那样才买得到穿上舒服的高跟鞋。"

"你又知道?"

"我有些女朋友很懂得怎么花钱。"

叶蓁蓁想了想:"算了吧,想想都麻烦,我穿球鞋最不难受。"

花园里清风徐徐,天气极好,阳光不管不顾地照下来,天蓝得像一个梦境。唐洛凝望着远处的建筑物尖顶,悠悠地说:"要是你能在任何时候任何地方都穿球鞋,那就是最顶级的人生赢家了。"拍拍她的后脑勺,"所以别做梦啦,该穿什么穿什么吧。"言语、动作都很温存。

叶蓁蓁踩着地,说:"小唐总,你刚才那个采购法,是不是胡来的?"

唐洛说:"怎么可能胡来?没听到老林说了吗,我价格都卡人家底线的。"

"那你怎么知道底线呢?"

唐洛看看她:"我真的有在欧洲好好学习,天天向上好吗?"他摇摇头,"就因为我妈妈觉得我学的东西没用,所以好像我这些年真的全在鬼混一样。"

"不是吗?"

"当然不是。"

"那有多少是在做正事,多少是在鬼混?"

他想了想:"只有百分之九十的时间在鬼混吧。"很诚实的样子。

叶蓁蓁笑了出来。

唐洛也跟着笑，问她："吃冰激凌吗？"

叶蓁蓁点头："吃。"

他站起来："我去买。"没一会儿举着两个甜筒回来了，各两个球，都是香草味搭焦糖太妃，又香又浓冰冰凉凉的，两个人猫在那里一口接一口地舔。

吃了一会儿唐洛问："你男朋友什么时候到？"

"晚上十一点多落地吧。"

"不对啊，北京的航班都是早上到。"

"他没坐直飞，最近一班从香港转，路上时间比较久，但到得比较早。"

唐洛看着她："还挺有诚意的，你好好跟他谈，他要是不老实交代，你就告诉我，我揍他。"

叶蓁蓁笑："小唐总你一个斯文人，干吗老是想动手揍人？"

唐洛很有经验的样子："有些人你跟他说道理说不清楚，揍完他就开窍了。"

"你经常打架啊？"

"我刚来欧洲的时候太小了，控制不了脾气，确实是经常跟人打架。我在威尼斯好多家夜店都打过架，号称'夜店布鲁斯'呢。"

"啥布鲁斯？"

"李小龙的英文名字就叫作'布鲁斯'，懂了吧？傻。"

"李小龙的棺材板都压不住了，好吧，那你现在脾气怎么样？"

唐洛拍拍自己的膝盖，把最后一口蛋筒吞下："回国之后就好多了。"

"是吗，为什么呢？"

他漫不经心地说："因为你啊。"随即弹了一下叶蓁蓁的脑门儿："近墨者黑啊。"

叶蓁蓁刚想感动，一听就喷了："你才黑。"

唐洛觉得黑就黑吧："你男朋友的航班号发给我，我叫Florence叫个车去机场接他。"

"不用吧？"

"别废话，花公司的钱，从你工资里扣。"

叶蓁蓁一听那可以有，你欠我可多工资呢，麻溜儿就发过去了。

他们在花园里坐到鸡尾酒会开幕，林先生出来找他们进去，路上说："我有一个朋友是麦勒画廊的商务副总，唐先生有没有兴趣和他聊聊？麦勒不怎么做中国大陆的业务，但在日本艺术品领域是欧洲走在最前面的，我感觉也适合您的需要。"

唐洛听到麦勒的名字，微微一愣，随后就说："那太好了，日本的作品在大陆也有很大一部分的受众，麻烦林先生引见。"

他们进入到鸡尾酒会的现场，唐洛跟着林先生去见人了，知道叶小姐不乐意再四处走，就叮嘱她吃点东西找地方休息。过了半小时他回来了，皱着眉头，叶蓁蓁正往嘴里放马卡龙，一看脸色就问："怎么了？"

唐洛从她盘子里拿了一块糕点，靠近她身边低声说："刚才那个人叫李奥纳多，真的是麦勒的商务副总裁，对咱们的业务很有兴趣。"

"哦，那不挺好吗，你一脸官司是什么意思？"

唐洛看了看周围正觥筹交错的人，说："我们明天本来就要去麦勒画廊，记得吗？"

叶蓁蓁摇头："不记得。"

"发给你的合作方清单上不写着吗？"

叶蓁蓁比画了一下："清单上都没有中文名字，我看不懂，记得个屁。"

唐洛一想也是，就原谅她了："麦勒画廊不仅仅是合作方，还是大合作方，我查过系统资料，他们有两年独家日本作品采购权，已经拿了一批东西了，分两次付清全款，相当于囤货，量不少，对任何一个公司来说都算是大生意，我来之前就跟我爸说过要去对方那里看看。"

"唐总怎么说？"

"他说应该去，但有事要和罗西商量，可能怕我捣乱。"

"嗯，唐总有道理的，然后呢？"

"然后我刚过去聊，这个李奥纳多说他完全不知道有这个项目的存在，这哥们儿是麦勒高级副总裁，资深合伙人，又负责商务这一块，这么大的交易他完全不知情，不觉得奇怪吗？"

叶蓁蓁举着半块马卡龙发呆："那是什么情况？"

唐洛摇头："我不知道，李奥纳多说麦勒在巴黎、纽约和伦敦都有分部，分别跟当地艺术商人合伙，都有独立经营权，所以不排除和合是跟某一个分部签的协议，他说帮我看看，我也让Florence帮我查一下。"

他说话的工夫，已经发了邮件出去给Florence，要求立刻查出结果，国内已经是晚上十点多了，Florence却秒回复，说手头没有资料，马上回公司上系统查。

叶蓁蓁想到Florence的身体情况，心里有点不落忍，不过人家自己既然都不抱怨，她又何必代替别人去感受呢。

至于唐洛，他完全没有想过现在几点的问题，这一型的做派简直是高佳妮的翻版，他的基因里藏着的，并不仅仅是来自父亲热爱自由与美的天性，同样也有来自母亲的杀伐决断。

鸡尾酒会结束前，唐洛又在林先生的引介下见了几个人，全程都端庄高贵，一派翩翩公子的风范。没多久他回来招呼叶蓁蓁撤退，一走到街上就光速回复了自己的本色，兴高采烈地说："走，我们去老佛爷。"

"干吗？"

"给你买衣服。"

"为什么要给我买衣服？"

"早上说了的，晚上要去夜店，你是准备穿得像个修女一样去吗？你下午在鸡尾酒会上失礼就算了，反正大家也不认识我们，我不允许你在我最爱的DJ面前失礼。"

叶蓁蓁啼笑皆非："胡说八道，我怎么就失礼了？"她的求生欲此刻发出强烈抗议，"我不去夜店，吵死了。"

唐洛拖她："说你失礼就失礼，叫你去就去，别啰唆。"

他跟高佳妮不愧是亲生的母子，尽管发力的领域天差地远，但都言出必行，任凭叶蓁蓁满地打滚进行抗争，最后还是被拖到了老佛爷百货商店。

唐洛亲自看，亲自挑，亲自付钱，就差没亲自试了，硬给叶蓁蓁买了她这辈子见过布料用得最少、价格却最贵的派对裙子，并且配了高跟鞋，然后两个人在晚上十点半出现在了著名的St Louis夜店。

第二十九章
我这一生的幸福,名字就叫叶蓁蓁

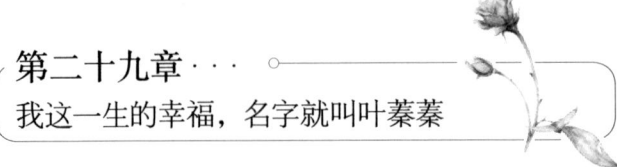

那套裙子是真的美,巴黎本地的设计师品牌,大红色,前面是银色窄项圈挂脖联结裙子前幅,后面全露背,裙子下摆也分前后幅,前幅短到膝盖上,后面短到了屁股下。今年时兴的短水晶流苏随着走动摇曳,闪闪耀目,配的鞋也是红色的,交叉绑带到脚踝,后面十厘米高跟,脚背中央镶了珍珠,如Spencer所说,这是一双让识货的人看见了就想膜拜的鞋子。

换了一年前,要叶蓁蓁穿着这一身顾盼生辉去哪儿浪,那是不可能完成的任务,基本到半路上心劲儿和身架子就一同涣散了,但那句话怎么说的来着,"付出总有回报"。

从每天六点的泳池里,从每周四次的形体课里,叶蓁蓁这一刻所得到的回报,是丝毫不怕身材有何失礼,也不担心那十厘米的高跟鞋会让她当场摔掉自己的灵魂。

她跟着唐洛走进的,是一个自己完全不熟悉的世界。她还真是开眼界了,大少爷爱气派,订的卡座足可以坐十几个人,正对DJ台,旁边穿梭着红男绿女,音乐节奏狂热,灯光闪耀多变,要想跟彼此说话除非懂手语,否则就必须嘴巴凑耳朵放开心胸嘶吼,还保不齐就没误会。

刚到十一点,唐洛就开始轰叶蓁蓁去舞池和吧台附近转圈:"去看看有没有落单的男的,找一个回来跟我们喝酒啊。"他在叶蓁蓁耳边大叫。

叶蓁蓁认真地回吼:"为什么?"

"你坐在这儿,没有女孩子上来找我。"

原来是嫌叶蓁蓁碍事儿，她没办法，走就走吧，走的时候唐洛还对她招手强调："记得要带个男的回来啊。"

叶蓁蓁气不打一处来："你怎么会喜欢回国？"

果然灯泡一走开就有人过来，恰好还是唐洛喜欢的，金发红唇，丰满的脸颊和胸口，荷尔蒙强烈到能直接从每个毛孔喷出来，除了肌肤粗糙一点，皮相无懈可击。唐洛虽然不喜欢这一类洋妞的手感，但看在颜值上也就忍了，一对眼秒懂彼此同频，能用熟悉的套路、熟悉的眼神、熟悉的台词去造就水到渠成，是他最喜欢的"不费劲"的状态。

"帅哥，请我喝一杯吧。"婉转的法文，不用听，看口型也知道是这句经典对白，红唇还在张合，唐洛已经站起来做了请的手势。桌子上什么都有，一级庄红酒到香槟王，龙舌兰到波本，爱喝什么喝什么，宁可浪费，不可遗憾。

"请便。"

性感佳人在侧，时间杀起来轻而易举，对噪音的承受力也更强，毕竟来夜店就是为了男女双修，所有这些精心设计出来的音乐啊、灯光啊、各种各样的酒啊，就是让大家有机会乱搞的，不然的话，在这个分贝数里难道你还能谈感情吗？

唐洛喜欢的就是这么赤裸裸的一点。

他开开心心喝着，喝到金发女郎问他想不想去个清净点儿的地方，唐洛才想起叶蓁蓁，怎么去了这么久呢。

他站起来居高临下四处找，好一会儿才见到了她，远远从大门的方向奋力挤过人群，往卡座来了，而且还真的带了一个男的！

亚裔，个子挺高的，相貌很有男人味，乍眼一看两人还很热乎的样子，身体贴得挺近的，在太挤的地方，那个男的还伸出胳膊帮她挡住旁边的人。

唐洛见到这一幕很高兴，简直想要为叶蓁蓁小姐勇敢翻开人生新篇章而啪啪鼓掌，孺子可教啊，终于懂得"一鸟在手好过百鸟在林"的道理了啊。结果他高兴了没一会儿，那两个人上来，叶蓁蓁小姐说："小唐总，这是我男朋友苏桐，接他的车把他直接送过来了。"

叶蓁蓁消失那好大一会儿，敢情不是去钓凯子，是去门口接人了。

唐洛这个心理落差实在太大了，没理苏桐，先对叶蓁蓁比了一个向下的大拇指表示鄙视，害得苏桐莫名其妙。但现场太吵了，唐洛一时也开不了嘲讽，来都来了，那就喝吧。

大家胡乱打了一轮招呼，四个人就在卡座里喝上了。叶蓁蓁一杯单份儿酒精的鸡尾酒喝了一晚上，随着酒杯里冰块的融化开始出现了越喝越多的迹象。

苏桐比她好一点儿，在美国念书的时候还蛮喜欢夜店的，也挺能喝，就是今天不在状态。

他之前一两天就没怎么睡，长途飞行过来又是经济舱，已经累得半死了，见到叶蓁蓁之后知道她心里不好受，必须要努力打起精神赔小心，简直是身心交瘁。

叶蓁蓁呢，环境不合适，想生气又生不起来气，自己觉得今天还怪好看的，摆个臭脸也实在不太应景，再看看苏桐的样子憔悴不堪，心里又着急。

两个人尴尴尬尬的，一会儿靠着一会儿分开，你看我一眼我看你一眼，不得劲儿。唐洛在旁边冷眼旁观，看得只想往他们头上扔橄榄。

到了后半夜，叶蓁蓁看金发女郎已经坐唐洛大腿上了，两人全程咬耳朵旁若无人，自己这会儿和苏桐走的话应当不至于扫唐公子的兴，于是对唐洛摇摇手，做了一个手指排排走的动作，意思是她闪了哦。

唐洛瞪她一眼，对腿上正跟她耳鬓厮磨的女郎说了一句什么，女郎脸色一下大变，跳下来伸手扇了唐洛一巴掌，大步流星就走了。

哇咧，这是什么操作？叶蓁蓁投过去一个疑问的眼神。唐洛站起来挑了一下下巴，指向大门，意思是出去就告诉她。三个人于是排成一列就准备从卡座上下到大厅。

唐洛在前，苏桐和叶蓁蓁在后，刚下了一级台阶，唐洛就站住了，叶蓁蓁差点撞上去，莫名其妙就吼了一声："干啥？"

唐洛慢慢扭头看了看她，而后往自己一点钟方向快速瞟了一眼，没有得到任何反应，那个傻妞还是把他瞪着，倒是苏桐马上跟着去看，就看见了DJ台下三个和这个场合格格不入的彪形大汉。他们穿着牛仔裤和黑色连帽衫，帽子戴得严严实实，头脸都看不见，此刻一字排开稳稳站着。面前的舞池里各色穿得奇少的姑娘群魔乱舞，却吸引不到半点他们的注意力。

他们的注意力，仿佛就在唐洛的这个卡座上，卡座里的人一动，他们就动了。唐洛停下来之后，他们仍然在缓慢地前进，似乎准备穿过舞池往这边来。如果大家都照这个趋势继续，等唐洛他们走到卡座下面，多半会被人群挡住，对方就肯定到跟前了。

苏桐和唐洛对望了一眼，唐洛微微摇头，下巴一昂示意回去，转身重新往卡座里面走。他伸手把剩了一半的一瓶唐培里侬香槟抓在手里，一侧身，刚好和走回来的苏桐面对面，他在苏桐耳边大声说："紧跟着我。"

话音刚落唐洛就动起来了，纵身一个箭步冲过去跳上卡座沙发，手在栏杆上一撑就跳进了下面的人群里，惹出一阵哗然。叶蓁蓁完全没有明白发生了什么事，但苏桐把她拉到了卡座边缘，直接把她抱起来放了下去，紧接着自己也跳了下去。叶蓁蓁"哇哇"大叫体验了两秒钟的自由落体，被唐洛稳稳地一把拽住，几乎没让她脚完全沾地就拉着往夜店的大门跑。她迷迷瞪瞪刚跑了两步，一个趔趄，左脚高跟鞋飞出去了。

叶蓁蓁本能地想要去捡鞋，被苏桐赶上抓住了另外一个胳膊，继续向前，这一下她只能把剩下那只鞋也踢掉，免得一崴脚自己就要变成铁拐李。

唐洛和苏桐的身高相差不远，都很有劲儿，在人群中三个人用这个组合移动起来速度相当快，叶蓁蓁吊在中间没觉得吃力，还有一点儿坐秋千之感，好像还挺好玩的。但她趁着闲空扭头往后看了一眼，马上就明白过来两个男的不是吃饱了喝多了闲得慌逗她玩，而是真真实实地在跑路。

站在DJ台下的那三个人追上来了。

唐洛他们三个人像三条海草一样，顶着人群巨浪一般向内簇拥的压力，千辛万苦挤出了St Louis的大门。这么晚了，外面还有人排长龙等待入场，好像这样的一个夜晚永远不会过去似的。

一冲出门，唐洛立刻带着他们左转，在街道上沿着建筑物的边缘快走，拐弯的瞬间，那四个人也冲了出来，接踵而至。

叶蓁蓁跌跌撞撞跟着走，压低声音不解地问唐洛："什么情况？"

唐洛快速观察周围环境，简单地说："我们被人盯上了。"

叶蓁蓁完全不明白自己这样的良民怎么会被人盯上，盯上又会怎么样，因此这句话对她来说非常空洞，缺乏真实感，她甚至还有心气开玩笑，说："人家盯你干吗啊，劫财还是劫色？"

但两个男的都没有理她，他们把叶蓁蓁夹在中间靠前一点的位置，一边快步走一边非常自来熟地展开了短促而高效的讨论——

"分头走？"

"他们人多，分头没意义。"

"报警？"

"警察来不了那么快。"

"找地方躲起来？"

"不安全。"

"打？"苏桐冒出了一句自己比较熟悉的台词，不过说完就看了看叶蓁蓁，这个油瓶一脸无辜，很不适合战斗。

但唐洛倒是明显格外欣赏这个提议，考虑一下之后说："见机行事。"

说话的工夫，两组人速度之间的差距就体现出来了，唐洛他们拖着叶蓁蓁，就算跑,也不可能快到哪里去。后面那三个人彼此之间拉开了相当大的距离,隐隐形成了一个半包围的架势,用恰到好处的步伐跟着。

深夜的巴黎有一些地方仍然极端热闹,比如说他们刚刚离开的夜店,也有一些地方极端寂静,比如他们此刻经过的一个街心花园。花园里没有灯,唐洛和苏桐对望了一眼,在走过花园入口的一瞬间猛然加速,往里面冲了进去。叶蓁蓁被拉得腾云驾雾地,但这一次她很上道地没有叫出声来,而是紧紧咬住了嘴唇,后知后觉的恐惧终于被惊醒,缓缓爬上了她的后背,盘踞如毒蛇,发出可怖的"嘶嘶"声。

街心花园入口就是一条蜿蜒的石道,两边种着高而圆胖的常绿灌木,每八棵灌木之间有一根高高的路灯杆。第一根和第二根路灯已经坏掉了,他们因此得以躲在了第七株灌木后面的阴影里,大气都不敢出。在短促的沉默之后,花园入口传来那些人低声的交谈,他们跟着过来了。

苏桐稍微探出头去张望了一下,挽起了袖子,对唐洛轻声说:"这样下去咱们谁也跑不了,等一下他们过来了,我上去挡一下,你赶紧带蓁蓁沿着这条路跑出去。"

唐洛一愣:"你要干吗?"

他们的战术商议无法持续,因为话音刚落,追捕者就走了进来。三个人悄无声息,在第一片灌木丛边站住了,一前两后呈扇形,感觉上相当训练有素。其中一个人帽子落下来了,是个白人,肌肉结实、眼珠湛蓝,不是巴黎常见的那种见人就抢的中东或非洲的混混。

苏桐把叶蓁蓁往唐洛那儿推了一把:"记得拼命跑啊。"

叶蓁蓁一下子就慌了:"你干吗?"

声音压得再低,在这么寂静的环境里仍然难以掩盖,那三个人马上就往这个方向过来了。苏桐低着头到处找,居然给他找到了一块石头,于是他站起来,看了叶蓁蓁一眼,再次说:"跑啊。"而后一个箭步跳出去,举着石头跟个野蛮人似的冲上去了。

叶蓁蓁尖叫一声,赤手空拳光着脚,也跟着冲了上去,唐洛都看傻眼了。结果没过两秒钟,苏桐一个急刹,掉头就往回跑,和叶蓁蓁在路中间迎面相遇,他一把抱住叶蓁蓁,整个人压上去,扑倒在地,随即打了一个滚,滚进了旁边的灌木丛里。唐洛然后才看到,打头的那个哥们儿,居然拿出了枪,太犯规了!

路灯从后面照过来,光线昏暗,但这几秒钟里发生的一切,他都看得非常清楚,其中一个细节令唐洛印象极为深刻。

苏桐在发现对方掏出枪来之后,第一个反应是掉头跑,第二个反应是抱住了追过来的叶蓁蓁,第三个反应是张开了双臂把叶蓁蓁严严实实护在了自己的前面。在扑地的瞬间,他违背了一个人遭遇危险时的本能,没有逃避与躲藏,而是尽可能舒展开身体,尽可能地遮盖和保护叶蓁蓁,从头到尾,没有一丝一毫扔下怀里的人自己逃命的意思。在这随时会有一颗子弹呼啸而至的时刻,苏桐的身体语言在对叶蓁蓁发出无可辩驳的告白:你比生命重要。

唐公子于是叹口气,嘀咕了一句:"哇哦,真爱啊。"

他在苏桐滚到旁边的瞬间,从灌木丛后面站了起来,吹了一声口哨,趁对方注意力被吸引过来的瞬间,扬手丢出了什么。

持枪的人一愣,手臂转了过来,枪口朝向唐洛,而后一个巨大的瓶子便破空而来,转眼就逼近了他的脑袋。枪手本能地举枪一格,先到的却又不是瓶子,而是瓶子里的酒,馥郁芬芳的名品香槟对舌头来说是恩赐,对眼睛来说却是致命的打击。

酒水如唐洛所预料的泼洒到了枪手的脸上和眼睛里。枪手大叫着回手去捂脸,枪口指向天空,而唐洛在丢出瓶子的同时,已经像一头豹子一样从十数米外启动冲刺,和瓶子到达目的地的时间相差无几。他冲到近前时再度加速,发力,往前一扑,高高跃起,腾空踢出了一个近战格斗中威力极大的劈挂下踢,脚跟正中枪手的头顶,身体接触的部位立刻传来什么东西断裂的声音。对方整个人被踢得跪了下来,一头栽在地上,然后滚到一边,手臂摊开,手枪掉落,人没有动静了。唐洛半刻都没犹豫,落地后垫步上前一脚踢起那把枪,乌黑的枪身翻腾了几圈落下,而后被唐洛从空中一把捞住。他双手握紧枪身,手指搭上扳机,瞄准,瞬息之间,"砰砰"开了两枪,一枪打在左边匪徒的脚边,一枪打在右边匪徒的两腿之间,石头碎片飞溅,硝烟气味在空气中蔓延。那两个人都发出了鬼叫声,立刻举手表示投降。

唐洛用枪指着他们,用法语厉声喊:"手放在脑后,跪下。"

等他们跪下,唐洛慢慢移动到苏桐他们身边,说:"怎么样?"

苏桐仍然拱着身体,像一个帐篷一样把叶蓁蓁护在自己怀里,这时候终于反应过来,爬起来看了一眼歹徒,再看了一眼唐洛手里的枪,露出了满脸"我不是在做梦吧"的表情。作为一个生在新中国、长在红旗下的社会主义四有青年,尽管苏桐常年跟人干仗,体验过刀子、棍子、扳手、板凳腿等各种冷兵器的威力,也有过被揍到奄奄一息的时候,但他真的从来没有想过自己的死法里居然包括被枪打死,太他妈没有真实感了。

他缓了一口气,然后强作镇定地说:"还行。"

唐洛点点头,指了一下街心花园的另一头:"那好,你扶着蓁蓁,往那边走。"

苏桐问他:"你呢?"

他眼睛都不眨，盯着那几个人，表情和手指都非常镇定。敌我之中任谁都看得出来，如果唐洛这时候必须要一枪打爆谁的脑袋，他绝对不会有半秒的犹豫。

"你走到尽头，报警，号码是17，你用我的电话，可以直接拨本地号码。"唐洛一边说，一边用没有拿枪的手把电话递了出去。

苏桐答应了，把吓蒙了的叶蓁蓁背上身，一直退到街心花园石道的尽头。唐洛和那些人的影子都看不清楚了，他拿出手机拨打了17，用毫无口音的英文告诉对方自己是游客，在距离St Louis夜店大概一公里的街心花园听到枪击声，而后挂了电话。

他们在外面，唐洛在里面，整整等了十分钟，十分钟之后，警号声接近，又等了一会儿，唐洛才施施然走出来。

苏桐问他："那些人呢？"

唐洛做了一个锤击的动作："用枪头打晕了。"

"枪呢？"

"卸掉弹夹，擦掉指纹，放旁边了。"

苏桐很佩服："懂行啊。"

唐洛说："久病成良医。"

他们会合之后，三个人谁都没有说话，就并肩沿着夜色中的街道漫无目地走，走了很长一段路。叶蓁蓁全程都趴在苏桐的背上，像只八爪鱼一样紧紧搂着他，惊魂未定。

走着走着，七拐八弯也不知道怎么走的，他们居然就一路走到了塞纳河边。夜风轻抚，稍带凉意，流水潺潺有声。他们在河边的石墩上坐下，眼望幽蓝的夜空与明亮的星辰，坐了好久才终于渐渐平静下来。唐洛忽然说："好玩吗？"

苏桐和叶蓁蓁对看了一眼，不约而同地说话。苏桐说："好玩。"叶蓁蓁说："好玩个屁。"

三个人都有点神经质地一起笑了起来，苏桐说："你好像不是第一次遇到。"

唐洛摇摇头："被追杀不是第一次遇到，但都是自己挑的事儿。这么定点被追杀，还真是第一次。"

他是真没被吓到，这会儿还有思考能力："那些人为什么要盯上我们呢？"

叶蓁蓁的意见是小唐总肯定烧包炫富了，否则没有别的解释："我没在卡座里的时候，你是不是拿一把一把的欧元大钞砸服务员了，是不是高喊'全场这一轮归我了'？"

唐洛哭笑不得："我有毛病啊。"他严肃地指出，"那么吵的地方，我怎么喊得了？"

"那是为啥，还追得不依不饶的？"

唐洛摇头："不知道，但肯定有原因。"

大家又沉默了一会儿。塞纳河边星星点点的光影明灭，唐洛远眺良久，若有所思，忽然对苏桐说："你不错啊。"

苏桐没明白："什么？"

唐洛说："你刚才在那里面，很有可能因为想掩护我们而当场死翘翘，也有可能为了保护蓁蓁而被打个对心穿，你想过没？"

"没有。"苏桐很诚实，"我都吓破胆了，根本什么都没想，全凭本能。"

唐洛还挺喜欢这个答案的："挺好，全凭本能还想着这个傻妞。"

他拍拍叶蓁蓁的头："你眼光不错。"

叶蓁蓁这次没有反驳，因为根本没有什么好反驳，她紧紧抱住苏桐，一想到刚才很有可能自己就和最爱的人天人永隔，不由自主打了几个寒噤。这种恐惧在刚刚苏桐跑出藏身处往坏人那边冲的时候到达了顶峰，强烈到她完全丧失理性，也想不到后果，只能选择同生共死来作为对苏桐的应答。

如果苏桐用这种方式离开她，她也只能死在这里，因为余生反正都无法继续，而相对于生死，任何误会、任何辜负都太轻微了，都能够被消解和放下，无足挂齿。

又待了一会儿，唐洛淡定地把手机放好，拍拍屁股，手臂张开做了个伸展，然后说："哎，天色还早嘛，再去喝一杯吧。"

经历过这样一夜之后，最好的是能马上找到一个心理医生做个创伤治疗，但如果不能那么如意的话，喝一杯确实也是不错的选择。苏桐率先相应："喝喝喝。"继续把叶蓁蓁背上，"光脚走太凉了。"

叶蓁蓁温顺地靠在他肩膀上，走了几步突然想起来了："哎，刚刚那个金发妹子为什么要扇你耳光？"

唐洛说："我说我们要回去一起开房了，问她要不要一起来。"

苏桐哈哈大笑，被叶蓁蓁在头顶拍了几下，拍完自己也忍俊不禁。夜空里有几只看不清楚模样的水鸟飞过去，忽然叶蓁蓁扭头对唐洛说："小唐总，你有没有想过，要不是你妈妈从小逼着你去练格斗和射击，你——不对，是我们三个人，可能都已经死在那个公园里面了？"

这一夜在巴黎，谁也没有睡，他们回到酒店，要了两瓶酒在唐洛的套房里继续喝。微醺之后，突然之间，苏桐就开始对叶蓁蓁说起自己这一年多的经历。他如何从陆天明的魔爪下救出杨子意,如何被迫离职,又如何误打误撞去了四平创业。他说起融资的千辛万苦与功亏一篑,说起王建平的信念与难处,又说起杨子意的执着与付出。他解释给叶蓁蓁听,为什么不得不挪用那笔五百万,每天十六个小时工作又都是为了什么。他说他每天做梦都希望自己拿到融资,不仅仅是因为事业需要,更因为他不想在新房子开盘的时候让叶蓁蓁失望。

他说得其实很平淡,既不声泪俱下,也不七情上脸,就是把自己经历过的事情都一五一十讲下去。那些纠结、焦虑、负疚与惭愧,完全没有刻意着墨,却弥漫在每一个句子、每一个词语之中,它们全都来自苏桐对事实的隐瞒,但和感情的背叛没有一分一毫的关系。

他一直讲到了叶蓁蓁他们从北京飞巴黎的那天,之所以从下午到晚上一直没接电话,是因为他喝醉了。

从下午四点半就开始醉,六点半正式倒下,一直睡到了十一点半,醒过来的时候叶蓁蓁他们的航班已经起飞了。

唐洛和叶蓁蓁都看着他,都满脸难以置信。

苏桐白天从不喝酒,叶蓁蓁很少见到他喝醉。所以这个理由只有一个词可以形容:太扯淡了吧。

苏桐完全明白他们表情的意思,苦笑:"真的。"他对叶蓁蓁说,"你记得娇姐吗?"

叶蓁蓁当然记得。

娇姐是苏桐从武汉天地八号夜总会洗手间里救出来的那位妈妈桑,他住院期间来看过好几次,每次都试图塞给叶蓁蓁一包钱,失败之后抱着叶蓁蓁声泪俱下说抱歉,在打官司的过程里两人也打过交道。

后来官司打完,毕竟人生轨迹相差太远,大家也就渐渐断了联系。

怎么无端端又提起她呢?

苏桐沉默了一下:"她跟投资圈一些人挺熟,我请她帮我找关系,她直接投了四平三百万。然后你们来巴黎那天帮我组了一个局,跟一帮她的姐妹见面,想让她们也投一些钱给四平。"

叶蓁蓁脑子转不过来:"娇姐的姐妹?投资给你?什么跟什么啊?"

唐洛没有相关背景知识,赶紧问:"娇姐是什么人啊?"

叶蓁蓁跟他比画:"苏桐以前在夜总会认识的一个妈妈桑,有一次被人寻仇,他救了那个妈妈桑,名字叫娇姐。"

她想了想,用了一个非常精准的描述帮助唐洛脑补娇姐的形象:"一个城乡接合部的卡戴珊,大概就是这样一个人。"

唐洛果然恍然大悟:"哦我明白了。"顺便提了一句,"我跟卡戴珊喝过酒的。"

叶蓁蓁嫌弃:"吹牛。"

小唐总哭笑不得:"这有什么好吹牛的,卡戴珊而已,又不是梅特里普。"然后看了苏桐一眼,"你还救过不少人嘛。"

苏桐说:"都是撞上的。"

然后他让两位冷静,不要打岔,尤其是叶蓁蓁,因为最扯的部分还没有来。

"这群太太基本上都是娇姐的年纪,或者稍微大一点,五十左右,她们的情况全都是老公死了,或者离婚了,或者老公其实活着也没离婚,但在她们心目中跟死了差不多,所以小团体的名字叫作'铁寡妇'。"

唐洛和叶蓁蓁一起喷了出来。

苏桐不动声色,继续说:"这个小团体每个月某一个周三下午,三点到七点聚会,每次都喝酒,喝不同的种类,一人带一瓶,喝到七点立刻就散。有人回家管孩子做作业,有人回家骂保姆,有人赴下一个约,绝不推后。"

他去的那天就是七月的局,去的时候根本没有想到要喝酒,因为去娇姐那里见人,也不是第一次了。

她和苏桐在英文学校重新联系上之后,没说笑,还真拿了他的BP到处给人看,一开始没人当一回事,甚至觉得她一个会所老板娘怎么来蹚投资界的浑水呢,嫌他们不够乱吗?

后来不知怎么有人真的就看了,还觉得有点意思,就让娇姐约苏桐谈,每次都是去娇姐自己开的会所,叫作"非马",取的是"白马非马"之意,明明是灯红酒绿的场合,名字却颇有禅意。

这个会所在工体旁边,占了一家酒店的两层,有酒吧有夜店,还有能安安静静喝酒聊天的私人包厢,很熟的客人来也有饭吃,而且东西出品很不错。

这是娇姐和两个多年有来往的客人合伙开的,客人们不显山不露水,在背后当金主,她就技术入股做管理,做运营带团队,在北京这个人人都呼朋唤友爱凑热闹的地界上,花了几年的工夫,还真做起来了,做得如鱼得水。

每次去赴约,苏桐是从不迟到的,但对方往往还没来。娇姐见到他,例行会先拉到后台跟上上下下的员工吹一遍,这是我救命恩人,年轻才俊,成色一百一的好男人,大家来看一看,喜欢的还可以摸一摸,限上三路啊,下三路人家女朋友肯定不乐意咱们就不勉强了啊。苏桐被收拾得一点没脾气，只好顺着话头跟大家打招呼。

就跟在武汉时一样，姑娘伙计们又跟他混了个脸熟，知道他的履历之后，隔三岔五来问他，买什么股票好啊，攒了一笔钱怎么办啊，灯市口的商铺说六个点保底收益首付一百万带租约能不能买啊，每次都像在开小型投资咨询会。

苏桐个性豪爽，明明大家不是一路人，自己口水说干也没有半毛钱好处，但既然来了，人家又好好问了，那就好好答呗，不忽悠。

娇姐约的人几次见下来，没什么下文，等他从上海回来之后，又应约去了一次，实在走投无路了，就跟娇姐说了融资最后关头失败的事，请她多帮自己看看机会。结果过了一礼拜，娇姐二话不说，送了三百万过来，说苏桐一直说不要投P2P，她决定听话，这笔钱之前是放一个APP里的，现在赎回来投四平得了。

苏桐收了这笔钱，压力山大，没敢真的算作投资给公司，而是做了一个私人借款，百分之十的利息，想着无论如何一年半载就要还回去。

他到娇姐那里多半都是晚上，说完正事就起身告辞，最多大家客客气气喝一两瓶啤酒，不存在血拼到底的阵仗，结果那天白天过去的，反而一坐下就知道和往日不同，绝对不能善了。

只见包房一角放了一整箱的茅台，桌上已经开了四瓶，每个人面前都放一个装满的分酒器，自己喝自己那份，喝完了有人给你加，不劝你喝，也不帮你喝。

在场的他是唯一的男人，其他全是苏桐家里阿姨姑姑那个年龄级别的太太，加上娇姐，一共二十个。或庄或谐，或妍或媸，有人全身都是亮瞎狗眼的Logo，有人踩着一字拖和绵绸套装，巧妙不同，各有千秋。

但不管穿着打扮、神情样貌是什么样子的，明眼人都看得出来她们有钱，而且不是一点点钱。

娇姐等所有人就座，先指挥着喝了一轮，然后把苏桐介绍给大家，用词言简意赅："这个是我兄弟，我的救命恩人，没有他，我早死了好几年了。这也是我一辈子见过唯一对老婆忠实的男人，万花丛中过，片叶不沾身，实至名归。"

娇姐跟人说一个男人忠实，这是什么概念？这相当于比尔·盖茨说你有钱，那你必须是真有钱。

她还没完，继续："我兄弟还是金融奇才，哈佛高才生，华尔街回来的，现在搞一个公司，正在找钱做大。我表个态，我是刚把放在网络理财里的几百万拿出来给他了，他肯定能帮我挣钱，姐妹们有没有兴趣都无所谓，给我一个面子，听他说说项目情况。"

苏桐在旁边被娇姐的安利说得如坐针毡，但娇姐话音一落，所有人的眼光都齐刷刷投向他，还真摆出了正经听项目情况的意思。

这种场面，他今天要是自己杀上门来的，别管是哈佛还是哈弗，可能都没人会正眼看他。有钱人是一个相当特殊的族群，他们被形形色色人骗的机会和花样，比普通人多一百倍，因此也就相应练出了一百倍的火眼金睛以及一百倍的钢铁疑心。

但他今天不是一个人，他有娇姐帮她背书。

这些太太吧，粘上毛比猴都精，但就是粘两层毛，也精不过娇姐。她们虽然叫自己"铁寡妇"，但个个身边还是有男人的。有男人，就自然有麻烦，在这个方面，谁没有受过娇姐的教啊？怎么拿捏男人，怎么收拾情敌，怎么欲擒故纵，怎么好合好散，遇到想要的怎么逢山开路遇水搭桥，不愿再搭理的怎么釜底抽薪、一刀两断，软的捏死，硬的打死，全是娇姐的专业。在男女关系这个领域，不管是资深的还是刚下海的，男男女女，都不够她喝一壶。

但就是这么一个女的，对苏桐，真心实意推崇备至，恨不得拿命担保，不由得叫人生出几分好奇。因为越是风月场里的人，见的赝品太多了，才越知道真性情的可贵，她说得动容，不由人不信。

娇姐豁出一颗心来的好意，苏桐必须得接下来，哪怕明明知道今天这个场面不可能有结果，也不能掉头就离开。

他于是清清嗓子，既来之则安之，把项目的情况一五一十道来。他一边说，一边就不断有人对他举杯，也就只能边说边不断喝下去，说着说着就有人插进来问问题。那些问题也未必就只和四平的项目有关，倒多半是问他的履历，以前的工作做什么，家里怎么样之类的个人情况。放在平时，苏桐自然要分辨当说不当说，有一些与正事无关的肯定就岔过去了，但几杯茅台又急又快下了肚，大概是太久没放松了，没过一小时他就慢慢兴奋了起来，这段日子来满脑子的阴霾被美酒一扫而空，于是该说的不该说的，全都喷了出去。什么项目不项目，连他自己在内好像都没怎么在乎，光跟姐姐阿姨们一块儿傻乐了。

这么一路喝到了七点，简直就跟动画片里演的一样，上一秒大家还在宾主尽欢，言笑晏晏，下一秒钟太太们纷纷起身，各拿各包，各叫各的司机，哗一下就全散了。娇姐见怪不怪，起身送人出去，留下苏桐猝不及防落了单，傻坐了一会儿，突然"砰"的一声趴在桌子上，跟被人打了一棍子似的就昏睡过去了，接下来被娇姐搬到了沙发上，就这么一直睡到了十一点半。

他醒过来看到叶蓁蓁的未接来电还没着急，打开信息一看到"苏桐"两个字，当场差点就尿了，第一个反应就知道自己肯定东窗事发，然后才有接下来的事。

他说到这里，基本算是交代清楚了，备不住叶蓁蓁是女孩子，再怎么笃定，还是要问一句:"你和杨子意没有什么吗,全是工作?"

苏桐还没回答,唐洛先推了叶蓁蓁一把:"猪脑袋,有什么他会在这里?"转头对苏桐说:"对吧?"

苏桐说:"嗯,什么都没有。"拉过叶蓁蓁的手亲了一下,"你知道我的,有就有,没有就没有。"

虽天下人吾往矣,做就做了,做了就会认,对的也好,错的也好,他不是圣人,但他更不是小人。

唐洛抢先表态:"我相信他。"

苏桐说:"谢谢。"

叶蓁蓁傻眼了,你们俩今天才见面吧,这就联合起来对付我了?

唐洛不理她,琢磨着苏桐说的来龙去脉,出了一会儿神:"你要多少钱来着?"

苏桐不知道他的用意,老老实实说:"第一轮的话,其实一个亿就基本够了,等我把现在的店稳住,数据和规模做上去,只要正现金流能持续一段时间,第二轮就能到十倍。我们有这个潜力。"

大少爷认为这算是什么事啊:"你让我妈给你啊。"又推了一把叶蓁蓁,"我们俩去跟她说。"

叶蓁蓁苦笑:"何不食肉糜?我怎么去跟高姐说啊,高姐你给我一个亿吧,我男朋友手头有点不方便?"

唐洛认真脸:"哎,不奇怪啊,我妈有一个基金,好像有上百亿的规模,她是主要LP,你做的项目好,她投给你很平常啊。"

他不分青红皂白继续挺苏桐:"你的项目肯定好吧?"

苏桐也不太知道什么叫谦虚:"现在还行,主要是以后的潜力特别大。"

唐洛来劲了:"那你去呗。"

苏桐摇摇头:"不用了,你妈妈找过我了。"

唐洛和叶蓁蓁都双双一愣:"什么?"

"前天你们飞巴黎的时候,我找不到小包子,就打电话去问高姐你们在巴黎的行程和地址,准备第二天飞过来,她就让我去了。"

这是那一晚最后一个插曲,但跟之前单挑二十个娘娘比,这一个插曲还要惊心动魄得多。

苏桐记得很清楚,他从非马会所火急火燎跑出来的时候已经非常晚了,怀着侥幸的心理给高佳妮打电话,对方居然接了起来,叫他喜出望外。他问高佳妮叶蓁蓁在巴黎的具体行程和住址,高佳妮不知道为什么沉默了一会儿,没有回答他的问题,再说话就直接让他马上到后海小院。

当时苏桐心里是很诧异的:问个行程而已,不需要见面吧?

但高佳妮叫人做什么,大家往往都只能乖乖听从,没什么好争辩的,所以苏桐也就老老实实去了。

叫了车从家里一路奔到后海,小光给他开的门,他进去看到高佳妮好整以暇地坐在客厅里,桌子上摆了两个杯子,今天喝的是木桐。

苏桐看到酒就头疼,高佳妮也看出来了他这一脸的憔悴,跟上次见面的时候简直不可同日而语,等他坐下就问:"你怎么回事?"

苏桐有点不好意思:"高姐,您别笑话我。"

他知道叶蓁蓁肯定是从什么地方知道了自己这一年的情况,否则不可能他的全名和"欺骗"两个字会出现在一个句子里。

叶蓁蓁既然知道了,自然高佳妮早晚也会知道,还不如自己先说,免得增加更多误会。

他于是原原本本把自己这一年的经历,光彩的不光彩的,和盘托出。高佳妮默默地听着,等他终于说完,喘过一口气来,就只问了一个问题:"你现在融到多少钱了?"

苏桐苦笑:"都在谈,没那么快,就拿到一笔老朋友的钱,付款给供应商了。"

他说的就是娇姐那三百万,再加上四五月份营业额的盈余一共七百五十万,付了浩然科技第二笔款。

高佳妮摇了摇头,摇得让苏桐很不好意思,一时间都不知道如何为自己辩解。

已经是深夜,高佳妮目光却仍然锐利如刀刃:"苏桐,我查过你的底细。"

苏桐一愣:"什么?"

"你履历一流,在万邦待的那几年,几乎是百战百胜。所有你经手辅导的初创企业,不但全部活下来了,超过百分之八十拿到了B轮,而且还在继续壮大。在南京的时候你有一个外号,叫作'万邦之虎',只要派你去,再糟糕的项目都能有一线生机。"

苏桐苦笑:"谁造谣啊?"他抖了抖身上已经皱巴巴的衬衣,嘀咕了一句,"我还虎呢?我快要成牛了。"

高佳妮没笑,除了叶蓁蓁,她在其他人面前都没什么幽默感:"我相信你是商业奇才,不仅限于投资,但任何奇才,都需要支柱。"

她说得一针见血:"最起码的,你之所以能百战百胜,是因为万邦给你机会战斗。

"为期两年多都融不到一笔钱的项目，在市场上如同泡沫，无法翻起任何波澜。"

她双眼燃烧着如同美杜莎一般能够置人于死地的火焰："哪怕你是天才，要么是小打小闹，要么是苟延残喘。"

苏桐沉默下来，他必须承认高佳妮说得有道理，理想伟大而现实残酷，世间事向来如此。

高佳妮稳稳地喝她的酒，每次啜一小口，不复从前放任，看来上次的遭遇还是给她留下了阴影。

当沉默足够久、足够有力，她再度开口，话锋转了："你为什么不去做一个基金呢，你自己的基金？"

苏桐一愣，没有明白高佳妮的用意。她不慌不忙："我愿意做你的LP。"

LP就是一般投资人，不管事或者不怎么管事但给钱的人，是私募基金的真正命脉。

苏桐一时以为自己没听清："什么？"

高佳妮深深凝视他，如果说叶蓁蓁是高佳妮从未有可能成为的人，那么苏桐的存在，反而更接近她年轻时候的自己，充满凡事皆可为的决心与勇气。

"事实上，我手里就有基金，将近一百个亿，我是主要LP，我愿意做一个子基金，专门投健康文娱部分，就交给你做。

"十个亿，你可以定点全投你手里现在这个项目，也可以分开投不同项目，所有项目三年平均收益如果有百分之三十或以上，你可以扩大基金规模。我担保你百分之百不会落空。"

她说的每一句话，几乎都可以算是任何年轻金融从业者的梦想，是他们在沙漠里找到阿拉丁神灯之后才会许的愿。

"如果你真的能证明自己是老虎，在十年之内你可以管到五十亿到一百亿规模的基金，钱绝对不是问题。"

她稍微停了一下，让这两句话在空气中回荡，变成流星照亮人们的愿望，也变成火种点燃苏桐眼中的光。

敲钉转脚，一锤定音："这一切如果只靠你自己，希望渺茫。"

苏桐坐直了身子。

刚走进门时他那颓唐而惶恐的样子从脸上身上褪去了，苏桐变回了自己，而不是叶蓁蓁的男朋友。

高佳妮的提议让他内心激荡，如同台风横扫热带岛屿上不设防的渔港。

但他的激荡并非来自天上突然掉馅饼的狂喜，而是来自警惕，从这一点来说，他是真正的聪明绝顶。

"所有命运赠送给你的礼物，都已经在暗中标好了价格。"

他冷静地看着高佳妮，让沉默在房间里发酵，既给自己时间，也给高佳妮压力。酒精的影响如同潮水一般褪去，他在合适的时间，问出了关键的问题："高姐，我很感激你愿意给我机会，但你的条件是什么？"

世上没有无缘无故的爱，也没有无缘无故的恨。更没有无缘无故给出的十个亿，十块都没有。

高佳妮目睹他这短短一段时间内精气神的变化，几乎忍不住要击节赞叹，甚至在内心想，要是我有个这样的儿子，又何必在这里困守愁城？

她确乎是有条件的，这个条件无关商业，无关回报，甚至无关信任。

关乎选择。

"我希望你可以离开蓁蓁。"

苏桐脱口而出："什么？"

他的第一个反应其实是不可置信："高姐，你认真的吗？"

而后他从高佳妮的表情就看得出来，她是认真的。

此时此刻，万籁俱寂，世界睡死了过去，如果有人在这个时候还醒着，还在喝酒，那么说的任何话都基本等同于放屁，千万不要信。

但其中不包括高佳妮，她说的每一个字都是认真的。

"为什么？"苏桐真的是看不到其中的关系，他能不能管一百亿的基金，怎么是当谁的男朋友决定的呢？

高佳妮却也不解释了："我有我的理由，但和你没关系，你不用现在答应，好好考虑一下吧。"

她最后发出的是锥心的一击："你前途无量，别毁在婆婆妈妈手里。想一想吧，有多少做投资的人，这一生能有机会独立掌管一百亿的基金？"

苏桐听完这句话，点了点头，真的想了一下。就只有那么一下。然后他站了起来，他高大魁梧、气宇轩昂，是为数很少能当得上这八个字形容的男人。

在他平静的表面下，有100℃高温的火焰正在喷发。

他就这么看着高佳妮："高姐，蓁蓁当你像亲人一样，所以我也不会对你口出恶言，我不需要回去好好考虑，因为答案只有一个。

"我这一生的幸福，名字就叫作'叶蓁蓁'，没有她，全世界的钱都给我也没有意义。如果她不要我了，我没话说，但那也就是唯一能让我离开她的原因。"

他伸手拿起外套，穿得妥妥的，看着高佳妮笑了笑："高姐，你保重身体，我先走了。"

头也没回，就这么走了，只不过在他走到路上叫车的时候，收到了高佳妮发来的短信，是叶蓁蓁和唐洛在巴黎的地址和行程。

他说完这一段，话音落下，套房里突然之间安静了下来，过了好一会儿，突然响起了鼓掌声，慢慢的，但是很有力，是唐洛。

他非常高兴，简直说得上是容光焕发："太棒了，Bravo!（好样的！）"

他鼓了一会儿掌，伸手过去大力拍苏桐的肩膀："感谢你。"

苏桐莫名其妙："啥？"

相对之下叶蓁蓁就比较了解唐洛了："他感谢你收拾了高姐。"

她脸上绽开笑容，挨过去在苏桐额头上亲了一下："我也感谢你。"

苏桐笑着抱抱她："你是不是傻，感谢我？你不生我的气就好了。"

叶蓁蓁想了想，摇头："我不生你的气。"

她摸了摸自己的额头，那里其实基本上已经好了，但不知道是不是心理原因，每次摸到都会不由自主一哆嗦，隐隐作痛。

"我受伤的时候，一脸都是血，你打电话问我怎么样，我明明有事，但就是跟你说没事。"她看着心爱的人，"我怕你担心。"

她拉着苏桐，凝视着他的手指，指甲修理得干干净净，一点脏东西都没有。

"你那么难，一个人死顶着，也是怕我担心。"

一颗颗眼泪滚下来，落在苏桐的手背上，他无言地握紧了叶蓁蓁的小手，什么也没说，因为什么都不用说。

叶蓁蓁用另一只手擦了一把眼睛，努力地对着苏桐笑了一下，然后她不知怎么的，就呆呆地陷入了沉思，坐那儿不出声了，看着某个地方出神。

苏桐以为她累了，伸手把她抱在怀里，继续跟唐洛喝酒闲谈。过了很长一段时间，酒瓶见底，都准备散了，叶蓁蓁忽然坐起来，对唐洛说："小唐总，我要回去上班。"

非常严肃，非常冷静。

唐洛说："嗯？"

叶蓁蓁重复了一次："我要回去上班。"

唐洛没明白："你被歹徒吓傻了吗？"

她摇头："不是。"

叶蓁蓁握紧了自己的小拳头,站起来,就像"二战"时在电台发表战斗檄文的英国国王乔治六世一样神情庄重。

"我要上班,当助理总裁也好,当文员也好,认认真真地去工作。"她确实很认真,"我是大人了,我也有责任当大人,我不能让我喜欢的人,永远一个人去承担人生的压力。"

看着苏桐的眼睛,她情真意切,发自内心的表白:"我要让你也能依靠我。"

苏桐愣住了。

他们就这么望着彼此,望了很久,就像彼此所看到的就是自己的全世界,直到唐洛在旁边咳嗽两声,然后嘀咕了一句:"太他妈肉麻了。"

他努力扮演一只明亮又璀璨的电灯泡:"我妈到底为什么要跟你来这套啊,给你一百个亿,让你离开叶蓁蓁,凭什么?叶蓁蓁根本不值这么多钱!"

叶蓁蓁恼羞成怒,丢过去一只拖鞋,唐洛躲开,抓起一个靠枕砸回去。两个人此起彼伏地混战,苏桐坐山观虎斗,隐隐约约对高佳妮的动机有了一个猜想,而后心里默默说:"高姐,你英明一世,怎么能这么不了解自己身边的人啊?"

喝到黎明将至,叶蓁蓁顶不住了:"小唐总,咱们散了吧,明天还有事儿啊。"

唐洛摇了摇酒瓶,已经完全空了,也就顺水推舟:"好吧,是挺晚了。"

他站起来送苏桐和叶蓁蓁出去,身形还笔直,稳稳当当的,眼睛明亮得像窗外天幕上第一颗星。他几乎喝了个通宵,脸上却也看不出什么醉意:"明天的事情你们不用管了,好好逛一下巴黎吧,我自己搞定就行。"

叶蓁蓁不放心:"你一个人行不行啊?"

唐洛弹了她一下脑门:"打仗,我不行;打牌,你不行。咱们各有各的主场,别瞎操心。"

他跟苏桐击了一个掌,门关上了。

第二天唐洛真的没有找叶蓁蓁,苏桐他们于是意外地有了一天闲暇在巴黎观光。两人像正宗的游客一样去打卡了巴黎圣母院、凯旋门、埃菲尔铁塔和卢浮宫外面的广场,最后坐在香榭丽舍街上的咖啡厅,如叶蓁蓁所愿喝了一杯富有文艺气息的咖啡。

叶蓁蓁揉着走酸了的腿和苏桐闲聊,忽然想起来了:"你说高姐到底为什么要找你说那些有的没的?"

苏桐看看她,说:"我觉得她希望你和唐洛在一起。"

叶蓁蓁翻了个白眼:"胡说。"

苏桐摇摇头:"唐洛回国之后肯定被你影响了很多,我看他跟你说话的样子,是挺好的一个人,不太像那种离家出走六亲不认的熊孩子。如果高姐也有这种感觉,她本来就喜欢你,肯定希望你可以和唐洛更亲近。"他认为自己是可以理解高佳妮的,"像高董这样的人,不会只是暗中希望什么,她必然是直截了当地去交换或者要求。"

叶蓁蓁一愣,气不打一处来:"高姐不对,她怎么就不问问我要什么,唐洛要什么呢?她想我们在一起我们就在一起?又不是两个可以设定程序的机器人。"

苏桐伸手摸摸她的脸:"所以你想想为什么唐洛当年要跑路?"从另一个角度上解读,"我要是她老公,我估计也会出轨,这样个性的人能做大事业,但肯定不是好伴侣。"

叶蓁蓁"嗯"了一声,想了想高佳妮的做派,不得不承认苏桐说的有道理,她看着喜欢的人:"不过宝啊,一百亿啊,要是以后靠自己做不到这个规模,你会不会后悔?"

苏桐怪好笑地看着她:"后悔什么,后悔自己没有卖爱求钱吗,怎么可能?"

他说:"我爸跟我说的,人要忠于本心,威武不能屈,富贵不能淫,贫贱不能移,少一个就不要说自己姓苏。"他耸耸肩,"我觉得姓苏挺好,不准备改啊。"

叶蓁蓁微笑,凑过去亲他一口:"当然不能改。"

他们坐到七点左右,夕阳西下,正琢磨着去哪儿吃晚饭,突然唐洛打电话过来:"走,回北京。"

叶蓁蓁顿时一脸蒙:"啊?"

唐洛不解释:"你们一会儿就回酒店,收拾好东西后直接去机场,凌晨一点二十的航班,先去赫尔辛基再到北京。"

"啪"一下电话就挂了,叶蓁蓁看着手机嘀咕:"这哥们儿怎么说风就是雨呢?"

这行动出乎她预料,因为本来担心的是到了该回去的时候唐洛赖着不回去,从没想到还能提前。

等他们到了机场,唐洛已经等着了,见面简单说了一下今天的收获。一是林先生在这两天之内已经谈妥了部分作品的代理权,其他部分的进展也相当顺利;二是他去见的几家画廊和艺术品交易公司都对和合的项目非常有兴趣,双方谈得很愉快,都约定了下一步的积极接触。

叶蓁蓁很高兴:"小唐总你真棒啊。"

唐洛皮笑肉不笑:"行吧。"

苏桐看了他一眼。

飞回去的这十一个小时，叶蓁蓁的心情与来时如同天壤之别，不过境遇则比较相似——都没人跟她玩。

找到人玩的反而是唐洛，他和苏桐迅速找到了几乎可以说是无穷无尽的共同话题——关于打架的、关于喝酒的、关于在国外生活的孤独与自由、关于人与人之间的关系。两个人个性和成长环境都截然不同，自然观点和想法都迥异，甚至说得上有巨大的分歧，但友谊的重点不在于趋同，而在于认同，在于我知道你有你的人生，我也有我的人生，但始终对彼此的选择保持敬意。

飞机落地是北京的深夜，唐洛没让家里司机来接，自己叫了一个车，站在那里很踌躇满志的样子。叶蓁蓁问他无端端嘚瑟啥，他很高兴地把手机给叶蓁蓁看："我会自己叫车了啊。"

这到底算是什么伟大成就值得满面笑容？大少爷可太不接地气了。

叶蓁蓁正摇头，一眼看到唐洛叫车软件地图上显示的目的地，居然是和合大厦。

这就蹊跷了，半夜三更地不回去躺着，去公司干吗？其他人还可以理解，小唐总可不是这么爱厂如家的主儿。

她心里这么问，但嘴上没说出来，很多时候所谓的情商，无非就是把握一个人与人之间的分寸，亲近到无所不知，也不代表事事要问。

不过她送走唐洛之后，自己回家路上就跟苏桐嘀咕起来了："小唐总这个点跑公司去了，奇怪吧？"

苏桐也比较迷惘："工作狂从国外出差回来落地就开会的也有，但真不像他的风格哈。"

"是啊。"

"我在机场听他跟人打电话说法语来着，就听懂了几个字，警察、证物什么的。估计是法国警方抓了人，联系受害人询问，他是不是去公司处理这个了？"

"干吗非要去公司处理，家里不行吗？不就是电话、电脑的事儿。"

"怕惊动家里人？"

叶蓁蓁摇头："他那个家，架上高音喇叭从一头往另一头喊都听不到，没法惊动。"

那就超出苏桐推理范围了，他有点困，靠着座椅后背拉着叶蓁蓁的手，眼睛慢慢合上，含含糊糊地说："他那么大个人了，没什么事的，放心吧。"

他这几天持续处于精神高度紧张的状态中，几乎都没怎么睡，此时一进梦乡，那真是睡得神魂颠倒，下车的时候蓁蓁喊了半天才有动静。他半闭着眼睛，跟行尸走肉一样推着行李箱回到家，径直进了房间一头栽倒。叶蓁蓁在旁边又好气又好笑，给他把被子盖上，盖完自己也乏了，想着歪一下再去洗脸洗澡吧，结果脑袋一沾上枕头，就跟被人打了一闷棍似的，和苏桐一样瞬间失去了知觉，客厅卧室灯都没关，两个人就这么睡过去了。

第三十章
既然她要动你，那她就完了

　　这一觉虽然睡得沉，但并不长，叶蓁蓁那个耿直得有点过分的生物钟六点就把她给弄醒了。她打着哈欠爬起来，自己在床边坐着想了半天心事，然后才去洗漱收拾，做了简单的早餐热起来，最后穿好了端端正正的上班衣服，坐在床边看良人。

　　微光从窗帘缝隙里透过来，照在苏桐的侧脸上，才多少岁的人，鬓边竟然有几根白发，是叶蓁蓁记忆中从来没有见到过的。此刻苏桐的眉头在睡梦中微微皱着，不知道在想什么为难的事。

　　她一开始去创世实习的时候，遇到郭也给她的难题自己怎么也想不通，就交给苏桐去代劳，他在认真思考的时候，眉头就是这样皱着的。

　　回到读高中的时候，她不懂的题、不精通的科目，隔三岔五都要苏桐给她补习，他努力想着怎么深入浅出把知识点说清楚讲明白的时候，眉头也是这样皱着的。

　　这一年多里，他承受了什么呢？有多少次想要坦白发生在自己身上的事，又因为顾虑她的自由与平静而不说呢？

　　坦白是爱，隐瞒也可以是爱。

　　必须要经过很多事才知道，哪怕最纯洁的爱，有时候也是带灰色的。

　　而从人明白这一点开始，童话中的城堡就轰然坍塌，人也真的长大了。

　　蓁蓁伸出手，轻轻抚摸苏桐皱起来的眉心，他马上就醒了，转过头睁开眼看她，眼神温存，和任何时候都一样："小包子，你就起来了？"

　　叶蓁蓁笑："嗯，起来了。"

　　苏桐撑起身看看她的衣着："今天就去上班啊？"

叶蓁蓁点头:"嗯,要上班,不过上班前还有一个地方要去。"

她没说自己还要去哪里,看了爱人一会儿,然后爬上床趴在他身上,脸贴在苏桐的颈窝里,也不管会不会弄花自己的妆,就那么趴了一会儿,然后小小声地说:"宝,你想干什么就去干,我能撑得住你。"

苏桐抱住她,嘴唇贴在她蓬松的、香喷喷的头发上,慢慢说:"小包子,始终都是你撑住我。"

叶蓁蓁笑了,抬起头来亲了他一下:"起来吧,吃点东西我们一起出门。"

她说:"我要去一趟你的办公室。"

苏桐一怔,但他注意到叶蓁蓁用的是陈述句而不是疑问句,这就意味着她下了决定而不是在征求意见,此时不必有异议,照做才是正理。

他于是爽快地答应下来:"好,我把你介绍给王总。你也看看我的工作环境。"

他们到四平的时候其实还挺早,但王建平已经到了,如往常一样在办公室里专心看昨天的业绩数据,老远看到叶蓁蓁过去就愣了一下,而后急急忙忙推着轮椅出门去迎接。叶蓁蓁看到这一幕同样也愣了一下,不等苏桐介绍,上前伸出了手:"王总,你好啊,我是叶蓁蓁,苏桐的女朋友。"

苏桐在旁边补充了一下:"年底结婚,王总有时间的话来喝喜酒。"

王建平当然忙不迭点头,刚要说什么,忽然外面传来一个清脆的声音:"王总,苏总回来了吗?"

话音未落,杨子意就走了进来,看到苏桐立刻脸上露出笑容,转瞬间见到站在苏桐前面的叶蓁蓁,笑容又消失了。王建平把她的表情变化看在眼里,心里叹了一口气。叶蓁蓁倒是向她和和气气地点头,说:"又见面了。"

见到叶蓁蓁再度出现在四平,杨子意自然满心都是警惕,但也有一丝窃喜,她猜测那天回去之后,叶蓁蓁必然是跟苏桐一哭二闹三上吊,现在多半是硬跟着男朋友来公司宣示自己的所有权,如果事实如此,叶蓁蓁就已经输了先机。

她对叶蓁蓁友好的招呼就回了一个几乎看不到的点头,然后看着苏桐说:"咱们三个是不是要开会了?我开完会还要赶回去呢。"语气很随意,因此也就格外亲近。

他们三个人确实约了今天早上开会,杨子意为了帮四平融资而请的年假早就用完了,这段时间她都是八点不到就过来,工作到九点半再赶回万邦,如果有需要,六点半那边下班了再过来,每天过着起得比鸡早、睡得比猫晚的生活,着实辛苦。

苏桐看了看表:"还有十分钟。"

杨子意老大不乐意:"早开早好,为什么要浪费时间闲聊?"说着还瞪了叶蓁蓁一眼，对苏桐说，"苏哥，你前几天去哪儿了啊？"有一点微妙的埋怨。

叶蓁蓁不等苏桐说话，笑眯眯地说："苏总陪我去了一趟巴黎，我们公司有项目在那边，他去帮我参谋参谋。"

她从自己带的包里拿出两张名片，很客气地交给王建平和杨子意："我们也有文娱和健康事业部，大家是自己人，说不定以后还有合作的机会。"

那两人接过去各自看了一眼，质地极其精良的名卡上写着：

和合集团股份有限公司
助理总裁 叶蓁蓁

然后是电话、座机和邮箱地址。

王建平眼前一亮。杨子意瞪着那张名片，突然间整个人都愣住了，一丝红晕从她的耳边渐渐浮起来，蔓延开去，直红到了耳根子上，一句话都说不出来。她就是做梦都不可能想得到叶蓁蓁有这样的来头，前几天人家到访时自己慷慨激昂挖苦人家的话，现在反过来都变成了巴掌，一下一下打在了自己脸上。

她低着头站在那里，实在挂不住，扭头就往外走，听到叶蓁蓁叫她："杨小姐，请留步。"

她有心不留，却不知不觉放慢了脚步，想知道叶蓁蓁要做什么，而后听到对方和王建平告辞："王总，我和杨小姐说两句话就走了，不耽误你们上班，迟几天我和苏桐请你吃饭。"

叶蓁蓁进了四平办公室之后，从头到尾的语调言辞都透露着恰到好处的亲切与尊重。就光听几句话，是个人就知道她不可能是只会混吃等死的傻白甜。

她又和苏桐轻轻说了一声："晚点给你打电话啊。"

她走了出来，在杨子意身边站住，说："咱们找个比较安静的地方吧。"

杨子意自从看到那张名片，气势上已经输了一截，但此刻还是要强打精神，说："去会议室吧。"她回头看了王建平的办公室一眼，苏桐已经在和王建平说事情了，看都没往这边看，似乎丝毫不担心自己女朋友会跟杨子意说什么。

她们进了会议室，叶蓁蓁四处看了一下，笑着说："还挺干净呢。"一扭身，很自然地就挑了会议桌上首的位置坐下来。杨子意迟疑了一下，选了旁边的座位，两人坐成九十度，她心里立刻后悔，因为上首往往就是当权者坐的地方，现在看起来，也确实是叶蓁蓁掌握主动。

她们坐下来之后，叶蓁蓁看了她一会儿，然后从自己包里拿出一张卡，放在杨子意面前："这个，应该是给你吧？"

杨子意没想到这一出，一愣："什么？"

"这是我代替苏总，私人借给四平的钱，不太多，三百五十万，但应该可以把眼前要付的一些小账单应付过去，你是财务总监，交给你最合适。"

杨子意惊疑不定："你什么意思？"

叶蓁蓁温和地看着她："杨小姐，我没有别的意思。苏桐是我男朋友，我们年底就结婚，我们十几岁就在一起，他就是我，我就是他，他现在做事业需要钱，我刚好拿到一笔钱，当然要拿出来支持他的事业。"

杨子意哑口无言，可是内心情绪的汹涌却像是岩浆一样。她盯着那张卡看，拼命压抑着自己想要跳起来把包砸在叶蓁蓁脸上的冲动，可是那愤怒的背后，其实更多的是惨淡的悲伤——苏桐不是她的，也永远不会是她的。叶蓁蓁坐在这里，什么都不用多说，也明明白白告诉了她这一点，无论杨子意怎么努力都毫无意义，而这个念头让她心碎。

她的心思，全落在了叶蓁蓁的眼里。叶蓁蓁静静地等了一会儿，而后说："杨小姐，你的经历，苏桐跟我说了。我发自内心地觉得，你是一个非常了不起的人，这么能干，又这么有情义，我不知道换了我自己，或者知道的任何一个人，有没有可能像你那样，顶着内心的压力，出色地做好两份工作。我很想当面来谢谢你，帮了他那么多。"

她重复了一次："我是真的很感谢你。"语气真挚而友善。

杨子意抬起眼睛来，微微动容。

叶蓁蓁不需要她的回应，继续说："如果没有你，苏桐和王总估计也没有办法坚持到现在，以他们两个男的那种大大咧咧的个性，说不定早就破产了。"她做了一个杀鸡的手势，"Game over.（游戏结束。）"

杨子意忍不住微微一笑，尽管这一笑让她自己都觉得意外，可是叶蓁蓁这句话，也是真的说到了她的心坎里。她之所以披星戴月、殚精竭虑地帮四平工作，一开始当然是因为王建平不容易，后来当然是因为可以跟苏桐接近，但做了那么久之后，确确实实也有一部分，是因为她看到了自己的价值。当一个人认识到自己有价值，就会有更多战斗的勇气。

她终于软化下来，说："你过奖了。"而后沉默了一下，问，"你来干什么？"拍了拍那张卡，"就是为了把钱给我吗？"

叶蓁蓁摇摇头："其实我是想知道，苏桐有没有做过什么让你受到伤害，或者让你误会的事。如果有的话，也许你会想要一个清楚的解释。他的个性我很了解，在外人面前没有那么细，所以也许做了什么不合适的事情，他自己都没有注意到。"

杨子意听到"他的个性我很了解"这句话，就像三九严寒突然脖子里被塞了一块冰，她颓然望着桌面，疲倦地摇摇头："没有。"

苏桐一脚踢开大门，从天而降将她拖出魔掌的场景，再一次浮现在脑海，这是第一千次，也是第一万次。

他从上海回来，脸色沉重，坐在那里静默如雕塑的模样，也随之浮现在脑海。

他有没有做过任何伤害她的事？

没有。

他有没有以言语、手势、眼神、动作、文字，对她给过任何暗示、引导或提醒，表示说不定他们之间有任何跨过同事和朋友这条线的可能？

没有。

他教她如何成为一个好的职业人，他训练她在工作上精进，他救了她，为此失去了工作，失去了在自己最喜欢的行业一展所长的机会，失去了锦绣前途。即使从头来过之后，他也逃不开因为她而招惹的阴影，为山九仞，功亏一篑。

但无论境遇灰暗到何种程度，他一个字未曾对她抱怨过。

一阵热血涌上心口，杨子意想到这里，如同突然走出一片大雾笼罩之地，阳光直射，驱散阴影，一切都没有任何遮掩，叫人看得清清楚楚，她在这刹那间悚然一惊。

怎么可以这样，她问自己：杨子意，你怎么可以这样？

一个人对你有大恩，不图任何利益，而自己回报的方式是想要拆散他和他所爱的人？

这瞬间的惭愧与自我厌恶，让她几乎无地自容。

这时候叶蓁蓁说："没有就好。"

她伸手过来，轻轻按住了杨子意的手，就么按了一下，又拿开了，是一个短促却贴心的安慰，然后站起来，准备离开了。

她的手很暖，指甲干干净净的，修得短而整齐，也和苏桐很像。其实杨子意刚刚就注意到了，这两个人很多地方都是像的，就连站在那里听人说话的样子也是，头都微微偏向一边，眼神专注，神情几乎一模一样。夫妻脸这种东西，就是从天长日久地同进同出、同坐同起里熏染出来的吧。

叶蓁蓁站在那里，凝视着杨子意，说："杨小姐，你肯定也知道，苏桐是个好人，必要的时候，他可以为陌生人赴死。"带着坚定的相信与骄傲，她说，"但有一点其他人不知道的是，他只为自己而活、为我而活，这才是他真正好的地方。"

在离开之前，她最后一句话是："杨小姐，你也要为自己而好好生活啊。"

从四平出来，叶蓁蓁先去了公司，门禁信息都还有效，让她松了一口气，她上去一看小唐总不在，估计是回家去补觉了。

她无端端消失了一段时间，又无端端回来，但不管是消失还是回来，似乎都没有太多人注意到，Florence当然是个例外，见到她立刻就走过来："叶小姐。"

叶蓁蓁仔细看她，人似乎瘦了一些，气色还可以，这么大热天，穿了一件高领真丝的波点长袖衬衣加小西装外套，把自己包裹得严严实实。

"你身体好了吧？"

Florence对她笑笑："差不多了，谢谢你，叶小姐。"

叶蓁蓁摆摆手表示没关系，正要进办公室，Florence说："叶小姐，你有空吗？我请你喝个咖啡吧。"

她们一起下了楼，在和合大厦旁边一家咖啡馆坐下。叶蓁蓁点了鲜泡的绿茶，Florence点了加糖加奶的拿铁。

咖啡杯的上空微微有白气氤氲，Florence打破了沉默，对叶蓁蓁笑笑："我本来要给你打电话的，没想到你来了公司。"

叶蓁蓁问她："没什么事吧？"

Florence沉吟了一下，说："小唐总不让我继续上班了，今天是最后一天。"

这个消息还真是让叶蓁蓁意外："不会吧？"自然而然就有疑问，"为什么？"

Florence微微一笑，但眼神里没有笑意："他昨天凌晨带了IT的人，开我的电脑调出了所有邮件和系统访问信息，还有我的工作手机在云端的备份，然后发了一封邮件给我，说今天最后一天，让我收拾东西跟人事交接。我的工作邮箱、系统账号和门禁的权限，已经全都注销了。"

叶蓁蓁目瞪口呆，唐洛这一手杀伐决断，干脆利落，半点余地都不留，绝对是有备而来的。但问题是他们昨天才一起回来，之前没听到他透露半点风声说对Florence不满啊。

她自然就猜想Florence叫她出来，是希望自己向唐洛求情，但Florence下一句话就打消了这个揣测："叶小姐，我不是请你来帮我跟小唐总求情的。"

她声音很平静，底色却是冷冷的："他没做错什么。"

叶蓁蓁轻轻问："到底怎么了？"

Florence眼睛没看她，盯着咖啡表面那层奶泡，一口没喝，也许根本没有喝咖啡的心思："小唐总回来这半年多，我每天都要向罗西汇报他的情况，一般都是每天一次，晚上九点左右通过工作手机发送加密的信息给她。

"前几天你们去了巴黎,罗西忽然要求我每个小时都发送你们的行程信息和位置给她,去哪里吃饭、订了哪里的酒吧之类的,事无巨细,都要汇报。"

叶蓁蓁很惊讶:"你怎么会知道?"

"你们的机票、酒店、接机,还有小唐总自己开的车都是我经手的,电话和信用卡绑定的也都是我的名字。我可以在租车行的APP上看到车程细节,米其林餐厅和夜店什么的也是我订的。"

"她要知道小唐总的行程信息干什么?"

如果随时保持跟踪定位的要求是高佳妮提的,那完全可以理解,说白了就是不让唐洛跑嘛,叶蓁蓁还真的有保持联系的任务在身,不然苏桐从高佳妮那里也找不到他们的地址。

但罗西怎么会对唐洛关切到这个程度?所谓"事出反常必有妖",叶蓁蓁等着Florence的回答。

Florence说:"我本来不知道,罗小姐让人做事从来不解释的,完成任务就好了。"

"本来?后来呢?"叶蓁蓁很敏锐。

Florence苦笑一声:"后来小唐总凌晨三点多让我去公司,说你们在巴黎被追杀,歹徒被警察抓了,招供说有人安排他们专门守在那家夜店等你们,具体是谁安排的还没有查到,他问我知不知道是什么情况。"

这消息让叶蓁蓁极为震惊。她和世界的关系一直都很融洽,路上有人冲出来抢提包这事儿是可以想象的,但被人拿把枪跟在屁股后面追杀,就带着一种虚妄之感,怎么想都觉得不应该,在造成心理阴影面积这事儿上,还不如她在高佳妮的公寓被人袭击那次。

叶蓁蓁慢吞吞地问:"那你怎么说?"

Florence垂下头:"我说了实话。我不知道为什么你们会在巴黎被人追杀,但我确实告诉了罗小姐你们当晚的位置。"

去夜店是唐洛的主意,没告诉高佳妮,苏桐是飞机落地后才被接过去的,除了他们俩,只有Florence才清楚具体的位置。唐洛连夜去查Florence的邮箱和工作手机,想必也是从这一点入手的。

叶蓁蓁想到这一点,脊背上爬上了冰凉的蠕虫,她本能地不想把人往坏处想:"小唐总怀疑这是罗西安排的吗?"

Florence摇头:"他不是怀疑。"她很肯定这一点,"他是认定。"

叶蓁蓁倒抽了一口凉气,她也坐不住了,拿包就想离开这里去找唐洛,被Florence一句话拦住了:"叶小姐,如果这事儿是真的,你和小唐总,跟罗小姐是没有办法和平相处了吧?"

叶蓁蓁反问:"你说呢?"

要钱要权力要男人,全都拿到了,打赢了,那是本事,拿不到的呢,愿赌服输咯。

但如果唐洛的猜测没错呢?那是要命哦,谁要你的命,谁就是你实际意义上的敌人,都不算打比方了。

这些话她没说出口,在Florence面前没必要,看着对方努力压抑着不安的神情,叶蓁蓁有点于心不忍:"我去劝劝小唐总,让你留下来吧。这不是你的问题,是罗西的,她让你干什么,你和其他人一样,能有什么办法呢?"

Florence微微一怔,而后微笑:"叶小姐,你真的太善良了。"而后她说,"叶小姐,小唐总昨晚不但调出了我跟罗西之间的全部来往邮件和信息,还让我下载了从我入职开始所知道的、所接触过的跟罗西有关的全部合同和项目资料,而且特别指明要我找一份跟法国麦勒画廊签的采购协议。"

"找到了吗?"

Florence摇头:"没有。"

"没有?"这叫人意外,叶蓁蓁都想咬手指头了,"为啥没有?明明有啊。小唐总以前看到过的。"

Florence说:"以前确实是有的。"

她深吸了一口气,慢慢地把事情经过说了出来:"罗西在七月二十一号那天临时提高了我的权限,让我进入系统,备份了这个合同的所有资料,然后删掉了整个文件夹。她要我在七月二十六号把合同再上传回原来的位置。"

叶蓁蓁有点迷糊:"为啥要让你做,自己不做?"

Florence冷笑一声,声音调高了:"这么麻烦的事,她怎么会自己做?"而后又平缓下来,"再说,这个文件的访问权限很高,她自己去删很容易被发现,我去删的话,哪怕被发现也可以说是系统故障,误操作,她顺水推舟算我一个工作过失就行了。"

叶蓁蓁长出了一口气,联想起唐洛在巴黎说的关于麦勒的情况,心里的震惊到了无以复加的地步:"妈呀。"

她稍微平复了一下心情,问:"这事儿你告诉小唐总了吗?"

"没有。"

叶蓁蓁一愣:"那你为什么要来告诉我呢?"她凝视着Florence,"你本来可以不用说的。"

Florence连续喝了几口咖啡，似乎在思量什么，过了一会儿，用一种很隆重的口气说："叶小姐，小唐总已经让我走人，我本来确实不用说的，但第一呢，我很谢谢你在医院照顾我，给我送汤，还保护我，我想要帮你。"

叶蓁蓁摆摆手："这有啥。"

Florence点点头："对你来说也许没什么。"

"第二呢……"她停了下来，把长发撩起，真丝衬衣高领上方的三颗扣子解开，露出脖子和一边的肩膀，一道紫红色瘀痕从锁骨下方一直延续到肩膀上方，一看就知道是被人紧紧抓住抓出来的。

"她让我删文件的时候是半夜，我手术后恢复不好，在家里发高烧没接电话，她让司机赶到我家，硬把我拖到了公司干活。"

叶蓁蓁惊呼了一声："天哪！"简直义愤填膺，"这个死女人，怎么一点儿人味都没有？太过分了。"她脸涨得通红，小拳头捏得紧紧的，要是罗西在面前，这架势可能就打上去了。

Florence把衣服穿好，微微一笑："罗西不是个好人，叶小姐，你要小心一点。"然后她继续爆料，"我反正都要走了，还有些事叶小姐你也多知道一点比较好。"

一串儿炮仗在咖啡厅里炸响，分贝不高，杀伤力却惊心动魄："罗西和唐董的司机有私情，唐董出差或者在公司附近独自应酬的时候，他们会在楼上的办公室里面约会。我有一次在旁边那个走廊尽头的小办公室里加班到很晚，出门的时候撞见过。"

叶蓁蓁一听走廊尽头的小办公室就知道是哪间，确实走出来就能看到罗西用的办公室，她脱口而出："你说的是阿彬？"

"是的，叫陈彬，就是他拖我去公司加班的。"

她对叶蓁蓁笑笑："说是唐董的司机，不过更像是罗西的一条狗。"她的语气里带着浓烈的讽刺，"唐董要是知道，会活活气死吧？"

叶蓁蓁这下什么都听不进去了，跳起来夺门而出，她一面招手叫车，一面打电话给唐洛和高佳妮，结果两人都不接，叶蓁蓁急得跺脚。好不容易有个车停下来，她蹿进去就喊："去后海，去后海后海。"

叶蓁蓁早上辗转四平、和合，又和Florence喝咖啡的时候，唐洛就一直在后海小院待着。

他很早就去了，早得有点不正常，天都没亮，鸟都没起来。

林阿姨给他开门，满脸惴惴不安，生怕这一大清早的洛少过来，是跟高佳妮置气的——否则何至于这个点儿突然出现。

唐洛确实也神情凝重,没有笑容,可进门又从包里拿出一个盒子,说是从巴黎给她带的礼物。

一条很大的爱马仕羊绒围巾,说林阿姨冬天出门去买菜的时候戴能挡风,很暖和,颜色也很合适她。

他说完就往里面去了,留下林阿姨发呆,这是多少年来破天荒头一遭,洛少贴心贴肺的,居然考虑到了其他人出门要挡风的问题。那语气听起来根本不像他,也不像这个家里的任何人。

像谁呢?林阿姨几乎立刻就想起来了,像叶蓁蓁。

说到破天荒头一遭,唐洛的感受也一样,他今天要做的,过去十多年不但从来没主动做过,而且还一直一直逃避,逃到了天涯海角。

他需要跟高佳妮进行一次严肃的谈话。

由他发起、由他主导,而且一定要有所结果。

他在书房等高佳妮的时候,觉得自己已经做好了充分的心理建设,结果等妈妈一走进来,唐洛几乎不假思索就起立,站直身体,仿佛立刻就回到了儿童时代他所熟悉的情境中。在那个情境里他永远是个孩子,不够好、不够让人满意,和母亲相处时最多的感觉是恐惧,更多的念头是逃避。

他努力压抑着自己的不安望过去,然后第一眼就注意到了高佳妮的头发。

儿子突然来访,她显然十分匆忙,没有戴帽子,光了一半的头很显眼,和眼角的纹路与消瘦的脸颊结合在一起,令一个人格外意气消沉,根本不复唐洛记忆中的气吞万里如虎。

这一刻他突然意识到,高佳妮已经老了,而自己也应该长大了。

他叫高佳妮:"妈咪。"

高佳妮吃了一惊,是货真价实地、情不自禁地吃了一惊。

不知道多少年了,她没有听到过唐洛这样叫她,一个再自然不过的称呼,渐渐都成了奢望。

她站在那里愣了一会儿,而后才几乎算得上是慌乱地答应了一声,问:"洛洛,你怎么来了?"觉得自己声音太过生硬,又急忙解释,"你随时来都可以,只不过这么早,没什么事吧?"

唐洛坐下来:"我确实有点事,妈咪你也坐下吧。"

他们并肩坐下,各自沉默了一会儿,各自都有点不知所措。等最初的尴尬过去,唐洛拿过自己的包,从里面取出了一个首饰盒,又取出了一个相框,里面是唐洛的照片，最后又取出了一个文件夹，里面装着不少纸质的文件，整整齐齐，摆在那里。

高佳妮默不作声地看着他，什么都没有问，她不必问，现在是唐洛说话的时间。但他一开始什么都没说，而是打开了那个首饰盒。

首饰盒是珐琅质地的，大概一本书大小，很薄，极其精美，本身就像是一件艺术品，外面包了一层暗灰色的皮质套子，开口处有两个纯金雕刻的连环交织着，像是一把锁，但没有锁死的作用，装饰居多。

唐洛解锁，开盖，只见盒子里整体包裹着蓝色丝绒，中心凹槽里稳稳地放着一颗水滴形的蓝色钻石，很大，即使在白日明亮的光线里，那蓝色仍然如同梦幻一般浓烈而纯粹。

长达一分钟的时间里，他们俩都凝视着那颗钻石，欣赏着人类匠心与大自然神力结合的极致之美，而后唐洛慢慢说："恶魔之心，整钻四克拉，颜色等级为Fancy Vivid Blue（艳彩级蓝钻），VS2净度[1]，苏富比二月情人节专场的主拍品，竞拍非常激烈，加了十一手，最后以六千七百万港币成交，加佣金七千多万。"

高佳妮脸上毫无表情，但她坐得很直，手放在了膝盖上，微微握起来，对任何人来说，这都是有点紧张的表现。

唐洛继续说："我认识这颗钻石，因为那天苏富比拍卖的时候，我也在场。我爸想要把它买给罗西当情人节礼物，预算是三千万左右，结果有一个匿名买家通过电话竞拍，一路价格飙升，最后硬没让他买成，结果出来罗西非常生气。"

高佳妮轻轻咳嗽了一声。

唐洛说："妈咪，那个电话买家，是你对不对？"

高佳妮避开他的眼神，叹口气："洛洛，"她口气很疲倦，"你管这些大人的事干吗呢？"

唐洛非常努力地保持自己平静的语气，他今天绝对不要扮演孩子的角色，至少是今天，他不是要反叛任何人、发泄任何心情，而是要解决问题，不但为自己，也是为母亲。

"你和蓁蓁出事那天，晚上我回家，见到罗西气鼓鼓地出门，没多久你就心梗发作进了医院。你一进医院，住的地方没人，就有人趁着这个千载难逢的空子入室偷东西，而且其他什么都没动，直接去了放保险柜的地方。"

---

[1] 净度指钻石视觉上的洁净程度，为钻石4C标准之一，净度的评级必须在十倍放大镜的检视下进行。VS指在十倍放大镜下观察钻石，可以见到非常微小的瑕疵，VS1和VS2的区别在于后者可能有微小的棉状点或小毛茬。

"太多巧合，就不是巧合，而是设计。"唐洛总结说。

他直截了当问高佳妮："妈咪，那天晚上，是不是罗西去找了你，把你气到心梗发作，你跟她争吵的时候，说出了蓝钻的事，甚至还说了就在你的保险柜里放着，然后你一去医院，她才立刻叫人来偷东西？"

高佳妮什么都没说，但不说就是答案。

那天晚上的情景还历历在目，尽管想起来她就痛恨自己，听到门铃就打开门，被罗西几句话就气到眼晕目眩、口不择言，甚至暴怒之下丢出了花瓶，不但没有伤害到对方，自己反而被过于激烈的情绪反噬。那种铺天盖地陷入黑暗窒息的感觉，她在马尔代夫的海中体会过一次，而这一次，没有叶蓁蓁来救她。

如果罗西慢五分钟离去，就能把她的手机一脚踢开，让高佳妮在昏迷之中彻底告别这个世界，想到这一点她其实极为后怕，屡次为之噩梦连连，午夜醒来，一身大汗。

即使如此，她此刻仍然沉默不语。

唐洛没有打算就这样结束："妈咪，你为什么不告诉警察这件事？"

如果把入室伤人的事跟罗西联系起来，警察就会沿着这条线查下去，也许就能找出她的问题。

法治社会，这是最有效的反击，在人际关系上惯来强硬的高佳妮，怎么会苟且到以搬家避世来应对？

这是唐洛不明白的地方，也是叶蓁蓁不明白的地方。郭也、林阿姨，但凡认识高佳妮的人，如果知道这件事，都绝不会理解她的反应。

这根本不是以前的高佳妮。

也许只有她自己知道，人会变、会软弱、会消沉和放弃，神祇们都会因为伤痛而自毁，何况区区肉体凡胎。

此刻面对唐洛毫不掩饰的质疑，高佳妮发出了沉重的苦笑："洛洛。"

唐洛打断了她："妈咪，你为什么不报警，或者最起码的，你为什么不告诉爸爸，罗西敢对你这样？"

高佳妮沉默了许久，而后缓缓说："因为你爸爸，现在是罗西的人。"

她很平静，听不出语气里有什么怨恨或遗憾，但这样的平静，都是从绝望中腌制出来的，已经被盐分逼出了所有温润与活力，最后沉淀下来的，只有深深的无可奈何。

"他是谁的人，他就向着谁，这是你爸爸的特点；他并非故意要伤害我，这就是他的为人。"

她看看窗外，夏天的北方不算舒服，初夏漫天的柳絮能让人白头，一半是愁，一半是恨，盛夏则热绝天地，像要把每一滴水分都抽干。

"洛洛，你从小到大，跟妈妈在一起，幸福吗？"

高佳妮突然问了一个没头没脑的问题。

唐洛不假思索："不幸福。"三个字说明了一切。

高佳妮微微一笑："我知道。"

她淡淡地说："你爸爸，他也不幸福，将近三十年里，大概没有几天是幸福的。"

她拿过桌上那个相框，照片里的唐洛有父母双方的影子，但更多的是唐在云。高佳妮说："你爸爸有过无数女朋友，都对他千依百顺，有感情也好，没感情也好，最后也就不了了之，罗西呢，是唯一一个让他想要改变自己的生活的，甚至说，唯一会为之跟我斗争的。"

她用"斗争"这个词来形容夫妻间最后的牵连，连自己也忍不住地叹息一声："你爸爸是一个非常聪明的人，在事业上，很少有人比他更有远见。可是不管怎么样，他永远需要一个主心骨，不是我，就是另外一个人。

"在罗西那里，他能得到幸福，那我还有什么好挣扎的呢？"

高佳妮把那个相框立起来，放好，看了看，继续落寞地说："洛洛，罗西无非是要名分、要钱、要大钻石，那些都是她以前没有的一切，没关系的。"

她抬起手来，仿佛想要去抚摸儿子的额头，可是抬起又放下，仿佛第一次意识到唐洛已经那么高大了，不再是个孩子。

"你好好做事，你爸爸那边我不知道，妈咪的股份一定会给你，等时机成熟，和合仍然是你的，这就是我最后和唯一的希望。"

因为太动情了，可又根本不知道如何去表达动情，这些话明明掏心掏肺，眼泪明明在心里汹涌，却一点都表现不出来，每个字都还是那么平平淡淡的。

唯有真正知道她的人，才能咂摸出平淡下的澎湃。唐洛以前做不到，可是今天他忽然能懂了。

他伸出手握住妈妈的手，轻轻摇了摇，过了好久，他语气凝重地说："妈咪，你什么时候变得这么天真的？"

高佳妮从来没有被人这样评价过，此刻猝不及防，愣了一下："什么？"

他下一句话就让高佳妮脸上变了颜色。

"我三天前跟蓁蓁一起去了巴黎，去了一个画展，晚上在夜店喝酒的时候，有人追杀我们。"

高佳妮有一秒钟以为自己听错了："追杀你们？"

"是的，身上有武器，刀枪都有，直接守在我们喝酒的地方。"

"什么目的？"

唐洛听出了这句话里的一语双关。和叶蓁蓁一样，高佳妮心目中的洛少，是会用一千张欧元大钞砸服务生脸的人，那不被盯上才奇怪了。

他简洁地否定了这一点："不是随机的。"

他把过程稍微描述了一下。高佳妮脸色煞白，尽管端坐不动，但握在一起的双手把她内心的呐喊表露无遗，她在对天地众神怒吼，这是她唯一的儿子，这是她唯一损失不起的财富。

一直说到警察来了将歹徒带走，唐洛他们三个人安然无恙脱身，高佳妮才松了一口气，然后问："你真的跟他们动手了？"

唐洛笑："妈咪，我很强的。"

他想起了叶蓁蓁在塞纳河边说的那句话，此时此刻从他口中说出来，极其自然，因为同样是唐洛的心声。

"如果不是你让我从小练习格斗和枪械，我们三个人可能当场就完蛋了。"

他紧紧握住的那双手，还是很凉，也很硬，但那仍然是一双母亲的手。

"妈咪，谢谢你。"

这句话就此击垮了高佳妮内心的堤坝，她的眼泪夺眶而出，那么快又那么凶猛，完全脱离了控制，高佳妮几乎是立刻跳起来，急急忙忙走到了洗手间。里面传来"哗哗"的水声，以及三两声不易察觉的、被努力压抑和掩盖的抽噎。

唐洛静静地等着，等高佳妮再出来的时候，情绪已经略为平静，脸是湿湿的，不知道是不是因为补充了水分，比刚才还多了一些神采。

她坐下，继续之前的谈话，自然而然的，也拉起了唐洛的手："然后呢，你们就回来了？"

唐洛"嗯"了一声："我在等警察来的时候，搜了那几个歹徒的身，找到了这个。"

他把自己手机拿出来，调出一张图片给高佳妮看，那是从手机屏幕上翻拍过来的照片，尽管模糊不清，中间还有闪光灯的光点，但对熟悉的人来说，一望可知照片中人是谁。

是唐洛。

那是几年前，在法国罗丹公园，高佳妮和唐在云去探望他时拍的个人照，和现在的样子比几乎没有什么不同。

他指了指那个相框:"我在家里储物间找到了这个。"

高佳妮拿过去:"我在家的时候一直摆在主卧的床头。"她凝视着手机上那张翻拍的照片,"有人给了他们你的照片。"

唐洛耸耸肩:"是的。"

能接触到这张照片的人不多,唐家没有一个人用社交媒体,没有一个人会把自己的照片发在外人能看到的地方,想到这里,高佳妮板起了脸。

但唐洛不准备就此切入结论,他继续之前的叙述:"这件事发生之后我就想,为什么要在那天晚上袭击我,不是第一天,也不是接下来那一天,这是巧合呢,还是只有这一天我出事,才对策划这件事的人有利。"

"你第二天去做什么了?"

"我去拜访了一些画廊和艺术品公司,其中有一家,专门做日本的现代艺术。和合之前跟他们签过采购合同,差不多六千万的交易额,已经成交了,款项已经付了一半,但对方表示对此毫不知情。我坐在那里看着对方查了他们全部的交易记录,罗马、威尼斯、纽约、伦敦、巴黎,没有任何一家分部跟和合有过任何合作。"

他把复印件推过去:"这是他们给我发的确认邮件,没有任何合作,但是欢迎我们随时和他们开展合作。"

高佳妮板起了脸:"有人伪造交易?"

他继续说:"是的。这样我就明白了,如果当天晚上我遇到袭击倒下,就不会发现麦勒本尊跟和合没有交易。"

"我让我的助理立刻给我调系统里的合同,她本来说连夜去发给我,结果杳无音信,到了第二天回我说系统里找不到。我让她去法务那边找印刷件,她说我的权限不够,需要罗西或者我爸邮件授权。"

"你这个助理有问题。"

"罗西分配给我的,没有问题都难。"

高佳妮表示认同,她这时候变换了坐姿,让自己更舒服地靠在椅背上,尽管刚听到了那么多令人震惊的事实,她此刻心里却有一种陌生的满足感,就像虽然行走在危险的吊索之上,但身边有人寸步不离地搀扶和支持,因此能够安定无畏。

唐洛没有注意到她的变化,他还在说:"我见完麦勒,立刻自己买了机票回国,上飞机之前就找了我们外包的IT公司工程师,落地就跟我一起连夜去了公司,把我那个助理的所有电脑和工作手机文件都调出来了。"

"你发现了什么?"高佳妮的言语中含着安慰,眼前这个头脑清楚、行动利落的男孩子,不像是她记忆中的儿子,但又确确实实是她梦想中的儿子。

"她一直在监视我,每天汇报给罗西。另外我从一个隐藏文件夹里还发现了从系统里不翼而飞的那个麦勒画廊交易合同的备份,我找了巴黎那边的律师马上查。跟和合签合同的这家,也叫作麦勒——麦勒艺术品投资公司,不在巴黎,也不在中国,是一家注册在巴拿马群岛的皮包公司,资料齐备,还有自己的网站,李鬼比李逵做得还真。他们确实也卖画,只不过卖的全是假的,或者走私品。"

证据已经足够,不需要任何更多的推理,唐洛问高佳妮:"妈咪,对于谁在背后搞这一切,我们是不是已经有了一个答案?"

高佳妮沉思良久,而后重重点头。

就在这个时候,突然小院外面传来一个熟悉的声音:"高姐!高姐!高姐!"

紧接着叶蓁蓁就像一匹野马一样冲了进来,第一眼看到唐洛愣了一下:"你在这儿啊,怎么不接电话呢?"

唐洛看了看手机,真的一堆未接来电,就很奇怪:"怎么了?"

叶蓁蓁上前抱着高佳妮:"高姐,你记不记得你在马尔代夫差点溺水?"

高佳妮说:"这种事情可能不容易忘记吧?"没想明白为什么叶蓁蓁突然提起这件事。

叶蓁蓁大叫起来,高佳妮差点被她喊聋了:"罗西跟阿彬有一腿!早就有一腿了,他不跟你下水肯定是故意的,故意的!他想要害死你!"

高佳妮整个人都凝固了:"什么?"声音很尖锐。

叶蓁蓁吓得往后跳了一步,看看唐洛,小声说:"她的助理告诉我的,她撞见过他们在一起。"

唐洛皱眉头:"Florence?是真的吗?"

叶蓁蓁擦了一把额头上的汗,她刚才可是一路奔进来的,心急如焚啊,继续小声说:"我去问了公司负责打扫罗西办公室的廖姐,她也说看到过,还让我千万不能跟你说。"

他们俩都望着高佳妮,叶蓁蓁一脸难过:"高姐,他们太坏了。"

高佳妮坐在那里,不知道脑子里在想什么,过了好久点点头:"难怪阿彬先去跟了老唐一段时间,说在那边不开心,又来跟我,然后马代的事情之后说是辞职,其实还是回去他们那里了。"

叶蓁蓁拉着她的手:"高姐,为什么他们要这样做啊?"

高佳妮在必要的时候比任何人都头脑清楚:"如果我在马尔代夫淹死了,我和你爸爸没离婚,你爸爸可以得到所有财产,你爸再和她结婚,至少有一半是她的。如果再弄死你,罗西比他年轻那么多,再生几个孩子,一切都是她的了。"

唐洛犹豫了一下，说："妈咪，为了让爸爸幸福，我们真的需要付出那么大的代价吗？"

这句话，是完完全全，和高佳妮站在了同一阵线，这一刻，他完完全全是高佳妮的儿子。

没有隔阂，也没有矛盾，两人血肉相连，而利益也相连——不可能有任何驱动力比这两者相加更大。

高佳妮笑了，她脸上的阴霾一扫而空，突然之间焕发出唐洛所熟悉的活力，那是一种能够摧枯拉朽、号令千军万马的活力。

"洛洛，我明白你的意思。"

她站起来，看着自己的孩子："和合是我一生的心血，和合也只不过是个公司，她不去动你，其实我什么都可以让给她。"语气平静，也不是不沧桑的，"妈咪真的很累了，这一生我过得很精彩，也没有什么好后悔。"

她顿了顿，接下来的一句话，平淡如水，但是气象万千："但既然她非要动你，那她就完了。"

第三十一章
我宣布选举无效

七月二十五号下午三点，和合的年度董事会如期召开。

罗西穿得格外端庄而夺目，大红色的齐膝裙配了到手腕的薄蕾丝手套，她在会议桌一侧落座，脸带微笑，志得意满。

结果议程进行到最后一项，也就是轮值总裁选举的时候，罗西遇到了意想不到的阻碍。

首先是唐在云提名罗西继续担任下一任轮值总裁，张丰宇和翟思柔却都直接投了弃权票，导致有效票数不够。唐在云不得不现场视频连线另外三位独立董事，让他们参与投票，硬把罗西继续担任轮值总裁的事情决定了下来。

没想到翟思柔对此非常不满，继续发难，她跳过议题安排，自己站起来发表了简短的讲话。主要意思是不认同董事会的选举结果，要求召开股东大会重新商议轮值总裁人选的问题，并且要求在股东大会召开之前，罗西不能履行轮值总裁的权力。

唐在云完全没预料到会发生这样的一幕，罗西就直接炸了，起身拍着桌子开始训斥翟思柔，言辞激烈，声音大到从会议室外走过的人都有所察觉，纷纷往玻璃里张望。但后者有备而来，丝毫不被触怒，也不正面争吵，只是反复请唐在云为公司发展考虑。

这句话说得很重，唐在云听在耳里，自然感觉到翟思柔言外有意，一时间有点疑惑。他稍加考虑，就宣布会议中场休息十分钟，而后让情绪激动的罗西和翟思柔两人一起跟他离开会场，做私下的沟通。

但十分钟的沟通没有带来任何变化，罗西如同一只好斗的母豹子，翟思柔延续她不显山不露水的禀性，多余的话一句不说。

唐在云感觉事态以一种离奇的方式脱开了自己的预判和控制，眼看延宕的时间太长了，三个人只好结束徒劳的对话，回到会场。

他们进去坐下，唐在云站起来还没说什么，忽然会议室的大门被一把推开，很重，"砰"的一声撞到墙上，所有人都吓了一跳，纷纷扭头去看。

突如其来的寂静中，只见高佳妮泰然走进来，身边跟着唐洛，两人走到唐在云身边，唐洛避开唐在云询问的眼神，往后退了一步。而高佳妮就稳稳站在那里，一言不发之中，看了在座所有人一圈。

她眼神冷峻，一如既往，被看到的人都忍不住小幅度地往后一缩，其中罗西的反应最为微妙，高佳妮从天而降固然令人震惊，真正使她不安的，却是唐洛的出现。

他们本来应该还在巴黎，最大的概率是在巴黎的医院。从前天开始，Florence就说不再有唐洛的消息，车子也没有开动。罗西心里当然知道是什么原因。

但突然间，他却回到了北京，而且还和高佳妮一起来到了会议室，他们脸上的表情让罗西非常不舒服，那是猎人发现了猎物的踪迹，尾随而至，随时准备发出致命一击的表情。

她回过神来的时候，刚好和高佳妮的眼神相遇，肾上腺素飙升，罗西刻意抬起下巴，摆出了挑衅的姿势。但高佳妮只是瞥了她一眼，仿佛在看一只苍蝇或一个茶杯，随后转过头去，不紧不慢地说："各位，我宣布今天轮值总裁的选举无效，不需要经过股东大会，请大家重新提名。"

满座的人面面相觑，罗西心里一震，站起来厉声说："你凭什么说无效？"

高佳妮看都没看她，唐在云这时上前，俯身轻声说："佳妮，这是怎么回事？"

高佳妮对他笑笑，倒没有一点疾言厉色，说："一会儿跟你说。"

唐在云还想说什么，她的笑容就收起来了："唐董，你记得吗，我还有一票否决权的，我不想让谁当总裁，谁就当不了，有问题吗？"

唐在云一怔，高佳妮微微抬高了声音，说："张总，你有新的提名对象吗？"

张丰宇不紧不慢地说："高董，我没有。"

她的眼光转向翟思柔："小翟，你呢？"

从高佳妮招募翟思柔进公司开始，就叫她小翟，一叫十多年，哪怕已经贵为和合大事业部的老总了，在高佳妮那里，她仍然是小翟。

其间高佳妮花了多少时间、精力，去指导她、栽培她、成就她，两人之间无论有什么，这些是不会被忘记的。

翟思柔和高佳妮的眼神相遇，无言之中似乎也有千言万语，而后她说："我提名小唐总。"

罗西用力站起来,椅子被她的动作推得歪到了一边,她气急败坏地发出了咆哮:"我不同意。"

高佳妮满脸嘲弄地看着她:"你贵姓,和合的事什么时候轮得到你不同意?"

罗西平常的优雅和霸气突然之间消失得无影无踪,她放开喉咙对高佳妮怒吼:"死老太婆,你又有什么资格来这里颐指气使?你已经卸任董事长,公司根本不认你了,你老公也不要你了,你在这里根本就是多余的,你到哪里都是多余的,你怎么不撒泡尿看看自己再来跟我说话……"

这样口不择言,一半是真的气上来了,一半也是故意,她和高佳妮冲突过不止一次,对方一辈子都是被人捧着和供着的,平常威严外露,可是只要遇到根本不说道理直接撒泼的人,往往就没有还手之力。

每次她都占上风,这一次她相信也不是例外,最好再度把她的血管气到爆裂,当场死在这里,才能消罗西心上这一口气。

她抱着这样恶毒的决心,全身心都斗志昂扬,只不过她完全没想到的是,高佳妮根本没有跟她吵架的意思。

她一长串的话音还没落,高佳妮跨上前一步,扬手直接就是一个耳光。罗西脸上立刻冒出五个红色的指印,她被打得往后一仰,高跟鞋重心不稳,差点直接摔在地上,可见高佳妮打得何等用力。

这个耳光把所有人都打蒙了,这是和合最高等级的会议,连视频里大眼瞪小眼的三位独立董事在内,全都是真正有头有脸的人,怎么都没想到转眼间能直接演变成了全武行。

罗西跟跄几步站定了,捂着脸愣了几秒钟,一声尖叫,对着高佳妮就冲了过来。但她还没机会靠近,就被唐洛上前一步,轻轻松松拧住她的手腕,完全都没有用力,只是往反方向轻轻一推,伴着骨节断裂般尖锐的痛楚,罗西尖叫了起来。她无法挣脱开唐洛,于是转向唐在云,眼泪簌簌而落,哭着埋怨:"在云,你就让他们这样对我?"

唐在云皱起眉头,他没有那么在意罗西脸上挨的一耳光,尤其是高佳妮打的,确实天经地义。但今天这一出戏怎么看怎么不对,演成这个样子,只说明一个问题:有什么高佳妮和唐洛掌握了的信息,而且是很重要、很关键的信息,是他不知道的。

这才是让他真正不安的根本。

唐洛看看爸爸的脸色,耸耸肩,手放开了,然后说:"爸,我出去跟你说几句话吧。"

罗西捂着自己的脸，眼神怨毒地望着唐洛带着唐在云走出去，心里的不安就像虫洞，在以肉眼可见的速度越来越大。

高佳妮根本没理旁边这一茬，打完那耳光之后，继续接着翟思柔的话题往下说："翟总提名唐洛，还有其他人选吗？"

罗西不甘心就此站在旁边做看客，她还不放弃，喊了出来："唐洛根本没有在董事会投票和被选举的资格，他当不了总裁。"

高佳妮做了一个夸张的醒悟的表情，好像在说"哦，真的吗，谢谢你提醒"，和一贯严肃淡定的风格颇为不似。

她转过去面对所有人，说："既然提到了这一点，也跟大家说一下。我昨天已经在律师行签名把所有股份转到唐洛名下，所以他不但有当轮值总裁的资格，下一次开股东大会，还有当董事长的资格。"

她摊摊手："还有问题吗？"

没有人回答，但几秒钟之后，翟思柔慢慢举起了手，她用清朗的声音说："我支持小唐总。"

张丰宇看了她一眼，随后也举起了手，说："我也支持小唐总。"

随着时间流逝，慢慢地、接二连三地，所有人都举起了手，有的人情愿，有的人不情愿，但大势所趋，人莫与天斗。

高佳妮露出了愉快的笑容，眉毛扬起来："那么，就让小唐总当下一任轮值总裁吧。"

随着会议室里掌声响起，罗西再也待不下去，扭头就往外面走，出门的瞬间用尽全身力气摔上了门，但那声巨响在会议室的喧嚣之中根本没有引起任何人关注。

她在门口踌躇了一刻，慌慌张张的心稍微镇定一点之后，立刻就想到了唐在云。不管高佳妮和唐洛来势多大，有什么图谋，只要唐在云还站在她这一边，那么一切都还有挽回的余地。

她想起自己和唐在云第一次见面的情形，美妙得简直像一本小说的开头。那是在东京银座一家著名画廊为藏家们举办的酒会上，衣香鬓影，觥筹交错，本应该是一个美好的夜晚，罗西却全程在和自己的拍档激烈争吵。她们都是策展人，之前在欧洲和日本都做过几次展览，效果很不好，拍档对罗西失去了信心，想要终止合作，她对此怒火万丈，因为很明显一切都是对方的问题。

她们吵到白热化的程度时，拍档一怒离场，罗西涨红着脸转过身来，刚好遇到唐在云在旁边驻足，正和人寒暄。她当时在即将爆炸的气头上，什么都没看见，只看见唐在云手里端的那杯香槟，几乎是不假思索地就一把拿过来，仰头喝干，拂袖而去。

过了好几个月，在那家画廊再度相遇时，正值罗西做自己独立策划的第一个展，而唐在云的出现，让整个展览走向了光明——他买下了最重要的那几幅作品，而后约她去数寄屋桥次郎¹吃寿司，那是寿司之神的店，是全世界做日料的人朝圣之所。

而后呢？而后她跟着唐在云回了北京，一步步走上了自己从未想象过的道路。她一年之中所见的，是毕生未曾见的；她一年之中所得的，是毕生难以靠一己之力取得的。罗西本来的人生就像在大海上寄身于一叶扁舟，忽然却有人给了她一整片亚特兰提斯——那传说中的神奇美妙之地。她在那陆地上不再是蝼蚁，而是万众拥戴的女王，想要什么，就能有什么；想怎么索取，就能怎么得手，奶与蜜不需挖掘与酿造，不需培育与期待，铺天盖地，倾泻而来。浸泡其中的人，简直不记得从前自己有过多少寸步难行的时刻，但恰好又是那些寸步难行的时刻所留下的回忆，让她不断想要更多，始终难以安定。

她在用这个比喻的时候，忘记了亚特兰提斯的名号并不吉利，那是一片极尽繁华之后终究归于湮灭的土地，或沉于天灾，或沉于人祸，都不可挽救与阻止。

这一刻，也许亚特兰提斯已经开始缓缓下沉，罗西疯狂地往唐在云和自己共用的办公室跑去。她对唐在云的渴望和需要，随着跨出的每一步而上升，即将到达最高点，就是相识之初的甜蜜时刻中也未曾这么强烈过。

她冲进办公室，一直闯到后进，因为跑得太快太莽撞，还踢翻了过道旁的一个花瓶，花瓶砰然倒下，水流浸润了地毯，一束今天早上才插上的黑色玫瑰散落了一地。

唐在云和唐洛都在里面，父子正交谈着什么，唐在云皱着眉头，手背在身后，两人声音都不大，但表情不算亲近，似乎正在龃龉之中。这一幕让罗西心里燃起了热望，她扑过去，抓住了唐在云的手臂，带着哭腔："在云，怎么会这样？"

扑过去之前，当然是打定了主意要服软的，可是扶到了他的手臂，触摸到男人的身体，感受到了他的温度，她心底的委屈也千真万确地升腾起来，那一点哽咽也就半点没有掺假了。

唐在云没料到她会这样突然进来，微微吃了一惊，而后把手臂轻轻拿开，不与她接触，也不接她的话，这个动作虽然小，却如同对着罗西猛泼了一盆冷水。

他们还在说话，唐洛没有理罗西，继续说："妈妈的意思是，让我好好跟你说，因为她脾气太过暴躁了，好事都能说成坏事，但她本意无论如何是为了家人好的。"

1　一家世界知名的寿司店，位于东京银座，没有菜单，没有独立洗手间，只有十个座位，被《米其林美食指南》评为三颗星，被认为拥有世界上最好的寿司服务，同时也是最难预约的寿司店。

唐在云声音里听不出什么起伏，但连续两个反问却暴露了内心真实的反应："你妈妈说的吗？她这样跟你说？"

唐洛点点头："是啊，妈妈说她让你不幸福，不幸福就是一个错误，应当要改正的。"

唐在云唇角露出一丝苦笑："是吗？"他发出轻轻的叹息，"不幸福要怎么去改正呢？"

这时候罗西打断了他们的对话，她不肯在旁边站着，就此沦为被忽视和冷遇的对象，眼中还有泪水，声音却变得尖锐了，就像一个关不上的留声机："在云，你是什么意思？"

她伸手抓住唐在云的胳膊，用了很大的力气，让男人不得不转向她："我们之间有什么问题吗，为什么我不知道？就算我们之间有问题，和他们有关系吗？你说过的，我们现在是一条心的，是一家人，其他人都是外人，你不记得了吗？"

她话音未落，忽然外面传来叶蓁蓁的声音："谁跟你一家人啊，喂，你这个人到底怎么回事啊，一点廉耻都没有吗？"

随着说话的声音，叶蓁蓁像一阵小风似的卷了进来，她理直气壮地挤过去，站在了唐洛身边，他们俩隐隐和唐在云形成了一个三角形，而罗西孤独地站在另外一侧。

罗西现在对她，简直是恨到了咬牙切齿，火力立刻转移："我不是一家人，你呢？给脸不要脸，还赖在这里有意思吗？"她心里一腔怒火，巴不得叶蓁蓁马上回嘴，她好痛痛快快把这个不识天高地厚的小贱人骂个狗血淋头。

结果叶蓁蓁根本不上当，就冲她做了个鬼脸，而后看着唐在云："唐总，高姐让我过来跟小唐总说，她先走了，剩下的事让小唐总跟你交代。"

唐在云迟疑了一下，他内心有汹涌的不祥预感，但这一刻开弓没有回头箭，他现在只能承受着事态的演变，静看等待自己的是什么。

叶蓁蓁从她的包里拿出一个厚厚的文件夹，递给了唐洛："小唐总，你们家的公司，你说吧。"

唐洛接过来，而后看了罗西一眼，这一眼里的轻蔑和冷酷让罗西心里"咯噔"一下，不由自主地往后退了一步。

他慢慢把文件夹打开，抽了一张纸过去给唐在云："爸，这是我们供应商系统里面所有跟和合有交易的合作公司列表，标红的公司你看一下。"

唐在云下意识地接过去，果然是一张长列表，有一些是他相当熟悉的老关系，有一些是新入围的公司，涉及不同领域的代理或者外包合作，基本上标红的那些名字都很陌生。

唐洛又抽了一张纸过去："这是标红那些公司的股东名单，有几家有共同的股东，大部分互相之间没有什么关系。"

听到这里唐在云还是不明所以，但罗西的脸色却已经变了，她想要过去看那张表，却被唐洛转了一个身，直接挡在了她和唐在云之间。

唐洛拿出了第三张纸，这一次他的语气降低了，隐约包含着对唐在云的同情："这张，是这些股东跟罗西之间的关系。"

唐在云惊愕地看了他一眼，接过那张纸，纸上有人做了一个非常简洁的图表，以罗西的名字为中心衍生出去，和那些股东的名字一一连线，连线上写的是人与人之间的关系，下面注明了公司名字和成立时间，以及业务领域。

亲戚、朋友、同学，而最扎眼的那个，是情侣。

那个人的名字叫陈佑宾。

叶蓁蓁轻轻地说："您的司机，原名叫陈佑宾，身份证上也是这个名字，后来改名陈彬。"

唐在云捏紧了那张纸，他抬眼去看罗西，那张本来永远波澜不惊的清俊脸庞，现在扭曲得可怕，就那么直勾勾地看着罗西。后者被吓得退后了几步，但她迅速镇定了下来，厉声说："你们胡说。"

她满怀怨恨地盯着唐洛："你和你那个怨妇妈妈恨我，就用这个方式来对付我对吗？"罗西不顾一切推开唐洛，紧紧抓住了唐在云的胳膊，"在云，你要相信我，这些都是他们胡编乱造的。"

叶蓁蓁在一边冷笑一声，嘲讽："罗小姐，你脑子有问题吗，干吗现在还要撒这么容易戳穿的谎啊？"

罗西脸色煞白，而唐在云再次摆脱了她，动作还是那么轻，却更加坚决。她全身轻轻颤抖，眼珠子不断转动，似乎在想自己应当何去何从。

唐洛干脆把那个文件夹直接放到了唐在云手里："这是朋友介绍的有执照的私家侦探，从香港过来的，完全按照正当合法的手段收集到的所有信息，身份证、公司信息，全都有。"

唐在云捏着那个文件夹，他脸色很不好看，但还能维持基本的镇定，此刻吃力地问他："你为什么要想到去调查她？"

唐洛微微低了一下头："我去巴黎的时候发现和合跟麦勒根本没有做生意，但我们系统里却有大额订单，是一批日本美术流水线上制造的画，运到法国之后，再高价转手卖给我们的。"

他从唐在云的手上翻开那个文件夹，翻到相关的信息材料，指了指上面那些画的照片:"这些画,您看着眼熟吗?"

唐在云苦笑起来,那些画是真的很眼熟,罗西跟他纠缠了几乎小半年,一定要买这一批号称"二战"流亡日本的犹太人带回欧洲的精品画,价格很高,但她坚称未来价值会更高。他被缠不过,也懒得缠,几千万不是什么大钱,既然她喜欢,那最后就随她去了,既然给了她二十个亿的艺术品基金,那反正都是要花出去的嘛。

他和高佳妮在一起将近三十年,确乎夫妻之间的爱已经全都没有了,可是至少在一起的时候,唐在云从来没有担心过自己背后有人会对他戳刀子。如此安全和稳妥,让他简直都忘记了,他所站立的光明之外,是谁在为他努力挡住黑暗与阴影。

这一时间,唐在云简直不知身在何处,被欺骗的愤怒和愤恨,一时间都还没来得及出现,他整个人现在感到的,是一种纯粹的、深深的悲哀。恍惚间他想起有一天下午在家里打网球,他对唐洛评价罗西,就像一只小动物,任性、自我、充满了意外,但它不危险。

也记得唐洛曾经说:"警惕你想要的,因为它终会到来。"

他要的是什么呢,自由和爱吗?

现在他又得到了什么?

唐家父子的对话还没有结束,罗西已经做好了自己的决定,她往后退了出去,退得很快。亚特兰提斯在她脚下震动,海啸将至,一切都将要坍塌和毁灭,趁着还来得及,她要逃到尽可能远的地方去,最好是天涯海角,永远不再回来,只要有明天,就会有机会,罗西不肯在这一刻就绝望。

但她没有走多远,在会议室门口被两个人迎面拦住了:"罗西吗?"

她猝然止步,打量着来人,虽然穿着平常的衬衣牛仔裤,这两个人的气质,却明显和出入写字楼的人们不同。这时候叶蓁蓁从办公室里走了出来,老远就招呼:"欧警官,你们来得刚刚好哦。"

她口中的欧警官,正是来者之中矮小精干的一位,此时有条不紊地向罗西出示了警官证和传拘证,证件上的名字令人过目不忘,叫作"欧坏坏"。坏坏警察以一把平静但威严的声线不紧不慢地说:"罗西女士,我们是北京市公安局朝阳区分局刑侦支队民警,现因你涉嫌故意杀人罪,根据《中华人民共和国刑事诉讼法》第六十六条的规定,传唤你到公安机关接受调查。"

罗西整张脸都垮下去了,就像突然之间老了十岁,所有精气神消失得无影无踪。她站在那里睁大眼睛,死死瞪着对方,似乎反应不过来这几句话到底是什么意思。过了一会儿,她突然尖叫起来,想要往另一个方向的出口跑,没跑出两步就被警察一把逮住了,冰凉的手铐干脆利落地卡在她的手腕上,就像无声地为她一马平川的人生打上了重重的休止符。

她被押着走出去的时候，唐在云也走出了办公室，他身边站着唐洛，该说的都说了，该交代的都交代了。罗西看到他的表情，知道自己丧失了最后一线生机。

两人的视线交错，唐在云眼神里全都是心碎，但他没有站太久，罗西被警察带着进电梯之前，他就转身从办公室去了会议室，唐洛跟在他身后。两个人的背影轮廓和走路的姿态，在外人看来，是一模一样的。

和合召开股东大会之后就管理层的变动发布了公告，在外界引起了轩然大波，无数媒体纷纷跟进，但一如既往没发掘出太多内幕。商界人士都对强势上位的唐公子充满了好奇，其中也包括万邦的董事长陈沉和管业务的高级副总裁陆天明。

这时的北京已经到盛夏，天气极其炎热，唯独在星辰已落、太阳未曾升起之前，世界还有一丝清凉的宁静。

陆天明喜欢在这样的清早起身，在他书房的窗户下读书，读的都是一些与俗世经济无关的典籍。

最近读的是《道德经》，他格外喜欢这一句：故常无欲，以观其妙，常有欲，以观其徼。

陆天明以自身经验出发完全从字面上去理解这句话，已经觉得奥妙无穷：做投资的人，要有强烈的欲望，才能将金钱与财富的魅力感知到心，才有征服的意愿，才能不断追求胜利的美妙感觉，可是也要有从欲望中脱身而出的时刻，去界定自己的边界，哪些要得到，哪些不能要，要明明白白。

他年过知天命，对自己要什么，已经清清楚楚，而凡是他要的，也都在手心里握着，清清楚楚。

就像现在从他书房门口走过来的女人，穿着长到膝盖的白色T恤，面容清纯娇美，身段窈窕有致，长发披在肩上，神情还带着一点睡后的慵懒。这个女人一年多来不知道拒绝了他多少次，甚至让他为此付出过鼻梁被打断的代价，但终究还是服了软。那是一次酒局之后，两人同车，他借着醉意第无数次把手放在了对方的大腿上，这一次她没有像平常如避瘟疫一样急忙躲开，甚至马上下车，而是幽怨地望过来："陆总，你对我又不好，为什么还这样？"

这话说得娇柔婉转，真是一个小拳头捶在了陆天明的心坎上，他最喜欢像小白兔一样柔弱的女孩子，更喜欢那些本来倔强的、坚硬的、以为自己能和世界对抗的小老虎，在他面前变成小白兔。不管她们要什么，只要有想要什么东西，就逃不出他的手掌心。

他压过去，一迭声许诺："我对你好，对你好，你要什么我都给你。"

那一晚过去，杨子意在他怀里哭了许久，哭出了陆天明罕有的怜惜。他把对方长长久久的纠结和宛转一直都看在眼里，感觉到自己的征服格外有余味。

那种余味至今还在脑海中萦绕，他伸出手："子意，宝贝，过来。"

杨子意懒洋洋地走过来，避开他的手，坐在窗台上，两条长腿盘起来，肌肤吹弹可破。这个妞什么都好，就是太瘦了，又不爱笑，但有什么关系呢，他当初第一面就看上她了，前后居然折腾了一年多才到手，那句话怎么说来的，费劲得来的总是格外甜美，也叫陆天明格外有成就感。

"你去上班吗？"她问陆天明。

"去，难道你不去？"

"我不要坐你的车去，在门口会遇到同事，他们会说闲话。"她娇媚地说。

陆天明呵呵大笑："看到又有什么关系？"伸手过去捏捏她的小腿，沉醉在那种丝绸一般的触感中，"谁不知道你是我的人？"

杨子意瞪他一眼，又笑了："讨厌。"然后站起来，"我去洗澡了。"

她走出书房，这时候陆天明的手机响起，他看了看号码，接了电话，说："你等一下。"而后喊了一声，"子意。"

与书房相邻的主卧那头隐隐响起了放水的声音和淋浴门开关的声音，陆天明侧耳听了一会儿，然后把电话拿回耳边："康格医药可以买了，广华科技还要等一段时间，康格重大战略重组下个月就会公布，拿到了大央企的注资，协议已经签了，现在是股价最低的时候。"

"能买多少买多少，去问一下老关他那里还有多少我可用的现金，全部买。"

"广华科技可能还要等半年，但现在也可以慢慢买进了。"

"没问题的，起码是八位数的收益。"

说了十多分钟，电话挂了，他走到卧室去，见到杨子意轻轻哼着曲儿，已经冲完澡，在化妆台前裹着浴巾擦头发。水滴从她发丝上落下，沿着肩膀滚到浴巾上，所到之处都赏心悦目。陆天明站在那里看了一会儿，至少在这个瞬间，他对自己的人生真是无一处不满意。

这种满意的感觉延续了相当长的一段时间无人打扰，十月假期刚过，陆天明在公司上班，看着杨子意优美的身姿出入还心旌摇曳，忽然万邦的董事长陈沉紧急召集所有在公司的高管开会，说和合的唐公子突然来访，要跟万邦谈一下深度合作。

唐洛唐公子是最近坊间热议的话题，加上和合的投资部门本身就是业界的巨无霸，这样无端端找上门来谈合作，多少有点突兀，但客大欺店，无论如何都是一件必须积极回应的事。

陆天明是老狐狸了,对方来头虽然大,但还不至于让他兴奋,好奇则是真好奇。他走进会议室,见到主客位置上坐着一位极为俊朗的年轻男人,看起来不像大公司的总裁,倒像是准备出道的明星。

他坐下来,轻声问身边管人力资源的副总裁杜维廉:"这是和合的新总裁?"

杜维廉说:"董事长兼总裁,大权独揽。"

"来干吗的?"

"刚在和陈总闲聊,说和合想扩大投资规模,愿意和万邦结成深度战略合作,我们的项目他们都跟投或领投。"

"这么厉害?"

陆天明知道和合的资金体量根本不是万邦可望项背的,如果真的能够深度合作,就等于为自己公司注入了超强动力,足以让他们有实力染指回报周期更长,但获利也会更加巨大的新领域,比如新能源,比如人工智能和智能工业。

他是管业务的,这个消息对万邦来说何等重要,陆天明最为清楚,情不自禁内心就开始充满希冀。这时候陈沉咳了一声,宣布会议开始,先对唐洛表示了欢迎,接下来把万邦的情况介绍了一下,主要内容当然是过去项目运作如何成功,促成了多少家初创企业的上市,为社会贡献了多少财富云云。

唐洛全程面带微笑地礼貌倾听,听完之后点点头:"谢谢陈总,我想问几个问题。"

他虽然年轻,问的问题倒都在点子上,包括万邦投资的原则和方向、判断标准、财务标准,问得最细的,是正在接触和孵化的新项目的情况。

所谓挑菜才是买菜人,问到这个部分了,往往就是真的有兴趣,因此万邦一应高管,踊跃回答唐总问题,唯恐不专业、不细致,其中唐洛对陆天明似乎格外有兴趣,对他说的话也颇多认同,频频点头。

会议开了两个多小时,气氛非常愉快,如果唐洛真的愿意合作,会议结束之前至少会有一个说法,眼看差不多要告一段落了,大家都满怀期待地看着他。

唐洛不负众望:"感谢各位的介绍,令人印象很深,我个人非常愿意和万邦合作。"

陈沉松了一口气,和陆天明对望了一眼,很欣慰,唐洛把这些小动作都看在眼里,突然话锋一转:"不过我有一个条件。"

人人都洗耳恭听,他慢慢说:"和合有自己的投资事业部,事业部的老总会代表我进入贵公司的董事会,并且全权负责相关的项目。任何项目,他不拍板,我们就不投。"

陆天明一听，这是要业务最终决策权，动的是自己的蛋糕啊，如果钱进来了却不能由万邦做主，那有什么意义？

他马上表示反对："唐总，您手下投资部门的人参与运作项目当然可以，但进入董事会和拥有最终决策权，这恐怕不符合我们公司的一贯做法。"

唐洛收起了笑容，沉下脸来："我知道不符合你们的一贯做法，但这是我的一贯做法。"

陆天明胆儿也挺肥的："如果这样的话，和合大可以自己做，何必要找万邦呢？"

他计划是问完这句，随即话锋一转，切入到强调自家公司如何专业，如何有经验，如何应当拥有更多决策权上。但唐洛立刻就打断了他："我本意也是如此，不过他非要来万邦，我也拗不过他。"

他还没完，看着陈沉："陈总，你要是不愿意，我也可以直接收购万邦。"

他看了看陆天明："陆总这样专业水平和人品都不行的人，就不用再做下去了。"

这话一出来，在座的人都蒙了：他说什么呢？

这都不是咄咄逼人了，根本就在人身攻击啊，问题是谁都不明白他这样找上门来发动攻击的原因，什么仇什么怨啊这是。

陆天明更是惊讶得说不出话来，他使劲盯着唐洛看，怎么都想不起自己跟这位大少爷在哪里结过梁子。

气氛正尴尬的时候门开了，有个人走了进来。唐洛站起来："哟，才来啊。"

那人悠然自得地回答："是啊，塞车。"

他站在那里，手插在裤袋，把万邦的人一个接一个看过去，看完一轮之后不紧不慢地说："各位老板，好久没见啊。"

来的是苏桐。

看到陆天明的脸上，苏桐皱了皱眉头："陆总，你还在这儿混日子啊，社会怎么还没把你淘汰掉呢？"

唐洛立刻捧哏："社会速度太慢了，咱们把万邦买了，亲自淘汰他吧。"

苏桐觉得可以有："那挺好。"

满座都傻了，陆天明自己呢，他现在的感觉，如同好好在街上走着的时候被人喂了一口屎，他不知道到底怎么回事，他甚至怀疑坐在对面的唐洛是骗子，是苏桐花钱买来演戏跟自己过不去的，但理智也告诉他这绝对不可能。

不管接下去要说什么，陆天明都根本就坐不住了，他恨恨起身夺门而出，结果苏桐高大的身形挡了去路，还笑眯眯地说："哟，陆总，这么着急去哪儿啊？"

陆天明左右晃了一下都冲不开这条路，气血上涌，伸手就去推苏桐，结果被对方一把挡住，纹丝不动，还慢条斯理地说："陆总，咱们好久不见，本来说叙叙旧的，不过你这么匆匆忙忙的样子估计有事，那你还是先去忙吧。"

他转身手一放一推，陆天明差点被直接推出门去摔到地上，简直都要气疯了，但他知道自己打不过苏桐，也万万不可能在这里打起来，于是以残存的最后一丝理智压住恼火，气鼓鼓地拂袖而去。

苏桐目送他离去，耸耸肩，毫不客气地在陆天明的座位上坐下，和唐洛正对着，两人交换了一个眼色，转过去对陈沉大大咧咧地说："陈总，咱们谈到哪儿了？"

和万邦的合作想当然最后没有谈出任何结果，也没法有结果，万邦的人心态全崩了。而唐洛和苏桐走的时候则很愉快，甚至还有心思说："那你们再好好考虑吧，实在没钱的时候记得来找我们啊。"把一应高管气到脸色发青。

他们到了地下车库，司机发动车子，上车后唐洛很高兴，问苏桐："爽不爽？"

苏桐忍不住笑："小唐总你简直孩子气。"

唐洛哼了一声："你就说爽不爽吧？"

苏桐不能否认："是挺爽的。"

唐洛打了个响指："走，回去告诉蓁蓁，她肯定也觉得爽。"

苏桐说："你这是又要去我家吃饭的意思吗？"

"嗯，我要吃芋儿烧鸡，我已经跟蓁蓁说了。"

"她做吗？"

"不知道，她就回了一个'滚'字。"

"那多半是准备做了。"

唐洛表示同意，又问："晚上玩游戏吗？塞尔达我快通关了。"

苏桐想了想："你先做两个案例分析吧。"

唐洛爽快地答应了："那做完你记得陪我打游戏。"

"行，今天不能太晚了，打一会儿你就回家，你在我家睡两天沙发了，高姐投诉来着。"

唐洛在苏桐家睡沙发不是问题，问题在于他要求很多，一会儿要吃消夜，一会儿要叶蓁蓁给他送水喝。有时候叶蓁蓁回到床上跟苏桐叹气："我好像还没怀过孕吧，怎么突然儿子就这么大了？"

他们两个说着话，车子启动刚开出去一段，苏桐忽然见到一个熟悉的身影站在路边，乍眼就掠过去了，他急忙喊："停一下停一下。"

他下车跑过去："子意。"

杨子意抱着手臂站在那儿，凝视着他："苏哥。"

苏桐看着她，看了半天轻轻问："你还好吗？"

他们有两个多月没见面了，七月初的时候，四平终于拿到了第一笔真正意义上的投资，还真是娇姐那帮"铁寡妇"们投的。

她们没开玩笑，名下真的有一个基金叫作"铁寡妇"，规模还不小，有差不多十个亿，运作了三年多，投了不少小项目，收益还都不错，她们说自己的投资理念是不看项目，只看人。

在酒桌上、牌桌上，在会所里姑娘们围绕着的时候，仔仔细细看人。

那些油嘴滑舌的、轻浮浪荡的、好高骛远的、口不对心的、志大才疏的、愤世嫉俗的，一律不投。

对老婆不好的、脚踏几条船的、看见好看姑娘就走不动道的，也一律不投。

她们投四平，其实对四平的项目一点概念都没有，喝茅台的时候谁还能听得进去项目啊。

理由五五开，只有两个。

一个是娇姐拿命担保，我小兄弟一定行。她们对娇姐看人的眼光，一向是服气的。

还有一个，是她们那天酒宴散了，会所的人倾巢而出，送这群娘娘下楼上车的时候，每一个都在说："投我们苏哥吧，我们苏哥特别好，我们苏哥绝对不会忽悠人的。"

在非马这样的地方，一个人能让阅人无数的老板娘死心塌地，够牛了，但可能还在演戏，只不过演技炉火纯青。

但那些马仔、姑娘、服务员，他们进进出出，白天黑夜，见过多少人表里不一，吐一裤子拉一马桶，说脏话做脏事扭曲心肠，别管进来的时候多光鲜，他们看到的基本上全是阴暗面。

这些人都对谁死心塌地，那个人就是真了不起。

四平一拿到这笔投资，智能系统如期上线，全面跑起来，加盟系统也同时推出，立刻捷报频传，现金流一下就顺了。杨子意帮他们面试了几个财务总监，选了一个合适的，而后套现了自己的股份，拿到钱之后，再也没有来过四平。

中间苏桐和万邦的人力资源部副总监李可有一次微信上聊天，李可告诉了他杨子意跟陆天明的最新动向："正式搭上了，出双入对，早上一起来，晚上一起走，老陆喜欢得跟疯了一样，恨不得股份都给她。全公司都说，这女的可以啊，忍了一年多才出手，把老陆吃得死死的，不见兔子不撒鹰啊。"

苏桐掉头就打电话给杨子意，想问她什么情况，杨子意直接挂了电话，拉黑了他的号码，删掉了微信，其决绝如同对待生死大仇，是毕生不再联系的气势，让苏桐蒙了好几天，不知道自己做错了什么。

这会儿再见到，她似乎又瘦了，以前那种恍惚的神气不见了，眼神里却多了一种决绝。

对他的问题，杨子意只是笑笑，似乎对过得好不好这件事没有任何概念。

而后她放下了本来环抱的双臂，轻声说："苏哥，抱我一下吧。"很认真。

苏桐犹豫了一下，伸出手去，杨子意搂住他的肩膀，把头靠在他耳边，耳语："我拿到了。"

苏桐一愣，但杨子意没让他有回应的时间，继续说："我拿到了能让陆天明坐牢的证据，都在这个U盘里。苏哥，你现在有能力对付他了，你没有，后面那位唐总也有，你一定要帮我告死他。"

她吐出来的每一个词，都像是沉重的铁锤，要把伤害她、欺辱她、让她生不如死的仇人一锤锤打进地狱里。

"职务侵占，非法内部交易，做老鼠仓，操纵股市，恶意做空。证据确凿，他跑不了。"

苏桐如同被五雷轰顶，终于知道了为什么她要离开四平回到万邦，为什么要拉黑他的联系方式。李可说的那一切都是真的，可也全都是假的。

她躺在陆天明床上的时候，唯一支撑她没有当场呕吐的动力，大概就是复仇的决心。

等苏桐想明白这一点，他唯一的感觉就是痛心疾首，连手都在颤抖："子意，你没有必要这样做。"每一个字里都是痛切的惋惜，"你有选择的。"

杨子意离开他的怀抱，手上有一样东西，滑进了他的裤兜。她斩钉截铁地否认："我没有选择。"

她非常平静，平静中很美，美得很残酷："他想毁了你的前途，毁了王总和我们的事业。他已经毁了我，我不会放过他，我也要毁了他的一切。"

她眼神黯淡了一下，低头看着自己的手，慢慢继续说："我请了律师，还联系了所有之前给他做助理，被他骚扰和侮辱过的女孩子，有几个愿意跟我一起起诉陆天明，告他性侵。"

"他做了什么恶，就要付出什么代价。以眼还眼，以牙还牙，他一样都跑不了。"

斩钉截铁，字字都含着火一般的仇恨。

苏桐被她的决绝姿态镇住了，他能理解杨子意，心情却仍然沉重到无法想象："即使要报仇，来日方长，你何苦要这样伤害自己。"

他很自责："我应该想到的，我应该来阻止你，这不是你唯一的选择。"

他眼神里都是哀伤，这对苏桐来说很不常见，就像看到一朵开得正好的玫瑰，突然被践踏到了泥水之中，花瓣残损，破败不堪。

杨子意笑了："苏哥。"她抬头看着苏桐，"我知道你是对我好，才不希望我赔上这么多。可是你知道吗？一个人怎么摔到坑里的，就要怎么爬上来，哪怕手都爬断了，也绝对不能停下，否则，就会一辈子在坑里。"她摇摇头，"那样的话，我就无法为自己而活了。"

苏桐深深叹了一口气，良久才艰涩地说："你现在才去告的话，会很难的，你想过吗？"

他的意思杨子意明白，她最初就拿了陆天明的钱，后来全世界也都知道她做了陆天明的情妇，先占尽了便宜再去告性侵，是个人大概都会说她不要脸。

万邦的工作不可能再做得下去了，打官司也是一个漫长的过程，无数磕磕绊绊、艰难险阻，肉眼可见。

但她不再怕这些了。一个人要为自己而活，就必须要付出代价。她愿意为此付出哪怕最沉重的代价。

在临别之前，杨子意说："苏哥，你记得吗，我你招我进来的时候，说我眼里有一种光，有这种光的人，做什么事都能做到底。"

她说："我，要带着那个光过下去。"

那一年年底到第二年年中，还发生了几件大事：

四平的健身房连锁开到了一百二十家，拿到B轮四个亿的融资，踏入了意气风发的快车道。

苏桐套现了部分股票，继续担任四平的常务副总裁，还兼职和合的投资部门顾问，更重要的是接任叶蓁蓁给唐公子当狗头军师和幕后黑手。他明显比叶蓁蓁称职得多，至少现在想要撞墙的不是负责教的那个人了。

娇姐拿到百分之二十四的投资回报，连本带利一次给清，同期P2P理财平台全面爆雷，大批投资客血本无归，又让她多了一个吹捧苏桐的绝佳素材。

叶蓁蓁去了商学院念书，学习系统的人力资源知识。高佳妮认为她具备天然卓越的同理心和沟通能力，但要成为第一流的首席人力资源官，她还有很长的路要走。

高佳妮和唐在云正式办理离婚手续，唐洛接手了双方的全部股份，但在三十五岁之前，仍然必须接受父母的财务监管。手续办完之后，唐在云去环游世界，高佳妮回到和合，每周工作一到两天，为儿子保驾护航。

陆天明因为非法内部交易和利益输送被抓，数额巨大，最高可能被判十五年。杨子意从万邦辞职，同时联合其他受害者，向法院提告陆天明多重性侵。案件已被受理，正义也许有时迷失，但要相信它终会找到来路。

罗西职务侵占罪和故意杀人罪罪名成立，数罪并罚，牢底坐穿。

五环那个房子苏桐和叶蓁蓁没买成，于是又开始了漫长的看房之旅，叶蓁蓁现在去的时候要拖两个油瓶，一个是苏桐，他比较好对付，随便啥都没什么意见；还有一个是唐洛，这个就很麻烦，因为他强烈要求在他们家有个房间，所以对房子挑剔得比买房的正主儿还多。

第二年正月初三，苏桐和叶蓁蓁在重庆举办婚礼，高佳妮和郭也都以女方亲戚的身份出席，唐洛给苏桐当伴郎，刚出现的时候很矜持，没一会儿就和其他热情的十八个伴郎打成了一片，证明这位朋友之前的高冷主要是因为缺爱。

婚礼上叶蓁蓁戴着六件套潮汕风格的金首饰，脖子都累得抬不起来，但是全程笑脸像太阳，把她身边的人都照亮。

番外
蜜月

婚礼结束的第二天清早,外面鸡都没叫,苏先生和苏太太已经起了床,把自己收拾得干干净净的,准备出门去度蜜月了。

他们的蜜月地点一早就定了,去北欧三国两个礼拜,不但定了,还到处张扬给人看行程。只见各种活动安排得密密麻麻、琳琅满目,很是诱人,以至于看到的亲朋好友纷纷表示不错,恨不得组个团一起去。

其中特别想要组个团一起去的不是别人,是小唐总。这种渴望溢于言表,从叶蓁蓁开始筹划蜜月旅行的时候就没消停过,两个人在办公室里明明干活儿,他冷不丁就能问起来。

"你们婚礼完了去哪儿度蜜月?"

"关你什么事?"

"两个人一起玩很闷的,超过一礼拜就会自相残杀,苏桐可能会被你咬掉半边脑袋,我建议不要去比较好。"

"滚,我又不是母螳螂。"

"虽不中亦不远。"

"没文化为什么还要乱用成语?"

"到底去哪儿嘛?"

"还没想好。"

"想好了记得告诉我啊。"

"为啥?"

"我哪儿都去过,我帮你做攻略。"

"我有《孤独星球》电子版,万事不求人,多谢你的好意。"

唐洛百折不挠,到这儿了还没死心呢:"那让我妈用飞机载你们过去嘛。"

叶蓁蓁表示好意心领了,经济舱完全能接受,要是有公务舱坐坐,她和苏桐就已经很满足。说完一看时间差不多了,电脑合上,她撒腿就下班,唐洛跟在后面喊:"你怎么不请我回家吃饭啊?"

叶蓁蓁没好气:"需要请吗?你看你反正都跟着来了。"

说得好像很无情的样子,其实一个不小心就暴露了她的好心肠:"走吧走吧,给你做了花胶炖鹅掌啦,回去拔了慢炖锅就能吃。"

到了十二月初,有一天他们去高佳妮那儿吃饭,郭也也来了,都在一个桌上坐着的时候,叶蓁蓁隆重地宣布了自己经过几个月比较和研究得出的结果——蜜月去北欧。

苏桐还没说啥,唐洛先高兴上了:"峡湾很不错,挪威的海岸线风景绝了,天下无双。"然后在那儿掐手指,"就是去的时间不太对,特别冷,风大,我得带个挡风的大衣。"

大家都把小唐总看着,眼神都在问同一个问题:"关你什么事?"

唐洛讪讪然急忙改口:"你们得带个挡风的大衣,你们俩。"

苏桐回家一琢磨,觉得这事儿不太对:"小唐总是不是想跟我们一块儿去啊?"

叶蓁蓁急得就地拔眉毛:"蜜月!咱们俩度蜜月,就你和我结婚之后去旅行这叫蜜月,他去干啥?"

苏桐也不知道这个问题的确切答案,他只能比照现实经验进行猜测:"跟我们俩玩?"

自从把罗西给整趴下了之后,唐洛身心都自由了,开始放飞自我,表现之一就是特别喜欢跟他们俩玩,其热情程度与刚回国时相比判若两人,简直让叶蓁蓁无法忍受。

她嘀咕过好几次让小唐总赶紧回欧洲闹一下社交恐惧再回来,别被伟大祖国人民群众爱扎堆的毛病给带坏了。小唐总表示"社恐"不是流感,没法想得就得,而且他还回呛得很有道理:"我又不爱跟别人玩,我也不是跟你玩。"

他确实不怎么跟叶蓁蓁玩,天天下班跟着她回家,心满意足地吃饭,然后就是跟苏桐堆在一起,要么工作上的事拿出来跟苏桐商量着办,不明白的还让人给上个课,要么就是玩游戏,喝酒聊大天,每次带过来的酒,价格都够苏桐公司养好几个一线销售。

叶蓁蓁一开始也跟两个男的在一块儿喝酒聊天，其乐融融，后来就慢慢暴露了自己体能和耐力不足的弱点，具体表现在一到十一点半就开始打瞌睡。

平常她也是这个点儿打瞌睡，苏桐往往还清醒着，但只要叶蓁蓁愿意，大可以赖着男人上床侍寝没商量。

结果冒出来小唐总这么一个体积巨大的灯泡，生生让他们相处的模式发生了改变。他说着，苏桐就听着，他不动，苏桐也不好动，结果就变成叶蓁蓁每天晚上站在卧室门口，穿着睡衣叼着牙刷怒发冲冠："小唐总，把我老公还给我！"

她还被唐洛嫌弃："你都多大一个人了，不能自己睡觉吗？"

这些叶蓁蓁都忍了，但要说唐洛跟着去度蜜月，那绝对忍不了，她在高佳妮面前打滚上书，请大人做主："高姐，你千万拦着小唐总啊，我就只能靠你了。"

高佳妮忍不住地笑："好好好。我负责，我负责。"

毕竟母威难犯，可能被拉去训了一顿之后，唐洛果然不再提跟着他们一起去的事了，让叶蓁蓁松了一口气。

现在总算盼到了蜜月，叶蓁蓁虽然困得不成样子，心情却如同百灵鸟一般，简直要打心眼里笑出声来，就这么推着箱子背着包，高高兴兴出了门。

冬日凌晨，天还是黑的，眼前看得清的唯有微弱的星光和呼出的白气，东边太阳应该升起的地方也没有一丝亮。叶蓁蓁在车上还没完全放下婚礼的事，在跟苏桐算宾客们的行程："高姐和郭叔昨晚就回北京了，两边家里的客人咱们爸妈会招待好，咱们不用操心。"然后想起来了，"小唐总呢，他不跟高姐回去，在重庆有什么安排？"

苏桐说："他昨天晚上发信息给我，说今天要跟薛小广他们出去玩。"

薛小广是苏桐的高中同学，两人关系很铁，每年回重庆都会找机会见面，也是这次婚礼的伴郎之一。这位薛先生别看其貌不扬，其实是个正宗的学霸，学霸还一点不迂腐，对重庆在哪里玩，玩什么吃什么看什么了如指掌，堪称一个人形自走GPS加网络点评平台。他既然把唐洛接过去了，叶蓁蓁也就不瞎担心了。

他们高高兴兴到了机场，进门直奔国际值机区航空公司公务舱柜台，来得早，人不算多，工作人员接过证件核对："去马达加斯加，新加坡转机对吗？"

叶蓁蓁点头："是的。"高高兴兴用手指比了一个飞快跳跃的动作，"我们去度蜜月，我要去看狐猴！"还哼起来了，"阿库纳玛塔塔。"曲调很欢快，是《狮子王》这部电影里的插曲，台词的意思是"没什么大不了的"，倒是跟她的个性天生就像。

她等了一会儿，托运了行李，拿到了登机牌，工作人员很客气："苏先生苏太太，咱们办好了，登机口在25，休息室在安检进去之后的右手边。"

叶蓁蓁听到"苏太太"几个字，心花怒放，抬头看着苏桐眼神亮亮的："苏先生！"

苏桐摸摸她的脸："小的在。"柜台后的工作人员忍不住也微笑起来。

叶蓁蓁抱着苏桐的胳膊往安检口走，一面看着登机牌上面"马达加斯加"几个字，忍不住对苏桐说："你说小唐总会不会自己跑去了北欧？"

敢情为了阻止唐洛在他们俩中间发光发热，叶小姐连"明修栈道，暗度陈仓"的兵法都用上了，满世界宣扬要看峡湾，其实全程计划的都是去非洲。

苏桐笑："应该不会吧，高姐都说了让他别去了。"

叶蓁蓁想一想，又有点不忍心："小唐总压根儿没兄弟姐妹，以前都挺孤单的吧，难得他愿意跟我们在一起，我们这样会不会有点过分？"

苏桐耸耸肩："你觉得过分就过分，你觉得不过分就不过分。"

"你一个大男人，拜托有点主见好吗？"

"这是必须被打倒的落后思想，男人也应该享受可以没有任何主见的权利。"

叶蓁蓁睁着滴溜溜的大眼睛表示抗议："不行不行，你必须要有主见，不然我多累啊。"

苏桐一点不含糊，立刻奉旨："那我就有主见。"

"啥主见？"

"小唐总跟着来也挺好的，白天多一个人玩热闹，晚上他滚远一点就行。"

叶蓁蓁其实也不反对这一点，但再怎么说，蜜月毕竟是蜜月，是属于两个人共同生活最美好的开端，是八十岁那一年重新拍婚纱照的时候还留在心坎上的小蜜罐子，但凡人生不如意就打开盖子来舀一点回魂。

想到这十几天能和最喜欢的人二十四小时朝朝暮暮在一起贴着，叶蓁蓁就情不自禁要笑出声来，幸福就像萦绕在空气中的香氛，无形无色，又无处不在，苏桐没有表现得那么明显，但感受的深度一点不逊色。他们扶肩搭背上了飞机，在公务舱后排两个位子坐下，望着窗外此刻才终于大亮起来的天色，心中满是光明，一路上看电影也好，吃东西也好，哪怕睡着了也好，两个人总是在座椅中间牵着手，空姐每次见到，都投去歆羡的眼神。

这样美好的心情一直延续到了飞机的第一次着陆，他们落地新加坡，三小时后转机再次起飞到马达加斯加，中间还要经停一次约翰内斯堡。叶蓁蓁刚好睡醒一小觉，慢吞吞地站起来伸了一个懒腰，刚要跟苏桐说什么，突然望着前方头等舱客人出来的方向，张大了嘴。

从那里走出来一个高高的、身材挺拔的年轻男人，穿着深灰色灯芯绒裤子，蓝灰色高领提花毛衣，手里搭着一件防风大衣，肩上挎了一个皮质的行李包，眼睛里满是笑意。

叶蓁蓁简直不敢相信自己的眼睛。

这是谁，这不是唐洛还能是谁？

他悠然自得地走出来，在叶蓁蓁和苏桐面前停下，装模作样咳嗽了一声，提高了声音说："哎哟，好巧啊，怎么在这里都能遇到。你们去哪儿呢？"那副"看你们往哪儿跑"的得意神情，都能直接从脸上滴出来。

空气陷入一片微妙的寂静，十秒钟之后，在前舱忙乎着的空姐们突然听到公务舱那位姓叶的小姐，从丹田深处发出一声怒吼，不知道是对天地，对众生，还是对那位今天最早登机，坐在头等舱全程发出莫名偷笑的大帅哥客人：

"巧个屁啊！"

图书在版编目（CIP）数据

傲骨 / 白饭如霜著 . -- 杭州 : 浙江文艺出版社 , 2019.9
ISBN 978-7-5339-5779-7

Ⅰ . ①傲… Ⅱ . ①白… Ⅲ . ①长篇小说—中国—当代 Ⅳ . ① I247.5

中国版本图书馆 CIP 数据核字 (2019) 第 158152 号

AOGU

傲骨

白饭如霜　著

出版发行　浙江文艺出版社
地　　址　杭州市体育场路 347 号（邮编 310006）
网　　址　www.zjwycbs.cn

责任编辑　瞿昌林
责任印制　张丽敏
装帧设计　苏　涛　归　鱼
版式设计　风吹雪

印　　刷　北京盛通印刷股份有限公司
经　　销　浙江省新华书店集团有限公司
开　　本　710 毫米 ×1000 毫米　1/16
字　　数　672 千字
印　　张　35.5
版　　次　2019 年 9 月第 1 版　2019 年 9 月第 1 次印刷
书　　号　ISBN 978-7-5339-5779-7
定　　价　72.00 元（全二册）

版权所有　违者必究
（如有印刷质量问题，请寄承印单位调换）